当代作家精品
Masterpieces of contemporary writers

彼岸花开

Flowers Blooming on the Other Shore

赵舒娴　著
By Zhao Shuxian

Billson International Ltd.

Published by
Billson International Ltd
27 Old Gloucester Street
London
WC1N 3AX
Tel:(852)95619525

Website:www.billson.cn
E-mail address:cs@billson.cn

First published 2024

ISBN 978-1-80377-077-2

作者简介

赵舒娴，笔名金豆奕铭，毕业于湖北师范学院。武汉作家协会会员、精短文学作家。华夏精短文学学会武汉分会会长，华夏精短文学学会华中分会常务会长。

长篇小说《岁月轮渡》在中国言实出版社出版并上架喜玛拉雅有声平台，收听播放率已达68.9万。中篇小说《凭着爱》出版后在喜玛拉雅平台录制为多人广播剧，同时以电子书上架微信平台。长篇小说《恰好美时遇见你》和中英双语小说《彼岸花开》即将出版。2019年在知音故事大赛中以一篇纪实文学作品荣获优秀奖！

作者擅长以女性婚姻、爱情、励志为题材创作小说，以真实客观反映不同阶层人的生活与精神面貌，作品深受读者喜爱。

Zhao Shuxian, pen name Jin Dou Yi Ming, is a graduate of Hubei Normal University. She is a member of the Wuhan Writers Association and specializes in concise literature. As the president of the Wuhan Branch and executive president of the Central China Branch of the Huaxia Concise Literature Association, she has achieved notable successes.

Her novel *"Years on the Ferry"* was published by China Yan Shi Press and is now available on the Himalaya audiobook platform, with a listenership of over 689,000. Her medium-length novel *"By Love"* was recorded as a multi-person radio drama on Himalaya and simultaneously released as an e-book on WeChat. Her novels *"Meeting You at the Right Time"* and the bilingual *"Flowers Blooming on the Other Shore"* are forthcoming. In 2019, she was awarded an excellence prize in the Zhiyin Story Contest for a documentary literary work.

Known for her novels focusing on female marriage, love, and inspiration, she objectively and truthfully portrays the lives and spiritual outlooks of people from various social strata, creating resonant emotional stories that captivate readers.

内容简介

　　《彼岸花开》这部作品展现了中国女子嫁给外国人之后的各种生活状态，它为何发生，以什么样的方式发生，当事人会有什么样的经历。

　　这部作品选取了好几个典型的例子：有的女子为了爱情漂洋过海，战胜了生活的困难后过上了美好的日子；有的人没有遇上合适的伴侣，最后黯然离去；有的人为了赚钱不择手段，坑害同胞；有的家庭因为两国文化和观念上的差异，最终被金钱问题影响了感情，过着长期分居若即若离的婚姻生活……

　　不管是为了挣钱还是为了婚姻，外嫁并不是一条绝对可靠的出路。

"Flowers Blooming on the Other Shore" showcases the diverse life situations of Chinese women who marry foreigners. The novel explores the reasons behind these marriages, the manner in which they occur, and the experiences of the individuals involved.

The work presents several typical examples. Some women, driven by love, cross oceans, overcome numerous challenges, and eventually settle into a fulfilling life. Others, however, do not meet suitable partners and end up feeling disappointed and leaving the situation. There are also those who, motivated by financial gains, resort to unethical means, even harming their compatriots. Furthermore, some families struggle with the differences in culture and values between their respective countries, leading to marriages that are affected by money issues and a life of semi-detachment with long-term separations.

Regardless of whether the motivation is financial gain or marital happiness, marrying a foreigner is not a guaranteed path to success.

目 录

彼岸花开
Flowers Blooming on the Other Shore

　彼岸花开
Flowers Blooming on the Other Shore

彼岸花开

序　言

　　《彼岸花开》这部作品展现了中国女子嫁给外国人之后的各种生活状态，它为何发生，以什么样的方式发生，当事人会有什么样的经历。

　　这部作品选取了好几个典型的例子，有的女子为了爱情漂洋过海，战胜了生活的困难后过上了美好的日子；有的人没有遇上合适的伴侣，最后黯然离去；有的人为了赚钱不择手段，坑害同胞；有的家庭因为两国文化和观念上的差异，最终被金钱问题影响了感情，过着长期分居若即若离的婚姻生活……

　　《彼岸花开》这部作品开阔了我们的眼界，让我们看到外嫁领域的人生百态和人性善恶。它让我明白到外嫁或者移民国外只是一种人生的选择，出国生活跟幸福快乐并没有必然的联系。如果一个人能拥有豁达平和的心态，不强求幸福也不抗拒苦难，以平常之心去体验生活的无常变化，我认为拥有这种特质的人更容易获得心安和幸福。

推荐序文：一鸣

2021 年 11 月

第一部

余生谁能陪你走

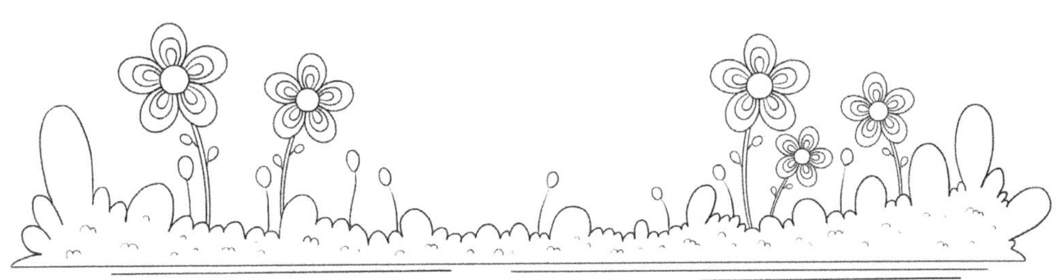

第 1 章　她是这个男人的第五任妻子

2013 年美国的新年元旦，到达美国亚拉巴马的这天，已经是夜幕降临，昀儿顺着肯尼的脚步，跟着走进了曾经在网上看到过的房子，这一切肯尼说是为昀儿准备的，不管怎么说，在美国有这么一个家，总算是让昀儿家人放心了，起码是真实的人，真实的婚姻，这一切似乎让昀儿感觉来美国一趟，还是很容易的事，因为对昀儿来说是很顺利，不像那些单身姐妹说的那样玄乎。

昀儿这段跨国婚姻是翻译公司的老板柯总介绍的，通过翻译昀儿跟肯尼的网络上信件内容，牵线搭桥速成的婚配。昀儿 1986 年出生，属虎，肯尼美国男人 1958 年出生，属狗，据说网上显示出年纪俩人般配，昀儿迷信，这属相也相配，虽说相差 28 岁，但网上看似条件还好，于是昀儿在中介柯总公司服务翻译陪同下，同意先书信交往，并愿意肯尼来中国见昀儿。

肯尼从美国飞往中国探望昀儿一周后，就决定娶昀儿。肯尼相中了昀儿，真心实意想要与昀儿早日来美国成婚，办理申请未婚妻签证需要等待半年的时间，昀儿终于顺利合法地嫁给了肯尼。昀儿有时感觉自己是否太草率了，就这样半年后昀儿踏上来美国的飞机，稀里糊涂的真把自己给嫁了，从网上认识只是短短几个月。昀儿心里没底也没有谱，只知道被柯总公司服务下能顺利嫁给老外，有很多未婚单身女会员们羡慕，说昀儿运气真好，一上网就被有钱条件好的老外相中。昀儿那个时候也是很得意，虚荣心作怪也忘记了害怕和冷静。说句实话昀儿自己都感觉不到，自己到底需要什么，嫁过来是否真是她想要的生活？这些问题，当昀儿到了美国，才刚刚从心里考虑，余生她将要和眼前的美国男人肯尼在一起生活，这是真正的开始。

肯尼牵着昀儿的手走进大厅，一眼看到开放式的厨房，中央有一个很大的水槽台，客厅与餐厅连在一起，一楼右手边客房、卫生间各一间。主卧室设在左边，有两个洗手台面，一间淋浴房、一间泡澡浴缸。中间有隔断墙，一马桶，主卧室有三扇门，一扇进主卧室里的门，一扇对着卫生间的门，一扇通往后院的门，而是三个门都是玻璃门。同时正主卧后院旁边，有一组五梯柜的上面也有正面长方镜子，正对着主卧的床上。整间主卧室，感觉四面都是明亮的镜子和后院旷野之中。二楼一间洗手间，一间健身房，一客房备用沙发床作看电影小房间。肯尼一一介绍着房间里的所有功能用途。

昀儿默默地跟随着肯尼边看边熟悉着，昀儿印象最深是发现主卧室卫生间台面水槽里，留有女人的头发丝。

房子从整体看上去，虽然是全新的，但是仔细看到台面上有划的痕迹。昀儿打开水龙头，发现排水排得很慢，顺手一抹，就有很多女性的发丝。当时昀儿瞬间明白了，但是什么也没说。

虽然经历了两天路途的颠簸，昀儿此刻却睡意全无。

肯尼对昀儿说："今天可以早点休息，我开车十几小时，有点累了。"昀儿："OK，你先睡觉吧，我还需要整理旅行箱子。"

忙完了两个箱子的整理，已经到了深夜两点，临睡前昀儿好奇地四周看看门关好了没有？房间里没有开灯，都能看见从后院门窗射进屋子里月光，总感觉到很多光照着室内，因为全是透明的玻璃门，没有门窗帘子遮挡。

昀儿轻轻走近主卧室床上躺了下来，向外看去，能看到后院的一切，草坪，几棵小树，还有月光映射出院子内的游泳池。由于微风吹拂游泳池的水面，隐隐余光都看到水波纹在缓缓流动。昀儿感觉自己仿佛是在室外躺着。左侧面五梯柜一面镜子正对在睡在床上的昀儿，昀儿虽然很困乏，但怎么也无法入睡，一双眼睛直盯着门外的方向看去，一点隐私空间都没有，昀儿脑子里突然想到，假若有人偷翻进后院，主卧室里的人和全房动态都会在偷视者的眼底。

昀儿想想就不安全，根本睡不着了，按照中国住宅风水可是对主人最不利，一间主卧三扇门，主卧只有唯一靠床头的这面墙，这是风水最忌讳的，三方敞开是室内败家设计，也许西方人不讲究什么风水吧。

再看看肯尼睡着的样子，昀儿听着肯尼打的鼾声越来越大。这一晚上昀儿也不知道多久才能入睡，实在是困了，乏了，昀儿一动也不敢动的一种姿势，一直熬到天亮。

昀儿看天终于慢慢亮起来了，便轻手轻脚地走出屋子，她一个人在院子里看看四周，有些静静地发呆。

这是昀儿在美国亚拉巴马州第一天，作为肯尼第五任妻子身份迎来的第一个早晨。昀儿是在办理未婚妻签证的时候，才知道肯尼曾经有过四次离婚史，那个时候曾经有过一丝丝的不悦，甚至想临时放弃，但经不起中介柯总一番话所动摇："老外能如实填写申请表中这些离异婚姻情况，说明他诚实，而且那是他过去的事情，与现在的你无关。"

肯尼这时候醒来，看到身边没有昀儿的人影，冲着屋子外昀儿喊："你在哪儿，早上你在外干吗呢?"昀儿也就默认了这一切，心里祈祷着希望肯尼能善待她。

昀儿："唉，你醒了，我在院子里四处看看，一晚上都睡不着，可能是倒时差吧。"

顺便跑进房间，跺跺脚，哈了一口热气，对着一双冰冷的手哈了起来，这12月底天气有些寒冷，昀儿走进客厅，在厨房取了一杯热水，暖暖一下双手。肯尼："亲爱的，昨天晚上睡得不好吗?"

彼岸花开
Flowers Blooming on the Other Shore

昀儿听到亲爱的这句话，还真的有点不习惯将爱挂在嘴边。肯尼虽然与昀儿已经是合法夫妻，昀儿有点庆幸但又感觉有点陌生，对肯尼很客气回道："早上好！"

昀儿似乎还没有把自己当是这房子的女主人。

昀儿："你可以起来了，我想给你做点早餐，随后你带我看看外面，好吗？"

肯尼："OK，没有问题，但必须给我亲吻一个，抱抱。"

昀儿慢慢地走近肯尼身边，肯尼很用力地抱着昀儿，嘴巴就往昀儿的嘴唇贴上来，昀儿借右手拿着热水杯，示意小心开水烫着了，便自然地躲开了，只让肯尼亲到她的脸颊。只吻到昀儿的脸上，肯尼显得有点不高兴。

其实昀儿，真的不喜欢在没有刷牙洗脸的时候亲吻，本能有一种抗拒，很嫌弃那种口臭。多年来的单身生活，有一种保护习惯已经养成，单身久了，一时还真不太习惯西方人这种热情表达方式。

而且，她真的不习惯深度的亲吻，以前不习惯，现在也还是不习惯接受这种有口气的亲吻。昀儿其实是位慢热的女人，喜欢有安全感的时候，才会享受到被爱的关心。如果真的遇到让她倾心的男人，她会给以相同回报柔情的爱，只是眼前的这位肯尼来得太快了一点，她还没寻找到那种让她心动有激情又很放心的好男人，而且肯尼似乎粗鲁心急了点。这些尴尬让昀儿赶快转身离开，这种微妙的感觉千万不能让肯尼察觉出来。

经过第一次的接触了解，已经感觉到肯尼有点急躁，容易发怒，没有耐心。昀儿直接走到厨房，打开燃气炉，做两个煎蛋，倒两杯牛奶，一杯放进微波炉加温。昀儿还是中国人的饮食习惯，喜欢喝热的，再说本来也是冬天。她给一杯凉的牛奶加点麦片给肯尼，因为美国人喜欢喝凉的。

肯尼从卧室卫生间走出来，看到餐厅台桌上已经摆放好的西式早点，脸上有了微笑，穿着昀儿从中国带来的那件宝蓝色金丝绒的睡衣，懒散地走到餐桌前给昀儿一个拥抱。

肯尼："亲爱的，谢谢你。"

昀儿坐下来的时候，清晨的阳光正好照在餐桌上，西式的餐点虽然没有中国的早餐那么丰富，但看起来还是很浪漫，这是昀儿简单地给肯尼做好的早餐，未来还有很多需要昀儿学、去适应的方面，真不知道昀儿是否能够适应下来。

一切都是挑战，都是未知数，昀儿感觉到有些恐慌，因为她不知道自己是否能适应下来。对没有英语基础昀儿来说，似乎讲话表达是很头疼的一件事，必须像婴儿一样开始学习、观察，一切从零开始。在美国昀儿没有在中国的自信，也没有了自己的优势，想想连生活技能，最基本的表达语言都没有掌握，昀儿自己敢嫁给美国男人肯尼，也真算勇敢的女人。现在昀儿想起来开始有了后怕，怎么办？来都来了，只有边过日子边委屈地迁就肯尼，应该没有问题吧。

昀儿找到一个很好的理由安慰自己，心想一切忍让着，什么事情若是她不计较，应该都会过去的。自己是这座房子里的女主人，是肯尼正式合法娶进家的第五任妻子，虽然听起来有些扎心、别扭，可这是现实！

第 2 章　不和谐的相处

昀儿等肯尼去工作后，留下她一个人在家，这才有放松的感觉，于是躺在床上补睡一觉，昀儿脑子里想起，来到美国走出机场的那一幕。

那天，在出机场大厅的左方，听见了肯尼的声音："Hi. 亲爱的，我在这！"

顺着声音的方向昀儿远远看到，肯尼身着米色的短裤，脚穿十字拖鞋，上身却穿着一件夹克，要知道那是 12 月份冬季，手上拿着一支白色的百合花，昀儿不理解美国男人的穿法，怎么这身搭配。

昀儿走到肯尼的跟前，担心地说："你不冷吗？怎么穿成这样子？"肯尼："我为赶接你之前洗了车，看时间不够了，所以来不及换下衣服。"

肯尼马上接过昀儿手中推的两个旅箱，昀儿肩背一个随身的小包，手里携身小 20 寸的小旅行箱，肯尼另一只手搂着昀儿腰向机场外走去。

天空已经是美国休斯敦晚上 9 点多钟了，一片黑色蒙蒙的感觉，昀儿看到的美国休斯敦机场，并没有她居住城市机场那么大，还没走 10 分钟，就已经走过了机场，在穿过几个路口，等在人行道上的旅客，好像是在等公交巴士。

昀儿上车之前回头又看了看休斯敦机场，外部建筑很一般，昀儿忽然想到刚才穿走过机场大厅及取旅行箱包那里，几乎没有人看护旅行箱，也没有工作人员检查核对机票取箱票核对，机场内环境真的没有中国机场的明亮、大气。

　　这些似乎让昀儿有些不以为然，并不是所有的东西是美国好，没来之前，她也只是听说而已，真没想到的第一站让她大跌眼镜。

　　肯尼在车上已经给昀儿准备了一个已经安装了翻译软件的手机，他们就通过这种方式对话。肯尼跟昀儿谈到他俩的结婚计划，打算在肯尼父母居住的农场举行婚礼。谈话中昀儿提到自己已准备好婚礼礼服，只是忘记了把结婚用的鞋子带来美国，要另外买一双鞋子。听到这话，肯尼似乎有点不高兴，这一个面部表情的细节还是被细心的昀儿看见了。

　　难道东西方文化差异，再买双鞋子还要计较吗？在两个人之间即将成为一家人的未婚妻面前，还这么斤斤计较吗？昀儿正在想着，不就是一双高跟鞋需要再买就是了，再说也不至于差那么一点钱？

　　那一天肯尼跟昀儿在小旅馆凑合着过了一夜，第二天肯尼开车前往父母居住的小镇。

　　初次跟肯尼见面并没有想象中那么美好，昀儿劝自己不要太计较。但后来婚礼中互送戒指的一幕让昀儿再度感到不愉快。

　　在婚礼前一天，肯尼才想到买结婚戒指，这又让昀儿万万没想到，肯尼买婚戒只用了 56 美金，形状简单，像韭菜叶子，价值相当于中国的人民币 300 多元，这让昀儿不明白肯尼是怎么想的？难道这么小气抠门，就是再简易，也不应该将婚姻当儿戏，像过家家一样，有点太随便了一点。虽然说昀儿不介意这个，但是婚戒定位能看到肯尼婚姻的态度，昀儿不愿多想，也不想多想，反正她也不是很物质的女人，婚姻也只是一种形式，只是希望这个男人能对她好，昀儿也可以不计较这些微不足道的表面形式。

　　婚礼结束两天后，肯尼为了工作，要赶回他工作的小镇亚拉巴马州，他在那里办了一个小厂。这也是昀儿想要早日能看到的他们的小家，他们即将要在一起共度余生的地方。昀儿竟想，只要有爱的地方，就是他们的家，她期待着。

彼岸花开
Flowers Blooming on the Other Shore

昀儿突然在梦中醒来，原来又做梦了，这是来到肯尼小家的第二天，昀儿倒时差，加上在生理月经期，总是想睡觉，总是梦见与肯尼在一起说话的场景，可就是记不清肯尼讲话的内容。

也不知道睡了几个小时？昀儿在后院看看，又在前门四周看看，还是没有一个人。昀儿明白，第一天躲开了肯尼的亲吻，躲不过第二天早上，肯尼爱那个事。

昀儿想让肯尼明白爱是需要有感觉，要有爱的氛围，你有情我有意的情况下才会有那种概念，而不是像莽夫一样上来，就急不可待地做那些事情，昀儿其实很懂肯尼想要什么。

如果是体贴人，这个时候完全不应该想到这些事，昀儿从肯尼不高兴的神情，心里一下有点不高兴的感觉，怎么这样不理解人呢？

哪有女人例假的时候还强行做爱？如果有一点卫生常识，谁都会明白懂得这些基本常识，可是肯尼偏偏这个时候一点也不理会昀儿的推让解释，一下子把昀儿抱在怀里，向床上按住双手，脸上死劲地向昀儿胸口上顶，头几乎埋在昀儿的整个上半身了，同时放下一只手去解昀儿的内裤，昀儿在奋力挣扎的瞬间，突然看到肯尼有点秃顶光头。这一眼，让昀儿感觉到恶心极了，闭上眼睛，用尽全身力气挣脱了一只手，反抓住肯尼解裤子的手，立马一个翻身起床直奔洗手间跑去，边跑边对肯尼："我要换卫生巾了，不能做那个，忍忍吧。"

肯尼看昀儿跑开了，满脸通红，大气直喘，很生气地走进厨房，掀开冰箱拿出一瓶冰可乐，咕咚咕咚地喝了起来。

昀儿在洗手间里听肯尼声音，就知道是很急促很生气，昀儿在洗手间里听得清清楚楚，一时就不敢走出卫生间的门，昀儿躲在里面待着，坐在马桶上不敢出来。

一是真有点怕肯尼这个脾气，二是也不想发生正面冲突，毕竟是夫妻俩，今后还要过日子，听到没有声音的时候，昀儿出来看到肯尼已经到后院去遛狗去了，昀儿赶紧穿好衣服在厨房里做早餐，煎鸡蛋，将牛奶、餐具摆好，避免尴尬。

从门口向后院看去，肯尼走进餐厅吃了起来不一会儿工夫，就吃完了他的早点。直接走进卧室，拿着他的衣服去洗手间冲澡，肯尼有个习惯，习惯早上洗澡，晚上不洗澡，趁肯尼洗澡的工夫，昀儿赶快去吃一点早点，洗完碗，收拾好桌面，也赶快走进后院，打开水龙头，向花草浇水，找个事情做，有意避开与肯尼刚才的不愉快，这样两个人像躲猫咪一样的避开。

开始了双方冷战，都觉得自己有理，可惜夫妻之间这种感觉真的不是讲理的地方，讲理是讲不清楚，昀儿也想得天真，以为不多解释，只做好女人本分，做好家务事，肯尼就会慢慢地好起来。

谁不想被对方爱呢，但是要看对时间，是什么时候，难道身体不舒服的时候还非要顺从迁就，肯尼想干的事，那不是爱是占有，昀儿想着这些。

昀儿一次没有迁就，就落得一个肯尼冷脸色，不理不睬，这往后的日子都这样，那以后怎么样相处呀？昀儿心里真的感觉到害怕，又不好争辩什么，有的话昀儿又说不明白，毕竟英文水平还没有达到能深谈的程度，心里想呀！我是一个活人，又不是做爱的工具。而肯尼偏好这一口，今后这可怎么办呀？这日子还只是刚刚开始，就这么憋屈，昀儿不敢去想，想想先试着两个人磨合相处，再看看吧。

第 3 章　小区桂林女人

在亚拉巴马州认识的第一个人，是中国桂林女人孟云。这是昀儿最早结识于 2014 新年的元旦派对上，在肯尼的朋友家聚会上，认识了同一小区的中国女人孟云。

这是昀儿在美国过的第一个节日，其实很简单，就是朋友之间聚在一起，将食物盘并排放在一起的自助餐形式，每个人带份自己做的熟食，也可以带酒，也可以带花，带些礼物，这样大家一起吃，一起说说话，谈天说地的聚餐。昀儿和肯尼的朋友们聚会上，自己显得有些多余，有些无聊。幸好有肯尼的三对夫妻朋友，一位是菲律宾年轻的一对夫妻，女人是某医院护士长，也就是今天请客的女主人索菲雅。

另外一位也菲律宾女人是在医院做护工年纪大点的女人罗娜。

还有一对是肯尼小区刚刚认识的邻居，唯一住在一个小区里中国桂林女人孟云和她的美国丈夫布莱恩。

这样自然少不了昀儿会与孟云多聊一些话题，难得在异国他乡能痛快地讲一口流利中国语言。慢慢地昀儿与孟云熟悉了起来。

孟云自我介绍说："我是办结婚签证，嫁到美国已经有四年了，认识布莱恩是在美国来探亲女儿时候，参加了女婿公司派对，聚会上认识了布莱恩，就这样互相留下了微信联系方式和邮箱。"

孟云就与布莱恩好上了，在网上聊了一个月后，受布莱恩邀请，孟云来到了亚拉巴马州的小镇，与布莱恩同居了三个月，由于旅游签证的探亲时间已经快要到 6 个月，孟云必须得离开美国。

即将离开美国的时候，孟云才等到布莱恩承诺，给孟云一个中国探亲的计划，准备在中国与孟云注册结婚，就这样他们俩的婚姻就这样定下来了。

接下来的日子布莱恩去中国在桂林见到孟云的家人，领了结婚证，小范围简单办了一个结婚仪式。

孟云在中国桂林是从事导游工作的，孟云正赶上自己还会说出 99 句话英语，由于导游工作原因，必须会简单的英语才能带游客上国外带旅行团，只有旅行团拿补差奖金会高点。

工作的需要，孟云的英语有了一些进步和认识老外的机会。同时也因为孟云主观希望自己有一天能合法留在美国心思。

孟云女儿妮妮也受其影响，在美国读大学的时候，即将毕业的前夕认识了现在的美国丈夫杰夫。杰夫成了孟云的女婿。也正因为女婿的公司年会聚餐可以带家属，仅这一次偶然机会，促成了孟云与布莱恩的相遇相识，结成了这段异国婚姻，终于让孟云如愿移民美国。

孟云很兴奋地一直热情得意扬扬地说着，使劲儿表达出自己能搞定的婚姻，她是那么自信和善谈。

昀儿在想孟云可能也是憋坏了，很难找到一个像昀儿能听得懂中文的听众，使孟云倾诉欲望迫切，将内心的故事都说出来。

孟云说话的每一个表情都很夸张的时候，昀儿才注意到孟云长得皮肤黝黑，眼睛大大的，一对双眼皮，但眼睛无神，嘴巴也是大大的，嘴唇偏暗红色，唇有点外翻，身材特别娇小和匀称，长得像是越南女人，不太像中国女人。

聚会的当晚，护士长索菲亚的美国丈夫，走到昀儿的面前笑着对昀儿说："祝贺你中大奖，希望你是肯尼的最后一个女人。"

昀儿听不懂这句话的意思，只是很礼貌的友好笑笑，算是回应的礼貌。但是感觉说的话有点别的意思和怪怪的，昀儿的英语不是很好，也无法及时地说出那种感受，一个客人身份，无需理会那么多。

正好这句话被在身边孟云听到了，立马附在昀儿的耳朵边上轻轻小声解释道："他是说希望你是肯尼的最后一个女人，你知道肯尼以前有四个老婆吗？肯尼离婚几次对你说了吗？"

昀儿："嗯，在办理未婚妻签证时，有律师填写申请签证表中看到过资料，但是肯尼没有亲口说过。"

那天晚上，有十多个人在场，昀儿感觉自己是一个外星人，每个人都要和她碰杯、喝酒、微笑，当然笑得很牵强、不自然，昀儿给自己找理由，也许不太熟悉，也许朋友们还不清楚她和肯尼已经是合法夫妻关系。

昀儿有点不太喜欢这种场所，这种聚餐看上去有很多食物，可是没有昀儿喜欢吃的食物，但是又不得不装作喜欢的样子，想尽量不让肯尼为难，要给肯尼足够的面子，因为昀儿看到肯尼很喜欢吃。也不停地带她去向新朋友们，一一介绍，讲他和昀儿的相识经过和小插曲、小故事。将手机中的合影相片、摄影的视频，有在中国深圳、西安、北京旅行时留影，还有和美国肯尼家人一起的合影。肯尼很白豪地向朋友们说着，那神情，肯尼说出了中国北京的长城壮观，西安的丰富美食小吃，说出了他是如何和昀儿在网上用电脑、手机谈恋爱的，如何怎么样走在一起来美国结婚的生活细节。

看到肯尼扬扬头，手舞足蹈的样子，昀儿心里想着，肯尼是很认真地添加一些生活细节，在给他的朋友们叙述着，表明了他可是见过大世面的人，朋友们倾听着肯尼的描述，很惊讶地佩服他有勇气。

得到朋友们的夸奖并被羡慕的肯尼，本来他从不喝酒的人，那晚上喝了一瓶啤酒。昀儿没少喝酒，因为美国的聚餐，菜肴很少，几乎都是喝点红酒、洋酒与果汁，还有汽水混合调试的酒，因为不能用英语流利地沟通，只有喝点闷酒，又尝试喝了点混合洋酒，吃了点水果，喝了点西式蘑菇汤，脸上就泛起了红晕，加之昀儿穿上红色旗袍，那晚上，昀儿和孟云在女人堆里，看起来很引人注目。

孟云身材娇小，一件低胸性感的玫红色上衣紧包着极好的身材，看似有些浓艳妖娆，这样的搭配很性感，但却掩饰不了并不漂亮的一张脸。

而昀儿一举一行则让人看到了一位谦和、知性、温婉的中国女人的韵味，昀儿的个子身段比孟云稍高半个头，属于那种身材丰满，长相很甜的面容，恰到好处展现出来的是东方女人之美。

真不夸张，这第一次肯尼朋友们相聚，让所有人都认识了，这位新加入肯尼朋友圈聚会上的昀儿。

人们常说，进餐中最能发现每个人的性格和素质，还有喜好。昀儿在这天晚上领教了，也知道了，美国朋友们喜欢的是什么，有了一个最初的认识，这只是朋友们聚餐的开始。

这是昀儿跟孟云相互认识的开始，今后还有很多时间要在一起了，因为肯尼对昀儿说过，孟云会说英语，让她教昀儿学习英语，原来计划是来美国后，让昀儿上英语学校学习英语。

孟云也主动对昀儿说："我以后可以教你说英语，没有关系，你每天来我家一个小时就可以了，也可以来玩玩，在这里可以尽情说中国话，没有什么事做的，我每天就是浇花、遛狗、沿小区转两圈，再就是做点家务，做点饭给布来恩吃，我没有出去工作，布来恩每个月给我 600 美金零花钱，这里很少人相互走动，每半个月可能有一次朋友聚餐，在各自的家里做一次团聚，是增加朋友们感情联络唯一的方式。"

聚会结束后，回家的路上肯尼不停问昀儿："你愿意和他们交朋友吗？学英语？喜欢吃她们做的饭吗？

昀儿："你喜欢吃吧？"

肯尼点点头兴奋说："是啊！"看得出来，肯尼希望昀儿学会做他喜欢吃的食物，给他吃，昀儿答应了，这些难不倒昀儿，一来本来咱就会，只是学会做几道烤牛排猪排，几道凉拌菜，一个煲汤，就会让肯尼喜欢不已，她的拿手菜比孟云做得好多了，只是还没有露出来，马上机会就要来了，想到这些，昀儿笑了起来，这算啥事？对昀儿来说小菜一碟。

"你笑什么呀？"肯尼问昀儿，昀儿说："我笑，如果你吃了我做的饭菜，会把你养得胖胖的，那可别怪我呀！说要去减肥了。"

肯尼把昀儿手牵着往自己家走去，步伐加快了，恨不得早点回到自己家里，好和昀儿亲热，因为他知道昀儿从没有像孟云那样，在众人面前亲密拥抱，都是中国女人，怎么就不一样呢？肯尼想要什么，昀儿很明白他的需要，只是各人各心思，都明白透了，只是嘴上没有表达出来。夜幕下的小区走着，还是有点冷，也使得昀儿和肯尼的手握得更紧了，昀儿有了一个温暖的感觉，这种温暖真好很自然，要是肯尼总是这样对她好，她一定会让爱她的这位男人幸福。

因为她什么也不缺，就需要一位真心实意爱她的好男人。

肯尼手很粗很有劲，头发有点秃，肚子微微的发福，长得很健壮，鼻头微微发红，双耳非常肥厚，肯尼大昀儿 28 岁，就因为属相说他俩的八字挺合，初看起来有些虎头虎脑的感觉，如果不是一脸严肃，有时候有点急躁很凶的样子，肯尼还是挺爷们的，在决定嫁肯尼之前，昀儿还特意在庙会里去抽了一个上上签。

昀儿拿不定主意的时候，会带着随缘心态去安慰自己。昀儿毕竟是肯尼的第五任妻子，她能不多想和谨慎从事吗？两个人紧贴在一起向肯尼自己的家走去……

第 4 章　开始冷战

昀儿来美国快有三个月了，像往常一样，每天昀儿会早早起来做早餐，顺便准备午餐和丰盛的晚餐。

昀儿跟小区的孟云约好了，等丈夫们各自都去工作了，孟云会散步到昀儿家里来。今天教昀儿使用烤箱，制作烤牛排、烤猪排或者鸡翅、鸡腿一类的肉食，还要学会做甜点，因为美国人几乎每一餐都有一道肉食作为主菜，吃完正餐后还要上一道甜点，这才算到进餐整个程序。

其实昀儿简单很好养，平时只吃素菜，凉拌青菜，蘑菇和西红柿蛋汤，每周包一些素菜馅饺子，存放在冰箱。遇上有时候想简单吃点，不想做饭的时候，昀儿会煮两个人量的饺子或者煎饺。但是每一天每一餐都会想方设法为肯尼做一道美食。

在中国，昀儿很少到厨房做饭，一个礼拜顶多做两餐饭，其余时间有时候在儿子家吃，有时候在老妈家里吃，有时候因为应酬在外面随便吃点。

在美国，昀儿还没有身份证不能考驾照，想要去商业圈买东西，逛逛商场都是要开车去很远，住的地方像是农村，整个小区居民也只有三十家左右，在路上行走的人很少，除了偶尔看见运动跑步锻炼身体的人。

所以孟云对昀儿说，她很理解昀儿，就建议和她一样，在家当个全职太太，每天打理前后花园的草坪、树木，给菜地浇水等，做好每餐的菜肴，洗衣整理家务，打扫卫生，遛狗沿着小区转三圈，下午练一小时的肚皮舞，等晚上丈夫回来一起吃饭，坐在后院喝点什么。老外们喜欢喝冷饮吃点冰激凌，昀儿却只喝点白开水或者泡一杯热茶。

这种生活听起来是很忙碌充实，但是时间长了感觉到很无聊，没有任何精神追求和寄托。

一整天就是以家里的男人为中心，男人说这个好吃，喜欢吃，孟云就想办法去做给布莱恩吃，每到周末才会带孟云参加朋友们的活动，在外面吃。有时候也会在周末看看电影，在美国节假日，也会去附近地方旅行。

孟云对昀儿边教做美国的西餐边聊了起来，谈了很多来美国的想法。昀儿："你就没有想一想，要去工作挣点钱，自己在外打工总比丈夫给的零花钱多吧！"

孟云："布莱恩他不让我工作，我在家里做家务事也是工作，他每个月给 600 美元零花钱，家里的开销都是他花钱，生日、结婚纪念日都有大礼物送给我，我的零花钱可以自己攒着，他是公司副总经理，工资很高，可以养得起我，再过两年就要退休了，所以我也懒得出去工作了，这样挺好的。我不喜在外面打拼了，在中国做导游二十多年，该看到的地方都差不多都去过。"

孟云继续与昀儿聊着，孟云很善谈："玩也很累，等布莱恩退休后，我们再一起享受人生呗。"

昀儿："是啊，我想工作，可是英语又不好，话都说不清楚，还怎么去外面工作呀？在微信上邮箱上与肯尼说好了的，要让我先去上免费社区学校去学英语。但是来美国后，看肯尼只字不提，又不提考驾照计划，我天天在家就是做饭做菜，我感觉我来美国只吃两餐饭，反而长胖了六斤，晚上睡觉睡得不踏实，白天一到中午就犯困，还在倒时差，我看你吃得很多也吃肉，为什么没有长胖呢？"

孟云："晚餐稍微少吃，但是我不挑食，什么肉食我都吃。哦！你的肯尼每月只给你 300 美元零花钱，你可以买自己喜欢的东西。"

昀儿："我买了家里添一些小摆件装饰品，没有看到喜欢的东西，还买一些家里用的洁具肥皂盒生活小用品。上个月没有用完的 75 美金，肯尼在这个月给我的零花钱里抵减了，只给 225 美金，我可真服了他，我越帮他省钱他还给得少。"

孟云："那你就把钱花掉，买自己喜欢的包包、鞋子、衣服呀，到时候带回中国送给家人朋友啊！"昀儿听着有道理，可是向肯尼张不了口。孟云："啊呀！你傻呀，老外都这个样，给你多少，你就花多少，你别给他省钱，他才不领你这个情，他们不是中国人的思维。一般给你的就是给你的，你以后花光如果没用完，也别还给他，给你就留着，也不用说出来还有余下的钱。"

昀儿："哦，我想等学习英语会交流沟通了，还是要去附近找工作，想尽快复习考驾照的题目，你有学习资料吗?"

昀儿感觉到还有一个女伴做朋友很踏实，昀儿从心里感激孟云所教的日常生活技巧，时间长了，看孟云什么都对自己说，在心里也把她当知己。

做完厨房一些事后，俩人来到后院看到草坪里的杂草，昀儿蹲在地上挑着杂草一棵棵地除掉，孟云也跟着昀儿一样，蹲着拔掉杂草又聊了很多。

昀儿："前天和肯尼的两个女朋友们一起吃了饭，后来还一起来家里坐了两个小时左右，我的申请绿卡的资料，肯尼让我都交给他这个女朋友霍丽了。"

孟云："女朋友霍丽? 长得怎么样? 有照片吗?"

昀儿："高个子有点胖，面相有点憨厚，比较随和，一位矮个子长

彼岸花开
Flowers Blooming on the Other Shore

得还好看点，哦！我有她们俩一起的一张合影，当时吃饭的时候拍了几张，我选择了一张保存下来。"

昀儿说完话，放下手中的杂草，立刻跑进屋子里取手机，拿到孟云面前翻了出来那张合影照片，孟云看后沉默了一会儿，还是叹气地说："肯尼没有对你说这两个女人跟他是什么关系？"

昀儿："说是一位厂里的兼职会计，一个是会计的室友，哦，还说，在肯尼去中国看我的时候，房子里的卫生都是请的室友打扫的。"

孟云："唉，我听布莱恩讲过肯尼厂里的会计就是他的第四任妻子，也就是说你的前任，肯尼没有对你说明？"

昀儿："肯尼只对我介绍说霍丽这个名字，只怪我粗心大意，根本没有在意联想到前妻的名字，现在想起来了，当时难怪我一直让肯尼坐在霍丽旁边，肯尼就是站着没有坐在一起，我当时也只想方便他们坐下来好看申请资料，还有我和肯尼的订婚影集，我压根就没有想到他们之间关系，特别是肯尼这脾气还能和前任做合作伙伴关系，那为什么还要离婚呢？真搞不懂，为什么不对我说清楚呢？"

孟云："哎呀！霍丽就是肯尼的第四任前妻，他俩有九年的婚姻。"

昀儿："名字和结婚与离婚时间，我都看过律师填写表上，当时非要只是没有对上号，也没往那方面想。这样想起来就好解释了，难怪霍丽一进家门就直接上主卧室里的洗手间，比我都熟悉房间里的每一个角落，难怪看到我和肯尼的订婚照片怪怪的表情，我现在怎么觉得自己会在哪个时间，将婚纱照片给霍丽看，这样无意刺激了她，多不好呀，而且，我想霍丽真是大度，要是我可受不了。"

孟云："千万不要说是我对你说的这个霍丽是他的前妻，这样我布莱恩要知道了又怪我多嘴多事。"

昀儿："放心吧，这个事情我只会像什么也不知道一样，因为我还觉得霍丽人还很好，没有为难我，还帮我申请办绿卡，真的太不容易了，要是我们中国女人与前任肯定像仇人一样。真不懂西方人的婚姻情感怎么这样和平相处。"

昀儿天真地说着自己的感受。

孟云："我得回家做午饭了，中午布莱恩要回家吃饭，千万别对肯尼说这事情啊！"

昀儿："这也不是什么好事，肯尼不说，我绝对不会说。我要等待他开口解释。"

孟云洗完手，将牵扯小狗狗的绳子向自己家走去，自从昀儿来小区后，孟云散步遛狗会习惯地敲敲昀儿家里的门，现在两个外嫁过来又没有工作的两个中国女人，不聊聊家常这些茶余饭后的八卦事情，还聊什么呢？

昀儿很感激孟云有意无意地告诉她这些有关肯尼实情，起码在心里有数。善良的昀儿通过这些身边人关系牵扯，觉得对待网络上认识的人要多留一个心眼。

自己以前是不知者才胆子大，细想起来这些发生的事情，不得不让昀儿有点后怕。今后遇事一定要多长点心，学会保护自己。

因为，昀儿还不知道肯尼与第四任关系这么好，为什么还离婚呢？为了共同财产利益？为了别的什么吗？昀儿想起来就头痛，因为她现在才知道，原来肯尼是与第四任妻子商量厂里准备破产的事情？这么大的事情肯尼很信任第四任，起码他们才是一个道上的人。

在前一周肯尼还问过昀儿是否愿买美国人寿保险的事情？而且有一天清理衣物的时候，肯尼把家里藏着的一把手枪拿出来给昀儿看了看，并自语说："我是有持枪执照的，是合法持枪者，可以用来自卫，保护自己。"

昀儿的脑子里迅速像闪电一样，一件以前不明不白事情，现在回想起来有点清晰了，向坏的方面想，真的有些不敢想象。

　　但愿一切都是昀儿多想，但愿肯尼不是那么坏的男人，但是肯尼的脾气性格，昀儿在来美国后和肯尼一起生活相处中，肯尼慢慢暴露出昀儿最不希望看到的一面，性格喜怒无常，发脾气的频率让昀儿从没有安全感，经常在梦中惊醒。

　　肯尼常常有一个不好的生活习惯，不洗澡带着一身的机器油漆味上床睡觉，如果不和昀儿亲热，也就无事。但是偏偏肯尼又爱上夫妻之间的那点事，哪个女人受得了和一位满身机油味道的人亲密呢？

　　昀儿刚开始是忍受，肯尼很固执己见说早上会洗澡，问题是晚上这样睡觉，昀儿是会拒绝亲热，昀儿隐隐感觉肯尼很自私，不尊重她，只是占有她的欲望，以前被完事后的感觉就像是强奸，对昀儿来说毫无幸福快乐，每天睡觉战战兢兢，简直就像是灾难的开始。

　　因为不迁就，也得忍受肯尼的坏脾气暴发，时不时地对昀儿耍脸色，冷暴力，甚至一连几天可以不理不睬。

　　昀儿开始躲避，没想到会在夫妻之间这件生活细节上，严重的不和谐。昀儿开始借生理期不便同房而分床睡觉为理由，睡在了一楼一进门右手边的客房。

　　昀儿东，肯尼西，才来美国半年的生活，昀儿与肯尼就开始了冷战……

第5章　像有一根刺扎到她的心口

　　自从知道肯尼又和第四任妻子对上号以后，昀儿心里就再也平静不下来了，她并不是很小气的人，也不是不讲道理，只是感觉为什么要瞒着她，把她当傻瓜一样，昀儿知道了却还看着他们在相互往来，为了替孟云保守失言秘密，自己只能装作不知道。

　　又是一个星期五的周末，等肯尼上班去了，还没有一会儿，孟云就牵着狗来到昀儿的家敲门，昀儿家也养了一条小宠物狗，于是也牵着狗，跟着孟云一起在小区开始边聊天边遛狗说起话来。

　　走着走着，看到小区前转弯路边上，有一位个子不高的女人，在门前拔野草，穿着吊带背心、短裤，脚上穿着十字叉的拖鞋，头上戴顶帽子，手上戴着手套，旁边还有一个篮子和一个小铁铲子，正在埋头拔草，抬头看到走到路边的孟云和昀儿，马上又把头换个方向，背对着孟云和昀儿，继续旁若无人地拔草。

　　这一丝丝的细节被孟云看得很清楚，因为昀儿不认识也就不是太在意那个女人。当孟云跟昀儿走过那个女人的家，在另一个路边上的时候，孟云对着昀儿说：“你别回头，你只是从侧面看那个女的，你看到了吗？”

　　昀儿："看到了，她正好也在看我们呀，你们认识？为什么不说话呀？她怎么不跟你打招呼啊？"

　　孟云："哎呀，本来不想跟你说的，但今天又看到了，不说好像也闷在心里不舒服，还是跟你讲吧，首先你得答应我，不要对肯尼说哟。"

　　昀儿一听，这又与肯尼有关系，心里咯噔一下又紧张了，好奇心

彼岸花开
Flowers Blooming on the Other Shore

就来了，情不自禁地放慢脚步，想再回头看一下那女的，到底长得什么样？

昀儿："你说吧，我说中国话只能跟你说得上话，还能跟谁说呀？"
孟云说了很多关于这位名叫西西的韩国女人与肯尼同居的生活故事：

"这个女人叫西西，是韩国女人，她跟肯尼同居了三个月，就住在你和肯尼住的这套房子，那个时候她的房子还没盖起来，肯尼的房子盖好了。我和布莱恩和他们两个经常在一起吃饭，那女的才浪！有一次过生日，她背着一个酷奇的包，给我看，说是肯尼送她2000多美金买的包，平常穿衣服特别暴露胆大，穿的吊带性感的衣裙，有时候连胸罩都不穿，同居三个月期间，他们两人老吵架，那女的好吃懒做。肯尼受不了她不做饭，不做清洁，有一天吵架，肯尼脾气来了就把她给赶出门了，大半夜的硬是把西西的行李往外丢。

那个时候女人的房子还没盖好，又没地方住，最后敲了我们家的门，说得很可怜。我们没办法，看曾经是肯尼的女朋友，就收留了西西。这西西很有心计，说好了只居住三四天，找到房子就搬走，结果在我家住了一个月。刚开始几天，因为我想她只住几天，我对她很客气，早上起来我们吃什么早餐，我就给她做一份早餐，早中晚，结果四天以后她住得挺舒服，也没有走的意思，而且穿着像是自己家一样，穿着吊带睡衣在家里晃来晃去，我们晚上有喝点红酒习惯，布来恩让她也喝酒，这女人从不拒绝，把自己当女主人了。冰箱里所有的食物没掏一分钱买，随便吃，也没说跟我们主动分摊，给点钱意思一下。在美国，朋友之间都是AA制的，而且我是免费让她只住几天，哪知道这一住都不提走的事，还白吃，我当然不舒服啊，布莱恩不好意思跟她谈。

这个女人，她就是睡觉吃饭聊天也不做事，我做家务，她也不帮一下。

有一天我就忍不了，等布莱恩上班一走，我就跟这女人直截了当地开始谈，你再不能住到我们家了，我们答应你是暂住几天，你现在都住十几天了。

那女人回答我，房子快要盖好了，还有 20 来天，干脆就算租住在我们家这间客房，说给我伙食费，按天算，只有几十天房子快要做好了，不想到处搬。

西西没有想到肯尼那么绝情，一天不留她，要和她分手，赶她出来，这是让西西彻底绝望了，无论怎么说，西西和肯尼曾经还是男女朋友关系，同居期间也是过着夫妻的生活，有过肌肤之亲吧，男欢女爱的事情没有少做吧！可是当肯尼脾气发起来的时候，一点情面不留，真狠心啊！这女人话说到这份上了，我心肠一软，又不知道怎么说了，心想算了，房间空着也是空着。"

这以后，西西说话算话，给孟云租金，自己买自己吃的食物、水果，放在孟云冰箱里自己用，还把以前专吃孟云买进冰箱里的食物补上了，孟云不好说什么了，就算是默认了。

就这期间孟云还问肯尼是不是有回心转意，肯尼直接不理孟云了，好像怪孟云跟西西成朋友，肯尼表明了，西西跟他没有任何关系了。

后来西西房子盖好了，搬走了，再也不跟孟云说话了。

孟云说："西西真是忘恩负义的女人，我也不想理她了，就因为她搞得肯尼还恨我和布莱恩。

后来我们才知道，那个时候肯尼跟你还在网上写信交往，已经写了半年了。"

昀儿黯然地继续听着孟云说："这事情呢，就看得出来，男人真是闲不下来，有一点空隙他们都要谈女人，因为肯尼有时去找布莱恩在我家聊天，所以我才知道你和肯尼网络上写信交往的事情，唉！这男人啊都不是好东西！西西住在我们家的时候，我发现她老勾引我家布莱恩，

彼岸花开
Flowers Blooming on the Other Shore

总是有意无意地擦着布莱恩身边去拿杯子，连胸罩也不穿，晃来晃去晃得我都不好意思，我讨厌这个西西，好生贱。"

孟云一直说着，昀儿一直埋着头，听着心里堵得慌，越听越不是滋味，越听越恨这些渣男渣女，怎么会这么乱七八糟，心里突然觉得对这段婚姻生活太失望了。

孟云："你在听吗？都是我一个人说，你有没有听到我说的这些事情啊？那段时间我还经常跟布莱恩为西西生闷气，因为我看到男人根本不会拒绝女人，只要有女人往上贴，我看到布莱恩就不会拒绝。所以呀，你已经嫁过来了，就好好地把自己的男人看好，表面上放乖一点，听他的，反正他到哪去就跟到哪去，什么活动都参加，最主要是我又不想在外工作了，所以一整天都是我一个人在家，布莱恩周末才带我出去吃点饭，看部电影逛逛街。"

昀儿："哎呀，我要是知道肯尼在这边的生活是这个样子，我真不该一来就结婚，只有六天，肯尼就急着在他老家跟我登记结婚了，说是就他父母亲和三个女儿家庭都在一个镇上，热闹。"

昀儿听到这些事，真的觉得这段婚姻太鲁莽冲动了，幼稚欠周全考虑，不知道是要图什么？一想到晚上还要同肯尼的第四任妻子在一起，作为肯尼第五任陪同，一起帮第四任妻子运东西，真的感觉到很滑稽，生活给昀儿开了个大玩笑。她从来没有测试过自己的心理素质，心里的大度会容得下肯尼所有的这些经历吗？有时候一想起来，肯尼曾跟这么多女人同居睡过觉，心里真不是滋味。

冬季的上午还是有点凉意，本来说昀儿跟孟云每天学说一个小时英语，可是每天两个人在一起聊起八卦这些家常事情，都有说不完的话，哪有工夫学习英语呀！昀儿暗示自己，等一段时间自己亲自跟肯尼说要去学校学习英语上课的事情。

　　不然整天这样下去，什么也没有学到一事无成，这会让昀儿特别懊悔发疯的。

　　如果在中国，昀儿还有事业，还有家人亲朋好友，交通方便，生活方便，在美国生活并没有想象中的那么好，此刻昀儿在心里比较，从哪方面都不如中国好。

　　吃不如中国，娱乐也没有中国方便，要知道昀儿放下所有的一切，来美国就是想换一个环境生活，找一个能相互照顾的伴侣，好好地过日子，这要求不过分吧，却没有想到是肯尼还这么复杂，脾气还不好。

　　昀儿好羡慕那种肝胆相照的爱情和婚姻。可惜目前看来希望渺茫，这唯一的想法和愿望都有可能泡汤！她还没有想好自己到底需要什么样的生活，就虚荣心作祟，糊里糊涂地嫁给了并不了解的西方美国男人肯尼，她算肯尼的什么人啦？一位普通不过的女人，想想肯尼身边合法睡过的五个女人，再加上谈恋爱同居的三个女人，肯尼的脑子里再干净，就昀儿目前知道肯尼睡过的女人也有八个了，昀儿不敢去深想，她真没有想到，嫁到美国的这位男人肯尼是如此的渣，跟女人的关系这么乱，睡过的女人有美国、中国、韩国的女人。

第 6 章　美国度过的第一个除夕

　　自从知道肯尼混乱的情史之后，昀儿变得不爱说话，有些过于理性的冷静，那都是装的。她很想打破这种尴尬和烦恼的局面，安慰自己一定要努力改变目前这种状况，她担心长期下去会得忧郁症。

　　肯尼也感觉到昀儿的变化，他以为是昀儿不习惯美国的新环境。为了不让她孤独，准备让她去中国教堂认识更多新的中国朋友们。

　　一个周末，肯尼邀请布莱恩和孟云来家里聚餐。晚饭一结束，时间刚刚好是六点半钟，昀儿和孟云坐上肯尼的车，因为是晚上开车，到达教堂门前，正好在七点。昀儿下车，肯尼就在车上指着教堂大门，示意昀儿、孟云向里走，就会看见中国人了，看到两个人进入大门后，肯尼开车离开，赶回去和布莱恩在家看电影。

　　昀儿快步走进中国教堂大门里，刚好碰见站在大门跟每一位打招呼的中国男士，主动向昀儿、孟云做了一个自我介绍："我是这个教堂的负责人，大家都称我武先生，你们好像是新来的吧？请问怎么称呼你们？"昀儿仔细看了眼前站着并正在与她握手的武先生，带着一副眼镜，175 的身高，不胖不瘦，文质彬彬，大方热情地接待昀儿和孟云。

　　昀儿："是的，我是来自中国湖北长江之城，这是我第一次到中国教堂来。"

　　孟云："我是中国桂林的，三年前来过一次，这次陪新来美国的昀儿来教堂看看中国人是如何过大年三十。"

　　武先生立马拿一张表格，做一个简单的登记，并将自己的手机号和微信号告诉了昀儿和孟云。

　　武先生："如果有什么事情需要帮助，请加我微信和打电话都可以。"昀儿立马拿起手机直接面对面加了微信对武先生说："这就好了，以后我就放心了，有什么我不懂？我可以问武先生吗？"

　　武先生："没问题的，有什么事情都可以咨询？我会尽力给你们提供帮助，都是中国人。"

　　昀儿："我真的有一件事想请问武先生告诉我，在这个小镇哪里能上免费上英语学校？能否把地址和学校联系方式告诉我？"

　　武先生："好的，我打听一下，下周你再来教堂或者我们微信上保持联系，知道以后发给你具体信息和学校地址。"

　　昀儿："真的感谢武先生，今天我来教堂真的没有白来，非常感谢。"武先生："你知道吗？因为你说你是湖北长江之城，我感觉到很亲切，我的老家也是在长江边，父母亲还有妹妹还在那座城市。"

　　昀儿："哎呀，世界这么大，其实也很小，能在异国他乡遇上家乡人，正宗的湖北家乡人，真的感觉到很庆幸认识武先生。"

　　武先生："我在美国有20年了，我研究生毕业，就留在美国工作了，我在美国结婚，我的爱人，还有两个儿子都在美国。"

　　昀儿："武先生好厉害呀，英文一定说得好，在美国这么长时间肯定习惯了吧？我英语不行，有一些吃不惯这里的食物，总想着家乡的热干面和中国美食。"

　　武先生："英语慢慢上课，加上日常的学习，时间长了就会了。吃的口味，可以自己在中国人的超市买菜回家做，也会慢慢习惯的。"

　　昀儿："我来美国才两个多月，有很多不懂的，说不定会给武先生添麻烦。"

　　武先生："你们随我来，我带你认识一下其他教堂里的中国人。"

彼岸花开
Flowers Blooming on the Other Shore

昀儿跟随着武先生，走近一群围在桌前正在包饺子的中国人，他们来自各个城市的人，有上海的、北京的、重庆的、福州的、桂林的、湖南的、东北的，天啦！此刻昀儿简直就像是在中国，有这么多的华人来到美国，而且还是居住在美国同一个小镇上，忽然感觉到中国人真厉害，到哪都有中国人的影子。

据武先生介绍，有的是来探望在美国学习的儿女们的父母，有的是已移民过来生活了十几二十年，有的是刚刚和昀儿一样来探亲访友，准备新生活的开始。

一晃两个小时就这样匆忙地一下过去了，昀儿在想为什么今晚中国教堂晚上聚餐，是天天这么热闹吗？

这个时候只见武先生走上大厅中央，正给教堂里的中国朋友们发表讲话："各位朋友们，大家晚上好，今天是新年的除夕，大年三十夜，大家在一起庆祝我们中国人的除夕，一起吃一餐团圆饭。在此祝大家新的一年，身体健康，平安幸福，年年有余，心想事成。"

武先生的一席话，一下子把昀儿的疑惑不解打开了，原来今天是年三十夜，在美国都忘掉了这么值得庆祝的节日，这要是在中国，早就和父母亲姐妹自家人在一起了，家人在一起看电视围着桌前，品尝各种丰盛的点心，度过愉快的年跨年夜。

白天的时候，昀儿根本看不到有中国除夕的氛围，要不是晚上来到中国教堂，才体会到这个节日文化气氛，窝在家里肯定会不知不觉中错过大年三十。

这个年三十夜过得很特别，仅是与来自五湖四海中国朋友们团聚在一起，让昀儿记忆犹新，这里见过的每一位中国人的面孔，都是那么平凡，没有一点陌生感。昀儿从内心里佩服中国人，中国人是勤劳朴实能干，适应能力超强，感觉中国人的智慧无处不在。

两小时已到，孟云提醒昀儿自己先走出教堂门外，昀儿急忙走到武先生旁边，上去礼貌地打一个招呼，道声晚安和谢谢，才匆匆告辞了。武先生："有时间方便每周日白天来教堂，有活动欢迎你来参加。"昀儿："好的，如果方便我会来的，保持联系，谢谢再见。"

出来的时候，昀儿问孟云："你好像不大喜欢来中国教堂，为什么？我感觉挺好的，中国人说话咨询任何事情，都很快的告诉我们，多方便啊。"

孟云："布莱恩从没有带我来教堂，今晚他也没来。上次也是一个中国朋友带我来过一次，几年了，在美国交朋友，最好少接触中国人，来中国教堂虽然自愿，但也要捐献一些钱和物品给教堂，我们不是基督教徒，布莱恩不想参与进来，我就没有办法了。"

听到孟云轻描淡写的回复，昀儿明白了，不是听说在美国基本上80%的人信仰基督教吗？昀儿身边的这三个人却都不是信仰基督教的人？所以深入生活接触内心，才能了解真实的原型。

孟云和昀儿慢慢走近，早在五分钟前肯尼就停车等候，出门直接上车后，孟云和昀儿都没有说话，只是跟肯尼打个招呼。

沿途肯尼开着车，时而余光看看坐在副驾驶座位上的昀儿，从前镜子里看看后座位上孟云。肯尼不知道教堂里发生了什么，怎么两个女人都不说话了呢？是自己多想了？肯尼真的捉摸不透女人的心思。

昀儿似乎可能是累了，也不想说话，靠在座位上慢慢闭眼养神，脑子里还在展示教堂热闹的画面，走出教堂才意识到这是在美国。

孟云只是感觉和中国人打交道，她心累，她对昀儿说过很多次，她情愿和老外打交道，在这个小镇上她没有交一个中国朋友。

昀儿在想为什么孟云会有这些怪怪的想法呢？哪一天方便，好好和孟云聊聊。

这一夜竟是这样度过了，昀儿来美国的第一个除夕夜，所幸的是在这里，今晚昀儿幸运地认识了同城老乡武先生，此时心里好像有了安全感，在美国这个小镇上，假若真的遇到什么困难，昀儿认定了武先生是值得她信任的人，感觉像一位兄长。

来之前就听很多人都说，有信仰基督教徒的人，一般心都很仁慈善良，武先生还是教堂的负责人，这更让昀儿放心了，昀儿情不自禁地握紧手中的手机，生怕掉落下来，在美国手机就是联系家人朋友们的纽带和世界的窗口，昀儿的精神支柱、所有能帮到她的、能让她信任的、爱她的亲人信息都在手机中，而不是现实生活中能见到的枕边人，因为肯尼性情多变，给昀儿感觉似乎总是漂浮不定，才来了两个多月，就发现这么多让她生疑心的事情，未来怎么样还真难说，一切都是未知数。昀儿有些沮丧，几乎不敢想象今后与肯尼在一起相处的日子，她不善于表演，来假的那一套，这样扮演下去她的心有多累啊，真没有想到为了爱情却事与愿违。

第 7 章　陪他破产的那段日子

肯尼由于脾气不好，管理不善，厂里的员工被他炒掉只剩下一名员工了。肯尼只有破产，在这些艰难的日子里，昀儿只有放下心中情感疑惑，默默地帮助肯尼搬迁。

春节刚过，初二那天，昀儿随肯尼去厂里搬移一些银行不需要抵押贷款的办公用品及原材料、办公桌、电脑、电视机、小型旧的机器等，做转运之前的清理打包搬运。

在美国虽然是中国的农历年初二，但是这里没有任何过年的迹象。肯尼还叫上布莱恩带一辆拖挂车一起去了厂里。年初二上午，天气依然很凉，昀儿明显感受到，肯尼的工厂是真的要垮掉了，他最近脾气更不好，闷头叹气的时候多，她可以理解，甚至可以说是昀儿善良地迁就这个男人。除了小心做事，少说话，昀儿愿这次齐心协力共度过这困难的日子，愿肯尼吸取教训以后会好起来。

走进厂区，进去以后就开始收拾一些东西，听肯尼指挥，能搬动的东西，昀儿自己就搬往车上，大的物件就一起帮助肯尼搬，在这里昀儿虽然是小女子，带上手套像男人一样干活，跟着一起做。肯尼并没有请搬运工，将能用的搬到家放着，肯尼看到布莱恩帮助，就将厂里的其中一台电视机送给他，一台搬运到与韩国朋友一起合租的小厂，看得出肯尼有些依依不舍。但是这个时候肯尼手上没有任何订单加工业务，已经有几个月了，以前请的工作人员早已看不到希望，都离职都走了，唯一的兼职会计霍丽留下来了，肯尼的业务常依靠霍丽拉来订单，他指望霍

彼岸花开
Flowers Blooming on the Other Shore

丽能说服关系户拿到订单，那样不仅能帮到肯尼，霍丽也可以继续拿肯尼厂里的工资。做这些体力活的时候，肯尼并没有叫霍丽出面帮忙，也可能是考虑昀儿在身边，为了避开尴尬，肯尼没有对昀儿做出任何解释。

现在昀儿无须去追究肯尼霍丽之间的关系解释，只是想把最难的时期度过，希望不要把工作中的一地鸡毛、乱七八糟的事搅在生活中，把日子过得平淡一些，只要肯尼不乱发脾气，不给昀儿甩脸色看，有事好好商量，昀儿都可以包容。

其实女人的幸福感很容易满足，没钱的时候哪怕是一张微笑的脸，一句安慰人心的话，一起和和睦睦在一起吃顿饭，都可以满足女人的心。

有这些也足以让女人心甘情愿地陪伴，有爱她的人身旁，昀儿并没有想要的更多的东西，她就是这样以为，男人可以暂时没有钱，但是不能没有胸怀和责任担当。一天可以忍受，一连几个月都是阴冷的脸色，昀儿忍过来了，想着在这个男人低谷的时候默默分担精神压力。

破产后厂里的一些搬迁杂事处理，基本上妥善安排完毕，重新租用的小厂，慢慢地有了一些小活订单生产。眼看要走出低谷了，肯尼又恢复了几个月没有的笑脸。肯尼又有一个长期计划，说服大女儿申请办厂营业执照，申请银行贷款办厂，因为肯尼有一年的时间欠银行贷款未还，信誉受到了影响。厂里的机器设备无法抵押贷款，所以想到了自己的大女儿。

肯尼又有了计划的野心，生活有昀儿照顾，女儿凯莉也答应了肯尼的邀请，来亚拉巴马州一趟办理申请注册相关事项。

昀儿在生日过后近一个月，肯尼迁移厂房的事情都已办妥，平时肯尼只是接点小单加工一些活，所以事情不是很多，在宣布破产后，陆续也收到了以前做完活的加工费，手上有 2.5 多美金，这在美国普通家庭来说，是很少的钱。有天下午，肯尼要昀儿跟他一起去选新车，刚刚宣布破产，怎么还有闲钱买车呢？原来肯尼并没有及时将收到的钱存入银行，却将自己开了半年的那辆货车卖掉，另再加了一点钱，又买了一辆五座位银灰色的新轿车，付款方式也是分期付款。肯尼按照自己的计划都办妥了，他觉得自己聪明地处理了一系列破产后的麻烦，而保住了一些流动资金，沾沾自喜。

肯尼是商人的脑子，把钱算得如此精确，为了避开还银行贷款，情愿丢失个人银行信誉，来减少自己还贷款压力，这肯尼的算盘打得真细。其实这招对肯尼信用有很大影响，作为商人来说，这是很蠢的做法。昀儿不理解的是，无论做人做事情，首先应该讲的是信誉，没有了个人银行信誉，今后想向银行申请贷款都难，更何况肯尼是私人小企业。

昀儿真不知道肯尼怎么想的，按照昀儿的想法，她是绝不会这样处理这件事情的，但昀儿知道她初来乍到，很多事情是她不能左右的，她明显地慢慢感觉到，她与肯尼的三观出现了问题，有很多方面暴露出明显的不同。

看到肯尼很高兴的样子，看来这种做法他早已驾轻就熟。昀儿就趁肯尼高兴，提出要去学校学习英语课的事情，肯尼马上回复说："我也不清楚在哪有这种免费的福利学校，等我问问吧！"

昀儿知道肯尼会这么敷衍她，将早已写好学校地址的那张纸条，从包里夹层中小心翻了出来。

昀儿："我教堂的中国朋友武先生帮我查到的这个地址，开学时间是七月份，报名还来得及。"

说完昀儿把一直放在随身包里的写好地址那张纸拿了出来，交给肯尼看，肯尼看到学校离他新租的厂房不远，可以顺道送昀儿去学校，也没有理由不同意，于是说："好吧，下星期抽空一起去学校看看，咨询一下报名手续。"

　　昀儿看到肯尼终于答应了她去学校学习英语，一颗悬着心总算落地了，一连几个月的冷战，总算有点结果了。自己来美国的这些日子，几乎就是全职太太和保姆，除了厨艺长进了一点，什么都没有学到，尽听到一些窝火的事情。

　　在美国若想生存，最起码学习英语交流，这次总算确定下来了，昀儿想对肯尼说，只要你待我真心实意，我一定好好地待你，可就是开不了口，昀儿也曾恨过自己，为什么要较真呢？说一句假话又少不了身上一坨肉，若是真的那样虚伪了，自己心里会很不自在，所以昀儿的面部表情是来不得一丁点假，说不出来的假话，那就是不想说而已……

第 8 章　露露原来也见过他

昀儿盼着七月份开学的日子终于到了，美国上学的时间在 7 月底，昀儿早已想上学校系统学习英语，能讲一口纯正英语，能以流利英语交流，学会语言技能。

昀儿庆幸认识了教堂的武先生，这位同乡朋友真好，若不是武先生的帮助，肯定不可能上成这种社区免费给外来移民教授英语的学校，昀儿铭记武先生这位同乡贵人的及时帮助。

上学的第一天，昀儿早早起来将所有东西收拾好，该做的事情都提前做到位，生怕有什么闪失而被肯尼责怪。不声不响地起来做好早餐，都是肯尼喜欢吃的早餐，一杯咖啡，一份煎鸡蛋，一份烤土司，一个切好的苹果，还有一杯牛奶，让肯尼无话可说。

肯尼："今天你该高兴吧，马上就去学校上英语课了。可是，中午我只能和工人一起去吃完午饭后，再过来送你回家哟。"

昀儿："没问题，下课是 12：45，下午没课，晚点送我回家没有关系，我在学校休息厅等你。"昀儿知道只有按肯尼的作息时间，让他先吃饱，免得认为自己麻烦，尽量不打乱肯尼的正常时间，一切由肯尼方便而考虑，昀儿自己饿几个小时也无所谓，只能怪自己暂时还不能考驾照开车，希望肯尼能坚持送她上学校学习。

在美国不开车，等于没腿没脚，很不方便，更何况像住在郊区农村，小区附近没有公交巴士车站，所以为了上学昀儿只能委屈自己乖乖地看

彼岸花开
Flowers Blooming on the Other Shore

肯尼爱理不理的脸色，心里想只要能上学校学习英语，受点委屈也是值得的。

昀儿知道如果一切顺着肯尼，昀儿的日子就好过一点，如肯尼工作上不顺心不高兴了，昀儿就成了肯尼的出气筒。不管怎么说终于能上英语学校了，昀儿暗暗地松了一口气，给自己打气，一定要珍惜这个来之不易的学习英语的机会。先从最基础的班学起，从听力到说的两个班，昀儿都报名了，平时也随身带着一个小笔记本，把经常要说的单词和生活简单语句，也用中英文双语记下来，结合老师的英语朗读课，跟着老师一句一句的看书，听读练习，反复地听。

而且老师每次会根据课堂内容章节，让学生重新跟着老师读一遍，美国老师这点很好，尽量点到每一位学员读一段文章，错误的当场纠正，重新反复让学员读。昀儿学习英语慢慢入门了，可能是因为找到对的方法了，昀儿有了一点学习英语的兴趣。

有一天在课间休息厅里，昀儿看见一位脸面长得像中国女人的样子，身材又好，眼神就跟随着那美女的身体走动的方向移动，没有想到她走进昀儿平时上课的教室里面去了，昀儿急忙跟进教室，想听她说话，看是中国人，还是日本人或韩国人。

因为有几次在公共场合，昀儿见到长得像亚洲人的面孔，就主动打招呼，结果有两次都判断错误，把韩国或日本人都误以为是中国人。

所以这次昀儿不好意思轻易打招呼了，想多观察一下等人家开口说话后就知道了是哪国人。上课时间到了，老师像以往一样，只要有新同学来上课，就有一个自我介绍的形式，在上课前都要做自我介绍，这样让学员们自己相互认识，也是为了锻炼学员自己用英语表达来介绍自己，在实践活动中练习语言。

当听到那美女自我介绍时，昀儿很开心地听到美女说："我叫露露，来自中国重庆，来到美国已经有十年了，我有两个儿子，现在来学校学

习英语，是因为我只会说会听，但是不会写，很高兴能认识大家，介绍
完毕。"

　　同学们用热烈欢迎的掌声迎接每一个新学员的到来，因为露露确实
英文讲得很好，英语介绍自己很顺口。来了十年，还来学习英语，昀儿
来学校学习坚持是对的。

　　当昀儿做自我介绍的时候，与露露眼神交流，看到了彼此开心的笑
容，老师也立刻补充说："我们班上有两位中国学员。"就这样，昀儿
跟露露相识在学校英语课堂。课后昀儿立马走到露露的课桌前，相互亲
切聊了起来，相互问了许多问题。

　　露露："以后我们是同学了，见面的机会多了，在这个小镇还是有
很多中国人，以后带你来我家玩。"

　　昀儿："谢谢露露，现在我还没有身份，临时绿卡还没下来，不能
开车太不方便，只能顺我家老外的车，来学校和你碰面。"

　　露露："没关系，今天我们加个微信，有机会如果顺道，把你家的
地址告诉我，我可以顺便把你送回家。"

　　昀儿："真的谢谢你，我有什么需要你的帮助，一定少不了要麻烦你，
认识你好高兴啊！"

　　两个人面对面加上微信，昀儿似乎感觉不怕了，在美国又多了一个
像武先生一样热心快肠的中国朋友。

　　昀儿小心地把露露手机号写在随身带的小本子里，本子上又多了一
位知心的中国朋友，昀儿把露露的名字写在了武先生的下方，此刻心里
踏实多了。

　　露露安慰昀儿说："这个镇不是很大，学校离我们居住的地方差不
多的远，有什么事情都可以先微信或者打我电话说，我家里只有两个儿
子，没有其他的人，所以以后可以经常约在一起去逛街，一起去参加节
日派对。"

昀儿："好啊好啊，以后我有想去哪就跟你先说。"

露露："真的不客气，有什么不方便的事情，跟我说，以前我帮过几个中国女朋友，像买机票啊，其中有个郑州的女朋友只有 42 岁她跟他老外有矛盾之后，确实过不下了，拿了绿卡也非要回中国，都是我帮忙送到飞机场，那女朋友回去后，精神状态好多了。在美国性格内向已经有忧郁症的迹象，真的好可怜，看她难受，当她决定要回国的时候，后面一系列的事情都是我帮了她，现在我们一直有联系。等放学后，我们再好好跟你说，现在快要上课了。"

昀儿："嗯，好的，正好我也有事想听听你的建议。"

上午的三堂英语课，有一节是全听，一节是朗读听读，一节课是同学之间互相以游戏扮演课本角色对话学习口语，在学校时间过得真快呀。比在家跟孟云学习要好得多，在学校能在老师专业的指导下，系统有针对地学习和训练，而且老师发音准确。

孟云的英语口音总带着桂林的口音，吐字发音含糊，最主要是有一次昀儿和孟云一起去买耳环，孟云很认真对柜台营业员说了几遍"耳环"的单词，可老外一句也没有听懂，急得孟云只得用手比画，直接走到耳环柜台旁边，老外才弄懂了孟云的意思。

此事让昀儿没有了跟孟云学习英语的信心，害怕开始打基础就学错发音，今后想纠正改都难。所以昀儿积极地想到学校来受老师系统的指点和学习，这也是昀儿很高兴的原因之一。下课后露露立马把昀儿带到学校里学生休息厅内，里面有咖啡，有卖小点心、快餐，还有一些学习用品及帽子、手套、T 恤，这些小商品，供学员选用选购。

要不是露露带昀儿来这里，昀儿根本不知道还有一个这么好的地方，休息聊天吃点东西。趁下课后，昀儿要在学校等肯尼吃完午餐后的时间里，可以跟露露在这好的环境下多聊聊。

露露从包里拿出自己带的两包零食，昀儿也带一个苹果和一袋薯片，两个人把各自带的水杯拿出来，选择了一个靠窗口的沙发坐了下来。

露露："你刚开始来，不太熟悉，以后就方便了，这个地方真的很好，我有时候坐在这里看看书，回去也没有什么事，只有急事下课才及时回家去，这里能放松坐坐。今天想陪你说说话，一起等着你家的那位老外，看长得是啥样子？也许以前见过面？"

昀儿："等会来了，你看就知道了，哦对了，我手机上有他的照片，你看看。"

露露看到昀儿手机上的照片，看见肯尼和昀儿合影照片，好像很面熟似的，露露边想边说着，只听到露露的声音："哦，想起来了，去年元旦的时候，我认识医院的菲律宾女人的护士长办的家宴，有请我去，我有看到肯尼带的是一位香港的女人，还有那香港女人的女儿，记得护士长说这是肯尼的香港女朋友英子。怎么这么巧合？不过我就见过那一次面再也没有来往了，哎呀，肯尼跟那个香港女人吹了吗？你们是几时认识的呢？我当时也没有怎么在意，说实话啊，就感觉这个肯尼像是一个暴发户，有点秃头，肚子大，很大男人主义，对那女人也是一般般的，说是在网上认识了半年，来美国准备住几个月适应一下，你不会也是在网上认识的吧？"

昀儿："嗯，我们也是在网上认识的，有一年了，难怪我在家里还看到有印有香港花纹的女士 T 恤。"

这么说，那个时间，肯尼正在交往香港的女人同时还在网上跟昀儿写信交往。

露露对昀儿说："这些男人呀，谈恋爱换人真快，要不是亲眼所见，我肯定不相信世界这么小，还有这样的男人。对了，昀儿等会儿你老外接你的时候，你们先走，我再出来。"

昀儿听到这些，没有像以前听孟云说肯尼的事情那样激动，好像已

彼岸花开
Flowers Blooming on the Other Shore

经麻木了，淡定地回复露露："没事，你认为怎么做你舒服，你就怎么来，我在肯尼面前也不提你，我以后还有事情想请你证实一下。"

露露边说边整理一下衣服，扯齐衣角顺手抚平那合身显苗条身材的旗袍，将扎的发尾又重新麻利地打一个结，真是自然大方利落。坐下来的露露对昀儿说起了她自己的故事。

露露来自重庆，她嫁给了美国军人詹先生时，自己刚离异，带着一个两岁不到的儿子杰逊，詹先生对她带来的儿子很好，像亲生的一样对待，来美国不到两年，就申请露露和儿子的合法身份，拿到了长期绿卡。婚后露露和詹先生很恩爱，又生了一个儿子叫杰克，婚后的生活两人过得有滋有味，露露很会做吃的，特别是火锅，正宗重庆的食谱，没想到美国詹先生也特别喜欢这种口味，他觉得这是他有生以来没有吃到的美味佳肴。

人们常说恩爱夫妻走不到头，这话对露露来说，是一个没有任何迹象的、突然的致命打击。在她小儿子杰克刚满三岁的时候，詹先生在一次部队每年的体检中发现了有肺癌，起初以为迅速及时治疗化疗，可以治愈。结果那一年期间，反而使癌细胞扩散到喉咙，情况发展得很不好，露露几乎放下所有事情尽心的照顾詹先生的饮食起居，依然忙不过来，没有办法，只有把中国自己的妈妈申请来美国，照顾两个未成年的儿子，另请邻居帮忙照看儿子上学放学接送。

露露则全心全意地在医院照顾她的丈夫詹先生，那段时间几乎每两天往返于医院家里。孩子的事情幸好有她妈妈来照顾，才让她放心。

住院期间，詹先生看到露露来回奔波憔悴的脸，心疼地安慰对露露说："人总是要有走的一天，我在走之前一定要把你和我们的两个儿子安排好，请你放心，我不能在有生之年照顾好你，但我一定会请律师把遗嘱写好，让你后半辈子跟儿子无忧无虑生活。我把所有的财产和房子积蓄和未来的美国福利（丈夫一半工资）都写在遗嘱里，让我在天堂继续照顾你和我们的儿子们，只有这样我在天堂才安心。亲爱的露露，感谢你能嫁给我，感谢你最后还细心地照顾我，我们的恩爱连上帝都在嫉妒眼红。所以亲爱的，没有我的日子里，你一定要把我们的儿子培养成才。我会以另外一种方式好好地看着你们……"

露露聊到这里，实在是说不出话来了，她哽咽着说："所以我不能谈我的美国丈夫，一谈他我就心里很难受，很想念他。这也是我为什么孩子都8岁了，我一直没有心情去再婚，一些好朋友都劝我说这么年轻，赶快找一个愿意帮你、帮帮孩子的好男人。可我总觉得世上再也没有比我的詹先生那么爱我的人了，一想起他在临终前为了我写遗嘱的时候，癌细胞扩散，疼得他拿笔的手都在颤抖，可他还是坚持写出来，并耐心地交代律师签字，遗嘱写完后，额头上手心上都出了很多汗，让律师把所有的财产和能给到我的都安排得妥妥当当。我心里知道有多么心酸，我想要的是他活下来，这些都没有比他活下来重要。"

露露说着，眼泪已经沿着脸颊流了下来，昀儿听着也默默埋下头，替她难过和心酸，眼睛此时不敢再对视露露的眼睛，鼻子酸酸的堵塞了，昀儿赶紧起身去卫生间清洗了脸，再次走进休息大厅，看见露露已经两眼红肿地也起身走进了洗手间，洗手间里是能让人的情绪缓冲的地方。

这种情形有时候感觉无声胜有声，昀儿很理解露露的心情，从她的叙说中，能感觉到那份恩爱和失去亲人之痛，为了安慰露露，昀儿还是忍不住地对露露说："露露，我听了你和詹先生的婚姻生活这些事情，好感动哦，让我羡慕你，露露其实吧，一个有爱的婚姻时间虽短，但却让你记得詹先生的爱是一辈子。而我却没有遇到这么刻骨铭心永远记住的爱情，其实你比我幸福，别再难过了，此生足以。"

昀儿用了这些话去宽慰露露，自己却难过了起来，在心里问起了自己，我嫁给了爱情吗？不是！露露被昀儿这么一安慰，控制住了自己的

彼岸花开
Flowers Blooming on the Other Shore

情绪。也许知道逝者已离世，活着的人一定要好好地活着，悲伤的事情让它过去吧，我们要看未来，向前看。

露露和昀儿从洗手间回到各自的座位上，默默地望着窗外树上的绿叶，七月天的太阳照得一闪一闪，盯着看会刺到眼睛，昀儿无意思地躲避过那道刺眼的光，眯着眼睛，低着头，手撑在沙发背上看着露露。

昀儿轻轻地对露露说："如果我的老外肯尼能有你詹先生一半那么爱我，我一定好好地待他，让他幸福，只可惜，我总感觉不到那是爱。我总在躲避什么，那感觉真不好，没有一丁点安全感。"

露露："别胡思乱想，时间快到了，你先走出去吧，我后走，今天就不见你的老外肯尼了。"

昀儿："也好，如果出去晚了一些，肯尼要是先等我，他会直接发火。哪怕人很多的时候，他的脸色也会很难看，而我必须忍让。真没有想到肯尼在美国的态度跟中国去看我的态度绝不一样，肯尼好像变了，不知道他那里来了那么多的自信。"

果不其然，肯尼已经在学校停车场上了，车上还坐着一位曾在厂里见过的唯一的年轻工人詹姆斯。昀儿坐上副驾驶座位上，肯尼向昀儿看了一眼："今天还习惯吗？"

昀儿回复说："很好呀，老师讲得很好，谢谢你送我来学校学习英语。晚上想吃什么跟我说，我做好你下班回家只管吃。"

肯尼："现在刚吃饱，还没想好吃什么，晚上回来再说吧，你做什么我吃什么。"

昀儿听着肯尼说话的声音，自己的肚子早就饿了，要知道现在是下午1：30了，昀儿想到以后上学都要在这个时间回家的话，到家差不多两点，再做吃的一个小时，每天饿到下午三点才能吃上午饭。昀儿想，只有做简单点的面条是最快的速度，才能应对饥饿感，没有办法，为了上学校学习英语，只有委屈自己的肚子了，搭肯尼的顺风车，可是不容易啊，这学习的机会还是教堂的武先生给的帮助，要是指望孟云那里学习英语，不知道学成哪里的话了。昀儿有准备吃苦，所以将等待肯尼晚送她回家，就没说出来。

肯尼根本就没有想到昀儿是饿着等他，一点概念都没有，没有像过去那样关心昀儿。到家门口，昀儿下车后，肯尼赶去上班，也许是着急吧，肯尼车子只在家门口停了两分钟，转过车头，猛地加大油门冲出小区外不见了。

昀儿打开那座别墅的大门，正要推开进门的时候，孟云在远远看得见昀儿的地方遛狗，向昀儿招着手，大声喊着昀儿的名字。昀儿进也不是退也不是，站在门口等吧，自己肚子已在叫唤，咕咕咕地响，进家门吧，又担心孟云误解。几天上学校听课去了，孟云没有听众，在小区里也只有昀儿听得懂她说的话。可那些是实话，但对昀儿而言，甚至很畏惧孟云吐出来的真言，每次跟孟云聊起八卦后，昀儿心里总是吞吐难咽，卡在心尖上，不舒服。从孟云嘴巴里听得越多，越对昀儿是一个嘲讽，就像是一种轻视，因为只会越来越引起昀儿对肯尼的不满，但却无能为力地委屈求全迁就着肯尼。孟云好像看不懂这些，这些言语和肯尼的过往故事，实质上对昀儿也是一种冷暴力的伤害。

昀儿想到这里，顺着自己情绪还是进了自己家大门，先填饱肚子，孟云自己会来的，也不知道孟云又给昀儿带来什么坏消息？昀儿能做到不传话，但不能保证长期这样压抑下去，会不会也受不了？万一得忧郁症，太不值了……

彼岸花开
Flowers Blooming on the Other Shore

第 9 章　真是人以群分

　　昀儿自从上学校学习英语之后，每周也只是周末才见到孟云，虽然是在一个小区里，但却因为一周到周四都有四天上课，而且是早上去，下午回，所以见面的次数只能在周末。两家人偶尔一起吃饭，这个礼拜在布莱恩家，下个礼拜在肯尼家。有时候两家人在一起看电影，没有像以往那样往来密切。

　　上学后的第一个周末昀儿请孟云、布莱恩一起在家里吃了晚餐，昀儿顺便说出已经在学校学习英语的事情，以后见面就少一些，实际上就是间接地解释没有去孟云家的原因。昀儿拿出好酒招待孟云夫妻俩，为了感谢孟云曾带她去商场买一些女人用的生活用品，感谢孟云前一阵子陪伴，特把从中国带来了一件玫红色民族风花纹的腰带送给了孟云。这腰带昀儿平时都舍不得穿，昀儿知道孟云会喜欢它。孟云很开心地接受了昀儿的心意，并悄悄地说："女人只要装聋作哑，看你现在过得比以前安逸，我就放心。另外我还有一个事情需要你帮忙，我女儿刚生了宝宝，我下个礼拜要过去照顾她一个月，飞机票都买好了。我离开的时候，请你帮我家草坪浇水。"

　　昀儿："没问题啊，你别把后院子门锁上，我从后院子进去就行了，把你家的前院后院花和草坪都会浇水的，反正我不需要进你家门就行了，没有问题。"

　　孟云："记得等布莱恩上班后再过去——你只要看到我家门前的车子不在就可以来浇水。我会跟他打招呼，叫他不要锁后院门。"

昀儿："放心吧，这点小事一定做得好，你安安心心照顾女儿一个月就回来了，又不是不回来，放心哈。"孟云听到昀儿爽快答应了，好像还有什么要交代，但又犹豫着没有说出口。

昀儿："哎呀，你就放心吧，这点小事我做不成，那算是白活了，你安心去吧，我保证每天等布莱恩上班过后，我只要没有课，我就去浇水。如果有课我就下课吃完饭后，再去你家院子浇水，可以吧。真不懂，还没老就这么啰唆，放心放心。"一周后，孟云飞往休斯敦照顾女儿去了。

来了这么长时间，肯尼没有带昀儿逛街几次，每一次都是买他自己的东西才走进商场，如果是看女装、化妆品，肯尼很没有耐心等待，甚至会在商场外等昀儿，昀儿买东西就只能像赶时间一样，随便挑一些实用的就付款出来，生怕肯尼等久了不耐烦。

有了几次那种不愉快的事发生，昀儿就不喜欢跟肯尼一起上商场买东西了，特别是选自己喜欢的东西，更不愿意跟着肯尼在一起。因为昀儿买的东西肯尼也不会付钱，肯尼认为每个月给了 300 美金零花钱，就用那个零花钱去买自己喜欢的东西，不会另外多付一分钱。这些斤斤计较的感觉，日积月累，让昀儿心里非常不痛快。想想自己在中国有工作的时候，经济独立，想买什么就买什么。嫁给了美国的肯尼反而生活质量变差了，自己都感觉是在讨饭的，真不能跟往日相比。

如果计较起来，作为夫妻能算的那么清楚吗？每天昀儿为家洗衣做饭、料理前后院的家务，也是付出时间和劳动的。以前昀儿不在美国的时候，肯尼每月请清洁工四小时付 100 美金。

有一次，肯尼和昀儿要出远门几天，家里养了一只狗没人照应，当时就看到肯尼拿出 100 美金给朋友。4 天给 100 美金。难道昀儿连四小时的清洁工都比不上？那真是还不如出去找点工作，工作挣钱肯定比每

彼岸花开
Flowers Blooming on the Other Shore

个月零花钱 300 美金多。肯尼没有这样去想，反而认为昀儿闲着，认为是他养着。

露露曾对昀儿说过这样的话："别羡慕没有工作的女人，有很多中国嫁过来的女人，自己有工作的就过得很好，很有底气，没有工作的女人，时间长了，爱的新鲜感淡化了，那些女人总是一种可怜的样子，真的什么都做不了主，买什么东西还要看老公脸色，如果遇上爱妻子的男人，最多就是个陪衬，希望你不要心甘情愿做那种闲人，时间长了，就真的成讨人嫌的嫌人了。"

想起这里，突然想起来露露上次对她说过，隔壁邻居家有一对老外需要请家政钟点工，每周两次，正好是下午没课的时间，问过昀儿想不想去？昀儿此刻一想到服务外人，还可以挣的零花钱，不需要什么技术含量，自己还年轻，不能像孟云那样脱离社会，没有经济来源。这次先悄悄地从做家政钟点工开始，一定要出去工作靠自己。想这里怕自己忘了，马上给露露先打电话说明原因，并请她联系安排试工。

有一天昀儿下课以后吃了饭，像往常一样将肯尼喜欢的那条小狗拴好，到布莱恩家里的草坪浇水。刚浇完水就看到布莱恩提前回家，昀儿对着布莱恩摇摇手说："再见！"昀儿散步牵着狗回到自家，看到还没到肯尼下班的钟点。就走进后院，忙起浇灌自己种的菜园子里长出的辣椒、茄子、西红柿还有香菜。昀儿看着菜苗是一天天地生长，开花结果，很是欣慰。随后再把院子的苹果树、梨树、橘树，还有草坪、花浇上水。家政工作的活接多了起来，之后这样浇灌就只能少做一些了。

孟云的手机微信过来了，孟云视频看到昀儿在自家院子里了，笑着对视了一会儿，昀儿赶紧汇报刚刚忙完了她家的事。

孟云："是的，刚刚布莱恩跟我打电话说了，说看到你了，这两个礼拜辛苦了你，布莱恩让我对你说，以后不去我家浇水了，等我回来了请你吃饭啊。"

昀儿："这点小事不用太客气。"

几天很快过去了，每月肯尼给了昀儿的零花钱，就买这些调料主食大米、绿豆、小米，每月还只能买三次，美金就会没有了。

布莱恩到周末就被肯尼叫到家里吃饭，酒足饭饱后，一个劲地夸昀儿比孟云做的还好吃。肯尼看布莱恩吃得开心，就对昀儿说："我们等会一起上二楼看电影，你忙完了一起来吧。"

昀儿："你俩先去看吧，我先忙。"两个男人上楼了，肯尼还带了几小袋子的甜点零食，在楼上边看电影边聊着天南地北的八卦。昀儿准备一些中国茶叶泡一壶茶送上楼，昀儿刚刚忙完，就看到手机闪，一打开是孟云的微信，视频中，孟云看到只有昀儿一个人在一楼客厅忙问："他们两个人呢？"

昀儿："刚刚上二楼看电影去了，我在楼下洗碗，你的微信就来了。"

视频中，孟云将镜头对着女儿的房间，让昀儿看看她女儿的小宝宝，并对昀儿说："可能我会延长半个月时间回去，我知道布莱恩今天周末会来你家吃饭，肯尼一定会叫他去你家。"

昀儿："是啊，肯尼已经交代说好了，每周六、周日两晚上，都到我们家吃饭，白天布莱恩自由，他说要修车子还有其他事情吧。"

孟云："你帮我看着点布莱恩，他平常上哪去，你告诉我，布莱恩跟肯尼在一起我有点不放心，肯尼与那按摩店女老板很熟。要不是女儿坐月子，非要在女儿这边帮忙，我根本不放心布莱恩，没我在他身边，不知道会不会又去找以前同居两年的美国女人，还有在电脑里和那个越南女人聊天。我都忍着，就装什么也不知道。"

昀儿："天呐，你有这么多担心，亏你还能安心地在你女儿那里待，你这么了解他就不应该去那么长时间，你还是早点回来，不要再多待半个月了，省得节外生枝，要不要我把手机拿上去？你跟他视频一下。"

孟云："他还在看电影我就放心了。不聊了，你去忙吧，再见。"

　　肯尼和布莱恩看完了一部战斗片后，已经是晚上 10 点了，昀儿送壶茶上楼，布莱恩才从沙发上起来说："不早了，我得回家去睡觉了。"

　　肯尼："好吧，记得明天晚上六点过来吃晚饭。"

　　星期天的早上昀儿醒来已经是 9 点了，早上她要打开电脑看考驾照笔试题，全部是英文的题目。还没看多久电脑突然卡住死机了！肯尼正要去布莱恩家还工具，不一会，布莱恩穿着一身运动短裤背心随肯尼来了，肯尼简单交代布莱恩几句话后，直接去后院除草去了。客厅里，布莱恩在厨房台面电脑上东看看西点点，不到半个小时电脑就恢复正常，出现了考试题目。

　　布莱恩叫昀儿过来操作电脑鼠标，布莱恩一边讲着，一边让昀儿点击电脑，布莱恩慢慢地用右手握住昀儿抓住鼠标的手，点击着电脑，在电脑上滑动着。昀儿不敢动手指，心里一紧，一边听布莱恩靠着很近的呼吸声，一边在想着抽身，身体向后移动一下，想站立起来。离开椅子瞬间，昀儿无意地朝吧台下方看了一下，赶紧又收回了自己的目光。刚才昀儿慌乱间用眼睛余光看见了布莱恩用他自己的左手不停地在运动短裤衩口外，摆弄着男人的命根子。昀儿只能装着什么也没有看到，去冰箱拿了一瓶饮料递给布莱恩，让他腾出左手来拿饮料喝，借此制止布莱恩这种让人恶心的行为。

　　就冲着肯尼对布莱恩的一番友情，布莱恩都不应该做这样龌龊的事情，想想这都是些什么人啊？这件事情昀儿不能对任何人提起，说都说不清，说不好还会惹自己一身祸。昀儿只想今后一定要远离这个人。

　　现在昀儿突然意识到孟云为何几次欲言又止。孟云的第六感觉真准，所以孟云总是接二连三地跟昀儿视频聊天，实质上就是不放心布莱恩跟任何女人走近。外表上一点看不出年龄的布莱恩在公司担任高层副老总的职位，工资比较稳定，每月有 7000 美金，戴着一副金丝边的眼镜，看似很斯文，穿着运动服，夏天短裤，秋冬长裤，显得年轻朝气的打扮，总比肯尼显得有老板的派头。两个男人站在一起，一个一看就是高级有身份的人，一个一看就是暴发户的土豪。

布莱恩抽出左手接过昀儿递来的饮料，神情也有点慌张，估计已经明白昀儿刚刚看到了龌龊的一幕。昀儿自然装作什么也没有看见，拿着两瓶水直接朝着后院里走去，边喊肯尼的名字边说："午餐想要出去买点菜？"

布莱恩拿起一杯橘子汁喝了下去，也走到后院跟肯尼打个招呼："电脑已调好了。"布莱恩装作什么也没发生的样子，轻松地离开了肯尼的家。

肯尼很热情地补一句扯上嗓子喊："谢谢，布莱恩记得晚上来吃晚餐啊。"

昀儿真想打断肯尼喊叫，但根本无法开口讲清不要布莱恩来家里吃晚餐的理由。昀儿不知道怎么样对付布莱恩这种阴险之人，藏得太深了。而且还不能将此事对肯尼和孟云说，只能烂在肚子里。

第 10 章　那一场暴风雷雨让她彻底的心灰意冷

自从布莱恩那种品性让昀儿发现以后，昀儿尽量少跟孟云走得太近，因为昀儿不想惹上麻烦，而且自己还没有话语权，她即使对孟云说了真实的事情，未必有人会相信她，于是昀儿选择沉默，不会对任何人提起此事，再说这真不是一件能说得清楚的事情。

相反的孟云隔三岔五地发微信给昀儿，昀儿有时候回复，有时候干脆不回复，因为真不知道孟云会问些什么问题。有天晚上，刚刚收拾完碗筷，就收到孟云的微信，劈头盖脸地就问昀儿，布莱恩来没来昀儿家，还发一些婚姻小三类型的故事文章内容给昀儿，昀儿一下火了。

昀儿："我自己都忙不完一大堆事情，哪有闲工夫去看别人家的男人，你要是不放心，你就回来看好自己的男人！"昀儿心里闷着火气，脱口而出说出了厌恶语气。

孟云："我以为他在你家吃饭，他电话也不接，微信也不回，你怎么这么大的火啊？我不就是不放心布莱恩吗，又没有说你呀。"

昀儿："自从上次周末布莱恩在我们家吃完饭，再也没有来过了。因为白天我一直在学校上课，每天回来简单地跟肯尼做一点吃的，听肯尼说布莱恩最近很忙，没到我们家来，孟云你还是早点回来吧。你心里想什么我都明白，我们都是中国女人，请放 100 个心，你家的男人就是再优秀，不是我喜欢的类型。再说，就算世界上没有男人了，我也不会去碰已婚的男人，更何况你是唯一在这个小区我认识的中国女人。"

昀儿情绪激动得一口气把这些话都说了出来发到微信里，还好是文字方式，若是用语音说出来那孟云一听就知道昀儿肯定知道一些什么，或者发生了什么。

孟云对昀儿不了解，使昀儿反感她这种猜测做法。另一个方面，昀儿恨孟云，自己的男人这么渣，还这么惦记、牵挂着这个渣男，替孟云着急但又不能直说，心里窝着一团火。

孟云在女儿这边心一点都不安，其实她心里很清楚布莱恩的德性，她也知道这样问昀儿肯定会让人反感。微信一来一回发着，孟云反而心里踏实了，几周下来那种猜测担心折磨得她都没有休息好睡好。她看到昀儿回复的文字信息态度生硬，她已经知道昀儿不是那种水性杨花的女人，倒是她的丈夫布莱恩不是个东西。孟云在心里骂丈夫布莱恩，因为孟云心里太了解她的丈夫是个什么样的人！

她也知道在昀儿这里问不出任何有关布莱恩的信息了，孟云也清楚地知道，与昀儿的友情也会慢慢随着男人之间的隐情试探猜忌，再也不会回到从前了。

是的，正如孟云想的那样，昀儿心里想着从此互不往来为上策，哪怕是知道布莱恩出轨的天大的事情，也不会对孟云吭一句实话，那也是对这种情感虚伪看透了。布莱的那种品德败坏、阴险之人，万一玩阴招对付头脑简单孟云，太让人后怕了。

让昀儿替孟云投入的情感及婚姻生活感到可惜痛心，也彻底丧失了外嫁婚姻的信心。昀儿也开始怀疑起这次与肯尼婚姻是否能真正走下去？昀儿不敢多想，肯尼与布莱恩那么要好，没有沾上一些邪气，很难让人相信。真正的爱情去哪里找？常言说得好，物以类聚，人以群分，跟什么样的人接触就会学会做成什么人。这个道理谁都懂，昀儿唯一能做到的是彻底远离他们，她也不愿意跟这帮人做朋友了。

好在现在有英语学校认识的中国重庆的露露。昀儿想好了，即使以

彼岸花开
Flowers Blooming on the Other Shore

后孟云回到小区这里，今后两家人的活动，吃饭相互之间她也尽量找理由推脱，不参加，避免跟布莱恩和孟云他们搅在一起，敬而远之。

当然昀儿知道这样做的代价，她在今后与肯尼发生误会和夫妻之间争议的时候，会失去孟云用英语沟通替她在肯尼面前说好话了，还有可能会添盐加醋地伤害她。这是难免的，因为她领教过孟云嘴巴的厉害，她是一个是非之人，这次昀儿彻底地想断了与孟云交往，肯尼又是耳朵根子软的男人，他宁愿听布莱恩的鬼话，都不会听昀儿的实话。

昀儿想到了只能把所有的事情埋在心里，也不用解释，如果对谁说出来，只会越描越黑。昀儿做好了最坏的打算，反而心里轻松了很多。无需对谁去有意讨好，就做自己，顺其自然，听天由命吧，是我的跑不了，不是我的求也求不来，昀儿就是这样想的反而无所畏惧了。

亚拉巴马夏天一般很容易来一场暴风雨，像热带海洋气候那样，偶尔来一场大雨电闪雷鸣。

那是在中秋节过后的星期五，肯尼像往常一样去上班了，昀儿这天没有英语课，就走在附近露露介绍的家庭干四个小时的钟点工，能够挣 160 美金。出门的时候还是晴空万里，突然外面狂风暴雨，天上还打着雷。

当时小镇上都拉响台风警报，昀儿干完活快走到门口附近小超市，又被大风雨吹着倒走了回来，堵在了超市里面，很多客户也被堵在了里面没有办法出去。

昀儿只有用手机发微信告诉肯尼她在家附近超市，没有告诉肯尼她在兼职做家政打零工，并发了个定位，要肯尼来接她。

看着雷雨闪电，不一定能停得下来的。看到肯尼的及时回复，昀儿庆幸自己出门带了手机。等了两个多小时，终于雨小了一点，但是风还是一挺大的，在昀儿的印象中，这次的电闪雷鸣的雷声够吓死人了。

　　肯尼在六点多钟终于来了，昀儿看见后立马走肯尼身边说："谢谢你来接我，出门时候还没有下雨……"

　　昀儿边解释边上了肯尼的车，风和雨还是很大，车上的雨刷不停地两边左右摆动，路上只看到一辆辆的车，从旁边飞驶而去，路上更是看不到一个行人。

　　肯尼："是的，每年阿拉巴马会有一场台风刮到我们这个小镇，天气有预报过，可能我们没有在意。"

　　"嗯，要是知道天气预报，我不会出来买东西的。"

　　昀儿一边解释着，一边看看肯尼脸色，他像是有心事，不太高兴。昀儿："今天工作还好吗？有什么事情让你不高兴吗？"

　　肯尼："今天布莱恩让我们去他家吃饭，孟云回来了。"昀儿停止了片刻，没有及时回复肯尼，想对这个事情直接回答"不去"，但一时也不能找出合适的理由对肯尼直说。

　　车子在风雨中慢慢地驶向家门口停了下来，肯尼打开车门独自冲进家门口，把房门打开，昀儿手拎着菜，很快地下车，跑进大门，放下手中的菜，马上把大门关起来，风吹着大门，昀儿用了很大的劲将脚和双手把门顶上关住，进门就准备在厨房餐厅开始忙碌做晚餐。

　　昀儿不想去布莱恩和孟云家吃晚餐，有意不提这个事。

　　肯尼这个时候打开厨房后院的门，看到后院烧烤箱被吹倒，游泳池的太阳伞、椅子、桌子全部被狂风掀翻了，扯着嗓子喊着喊："昀儿，你快出来看看，都倒了成这样子，也不快去帮我一起扶起来。"

　　昀儿："现在外面风还很大，又打雷闪电，等一会风停了，再来把吹倒东西摆好不行吗？暴风来的时候，我和你一样也不在家。"昀儿嘴巴上说着，但是人也还是赶紧往后院跑出去，赶紧扶起吹翻的东西。

　　此时的肯尼，脸红得像个猪肝，边发脾气边用脚踢已倒在地上的烤箱，还有那些东倒西歪的桌子椅子，太阳伞吹倒了，院子里游泳圈、树

彼岸花开
Flowers Blooming on the Other Shore

叶满地。昀儿看到这个情景感觉到委屈，肯尼要在这么大的风雨里扶起来这些倒的东西，非要在雨中去做这些事半功倍的事情？感觉到是白费力气，前脚扶起来，后脚也要被吹倒，但却扭不过肯尼这转不过弯来的臭脾气。昀儿觉得肯尼像是一头蠢猪，心里想人能跟一头猪计较斗气吗？

昀儿认为此时完全不应该生气，这是大风给吹倒的，也不是人为造成，这个时候发昀儿的脾气，有用吗？确实有点想不通，又打雷，又闪电，又是风又是雨，却没有去心疼昀儿，还要昀儿在这么大暴风雨中，帮他去做这些事情。昀儿彻底灰心了！平时里听到打雷声就会躲在角落，恨不得钻进被窝里的昀儿，此刻被肯尼毫无体贴之心的举动整蒙了。

昀儿只得站在雨中，麻木地扶起一把一把的椅子，心中没有害怕，甚至听到电闪雷劈的响声时，在心里对自己说，此刻都被闪电打死，都是活该白死的。这个念头在脑中一闪，突然想到肯尼曾经对她说过，肯尼的外祖父就是在干农活回家的路上，遇到突然打雷下雨躲在树底下，结果被雷电劈死了。肯尼那 101 岁的外祖母至今还活着。

昀儿心想肯尼还不吸取教训，还要在暴风雨闪电的时候与大自然抗争，在室外做这些危险的事情，根本不懂常识，还是有意不尊重生命，还是根本就不爱昀儿？

无论是哪一种在昀儿的眼里，彻底地对肯尼死了心。昀儿硬着头皮把所有院子的东西默默摆好，做完这些事后，满身都湿透了衣服，没有一处是干的。看到那个发着脾气，挺着发福凸起的肚子，秃顶头上稀乱几根毛发的肯尼，此时就感觉到这么蠢的男人，这么犟的男人，怎么会跟他成为一家人？怎么会跟他结了这个姻缘？此时的昀儿后悔死了，这个婚真的不该结呀！此刻的内心真的很悲凉，自己的生命都抵不过这些破桌子、破椅子。

　　昀儿现在已经看见的都是那么不堪一击，鬼他妈相信肯尼是真爱昀儿？肯尼连自己都不会爱，还会爱别人？昀儿淡然默默地拖着湿淋淋的脚，走进淋浴房，将卫生间门反锁。打开温水，边脱光衣服，边从头到脚地对着水龙头冲洗澡，随后把浴缸水龙头也打开放满，看着水慢慢地流淌着，昀儿缓慢地踏进浴缸，泡一个热水澡。

　　昀儿心想，肯尼这个男人不爱我，可我自己一定要爱自己。一定不能让自己感冒了，生病了，昀儿边闭眼养神地享受着，眼角里的泪水却情不自禁地不停流在脸上，却哭不出声。此时分不出泪水还是泡澡的水，都渗透混合浸泡在浴缸里，刚刚发冷的肌肤慢慢地被围绕着热水泡暖和了起来，泪水的咸味停留在昀儿嘴里……

　　此时昀儿的心里真苦，无处诉说，不能说出来，但是自己内心再抗拒，不可以就这样的委屈一辈子，昀儿满脑子里是："我不能，我绝对不甘心这样下去……"昀儿好像主意已定，似乎什么都不怕了，"咱们走着瞧！"

　　浴室里弥漫着升起的水珠雾气，除此之外，此刻什么也不想了，闭上眼睛好好放松一下吧，也许只有此时昀儿才是最好释放……

第 11 章　失望的她选择逃离计划

在那个雷阵雨的晚上，昀儿拒绝了去布莱恩、孟云家吃晚餐的邀约。肯尼他自己一个人还是去了，走之前把门猛地使劲带上。"呼"的一声，让昀儿心里凉透了！

肯尼回来得很晚，昀儿一个人在家没有像以往那样担心肯尼，几时回家，会不会听布莱恩、孟云说些什么，这些都无所谓了。现在昀儿的心里已经不在乎这些人了，重要是她往后余生怎么打算，自己将来何去何从？

从那天起任何有关布莱恩和孟云的活动，她都拒绝参加，也不解释什么，一直在疏远他们。她也只能这样做，她真担心哪一天如果真的跟他们又在一起，她怕控制不了自己对麻木的孟云说出真相。

这期间孟云跟昀儿只有微信上应付几句客套话，昀儿很少主动对孟云发微信，不多说一个字。昀儿很怕过周末，她只希望周一到周四这四天，她可以在学校里待着学习英语，露露不时给她介绍一些家政的工作。昀儿想着等把这学期英语课上完结束后，再多打点零工挣钱攒着准备回国。

有了这个念头后，昀儿一直藏在内心，等找到合适的机会对露露说出来。无论如何她要找机会跟露露敞开心扉地谈一下自己的真实想法，听听露露的建议。

离美国 10 月份万圣节的前一周，昀儿在下课后和露露在学校休息大厅里长谈了一个小时，还是那张靠窗而坐的桌子，摆放着各自带的茶杯和一些水果和零食。

露露："这段时间看你老是有一点闷闷不乐，但是学习很认真，做家政工作辛苦吗？你好像有心事是吗？"

昀儿："是啊，我真的心里很焦急也很烦，一直想跟你说又怕给你添麻烦，但还是想对说，不然我会憋死的。"

露露："说吧，有什么困难需要我帮的，只要我能做到的我都会帮你。"

昀儿："我知道，谢谢露露，有你这一句话，我心里踏实多了，是这样，我想你帮我买一张回中国的飞机票，时间定在春节之前。"

露露："那你不买返回美国的机票吗？因为单程的机票价钱和往返的差不了多少？"

昀儿："就买单程回中国的机票，我不打算再回美国了，但是这件事必须保密，不能让肯尼知道。"

露露一头雾水地瞪着眼睛，看着昀儿严肃而坚定的眼神。

露露："你能把你的想法跟我说明白一点吗？你确定？发生什么事了能告诉我吧。"

昀儿："我们先确定好机票的时间、日期，然后再把我的零花钱美金转到你，估计不够，我有带中国的现金给你，你用今日汇率换成美金计算，不能让你垫钱给我买机票，你先答应我，我再来跟你讲实情。"

露露没有说什么，只向昀儿用眼神交流，点点头，迅速地打开电脑在网上帮昀儿查看买票的网站。两个人开始在搜索最合适的日期时间，查了三套机票的时间都觉得不妥，因为要选择肯尼去上班的时间，还要确定昀儿不上课的期间，还要就露露送小儿子上学以后的时间，整个行程转机之间时间都要考虑到，另外还要考虑到旅行箱怎么拿出来的一系列问题。

露露和昀儿两个人反复地推敲，露露帮忙在电脑上查看，昀儿在纸上用铅笔画着，写下来的草稿上标着记号。时间过得太快了，一时还没有确定好准确的时间，就到下午肯尼来接昀儿放学回家的时间了。

露露："这样吧，今天还不着急，明天我们上课的时间早些来，我们今天晚上多想一下方案，等我把前后时间都对照一下，明天再来确定。我把电脑带来，想好了就直接买好吗？只要你确定就不要担心。"

昀儿："好，我今晚也好好想一下，然后我把中国人民币的钱和美金的零花钱都带着，明天给你。"

两个人说好了，轻松地吐了一口气，相互看看彼此的表情，感觉是做了重大的决定。露露安抚拍拍昀儿的肩膀，昀儿也自然地牵着露露的手说："此事只能做成功，不能失败。"

露露："放心吧，我这几年送到机场回国的人有很多了，都是跟老外发生了各种不同的冷暴力，你已经是第 7 个了。去年还送走了一个上海女友，她的十年绿卡都拿到了 4 年，结果跟老外关系还是没有搞好，也是什么都没要，铁了心要回国，现在在上海生活得很好，还在苏州还买了别墅，经常跟我发一些微信卜的相片。

另一个是郑州的女朋友，还是 70 后，在美国的时候得了轻微的忧郁症，如当时再不回国，人就丢了。整天神经兮兮的，我们都是在学校上课认识的，她们也是选择我帮忙，是觉得我是中国人，又会说英语，又很理解她的难处，又替她保密。因为我没有老公嘛，就带两个儿子在美国生活，家里没有闲杂人，她放心。她走之前，先把自己重要的、要带回中国的东西先放在我家里，送她去机场的那天再一起运走。"

昀儿听了露露的这些话，心里更加放心了。快走到校门口的时候，昀儿向露露示意自己先走出校门，露露领会了昀儿的意思。

露露从室内的窗户向外看去，昀儿慢慢地走近停在校外路边肯尼那辆银灰色的小车，心里在想，这么好的中国女人，这些老外怎么就不知道珍惜。虽然觉得帮了中国女友们回国是做了一件好事，但是也不敢声张。毕竟是在美国，还有美国的那些老外们，如果知道了是她做的这些促使加快他们婚姻的分离，一定会恨死她。露露想到这些，不得不谨慎低调行事，即使是做好事，都不会到处讲出来。

露露在美国有 8 年了，朋友慢慢增多，她每年回中国探望母亲的时候，都会跟这些送回国的女朋友聚一聚，在中国的不同城市都有她的一席之地，朋友们像亲姐妹一样招待露露，这也是露露感到最欣慰的事情。她深深体会到做好事有好报在这句话的含金量，真的没有说错。这也许是露露乐意帮助那些回国女朋友的原因和动力吧。

还有就是露露骨子里的善良和同情心，她为中国的那些需要帮助的女友们给予了极大的暗中帮助。在异国他乡，举目无亲的环境里，能遇到露露这样热心肠的贵人，是昀儿的幸运，此刻她从心里依赖露露的帮助，她不敢想如果没有露露悄悄为她做这些事情，昀儿精神上就早已崩溃了。

昀儿此刻坐在肯尼汽车上，没有像以往那样说话，关心肯尼工作，关心他晚上想吃什么，倒是很淡定，感觉到没有什么放不下的了。

"你肯尼对我不好，你相信你那所谓的猪朋狗友，连布莱恩都在打你妻子的歪主意，你这个蠢猪还把他当朋友。"昀儿心里带着恨意，想着这些曾经搅得她不得安宁的心。现在终于决定放下了，就当是来美国一趟，领教了网上草率选择伴侣的教训。旁观者清，作为丈夫的肯尼，如果对昀儿是真心实意的珍惜，如果能让昀儿有安全感，还有一*丝丝*丈夫对妻子的情意，昀儿都不会离开肯尼。

现在的昀儿连内心的委屈、焦虑、纠结、害怕、绝望都来自这位男人，眼前只顾着自己随心所欲自私的男人，昀儿连半句心里话都不会对他说。看着眼前肥头大耳的肯尼开着车，边说着万圣节准备与布莱恩、孟云一起的计划。昀儿多想像普通夫妻那样，将心里抗拒与他们交往的理由全盘托出，告诉他此人不可交。如果夫妻感情互相信任，若昀儿说出布莱恩那些行为举止实情细节，夫妻俩会分析商量着对待，冷静处理与这对所谓朋友夫妻关系，可昀儿连开口对肯尼说出来的勇气都没有。

昀儿没有妻子身份的话语权，她说话也许肯尼也不会相信。要是昀儿和肯尼有着扎实信任的婚姻基础，昀儿肯定会告诉肯尼如何识人，如何看清什么是人什么是鬼。现在肯尼都这样对昀儿了，昀儿没有必要在走之前告诉肯尼，也不可能告诉孟云了，就让肯尼去吃他们的亏吧。

在肯尼家在大半年来，昀儿亲眼所见这些龌龊事，也彻底让昀儿失去了对肯尼抱有希望的耐心，对肯尼的品性也打了个问号。以前看中肯尼不抽烟不喝酒，这是个唯一的优点。现在却被爱发脾气的那张冷脸给抵消了，看什么都不顺眼，就是再讨好也弥补不了已经冷却的心。这反而证实了昀儿的想法，肯尼绝对改不了又臭又硬好强的坏脾气。这毛病，就像狗改不了吃屎一样！更何况肯尼压根儿就没感觉到自己有错。想想昀儿之前四任女人，如果肯尼好端端的，那些女人会离开肯尼吗？以前昀儿还幻想着对肯尼好，他就会慢慢改，看来是太天真了，突然想起肯尼那位护士长朋友的丈夫（美国男人），曾经对昀儿说过的那段话："恭喜你中了头等奖，希望你是肯尼的最后一个女人。"

真滑稽，从头到尾想起来还不到一年时间里，这些当初听起来是胡言乱语的话，却一一地兑现了。肯尼就是这么一个人，一个被很多人已贴标签的人，此人粗暴无耐心，将他作为终身伴侣的选择，昀儿一定是犯了一个最大的错误。

想看到的这个结果的人肯定不少，也肯定有很多人都已经看到了肯尼与昀儿的未来，正与昀儿想到的一样，如果还和肯尼走下去，昀儿自己一定没有未来。

想到这里，昀儿对今天已和露露做出回国的决定更加铁了心。昀儿此时此刻在想，对不起了肯尼，但这一切决定都是被你肯尼逼的！别怪我不尊重你，别怪我不辞而别，也别指责我放弃你，这些都是被你逼的！

　　这些话在昀儿心里已经说了很多遍了，昀儿不停地劝慰自己，不是我的错，这一切都不是我的错！我惹不起，我应该躲得起，躲得远远的。昀儿永远也不想再见到这些令她伤心的人。她想自由自在地安静度过余生，此时她特别想念中国的亲人，悔恨自己太草率了……

第 12 章　昀儿的心悬吊在半空中

　　昀儿的心一直是悬吊在半空中，这一晚上她睡得一点都不好，时不时看一下手机上的信息，怕错过露露发过来的有关机票的信息需要她确定。这件事对昀儿来说是大事，也是为自己的安全着想，她知道这样做不仅要自己拿钱出来买机票回国，还有一定的风险。

　　昀儿也想过开诚布公地跟肯尼谈谈自己回国的计划，又担心一旦老老实实说出来，肯尼不同意，自己反而走不了。就肯尼那个脾气，她很担心事情能否按照自己的意愿发展下去，她根本不敢确定，也不信任肯尼的为人和品性，害怕肯尼一时冲动控制不了自己的情绪，一想到肯尼身边有一把手枪，就越想越害怕。昀儿不敢想象最坏的后果，既然心意已决，还是默默按自己意愿去安心做准备比较踏实。决定是铁了心要回去，左思右想还是不说的好，用自己的钱买机票在经济上受点损失，这个时候平安最重要。

　　夜深人静，露露这边两个儿子睡着了，她静静地打开电脑，继续帮昀儿搜索着春节之前回国的机票，这段时间的飞机票，票价每一天都在跳动。终于看到了很合适的一个时间，立马给昀儿手机发上信息，并附上查阅的机票时间行程信息。

　　露露："看后请确定，我好下单。"因为先前与昀儿商量好的事，露露这边简单交代，她明白昀儿在等待下一步指令。幸好这个晚上肯尼在布莱恩家中还没有回来，昀儿现在的心情，巴不得肯尼在外玩晚点回来，这样昀儿才能和露露在微信中商量确定飞机票的时间行程，真是天在帮昀儿！昀儿睁大眼睛仔细的检查露露发来的航班信息，确定无误后，立刻将护照信息拍照发给露露。

昀儿："确定，请查收护照信息，下单购票！明天我带钱学校见，谢谢。"

露露："好的，立刻下单买机票，早点休息明天见，如果不方便就别回信息，如果一个人在家，可以聊两句也行。"

露露知道昀儿曾经在微信跟女友谈件事情，被肯尼发现大发雷霆，还因此一个礼拜没跟昀儿说话，所以比较体谅昀儿的处境。昀儿迅速点开微信跟露露抓紧时间聊起来。两人在微信上问了一些重要的事情，都给对方一个最妥当的应对办法。露露劝说着，让昀儿静下心来，既然决定了什么也别多想。

昀儿也是这样想，既然决定了反而踏实了，避免了夜长梦多。两个人正在说的时候，突然昀儿听到开门声，昀儿知道肯尼回来了，昀儿按照露露事先说好的话："只要肯尼到家，你可以随时关掉微信。"

昀儿很感激露露能理解她的难处，体谅她并建议不要与肯尼有正面冲突，不值得搞得关系紧张，忍耐一段时间就会过去了。正说着的时候，昀儿听到开门声，立马低调声音对微信上写上："肯尼回来了，我们明天再聊，晚安。"赶紧跟露露发出最后一个信息。

露露："明白，晚安。"

这一晚是那么漫长，也令昀儿兴奋，心跳加速。这一晚昀儿彻夜未眠，就像过了一个世纪。一晚上没睡好，昀儿的眼睛有一些浮肿，肯尼起来的时候看到昀儿早餐也做好了，昀儿虽然没有主动说什么话，但早餐和所有的家务活照做，做好早餐摆放在桌上。肯尼似乎也感觉到这样对待昀儿，态度有点过于冷淡，几天下来似乎气也消了，两个人一起将早餐吃完后，肯尼似乎想缓和与昀儿的冷战气氛。

于是肯尼开口："等会送你上学的路上，我们去一个超市买一些你

彼岸花开
Flowers Blooming on the Other Shore

喜欢吃的水果，再看家里还差些什么，需要买的写在纸上一起买，家里好像没买菜和食物了。”

昀儿也懒得说，家里有什么就做什么吃，如果没有吃的，肯尼自然会自己去买。果然如此，肯尼早上也看到了冰箱里空空的，巧媳妇也难做无米之炊。

这要是以前遇上这种现象，昀儿早就会提醒肯尼家里需要添置什么东西，要跟肯尼商量计划。可现在不同了，昀儿做了要走准备后，这些事好像就跟昀儿不相干了，有就做着吃，没有也饿不死自己，后菜园里还有一些昀儿闲时种下的辣椒、南瓜、香菜、茄子。

昀儿自从来到美国，基本上全是吃素菜，没有吃荤，荤的牛肉、猪肉基本上都是做好给肯尼吃。在食物上真的难不倒昀儿，昀儿常开玩笑说过：“谁娶了我，谁就赚翻了，我好养。”

昀儿想，肯尼拿这种办法对付昀儿，惩罚不了昀儿，反而惩罚到肯尼自己，因为肯尼离不开牛肉、猪排这些肉食。上学的路上，肯尼车开到了一个大超市停车场，从来不下车一起购物的肯尼，一起进了中国人在美国开的超市，推着超市小车也同昀儿选择喜欢吃的食物，昀儿还是先替肯尼买他喜欢吃的肉食，挑随后买了素菜食物水果。

昀儿看到肯尼这些温暖的举动和表现，突然感觉到鼻子酸酸的，这本是昀儿所希望的平常生活的样子，可是到现在她似乎感觉到这一切来得太迟了。为什么当自己铁了心要离开以后，肯尼才想起来要关心她的感受呢？

不管怎么说，昀儿希望在要离开之前，也想与肯尼和平相处，尽量不要发生矛盾。谁不想好好地过日子呢？如果以前也像这样，和和气气像一家人有商有量的，也不至于逼得昀儿萌发要离开的念头。而且在昨天晚上已经果断买下机票，就是为了避免自己心肠软起来。

其实在决定买机票的时候也想到了这一点，如果肯尼在这期间变好了怎么办？但是似乎肯尼表现很不靠谱、不稳定，时好时坏的个性，让昀儿失望过很多次了。昀儿一直告诫自己别再信任肯尼了，他爱发脾气的样子已经刻在昀儿的脑海里！昀儿一直提醒自己，肯尼的臭脾气肯定是改不掉了，哪有改变别人的能力啊！昀儿长叹一声，还是改变自己调整心态靠谱。

东西买好后，肯尼把食物全放在后备厢里，随后送昀儿到学校，下车时肯尼对昀儿说：“今天可能要晚两小时来接你，因为我想赶点活，留时间带你去过南瓜节派对。”

说完顺便拿出一包薯片和两个苹果，递给昀儿。昀儿知道了，这就是她的中餐。肯尼能做到这一步，让昀儿感觉如果没有以往一次次的伤害、冷暴力，这样温暖的一幕都会是每个女人都求之不得的平常事，也能让她知足。她真希望肯尼的举动能永远这样坚持下去，也许会有另外一个转机，也许……

昀儿无数次设想着肯尼变好后的幻觉和想象中的样子。她看着肯尼车子开远了，才转身走进学校大门里，手上拿着两个苹果，脸上露出了一丝丝苦恼纠结的神情。走到大厅学员休息厅里，见到露露早早到了那里，还是坐在原位置，昀儿赶紧朝着露露身边走去，立刻放下手中的东西，从包里取出钱包，把机票钱交给了露露，露露把订好机票的信息行程已经打印好了也叮嘱了昀儿收藏好，昀儿拿着机票信息那张纸，小心叠好放进钱包里面，很小的声音问道露露：“如果这机票时间需要改的话，以后可以改吗？”

露露：“怎么了？没想好吗？最好别改，改了就不是这个优惠价格了，再要改的话又要花钱，每次改机票时间都要加 100 多美金。”

昀儿：“没有，我只是问一问。”

其实昀儿心里因为肯尼刚刚转变回暖的小举动纠结着，幻想着如果肯尼又对她好了呢？所以才刚刚顺口问了露露一句，是本能地问一句，昀儿内心是希望肯尼能变好。

昀儿："今天我可能要在学校多待两个小时，肯尼说他晚回家。"

露露："好啊，没问题，今天正好英文课好像也只上一堂课，提前下课。"

昀儿："那我们有三个多小时的时间，咱们去哪？"

露露："有家新店开业，我朋友在那里当营业员，可以去买一些便宜的东西，我把优惠卡带来了！另外你不是说要买箱子吗？正好这开张所有商品打折，你可以买一套带回中国的箱子，都是品牌。"

昀儿："好啊，那我们赶紧上课，下课以后我就跟你一块去，正好买一套箱子，先把适合自己的东西装好放到你家。"

露露："是的，我就是这个意思，给你把箱子买好了，抽空的时候哪天我开车到你家，你把你喜欢的衣物装好，然后该带出来的先放到我家，你以前自己的箱子可以别动，没走之前不要动你原来以前东西，这样你家老外就不会察觉你想离开他。"

昀儿："好的，我听你的。

露露：你不知道，每次当我送走女朋友都是挺紧张的，但是都是这样做的，反而都平安到家了，我也放心了。就有一个贵州女友说好了，我看她哭得伤心，先坚决要走，把机票都买了，结果她没听话，快要出发前两天跟他老外老公说了，她想试他老外能留她，或给她一点钱。没有想到，老外以为她是赌气，结果她把机票信息行程拿出来。这时老外就知道她是做不了这个事，肯定是有人帮妻子，结果她把我说出来。她老公找到我家来了闹腾，后来她被她老公强行留下来后，那男人根本没有改变，对她比以前更坏了。半年后那女友说她实在过不下去了，又找我帮忙，我拒绝了，我不希望那样犹犹豫豫，害她自己也害了我。美国很讲家庭隐私，她老公怪我插手他家私事，还要告我。我也是孤儿寡母带着两个儿子，我可不想在这里惹事，所以我在以后帮人也是要看人，没想好就别找麻烦。"

昀儿听着这些话，她很理解露露，跟露露直接表态："放心吧，我不会的，我已经想好了，肯定要走！"两人边说边到课堂教室去了。

这节课昀儿反而上得非常认真，可能知道上课时间不多了，这次学习的机会也是很难得，来美国一趟，别的收获没有，这学英语还是真的有所收获，英语也进步了不少。一想到这些就想起了她的老乡武先生，幸好认识了武先生，不然这一趟在美国没有任何收获。

下课后，露露开着车，她们跟着一起去了附近开张的新商场，两个人在露露的朋友营业员指导下，直接奔向箱包柜台紧张地挑选着，最后锁定一款折扣最大且很好的三件套。做了这些，好像做对了事情，真希望自己回国顺利，才能逃离这种受委屈、看脸色、过可怜日子的处境。

箱包买好后，露露建议就把箱子全部放在车上，直接由露露开回她自己家先放着，等那一天方便肯尼去上班不在家里，再把箱子送到昀儿家装好衣物直接拖走。昀儿想想露露说的安排有道理，点点头说："真的幸亏有你，谢谢你，露露要不是你在这里，我都不知道怎么样才能回到自己的家，只要不让他知道你带我出去了。"

露露："你放心，现在还有一个多小时可以逛，我保证在四点之前送你回到学校。"

昀儿看露露还很想逛逛，陪她的营业员女友说话，想想还来得及，便说："我的事情都已经忙完了，也放心了，你随便看看。"

这个下午是昀儿和露露最放松、最安心一天，因为所有事情都已经在露露的安排之中顺利进行。

露露一脸诚意地说："自从我老公得癌症去世以后，我每个礼拜天都在教堂做祷告，我很喜欢在教堂那里让心情安静的氛围，什么也不想只想祷告，我的家人健康平安，我的朋友健康平安，好人一生平安。"

彼岸花开
Flowers Blooming on the Other Shore

她们一边逛一边聊，看还有 40 分钟，露露建议该开车去学校了，在学校休息一下，坐一下谈谈要注意的一些事情细节。

露露替昀儿做的事情，几乎占用了一天时间，除了要回家给两个儿子做饭买菜、洗衣服外，露露甚至还想让与昀儿同城的武先生，一起送昀儿到机场。他是她们最重要的共同朋友，也是在美国中国教堂里的负责人，人正直又很乐意帮助人，是一个很好有正义感的中国人。

昀儿和露露毕竟都是女人，还需要一个男士在身旁有主见些，有一种安全感，如果身边有武先生帮助，更让露露放心，昀儿也踏实。有了这个想法露露马上电话联系上了武先生，两个人将情况对武先生说出来，武先生立马答应，表示离开之前提前告诉他，他会放下任何事情来帮助昀儿，并让露露放心，这个忙一定会帮到底。

昀儿在露露身旁听到两个人的通话，眼睛红红的，真的快要哭了起来，此时心情非常感动，在美国最为难的时候，有这么真诚的朋友们帮助她。她心里明白，可嘴里却说不出感激的话来。她终生难忘这种患难与共的情谊，无法用任何语言去表达此时的心情。她只想着能平平安安回到自己的祖国，朋友们才会心安。

这段时间以来，昀儿的事情把露露的心牵动着，只要昀儿一天没有离开美国，露露的心就一直悬着吊着。昀儿也是每天小心翼翼，真怕肯尼有所察觉，心里总是恍恍惚惚。她真希望这度日如年的日子早点结束，她期待着登上飞机回国的那一天。几乎天天看一眼日历，心里算好的时间。那一天越来越近了，昀儿的心也越来越紧张，总是怦怦直跳，手会紧不由自主地抱在胸前，让自己慢慢平静下来，默默地准备一切，祈祷着一切顺顺利利。

第 13 章　她选择最后留点尊严

万圣节快到了，是美国很热闹的时候，大人们扮鬼，小孩子们到每家讨糖果。每家门口或者室内都会摆放着奇葩的南瓜，各种各样形状的南瓜，而且农民们会在农场里举行南瓜美食和销售活动！

不知道太阳从西边出来又或是万圣节的原因，这个周末肯尼对昀儿特别谦和，是以往从来没有的好，这让昀儿反而感觉到不安。她心里在想，肯尼一定是有什么事情需要昀儿出面露脸了。果然不出所料，星期六的上午肯尼对昀儿直接说："今天我们一起到布莱恩、孟云家，争取一起去看万圣节农场的南瓜派对活动。"

昀儿已经有一段时间没有跟孟云走近了，因为有不能说的秘密，又不想出现尴尬，但是肯尼并不知道他认识的所谓朋友布莱恩，趁孟云不在家里的这段时间里，对昀儿献殷勤所做的暗示，都让昀儿装作视而不见避开了。

布莱恩也许就是看准了昀儿不可能声张，不会对任何人讲的弱点，才采取了肆无忌惮的暗示骚扰，布莱恩知道昀儿的英语水平不好，即使想表达也说不赢他，众人也难以相信昀儿靠翻译器说出的真相。如果说出来，鬼知道会发生什么状况。昀儿知道沉默是金的道理，她知道现在最能保护自己的安全，就是冷静什么都不说，以静制动观察，昀儿不敢相信任何其中的一个人，自己身边的丈夫肯尼更是不值得信任。肯尼对昀儿的时好时坏和冷暴力行为，已经让昀儿总感觉到恐惧和不安了。在异国他乡的昀儿，现在的处境别无所求，只希望可以悄悄平安离开。

善良的本能让昀儿只想选择沉默，一是保全肯尼的脸面，二是给曾经帮过昀儿的孟云一点自尊心。孟云那么爱虚荣的人，一旦知道她的丈夫在情感上背叛了她，而且还是对昀儿动了邪念，孟云该多没有面子。一旦拆穿了，孟云也不会选择离婚，而会死缠着布莱恩在一起过日子。所以这样对孟云隐瞒下去，让她糊里糊涂认为自己是幸福的生活状态，也许是好事！每个人三观不同，追求也不一样，处理事情也不一样，也许孟云已经很了解她的丈夫布莱恩是什么德性，只是眼不见为净。

在这个情况下，昀儿更没有必要去刺激孟云了，都是女人得给人留下自尊。即使目前暂时会误会昀儿对孟云的冷淡，即使昀儿自己受些委屈，也得为孟云隐瞒着布莱恩的所作所为，能维持这一种生活常态也许大家都能相安无事。

如今现实社会中，像孟云这种婚姻表里不合的状况也太多了，因为没有经济独立，根本没有话语权，很难走到离婚的那一步。这是昀儿的善意，既放了布莱恩一马，也省得孟云纠结难过，给布莱恩一点情面！想到这些得罪众人的傻事蠢事，且对自己无利的情况，何苦将此事全盘托出呢？

昀儿考虑再三，只得答应了肯尼邀请，一起去布莱恩、孟云的家里。肯尼看昀儿愿意前往布莱恩家里去聚聚，脸上露出了笑容。到了布莱恩和孟云的家，大门是敞开的，布莱恩坐在客厅的沙发上看着手上的汽车零配件。平时布莱恩喜欢买回二手旧汽车，进行修理改装，随后挂在网上卖，挣点外快。

有一次布莱恩买了一款银灰色的二手车，外表比较新，孟云拿出自己的手机，马上站在车前，让昀儿帮忙拍照，随后发给朋友圈，配上一句话："今天老公送给我的一辆新车！"孟云就这样爱慕虚荣，昀儿感觉孟云活得也真累。进大厅的肯尼直接与布莱恩谈起修车的事情来，昀儿只是点了一下头，算是与布莱恩打了一个招呼。

昀儿看到孟云在后花园里浇水，过去与孟云打招呼，这次孟云并没有像以前那样热情，似乎有意避开与昀儿单独相处的机会。对昀儿的到来好像是早已料到的事情，眼睛只是看着花，没有主动说什么。眼神的余光总是飘向客厅方向的布莱恩，昀儿感觉到孟云有些怕布莱恩。在布莱恩的视线里，似乎不敢与昀儿太亲近。昀儿的余光也能感觉到布莱恩不希望与孟云多说话的眼神，昀儿心里清楚布莱恩担心什么。但是孟云绝对不会知道为什么布莱恩有意阻止孟云与昀儿的深度交往！孟云已被布莱恩洗脑了。

其实布莱恩的顾虑重重，是不太了解昀儿，他以为所有的中国女人都像孟云这样委曲求全。昀儿嫁给肯尼本来并不是冲着绿卡而来，所以也并不在意什么身份，只希望肯尼能对她好，珍惜她。如今这一切落空了，昀儿可以放弃眼前的一切，什么带游泳池的豪宅、车子，这一切跟昀儿无关。她清楚自己需要什么，婚姻生活中如果没有爱，或者从来就没有爱过，或是新鲜好奇的心已过就厌倦，纯粹是一场误导的婚姻，还是不要的好。

正想着，肯尼也走近后院，对昀儿说："我们走吧，他们没有时间去，我们去农场买些南瓜，顺便在那吃午餐！"

昀儿点头应了一声"嗯"，并回头对孟云说："那我们去了，给你们也带两个南瓜！"

孟云忍不住小声说："你要注意肯尼手机和电脑的信息，小心他想把你甩了，又找年轻的女人。"昀儿猛然意识到，布莱恩对孟云说了什么，不然怎么会一回到家，比昀儿还了解肯尼的动态呢？这些事情连昀儿自己都不清楚，只知道肯尼反常，半夜三更常在卫生间马桶上玩手机，一坐就是两个多小时。昀儿无意中发现过两次，只是不想朝坏的方面想，也不想给自己添堵！

昀儿也悄悄地回复孟云："谢谢，那我走了！"

　　一路上，肯尼开着车直奔农场的方向开去，昀儿看着沿途中的树，空旷的南瓜地一大片，沿着路边摆放着，心里却想着孟云说话内容。虽是想放弃的主意已定，可心里真不舒服啊，怎么自己这么倒霉呢，遇上了一个离婚几次的男人，以为会珍惜现在的婚姻，却没有想到，离婚的念头早就让肯尼习以为常了。真是感觉自己好傻，还指望肯尼能改，还指望肯尼会因为多次的离婚，将她视为最后的女人！昀儿对万圣节活动没有一点兴趣了，但是还得陪伴演下去！

　　到了农场那里，已经看到有很多人了，大家三五成群地随桌而坐，有的在农场南瓜地里采摘，也有的在摆放南瓜的景区上照相。这时候，肯尼叫昀儿挑选几个南瓜放在购买的篮子里，肯尼抢拍了几张照片，从照片背面看上去昀儿真的很美，午后的农场、阳光、蓝天、白云，还有人来人往悠闲自在的画面，让昀儿的脸上露出了久违的笑容。肯尼拿着手机送到昀儿的眼前亮亮，意思你瞧瞧我把你拍得多美啊，多自然呀！

　　肯尼："我把照片转发给你微信上了，再来照几张吧！"昀儿看到照片中的自己，随手发了一组朋友圈！没有其他意思，就是记录万圣节的周末片段而已。也许对昀儿来说，这是在这里过的最后一个万圣节。

　　真没有想到被网上朋友圈里的外嫁女友崔力秒回复："哟，看你很开心嘛！又不想回中国了吗？你和肯尼和好了？"

　　昀儿："私聊吧，你想多了，我只是看着照片拍的画面好看，也许这是在美国最后一次万圣节，顺便发在朋友圈里，怎么你会有那么多想法？"

　　昀儿的外嫁女朋友都有看微信习惯，密切关注着嫁到国外的女人们，特别是崔力更喜欢打听这些信息。平日里有聊天，也有关心和出点子！这位崔力就是常常关心昀儿的一位，算是知心朋友了。昀儿遇上情绪低落的时候，不免被崔力教一些怎样应对肯尼发脾气时的招数。听崔力传授的一套应付老外的经验，结果越教越使昀儿与肯尼的婚姻暴露出更多的不适，冷战频繁，矛盾显现得更多的烦恼。

崔力教昀儿的也不是什么好主意，都是出一时之气。崔力劝昀儿与肯尼对着干的建议，昀儿没有照做，毕竟崔力不是当事人，这里面的苦恼只有昀儿自己知道。在没有人帮助的情况下，昀儿会以静制动，没有想好的时候，是不会与肯尼发生语言冲突。有几次只是与肯尼冷战，是被崔力刺激所致。崔力讽刺调侃说："你过于胆怯，没有将码头打下来，你看我，我家老外敢对能我凶，我立刻让他没有好日子过。你在家太没有地位了，看你惯坏了你家老外。你不知道吗？男人很贱的，你只有比他更狠，才能降住他！"

昀儿性格没有像她崔力那样，可以当老外的家。来美国快 11 个月了，可是自己的心就是定不下来，老是想着要回国。今天孟云的一段话，让昀儿更铁了心，还是趁肯尼没有赶她走的时候，趁肯尼还在寻找下家，还没有抛弃她的时候，选择留点自尊自爱，给自己留点最后的尊严！

昀儿感觉必须提前回国，而且要速改机票时间，提前走！不能等陪伴肯尼过了圣诞节再回中国，肯尼若如孟云所说的那样，她昀儿还有留在美国的必要吗？她可不想等到肯尼抛弃，想想还等待着那种伤害的到来，真还不如趁早脱身，远离这位让她伤感没有安全感的男人。

昀儿被崔力的信息影响了，似乎看到了自己没有回国，被崔力嘲笑讽刺的情形。其实昀儿很明白崔力的心绪，以前的聊天证实了今天的回应，让木讷的昀儿一下看清了很多事情。外嫁圈里的女人，都喜欢拿自己的老外与别人家老外比较，别人家老外条件好，会引起很多争议。哪个女人嫁得不好，讽刺的尖酸刻薄的流言蜚语就满天飞来了。其实没有几个人是真心希望别人幸福的，都别有另一番心思，等着看笑话，看别人过得更惨。

昀儿已吃了无数次亏，现在明白了崔力那一番激将法，此时对昀儿

彼岸花开
Flowers Blooming on the Other Shore

不管用了，昀儿只是不想伤了和气，毕竟崔力以前以知已朋友身份相处过，昀儿不想在异国他乡的时期，得罪这种是非和阴险狡诈的小人。远离，慢慢断掉以后的往来就好。昀儿主意已定，在这个大社会里，开始做淘汰减法，她不想被这些人所左右，做回自己。

崔力找的老外老公，其实是被别的女会员放弃掉了，被中介柯总转介绍给崔力的。崔力只要是老外，不管什么鸟人只想先嫁出来再说，因为崔力在中国已离了三次婚，此刻只要能嫁多远都乐意！崔力本来长得皮肤白白的，看不出实际年龄，当被网上同城女友放弃后，柯总马上补上推荐要想绿卡的崔力，老外也立马同意了与其交往。三个月后与崔力成婚，就这样迅速结了洋婚！崔力的老外条件不好，家里是租的房子，职业是建筑包工头，长年在外打工，崔力结婚后就随夫住进工地打零工做清洁。就像崔力经常对昀儿说的那样："我只有一个目的就是挣美金，哪有真爱？"

昀儿在外嫁女友当中，找到的条件算是好的吧！所以昀儿已经隐隐约约看到崔力在利用她，妒忌等着看笑话的心态，露出了女人之间幸灾乐祸的坏心眼。

以前昀儿一直在微信上把崔力当知已，是因为崔力常常把她自己的隐私生活都告诉昀儿："我跟我老外从来没有性生活，我就是等着拿绿卡，打工挣钱，而且我怀疑我这老外想害我，有一天我喝了他给我的牛奶，就恶心想睡觉，四肢无力。有一次我一个人在家，不知道几时煤气味满屋，我就很小心，所以不要相信老外，要防着害你……"

当听到这些话时，昀儿感觉崔力把她当朋友了。虽然昀儿从没传话，只是听听，但心里还存一种感动，这是以前昀儿对崔力同情。怎么也没有想到，昀儿要离开美国，崔力比她更高兴，可崔力曾说过她遇到困难那么艰难，怎么从没有想过她自己离开美国呢？昀儿陷入云里雾里，不知崔力真正的想法。

　　现在昀儿冷静苦笑着，何苦呢？我们女人本身就苦了自己，别人老外欺负了我们同胞姐妹，崔力却还在打着这样心不甘的样子。昀儿清楚日子是自己过，幸福不幸福自己最清楚，她可不会与崔力一般计较，自己悄悄地走，也无需对崔力掏心掏肺地说了。当经历了才知道谁真谁假，更没有必要为老外表面的房产贪恋留下来。对昀儿来说，宁愿背上弃婚的骂名，当一名傻子，也要维护自己的尊严！

　　崔力的目标是绿卡，而昀儿是为了寻找有爱的婚姻，如果不是想要的婚姻，留下拿到绿卡又有何用？连人都不要了，还要那玩意，一张卡而已！昀儿有时很可怜那些只是为绿卡而留在美国女人，也不理解崔力真实想嫁给老外目的。她只知道，她和崔力追求的生活是不一样，三观不合，道不同不相为谋，朋友都做到这份上了，还有必要假装应付下去吗？别人可能装下去，以昀儿性格而言，怕是她心里早有结果了，昀儿与崔力那份所谓的友情是到头了。

彼岸花开
Flowers Blooming on the Other Shore

第 14 章　她真的走了

露露从学校休息厅的窗户，已经看见了匆匆忙忙的昀儿，立即起身向昀儿招手。昀儿还没有坐下，就急忙对露露说："我等不及春节之前才回去了，我得提前改签机票时间！"

昀儿的语气似乎有些哽咽，眼睛红红的，一看就知道一晚上没有睡好。昀儿发现露露的大儿子也跟着过来了。露露的大儿子，17 岁的杰逊在一家中国餐厅打工，从小在美国生活的他很懂得法律，有时候大人说话谈生活事情，他都在旁边听着默不作声，猛地不经意地给出一点建议，还真管用。

杰逊对昀儿说："阿姨你走之前要先去一趟警察局，先跟警察说要离开老外的原因和你的后怕。美国讲究法律法规，你偷偷走了，你没有拿老外什么东西，但是你不得不防老外让你走不了，陷害你说拿了他的东西，或者自己在家里搞破坏，然后说是你搞的破坏，诬陷你让你一时走不了。即使你到了机场，他可以把你从飞机上追回来。那个时候会说不清楚更麻烦，你又走不了，钱也花了，为了避免这些，还是先主动跟警察讲明这些情况，最好是有证人陪同一起去拿你的生活用品再离开。"

真没想到小小年纪的杰逊这么理性，给的建议让大人刮目相看。这是昀儿和露露都没有想到的，本来只想悄悄地走就行了！昀儿同意了露露大儿子的建议。昀儿几天前就跟肯尼说要跟学校的中国朋友去度假三天，肯尼没有怀疑。当天晚上，昀儿住在露露家，坐在电脑前将机票时间定好了，2014 年 11 月 16 号晚上 8：20。当一切准备就绪后，想到杰逊提过的话题，准备去机场的头两天先去警察局，再由警察工作人员约好时间陪同昀儿去肯尼家，那个时候还是昀儿的家。

在警察局去报告的那天，整个英文说明，一问一答，都是由杰逊一口流利的英文给全揽下了。事情处理好后，警察在办事栏目中签下第二天去肯尼家里，见证昀儿只是去拿自己的生活用品及衣物。这事办得太漂亮了，起码让昀儿走得没有后面麻烦，走得清清爽爽。

那天昀儿还悄悄地故意做了一件事情，她知道等不到与肯尼办理离婚手续，有意将那张结婚证原件，放在抽屉的最上面，只拿走自己社会安全卡号原件和结婚证复印件，目的就是让肯尼看到这张纸，他也可以单方办理离婚手续了。昀儿不想与肯尼面对面地去解决这个问题，她只想走，可以什么都不要，只想早点安全地离开肯尼，离开美国，回到自己家人的身边，回到自己的祖国。

跟警察约好的第二天，武先生乘坐露露的车来到昀儿家附近，露露将车停在离肯尼家不远的地方。在路边车里，可以看见肯尼出来后开车离去的身影，昀儿不想与肯尼正面交流，远远等肯尼走后，才从车上下来，走近已经靠近路口上停下来警察的车子旁，礼貌地对警察工作人员说："可以随我来了，警察先生！"

来到肯尼的家，昀儿将衣帽间自己的衣物整理在自己的箱里，露露在帮昀儿不停地装箱，武先生看着家里布置得井井有条，不免得有些伤感地说："这么好的家，为何就留不住女人呢？"

这句话让昀儿回头看了一下主卧室床上有肯尼两件脏衣服，可能是习惯了吧，昀儿自然地把房间巡视了一眼，将床单及衣物全部放在洗衣机里，按上开关打开洗涤程序，再才去忙着装自己的衣物。

露露："你现在还帮他洗衣服洗被子干吗呀？他这样对你，哎呀，你是不是气昏了气傻了？"

昀儿什么也没有说，只是在心里想，既然不爱了，还是留下让肯尼一个念想，少恨她一点，不管怎么说是昀儿不辞而别，连个招呼都不打，男人挺没有面子的，真不知道肯尼回家后，见到厨房台上的那封信，有何感想？昀儿也不敢想，所以才选择悄悄地离开！她太不适应肯尼这个脾气了。

露露宽慰地对昀儿说："上帝为你关了一扇门，总会为你打开一扇窗，你的好日子一定会来，相信我，别后悔今天的离开！"

前后嫁到美国还不到一年的时间，让昀儿看清人世间男人和女人的分分合合，太多的女人对外嫁异国他乡婚姻的失望，一旦心不在一起了，那种从骨子里都感觉到人走茶凉的冰冷……

昀儿乘坐晚上 8:20 分的飞机，下午四点昀儿从露露家里出来。露露把车子里的卫生清理了一遍，腾出位置好放两个大旅行箱，昀儿自己随身携带一个背包，这些箱子还是上学的空档露露带着昀儿一起买的。原来从中国带着的两个箱子，从肯尼家中拿出来后，昀儿就没有打算这次带回中国。与露露说好了，露露后期回国探亲就带回中国，都是昀儿的生活用品。露露两个儿子真的懂事，将昀儿的行旅箱一样一样地放好在车上，随后给昀儿一个拥抱。

杰逊："阿姨，一路平安。"

昀儿："谢谢杰逊，谢谢宝贝为我做了这么多。"杰逊倚在大门边，没有进去，屋外下起了雨，天空雨蒙蒙的，灰色的天空没有往日的晴空万里，显得特别宁静，露露家居住小区几乎看不到一个人出来。

露露："杰逊你进去吧，带弟弟在家看书，我送阿姨去机场后，就回来。"

杰逊向妈妈和昀儿摆摆手，依依不舍进了家门，可还是隔着玻璃门向外目送。露露看到儿子进了家门便上车对昀儿说："我家俩儿子有点舍不得你，这儿子很重情，像我。"

昀儿也不敢再看，两个宝贝儿子还在门内的玻璃靠着看着昀儿上车，那眼神分明知道阿姨是不会再来这个小镇了，再要见也可能是在中国相见，昀儿的家乡，或者是在露露的家乡，或者是在澳门的对面珠城市海。昀儿的心早就飞了，中国的亲人还在担心她的安全，中国的亲人还在期待她早点回来。

想到这里，昀儿上车只敢看路面上，匆匆的路边风景，隔着玻璃通过雨水点嘀嗒嗒嗒声在车窗外，看上去朦朦胧胧的一片阴雨天。昀儿想，下雨好，下雨天，那位曾经是丈夫的男人肯尼不会出来，探询她究竟是哪天离开。也许根本没有想，问也没问，也许已经正在网站上找到了下任女人，未来的第六任妻子来接昀儿班。肯尼性格不会在这个节骨眼儿上寻找昀儿，肯尼不服输的脾气昀儿太了解了，肯尼绝对没有耐心。

可以说，至少这五任失败婚姻中，他都没有对妻子们有耐心，连第一任给他生下了三个女儿，还是离开了肯尼，更何况昀儿又没有给他生一儿半女的。从分手后的绝情，不闻不问，立刻换掉微信图案，就知道是一位冲动的感性动物，没有多大的耐性。一个女人走了，第二个、第三个、第四个、第五个走，难道都是女人的不对吗？在肯尼这里都很习以为常了。昀儿想到这里，她在这个男人心里什么都不是，前后耗了两年，浪费了岁月，还带着伤害灰溜溜地离开，连一句解释的话，都不想给这个男人说，不想再见到那张冷脸。

昀儿的思绪低落，但是心里也害怕肯尼真的出现在机场。去机场的路程需要20多分钟，可在昀儿的脑子里，却感觉那么漫长，昀儿祈祷着，平安就好，安全到家最好，最好不要有这个人意外出现。

露露从透视镜中看着昀儿，知道昀儿在想些事情，理解昀儿，所以从上车看到昀儿的眼神低落，就没有打搅她。露露的车技很好，虽然是雨天，还是在计划的时间内赶到了机场停车场。刚刚停好 A 区，就看到武先生已经在 A 区等候了，武先生把露露车上旅行箱提了下来，随

彼岸花开
Flowers Blooming on the Other Shore

后露露帮着昀儿背着小包和一些吃的零食水果，三人边说着话边走进机场大厅，在武先生的引路下，直接走到了办理登机牌的柜台前，办理好托运手续。

武先生和露露很放心了，因为要进安检了，露露没能进去，武先生办理入境安检大厅候机送人的手续，所以武先生让露露放心先回去，家里还有两个儿子，昀儿也让露露早点回家。露露背对着武先生落泪，转向昀儿一个紧紧的拥抱，这样昀儿也没有看到露露已哭的神情，露露边拥抱边在昀儿的背后用手擦拭脸上泪水，不敢让昀儿看到她难过的样子，她也怕这个情绪影响昀儿。

回国应该是高兴的事情，可不知道怎么总是会伤感的情分在心里压着，真难过。

昀儿被露露的拥抱感受到友情无价的珍贵，还是昀儿拍拍露露的肩膀说："我们一定还会在我的家乡见。"

露露："好，一定去你中国的家，那我先回了。"

露露回头又向武先生喊了喊："武先生，昀儿就拜托你，安全送到登机口，另外把转乘飞机航班信息也交代好，告诉昀儿怎么办理，咨询同航班的中国旅客。"

武先生："放心吧，我会写一个便条信息在纸上，教昀儿转乘。"

也真的难为昀儿了，第一次在异国他乡的美国机场乘坐转机航班，因为途中时间很短，昀儿英文不是很好，一紧张怕走错航站楼，那可就糟了，所以必须选择对的方向后，再赶时间。要是方向错了，忙碌地赶着走，只会离目标越走越远。

这是昀儿担心的，人生已经错走了，这次回头可千万的看清目标，以致小心得让昀儿有点太紧张了，因为昀儿不想也不能错过这次航班了，她身上只有 20 美金了，人民币 1600 元。回到中国的土地上，就再也不用担心没有钱了，哪怕一分钱没有，只要在中国土地上。因为会说、会听、有手机电话、有微信、有支付宝、有她所熟悉的一切……

露露告别后，武先生将昀儿引到正确航班的登机口，正好是中国的服务员接待换上登机卡，于是武先生及时将昀儿联乘机票让其指导下飞机后转乘几航站楼，什么区候机，都标在纸上，这一切办完了，武先生和昀儿才松了一口气。离登机时间还有 30 分钟，武先生将变戏法似的，从自己衣兜里拿出套装品牌香水，那是昀儿平时舍不得为自己买的奢侈品，跟肯尼在一起生活的时候，也从来没有给她买过这类似贵的品牌香水，记得肯尼连化妆品都没有给昀儿买过。

接过武先生的心意，昀儿只敢低头流眼泪："谢谢，我收下的是友情，我会照顾好自己，放心！到了中国的航空飞机上，我就发信息告诉你和露露，我的家人会来接我。"

武先生："放心吧，一定会平安到达，我们下次中国见。"

说完武先生给昀儿一个美国人的礼节，一个大大的拥抱，停了两分钟，120 秒，却让昀儿从内心深处默默地祝福：祝福武先生家人幸福，好人一生平安。

从亚拉巴马州小镇的机场准点起飞，飞往休斯敦机场转乘中国航空公司的航班，昀儿沿着武先生写在纸上的指示，顺利找到航站楼候机登机口，这下悬着的心一下放了下来，昀儿巡视了周围大厅，看到时间刚刚好，上了卫生间整理好自己的衣物，换了身舒服运动便装，打起精神，对着镜子里的自己说："全都会过去了，从现在开始，一切都会好起来。"

意念是很重要的精神力量，在此时此刻，昀儿只有给自己打气，一切都会顺顺利利。昀儿站在排队的登机口处，自拍了一张相片，发给了露露和武先生及自己的家人，让关心昀儿的亲朋好友们放心。机场大厅内中国人还挺多的啊，几乎有一半的是中国朋友，昀儿在想，世界各国，为什么到处都有中国人？中国人真的厉害，真的很智慧，真的很勤奋。

随着人群的走动，昀儿找到了靠窗而坐的位置 D16，这数字也是昀儿喜欢的，看见缓缓升起飞机，昀儿会心地笑了，一连几个月，昀儿已经忘记了笑容。原来心安是回到祖国的怀抱才有的安全感。昀儿靠窗而坐，向天空张望，默默地想：我现在才懂得为什么都说，只有出过国的中国人，才真正懂得祖国有多么好，才真正体会到异国他乡的游子，从内心深处都有一种刻骨铭心的爱国情节。

昀儿发自内心地呼唤着："伟大的中国，我爱您！我们强大的中国，我为您自豪！"此刻的心情格外兴奋。

昀儿在心里一遍又一遍地问自己："我真的是乘坐在飞往中国的飞机上了吗？这一切都是真的？这么顺利？"昀儿拧了一下自己的耳朵，还真的没有做梦，这一切都是真的！哇！我真的是乘坐在中国航空公司的飞机上，此生有幸啊！只要能回国此生无憾！愿一切平安顺利！

昀儿闭上眼睛祈祷着，默默地听着广播里的乘务员声音："各位旅客，请系好安全带，飞往中国北京的航班，就要起飞了……"

第 15 章　回国遇见中介柯总

从美国回到老家后，昀儿对谁都没有说，她回国的事只有微信联系最密切的崔力知道。崔力也是中介柯总公司外嫁女会员。

从万圣节发朋友圈的事件开始，昀儿才隐隐约约感觉到，崔力比自己还希望昀儿早点与肯尼有一个了断，能早点回国。要是在以前，昀儿一定会感激不尽崔力是为她好，可那次朋友圈中酸溜溜的对话，让昀儿意识到，自己太天真了，自己错得一干二净，她只不过是崔力眼中钉肉中刺，妒忌可以毁灭一个人的良知，就喜欢看到别人痛苦。

昀儿没有想到回国才三天，柯总会主动打电话对昀儿说："有空见见，聚聚。"柯总显得很肯定昀儿已经回国，让昀儿一头雾水。昀儿明白了，只有崔力说出去了。她想证明一下自己的判断，电话这头昀儿顺便问了一下柯总："你的消息这么灵通啊！谁告诉你的呀？我是想等休息倒时差后，会跟你说说是什么原因回来的，没有想到你这么快知道了。"

柯总："还有谁能跟我说呢？哪天你来我家吧，就在我家吃便饭，正好有一个想外嫁的女会员，想了解一下国外情况，咱俩先见见面聊聊，那位女会员做饭给我们一起吃，你看怎么样？"

昀儿："吃饭就免了吧，我请你足疗按摩，就咱俩好说事情。"

柯总："好啊，但是你还是先来我家，我有些事情细节问问你？你真的和老外肯尼分了吗？我想了解一下。"

昀儿："啊呀，这你已经知道了？连我都没有想好的事情，谁替我

彼岸花开
Flowers Blooming on the Other Shore

做主了？还这么详细？你能不能跟我说说，一半真一半假的信息是谁告诉你的呢？我当事人什么都没有说，别人怎么说你都信呀？"

柯总："是崔力说的呀，她说的话我不全信，你既然回来了，你明天来我家吧，我等你啊！"

昀儿先答应了，也想看清了解崔力到底是个什么样的人。虽然被女友背叛的感觉不痛快，但还是想知道，崔力是怎样传这件事的。

这正好是一个星期天，昀儿和柯总家是同在一个小区。昀儿在柯总的眼里，不同于其他外嫁会员，可以说，应该算是朋友了，起码不忌讳说一些真话，包括整个翻译公司的运作、带客源会员的操作都会敞开心扉地对昀儿说。昀儿也很大气地将所有周边的单身姐妹们介绍给中介柯总，从没有谈及说过要什么好处。从他们认识开始，柯总对昀儿的人脉关系很看重，公司也受益不少昀儿的人脉资源，发展了很多女会员。

昀儿边走边踏进柯总的楼栋单元门下，在电梯里还在想与柯总认识真是缘分，要不是因为柯总昀儿住在同一小区，昀儿怎么会想到去嫁给老外呢？

命运给昀儿开了坑笑，从国外溜一圈又折回来的经历，都感觉这一次外嫁婚姻生活压根就不是自己想要的生活。回来了也好，不管怎么说，也要自己亲自对柯总说出实情，也不冤枉他们曾经是以朋友相往来的情谊，想想说出来，柯总肯定也能理解。与其是从别人口中听到扭曲的信息，还不如昀儿自己亲口说出前因后果。

柯总门外，昀儿按响门铃，开门迎接她的正是柯总，忙递来一双拖鞋给昀儿，边笑边说："还是那么漂亮年轻，一点没有变。"

昀儿："我都在美国待傻了，长胖了，迟钝了，你不觉得吗？"

柯总："我看没有变什么呀？来，来，给你介绍一个新会员方方。"
方方："你好，早就听柯总夸你网缘好，人也好，说你一定会帮我，给一些好建议。"

昀儿："哪里能干，只要听见柯总的话，就仿佛看到了远方的爱情。"

柯总："哈哈哈哈，昀儿最会说诗情画意的话了，我特爱听你这样夸奖我。"

方方："是啊，我认识柯总后，就感觉迟早要嫁到国外去了，就好像柯总一定会按我的要求帮我选择老外。"

昀儿："是啊，柯总能把你的心吊起来，像想荡秋千一样的浪漫，感觉能抓住希望。"

昀儿与柯总聊着走进书房，方方则走进厨房做她说的拿手菜酸菜鱼。书房里的昀儿直接说："柯总你今天想问什么，我都讲实话，但是全盘的前因后果你可别简单说我错了，要等我说完！"

柯总："也许，你不是一个冲动的人，你向来是处事不惊的人，我信你。"

昀儿："长话短说，我已经发现肯尼已经外面有人了，而且还是网上认识的，这是其一；其二，我发现肯尼脾气很不好，我已忍无可忍了，给了他11个月的时间磨合，还是改不了。另外，我想我不图他什么财富，所以放弃他很简单，因为他以为很重要的东西，我不屑一顾，三观不相同。分是好事，再说他已经离了四次婚，不差离第五次婚。"

柯总："你已经办理了离婚手续吗？还是……"

昀儿："我把结婚证找出来放在肯尼柜子里了，他要是想另结新欢，一定会先去离婚的。所以我悄悄地离开是最好的一种解放，有的话不说明，也是给肯尼一个台阶下，当他再婚的时候，也好对第六任妻子说，是他肯尼不要前任的，是他休了我。"

昀儿说得很对，肯尼很爱面子，如果所有他身边的朋友们知道他的第五任妻子又走了，连招呼都不打，多没有面子呀！男人嘛，昀儿想想，这种不到面离婚方式，对肯尼来说有面子，起码来说，是他肯尼不要昀儿的，是他起诉离婚的，事实也是肯尼一个人所为。这样未来的第六任心里也舒服。

柯总："这番话听起来很有道理。你弃婚了，不要老外，还替老外留点面子。"

昀儿："是啊，婚姻适合就过，不适合就分，这样反而自由，不过我刚刚说的话也只是替老外想，猜测肯尼会这样做，但我不知道他的任何情况，以后也不想了解了，这算分了吧？"

柯总："你以后还有什么计划？还找吗？我再帮你选择一位老外？"昀儿："别别别，我现在真不喜欢找老外了，生活快一年了，感觉还是中国好。真心话，别浪费时间考虑我了，你多帮帮那些很想嫁到国外去的女会员吧，我真不找了。"

说话的工夫，方方做好了三个菜，而且都是昀儿爱吃的，酸菜鱼、排骨藕汤、青椒榨菜丝。看着美味的地道佳肴，太合昀儿的口味了。饭桌上，方方热情地照顾着昀儿用餐，她说这是柯总要求做这几个菜单，说是你爱吃。

昀儿从方方的几句话感受到柯总的细心，真的佩服柯总高情商呀，本来昀儿想对柯总诉苦的，责怪一下柯总，替她找了个什么老外呀？

结果说着聊着，就不痛苦了，尽说的是客气话，没有一句责备的意思，这就是能八面玲珑，能办公司的柯总。昀儿吃饱了，实实在在的家常菜，她懂得柯总的招待是用了心的，她能理解，办公司嘛，肯定要成功率和挣钱。

昀儿今天与柯总聊过之后，更证实认清了崔力的为人，真是以前一直当是姐姐的好人，怎么会这么爱搬弄是非呢？

通过这一次的外嫁，真的让昀儿想尽早远离这个外嫁圈子。

今天与柯总的长谈，昀儿已经看懂了柯总下一步的意思了，肯定会将公司另外的女会员推荐给肯尼。这是翻译公司一向的做法，在利益面前说得很冠冕堂皇，她会让你去理解他公司的苦衷，会说反正是你不要的男士，转介绍给不挑剔的女会员。双方能成功了更好，公司会努力促成双方满意、自愿成婚。柯总这个时候只会考虑他公司的利益，而不是女会员们的感受，包括昀儿。

这餐饭可不是白请的，昀儿也明白这是打出的友情牌，让昀儿怎么都别说公司的不好，有什么都可以对柯总说，但是不要对外讲，封口的意思。

其实昀儿压根就不想谈起此行外嫁之事，要不是崔力岔口说出来了，昀儿回国后，不会对任何人提起此事。这次外嫁姻缘对昀儿来说是走了一次弯路，昀儿也丢不起这个脸，她还真不想让圈子里的人知道太多隐私，真希望让岁月冲淡过去的这一段失败的婚姻，早点淡出人们的视线。今天柯总的鸿门宴非来不可，不然昀儿怎么会明白今天柯总的真实用意呢？昀儿只希望柯总处理肯尼与别的女会员联姻成功后告知一声。再各自好自为之，互不相欠了，昀儿已经想好了，她不会在把未来的幸福希望，寄托在唯利是图的柯总身上。她必须摆脱这个圈子，跳出柯总、崔力这些是非之人视线。

第 16 章　第六任上任真相

　　自从昀儿回国以后，几乎忘记了这段与肯尼的短暂婚姻，她以为这一生跟肯尼再没有联系，没想到因为要办美国旅行签证的关系，昀儿又不得不跟肯尼联系。

　　在办签证手续时，工作人员需要昀儿填写确切的婚姻状态。那时昀儿自己有点蒙，她不知道离开肯尼之后他们之间的婚姻关系是否还存在。毕竟那时她跟肯尼并没有达成离婚的共识，只是她单方决定放弃这段婚姻。昀儿并不知道目前美国的法律上如何认定她跟肯尼之间的关系。在工作人员的建议下，昀儿只好硬着头皮再联系肯尼，询问他那边的处理结果。

　　发出三条消息之后，肯尼终于加上了昀儿的新微信号码，昀儿立刻验证通过。微信另一端的肯尼说："找我有什么事？"

　　昀儿："首先我不辞而别是有原因的，但是我也有错。对不起，我特意向你道歉。你现在过得好吗，还是有什么变化？有时候我常常想起我们一起度过的日子缺乏信任沟通。现在说这些可能晚了，只是希望你过得好。你现在一个人吗？"

　　肯尼："你走了之后我很生气，我感觉被你遗弃了。我们在婚礼上曾经说过，无论生死一定要永远陪伴在一起。你的离开对我伤害很大，我一个月下来头发全白了，我真的很难过。现在是厂里的工作时间，我要去工作了，明天再回复你信息好吗？"

　　昀儿："好的，你先忙，明天我等你的微信。"

肯尼还是没有告诉昀儿他的婚姻现状，他在回避昀儿提出的正面问题，他还没有想好怎样回答。他不知道昀儿突然在这个时候找他有什么目的。

这个晚上昀儿反复琢磨着如何跟肯尼继续交流，担心肯尼不肯如实相告。这一夜时间显得是那么长，昀儿无法入睡。

第二天早上，昀儿与肯尼联系的另一部手机出现微信铃声提示，昀儿立刻接通，微信那边出现另一个女人的声音："请问你是昀儿吗？肯尼昨天晚上回家时将你们的聊天内容告诉了我，现在这部手机都在我这里，我和肯尼现在已经结婚了。"

昀儿先是蒙了一下，她没有想到这么快，不知道这个问题还要不要继续问下去。昨天肯尼没有告诉昀儿实情，还跟昀儿说起婚礼誓言，现在想起来真是太滑稽了。估计肯尼也不好意思说自己已婚。

昀儿回复："你好，怎么称呼你？"

对方回复："我叫蒋姑，我是东北人。"

昀儿："我一直以为我还是婚姻的当事人，真不知道肯尼与你已经再婚。请问能不能告诉我，你跟肯尼走进婚姻的情况吗？"

蒋姑："我在深圳打工时认识了中介公司的柯总。她公司的翻译兰兰教我以旅行签证的方式到美国旧金山探望表姐。我在美国住了三个月。你是 2014 年 11 月中旬走的是吧？ 11 下旬柯总介绍我跟肯尼认识。你居住过小区的那里有一个中国女人孟云，帮肯尼翻译，在电话里叫我先过来看看，看后感觉两人也合适，就留下来跟肯尼同居了。我们同居后几个月就结婚了。"

昀儿："我能看一下离婚证书吗？我想确认一下肯尼离婚后再与你结婚，这样你们才是合法的婚姻。"

蒋姑："你和肯尼的离婚时间是 2015 年 2 月 11 号正式判决离婚，

彼岸花开
Flowers Blooming on the Other Shore

我是 2015 年 3 月 8 号结婚，我们是等到离婚手续办理生效后，才领证结婚。我去找一下离婚判决书给你看。"

过了一会蒋姑又发信息说："我在抽屉里只找到离婚判决书的复印件，原件不在抽屉里。我现在把它拍下来发给你看看。"

昀儿看到蒋姑发过来的判决离婚证书复印件，终于获得自己期望的结果。她认为有原件会更好，于是又对蒋姑说："你能尽量找机会把离婚判决书原件邮寄给我吗？我把中国地址发给你。愿一切顺利，真心祝你们幸福。"

蒋姑："好的，邮寄后我会通知你。"

蒋姑的话证实了当初昀儿的想法，得知昀儿跟肯尼分开之后，柯总马上将肯尼介绍给其他女会员。对于柯总与昀儿之间交情，柯总这样做有些不够朋友，把昀儿的前夫当成赚钱的工具。柯总说过："我们只管翻译男女会员的情书，帮忙牵线搭桥，两万元入会费。不保证一定幸福，哪怕你嫁给中国男士也未必幸福，这是每个人的运气。"柯总公司自认为是在做好事积德，其实就是挣会员的钱。

昀儿不会去与柯总计较，她有消化不悦情绪的控制力，她相信随着这些事情的翻篇，自己会过得越来越好。

当昀儿离开美国那天，肯尼就在孟云和布莱恩家商量怎样应对昀儿的离去。在孟云家的客厅中，布莱恩坐在三人沙发上，孟云依靠在布莱恩的身边，肯尼坐在布莱恩对面，神情恍惚。

孟云："我联系了昀儿的微信，她回复说不需要肯尼出机票钱。既然已经决定放弃了，还回来面谈有意思吗？她还说，希望肯尼也不要找她了，要说的话都已经写在信中，放在厨房台面上。"

布莱恩："这次昀儿是来真的，肯定不会回来了，肯尼你报警的警察局怎么说？"

肯尼："警察说昀儿一行四个人在前一天就来报告过，她说对这次婚姻失望透顶了，说我脾气不好，家里还有枪，担心我控制不住自己的脾气，会发怒失控掏枪伤人。她是因为害怕决定放弃这名存实亡的婚姻。她什么也不要，什么也不争，只想在警察证明的情况下拿走自己的生活用品。警察说报案的时候是一位只有 17 岁中国小男生当中英文翻译，说清了整个事情的来龙去脉。警察说这是合法申请保护人身安全，没有多说其他的事情。"

布莱恩："昀儿后面一定有人给出主意，她也想到了先报告警察局；要是肯尼你先报案，昀儿走不了。现在警察根本不信你，他们已经有陪同昀儿取生活用品在场的证明。"

那天警察看到的事实就是昀儿只取走了自己的衣物。昀儿走之前还帮肯尼换下床单被罩整理好，把椅子上的脏衣服拿进洗衣机里洗。临走之前，把房门钥匙和一封信都放在厨房台面上。

肯尼："是的，警察也对我说了，你妻子不吵不闹，走之前还帮你把脏衣服放进自动洗衣机里，这中国女人真好。真不知道你要什么样的女人？你要是对妻子好，她会离开你吗？"

孟云："现在说这些话也没有用。估计昀儿不会回来了，问题是昀儿和你的婚姻没有办离婚手续，这对你再婚肯定有影响。"

肯尼："没有关系，我看到了结婚证还放在家里，可能是昀儿有意留下的，我可以单方起诉离婚。"

布莱恩："那干脆早点办离婚，叫孟云帮你再介绍一个中国女人，让昀儿后悔莫及，想反悔都没有机会。"

肯尼："谢谢布莱恩，跟我想到一块了。我幸好几个月前在网站上认识了一个叫蒋姑的女人。她还在美国旅行，住在洛杉矶亲戚家，比昀儿还小 1 岁，长得像昀儿的脸形。"

布莱恩："要找一定要找一个好看的，趁早约时间来你家看看。只要看了你家里的房子，肯定会同意的。"

孟云："你可以打电话给她，我帮你翻译，我可以说服那个女人来你家里先看看。"

孟云一下子完全忘记了自己也是一个中国女人，却这样顺着洋丈夫布莱恩的意思，一唱一和地帮着肯尼出谋划策。她极力撇清与昀儿的关系，好像她们从来都不是朋友，好像已经忘掉曾经在一起开开心心聚会吃饭旅行的日子，也忘记了她曾经是昀儿来美国认识的第一个中国邻居。

孟云讨肯尼的欢喜，配合布莱恩的主意。她哪里知道布莱恩是想占昀儿的便宜。孟云到现在都不知道布莱恩为何这么极力想借此事让昀儿离开。这就是孟云没有头脑的可悲之处，这也是昀儿为何临走之前一句真心话都不想对孟云说的原因。

昀儿知道，孟云知道了布莱恩是什么样的人后，还是会依赖布莱恩不走。孟云离不开这种表面的和和美美，不工作又需要有人养她的婚姻。哪怕是布莱恩偷情，只要是她没有捉奸在床，孟云还是愿意装聋卖傻。她舍不得放弃这个绿卡和老外的婚姻，人真是各有所求。

在昀儿离开美国的第二个月，也就是 2014 年 12 月上旬，肯尼与孟云拨通了蒋姑的电话。孟云很热情地当翻译，邀请蒋姑过来见面，时不时地添盐加醋，说好话让蒋姑放心信任她孟云，还提到肯尼的别墅来引起蒋姑兴趣，促使蒋姑尽早飞过来。

电话那头蒋姑听到肯尼答应买机票后，也松了一口气，没有多想就同意了。蒋姑也打着自己的小算盘，她来美国是听柯总公司翻译安排的程序步骤，就是以旅行签证来美国找老外结婚。时间已过去三个月了，还没有遇到真心实意喜欢她的老外。翻译员一直在网络上帮蒋姑寻找老外，刚好找上了肯尼。

那些日子里肯尼半夜三更偷偷摸摸地在卫生间里跟蒋姑联系。那个时候的肯尼只是调调情，并没有对蒋姑说出自己已经结婚。原来肯尼跟昀儿结婚后，并没有将自己的个人信息从网络平台上撤下来，翻译公司还以为肯尼是单身，所以柯总深圳总部的翻译员一直帮蒋姑和肯尼联系，这也加速了肯尼的变心。

这件事也加强了肯尼对中国女人的轻视，昀儿走了，还有再来的。蒋姑为了一张绿卡，明知肯尼还没有离婚就跟他同居。

就要过 2014 圣诞节了，肯尼想起 2013 年的圣诞节，那一次他去机场将昀儿接到他的父母亲家举行婚礼。那个时候肯尼怎么也没有想到，他从 2013 年上半年通过合法的未婚妻签证将昀儿申请到美国，但这一段婚姻依然被他的坏脾气给弄丢了。

昀儿对他失去信任而绝望，肯尼没有检查自己的问题和反省。他的虚荣心作怪，他能马上和中国女人蒋姑勾搭成功，立马可以替补他肯尼心中的遗弃感。他要报复昀儿留给他的耻辱和被昀儿抛弃不能说出的痛。肯尼摆着胜利者的姿态。

从斜面看肯尼的侧影，腹部挺得高高的中年男人更显苍老。头发已脱落，两边的不多的头发全白了。肯尼没能留住第五任女人，五次婚姻失败难道都是五个妻子的错吗？到此为止，肯尼还没有吸取教训在自己身上找原因，而是速战速决与蒋姑配婚。就这样肯尼和第六任女人蒋姑匆忙地开始了婚姻生活。

肯尼对同居已经不陌生了，这也是昀儿接受不了的事实。最可笑是从孟云口中讲述过肯尼与多名女人同居的故事，多事之人成了肯尼的朋友，难怪肯尼生活总是乱作一团糟。肯尼在与昀儿恋爱期间跟别的女人同居，据孟云知道的就有两个女人，一名香港女人和同小区的韩国女人。肯尼没有感觉到有什么不妥，他已经习惯了被女人抛弃，也习惯了抛弃女人的生活。肯尼的朋友在第一次认识昀儿的时候说："希望你是肯尼的最后一个女人，你中大奖了。"这就是一个极大的讽刺。

孟云这次立了大功，帮肯尼又牵线搭桥将蒋姑引进了家。孟云就像

彼岸花开
Flowers Blooming on the Other Shore

当初帮昀儿一样，开始帮蒋姑的忙，好像她就是蒋姑的恩人。孟云为了帮肯尼说好话，一直说肯尼对待婚姻是认真的，是昀儿要离开。把婚姻生活失败的原因全部怪到已经离开的昀儿身上，为肯尼换掉昀儿找了一些合情合理的借口。

第 17 章　没有了谁生活照样过

　　在美国亚拉巴马州小镇，三月初的一个黄昏，布莱恩家门口陆续停了三辆车。晚上有客人来访，布莱恩在门口候着，笑脸相迎。家里异常热闹，孟云正在厨房忙碌着，为迎接肯尼的第六任妻子蒋姑的第一次正式拜访。孟云做了几道中国菜和美国老外喜欢吃的牛排、青菜沙拉。肯尼能顺利娶到蒋姑，孟云可算是帮了大忙、立了大功，孟云催促肯尼与蒋姑迅速结婚。

　　孟云已经习惯了为布莱恩的朋友们聚餐忙碌。那菲律宾女护士长的丈夫端着酒杯走近孟云，他为肯尼的再婚感到好奇，一连串地问孟云："第六任妻子是你电话邀请过来后，看了肯尼的房子就成了？你以前了解这女的吗？她多大？听说比昀儿还小 2 岁，肯尼还真行啊，妻子一个一个地换。"这个美国男人曾经对昀儿说过那句话："昀儿你中大奖了，希望你是肯尼的最后一个女人。"现在一年时间都没有过，肯尼就换新女人了，真是快呀！菲律宾女人护士长走过来凑热闹说："肯尼娶六任新娘不稀奇，就算这家伙会有第七任妻子也不费吹灰之力。"

　　孟云说："那蒋姑也不傻，她的旅行签证在美国只有两个月的期限了，如果再不决定结婚，她必须得回中国。蒋姑担心身份的事情，我如实对肯尼说明了，蒋姑答应同居就是为了合法身份。肯尼想到昀儿不打招呼就离开了他，便立马同意，只要蒋姑留下来同居，立刻申请起诉与昀儿办理离婚手续，拿到离婚判决书就和蒋姑结婚，气气昀儿。"

　　护士长："听说 2015 年 2 月 11 日是他们离婚生效的时间，这才三

彼岸花开
Flowers Blooming on the Other Shore

月份肯尼就和这蒋姑领结婚证了，今天是正式在你家里与朋友们露露脸呗！这也真速战速决啊！肯尼喜欢玩时尚闪婚啊，图新鲜感。"

护士长丈夫又赶紧插嘴说："肯尼对女人好得也快去得也快，心比我狠多了，是吧？亲爱的。"

护士长扮过鬼脸，冲着丈夫回道一句话："这有有什么好羡慕啊？冲动，你以为离一个，找下一个就是更好的吗？肯尼是在把婚姻当儿戏，我看这婚结了心里不见得舒服。瞧，连婚礼也省了，这女人也太轻浮了。"

孟云："不过，这个蒋姑比昀儿年轻，还很厉害，肯尼还听她的呢！真是一个人一个命，昀儿把树先栽种了，院子里面的菜地也种好了，门前的花也开了，可惜来享受的是新上任妻子。蒋姑才是高手，她会哄肯尼。"

这时候布莱恩走到孟云身边："你能不能少说两句，等会肯尼和蒋姑就到了。"

说曹操曹操到，肯尼和蒋姑一进门，屋子里的声音就没有了。幸好是布莱恩反应快，赶忙招呼说："快坐，随便坐吧，想喝点什么？啤酒还是红酒？"

肯尼："我来一杯啤酒，给蒋姑一杯玛格瑞拉。"

蒋姑先和大家打了招呼，就借洗手间去补补妆容又静悄悄地从洗手间出来，听到孟云说着昀儿的事情。此刻的蒋姑心里真的不喜欢孟云这个大嘴巴，与其说这是一个家庭朋友们的派对，还不如说这个派对就是给肯尼的朋友们来看她蒋姑的笑话：看肯尼的第六任妻子与第五任妻子来一个比较，看看肯尼又找的一位是一个什么样的女人，真没劲！

蒋姑后悔答应肯尼来孟云家的这次聚会。并且想，再也不会与孟云走太近了，孟云不是一个省油的灯。这女人帮肯尼的时候，把错全部指责是昀儿不知足，毁了肯尼的第五次婚姻，把死的说成活的。现在又将昀儿离开之前叫了警察保护一事传出给朋友们听，这不是向所有人说是肯尼的坏脾气逼走的昀儿吗？想想婚姻中，当一个女人毅然决然离开这个男人，心里面有多少委屈，不然怎么就这么绝望地离开呢？

蒋姑也是聪明女人，她必须好好地与肯尼谈谈这个眼前正在绘声绘色说得起劲的孟云，这得防着孟云有一天也会这样说她蒋姑了，她可不想象昀儿一样，吃亏了还自己走。

蒋姑很明白她自己想要什么。她内心深处总有柯总叮嘱的声音："你遇事冷静，一定要与肯尼结婚，才能拿到美国的绿卡。你要明确想要的生活和来美国的目的，你和昀儿要的人生不一样，各有所需。"

看来，每个嫁给老外目的都有不同。蒋姑默默无语地想着、听着，被猛然回头的肯尼发现了，肯尼慌慌张张地向孟云使了一个眼神。可孟云头也没有抬，嘴巴嘟嘟地继续说着，这时候的肯尼无奈之下，直接在众人群里向蒋姑喊了起来："蒋姑快过来，认识一些新朋友吧。"

孟云赶紧招呼朋友们去享用晚饭，朋友们很知趣地向餐桌旁走去。蒋姑也走在肯尼的身边，心里虽不舒服，但是场面上的事情，蒋姑还是会做的。蒋姑心想：既然婚都结了，这婚可不能白白结了，为了绿卡我蒋姑也得忍，看我后面怎么对付孟云你这张大嘴巴子……

蒋姑的心思深啊！这东北娘们是出了名的狠角，比昀儿厉害，她明白自己想要什么东西。而昀儿呢？想要的爱情婚姻生活，太天真了，按照现在的话说，太不接地气了，太不食人间烟火，所以只能是与肯尼分道扬镳，各走各的路，昀儿与肯尼的想法本就不是一个频道。

蒋姑很物质，她想要的第一个目标已经实现了。申请绿卡是她的第二个目的。这场饭局，在孟云的家，灯光闪耀照着来客的脸上有些刺眼，每个人心照不宣。有很多是来看热闹的，也有的是想看肯尼笑话，男人们很佩服肯尼这种洒脱，一下子又换了一个媳妇，真有桃花运。

只在三个月的时间里，能解决离婚又再婚，虽然没有大场面，不得不承认肯尼找女人还是有一套的办法。肯尼心里很得意：今天就是非正式场面，我肯尼也让朋友们看看，你昀儿忍不了一时之气走了，这不便宜了我吗？我肯尼身边照样有女人，照样有愿意做我妻子的女人，没有什么大不了的，面子多少钱一斤啊？我肯尼就来实在的！你昀儿肯定不会想到，我还找了一个比你昀儿还小的女人！

肯尼把所有对昀儿不辞而别的怨恨，全部印在得意忘形的那张脸上，布莱恩在孟云耳边吹的坏点子，全由孟云搅得风生水起，达到了布莱恩想要的目的。这个蒋姑可不是肯尼驾驭得了的，孟云后面的日子对蒋姑也难应付，蒋姑可没有那般善良，不是好轻易应付的厉害女人

如今世道只要想在地球上生存，谁离开谁，日子都还得过。人生就是一个循环，东方不亮西方亮。肯尼的婚姻解体，昀儿的悄悄弃婚，都留给了蒋姑这一场再婚机会，留在美国的机会。人各有所爱，各有所需，对任何人来说，都没有对错之分，只能说肯尼与昀儿缘分尽了。肯尼的日子还得继续，蒋姑的日子也要继续，昀儿的日子兴许因此分离而过得更好，谁知道呢？不信给后人继续瞧瞧。

第18章　厉害的东北蒋姑

蒋姑留在肯尼的家，与肯尼同居，其实已经过上了小夫妻之间的生活。有孟云在，肯尼少了很多事情，也省了解释前任昀儿的离开。该说的话都由孟云全替肯尼对蒋姑说明了。蒋姑想，肯尼这么好，那为什么昀儿要悄悄离开肯尼？那时蒋姑已经怀疑孟云并没有说实话。而孟云确实为了讨好肯尼而中伤昀儿，就冲着昀儿对她不辞而别，心想昀儿已经不把孟云放在眼里，她孟云又何必帮昀儿说好话？

还是昀儿敏锐，当与肯尼在一起的时候，猜到了孟云会站在哪一边，也明白她就是一个风吹两边倒的女人。孟云似乎已经忘了自己也是中国女人，为了帮助美国男人肯尼能尽快与蒋姑在一起，与同根生的中国姐妹锅里斗，欺负自己的兄弟姐妹们。

蒋姑很明白孟云这种能说会道的女人，用意并不是对她蒋姑好，而是见风使舵之人。蒋姑更有手段，会借力利用关系，先顺利上位拿到身份再说，以后的事再看肯尼的表现。蒋姑过来后看到肯尼的房子还挺大，又有游泳池，还有两台现成的小车，按说条件挺好的，没有多想就同意了跟肯尼同居。当然孟云现在还没有说肯尼已经没有了厂房，这目前的厂是与韩国老板合伙租的厂房，临时加工用，原先肯尼办的厂已经被银行查封了。孟云替肯尼隐瞒了不好的经济状况。

蒋姑一直住在肯尼家，等待着肯尼与昀儿的那张离婚判决书，蒋姑总算是没有白等。肯尼也需要尽早完成这次离婚和再婚两件事情，不然，也害怕夜长梦多。因为昀儿的不辞而别，对肯尼造成很大的打击，因为这件事情是他没有想到的，所以几个月下来，肯尼头发几乎都急白了，也刺痛了他的那点虚荣心。人们常说，越爱面子的人，越虚伪没有底气。

他恨不得早点与蒋姑结婚，可以狠狠地报复昀儿，同时也给他自己争回了面子。不管怎么说蒋姑还比昀儿年轻点，他在蒋姑身上挽回男人的自尊；而蒋姑正好图肯尼结婚后，能得到合法的美国身份，各有所图所需，两好合一好，这次婚姻真是及时雨呀！肯尼与蒋姑同样需要这个婚姻，目前也顾不了那么多，只要能结婚，肯尼恨不得全听蒋姑的话，蒋姑说什么话，肯尼都会迁就答应下来，这真是一物降一物。

蒋姑听到肯尼的朋友们议论昀儿的事情，也知道一个大概，昀儿并不是孟云说的那样。什么懒惰呀，都是孟云替肯尼撒的谎。在朋友们的心目中昀儿似乎很受欢迎。蒋姑能感觉到，孟云是她后期得小心应付的女人，一定要保持距离提防的小人，蒋姑现在只能先稳住肯尼。

蒋姑也知道，时间久了昀儿的下场就是她蒋姑的下场，在没有拿到绿卡的时候，蒋姑一定得紧紧地抓住肯尼的人和身体。肯尼不就是喜欢夫妻间那点事吗？迁就他，投其所好就好。不能再走昀儿的老路，听信崔力那套与肯尼对着冷战等愚蠢办法，而产生了更大的误解和分歧。柯总私下跟蒋姑说过相关的注意事项，对付肯尼得讲究策略。蒋姑可不想被孟云与布莱恩左右并钻空子，也不会像昀儿那么天真。

结婚的那一天，蒋姑和肯尼陶醉在一起，坐在自家的后院。蒋姑把女人的柔情与东北娘们的果断性格，全部展示在肯尼的满足中。蒋姑望着天空的星星，自言自语道："从今天起，这才是我蒋姑真正的家。"蒋姑放心地松了一口气。

肯尼笑眯眯地对蒋姑说："你不是说有话要今天晚上对我讲吗？"蒋姑："是啊，我想说的话是，想让星星和你作证，咱俩从今往后无论有什么冲突误会，都要以诚相待，有矛盾不隔夜，在有误解的时候，只允许相信我们自己，而不要去相信朋友。自己家里的矛盾，咱俩自己解决，要相信彼此好吗？能做到吗？"

肯尼："可以，我能做到。"

蒋姑："比方说，我与你有什么不同意见的时候，或者我们之间发生了误会，你能听我解释，而不是去听布莱恩、孟云夫妻俩的传话去分析。我知道他们俩是你的朋友，但是我已经是你合法的妻子，你明白吗？我希望在我们之间互相被误解的时候，请你先相信我，相信你的妻子。我可不想走前任昀儿的老路，缺乏信任，导致听信朋友闲言闲语。你不觉得你与昀儿之间的关系和你的隐私，都是孟云这张破嘴散布传出去的吗？孟云是非之人，我们要少接触他们夫妻俩。"

肯尼看了看蒋姑一脸的期待，沉默一会儿后，似乎也悟到了其中的道理，于是小声叹气地说："是的，这一路走过来，我也看明白了，以后都听你的，你不高兴就少和她往来，我绝不强求。"

蒋姑："今天是我们新婚领证第一天，我很想和你好好过日子。我不能因为你听了朋友的话，而伤了我们的感情，我不想被孟云挑出是非，影响我们俩好吗？你可一定要表态！"

肯尼想想自己都活了大半辈子，娶了六个女人做老婆，阅女无数，单从网上认识的女人不算，同居的女人两个，正式结婚的六个，再不活明白，说不准这第六任蒋姑又跑了，他该怎么办？想着立马出了一把冷汗，脸上表现出有些沮丧和心事重重的样子，慢慢转向蒋姑说："你放心吧，请你以后要一直对我好哟！我会听你的。"

肯尼这个时候随心情答应了蒋姑，还叫蒋姑对他一直好下去，肯尼的内心总是先考虑对自己是否有利。

人的愿望和人心是永远满足不了，也看不清楚的东西，人世间万事万物都在变，何况人心呢？

彼岸花开
Flowers Blooming on the Other Shore

第 19 章　获得单身自由的昀儿

后来昀儿无意中在柯总的网站上看到他们发表了蒋姑顺利选择了肯尼美好姻缘续集的外嫁故事，那篇文章情节含糊扭曲，刻意夸大肯尼与蒋姑的幸福感。昀儿明白柯总无非就是想吸引单身女会员入会挣钱而已。

昀儿清楚这些事情整个的来龙去脉，以审视的眼光看清了所有人，当然包括柯总是如何操作公司的运营。她心里反而感谢柯总，间接地帮她排忧解难，迅速排雷，扫清人生道路上的障碍。说句实话，昀儿之前因为柯总的作为心里有些不舒服，现在心里也不恨了，甚至想到柯总这样一写一弄，虚虚实实地让昀儿活明白了。她想打电话跟柯总说自己真的不介意，结果想了一晚上还是没有打电话，拿起电话的手又放了下来，想想有的事情还是不需对柯总讲得明白，还是将电话挂了。

昀儿决定今后不再为此事而烦恼，她决定远离是非之人的圈子，多腾些时间干自己想干的事情。

几年过去，昀儿已经实现了曾经的梦想，在这几年里，不仅仅是收获了财富。

昀儿有一帮爱房的女友们，她们常常聚会并邀请昀儿去 K 歌、逛街、品尝美味佳肴。累了，昀儿也会照顾好自己，常去美容院休息，做身体养颜护肤等项目，每周一至两次，昀儿在这方面是很看得开的女人。爱自己，才能有能力爱他人，她享受在自己这种自由自在的生活状态中。

闺蜜确定昀儿单身后，又将昀儿的信息挂到海外交友网站上，又有老外又看中了昀儿。昀儿真诚地对翻译蓉蓉直说：我不会再离开中国了，也不会再考虑老外作为伴侣了，把机会给那些想出国外嫁的单身女人吧。

蓉蓉说：有几位都很真诚喜欢你，其他条件也符合你的要求，能找到兴趣爱好相投的，三观相合的还真少，不是没有，而是遇到的概率很低哟。

昀儿用语重心长的口气对蓉蓉说："你还是把这几位老外男士推荐给其他女士吧，我不适合在国外，真的谢谢你的好意和关心。"

昀儿想把眼前的事情做好，婉拒了这些看上她的老外，她只想在中国发展，这里才是昀儿的根。

好久没有联系露露了，露露与昀儿聊着，笑声从手机中传出来。露露告诉昀儿，她为了小儿子读好学校上好的高中，还在学校附近订购了新房子，是期房，应该今年底可以迁居了。

随后发了一些正在建的房子的照片，比以前居住的房子要小儿十平方面积，将原来丈夫留给她和儿子的房子卖掉，换离学校近的学区房，让小儿子上学更方便。

露露还对昀儿说，以前谈过几次恋爱，太折腾人了，没有一位比她逝去的老公更好，都还想占她的便宜，想住她丈夫留下的房子里。露露说：我一回到屋里，就感觉丈夫还活着，现在真的想好了，我已四十多岁了，不想再结婚了，相信以后遇到的男人，也不会每月给我和儿子4000美金的福利生活。这些福利还是天堂的丈夫，照顾着我和儿子们的衣食无忧。昀儿为露露开心高兴。

露露话匣子打开后，一些信息全部一吐为快："我家杰逊看见肯尼跟一个中国女人很亲密地逛街，不知道是新女朋友还是又结婚了的女人？那个叫蒋姑的女人现在已不在我们这个州了，房子被银行查封了，两个人也散了，你还记得那个菲律宾女护士长，她也认识你哟，她说蒋姑在医院检查出来有严重的妇科病，是肯尼传染给蒋姑的，我从蒋姑女朋友圈中，看见发布的信息，说蒋姑从佛罗里达旅行回来，去医院检查发现已患上了晚期癌症，不久就死了。想想，以前常看见蒋姑在朋友圈里秀恩爱，唉！这拿到了绿卡才几年，人就没了？这有绿卡又怎么呀？这人真得认命啊！"

对于这个结果，昀儿听见此消息，有了许多的后怕和惊讶？感叹命运如此作弄造化愚人，亲身见证了外嫁婚姻真实悲哀的一面。此时昀儿替蒋姑的付出，感受到有千般不值的悲凉。因为蒋姑比昀儿还年轻小几岁，就这样突然死在了异国他乡？昀儿真不敢再想下去了。昀儿站在窗前听着手机微信语音通话，她那张已失去血色而苍白的脸上，神情木讷迟钝了很久，仿佛在思索。进一步证明以前露露对昀儿说过的话："肯尼这个男人坏脾气，无论和那个女人生活在一起，不可能幸福！我把话放在这里！其实对待婚姻，任何人不适合自己的婚姻，选择离开是正确的最好方式。"

对于这个结果，昀儿一点也不觉得意外，昀儿微信视频说：露露我们以后再别提他们了，各人过好自己的生活。等你搬进新房子，多拍照片给我看看哟，换一个新环境生活挺好的。你知道的，我也是很喜欢房子，将来我如果在投资买房子，也一定分享给你！

露露高兴地说："肯定，我们一定都要好好的，别委屈自己啊！我呢，把儿子照顾好、培养好，每年还是会回中国去探亲，顺便我们一起去中国最美的城市转转，找一处养老的好城市，我们一起结伴养老过上那种田园的生活。"

昀儿："好的，现在太晚了，早点睡觉吧，女人的美丽是睡出来的，晚安！将来你回中国后，我们会越来越好。"

昀儿现在已在中国生活得很好，正是昀儿想象的美好状态，岁月静好，一切安康。她还不想过早对露露说出已在三座不同的城市购买了房产，作为投资已初步见到成效。昀儿经济独立，拥有学区房、海景房、带院的小别墅，还照顾了家人。自己的生活也丰富多彩，参加多种兴趣学习班，越来越有智慧，一切顺心顺意。

昀儿很知足现在的样子，自己就是女皇，目前这样挺好。看天空是蓝天白云，风和日丽。几年前那场美国暴风雨，清洗掉她脑子里曾对肯尼的幼稚幻想，还是值得。这上半辈子犯的错，幸好及时止损，真是不幸中的万幸。自己还年轻，还有强大的祖国作为后盾，能生活在如此和平的社会大环境里，是最值得庆幸的选择。

昀儿望窗外繁星闪闪发光的天空，看见小区宁静的夜晚灯光和每家窗户发出光对应着，处处祥和。她抱着靠枕在窗台榻榻米上，很安逸舒适地欣赏着万家灯火暖融融的画面，意犹未尽，回味无穷。她此时很享受这来之不易生活，她坚毅的眼神透出女人最智慧的柔美，这是从内心向外散发的一种自信光，只有从骨子里深感觉到幸福有安全感的女人，才会迸发出这种淡然自如神态。昀儿想，回来了，我真正的家，真好。

第二部

峰回路转

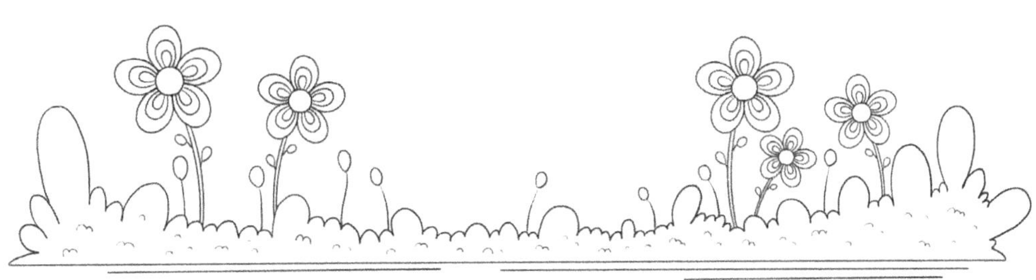

第 1 章　进退两难

　　娟出生在东北营口这座临海城市，初婚 33 岁就离婚了，原因是丈夫有暴力倾向，娟常常挨打。娟跟丈夫离婚后还常遭其纠缠，为了彻底摆脱前夫的影响，娟通过柯总在东北婚介分公司的推荐认识了史蒂文。这一年娟才 36 岁，长得像演员宋佳，是一个大美人，一点都看不出是生了儿子的女人。网站上史蒂文一眼就看中了娟，并决定来中国探望她。

　　娟稀里糊涂把卖房子的钱交给柯总当中介费，办理未婚妻签证来美国与史蒂文结婚。到美国后才知道被柯总的虚假信息坑了。中介的柯总将史蒂文的个人信息编写成有房有车队，是高收入从未结婚的好男人，有钱人。现实中的史蒂文没房、没稳定工作，只是一个开卡车的送货司机。唯一真实的信息就是史蒂文人品不错，是实实在在的老实。

　　当年娟走进史蒂文美国租住的家，第一天就哭了，她哭自己的命怎么就这么苦。看到史蒂文的简陋的住所——那种没有女人收拾的家，连件像样的家具都没有，只有一房一厅一卫一厨房。

　　史蒂文不敢看娟，他知道是自己的错，没有敢说出中介发布虚假的信息。跟娟见面后，他感觉娟就是他期望中的好女人，好不容易在现实中遇到了。他怕失去娟才隐瞒了事实，他也准备好到美国后会一五一十地向娟坦白事实。

　　这位一米八的男人站在娟面前不知所措，真的都快透不过气来。他

彼岸花开
Flowers Blooming on the Other Shore

把娟拉到胸前，紧紧地抱着，不肯松手，生怕娟离开他。若是娟离开他，他的生活将没有任何意义。

娟哭过后，不知不觉地睡了长长的一觉。一方面是坐飞机十几小时，倒时差的原因，另一方面是加上心灰意冷的疲累。原以为后半辈子找到了依靠，却不料被中介当头一棒打得头晕转向。就算她想回中国找那家中介公司翻译扯皮，也没有飞机票钱了。娟来之前就给了翻译中介公司3万多元的费用，加上史蒂文去中国探望她时，她主动承担了相关的费用，结果她的钱已经花完——那时候史蒂文住在娟的家里，考虑到她已是史蒂文的未婚妻，也没有分得那么清。

史蒂文也是从那个时候爱上了娟，又暗自心慌没底气。他一直在想两人结婚后，他一定不让娟受苦，一定要让善待他的娟过上好日子。但是史蒂文那个时候真的不敢说出实情，他太害怕失去娟了！

趁娟睡着的时间，史蒂文开始想心思做些好吃的食物，有几样是凭记忆在中国学过的中国菜。这些都是娟爱吃的，还有几道是他认为娟会喜欢吃的美国菜。

娟睡到自然醒，看到史蒂文精心制作的菜肴还有汤、米饭、菜摆满了厨房桌上，娟的眼泪又流了出来。娟想控制自己不要哭，可是还是忍不住眼泪。

史蒂文看到娟委屈哭成了泪人，又慌得六神无主。他很爱娟，但个性木讷，不知道要怎样安慰她。史蒂文想起娟喜欢用热水泡脚，赶紧拿起泡脚木桶，摆在娟的眼前说："以后全听你的。"

娟听着史蒂文的解释，看到添好的小米红枣粥，再看到桌上摆满了她喜欢吃的美食，停下了哭泣。可能真的是饿坏了，她擦擦脸上的泪水，去趟卫生间，彻底洗了一个澡后，然后坐在桌前，开始狼吞虎咽地吃了起来。好像她从来没有吃过东西一样，这顿饭是那么的好吃，合她的口味。此时娟心里在想，已经这样了，怨谁也没有用，都是自己的命不好。

　　娟看着眼前的丈夫，是一位可以过平凡简单日子的男人。现在穷不等于以后穷，只要史蒂文肯努力，对她好专一，工作勤劳一点，应该往后好日子会来的。娟在心里也知道史蒂文是想一心一意对她好，她安慰自己既来之则安之，一切从头再来。

　　史蒂文看到娟吃得这么香，心里很开心。他像做错了事的孩子，在旁边站着望着娟子吃饭，看着娟吃完了马上又添汤又加菜递给娟。此时的娟已没有感觉那么伤感了，开口说道："等我们结婚了，我要工作，我们一起挣钱，一定要买一套属于我们俩的房子。房子不需要太大，够我们俩住就行，你听我的吗？"

　　史蒂文："全听你的，你要是没有意见，我准备一周后在教堂举行简单婚礼，这样可以尽早与你登记结婚。我可以帮你申请绿卡，准备好法律文件资料。你看好吗？"

　　娟听到史蒂文的安排，有了一丝丝的欣慰，这温暖让她明白了史蒂文心里有她。他在努力用实际行动上来减轻她精神上的包袱，她明白这个男人只是经济条件差了一点，对她确实好。想到这些，娟朝着史蒂文点了点头，用信任的眼光看着眼前这个男人———一周以后就是她名副其实的老公。这个男人承诺处处迁就她，不会让她受气，这样的一个男人还有什么不能原谅呢？

　　嫁给史蒂文的那一天，娟穿着一身从中国带来的红色绣花旗袍，婚礼上照了几张美美的结婚的相片。史蒂文把相片洗出来挂在卧室的墙上，娟那张照片像中国扮演宋庆龄的演员宋佳。史蒂文知道这是他后半生需要尽心去呵护的女人，他爱娟。

　　教堂里所有基督教的朋友都向他俩祝福，史蒂文很兴奋地将娟拥抱在怀中，在教堂里跟着牧师的祷告声，一句一句地念出来："无论生老病死，将愿意一生陪伴左右，永远爱你……"

　　婚礼的誓言让娟领受到西方文化的震撼，同时她也感觉到了史蒂文爱的眼神一直没有离开过她，一直注视着她！当娟和史蒂文走出教堂的时候，天空晴朗，阳光普照，连风吹过都感觉到温柔。

　　这就是娟在美国举行的婚礼，史蒂文家人及教堂里的教会朋友们都来祝福他们。她感受到教会朋友们的善良、热情和大方。他们还带来了水果、甜点以及美国的沙拉美食来布置婚宴。娟在心里祈祷，愿一切都好起来。

第2章　艰辛的工作经历

美国明尼苏达州娟的家，娟老公再次去在外面送货，星期一去周末才回。刚开始两天，娟待在家里整理一些衣物，将所有的家务事做完以后，迅速地锁好门，按照教堂的中国朋友诉她的一个美甲店地址，咨询工作的事情。

美国老公史蒂文人虽然好，但是靠他打工送货的一些工资收入，只能付点房租、在家做饭吃的生活费，余下的就不多了，更别说攒钱帮娟中国的家庭。亲情的维护是一定需要金钱的，只有钱能解决一些实际问题，但是史蒂文拿不出来，娟只能自己想办法，而且她也自立惯了。另外娟也看到东西方文化的差异，史蒂文压根就没有对娟娘家有什么补贴的意思。他认为照顾娟的起居生活，已经是很不容易了。这是娟要出来工作的一个更重要的原因。

娟在来美国的第二个周末，她和史蒂文一起逛街去商场买保湿霜。在付款的时候，显示 127 美金，娟使用了与史蒂文共同的账户。她看到史蒂文有些不悦，她知道卡上动的每一分钱，史蒂文都会知道，虽然嘴上没有责怪娟，但还是担心卡上的钱会越来越少。史蒂文的工作不是很稳定，以前自己一个人单身好混日子；现在不同了，有工作还好说，两个人温饱没有问题，想要今后指望买房买车，是真的不敢说，也不敢想下去了。史蒂文的反应是本能的一种担忧，被娟看到后感受到无望的伤心。

娟明白如果将来靠史蒂文养活自己，她嫁到美国的婚姻也不是她当

彼岸花开
Flowers Blooming on the Other Shore

初想要的状态。娟在中国没有吃过这种苦，起码在中国还有自己的亲人，自己的家。而在美国史蒂文的家，房子是租的公寓，车子是公司的货车，若是这样生活下去，娟是看不到希望的。娟为嫁到美国来，把自己所有的钱都花光了，她没有脸回去，也不甘心这么回去！所以，趁史蒂文不在家，娟特意按以前想好的方案出来找到这家美甲店。

美甲店的老板娘叫兰姐，娟跟兰姐说了是教堂某位朋友介绍过来的。兰姐马上回复说："知道知道，马姐对我说了，我这里条件简单，但是客户还算稳定，你边学习边开始做做店里的卫生！先带你看看！"

娟随着兰姐参观了三房一厅美甲店的摆设布置。大厅可以容纳八位客户的座，灯光明亮，桌子台面，是给客户留着的。等候厅座椅是软卧沙发，这里是供客户来的时候，在等候选择指甲颜色的地方。墙面上有一面墙的柜子上，摆满了五颜六色指甲油，供客户选择。里面有间专门用来洗客户用过的毛巾，摆放一台洗衣机、烘干机。有一间房是员工休息吃饭换工作服的地方，另外还有一间房是三台洗脚的盆子和三套洗脚沙发！里边显示着暖暖黄色灯光，人走进去若是躺在沙发上，立刻会情不自禁地放松。

看得出老板娘兰姐在装修方面花了很多钱和心思，整体给娟第一印象很好，大方简洁，雅致。

娟想到老板一定是一个很能干的人，能在美国开店。老板平日里不怎么来，管理全靠监控器。员工自己收下客户的钱填工单、拍照片，发到微信工作群里，老板娘会在工作群里记录每位员工的工作量，做了多少客户，多少钱一清二楚。当天就可以算出给员工的工资提成，老板娘的分成会由店长收下，暂替老板娘保管一周或半个月，或每周存进老板娘的银行账户上。

要说老板娘的这套资本私营管理办法是真的省事，员工都很自觉地按店规排班，按顺序做工，轮流来做工为客户服务，多劳多得。如果英语好，会与客户交流，小费也多。这里做事就是多劳多得，所以来工作的人没有偷懒的，个个都希望多做客人多挣钱，根本不需要老板娘管员工们，大家为了能多挣美金都很拼的。没有客户的时候，员工就坐在休息房间玩玩手机，看看微信电视剧什么的。午饭都是每个人自己带饭盒，饿了微波炉加热后再吃。工作中人与人之间关系表面上看起来挺简单的，其实也会有竞争。

兰姐："娟，以后别太客气了，你对工作时间有什么要求想说的，告诉我，我好先安排！"

娟："兰姐，有实际问题我就直说了。我每天要在老公回家之前赶到家，因为这次出来工作并没让他知道，我担心他不同意。我是私下想要工作，想边学边试用，等你认可了能做长期工作，我就按照店规定的上班时间，上午 9：30—晚上 9：30。可以吗？"

兰姐："你只要在一个礼拜之内学会基本上的程序，还是可以的，只要认真看和动手练习！"

娟："谢谢兰姐接受我，我争取这个礼拜学会，争取顺利通过试用期，早日正常上班工作！"

兰姐："没问题的，你会做好这份工作的。虽然是体力活，但更需要眼明心亮，要心细手稳。其实这工作不是很累，就是要守，要多学习英语交流，因为我们的客人多数是老外。学习期间，你只能捡零工，也就是老员工做活期间，又来了客人，没人服务时你才能有机会上手去为客人服务。客人满意了你的工作，这样就可以算你上的工时和收入分成。我们是四六分成，老板六，员工四成，你看有没有意见？"

娟："好的，我没问题，谢谢兰姐，谢谢老板。"

兰姐："好的，如果今天你可以正式学习，我就教你从哪里开始，怎么做卫生，怎么使用美甲工具。今天跟你简单介绍，你再跟着老员工们学。她们做工作的时候，你多看。没有客户的时候，你就在她们手上脚上练习。工作服就是一个统一样式的黑色围兜，自己保管好。一套美甲工具会在你今后的工资里扣除。我们每天日结收入，客户给你的小费，属于你自己的收入，我们没有底薪，明白了吗？"

娟："明白了，谢谢兰姐，我可以今天就开始边学习边正式上班！"

听完娟的回答，兰姐立刻叫了一女员工的名字："珍珍，你来带一下今天早上新来的娟，去帮她领一套美甲工具、箱子、工作围兜！在客户来之前，你带娟做店里的清洁卫生，明白吗？店里卫生一定要做干净，店面干净整洁明亮是店铺形象，搞舒适些。卫生间也要洗干净，消毒，点香油！"

珍珍："好的，知道了！"珍珍是很开朗的女孩，估计比娟要小十岁，此时娟已经 36 岁了，没有想到来美国的工作是以前从来没有想到的行业。娟带着好奇，再看看店里陆续到齐的员工们，都是女的，共计七人，其中也有比娟小的员工，这个时候娟才放下心。后来才知道最老的员工叫素素，原来是从桂林旅行签证到美国黑下来，六年后才拿到绿卡。这些简单情况都是珍珍教娟工作时透露的。

娟很高兴经自己努力，有了一个新的开始。第一天下来，娟就赶鸭子上架做了两个客人。开始的时候娟的手都有点发抖，因为从来没有学过，全凭以前自己去修甲店消费时的印象，想到一点步骤，再斜眼瞟向旁边老员工现场学习。珍珍有意引导娟，客人做完后，娟的双手都紧张得出汗了。那天过得真快，除去老板娘的提成，娟自己还挣了 120 美金，小费 10 美金！

娟高兴得不得了，在回家的路上，娟小跑步地向家走回去，她要赶在老公史蒂文回家之前到家。

她暗自想，这份工作我喜欢，我一定要好好地学会美甲技能，把这份工做下去。等挣了钱就买辆二手自行车，骑着去美甲店工作——目前走路太慢了，需要 40 分钟，骑车肯定轻松快点。等正式工作了，只要史蒂文送货出车，就住在店里，免去来回时间。其实老板娘就希望员工住店工作，这样可以多挣营业额，不用太早关店。

找到工作后，娟跟史蒂文说明了情况，史蒂文同意了让娟去上班。娟终于可以光明正大地去工作。第一个月下来，娟挣了 3200 美金，兴奋得把大票子数了又数藏起来。她把一些小票子 5、10、20 面额的美金叠好收起来，转了 500 美金交给斯蒂文，余下的先付给老板娘提供的美甲工具箱的钱，再奖励自己买了两套好点的品牌衣服——因为上班讲究形象。她还买了点化妆品，店里其他员工都打扮得很漂亮，娟也不能在颜值上落下呀！

就这样，娟终于突破了自己。那几个月的收入，她不仅给了史蒂文一个安心，也是为了老公不要拖累她。为了生存娟顾不了那么多，挣了钱会按时按月地交给史蒂文，但是不会告诉他每月挣了多少钱。史蒂文也从来不问娟的具体收入。从那以后，当娟看到自己喜欢的东西，或者家里需要用的生活用品，娟也会自己掏钱买来，从没计较倒贴钱这一说。就这样娟把那最艰难的日子熬过来了。

第3章　为了有一天自己当老板

娟上班初期每天提前40多分钟从家里出发，比其他的员工更早到店。到店后，她首先把厕所打扫干净，垃圾桶清理好，也把马桶清洗，用消毒液兑水将桌子擦一遍。接着整理自己的工具箱，将洗衣机里的已洗干净的毛巾取出来，放在清水和柔软剂调好的水桶里浸泡半小时，再将已泡好有香味的毛巾拧干放入蒸汽箱。

有一天娟把安排她做的事情都做完了，看到住店的素素还没有起床打扫地面，于是就主动帮着把地拖干净，把渣子除掉。清理到客厅的时候，被走进来的珍珍看见："娟，是你今天做客厅卫生吗？不是昨天交代你打扫卫生间和洗毛巾的吗？"

这时蓬头垢面的素素穿着睡衣冲过来对娟大嚷："谁要你做我的事情呀？我们按照分工去做，今天该你打扫卫生间。"

娟："我已打扫完了卫生间，还有毛巾也洗好了，都放进微波炉温室箱了。我看见快要开门了，客厅卫生还没有做，就顺便做做，让素素你多休息一会，哪分得那么清呢？"

素素："谁要你做呀？我肯定会在开门前做完我的事情，以后别搞乱了店里的规矩！"

珍珍："娟，以后就按照排工的顺序来做事情，该你做什么你就做什么。别打乱了，你才来几天不知道就算了，以后注意点！"

娟想不明白，自己好心帮素素，结果她还不领情，还这样大吼数落自己。离开店只差半小时，如果不搞好店面清洁，客人来了看到脏兮兮的地面会有什么想法？珍珍肯定也知道是素素工作不到位，可她不仅没有说老员工素素，还来责怪娟。娟忍住窝火和委屈，并没有顶撞。想想还是算了吧，也许她们欺负自己是新人，排挤也是正常的。

老板娘看到其他员工对娟不友善的行为，她特别地观察了一下娟的面部表情，还真的替娟捏了一把汗。看到娟虽流露了一丝不悦后，又马上调整好自己，像没有发生什么事情一样，这个处理让老板娘兰姐吊着的心放了下来。为了安抚娟，老板娘兰姐给娟私人微信上发了一个大笑脸，一个赞，一个拥抱图片，还配上几句话："这一次你确实受了委屈。我只想告诉你，到哪里工作都会有不公平的人和事，总有那么几个员工会有这样那样的坏习惯和小人之心。你今天遇上的这两个还算好的。在店里一定要有店规，你只管做好你的事情，任何人赶走不了你，因为决定去留的人是我！不是她们！明白了吗？能把委屈自己消化掉，才配做好自己的未来！相信你自己！我看好你！"

娟把老板娘兰姐的话听进去了，无论遇到任何困难，自己不要去想它，而是要尽快学会工作技能，好好服务客户，先把分内事做好。

店里到处都设有监控器，每位员工每一笔收工单都必须在收银台前完成。员工服务客人后收到的工钱都由各人代收好，并当时写在工单上，拍照发在工作微信群里。老板就在工作群里，能看得到每位员工当天所做的业绩，一天下来的营业额及每个员工的提成毛利收益一目了然！在这种管理模式下，老板娘挺轻松省心，每位员工根本不会偷懒，因为多做多得提成，大家都希望多来客户多挣钱。

因为还是边学习边捡工，这天下来娟捡了两个工，店长珍珍做了六个，老员工素素做了七个客户。那天下班前，娟分得了做工美金提成，还拿得 25 美金小费，这是娟没想到的收益。

珍珍："娟你的运气还是很好的呀！这几天就遇到几位客户一起进来做美甲，能有捡工的机会。而且你很聪明，虽然没有正式学习，但你在服务客户的时候，会参考我的做法，让客人满意，还给了你小费。你知道吗？那个客户是最不好搞定的人，竟然还给了你小费。我们都不喜欢这个客人，素素你说是吧？"

素素："是啊，上次我给这个肥胖女人做，换了几个颜色，结果一美元小费都没有给我。"

娟听着她俩说的话，倒感觉是做了她们都不愿干的活，娟倒是没有觉得委屈，还期盼着多来客人，最好是一次多来几个客人，这样才会轮到娟有客户练手学习，还可以挣到捡工的钱。

在回家的路上，娟一直想着这第一天的工作片段，也为自己能挣到了85美金而兴奋。娟回家以后也会在自己身上练习每一道程序和手法技巧。只有技术掌握了，才能服务好客户，才能有好的小费收入，若是一天能做5个客户，未来的生活就会好起来，两年后就可以计划买房子了。

就这样一周的时间快过去了。第六天的早上，天空下起了大雨，娟看到打雷闪电，心里真愁死了。这天老公史蒂文出外送货没有回来，不能送她去上班。娟不知道下雨天会不会有客人来，如果确定没有客人来，这一天还是请假在家吧。娟给兰姐发去微信消息："今天星期六下这么大雨，会来客人做美甲吗？"

信息发出去了，老板娘兰姐秒回："今天星期六，通常客户多。虽然下雨了，但是在美国客户都是开车来，雨天对生意没有什么影响。"

娟只好硬着头皮冒雨上班，在雨中赶路过程中，娟不由得有点伤感。娟决定将来工作挣到钱后，一定要抽空学开车考驾照，考取后先买一辆二手车。

因冒着大雨走路，娟比平时候晚了10分钟到店，还好没有迟到。真被老板娘说中了，这一天客人还真多。娟一天就捡了三个工。娟刚好做完第三个客人下工，正准备吃点韭菜合子，不料素素刚上工给一个黑人客人只做了十分钟，就悄悄走到娟旁边说："娟你去做这个客人吧，我肚子疼，要上卫生间！"

娟接过了素素的客人，指着色板对黑人客户友好地说："请选择你喜欢的款型样式？"

黑人客户用手一指："就是这个！"娟微笑挑选出黑人客户选择的颜色和式样，起初有点慌乱地做着，做着做着，也不知道是怎么回事，过程中慢慢没有那么紧张了，也许是投入进去了。

娟只想着怎么样把美甲手指做漂亮，怎样做得让客户满意，怎么样尽自己最好的服务和耐心，把这位素素让给她来做的机会好好把握好。

娟接手黑人客户后没多久，一位黄色头发的漂亮白人客户走进店里，只见素素兴奋地迎了上去，直接领着客人走到收银台，付了一项大套餐180美金，美甲贴片加手护！像是素素预先知道会有这么一个客人要来。

当天收工下班的时候，珍珍对素素说："素素你今天运气怎么巧，碰上了这个老客户，她小费很好吧！上次她给我80美金！这次也一定会给这么多小费！"

娟听着才知道，原来素素知道给小费多的老客户大致几点要来，所以才把那个黑人客户让给自己去做。但是素素万万没想到黑人客户也付了80美金小费给了娟！娟没有声张。

没有想到素素是如此心计的一个女人。娟在心里叹息了一声，为自己的单纯觉得可笑。娟长长地舒了一口气，庆幸自己嘴严少说话。不管是黑人还是白人她都会服务好，把每一位客人都当成自己的衣食父母，今天小费不也很好吗？

娟也想明白了，好好服务客户，客人真的不是傻子，客户知道你为她做事是否态度认真。这次素素让工给娟，应验了老板娘曾经对娟说过的另外一席话："好好做事，把精力用在服务好客户上，你的小费会自然的好的！"

真的一点不假，这次让工事件中娟捡了一个大便宜。娟一直没有对任何人说，后来有一次跟兰姐聊天时轻描淡写地说了一下这事。当时兰姐对娟说："你可以做到闷声发大财，终有一天数钱数到手酸！"

娟："真的吗？托老板娘兰姐吉言！不过说真的，我很开心听了兰姐你的话，每次感觉只要跟你聊天，我的心情会很好，你的话怎么听都受鼓励和开心！"

兰姐："我对你说过，在美国只要你努力勤奋就会成为富人，就可以买得起房子。"

娟："我们这个行业能做到几十岁呀？有年龄限制吗？我都36多岁了！"

兰姐："干这一行，只要身体健康，你干到老都不成问题！我就怕你掉进钱坑里去了，舍不得休息，中国姐妹就爱拼命挣钱。"

兰姐的爽朗语音笑声真的感染了娟，娟心里特舒坦，总感觉只要自己努力，上天都在帮自己。娟很认同这样一句话："吃亏是福！该来的总会来的。"

那天晚上娟做了一个梦，梦中兰姐对娟说："从下周开始，你就可以安排上工了，不用捡工了，你准备好了吗？"

娟："准备好了，我没有退路，只想跟着兰姐走，想像你这样能干，将来给兰姐管一个店，就可以了，若是能像兰姐一样做个老板就更睡着了笑醒了！"

兰姐："我相信你，好好干，多学习技能、管理，将来你一定会自己当上老板！"

娟突然从睡梦中醒来，她没有立刻下床，而是静静地坐在床沿上回味着刚刚的梦境。这个梦给了娟信心，她相信自己将来一定可以当老板。

彼岸花开
Flowers Blooming on the Other Shore

第 4 章　娟明白了什么是忍辱负重

随着工作时间慢慢熟悉起来，娟的工作技能日渐提高，可以说每天都有飞涨的进步，她的业绩比其他老员工还要多，这些能从每日上缴工钱数字看得出来。兰姐心里清楚娟是一位可造之才，于是兰姐想帮娟早点考一个员工任职工作资格证，一打听需要 6000 千多美金。

这笔钱对娟来说是一个大数字，但是兰姐看好娟，她想到支付垫资让娟先去加州考取这个资格证书，日后更好地帮她打理店里兼职管理工作。得知兰姐意图后，娟非常开心，她没有想到兰姐对她这么好，帮她先预支垫付考试的费用，还亲自陪同她去学习考试。娟突然感觉到生活有了奔头，心里涌动着一股温暖，心想将来在店里工作上一定多多干活，多做工多挣钱，早点还上兰姐的垫资款，一定要对得起兰姐。

娟走在回家的路上，那晚的月亮都是圆圆的，娟从门外就看到屋里有了光亮，想想一定是老公已经把晚餐做好了，在开门的那刹那，一股炸鸡的香味随门开的缝隙飘进娟鼻子。

娟：“哈啰亲爱的，我闻到香了，做了什么好吃的？”

史蒂文：“你回来正好，我做了你喜欢吃的炸鸡，还有罗宋汤、青菜沙拉、意大利粉！快快洗完手，可以马上开始晚餐了，想喝点啤酒吗？”娟走近史蒂文的身边，先看了锅里快要炸好鸡块，随后踮起脚尖用脸贴了史蒂文的脸，笑着说：“好的，马上就好！”

娟放下手中背包，将带回来的空饭盒放在厨房台面上，再跑进卫生间，洗把脸，洗洗手，又跑主厨室里换上家居服，从卧室里直接走在餐桌旁，看见满满吃的食物。史蒂文已经装满了给她桌上的小碗汤、碟、盘子，还倒上了满满两杯啤酒。

史蒂文："今天我想给你一个惊喜，老板又派了一周的长途活，这批货送到后，运输费用会翻倍，亲爱的。"

娟也很高兴，听到史蒂文也有新活了，也正想找个机会说出今天老板兰姐对她的关照。

娟："亲爱的，我们俩今天好事成双，我以前对你提过的老板兰姐今天对我说可以长期在她店里打工了。为了合法化，不偷偷摸摸地工作，兰姐还让我去考上岗合格资格证书，而且愿意先出钱让我去学习考试！等我以后工作有钱了，再还给兰姐。"

史蒂文："真的，兰姐对你这么好，其他员工都有资格证书吗？还是非要不可？多少钱？"

娟："我若有资格证书，将来还可以开店！"她想史蒂文一定会支持她的！没有想到，史蒂文并没有娟想的那么开心。

史蒂文："我还以为这次可以带你出车，一起去，因为要路过佛罗里达州，想让你去玩玩！你来美国一次也没有带你去旅行，都是赶着送货，这次也是一个机会。"

娟："谢谢亲爱的，这次学习是一个难得的机会，我必须珍惜并抓住机会，过了这个村，就没有这个店了。"

史蒂文知道他目前没有更好的物质条件照顾娟，已经让娟受苦了，他已经是四十多岁的人了，就是因为穷，没房没有经济实力，才没有美国女人看上他，他没有谈过恋爱。他这辈子能娶上娟，是他后半生的希望和福气。所以史蒂文在心中只有一个愿望，尽自己所能满足娟的愿望，只要娟认准的事情，他都会无条件支持她、成全她，让他爱的女人高兴，只要娟高兴他就开心。史蒂文在想，他能娶到这么好的中国女人，是他这辈子都没有想到的。在心里都想好了，别的给不了娟，但是娟想要做什么，他永远会站在娟的身后，全力以赴地支持她。

这一夜娟和史蒂文两人喝着啤酒聊天，娟压在心里的担心全没有了。娟想着只要人心齐，泰山都可以移，她有点庆幸自己当初没有因为贫穷而放弃史蒂文。这么好的男人，将来他们一起努力，就一定能实现买房买车这些最基本的生活硬件。

周一，娟和兰姐一起飞往加州，在专业培训学校里度过了修完学分的学习，并顺利考取了资格证书。兰姐店铺里多了一位长期替她工作的员工，她很看重娟的善良。

当娟拥有资格证书后，人就自信很多，也不担心政府人员突击检查无证上岗人员。娟也理解一些移民的人为什么要来美国做工干活了，哪怕是放下在中国很体面的工作，在美国为了陪读的孩子，也做起了服务行业的岗位，委屈自己也是想更多帮到自己的家人。起初觉得委屈的人看到每天的日结美金，心里都有种踏实感觉，没有钱过的生活让人害怕。娟明白了，在美国只要你肯放下身段，做很多美国人不愿意干的活，去洗盘子，送外卖、当家庭老师教中文、洗车、洗脚工，挣美金养活自己。中国人勤奋，在积累财富上努力加倍工作是平常的事情。

娟现在工作起来，就像工作狂，除了一月休息两天时间外，基本上都在店里工作。没客人的时候，娟就看考驾照的笔试题。两个月下来，娟认为可以去考笔试了，结果第一次紧张，有两道题答错，没有通过笔试，只得一周后再考一次。就这样一连考了三次，才通过了驾照的英文笔试，总算通过了可以练车。

娟下班后或者休息的两天时间，史蒂文坐在副驾驶上手把手的教娟开车，这一练就是三个月。终于预约了路考，又因为第一次是史蒂文大车去路考，结果又没有通过。后来在交通教练的建议下，用小轿车路考，第四次才终于考过。

　　娟在中国的时候都没有摸过方向盘，这些生活技能都是在美国给逼出来的。娟居住小镇，没有公交巴士，唯一的交通工具都是私家小轿车。要想在美国生活起来方便，必须掌握多种生活技能，学会开车是必须学习的技能。娟也意识到了这一点，当初那场暴风雨走路上班，已让娟烙下深深的记忆。如果不吃学习的苦，就会尝尽更多生活的苦。没有想到娟也这样慢慢挺过来了。

　　娟逼着自己进步，还逼着自己学习英语，英语水平都有了一个飞跃。连在一起工作的员工，珍珍、素素都不敢小看她了，特别是素素只能在暗中对娟使坏。

　　有一天明明该娟上工了，素素说那个客户是她预约的老客人，于是娟只有让素素做工了，自己继续等待。原来那个客户小费给得好，素素编一个理由就捡了一个便宜。

　　有一天临到快下班的前一个小时，娟当时正服务一位一客人，做了一半工。突然又来了娟以前服务过的客人，当时应排工该珍珍上工，但客人点明要娟给她做全套美甲。

　　娟笑着对客人说："我还有20分钟才能完工，珍珍是我们店里手艺不错的员工，让她为你服务吧，一样。"

　　客人说："我等你！"娟笑笑没有再说什么，继续服务原来的客人。可娟真没有想到，新来的客人一直等着娟。这事无意伤害珍珍的自尊心，珍珍毫不留情打电话向兰姐告状！珍珍说了娟的不是，什么不懂规矩、抢她的工等不满，说娟太不讲店规了，还对兰姐施压说："有她没有我，如果这样下去，不是她走就是我走，怎么这么不懂规矩呢？真的好气人呀！"

　　天啦！这多大的事情啊，这明明是客人点名要娟做的服务，还愿意等待20分钟也要娟上工，怎么就说是抢工呢？兰姐认为这是娟的服务好，手艺提高了，获得了客户的赏识。

彼岸花开
Flowers Blooming on the Other Shore

娟想到上次排到她的工让给了素素，当时娟也没说什么呀，这件事有这么严重？娟有了这种淡定心态，默默地做完美甲，全程没有去跟珍珍理论争执，只是静静地思考该对兰姐怎么说。

娟服务完两位客人后才把手机微信工作群点开，看到老板在群里的发话内容："任何员工一律按店规排工上工，今天娟抢工提成全部充公，以此警告每一位员工，不得再犯！"娟知道兰姐的难处，为了管理才出此下策。这也是为了保护娟，以后类似排工，排到谁就该谁去上工。

娟正准备回复微信，结果又出现兰姐的私人微信内容："娟，对你今天的处理是不得已，我明白你是委屈的，因为你是新人，现在服务做得好被客户认可了，我在视频监控看得清清楚楚。但是珍珍是排到了她的工，她告了你，表面上店规顺序你违规了。这次处理你，其实是好事，你抢不赢她们，以前我也看到了她们都抢过你的工。因为你是新人，都没有意识到，所以没有告诉我。现在珍珍告了你的状，下次类似这样，你也可以这样告诉我，她也会受到惩罚。"

娟："我没有意见，若我是老板也会像你这样处理，我理解你，没有意见。另外麻烦你对她们说，我今天也没有拿到小费，让她们开心偷着乐吧！因为客人听到珍珍打电话告状像在吵架，客人很烦恼，走的时候也匆忙，忘了付小费了。"

娟回复完兰姐私人信息后终于松了一口气，这次就当是买了一个教训，不就是白白做了一个工吗？没有什么大不了的事情。

兰姐："你要学会自己消化不悦的负能量，一个能做大事的人，一定会是一个胸怀大志的人！我没有看走眼，你今天这样冷静对待这件事情，相信其他员工心里明白，你不是一位斤斤计较的人，相信以后她们会敬重你。"

这一晚上，娟轻手轻脚地把工作工具都收拾归类摆放好，将第二天要用的毛巾放进洗衣机自动清洗运转，随后简单冲了一个淋浴，再才回到自己的小休息间躺下。回想着今天事件的前前后后，思索着今后还要注意哪些问题，应尽量避免与员工之间产生误会，在谦让他人的同时，也要学会保护好自己的利益，不能一味地迁就顺从，逆来顺受未必就是对的。

娟翻来覆去睡不着觉还有一个原因，明天就是自己的生日了，她不想在这种带有火药味的氛围中去工作。但是她又不想告诉同事们，明天是自己的生日，她想找一个合适的理由，明天能理直气壮地对其他人说："我不干了！"

有这么多不愉快的经历，得让自己找到一个发泄情绪的出口，反击对她耍聪明、排挤她的员工，要给她们一点颜色看看。娟知道在店里工作的去留，不是员工们说了算，得看老板兰姐。主意点子想到了，心也踏实了，反正明天自己过生日，要对自己好点，给自己找到一个理由，可以睡到自然醒。

清晨九点，娟有意比往日晚些起床，收拾好自己妆容后，有意将自己的大箱子拖出来清理衣物，同时随意对临时代理店长珍珍说："今天别排我的工了，我准备上午去商场逛街买一个大箱子，淘汰换掉这个旧箱子，我不干了，你们好好多做几个工吧！"

珍珍和素素两个人傻眼了，两个人停下了手中的活，一愣一愣地呆站在吧台那里。珍珍知道自己也只是一个临时店长，昨晚所谓抢工一说，她知道不是娟的错，是她小心眼排挤欺负娟。她只是想打电话向兰姐发泄一下，但真没有想过，兰姐会连娟做工提成都搞没了。

珍珍还有一点担心，万一娟真的走了，兰姐再找一个不好的新员工搭档，那不是更得不偿失吗？这是害人不利己的事情，还是赶紧承认错误挽留娟吧！珍珍看了看素素一眼，示意快开口留下娟，自己赶紧上前对娟说："娟，对不起，昨天晚上是我一时犯错了。我早上还请示了兰姐，让她别扣你的工钱，要不我和素素垫上兰姐扣掉你那一部分钱。对不起，我给你赔礼道歉好吗？你别走了！"

娟："老板扣的钱，不用你俩赔了，但我今天一定要出去逛逛。店长你就别排我的工了，你俩安心地多做几个工，多好！"

素素马上说："对，我和珍珍一起把扣的钱补给你，你可以出去逛街买箱子。带上手机，如果有客人，你接到电话还是回店里工作好吗？你现在可以去，早去多逛逛，可以了吧？"

娟其实心里就是想想吓唬吓唬她俩，自己赌了一把，她俩肯定容得下这么好说话的她。娟想要的就是这个结果，可以逛街购物用自己喜欢的方式过一个独处愉快的生日！

于是娟不紧不慢停住整理箱子，珍珍趁机接过箱子拖向屋里角落放着。娟顺势而为地拿起先准备好的贵重随身携带的挂包，边向门口外走边说："那我去了，你们俩安心多做工。"

出了大门就是通往大商场的街道，娟看着户外的蓝天白云，微微吹过耳边的风儿都带有绿色植物的清香。要不是心里真的放下了，来这座城市工作都这长时间了，还从来没有像今天这样高兴，享受自由自在的早晨。今天也正好是周末，去商场的路上会路过人们晨练的公园，一座座高楼大厦，还有在路上奔跑锻炼的人们不时在身旁经过。

娟忽然觉得人就应该像这样节奏的生活，工作、休息、放松、逛街，也坐在路边的小咖啡店品尝着美食，享受着透过明亮的玻璃窗，看着太阳升起来的早晨。

第 5 章　做一个与时俱进的女性

　　娟来美甲店的工作，兰姐一直帮着娟。兰姐曾对丈夫说："我看好娟的善良，能吃苦讲信用。开始挣的几个月钱，除了留下生活费以外，所有剩下的钱都一点一点攒下来全部还给我。我看到了娟的倔劲，做事认真，认准的事情一定会做好。我也不是傻子，为我所用的人才我肯定会帮。"

　　兰姐丈夫名叫大钢，为了给孩子陪读，夫妻俩一同来到美国。为了生活，大钢在中国老板餐馆打工，干些厨房间里的杂活。因为人品好又好学，大钢最后当上了厨师，现在是中国餐厅老板的得力助手，一干就是十几年。

　　大钢和兰姐都移民到美国，也有绿卡，有朋友问兰姐和大钢："你们的孩子在美国大学毕业了，又找到了好工作，你们为什么不入美国籍呢？"兰姐知道大钢和她一样，总是放不下中国农村的老宅地。虽然贫穷一点，但那是她和大钢的家乡，是他们在中国的根。在那里生活了几十年，他舍不得中国朴实的父老乡亲，时常在梦里想起那山清水秀的麦田，日出日落的田园生活。

　　来美国是为了给留学的孩子创造更好的生活条件，兰姐和大钢像其他中国人一样，可怜天下父母心，宁愿自己吃苦受累，也乐意心甘情愿地为孩子们付出。大钢从干杂活到厨师，最后经过自己打工累积财富，又自己当上了中式餐馆老板，以后就顺理成章地留在了美国。

　　兰姐也在美国找到第一份工作，在中国人开的美甲店里打工，从干杂活做卫生到守店。平常白天也多多少少偷看同事工作的步骤，空闲时间也问了一些员工姐妹们具体做法，日子长了慢慢地在自己手上练习。没想到几个月后，突然有一天店里有一个员工家中有急事请了长假回去了，店里的客户都比较稳定而且有些忙不过来，兰姐的老板娘看得着急，一时半会请不来员工。就在老板心急的第二天早上，兰姐把自己晚上在店里做好美甲的一双手展示给老板看，"老板你看这美甲怎么样？好看吗？"

老板见后说："好看，这是谁帮你做的呀？"兰姐看老板又高兴又赞赏的样子，心里想改行专做美甲有戏了，于是心中充满了希望对老板说："我想替你打工分忧，这双手是我昨晚上在店里守夜的时候自己完成的。我一直都在偷偷关注其他员工做活的手法，到了晚上我一直都在练习，老板你不会怪我吧？"

老板惊喜地说："不怪不怪，你又没有耽误自己的工作，还用业余时间学习这些，真是有心人呀，我好喜欢你聪明呀，我怎么就没有发现你这双手巧呢？再让你干杂活浪费了你，从今天开始，你就上工给客人做美甲。"

兰姐兴奋并感激地对老板说："谢谢老板，谢谢老板不怪我还帮我，我一定好好干！"

从什么都不会到做美甲打工的这条路，对兰姐来说终于熬到头了。她庆幸自己遇见了好老板，也庆幸自己勤劳勇敢，能转行做了一份干净体面的工作。所以，兰姐知道开店的艰辛，很理解娟的辛苦和好学。

从娟的身上看到了当年的自己，这也是兰姐喜欢娟的原因。为什么兰姐总是暗中鼓励娟，垫钱也去让娟考上岗资格证，也是来源于兰姐曾经的老板对她的帮助，兰姐在感恩。这是兰姐多年来的习惯，只要看到善良的中国女人，她都会去努力地帮助别人。到现在娟终于明白了兰姐的不容易，所以在工作上她俩配合默契，兰姐想到什么，娟都会与兰姐分担。

最近有一件事情让兰姐很伤脑筋，房东每年都要涨房租，看到店里面的生意好，兰姐忍了 5 年了。兰姐后悔当初没有签 10 年不变的合同，这样干活，如果坚持把店开下去的话，兰姐几乎拿出收入的三分之一付给房东，三分之一给员工分成，另外三分之一才是自己的。挣的钱除去一些费用税收，所剩无几。现在真是骑虎难下，开也不好，不开也不好，这件事一直像块石头一样压在心里。

娟看得眼里，也急在心里，也体谅兰姐举棋不定、进退两难的处境。有一天兰姐把娟叫到员工休息间房中，悄悄地说："这个店我不能干了，我算了一笔账，如果坚持做下去，我每个月会打平手，如果客户少的话，我反而要赔钱。我不可能在你们员工身上去剥削劳动力，但我也必须考虑成本和收益的平衡。我跟你先说，这两天我都在跟我佛罗里达州同行的女朋友联系，她建议我在那里去开店，把这个店转让。如房东坚持要涨租，我就不继续签合同了，反正合同已经到期了。如果这样，你也不用担心没工作，我推荐你到这个镇上另外的一个美甲店上工。你同意的话，可以抽半天时间先去看看店，我带你去。把你安排好了，我才放心。"

这个店估计跟房东是谈不妥的，必须做好两种准备。这个店如果要搬迁，剩下的东西也拿不走。

兰姐："先看看能不能暂时放到你们租的家里，等以后有时间我再把它转移到新店开张用，或者留给你以后开店使用，你看行吗？"

娟："行，你放不了的东西都放我那儿，我帮你留着，以后有空你再搬去新店。能用的尽别再买，你也别着急上火，我明天抽空把店里的事安排好，跟你一起去看一下你推荐的店怎么样。"

兰姐经过深思熟虑决定不再续租房东的房子，在临行前还有一个礼

彼岸花开
Flowers Blooming on the Other Shore

拜的时间里，她把娟推荐给其他开美甲店的朋友。这几天上班都有零散的客人，娟和员工还继续为零散的客人服务；没有客人的时候就整理打包店里的东西陆续地运往佛罗里达州。最后店里还留了几张床，但是拿不走太占地方。其他员工从开始到最后都没有表态帮兰姐存放店里的东西——一些店里需要但却又不便搬动的玻璃镜子、桌子、装饰品、墙上的壁画和易碎品等。

"这些东西可以放到你们各自的家里。如果有一天我再开店，大家看得起还可以在一起共事，这些东西就有用场了。你们可以把今后用得上的东西先拿回家里用，我暂时不想运到佛罗里达州。再说一遍，看中的大家不要客气。"兰姐讲完此话后，接着小声告诉娟，"我们可以走了，带你去朋友店里看看。"

娟："那店里面这么散着吗？"

兰姐："没有关系，不差这几天生意！"

一路上，兰姐开着车，对娟说了一番心里话："如果这几天大伙都没有要店里的东西，你千万别劝她们。你干脆全部收下，放在你家地下室里，你今后若是开店了，这些都用得着。虽然是旧的，但是开店这些都还值几个钱，旧东西可以节约一部分，刚开始创业不容易，我希望你把它保护好盖起来，就当我送你的礼物。等我带你去看完店回去以后，就知道大家是什么态度了。我本打算用店里这些东西直接送给她们，按照个人需要拿去。但是这话又不能直说，那样做又怕大家抢起来，你明白吗？"

娟："兰姐你真心细呀，这个办法是让大家没有分东西的尴尬。你尊重了每个人，如果她们不要，那是她们自己的问题错过了你的善意。"

兰姐："你真看懂了，就这样吧！"

开车40分钟左右就到了一家美甲店里，约好的老板女友惠惠早在员工室里等待着她们。惠惠开门见山直接让她们看店里的每一处，这个店不比兰姐店小，基本上是翻倍客户。环境不差上下，惠惠听完娟自我介绍，立即起身给一个厚厚的信封交给了兰姐。娟被新老板看上了，"：兰姐说了你是最让她信得过的员工。我店里正好需要一个店长，你哪天来都可以上工。"

娟："我等兰姐走后就来，这个星期我陪兰姐把搬店的事情处理好。"果不其然，回到店里所有的员工都不要店里的东西。员工以为兰姐要她们买旧东西抵减钱，于是兰姐看实情发话了："所有的员工今天一起吃晚饭，算是一次道别，明天所有的人都可以回家了。娟留下来处理这些搬走的东西，我一周后离开这个小镇。本来想把这些东西分别送给大家的，如果以后大家有心也可以凑起来开小店，有很多东西还是可以用。现在看来大家没有那个心思，那我就全权委托给娟去保管了。还是那句话，谁将来开店就送给谁！"兰姐从员工的眼神中看出她们已经后悔了，但又不好意思说再想要的东西了。

一周后阳光灿烂的早晨，这天兰姐起得很早，她丈夫在一星期前就打头阵去佛罗里达州的新家。兰姐这次是把店的事情全部处理完，再去与丈夫大钢会面。今天真要走了还真舍不得，来店门口早早等候兰姐的娟，眼睛也红红的。娟也怕兰姐难过，自己却先难过了起来，鼻子酸酸的，一种相见恨晚的感觉！

兰姐说："天下没有不散的筵席，别难过，我们还会再见面的。我等你开店的好消息，店里的所有东西你都可以拿去，一定要有自己的事业。"

娟不停地点头，甚至想着打工一段时间，争取年底之前先买下她和史蒂文看过无数次的平房加后院，有两室一卫一厨，还有一个地下室，后院很大一片地，今后可以用来种当季可以吃的菜，这是娟想做的事情。这房子已经看了半年了，原业主是一个70的老妇人，现如今年龄大了，儿子想将母亲接到养老院去，就想到了要用卖掉房子的钱缴养老院的入

彼岸花开
Flowers Blooming on the Other Shore

院费。娟和史蒂文一直等着老妇人的回话，订金已缴了，中介说就等着过户。

兰姐："这是好事啊，安居才能乐业。先把房子买了，我赞成后期再挣钱。你就把开店的钱攒够了，其实要不了几万美金，或者找到一个合作伙伴开。我到时候再帮你，你自己拿主意，这房子先买是对的。"

"谢谢你兰姐！"娟本想买房成功以后再告诉兰姐，但考虑到兰姐马上就要离开这个小镇，就把这个计划和打算提前告诉了兰姐，也是想让兰姐放心。

娟买房，是为了安居乐业打好基础，以后时机成熟向兰姐学开店当老板。

兰姐："你开店一定是很快的事情，等你的房子定下来，以后再在我推荐的店，多学点经验，再开店会轻松很多！"娟听兰姐的叮嘱太受益了，仿佛这天终会来！

娟默默点头："我目前就去你朋友那打工，等房子定下后，还需要很多钱的地方。"

兰姐与娟有着说不完的话，要不是兰姐的时间到了，还不知道要说到什么时候。

兰姐："我走了，你保重，也别太累了自己。"

娟目送兰姐的背影，渐渐看不见为止，还站在那里发呆。这世道总有开店关店的事情发生，可当娟看到了起起落落繁华商机，也许这就是人们为生存奔跑吧。不跑在时代的前面，就会被时代淘汰掉。娟也想像兰姐那样，做一个与时俱进的女性。

结婚后第三年，史蒂文因工作导致腰部受伤，动了一次大手术。有幸有娟的精心照料，史蒂文才捡了半条命，身体恢复很好。当保险公司及单位理赔的 10 万美金转给史蒂文的时候，他除付了医疗费后，将剩下的 3 万元全部交给娟。那一瞬间，这个举动让娟动容，她庆幸自己没有错看人，庆幸自己当初没有放弃史蒂文，深感自己受了这么多年的苦值得了，有史蒂文的这份真爱，比什么都值。

眼前的这个男人，知道自己已是患了重大疾病人的了，今后再也没有工作和收入了，只有政府对伤残人补贴的 1200 美金的福利生活费，却把自己唯一也是最后一点全部收入都交给娟来保管。这让娟感动且有些酸楚，她何尝不爱钱呢？

但是这钱她不能要，她要让史蒂文放心，虽然他残疾了，但她永远不会离开他，她会陪伴他直到永远，像结婚誓言中说的那样："无论生死，老弱病残，都要一直陪伴，白头偕老。"

娟于是含着泪水对史蒂文说："亲爱的，这笔钱全部给你买一个人寿保险，将保你终身！"

这时候史蒂文捧着娟又递回的三沓美金，眼里涌出了一行热泪，泪水湿润了这位从不哭的男人，他认同了娟的做法，这种资金安排是对史蒂文后半辈子的一个最好的保障。史蒂文更感觉到，这个眼前弱小的女人，一下子让他决定要用另外一种方法，去呵护她的后半生。

一周后的一个早上，史蒂文和娟开车来到了保险公司办理手续，当投保人签名的时候，史蒂文在受益人的名字一栏签下了：陈娟。合同约定受益金额 100 万美金，这意味着史蒂文如果去世后，这张保单的受益金额全部给到受益人陈娟！

娟没有想到史蒂文考虑得比她还要完善周全，她感觉到这张保单，将会使她和史蒂文的婚姻更加牢固，他们俩的爱情会更加甜蜜。这就应了人们常常说的一句话，善良一定会得到好报。真爱一个人的时候，他会从心里处处替爱人着想，史蒂文把娟的晚年生活，通过人寿保险这种形式给了娟保障！

史蒂文是值得娟托付终身的痴情男人，有担当、有责任心。爱情需

彼岸花开
Flowers Blooming on the Other Shore

要真诚，心心相印的坦诚相待，虚伪的甜蜜表白，真的只管得了一时的开心，那些平凡生活中的相依为伴才是真爱。

娟做了几年美甲店修甲工，存了一些钱，后来她自己开了美甲店当上了老板，每月净挣 7000 多美金，从打工转变成自己当老板过程，不仅得到了史蒂文的尊重，更得到史蒂文的深爱。女人最美的样子，就是自己工作挣钱了，那种自信的美才是最美的模样。

5 年后，娟和史蒂文买了一所带大院子的大房子，史蒂文在一家出租车公司当调度员，上半天的班，因为不能弯腰，只适合找文员管理岗位的工作。做这些是史蒂文想替娟减轻压力，分担家庭一些开销尽点心。

而娟经过一年的摸索平淡期，做了行业宣传广告，加上技术服务好，由客人带客人推荐，第二年娟开的美甲店经营已走上正轨。业务忙的时候，还需要请人手帮忙。于是娟又把远房的单身表妹，申请过来打理经营管理。三至五年，娟的店口碑很不错，客户源很稳定。娟将开始买的二首车换了一台更实用七座小货车代步上班。随着店里业务开展，做了一些新增项目，美甲，护手，足疗也受客户喜欢，带来更多的收益。除了纳税、房租、员工薪资、水电费、管理费必交除外，当老板就是时间自由，自己说了算。

此时的娟深深体会到，无论何时何地，做女人的安全感就是自己，开店经营的几年里，事实证明了自己就是靠山，没有人替代这种坚实靠山，那就是自己！

第6章　能干的80后杰西

1982 年，杰西出生在一个知识分子家庭，母亲是一位妇产科医生，爸爸是中学英语老师。

杰西小时候刚兴起学习英语的潮流。杰西妈妈想利用孩子的心理特点，引导杰西自愿学习英语。妈妈让杰西选择，要么每天帮妈妈洗碗扫地做卫生，要么跟爸爸在客厅看英语节目。杰西为了逃避干家务活，就选择了后者。杰西看英语动画片时很想听懂角色讲的英文是什么意思，激发了学习英语的兴趣。

每天晚饭后的时间，杰西开始了看英语节目、英语电影。在爸爸的帮助下，慢慢地杰西能听懂很多英文单词、英文短句。杰西喜欢上了英文，也越来越喜欢在更多的场合去表现自己的英语能力。

有一次在学校英语课堂上，英文老师写了一段英语，让学生举手上台朗读。杰西想都没有想就举手，全班没有第二个学生像杰西这样自信。老师让杰西上台读出那段英文，杰西的表现让全班同学羡慕不已，老师很高兴地当即表态让杰西当英语课代表。

从那以后杰西对英语学习越来越有热情，也找对了学习英语的方法，杰西对英语的熟练程度不亚于母语普通话。在很多大学生毕业后还在找工作的时候，还在读大四的杰西就已经在一家外企找到了一份翻译助理的工作。杰西实力很强，找工作时没有多少竞争对手。

杰西在中国一直从事外企工作，给酒店老总当助理翻译员，因为英语能力强，后来跳槽都很轻松。杰西比较喜欢外企文化的氛围，职场上凭实力和本事，不用搞人际关系和拉帮结派小团体、走后门这一套。

杰西后来到美国定居是因为网恋，她爱上了一位大她 19 岁的台湾籍美国男人吉米。两人约定在美国佛罗里达州见面。杰西休假 1 个月，以旅游签证的方式飞往美国与吉米见面。

没有想到在美国的十五天陪伴里，杰西看中了吉米的实在和真诚，于是提前结束了预先旅行的假期，毅然返回中国辞职，办理好一切结婚需要的手续资料，对父母亲说要嫁给吉米，并在美国发展。

杰西的英语能力非常突出，在美国找工作有天然的优势。为尽快适应美国的生活环境，杰西到美国结婚后的第一件事就是找工作。杰西知道自己想要什么样的生活，她的人生目标很现实，必须经济独立，要挣钱养活自己。虽然老公吉米很照顾她，但她还是不满意没有自己的房子，需要租房的生活。她坚信女人不能靠脸蛋，靠男人，靠任何人，只能靠自己！

杰西的丈夫吉米比她大 19 岁，两人结婚时，吉米还带着两个孩子。婚后杰西和吉米又生了一个儿子。杰西的孩子一岁那年，由于吉米经营的养鱼塘管理不善，造成严重的亏损，最后只能将鱼塘转让。这一下家里失去了经济来源，杰西愁死了。三个孩子要养，面临着接下来的每个月房租，生活费都不知道着落在哪。

吉米找白天干到下午的活，杰西找从下午到晚上的工作，到餐馆打工端盘子，什么打杂的活都接。两个人接替着照顾不到两岁的小儿子，在美国是请不起人带孩子的。这样起早贪黑地干了几年，手上有了一点积蓄后，吉米想自己的厨艺不错，可以开一个中国餐馆，因为美国人还真的特别喜欢吃中国菜，主意拿定后就和杰西商量。杰西也想自己开个中国餐馆，考虑到孩子也可以顺便带，没多想就同意了。于是七拼八凑接下了一个正在转让的中国餐馆，简单装修了一个月终于开业了。

餐馆刚开始的生意还挺好。附近是美国企业，有一些职员中午会到他们餐馆去吃快餐，还可以点简餐外卖带回给家人吃。两个人请了两个小工助手，都是中国留学生，工钱不多，但是不稳定。小工干的时间短，每个暑假寒假都会走一批换一批人，刚刚教会熟悉厨房的一些活，结果又走了。

过了不久，旁边又开一个餐馆，是福州人开的家庭班子，人手都自家人干，生意很好很红火，管理又好，福州人最会做吃的。吉米的餐馆就受到影响，结果撑两个月只能倒闭了。

在一次下班后杰西赶着送货途中又遇上了车祸，对这一家人来说真是雪上加霜。

杰西晚上赶着开车送货，想着餐厅倒闭好多事情需要处理，又想着要照看孩子，心里很乱。她的注意力不集中，本来眼睛就不好，那天开车还很快，一不小心被后面的车撞上了，车子报废。这是第二次被别人的车追尾了。

幸好杰西没有大碍，只是轻伤。事故后获得车款赔偿，还赔了一些精神和营养费治疗费，共 5 万美金。这个时候杰西很冷静地想了一下他们未来的生活去向，直接对吉米说："我们现在不能自己创业，还是各自去找适合的工作打工吧。之前给了你两次机会，你都失败了。以后不管工作还是生活上的事情必须由我来当家作主。"

吉米看到杰西说得有理也就不吭声了。从那以后整个家就由杰西掌管，有了经济大权，她开始精打细算，她在餐厅打工，在学校兼职当中文老师。打两份工作的同时，还在找适合自己的工作。

还好吉米的大儿子也渐渐长大了，很懂事，在读大学的期间，就申请贷款完成学业；在大三大四的时候，就利用暑假寒假、节假日去打短工，管理好他自己所有的学习费用以及还银行贷款。杰西的担子才轻松一点。

　　功夫不负有心人，因为杰西的英文和普通话能力都很好，她找了一份台企服装加工厂中层管理岗位的工作，工资是每月 5000 多美金。经过上次出车祸的教训，杰西决定在上班附近的地方买一套房安定下来，不用开车奔波。被录用后的杰西有了稳定的工作，立刻将看中房子定购了。在美国买房子价格还比较稳定，西方人比较喜欢租房，只有中国人喜欢安居乐业。杰西也特别有这种爱房子的情节，有家的感觉，就必须要有房子。

　　杰西和老公吉米商量好后，在美国购买第一套住房，只用首付一成。杰西做了一个预算计划，以两万多美金首付，可以买下房产总价 20 万美金的房产，贷款三十年，可以脱离租房的现状。于是终于有了一套属于杰西和吉米一家四口人的家，这是杰西在美国投资的第一套房子，每月还房贷 1600 美金，这对杰西来说，是很轻松的一件事情。之前杰西和吉米租房居住，每月房租还需要支出付款 1800 美金。这样计划理财管理，不仅拥有了自己的一套固定地产房子，而且还心安省钱了。

　　这思维一变通，杰西想到原来自己也可以靠智慧在美国过上中产阶级的生活。

　　尝试到投资房产的甜头后，杰西在做好自己的本职管理工作之余，把所有的精力都关注在投资房地产方面，全心在网上搜索自己喜欢的区域，有空就关注、考察、计划，心里总是在默默地做些积极的准备，功夫不负有心人。

第 7 章　杰西就是能忍

　　为了早日摆脱贫困，早日过上中产阶级的生活，多买几套房子进行计划投资，杰西还得继续打两份工。每个周末当两天中英文老师，平时就在台资企业上班，一周七天都安排得满满的。

　　在台企的办公室里，杰西桌面上放着两台电脑，两部座机电话，她平时使用三部手机，一部是自己的，两部工作业务手机。杰西将生产与销售策划分开处理，做事有条不紊。即便她努力拼命工作，也难免在工作中与老板和同事发生冲突和竞争，杰西有许多心酸和委屈，也得全部忍下来，毕竟这份工资对她特别重要。

　　刚进厂企业那天，老板跟杰西定了三个月试用期，通过了试用期才能长期留任。期间杰西就遇到了一件很棘手的事情。

　　有一位客户订制了一种标牌，这个项目快要完成时，策划部发现产品的颜色跟客户的订单要求有色差区别。如果客户因为这个问题不同意收货就得返工重做，对企业来说会造成极大的损失。当务之急就是需要有人跟客户老板商谈，找出一个大家都能接受的解决方案。

　　出错的策划部员工及负责人都不敢跟老板提出这件事，杰西是作为老板和生产、策划部门衔接的助理岗位，必须由她出面跟老板提出这个问题，商量对策。

　　杰西担心如果这个事情处理不好，她就无法通过试用期。如果能把这件事顺利解决好，她有很大机会长期工作下去，并且得到重用。杰西房子已经购买了，每月的房款必须要按期还到银行贷款，她没得选择，没有退路，孩子还要上学，她必须要得到这份工作。

老板长年不在厂里，都是遥控电话、电脑、手机、邮箱发令指挥，这种企业的管理模式在美国已是很普遍了，不然老板就失去了请高级助理岗位意义。

这天早上，杰西早早来到办公室，将最近几天绞尽脑汁想到的应对策略写成报告发给老板。报告中简单说了事件经过，并详细地写出她的解决方案。她提议首先要向客户诚实地坦白色差问题，然后建议说服客户尝试这种新的颜色方案。作为有过失的一方，台企应该在价格上给予优惠，并在这一批产品的销售上给客户提供必要的帮助。

一封完整的报告终于写完了，杰西仔细检查报告有没有文字错误，确定无误之后，她做了一个深呼吸，然后发送邮件给老板。接下来的时间里，杰西在煎熬中等待着老板的回复。她等待着老板的怒火，等待着老板冲她吼叫，等待着老板冷静过后的训斥，等待着老板的指令……

杰西明白，对这些考验她只能默默承受。如果能解决这件事，老板一旦会留下她。杰西暗暗鼓励自己："这个节骨眼上看你了，杰西坚持住，只要努力积极去解决问题，什么都不是事！"

到了中午，杰西刚吃完午餐回到办公室就听到桌上电话铃声响了。杰西连忙抓起话筒，里面传来老板愤怒的声音："杰西，你的报告我刚看完，你们现在才把问题跟我说！这个事情如果处理不好，如果客户不接受你的想法和交流沟通，企业所遭受的损失，你将负全部责任！我只能把丑话说到这里。你是我的助理，你要站在我的立场上去看待这个问题。你自己想想看，要是因为这个问题丢失了这个客户，我们会有多大的损失？你一定要拿下这个客户，过程我不管，我只要你尽快把这件事情处理好，不然你知道后果！"

电话里的怒火冲天的语气让杰西感到刺耳，杰西理解老板的怒火，也明白这个时候不能再说什么刺激他。杰西把话筒轻轻放在桌面上，对老板的责问作简单的回复："嗯，啊，哦，好的。"

后面老板的训斥还越来越有劲，那架势就是得理不饶人。杰西真想摔下电话顶撞几句，结果话到嘴边又不得不忍住了——她不能失去这份工作。杰西默默叹气，让话筒搁在桌子上，她悄悄地退出了办公室，到厂里的车间转了一圈。等老板骂够了，骂累了，她再回去办公室慢慢冷静消化掉这些负面的坏情绪。回到办公室后，桌上的话筒已经没有发出声音了，老板终于挂了电话。

杰西冷静下来，打算按计划把客户约出来当面谈这个问题。大客户老板是一位美国白人，名叫迈克，他的个性很强势，跟杰西老板合作多年。多年来只有杰西老板能搞定他。杰西没有十足把握，但也只能尽力尝试以诚相待，跟他好好聊聊产品存在的问题。

杰西提起精神将自己打扮了一番，选择了一间离客户单位较近的咖啡店跟客户见面。这咖啡店的环境适合谈业务，暖光柔和，还播放着轻音乐，散发着一种轻松的氛围。

下午三点，迈克准时到了咖啡厅。也许迈克也喜欢这里的环境，杰西从他脸上看到轻松愉快的神情。迈克走过来对杰西调侃道："什么风把你这位美女吹来了，还请我喝咖啡？这离我单位近，我请你吧。我非常喜欢这个咖啡厅，我一个人的时候也常常来这里。"

杰西："今天是我找你，所以一定我请你。我也很喜欢这里的环境，在这里跟你见面我也很开心。"

接下来杰西转入正题，跟迈克说了产品色差的问题，还说了她的解决办法。杰西嘴巴不停地说着，眉飞色舞地形容着，她还拿出一张纸，在上面画出图案辅助讲解。杰西善于用肢体语言表达，还不时对迈克露出笑容。

杰西真诚地说出了这件事的利与弊，她的话让迈克的神情从惊讶到迷惑再到接受。迈克是一位很明白事理的人，其实他也想要扩大自己的销售渠道网络，杰西提出的方案让他多捡了一个销售平台，还维持了多年的友好合作伙伴关系。他接受了杰西提出的方案，也佩服杰西的胆识和智慧。这件事要是换了杰西的老板亲自来谈，也未必会有这个双赢的效果。

杰西和迈克足足在咖啡厅坐了三个小时。有了这一次连续喝三小时咖啡的经历，后来杰西一看到咖啡就害怕。当天晚上杰西更是因为咖啡喝多了而彻夜失眠。不过那一天杰西在咖啡提神作用的帮助下顺利地挽回了这个大客户。

迈克最后离开咖啡厅时对杰西说了一些有趣的话："你这位朋友，我交定了！咱们好好合作，干一番更长久合作。我知道中国女人不随便跟我们男人拥抱的，我认可接受你的建议和承诺，你的诚实，为了表达我的敬意，我们拥抱一个吧！"

杰西："谢谢迈克的宽宏大度，我佩服你的智慧，你不发财都难，我们合作一定会更好！保重，希望下次能在厂里再见到你！"

迈克和杰西像是遇上知己，有一种相见恨晚的感觉。迈克从心里佩服眼前笑容满面的杰西，他感觉后期能与杰西合作打点这些业务，他很放心——他对杰西有一种莫名的信任。杰西的责任心打动了迈克，他相信跟杰西合作会更有前景。

杰西把结果告诉老板的时候卖了个关子，她拿出手机没有立刻说出结果，只是不紧不慢地对老板说："老板，我现在刚刚跟大客户迈克谈完，是现在跟您汇报？还是等明天用文字邮箱发给您？"

老板对杰西发话："你现在告诉我，结果到底是接受你的建议，还是黄了？你跟我说实话。我说过的话都要兑现的，你如果把这次处理成功了，就加你工资，提升你做我的高级助理，今后厂里的业务你可以代我自行处理！若是结果相反，你明天就不用来上班了！"

杰西："老板，我想知道，你要奖励多少？每月工资涨到多少呀？我好向目标努力！"老板以为杰西还未搞定客户，还需要他的帮助推荐，于是开口说："每月薪资在 5 位数以上。"老板真没有想到，此刻的杰西早已搞定了客户。

杰西给老板的微信发去一个自信开心的笑脸，老板一看就明白了：杰西没有辜负自己的期望！

老板："你安心工作吧，我明天下文通知人事部兑现承诺，给你加薪奖励！我们就是要敢于担当有责任心的员工。"

杰西："谢谢老板，我做的这一切是我应尽的责任。放心吧，这次这大客户不仅不退单，还签了下季的定购合同，准备长期合作！"

到了第二天，杰西就收到了人事部送来的升职加薪的任命书，杰西被直接任命为董事长的高级助理，每月薪资 \$7000。杰西很欣慰，这段时间的辛苦没有白费，终于通过自己的真诚努力，提前通过了试用期。杰西相信自己的路一定越走越宽，好日子一定会来的！

后来杰西依然很努力地积累投资成本，过上中产阶级的生活。杰西购买投资了八套房，用于出租，每月可将租金还房贷，还余下净得收入。真正做到了以租养房，还可以将余额作为利润积累，利滚利，将财富再投资，实现利益最大化。杰西将理财做得如鱼得水。

彼岸花开
Flowers Blooming on the Other Shore

第 8 章　杰西靠奋斗拥有了财富自由

　　吉米懂中文、粤语、闽南话，后来他凭语言上的优势也找到了一份翻译工作，工作没有以前那么辛苦，也很稳定。空余的时间，吉米还接了一些房子维修、装修等私活，在装修华人圈子里有点名气了。吉米报价的装修费用实在，人好踏实，让移民美国的华人放心，而且在语言沟通上也方便。久而久之找吉米装修的人越来越多，收入上自然也好了很多。吉米也没有想到他的偏门比专业翻译这个工作收益还好。

　　杰西和吉米都明白，来美国想要生活得好，必须放下那种浅薄的面子、虚荣心。为了生存，只有好好勤奋工作，不挑剔行业。能干上自己喜欢的行业，还真是幸事！杰西用打工的阅历和时间找到了自己最擅长的事情，那就是投资房产。

　　杰西是闲不住的人，一到周末就开车到处看房，将一些卖价便宜的房子信息整理出来，在合适的时机就买下。这些年来她买下八套不同区域的便宜房产，吉米负责装修工作，将装修成本降到最低。有很多工作是吉米亲自动手，将别人家丢弃的旧家具改造修补使用，翻新的家具看起来时尚还很耐用耐磨。投资房产后，杰西的财富像滚雪球一样快速增长。

　　杰西印象最深刻的一次投资经历是用十万多美金买了一套别墅。有一次，杰西在中介房屋出售的官网信息中，看到有一栋价格很低的房产拍卖记录。直觉敏锐的杰西马上开车赶到那个房产中介公司了解情况。

　　那是一所独立门户的别墅，虽然说是旧房子，可占地面积很大，建有三层，有八个停车场位，一个游泳池带后院一个工作房间。后院有几百平方米的空地，还可以再建房屋。正大门前方面对着公路，交通便利。整个外观看上去很大气，红砖墙面挂上了门牌号码，写着一种路标邮编的数字墙面。一看就像一个大户人家的房子。

这样的房子正常价格远不止十万美元，可能是价格太便宜，让人误以为是误发错了信息。当杰西赶到房产公司时，并没有太多人跟她竞争，当时就只有一位中年白人妇女在打听这房子的情况。那时中介工作人员正好谈到别墅主人的情况。

工作人员说："原业主因为刚刚离婚，带着一个女儿。她不想在这种环境下继续生活，恨不得逃离这个让她伤心的房屋，于是才低价出售。她要求现金交易一次性付清，不要贷款。这房屋是干净的，没有走人的坏事和意外事故的发生。仅仅就是女主人不愿意留在伤心的地方，想去另外一个小镇换一个小一点的房子生活。"杰西了解情况后，立刻与中介经理交流起来。

杰西和那一位在场的中年白人妇女都想买下这别墅，女主人再次表明，如果谁能做三天内一次性付清费用，她就跟谁签合同。那时杰西的银行账户刚好存下十万多美元，她马上表示可以满足女主人的条件；而白人妇女习惯用信用卡超前消费，如果她要买这套别墅需要走银行贷款流程，时间长达半个月。女主人想尽快将房子卖掉，多一天都不想等。就这样，杰西成功用 10 万元美金的低价购入这套市值 20 多万元的别墅。这应了那句中国老话：好运是留给有准备的人。杰西也庆幸自己平日里攒下的 10 万美金，要不然她也得痛心错过这次机会。

房子终于在 2020 年的 2 月份签订合同，买卖双方的过户手续全部办妥。随后杰西和老公一起把房子进行简单装饰整理，打扫卫生，修剪门前杂草树枝，然后对外公布出租信息。直到当年 6 月上旬顺利出租，与租户签订了两年合同，每月租金 2250 美元，两年后再续签则增长 10% 租金。杰西终于可以松一口气了，毕竟是两年内不用再担心这套房子的收益情况。

岁月让杰西夫妻俩渐渐变老，他们已添了不少白发。尽管他们有能力买到更好的房子，但他们还是住在当初买下的房子里。杰西曾对朋友说："这套房子是我发家致富的吉地，是我和吉米孩子们的风水宝地。"

他们一家有遇事商量的氛围，孩子们从小就潜移默化受到启发，培养了很好的投资意识。吉米的大儿子参加工作两年，已攒钱为自己购买了一套房子，自食其力的成家立业了。大学毕业的女儿已经找到一份稳定的工作，也像哥哥一样自己还了上大学申请的银行贷款。

工作一年后，女儿在杰西这位后妈的指导影响下，以首付 1 万多美金，购买了一套价值 19 万美金的双拼别墅二手旧房子。这房子面积很实用，四口之家居住很合适。杰西引导女儿以收租金养房还银行贷款。这房子经过吉米简单修饰后对外出租。女儿轻松地成了房子的主人，做到了婚前就拥有了自己的固定资产。女儿的男朋友很佩服她，认为她年纪轻轻就有良好的理财手段，她一定能经营好婚姻和家庭，让他也一起过上富足的生活。

女儿从心里佩服杰西这个妈，她曾经对杰西的朋友说："杰西比我亲妈还亲，我什么事情都愿意跟杰西妈妈讲，不跟爸爸说！"

杰西凭着智慧把日子过得很好，吉米都从骨子里佩服地向家人说："我全听老婆的，自从听了杰西的话，我们的日子就一帆风顺。"

吉米大儿子在周末回家吃饭的时候，经常给杰西妈妈带上礼物，也跟她分享工作和投资上的想法。家人的信任和亲近让杰西非常欣慰。杰西投资的八套房产的产权人都是她，吉米用这种方式表达他对杰西的爱和感激。如今杰西收获了爱情、亲情、财富，她活成自己曾经期待的那种又美又实在的样子，这一切都是在家人的理解和支持下，她凭着努力和善良创造出来的。

成功后的杰西还是那么淳朴简单，生活和工作上都很低调。她还从事着老板助理的工作，每周朝九晚五认真尽职地工作。近几年来社会大环境不好，有不少中小企业关闭了，在这种情况下，老板的企业反而还能稳步发展。企业能取得这样的成绩跟杰西的辛勤付出分不开。在杰西协助下，老板的企业做得风生水起，发展了更多加工业务订单。

当别人问起杰西的成功之道，杰西这样分享："女性一定要有自己的主见，要有挣钱的能力，实现经济独立，还要有一颗永远善良的心，一种积极热爱生活的乐观心态。"

彼岸花开
Flowers Blooming on the Other Shore

第9章　也有见钱眼开的外嫁女

倩倩 1968 年出生，属猴，从事过直销行业，开过 KTV 歌厅，因婚内出轨而离异。在一次单身女性朋友们的聚会上，倩倩偶然结识了柯总中介公司的翻译小蓉，听了几个单身会员和老外恋爱结婚的故事。

倩倩猛然冒出到国外挣钱的想法。倩倩以要找老外恋爱结婚为由，在短暂时间内，很热情地骗取了中介翻译小蓉的信任，让小蓉将倩倩本人的艺术照片放在单身外嫁网上，物色有意向跟她交往的老外。在小蓉的细心服务下，一个月就找到了一位对倩倩有意思的美国老外詹姆斯。

柯总的公司规定为会员免费服务三个月，会员找到对象之后就要交纳入会费才能继续服务。小蓉免费为倩倩服务三个月的期限就要到了，恰恰在这时，詹姆斯在网上回了一封长信，愿意买好机票邀请倩倩来美国看看他的家，有意向求婚。

这封信的信息对倩倩来说是一次好机会，但是倩倩又不想交纳会费。也不知道倩倩是怎么与小蓉沟通，竟然说服了小蓉允许自己先去美国见詹姆斯，如果和老外结婚会立刻交纳入会费。这样倩倩利用了跟小蓉的私人关系，为她破例做了翻译牵线的服务，终于在不到三个月的时间内，顺利地来到了美国，见到了网恋的詹姆斯，顺理成章在詹姆斯家免费吃住了三个月。

詹姆斯 1950 年出生，长得很高。他的收入普普通通，职业是一位面包师，长年上夜班，在晚上做好面包，面包公司第二天早上将新鲜制作的面包派送到各个面包小店。在美国没有钱又穷的单身男人很难找到满意的美国女人，有一些只为了身份绿卡的中国女人就成了香饽饽，美国男人就饥不择食地接受愿意留下来与他们结婚的外嫁女人。这些女人来自很多国家，比如菲律宾、越南、印度、韩国、日本，还有像倩倩一样的中国女人。

詹姆斯跟倩倩在一起，都只是想要男女之欢那种事情。倩倩在外嫁人生观念上，认为男女以恋爱为由以身相许，再正常不过了。她感觉男女性生活是最廉价的资本，只要她不出钱还能沾到男人的便宜，她觉得自己有本事，有姿色。

与詹姆斯在一起的几个月里，倩倩一直计划着怎么样应付小蓉，找一个合适的理由赖掉会员费这笔钱。倩倩没跟詹姆斯结婚，嫌弃他没有多少钱又总是上夜班。趁詹姆斯上夜班不在家的时候，倩倩全神贯注地用手机寻找附近的人，搜到了老外迈克，加为微信好友。迈克的条件不错，倩倩把他当作新的目标。迈克很快就跟倩倩熟络起来，并提出见面。倩倩决定到附近的教堂跟他见面，想尽快拿下这个男人，好让自己早日拿到绿卡。

倩倩跟詹姆斯住的房子有点偏僻，出门必须开车，附近适合跟迈克见面的地方就是教堂。这里离他家比较近，而且詹姆斯不会出疑心，毕竟来教堂是为了信仰神。倩倩本不是基督教徒，为了有理由经常到教堂跟迈克见面，她选择了一个周末入教会洗礼时间，进行了基督教洗礼仪式。

倩倩会每天把早餐做好，等着詹姆斯回家后一起共进早餐。然后倩倩会主动亲热地与詹姆斯缠绵，詹姆斯最喜欢她亲吻的挑逗，两人一边拥抱亲吻，一边走到床上热情地滚动。倩倩喜欢詹姆斯被自己挑逗后变得疯狂的样子，把她压下去，剥光倩倩身上的睡衣、内裤、吊带！詹姆斯就是想要占有她的快感，她也喜欢詹姆斯猛劲顶撞！虽然没有多长时间，但是彼此都度过了一时之欢。詹姆斯是身体真的不行，就那两下子。

倩倩并不介意，她知道詹姆斯完事后会听她的话，在那时她可以大胆提出要求。

倩倩："亲爱的，我的化妆品用完了。我想去买双鞋，买一件性感内衣，还有一个背包。"

詹姆斯："好的，亲爱的，我们一起洗澡吃完早饭后，就陪你去给你买！"

倩倩会讨好加劲献媚："谢谢亲，你帮我买完这些后，你把我顺便放在教堂路边，我去祈祷神保佑我们！你上班也累了，好好地在家睡觉，我中午就在教堂吃免费的食物！不用担心我，你安心睡吧！我回来做晚饭给你吃！"

于是詹姆斯每次为满足倩倩物质上需求，虽然工资不高，但也没有什么负担，为了有倩倩陪他总比没有女人强。詹姆斯也明白倩倩不就是图他一点什么吗。詹姆斯给倩倩买完东西，按照倩倩的意思照办，把倩倩送到教堂停下车说："亲爱的，愿你玩得开心，我很困，需要回家继续睡觉！"

倩倩求之不得，詹姆斯不下车，不在教堂露面。

因为迈克和詹姆斯在同一小镇，只不过是幸好不在一个小区居住，一个在休斯敦的东头，一个是休斯敦的西头。教堂正好在中间地理位置，距离商业购物中心不远。所以来这个教堂是最合理又方便的理由。詹姆斯怎么也不会想到，刚刚跟他翻云覆雨性爱满足的女人，会去倒入另外一个男人的怀抱！

倩倩就是这样无缝对接好。她必须两边哄好，千万不能穿帮了。她还没有得到迈克娶她的承诺，她眼下还需要这个备胎詹姆斯！她的心里琢磨着怎样能让迈克尽早娶她。倩倩来美国已有四个月，再不结婚的话，旅行签证就要过期了，到时候她就要被迫回中国。

多次约会后，倩倩顺利地随迈克的车，进了迈克的家。刚刚和詹姆斯缠绵还没有尽兴，现在正好又缠绵在迈克的床上。倩倩微信视频只对对好友菲菲说过："那迈克做爱真厉害，他比詹姆斯强多了！看上他最主要的原因是他白天可以陪我玩。退休前他是政府公务员，退休金稳定，养我是没有问题。"

菲菲："你真有手腕，胆子真大，你不怕万一他们俩碰上了？"

倩倩胸有成竹地说："不会，我有办法不让两人碰见。若是詹姆斯接我，我会约在商场附近地方等他。如果和迈克在一起，我会过后让迈克送我在詹姆斯家附近下车！"

倩倩自信满满地轻松回复着菲菲，那神情分明在说，没有我倩倩搞不定的男人！

当倩倩认为与迈克情感升温之时，她又演了一场假戏逼迈克娶她。她跟迈克说，她有一个表妹跟男友詹姆斯一起住，倩倩这段时间就住在他们家。最近詹姆斯突然开始追求倩倩，要娶她为妻。但是她倩倩只爱迈克，若是迈克爱她娶她，她会从表妹家中搬出来，住到迈克家开始新生活，那样就可以天天和迈克在一起缠绵了，倩倩挑逗地试探着迈克的诚意。

迈克还真的以为倩倩有一个表妹，表姐倩倩居住在表妹男友詹姆斯家也很正常，对此没有任何怀疑。甚至倩倩还导演了自己不愿意去伤害表妹的幸福，想跳出这段三角关系，她是一位很善良用情专一的女人。迈克相信了这个故事，答应娶倩倩。

倩倩的计划已经成功了一半，接下来，就该安排一位"表妹"出场了。

玲玲比倩倩小 6 岁，也比倩倩漂亮。倩倩跟玲玲之前是在单身微信群上认识，倩倩在微信说服了玲玲以旅游签证的方式来美国赚钱。玲玲在美国居住的地方离倩倩那里不远，就在相邻的一个小镇上。之前倩倩

彼岸花开
Flowers Blooming on the Other Shore

托关系帮玲玲在中国人开的店里找了一份洗脚按摩的工作。玲玲也想靠倩倩帮她找到老外，以与老外结婚合法留下定居美国。

倩倩正好将看不上眼的詹姆斯转推荐给玲玲，从中以中介费为由获取玲玲三万元，同时还编故事自己是受害者，博得中介翻译小蓉同情，昧着良心对翻译小蓉说詹姆斯移情别恋另外一个女人，她最终没有跟詹姆斯结婚。理所当然地拒付中介翻译入会费。倩倩暗自里外操作，神不知鬼不觉地赚了几万元，还省了付入会费 2 万元，成功费 1 万元。

倩倩充分利用微信沟通的便利，凭着一张嘴，冠冕堂皇地将死的说成活的，隐瞒了事实真相，轻松赖掉了中介费，骗取了玲玲的信任，还真当成了玲玲的媒人赚到钱。此时玲玲把倩倩当恩人、好姐妹，而倩倩自己还找到了一个更好的跳板。这番骑着马找马的操作，让倩倩轻松地如愿以偿。

为了让玲玲相信倩倩和詹姆斯是同屋不同床的关系，倩倩对玲玲说詹姆斯长期上夜班，他们根本没时间发展出那种关系。倩倩口才真不错，玲玲竟然真的相信了她的说法。倩倩又对詹姆斯说，自己来美国欠了表妹多少人情和钱，说表妹玲玲最近要抽空来詹姆斯家看她，倩倩开始创造为詹姆斯转介绍给玲玲找到一个合理的见面机会，这样她就有机会脱身了，詹姆斯见到玲玲后，也一定会欣喜迈不开脚了，因为玲玲比她更年轻丰满……

直到这一天，迈克答应娶倩倩了，倩倩才赶紧在离开詹姆斯家的前一天，仓促地将玲玲招到詹姆斯家，对詹姆斯说这是单身表妹，恳请詹姆斯留她下来生活，倩倩自己要飞往另外一个城市有急事处理。

倩倩对玲玲则说："你就守着詹姆斯，主动对他好点，准备结婚的事情不是问题。我离开后就在微信上告诉詹姆斯自己另有事情，不能陪伴他。我会说表妹比我年轻，人很好。我劝他真心待你，时间长了，你对詹姆斯好，他肯定会和你结婚！"

　　不知道出于哪种原因，詹姆斯见到玲玲也是美女，还是太天真了，还真的为倩倩买好了机票，并送倩倩到机场。按倩倩和迈克的计划，等送行的詹姆斯离开之后，倩倩就坐迈克的车子直接到迈克的家。倩倩本想只是在机场打一转，等詹姆斯离开机场后，迅速退机票，还可以赚到几百美金。哪知道了詹姆斯执着地等着倩倩进安检才离开，玲玲也只好默默地陪伴站在一旁。最后倩倩没有办法，只得上了飞机。

　　倩倩赶紧发微信迈克，商量怎么办。迈克对倩倩回信息："你直接飞过去吧，你到了那边后也好拍视频或者照片发给你表妹玲玲和詹姆斯！要让你表妹玲玲放心啊。把你的护照发给我，我帮你买好返回的机票，我在机场等你！"

　　倩倩一听也有道理，已经这样了，退票也只能半票的钱，还是演戏就演真点。就这样倩倩不得已踏上了她自导自演的飞行航程。她觉得做假还是很费神费力，心也累但是值得，迈克总算同意和她结婚了，而且会在下周就去登记注册填表，接着就在教堂举行婚礼，免得夜长梦多，只有等到那天，或许能暂时地安定一阵子，谁知道后来会怎么样？倩倩沉思侥幸地想着，只能走一步看一步了。

　　倩倩在迈克的那所旧房子和老旧的家具中间转了一圈。虽然房子破了点，那张婚床半年前睡的还是另一个北京女人，迈克的前妻就是刚刚离婚不久的北京女人。但是她倩倩终究跟迈克结婚了。有了法律上的婚姻身份，她才能进行申请绿卡的下一步。

　　倩倩心想：管他迈克现在有没有给她婚纱和美金，但是他答应了给我倩倩申请绿卡，会为我去买新房子，等我有身份了，就去看房子。倩倩乐滋滋地享受新婚的蜜月日子，心中无比得意，认为自己就是有会挣钱的命和脑子。

　　在倩倩离开之后，玲玲如倩倩所愿成了詹姆斯的女友，没过多久两人顺利结婚了。当然，詹姆斯也跟倩倩沟通过，倩倩显得很大度，说自己完全不介意，还对他们的婚姻表达了祝福。倩倩知道"表妹"比她漂亮年轻，堵住表面老外拒绝的嘴——只要有女人愿意跟他结婚，而且还比倩倩年轻，何乐不为呢？在老外詹姆斯也在心里想，你倩倩白白跟我睡了三个月，只是吃吃喝喝白住几个月，和我白睡做爱的关系只字不提，如果表妹玲玲乐意，哈哈，我当然顺便随意呀！倩倩和詹姆斯各自心怀鬼胎。

詹姆斯欲火上来的时候，就急不可待地跟玲玲做爱，可是詹姆斯的小弟弟又不是那回事，来势凶猛，不一会儿就软了，还不好意思地对玲玲找借口说："我可能是太累太困了。"

玲玲已经习惯了老外詹姆斯的自圆其说，她明白自己捡到的詹姆斯是自己用钱来换身份的，哪里是为了爱情呢？虽然她是真心想通过结婚获取身份，想安定下来，好好找到一个老来伴，可是倩倩拿了她的中介费后，再也没有搭理她了，倩倩才不理会她玲玲满意不满意。

玲玲到现在也没有等到倩倩带她到美国中介机构见过一个工作人员，甚至办公室地址都没有告诉玲玲。玲玲事后想想，是自己的幼稚被倩倩利用了！钱也装在倩倩一个人兜里了！怪谁呢？起初怎么会相信倩倩那张嘴？可是如果不忍受这婚姻，给到倩倩的钱就打水漂了！

在玲玲跟詹姆斯结婚后不久，有一天倩倩接到玲玲的微信电话："我有事想问你，老外詹姆斯手机上，我看到了你冬天雪地里站着，身上只穿一件超短红色格子裙配高筒靴子。他赞美你，说你穿这么少只是为了他高兴。你们真的没有发生过关系？我不信！你是把你睡过的老外甩给我吧？"

倩倩："这说哪里去了呀？哎呀，说这些有用吗？你是来美国是为了有机会获得身份，我可是成全了你。等你拿到身份了，他对你好，就过下去，不好，就离！我的姐妹，想开一点，看淡一点，你来美国是挣钱的，不是找爱情的。我还不是跟现在老外只认识三个月就闪电结婚了，能找一个愿意跟你结婚的就可以了，等把身份稳定拿到绿卡。我们都 40 多岁了，知足吧。那个时候要是你不跟他结婚，你能留在美国吗？你早就被遣送回国了。"

玲玲一脸无语，本想问罪的，可是倩倩的一番话，像是玲玲得了好处还卖乖。玲玲："无所谓了，我跟詹姆斯不是那回事！我很纠结，不想要这绿卡，我有可能回国去！我不是你！跟你不一样！挂了！"

放下电话的玲玲，越想越气：人家来美国挣钱的，我她妈的来了美国还赔钱，给倩倩当了一个替身。

倩倩为了那张绿卡身份利用了备胎老外詹姆。有过这样的三面光又轻松挣钱的经验，倩倩后来又骗了几位同胞姐妹的钱。一次一次的轻松获得暴利，让倩倩在背离道德良心、不知廉耻的道路上，走得越来越远。

第 10 章　倩倩捞金被众友揭穿

　　结婚后的倩倩并不幸福，人是留了下来，虽然熬过 10 个月，有了一份临时的绿卡，由于爱慕虚荣，爱贪财占小便宜的习惯，时间一长，迈克就看不起倩倩。得不到迈克的尊重，倩倩也无所谓了。倩倩自己都常对别人说她最爱钱，嫁给老外也只是为了绿卡，好留在美国继续赚钱。

　　有过坑骗玲玲的经验，倩倩打算利用微信圈子的人脉继续骗钱。为了在中国与美国之间来去自由捞金，倩倩在刚刚拿到临时绿卡两个月时间里，哄骗与她结婚不到一年的迈克，借口要独自回中国处理一些事情。

　　倩倩在出国前认识了一位很有人脉资源的女性朋友琴琴。在单身微信会员群里，琴琴是第一批被柯总介绍入会的会员，见证了一对对嫁到国外的女会员，当然嫁过后幸福不幸福她就不知道了，因为中介柯总只会报喜不报忧。琴琴在国内从事是美容行业，很容易认识这些爱美打扮的单身女人。美容院仿佛是单身女人们最能放松心绪的地方。

　　琴琴自己条件好，一般老外她看不中。几年下来，琴琴虽然总是被柯总邀请参加活动，但从没有上心要嫁出去。她总觉得在国内过得很好，有事业有亲情还有这么多的好友。柯总常常需要借琴琴的平台人脉关系做一些宣传推荐，一来二去琴琴跟柯总的会员也有不少接触，她们当中有不少人成了琴琴的客户和朋友。

　　倩倩回中国后马上给琴琴打电话："琴琴，你认识很多单身的女性朋友，你能不能带我认识一些有出国意向的人？只要是单身，或者想出国打工挣钱的，都可以告诉我，因为我有这方面的中介朋友！可以帮这些人出去！"

琴琴："是这样啊，正好这两天我有几个单身女友要来我家附近刚开张的茶楼聚聚，我又不清楚你是什么意思，要不你也来吧，大家一起聚聚。你们自己认识一下，到时你自己说吧，我就不参与传话了！"

倩倩："好的，我会自己付部分招待费的。"

就是这次聚餐，倩倩在琴琴召集的单身女人聚会中加上了小林的微信。倩倩瞒着琴琴，私下直接说动了小林去美国打工挣钱。小林考虑到倩倩是琴琴的朋友，应该不会骗自己，没有多想就给倩倩的私人账户转账付了去美国打工的介绍费 2.6 万元。

在等待倩倩带她去美国打工的日子里，倩倩还向小林承诺，之后待在美国六个月打工的日子里，尽量帮小林找一个好老外结婚。这样就可以钻美国政策法规的空子，跟倩倩一样，可以长期待在美国。

临出发前几天，小林才对琴琴说起要跟倩倩去美国打工的事。而倩倩也才在琴琴问及此事的时候，巧言如簧地对琴琴说："我正准备告诉你呢，那天能认识小林也谢谢你做东请客。那天花了 800 元钱，我给你微信红包 400 元茶水费，请收下。我说过让你请客一半的茶水费我来付。"

倩倩带小林到美国后，小林开始还给琴琴平安，对琴琴发发微信，后来就不联系了。琴琴想可能是小林打工忙了，也就放心了。这段时间倒是倩倩隔三岔五地发微信给琴琴，汇报小林在美国有多好，才来一星期倩倩就帮小林找到一家中国人开的足疗按摩店，小林正在学习按摩手法。倩倩不时叫琴琴继续帮她介绍想来美国的单身女人。

那次聚餐中，倩倩加了几个女人的微信，有一个单身女子名叫凤芸。倩倩也一直游说她来美国，凤芸可没有听从倩倩的话。凤芸看着倩倩一直催她要钱付中介费，凤芸有些烦。虽然倩倩是琴琴的朋友，但毕竟大家只是一面之缘，凤芸跟她不熟悉，也不了解她的为人。一下子拿出 26000 元，凤芸还是不愿意也不放心。倩倩催得越紧，凤芸就越不想以这种方式去美国。

倩倩再催凤芸的时候，凤芸对倩倩说："既然你把这事说得这么好，那你帮我办好签证到美国去打工，等挣钱了直接把中介费扣除就可以了呀，我现在没有钱付给你。"

狡猾抠门的倩倩直接对凤芸说："哪有这样办事的？中介肯定是先收到钱才可以帮你联系。"

凤芸无所谓的样子说："没有见到中介人就要钱？那就算了吧！要不，你先帮助把我办过去，等我到美国打工挣了钱再还给你。"

倩倩听到凤芸的话气晕了，心里想还是有比小林难忽悠的女人。后来倩倩在琴琴那边打听到凤芸是一个很精明的女人，倩倩知道凤芸不好忽悠了，也就对凤芸彻底死心了。倩倩才不会去做赔了夫人又折兵这些蠢事呢！

在倩倩的反复游说下，琴琴又召集了八个愿意出国外嫁的单身女友吃饭。买单都是琴琴自己掏钱，花了 680 多元。倩倩在美国用微信直接语音发信息，让琴琴把几位愿意来美国的女友微信推荐给她，对垫付买单的钱只字没提，假装没有请客这一说的事发生。

琴琴此时才意识到倩倩说 AA 制是假话，倩倩想更多地利用琴琴微信上的人脉资源才是真。上次聚会琴琴垫付了 800 元，倩倩也只是付了 400 元！琴琴自己垫了 400 元也从来不好意思提。

琴琴也没有计较，毕竟这些单身女人也都是她的朋友，谁请都是请，做点顺带人脉资源给到倩倩也是举手之劳。琴琴热心肠地想着，何必那么认真计较呢？倩倩说的感谢话，琴琴也没有多放在心上。

人算不如天算，小林在美国打工的第五个月突然出事了。美国严查非法打工的按摩店和非法用黑工的行动。小林的几个同事黑工被抓，并遣送出美国，老板还要罚款，如不服从罚款也会转入美国非法移民官司。按摩店老板自身难保，悄悄地劝小林早点回国，不能再待在美国了，不然大家都受牵连。

小林来之前已将所有中介费都给了倩倩，因为打黑工，她的工资本来就低，还要交店里每天 10 美金住宿费。除掉吃住费和给倩倩的介绍费，几乎倒赔钱，还面临危险。此时小林再找倩倩联系，倩倩不是说不在这个州，就是说去另外一个镇了，就是不见小林，有时候说上几句话就关机。

小林这个时候才知道自己是上了倩倩的当。给出的钱是要不回来，可心里就是不甘心，眼前只能吃个哑巴亏，打算回国再去想办法让倩倩退还中介费 26000 元人民币。

小林主意已定，一回国就将实情告诉了女朋友们。那天是大年初六，在单身女友们的聚会中，小林说了倩倩骗钱一事，大家都为小林打抱不平，都支持鼓励小林要维护自己的利益，直接将倩倩的行为揭穿。

当时琴琴也在场，琴琴安静地听小林说出倩倩骗她的前后经过。琴琴非常后悔，以为将女友推荐给倩倩是做好事，没想到是掉进倩倩的骗局里，害得大家受到经济损失。

琴琴身边有位叫莎莎的外嫁女友，此女友人很仗义，直接拨打倩倩的微信电话，替小林狠狠地骂了倩倩："如不退钱，将永远让你不得安宁！这钱不是那么好骗的，你真不要脸，那么爱钱，你直接脱光裤子来得快！"

倩倩在微信上狡辩："我没有拿钱，那钱都给了中介朋友了。"

嗓门大的莎莎气愤地回："你少来撒谎，赶紧把钱吐出来，不然老娘一定会找到你躲在美国的地方告你。美国不是很讲法的国家吗？你把那个中介朋友交出来，不交人就把钱退回，不然我们都饶不了你。"

倩倩求情地低声说：“这个人你们也认识，我不能说，我还有她收钱的证据。”

此时倩倩慌了，她万万没想到小林还有一位这么厉害的朋友！她倩倩真不是莎莎的对手。倩倩此时不得已，只有将琴琴拿出来垫背了。

嫁祸给琴琴是倩倩早已想好的退路，因为她知道琴琴也是莎莎的朋友，倩倩以为把琴琴交出去，莎莎会看在朋友分上，让此事过去，她倩倩就可以不用退钱了。

莎莎不留情面地说：“真没有见过这么不要脸的贱人，连朋友们的钱都骗，你有没有一点良心啊？！你把人交出来，要么就退钱！”

倩倩扬言所谓的收钱证据，就是那个微信转红包 400 元应付茶水费微信截图。意思很明显，倩倩所说的中介朋友就是琴琴。

琴琴一看就火了，她真没想到倩倩竟然把脏水泼到自己身上来。要不是自己刚好在场，得蒙受多大的冤情。琴琴连忙把微信聊天记录展示给大家看，大家一看就明白这是倩倩手段低劣的嫁祸。琴琴真的后悔认识了这么一个不要脸的女人。要不是朋友们揭穿倩倩的面目，还不知道被倩倩骗多少人？

在后期的日子里，倩倩过得小心翼翼，她要躲避很多人：被骗的小林，被骗转介绍的玲玲，未骗成的凤芸，想陷害栽赃的琴琴，还有被利用的中介翻译小蓉等。这些同在一个圈子里女友们都知道了倩倩自私卑鄙的小人行为。她们都拉黑了倩倩的微信，从此再也不想遇见这种女人，坏了中国女人的名誉，有失中国女人的尊严。

琴琴感慨地对女友们说：“真的要劝那些单身女人，走外嫁这条路有什么好，嫁了也未必是幸福的婚姻，我看美国的月亮也不能圆到哪里去。小林若嫁了，也许会更惨。”

还是吃了倩倩亏的小林说了几句掏心窝子实话：“走外嫁姻缘，要按照各国的政策法规光明正大嫁过去。要不然容易被倩倩这类人忽悠，让这么多单身女友受骗。没有想到身边还有倩倩这种女人，太气人了！"

有句话说得好，好事不出门，坏事传千里。倩倩后来回国探亲不敢露面，只悄悄待了一个月就赶紧回美国。倩倩再也不敢随便回国了，害怕朋友们找到她。那阵子美国也正在打击以旅行签证过去结婚获取绿卡的人。倩倩过着度日如年、心惊胆战的日子，担心失去绿卡，失去身份。

倩倩目前只能过着隐形的生活，不敢发微信朋友圈。那么爱慕虚荣的人，却不敢真实地晒一张照片。她也不敢邀请嫁过去的姐妹们到家里坐坐，害怕知根知底的人揭露她的行踪，引来被骗人集体来讨债。这日子过得提心吊胆的，惶惶不得安宁，就像身边埋了很多个地雷。

第 11 章　人算不如天算

倩倩婚后不久，在刚刚拿到临时绿卡满一年后，又开始不安分了，用"手机摇摇"认识附近的异性老外。看到一张张帅气的照片以及优越的个人条件——有房有车是必须具备的硬件，倩倩又想故技重施。倩倩在两年多前就用了这套老办法，现任老公就是这样摇出来的。这一次她用手机微信摇出了附近一位自爆大名叫汤姆的美国白人，正是符合她条件的理想对象。

倩倩在网上与汤姆聊了两个星期，倩倩看到快要到三八妇女节了，想找一个理由见到这位汤姆。一来找一个面对面试探的机会，让汤姆送给她礼物；二是看看真人，与自己老公暗中比较，如果汤姆网上信息是真的，那她可早做准备不留痕迹甩掉现在的老公。

倩倩有点小聪明，是出了名不吃亏的角，这次又以这种方式出山。她出山还有一个原因，她在国内投资的直销公司的产品项目，都是带人头拿提成的奖金制度，类似传销公司，国家正在全力打击。倩倩投资的这两家直销公司，也是挂羊头卖狗肉的传销公司，都在国家打击行业名单之中。倩倩所投资的本钱血本无归。

倩倩获知消息后，心里就想着怎么样能把这份损失补回来，于是就想到了这个钓鱼的好办法：网络上广泛交友，谈恋爱捞好处试试运气，或许能碰到一个高富帅的男人。她不甘心这样平庸活着，说良心话，她自己认为这世上只有别人吃亏，若是让她吃亏了，她想办法也要把这个损失补回来。

这个机会来了。像以往常一样，倩倩在星期五让老公上班车子顺带，送到足疗店工作的地方。倩倩老公看见她向店铺方向走去的背影，放心地开车离去。

倩倩待老公迈克驾驶的车子走远，立刻转身走向不远处的咖啡馆，靠窗位置坐着，迅速拿出手机发信息："汤姆，我已到咖啡馆，现将定位发给你，我穿着红色上衣！靠窗位置等你。"

原来倩倩婚后为了自由空间，对老公迈克说自己想要做一份工作，一是挣点钱，二是为自己交友作掩护。今天本不是倩倩当班，但是她对老公迈克撒谎，照样出来吃吃喝喝玩玩逛逛。这也不是她第一次以这样的方式出来约会。尝到甜头的倩倩喜欢这种感觉，甚至跟约会对象搂搂抱抱亲亲。她很享受这种如梦境一般的感觉，不觉得自己已是触犯了道德和法规了。她总是庆幸自己有多机灵，她认为她可以安排好一切事情。

她要了一杯热咖啡喝了起来，10分钟不到汤姆果然出现在咖啡馆门口。汤姆走进来的一瞬间，倩倩情不自禁地举起手向汤姆招手示意着"在这里"。

汤姆真的跟上传的照片很像，真人显得老了一点，但穿着全是名牌，包括领带和男士包以及那副金丝边眼镜，发型似乎也经过修饰打理。汤姆坐下来紧靠着倩倩，一股淡淡的清香扑鼻而来。倩倩被汤姆这种自然的肢体动作浅浅地吃了豆腐，她还挺高兴的，她喜欢这种暧昧氛围，她本来就是来偷情。

汤姆坐下就搂着倩倩肩说："亲爱的倩，你比相片更漂亮，这是送给你的见面礼。快打开看看，喜欢吗？"

倩倩早已按捺不住自己的喜悦又假装推诿说："不着急，咱们先点两份套餐，先吃点吧。"

倩倩习惯该吃一定要吃，该喝的一定也要喝。她想着约出来了，就用一整天时间来对付，只要在老公下班之前回到这附近等待着，瞒过老公迈克就可以了。

汤姆好像也不着急，很绅士听话点了两份套餐，笑眯眯地看着倩倩打开礼物盒。礼物是倩倩自己绝对不会自掏腰包买的名牌钱包，倩倩忍不住激动地说："谢谢汤姆，我好喜欢啊。"

汤姆搂着倩倩肩的手自然地滑到腰间，先轻后重地揉搓了起来，嘴巴喘息着，附着倩倩耳朵说："亲爱的，我真的好爱你呀。咱们吃点东西后，换一个地方，好好放松一下。我另外带你去选择更好的礼物。"

倩倩此时心里有点庆幸自己能遇上真的有钱又大方的男人，含情脉脉地看着汤姆点点头，汤姆的手深深地伸进倩倩腰里："真好，你身材苗条，一点不胖。"

倩倩侧身试着用手捏了一下汤姆："快点吃吧，等会儿咱们还有时间。"

汤姆将手伸出来后，服务员正好端上两份牛排放在桌上。两个人各怀心思地吃了起来，汤姆坏笑着，倩倩暗自得瑟着自己还是有点姿色，还听人说自己长得像《甄嬛传》电视剧中的安贵妃。倩倩哪里知道她不仅人长相像，人品也像这个势利小人，心眼狠毒的安贵妃。

汤姆开着车一边想到等会要去的地方，就偷偷乐了起来。而倩倩想，就算你占了我的便宜，我身上又少不了一坨肉。今天就看汤姆的表现，只要汤姆真的对她大方，她就好好地勾住他。来日方长，如果汤姆条件真的好过自己家老公迈克，她会想办法脱钩。

一小时内牛排套餐就吃完了，汤姆结完账说："你在外面等着我，我去趟洗手间。"

倩倩拧着自己随身携带的包，坐在门外的铁椅子上等着汤姆出来。十五分钟过去了，汤姆才从洗手间出来，用手轻轻拍了一下倩倩的肩膀，示意跟着他走向对面停车场方向。上车后的倩倩好奇地问："亲爱的带我去那里玩呢？"汤姆用手摸了摸倩倩的头发说："我想让你挣大钱。"

打开音乐，启动车子驶向车道上，十几分钟就到了一个小镇上的杂牌仓库店，倩倩好像从没有来过这里。汤姆停车熄火后，直接带着倩倩从店里后门进去，先走进店内大厅让倩倩看见了琳琅满目的商品，有各种品牌女式的背包。

汤姆没有带倩倩逛，牵着倩倩手往里间房子走。进入一看，像是商场里面的仓库，里面排列一系列的商品。仓库里只有一个管理人员，见到汤姆来后，起身离开出去了。倩倩英文不好，生活中说话表达都是用手机软件翻译成中文，她能懂得汤姆的意思："你看见这些名牌包包了吗？现在我想全部按照进价接下来，将这些名包囤积留着，按照零售价格卖出去，这中间差价就让你发财了。你先在我这里拿货，可以按照打折价格卖掉，挣的钱都是你的。你只需要把本钱给我，我再去进货，再循环销售。怎么样，感兴趣吗？"

倩倩有些激动："真的？我可以免费拿货卖了再付进货款，是这样理解吗？"

汤姆看见室内又没有其他人，把门关上，一把抱住倩倩说："是的，今天这里的货全部由你挑选，你能卖掉多少就拿多少？快想想你身边的朋友和亲戚哪些人想要，你可以拍照片发给她们看货，认可了就可以拿货了。当然你别告诉她们在这里拿货，不然你就挣不到差价了，明白吗？宝贝。"

倩倩兴奋地开始将各种喜欢的包包摆放在一个展示桌上，汤姆也配合教她怎样调整角度配合灯光，让照片拍得更好看。汤姆教会倩倩如何拍摄后倩倩，忙碌了两个小时后将图片发给一起工作的足疗技师同事。同事又给家人及朋友们分享照片信息及价格，反正该想到的人都发了。倩倩把用做直销产品的那股劲全部使出来，就静等消息回复，等着收钱。

倩倩卖力地宣传推荐，先用手写信息，后来干脆直接语音留言，反正老外汤姆听不懂。

一切诱惑的话该说的都说完后，正好口渴，汤姆端上一杯奶茶递过来，倩倩想都没想全部喝光，真解渴。她笑着说谢谢汤姆，可还没有三分钟，倩倩就觉得困，全身无力，但是变得燥热兴奋，看着汤姆在旁边就想他来抱抱她。

可是此刻汤姆并不急着上前，他在一旁欣赏着倩倩失常的样子，有兴致地挑逗着。不知道什么时候汤姆手上拿着一个羽毛扇，向倩倩身体上扫去。倩倩热火攻心地自己扯起衣服，一件件脱掉，手抓着自己的头发和胸脯，又用手下意识遮住自己的下身。那种行为举止就像是荡妇，嘴巴里发出呻吟的声音，一双眼睛像是祈求汤姆来侵犯她：快点来吧，快受不了了。

倩倩扭动着自己的身体，脸上涨红了，发出喘息声，嘟囔着说："快点来吧，我都听你的……"此时的汤姆用手机拍下倩倩每一个丑态动作，汤姆让倩倩怎么摆姿势她都乖乖地服从，就好像换了个人似的。此时倩倩没有廉耻，没有自尊，就是汤姆的玩偶。

汤姆下的这种蒙药，能够使人感到快乐和疯狂，药性发作可以持续六个小时。汤姆用了一个小时的挑逗，一个小时的拍摄，两个小时亲自动手作战，在倩倩身体上每个方位索取性的快感。直到累成猪一样，也不停止升级折磨倩倩的花样。

汤姆用上了电动性具，几乎让倩倩兴奋喊叫停不下来。汤姆又用一个网球塞进倩倩嘴里堵上，让她不能发声。这样任凭汤姆玩于股掌之间。药物发作期间，倩倩心甘情愿地被汤姆摆弄着，中途为了不停下来，汤姆向倩倩嘴对嘴灌啤酒。倩倩周边堆放着各种性具，当场拍照就给倩倩看，还要倩倩自己点头表示还要，还要……这样持续了六个小时。

在药性发作的时间里，汤姆指导倩倩把包里的钱都给他，还让倩倩把手机打开，将银行卡账户三万多美元全部转入汤姆设置的一个购物中心的账户上。倩倩很听话照做，甚至于有些迷糊，不停地向汤姆身体靠，站不起来。

汤姆看到事情都办完了，立即起身穿上衣服，并催倩倩快点起来，连拽带拖地将倩倩衣服穿上，拿起一条湿毛巾擦拭着倩倩的脸颊，理理头发，奸笑着说："亲爱的，我对你好吧，你会想着我的，给你这么多爱。可惜了，我还有事，该送你回老地方了！"

汤姆将整理好的倩倩仔细检查了一遍，直到没有凌乱的样子。只是倩倩面容憔悴不堪，像是生过一场大病，很疲倦的样子。汤姆迅速将倩倩半搂着半拖着上了车，车子迅速地开向早上约会的咖啡馆。

倩倩上车还是有些迷糊状态："我们去哪呀？亲爱的，我怎么觉得还想睡觉呀？"

汤姆贪色地说："小宝贝，今天够你享受吧！听话，等会喝杯咖啡，你就清醒了。想去哪里，你会自己走的，只是想不起我了。"汤姆放肆奸笑还挂在嘴边。

下午5点左右，咖啡馆的角落里，倩倩桌上放着半杯已经凉了的咖啡。半睡半醒之间，倩倩揉了揉眼睛好像在想什么，但是就是想不起来怎么还在咖啡馆坐着。现在几点了？她慌慌张张将包里的手机找出来看时间，一看就觉得怎么这么快，到下午五点多，还有半个小时她老公就要下班了，会在她上班的足疗店接她回家。今天怎么到现在还在咖啡馆？好像发生了很多事情，但又想不起来。眼前没有时间去想了，倩倩赶紧拎着包跟跟跄跄地向足疗店走去。

她只记得骗了老公迈克，她今天没有上班。她不能让老公迈克怀疑自己撒谎。倩倩却不知道自己已经被汤姆骗了钱还骗了色，整个人都糟蹋了，还以为做了一个男女之欢的春梦。

其实汤姆早有计划，把倩倩送回到咖啡馆后趁客人都没有注意，将倩倩带进咖啡馆角落。安排坐好后，买了一杯咖啡送到倩倩嘴边硬是灌了半杯进去，再将半杯咖啡放在倩倩手上，轻声附在耳边说："我去洗手间，乖乖在这里等我。"

汤姆在仓库里就将自己的图片和微信转账记录全部在倩倩手机上删除，并操作拉黑了一切微信内容，没有留下一点痕迹。其实汤姆这名字也只是起的网名，倩倩根本不知道他真名叫什么。

当倩倩发现账户钱没有了的时候已经是第二天，包里的2000美金也没有了。这时候才知道那春梦是真的发生过，可一切都晚了。自己做了丑事反被渣男骗财骗色，她也不敢报案，更不敢对老公迈克说起，只能吃个哑巴亏。这或许就是她一生亏得最大，最痛心的一次教训。倩倩这次胆大交友惹上的祸，也应了因果报应。

从那以后倩倩有点神经兮兮的，脸色蜡黄，眼睛无光，露出的眼白都是混沌，一副没有睡醒松垮的老态样子，就连跟老公迈克说话时，发出沙哑嗓音，迈克脸上都表现出嫌弃的眼神，对倩倩也越来越不好了。若是有熟人问起倩倩的情况，迈克很无所谓调侃假惺惺地对他们说："倩倩有精神病，检查了，没办法，病得不轻，我已习惯了，麻烦也得好好养着，不然多可怜啊。"

其实邻居外人都知道，迈克不仅没有带倩倩去医院就诊，起先还有意在外人面前秀恩爱，带倩倩出门转转散步，晒晒太阳，每天强行倩倩洗头洗澡，为供他兽性大发时享受，一天只许吃一餐饭，迈克看着倩倩洗澡后有气无力、病怏怏的样子，很是喜欢，两只眼睛立刻释放出野性本能，只想变态地摧残她，占有她，索取她。可怜的倩倩脸上，早已没有了往日那般主动享受挑逗迈克的风骚，身上的肌肤没有一块好的皮肉，胸部被咬的痕印，新旧交替，倩倩常常疼痛难忍，只能喊着，哇哇大叫，幸好隔音墙做得很好。迈克就喜欢这样刺痛倩倩，他很兴奋看见倩倩逃避，躲猫咪似的蜷缩在一起，只有这个时候，迈克才觉得自己是个真男人，威猛征服欲望得到了满足，此时才觉得这是他圈养倩倩真正目的，当他迈克一辈子的性奴，不然白白养着她，迈克可不想做赔本的生意，当初闪婚娶了倩倩，不就是相互满足吗？倩倩为了要绿卡，迈克为了兽性。

后来迈克很少带倩倩出门，因为他已经把倩倩驯养在家中，倩倩已麻木甚至有些犯痴呆了，没有灵魂，没有思想，活脱脱的成了一躯行尸走肉妓女，成了供迈克消遣、占有肉体的性奴。

第三部

自己才是靠山

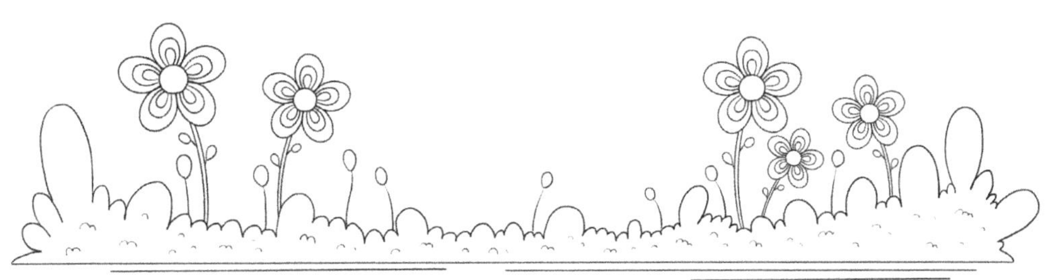

第1章　琦琦和乔治的愉快相聚

翻译小蓉原来是柯总公司的员工，后来她从柯总的公司离职出来，和几个专业搞翻译的同事一起另起灶台，成立了一个中介翻译公司。为了开张大吉，前期都在为会员免费服务三个月。

其中一位条件很好的男会员名叫乔治，56 岁的美国人，长得很帅，看起来斯文绅士很有修养，职业是房地产开发商副总经理，拥有两套住房一艘船。

乔治在小蓉公司的网站上看中了 3 位女会员。其中一位女会员名叫姣姣，小蓉对姣姣谈到乔治来信之事，被姣姣一言回绝了："我不要年龄大的男士。"

另外一位女会员是 30 岁的杏花，她带着 11 岁儿子一起生活。她跟乔治交往的目的性很强，想通过嫁给乔治帮自己的儿子移民读书，一起培养孩子。这个女会员的功利心让乔治很反感，交流了几封信后，乔治放弃了选择年轻貌美的杏花。

第三位女会员名叫琦琦，琦琦是一位备受老外青睐的女会员之一，1974 年出生，长相文雅而妩媚，长长的披肩长发，温文尔雅地微笑的样子十分动人。琦琦就是乔治最后决定认真交往的女会员。

琦琦当时在国内也做房地产行业投资，运营着一家装修公司，业务忙得很。所有与乔治交往的信函都由翻译小蓉传递信息内容，并按琦琦意向回复。琦琦那时没有多想，把乔治当男友交往而已。

乔治跟琦琦在网上谈了一段时间后，打算来中国见见琦琦。两人通过这一次见面感情迅速升温，由此决定先办理签证也到美国探望乔治的具体生活和工作情况。

2016 年 12 月的圣诞节，帅老外来中国见琦琦。12 月 20 号的北京机场大厅，琦琦和好友嘉嘉、翻译小蓉早早地到出口等候。

凌晨六点零五分，乔治从机场出口走出来。琦琦与乔治虽然从没有见面，但见过对方的近照和生活视频，已经熟悉彼此的样子。乔治拖着两大旅行箱子，身上背挂着肩包从机场出口向着琦琦微笑走出来。琦琦手提着乔治在微信说过的排骨莲藕汤向他打招呼。这是一道中国做法的家常温补的汤，琦琦在家亲自煲好汤，用保温饭盒带来了。手上没有鲜花只有这实实在在的热汤。

当琦琦与乔治四目相对的一刻，翻译小蓉和嘉嘉像变戏法式的，从一个大纸袋子里拿出一束花，塞到琦琦的手中，两人叫她赶快迎上去拥抱乔治，琦琦被好友突然的举动搞蒙了。琦琦脸一下子通红，她还从来没有在这么多人前面，当众去拥抱一位外籍男士。毕竟是在中国传统文化习俗生活多年的女人，她感觉很不自在，手都不知道放哪里好。乔治倒是觉得很正常，就像一次握手礼节一样等待着琦琦的拥抱。

乔治可没有想到琦琦会这么不好意思，腼腆害羞可爱极了。琦琦又想递上保温汤盒子，又想将怀中的鲜花给到乔治，有点不知所措。嘉嘉和翻译小蓉倒是反应快，迅速接过乔治的旅行箱子，让乔治腾出手拥抱琦琦。

琦琦左手抱着胸前花束，右手提着保温汤盒，被乔治连人带物紧紧相拥着。那场面足足停止了两分钟，让琦琦感受到乔治的呼吸和身上男士香水的味道。琦琦从乔治的行头打扮看出这是一位时尚帅气又很讲究的一位外籍白人男士。要不是在微信视频中看过多次，琦琦怎么也不会感觉乔治是大她 16 岁，已经 56 岁的男人。零距离的接触，这么近的相拥，还真的是没有年龄差别，感觉站在一起挺般配。乔治看上去精神、干净又帅气，真的显得年轻十几岁，一点看不出实际年龄。

琦琦正想着这些时，被小蓉用英文与乔治打招呼打断了："乔治，欢迎你来中国，一定累了吧。看琦琦见到你后就傻了，花也忘了献，汤也忘了给你喝。哈哈哈!"

琦琦递给乔治："喝汤，这是你在信中说要喝的汤。"这个时候琦琦才反应过来，这汤要趁热让乔治坐下来喝，于是一行四人走向机场大厅一排最近的椅子旁坐下来。琦琦将保温盒打开，拿出盒盖子当汤碗，拿出汤匙将汤倒出盒子盖里递上乔治手中，让他尝尝，并叮嘱："慢点喝，小心烫。"

乔治喝汤的样子真的像饿极了的样子，也许是味道真的好吧，乔治将一盒盖子里的汤几分钟就喝完了，不停地对琦琦用英语说："很好，太好喝了!"小蓉和嘉嘉都同声说："这是琦琦亲自为你煲的汤。"

乔治："谢谢，我很开心能吃到你亲自做的中国美食。我喜欢喝你煲的汤。"

12月20号本来天气很冷，乔治把汤喝完立刻感觉周身暖暖的。他一手接过鲜花，另外一只手紧紧牵着琦琦的手，随着嘉嘉和翻译小蓉一前一后，向机场出口外走去。琦琦此刻感觉到自己好像在做梦一样，要不是上车时嘉嘉喊她，琦琦还在低头不敢看乔治眼睛。乔治牵着琦琦一路带着走到嘉嘉的车前，倒像是乔治接琦琦，大家一起对着琦琦大笑了起来!

车子在大道上行驶，乔治在车内向车窗外看去，沿途路过的高楼大厦，宽敞的六车道大路和沿途的绿化一排排树美景，让乔治情不自禁地说："中国建设真是强大发达，而美国已经是衰落的现状。"小蓉说："当然，美国才200多年历史，而中国已有五千年历史了。"

乔治时不时地兴奋地说："中国真的了不起，我这次来一定要去北

京登长城，看上海东方明珠，去西安看兵马俑，还要去重庆看山城，去
宜昌看三峡大坝。"

　　琦琦："会的，小蓉已经把你报的旅行团安排时间表都发给我了，
我已打印出来了，放心吧。在中国你听我的，在美国，我会听你的!"
琦琦说完，小蓉、嘉嘉异口同声对乔治说："不会把你丢掉的，哈哈!"

　　琦琦和乔治相处的 16 天里，去了中国的 5 座城市旅行。旅途中最
能体验到另一半是否适合做伴侣。这一次美好短暂的旅行，让乔治铁了
心想要娶琦琦。本来乔治只是想来见见琦琦，看看大家能不能相处下来。
这一趟下来，反而促使了乔治要娶琦琦为妻的决心。

　　乔治那天把这个决定先是打电话告诉了他美国的姐姐海伦。海伦让
乔治千万别一时冲动，做出糊涂的决定，可乔治说："海伦，我知道你
对我的关心，但是这次错不了。一是琦琦没有谈过钱；二是没有谈过婚
后身份的问题，她不是为了绿卡而结婚；三是看到琦琦在中国的生活状
态比我们想象的环境要好，而且好过我在美国的家境；四是，她阳光、
乐观、大方，对我很好，琦琦女友们很有素质优雅。海伦你知道吗？我
之前在微信上向琦琦介绍过我的家人和同事，这次我来中国的第一天，
琦琦就给他们全部准备了礼物。我很惊讶琦琦如此心细周到，如果她不
是真的关心我爱我，如果她是一个自私的女人，如果她没有经济实力，
是不可能做到这么对我好。我就是感觉到踏实真诚，她不是为了绿卡才
找我这个已接近 60 的老外。她也很会做饭，我喜欢吃她做的中国菜。
还有我见过她的亲人，没有一点陌生感，就像亲人!"

　　姐姐海伦："你是成人了，你都这样说了，那就尽早带琦琦回美国吧。
先在美国生活一段时间再结婚行吗？"

　　海伦松口的一席话，让乔治高兴得在酒店的客厅里跳了起来。琦琦
为了不打扰乔治与海伦的通话，一直在卫生间里静静地听着。乔治说的
英语对话，她听得似懂非懂，大概听明白了乔治的态度和意思。琦琦也

在思绪着乔治在这 16 天中相处的每一个细节，从心里感觉已经也很喜欢乔治了。琦琦最初只是因为乔治长得帅而对他有好感，但是没有想过乔治对小孩子那么有耐心和爱心。

记得第一天，琦琦请乔治吃中国地道小吃大排档鱼宴。那天吃饭的人很多，琦琦邀请好友嘉嘉、小蓉一起。乔治那神情就没有当自己是一个外人，从头到尾也吃辣的，把自己融到家庭成员里面去了。他会熟练地用筷子吃桌上的任何一道菜，还不停地照顾琦琦的家人，随意而亲切。

本地人都说这是吃鱼最实惠美味的地方，就是当地人一处私人三层楼房的一幢老宅子，没有任何装修装饰，只有从门口到楼梯间挂满了红色的灯笼。老板把原始的水泥墙面挂上了一些木制的衣钩、挂包钩，实用别致！这让乔治还感觉这可能就是地道的中国餐饮文化，还不停地拿出手机与琦琦合影照相，拍视频保存着，说以后会天天整理一些视频，做他来中国的纪实片。乔治说他会保存在电脑中，让他的家人、同事、朋友们看到中国名不虚传的繁荣昌盛。

还让琦琦感动的是，乔治给琦琦及家人带来了礼物，这是琦琦也没有想到的惊喜。乔治送给琦琦一件中西结合改良的旗袍，琦琦穿上后让小蓉和嘉嘉都看傻了眼，屋子里的人叫了起来："太合身了吧！简直就是量身定做。"乔治问道："琦琦你喜欢吗？我想这是你穿上它最美的样子！"

琦琦情不自禁笑着："太合身了，你怎么这么肯定我穿上这个中码！"接着乔治把给琦琦家人也带的礼物拿了出来。乔治又将口红、化妆品分别送给了小蓉、嘉嘉。乔治的为人方式与琦琦是那么相似，都顾及每一个人。现场的人都沉浸在快乐兴奋之中。

没有一个人说乔治不好，都说琦琦命好，遇到了对的人，遇到了后

彼岸花开
Flowers Blooming on the Other Shore

半生的依靠，这个男人绝对可以托付终身。琦琦想着想着，抿着嘴巴笑，心里暗暗给自己鼓劲：自己也不差，就顺其自然处着吧。

这时卫生间门外乔治喊声打断了琦琦甜蜜的回忆。打开门那一刻，乔治高兴地说："海伦说了，让我尽早带你回美国！"

琦琦思索了一会儿，认真又调皮地说："你这次先回去，我得处理好工作方面的事情。我会在你的生日之前，以旅游签证去回访探望你一个月。咱们先相处交往两年，再商量结婚之事怎么样？"乔治兴高采烈的神情一下没了，乔治真没有想到琦琦没有像预计中那么想嫁给他。琦琦神态自若，当时也给了本来很自信傲慢的美国男人乔治一点意想不到的刺激。乔治暗自想，难道我还不优秀？乔治也不急着结婚，只是想通过这次拜访确定下两人正式交往的恋爱关系。乔治是见过大世面的男人，也温和微笑地说："都听你的，欢迎你来美国我的家看看，谢谢你能在美国和我一起庆祝生日。"

第 2 章　琦琦远嫁美国

2017 年 4 月 1 日琦琦以旅行签证的身份来美国拜访乔治，在不足一个月时间里，两个人共同庆祝了乔治的生日。琦琦在美国乔治的陪伴下度过了愉快的假期，顺利返回中国。

回国后琦琦与乔治又继续网上书信的方式交往，有时会通过视频，互相说着各自的生活和工作情况。一晃眼又到了 2018 年，琦琦才以未婚妻的签证飞往美国，此行是准备好和乔治正式登记结婚。

到美国后，琦琦看到拿在手上 3 月 9 号和乔治领证填的表格，这已经跟乔治走进婚姻的第一步了，琦琦必须面对余生将自己交给乔治的事实。这一刻琦琦有些犹豫，对待领证结婚还是有些畏惧，也不禁问自己为何要结婚呢？

在美国生存的法则，琦琦并不清楚，她还没有完全做好心理准备。在中国她一直想要一段简单的婚姻生活，实际就是换种环境给自己找一个伴侣度过余生。琦琦对乔治别无他求，她只需要遇到真爱，这是最基本的要求。

日月如梭，一晃就是两年多过去。2019 年琦琦在婚后第一次回到中国探亲，在朋友圈看见了好友琴琴发的这么一段话："人生一定要做减法，不能有太多的欲望和贪念，不然就是会失去自我。那些攀比虚荣终究害人害己。不是自己的，抢到了也会失去，到头来还是瞎折腾，来回一场空。"

琦琦深有感触，她在美国这两年探望了不少外嫁到美国的女友，发现她们多数人都不幸福。在嫁出去的十个女人之中，有一个能嫁给爱情，嫁对了人过得很舒服，就不错了。琦琦这一行认识的外嫁姐妹中，几乎个个都对她说有孤独感。她们常常发呆，学习英语也没有兴趣，通常都在中国人开的店里打工。多数人只学习简单几句日常生活用语，每天十几小时拼命工作，不休息也没有节假日。只要能挣钱，自己过着单调清苦的生活，日复一日辛勤劳动。挣得来的钱，舍不得花，攒下来转账给自己家人，用来孝敬父母和给孩子们教育上投资。这就是绝大多数外嫁女人的现状。

她们不是不去享受生活，是没有时间，也舍不得休息。外嫁女人有的为了孩子们生活更好而拼命赚钱；有的为了以后能回国买一处住房养老，她们愿意放下身段，做美国人不愿干的服务工作。在美国人工费高，所以外嫁女有的为了多挣钱，几乎没有周末，没有节假日，那个时间是她们最挣钱的时候。有的每天长住在店里，白天工作晚上守店。在美国做人做事有多难呀！

琦琦把在美国所见所闻毫无保留地发到微信群里，以自己的亲身体会，提醒姐妹们想好自己的归宿。难不成嫁出国了，就真的幸福吗？其实哪有那么简单的事情。

琴琴也跟发了一段话："这两天，我有一个外嫁美女朋友小红对我说，她一直陪老外看房子！小红嫁到美国老公三年了，一直租房子住，结婚之前老外承诺了两年后买房，但是一直拖着没有买，想想当初嫁给这老外也是冲着对她好，也没有计较过，只想着老了找到一位知冷知热的老伴，度过余生就行了。可偏偏这时候老板娘要请她去工作，她考虑要和老外商量一下，结果老板娘责怪小红：'你还是传统的思维，在美国就是要靠自己实力去赚钱！指望老外的人，都混得很惨……'"

这些好友讲的外嫁小红的故事，也刺激了琦琦，她联想到自己也有同样的困惑，还不知道如何是好？

小红的现状正是琦琦要面临的问题，琦琦知道她更需要一份工作，而且必须出去工作。她综合考虑到乔治目前的情况，刚刚开完退休会，月底要办手续了。昨天又有两套房他和她基本上看中了，他又要再看一遍。购买房子中间不定因素太多了，还有四个多月，琦琦就要申请终身绿卡，万一买了房，这期间必须搬家，她得处理好这些问题。琦琦善良地考虑到乔治的顾虑，所以她只能又失一次工作挣钱的机会！琦琦为人善良，有责任心，但想做事真难，顾虑重重，有时候身不由己。

在美国也没有那么多工作机会等着人，失去工作就等于失去挣钱机会，有太多这样的现实教训。琦琦身边也有三个女人是嫁给了虚荣和面子。她们认为若能嫁到国外就感觉高人一等，自己更有魅力。后来真的糊里糊涂地嫁出国，生活了一段时间后并没有感觉有多好，多幸福，反而不知道自己到底需要什么样的生活。也没有感觉外国的月亮比中国亮，一样有阴晴圆缺。甚至国外的交通极为不便，还真赶不上中国的高铁、机场、公交巴士一片车水马龙的繁荣昌盛景象。

探亲结束，琦琦回到美国后不久遇上了一场交通意外。庆幸的是，她没有受伤，但这件事让她跟乔治的婚姻关系出现了裂痕，琦琦被迫出来工作。琦琦托好朋友给自己找了一份工作，在美国宾州小镇的一家中国女友的足疗店里打工。琦琦在美国打工期间，真的体会到外嫁女人的不容易，更明白了为何有那么多中国人像工作狂一样没日没了地干活。只因为没有稳定的工作岗位，他们害怕休假后老板又另请其他员工替补岗位，这样自己就没有了工作饭碗。想想没钱没工作没住处的感觉，就没有一丁点安全感，哪还能休息啊！只要能干得动，像琦琦这样 40 多岁还在美国奔波卖力工作的外嫁女人多的是。

琦琦近年来常思考这个问题：如果希望自己的婚姻牢不可破，自己就一定要出来工作。做一个经济独立的女人，才是最靠谱的安全感。

但是反过想想，琦琦已是过了半辈子的人，当初外嫁老外不就是追寻爱情吗？她是为了找到一个能爱她呵护她的男人，想要一段有爱的婚姻，两人相濡以沫白头偕老。讽刺的事情在于，她为了幸福来到美国，可来了美国她反而不幸福！

在国内她还运营一家装修公司，自己当老板说了算，休闲时也常去做保健足疗放松身体，那是享受生活，享受别人对自己的良好服务。

到了美国没有想过自己还得从零开始去为别人服务打工，这是一种巨大的心理落差。加之西方和东方文化差异，琦琦跟乔治的相处也不是一直都和谐。总之，现在的生活跟当初想象的生活有很大的差距，当初要是能看到现在的生活状况，琦琦才不会嫁来美国。

那么琦琦为什么非得要出来工作呢？其原因很简单，如果不打工当家庭主妇，乔治每月只给她零花钱 400 美金。他们没有房没有车，房子是租住的——老外本有两处住房、一艘船，但在结婚前卖掉了，选择了租房，当初这样做，琦琦也是认可了。琦琦感觉到像没有家一样。

夜晚下班后，琦琦背靠在窗前，重复无聊地翻着手机微信上内容，抬头向着窗外望去，思绪又回到了三年前，那个时候她的决定，是不是太意气冲动了？

那是第一次来美国旅行探望乔治时发生的事。琦琦在美国留了一个月，乔治通过这个月的接触观察，想把与琦琦的恋爱关系确定下来，成为婚姻的伴侣。

在琦琦回国前一天的夜晚，乔治对琦琦说："我们结婚吧，但需要你在结婚前签一份婚前财产公证，我现有的房产与你无关，全属我婚前个人所有的房子。"

琦琦虽有不悦，但还是说："好，我签，但是建议你还是把旧房都卖了吧，可免去公证费用。"琦琦轻松地回答，就感觉这男士的财产与她无关；"如果你不怕麻烦，干脆全部把旧房子卖掉，换个房的环境，重新开始。"

乔治："我会考虑卖掉房子后，我们租房结婚，两年后看情况，考虑再一起选择买房吧。"

后来回想起这一幕，琦琦感觉这些话在乔治心里已经憋了很久，直到琦琦快要离开了，才不得不说出口。

当时琦琦确实不在意乔治的财产——她在国内有几套房产，价值是乔治现有财富的几倍——她没有向乔治透露她的经济能力，她看重的是两人的感情，也喜欢乔治给她的印象：乔治外表帅气，生活爱干净，总是把自己整理得潇洒利落，风度翩翩的样子，又是做自己喜欢的房地产工作。

琦琦庆幸自己没有让乔治知道自己的财富实力，想想婚前签了乔治的财富公证书，等于间接地保护了自己的财富，自己还省了公证费。乔治公证自己的财产同时，也间接表明琦琦拥有的婚前财产都也与乔治无关。

最后乔治没有公证财产，而是将名下的两套房产全部卖掉了，婚前公证书也免去了办理，可能想来想去还是房产清零好点。那时琦琦初步了解到西方人的婚姻情和财分得这么清。

琦琦常劝外嫁姐妹们看淡点，也是在劝自己要拿得起放得下。人这一生说长也不长，走进天堂的那天，谁也带不走这些物质财富，所以学会放下，是最明智之举！

彼岸花开
Flowers Blooming on the Other Shore

第 3 章　车祸后的摊牌

2019 年美国的感恩节这天，刚刚才拿一个月驾照的琦琦在乔治的陪练下，慢慢地上路开车。乔治感恩节上午要去亲戚家吃午饭，带上一些礼物准备让琦琦开车前往。

琦琦胆子小，车子驶出小区后，看见主路上一辆辆的车飞速经过，琦琦有些心慌，不想再开车。于是琦琦将车慢慢停在右侧路边，将车钥匙拔下递给旁边副驾驶的乔治，正准备从左驾驶座位上下来，乔治狠狠地喊起来："你开，快走，别停在路上!"乔治不耐烦的表情让琦琦感觉到很不爽，甚至可以用害怕来形容。琦琦在这样胆战心惊的情况下开车，肯定会笨手笨脚，她出现不好的预感。

琦琦很不情愿地又将车子驶入主道，沿途紧张地握住方向盘，身子僵硬坐得直直的，一看那神情就是新手；也真亏乔治敢坐在副驾驶上，表情严肃，根本找不到往日对琦琦的亲密态度。琦琦立刻感觉到乔治此时就是考官，一位陌生人的表情，真不像是丈夫的模样。

在一个十字路口向左转弯的瞬间，左转直行的绿灯几秒钟后马上会变成黄灯，乔治还是发命令左转。他们的车刚转过左边，车尾就被直行的大货车直撞了，车祸发生了! 庆幸的是琦琦和乔治没有伤到，是对面驶过十字路口的横闯的货车负全责。琦琦唯一的过错是在十字路口迟疑了几秒钟，若是没有受乔治吼叫一声的影响，或许开车轻松一点，转弯速度快几秒钟就能躲过这次车祸! 在等待处理车祸的一周时间里，乔治过得小心翼翼，上班早去晚归，回到家也是客客气气地对琦琦说："我很累，我洗澡睡觉去了。"琦琦从乔治的走路姿势看，感觉他的确很疲惫。琦琦点点头，示意他快去洗澡休息。乔治一连几天回来都很晚，几天都没有在家吃晚饭，都忙成这个样子，连句话都跟琦琦没有多说！

在感恩节的第二个周末清晨，琦琦像往常一样做好了早餐，乔治和琦琦一起吃完早餐后，乔治从桌上拿出一支笔一张纸，写了几行英文字和数字，拿给琦琦看："亲爱的，我是爱你的，但是我不会把我的退休金拿出来，替你交车祸罚款产生的一切费用。我真的不想伤害你！但我不想承受太多的压力，我不想再为你多花一分钱了。从下个月开始，我不再给你零花钱，直到抵扣完这些车祸费用，我俩的婚姻面临着一场考验！"

乔治吞吞吐吐对琦琦说完这段话后，慌张地避开她直视的眼神，将那张纸推到琦琦面前。乔治说完后似乎松了口气，他的神情告诉琦琦，就这样了，我无能为力，你看着办吧。那张已经揉成了皱褶的纸上写着："律师费 650 美金，罚款 400 美金，出庭费 89 美金，其他费用……"

琦琦怎么也没有想到，平日总是说爱她的丈夫，给了她一张车祸支付清单。琦琦这一辈子也不会忘记感恩节这场意外的车祸。车祸后乔治沉默了一个星期，终于向她表明了真实的想法，说白了就只是对她打个招呼，她怎么做自己想办法。只要不是乔治出钱，这个婚姻还可以继续维持。乔治此时的态度分明是指向琦琦：你不能拖累我，我也不再指望你来照顾我了。

琦琦此刻明白了，车祸近期以来乔治的表现，乔治开始挑刺了，嫌弃她晚上睡觉打呼噜，已睡到隔壁房间，也开始说自己没有胃口，不吃她做好的饭菜。一连几天，她一直以为乔治是从没有经历过这些事情，而显得慌乱，情绪低落烦躁不安。她一直像做错事的孩子，低声细语地关心乔治，却没有想过乔治会如此处理车祸留下的问题。中国有句俗话

彼岸花开
Flowers Blooming on the Other Shore

说：夫妻本是同林鸟，大难来了各自飞。这段话在她的婚姻中，已经亮起了红灯。

难怪乔治那天还说："这次车祸让我们的婚姻经历了一场考验，爱是爱，钱是钱，这两样必须分清，因为我不想有太多的责任压力。"一场车祸中看出乔治真实的想法，她怎么也没想到丈夫对她的爱是这么不堪一击，让她一点思想准备都没有。她从小受东方文化的影响，怎么也接受不了西方文化在婚姻中把钱和感情撇得这么清。可现在就是事实！眼前的她隐忍着，但还是控制不住地露出丰富的表情看着这张纸。

惊讶、难过、悲凉、失望、寒心等五味杂陈的感受，瞬间呛到嗓子眼上，她的眼前晃动这些冷酷无情的字眼！这是真的，不是做梦。她看乔治离去的背影，她真的无话可说，也没想好怎么回复，只能告诉自己冷静冷静。她无助地含着快要流下来的泪水苦笑着，慢慢地将那张清单拾起放在自己的包里！不就是钱吗？现在她明白了，原来有钱真能使鬼推磨，在婚姻中起着很决定性的地位。

她庆幸这场车祸中自己和乔治的身体都没有受伤，庆幸自己不是过错方，也幸好这么早知道乔治的内心真实底线，处理事故的态度。现在她也清楚今后自己该做些什么了？她被乔治逼着要考虑如何继续经营这个自以为很重要的婚姻。

婚姻中的动摇取决于经济基础，经济基础决定着上层建筑，没有想到在现实生活中这么快的兑现了，她曾以为有乔治对自己的爱和自己对婚姻的忠诚，便会牢不可破，却没想到一场车祸，一张清单就彻底改变了她的想法。

数日后，琦琦计划着找女友帮忙先准备好交清车祸产生的一切费用，并托女友们帮她找工作。什么样的工作都干，只要能挣钱，靠劳动所得，去还清这些车祸账单。从此可以摆脱没有钱没有话语权的婚姻束缚！

　　朋友们也劝她说："你是该迈出第一步，不能做全职太太，女人一定要经济独立，一定要有工作，靠自己比靠任何人都靠谱。"她深有体会地不停点头，她深知道这场半路上的夫妻关系中，丈夫原来没有她想象的那么爱她。现在她有点庆幸自己遇到这场车祸，能用钱解决的问题都不是问题。以前就想出来工作，做一个独立经济的女人，一直不好意思开口，现在正好是一种机会，是乔治给她的这次出来独立的机会，她反而在心里感激乔治，没有这次车祸清单，她也许永远还是温室里的花朵自我陶醉！

　　朋友推荐了两个工作，一份日本寿司店工作，一周只上星期五和星期六两天班，从早上 11 点到晚上 10 点钟，不能分身。琦琦本来只愿选择日本寿司店后厨打杂小工，在尝试做了一个周末试工后，算下来一个月薪资太少。没有办法只得选择另一份足疗店工作。

　　琦琦此时真的有一种莫名其妙的无奈，一种由骨子里刺痛的悲凉，要知道在国内的琦琦是享受足疗服务的高端会员客户，怎么也没有想到自己来美国，还得为了生存去做这项服务于别人的工作，身份已调换了角色，真的可笑可悲啊！此时琦琦没有底气与现状处境抗争，这种寄于人家屋檐下过日子委屈感觉，琦琦好强倔强的性格是不能容忍，她情愿受委屈不服输，也要先选择挣钱多的足疗工作。

　　琦琦需要这份全天工作，来缓解生活及精神上的压力。从上午 9：30 点到晚上 11 点！一切经朋友帮助推荐下很快谈妥。出来工作的决心已定，她只能在工作中寻找自救。琦琦立马跟乔治准备好好摊牌谈谈。

　　她也经过了几天的深思熟虑，总算下定决心，要跟乔治开诚布公说说远去工作的理由。车祸处理完后，乔治将保险公司赔偿金额又买了一台丰田新车。挑选新车时，乔治心情很好。琦琦想就乔治高兴的时候，应该摊牌说出去外州打工挣钱的计划了。提新车那天，天下着小雨，琦

彼岸花开
Flowers Blooming on the Other Shore

琦像木头人似的。乔治叫着："上车！"她就上车。乔治问："这车你看喜欢吗？"

琦琦麻木淡定地说："你喜欢就行。"她顺其自然地应了一句，心里想，这个车跟她无关，而且她再也不会开乔治的车了。今后工作挣得的第一桶金，一定给自己买一辆属于自己能代步的车。乔治也许是为自己买车花钱了，心情好了一些，于是在车上就建议琦琦："今天不回家做饭了，去我们结婚的酒店，喝点酒好好好吃点东西怎么样？"

琦琦回答有些机械了："好啊，去那里也好，再看看我们曾经幸福过的地方！"她又附和着说出了有点酸楚的味道！正好找个机会，在晚餐的时候一定要把出去工作的事情给说出来。

这是一家很大型的豪华美式餐厅，前不久他们在这里举行了婚礼。这里浪漫的灯光显得很暖和，餐厅里播放着缠绵的轻音乐，闪烁的灯光似乎提前营造出圣诞节氛围。乔治为自己也为琦琦点了平时她最爱喝的酒马格瑞拉。

酒喝到一半的时候，琦琦心想现在是说话的好机会了："亲爱的，为了能减轻你的经济压力，为了早日还清你垫付车祸账单费用，下星期我就开始出去工作，可能没有星期天休息日。希望你送我去工作的地方。我有可能住店，因为找的这两份工作，每天车程需要一个多小时，我不想你太累。我目前没有车，你也不可能天天送我上下班，这样你也很辛苦。老板可以提供员工的住宿，希望我们俩克服一下！你认为呢？"

其实琦琦心里主意早已定，如果万一乔治回答不送她上下班，她也想好了，叫网约车也要自己去工作。她对乔治那套办法也是按照乔治的套路出牌，没有变花样，乔治怎么来，她就怎么去应付，这是被逼的！

乔治先是一脸疑惑，紧接着问："你的工作是谁帮你找的？工作地方在哪里？为何不找离家附近的工作？"

琦琦赶紧把先写好的地址纸条递给了乔治，乔治端起酒杯抿了一口酒，看着纸上工作地址，开车需要两个小时，如果来回得四五个小时，随后想了想点头："好吧！我送你去！那你得住店，我不会天天接送你。"

琦琦就猜到乔治会顺阶梯下台："是的，长远地考虑，还是住店工作方便。谢谢乔治，谢谢你能理解和支持！这样你会轻松自在，在家照顾好自己！"她终于也松了一口气，并主动地端起酒杯与乔治碰了一下酒杯："干杯！"

这晚餐是乔治和琦琦吃得最尴尬，也是最清白的一顿晚餐！还好乔治照样买单，没有真的像有些美国夫妻那样，吃饭还要 AA 制。

出来的时候风吹得很大，雨也越下越大，雨水将地面洗刷了一遍，那辆新车玻璃窗上传出雨点滴答滴答的声音。此时的琦琦脑子里也在尝试着去接受西方美国人的文化，既然已经嫁给美国男人乔治，就得先试着磨合接受。改变不了别人，必须改变自己。只要有工作，就有新的开始，就有希望。

她这么想着，反而那种自信不知不觉地回到了琦琦微笑的脸上。路就在脚下，琦琦给自己打气，没有什么了不起的，只要迈出了眼前第一步，学会工作挣钱的技能，还会再担心没有安全感吗？还会害怕那张车祸付款清单吗？还会在乎当大难来临之时，暗中担心请你出局的丈夫吗？

此刻琦琦安慰自己，就当是自己还是单身一人，就当还是从前的自己。女人要想在婚姻中有话语权，就得有工作，经济独立，才能得到真正的尊重。不管怎样，今天琦琦决定了，也放下了任何顾虑，下周一就可以出去工作了，无论遇到什么困难，硬撑着也要闯过这一关，在异国他乡的美国，也得靠自己才能获得真正的安全感。

第4章　想证明靠自己在哪都能生存

其实乔治没有那么穷，只是他特别喜欢工作，他很快就要退休这事让他感到恐慌。以前温文尔雅的乔治变成了一个脾气暴躁、有些自寻烦恼的男人。这些可能是退休前的焦虑，琦琦很理解男人此刻有些失落情绪化。乔治有时候会有意把自己的日程安排得满满的，上班早早出门，很晚才回。感恩节车祸后，更使乔治陷入了焦虑之中。

乔治对琦琦说："我在担心，我哪天先走了，你怎么在美国生活？你又没有工作。我还在的时候还可帮你支付租金；若是我不在了，你怎么办？为了你自己好，你也要学会很多东西，这样即便我不在，你也能在美国继续生活。"

琦琦听乔治这么说，心里想：能把眼前的生活顾好，按照以前的生活规划去做，走一步算一步，不就解决了眼前的担心吗？光想不做，急又有什么用呢？

之前乔治答应过琦琦，婚后一定会给琦琦买一栋跟现在居住的差不多大小的房子。眼看时间一天天过去了，乔治也快要退休了，再不买房乔治就没有机会拥有银行贷款融资买房的机会。因此乔治很急躁，也有些患得患失，总是考虑自己年事已高，还要为此操心劳作。乔治还身兼大学教课工作，好像一旦退休没了工作，就是世界上末日到了。他给自己放大了困难，害怕失去工作后，就会动了储存的奶酪。

乔治将以前卖掉房子的钱储存在银行理财基金里，他不想动这笔钱。按照乔治的想法，那是他养老的救命钱，他不想用那笔钱去买房子。哪怕是只动用三分之一就可以解决房子首付资金，乔治也不想动它。

钱是乔治的婚前财产，琦琦从来没有想过动乔治的筋骨去买房子，甚至想着买不买房也没那么重要，若是这样在无尽烦恼没有快乐状态中生活，那将是失去了当初在一起生活的愿望。与其让乔治有压力、哭穷、发脾气，还不如什么也别买。也再别说是为了琦琦要做的这些事，只是为了兑现当初婚前的承诺！好像琦琦还成了罪人，拖累了乔治受苦。

于是琦琦对乔治说："你这个年纪退休是正常的，往后的生活没有你想象的那么恐怖，活好当下，身体健康，比什么都好。别想一些还没有发生的事情，生活没有你想的那么糟糕。你还有退休金，我们俩怎么吃用，每月 1000 美金足够了。若是买房了，每月还房款比租房的租金还低，房产权还是我们自己的，你在房地产工作了十七年，看房投资住房比我更有经验，无须纠结买房还是租房。"

琦琦说出这些闷了很长时间的一席话，让乔治知道她的态度，她不急不躁，买不买房对她来说并不重要。就算没有琦琦，乔治也需要住房考虑，有的事是急不来的，只有遇事就处理事。乔治没有想到琦琦这么淡定，没有指责他还不买房。

乔治似乎看得太远，想得太多未发生的事情，不免担忧过多。甚至把这些顾虑产生的压力全部转移到琦琦身上，认为琦琦像是他的最大包袱。

有一天琦琦边干家务活边听手机里正在播放《穷爸爸，富爸爸》的内容，书中说到，思维可以改变人的命运。正好乔治也听到了，就问琦琦："你听的是什么内容？"因为是中文，乔治听不全懂。

琦琦把这本书名写给乔治看，乔治突然兴奋地讲起来，他读过这本书已有二十多年了。琦琦立刻对乔治和颜宽慰："是啊，一件事情的来临，两个爸爸有不同的处理，富爸爸总是用积极乐观态度去面对，而穷爸爸则总是以逃避拖延的态度去等待应付，结果就不同。富爸爸去世后给家人儿子们留下了自住的豪华别墅，还有几十亿资产。而穷爸爸一样的努力工作，消极思维去处理问题，结果去世后，自住那套别墅每月还要儿子们还按揭贷款，给家人留下多笔债务，让亲人们身陷贫穷境地。"这本书内容乔治比琦琦更加熟悉，所以只是提一提书中的经典例子。别的也不想多说，她要给乔治留下足够的自尊心和男人的面子。

响鼓不用重槌，如果乔治不想去买房，琦琦知道逼着买了房也不开心。琦琦不想因为婚姻而逼迫对方做不愿意做的事情，一定要乔治自己算账，对她对自己都需要放下戒备心，将心比心地坦诚相待。

这几天的相处沟通，明显地感觉到乔治开始向好的方面去想去努力了。也许是乔治知道琦琦出去工作是为了让他放心。如果琦琦一旦稳定工作，能养活自己还可以和乔治一起还房贷，乔治也许压力没有了，是该放下顾虑，考虑积极去买房了，琦琦眼里根本没有贪图乔治房产的意图，从头到尾都没有朝那方面想，琦琦当年嫁给的是乔治帅气，入微不致的体贴，还有共同喜欢的职业房地产。乔治若知道琦琦在国内还投资了多套房产，他还会这小看并防着琦琦吗？琦琦在经济实力方面低调，没对乔治交底，也是为了寻找的伴侣是为真爱，而不只是贪图她的财富，她不想高调招摇吸引一些人品有问题的渣男。

琦琦愿意受点委屈，也要做得像是从零开始的准备，她有意对乔治说："我打工挣到钱会补贴家用外，还每月给你500美金储存。"乔治其实一直记在心里了，这句话给了乔治松了一口气，他知道琦琦说话算数的性格。

琦琦想通过工作得到乔治的尊重，忘掉他曾经冒出来轻视她的眼神。她不想让那种眼神毁掉他们的婚姻。也许乔治在考验她，可琦琦不也是在考验乔治吗？两个人还是缺乏完全的信任和对未来婚姻的信心。

琦琦自从说服乔治同意自己去另外一个州打工后，心里舒坦了很多。她悄悄地向在美国打工的女友雪梅取经，学习服务行业应注意的英语短句；向同意接受她去工作的老板娘咨询，还需要什么要求。独立生活将要开始，琦琦心里很不平静。

出发前两天，琦琦将所有需要带的衣物全部整理放进旅行箱子里，所有的首饰都没有带，只带了一件玉佛手吊坠项链，带上它就想起了家人。琦琦在收拾旅行箱子的时候，怕乔治误会，特意把值钱的钻戒、手链、漂亮的裙子、名牌包、高跟鞋子都放在家里，表明了自己外出就是为了打工挣钱。

2019 年 12 月 31 日这天，乔治将琦琦的行李箱和一些为琦琦准备的食物放到汽车的后备箱中，然后开车将琦琦送去火车站。

去往火车站的路上，乔治和琦琦几乎没有说话，两个人各想各自的心思。琦琦是结婚以来，第一次为工作走出家门，离开乔治的身边，还不知道要做工多久才能回家一趟。

想想明天就是元旦，美国的新年，琦琦在异国他乡还要出去工作，真的有些伤感。但是一想到未来的生活，琦琦很快将这种负面情绪压了下去。起初是为爱而嫁的婚姻，没有想到爱也需要油米柴盐酱醋茶面包来补充生活，来调剂生活，来维持生活，这是永恒不变的关系。原来爱也需要彼此间的经济实力才能平衡。想想世上也许根本没有不变的爱情和婚姻，爱情可以随时来，瞬间也可消失。而任何一桩婚姻都需要经营。

在美国为了生存，能够保持着自己的尊严，即使是夫妻之间这种外嫁婚姻关系，也必须是等价交换才能维持长久，单有爱情并不能使婚姻长久地走下去。琦琦看到了外嫁婚姻的实质，没有经济基础的支撑，任何缺钱的一方都会导致婚姻关系变得紧张、复杂、冷淡、失去往日的温度。应了那句话：贫贱夫妻百事哀。

到今天这个境况是琦琦悟出来的道理！她懂得光有爱没有面包是不

够的，除非遇到了很爱很爱你的男人。琦琦知道是自己天真，以为自己在婚姻中不图婚利益就可以了，但却没有料到乔治跟她想的不一样。婚姻中的价值感不平衡了，就会倾斜，就会一头高一头低。那没有价值的一头，就会缺乏自信地给予爱，这就是目前琦琦的处境。

开车的乔治注视着前方，也时不时地用余光看着琦琦的表情，他很在乎琦琦的一切感受，他在找到心里的平衡。他希望琦琦能出去工作，是怕琦琦太依赖他；但乔治又希望琦琦能留在他身边照顾他，他能享受到琦琦做的美食。乔治想着，既然不能二者兼顾，只有放手让琦琦外出工作，这是不得已的办法。此刻好像只要琦琦出去工作了，他才踏实，他才缓解了自己的精神压力。

乔治的左手握住方向盘，右手情不自禁地搭在琦琦的左手，紧紧地按着，眼睛盯着前面的路况。车内的轻音乐缓缓地飘过琦琦的耳边，琦琦感受到乔治的复杂心情。她何尝不是有点迷茫呢？这快新年了却得出去工作，乔治是真的爱她吗？这个西方男人狠心冷漠，在这个时候舍得让她出去打工，也不担心她在陌生的城市、举目无亲的环境里会遇到什么。

他俩的婚姻也像众多家庭一样，面临着需要经济基础才能维系。现在琦琦终于跨出了外出打工挣钱的第一步。坐在车上的琦琦思绪万千，她想起雪梅对她说的话："你只要迈出了打工这一步，当你工作挣钱了，每天都能睁眼数钱，有了钱你就有安全感了，所有打工受到的委屈会一扫而空。"

琦琦无助的时候常常想起朋友们的鼓励，被好友推着向前走的琦琦，还有什么害怕的呢？只有豁出去了！

女友们说得多直白："在美国，能掌握养活自己的技能才有出路，你靠老公还不如靠自己。"

琦琦想着只要按照女友们的指点，将打工之路坚持下去，迟早她在美国也会做到是一位经济独立，自信满满的女人，她相信自己一定行！

第5章　不同以往的新年

乔治送琦琦到火车站购票柜台窗口，乔治示意琦琦拿出驾照代替身份购火车票，美国买车票也需要出示个人基本信息。琦琦第一次尝试用自己刚刚办理不久的银行信用卡购买了火车票。

琦琦看着乔治已经把她的大旅行箱子推着向站台进站入口走去。还有十几分钟火车就要进站了，乔治拥抱了一下琦琦："我得走了，你到了工作的地方，发微信给我！"

琦琦望着乔治离开的背影感觉很复杂，鼻子酸酸的，眼睛涌出泪水。她赶紧用手抹去流在脸上的眼泪，站在入口去张望乔治。此刻乔治在转弯处回头看了琦琦一眼，脚步停了下来，向琦琦挥挥手，表情似乎告诉琦琦快点进站，火车进站时间快到了。琦琦也挥挥手向乔治道别。

在开往美国华盛顿的火车上，琦琦将自己的大箱子、手提小电饭煲还有一些食物手提包放在行李架上，忙完一轮总算能坐下来休息。她将随身背包放在座位下方，内心忐忑，显得很紧张。这是她第一次一个人外出打工，明天就是新年的第一天了，前面路上又会遇到什么，不知道是否顺利，也不知道工作的新环境是什么样。

那位中国女老板还是看在琦琦朋友雪梅面上，才答应了让琦琦出来试工，一般生手没人愿意接受。幸好琦琦以前在中国的时候是足疗会所的常客，整个足疗的程序琦琦都很熟悉，学起来并不难。琦琦在家也常常有泡脚的习惯，相信做起来并不陌生。只不过是角色变换，起初心里特难受，但一想到现在的处境，总要放下面子虚荣去工作。

看见火车窗外驶去的风景，她无心欣赏，只感觉自己在人生路上被推着匆匆忙忙地往前赶，但没有方向，不知走到哪里？

此行的终点站是美国的首都华盛顿。火车上人并不多，可能是美国的圣诞节刚过，琦琦坐的那一节车厢只有十几个人。美国的火车并没有中国的那么宽敞，车速也不是很快。晃悠悠地驶过了两个小时的车程，终于到了终点站华盛顿。琦琦以前来过华盛顿，只是坐大巴观光旅行，没有坐火车来过。

下了火车的琦琦直接穿过车站大厅，看到有几家商业店在营业，还有简餐窗口，有水果、饮料对旅客开放。琦琦由于紧张已感觉不到饿，只是好奇地巡视火车站大厅环境。

出站的时候，琦琦把手机打开，紧张地点着优步叫车的操作程序，输入要去地址，用信用卡付款，查看接单车号。呼叫司机三分钟后终于有人接单。平时三分钟一晃就过去了，可是今天琦琦感觉特别漫长。她有很多担心，担心上车后，司机是坏人怎么办？担心万一语言不通，司机没有送到具体地址怎么办？

琦琦四处张望，盯着来往的车辆牌号，"白色27号……"嘴巴里小声默念着车牌号，眼睛期待搜索着，心里还在想着朋友雪梅说的话："上车前请把车牌号和司机接单信息发给我，你就不用担心了。我看得到是什么车，你安心地上车就好，别太紧张了。每个人都有第一次，没有那么恐怖，这次走出去工作多好，多来回走几次，你就独立了，会了就不怕了。"

雪梅鼓励琦琦的话让她慢慢淡定下来。想想也是，既来之，则安之，要往好的方面想。

正在这时一位黑人女司机的车牌号吸引了琦琦的目光，琦琦跑步过去，拿起手机让那位笑眯眯的黑人女司机看信息。"Yes。"很快两人就确认了打车订单，这正是琦琦呼叫的司机。看到是女司机，琦琦放松了，心里想真好。

黑人女司机很热情地下车帮助琦琦将箱子放进后备箱中，琦琦坐进副驾驶座位上，看到显示车程时间只需要 20 分钟，整个人就放松了很多。琦琦戴上事先准备好的耳机，马上拨通雪梅电话："雪梅我已上车了，是位女司机，人还很好。20 分钟我到了后，再发定位给你！谢谢雪梅，这一路上我都很顺利。"

雪梅在电话那头高兴地说："是吧，没有那么恐怖吧，希望你多挣钱！"

此刻女司机放着音乐，有点像西班牙舞曲，气氛欢快，节奏感强。女司机随着音乐敲打节奏，感染了琦琦的心情，一切是那么的新奇。琦琦这时精神了起来，沿途用英语简单地赞美女司机服务好，说得女司机开心得连连说"谢谢"。

感觉没有一会儿，车子停在一个十字路口边上的大楼旁，黑人女司机示意琦琦目的地到了。琦琦先下车抬头看看邮编号、门牌号，真的是自己要来工作的店铺。终于平安到达了，琦琦心里好高兴，赶紧接过女司机手中大箱子还有背包，连连道谢。一直看见女司机驾驶的车跑远了，顺手将门店拍了照片发给雪梅和乔治，同时也分别发送了手机定位。

琦琦给老板娘打了电话："我已经到了足疗店外面门口，能不能让员工出来接我一下？我带了不少行李。"

老板娘："好的，你来得真快，中午就到了。我马上安排人帮你，你可以直接进店，只要不大声喧哗就行了，因为其他员工在做工。"

两分钟不到，就有一个比琦琦个子还小一点的年轻漂亮女孩微笑地向琦琦走来，小声说："跟我进来！"

琦琦拖着旅行箱子，下了半层楼梯，跟上前面的员工小美女走进了一个环境优雅灯光明亮的客厅，随后转进员工休息间，将行旅行箱放好。

彼岸花开
Flowers Blooming on the Other Shore

小美女说："你先休息一下。我叫罗娜，等会我下工了再聊，水在那里，卫生间在那里。"

罗娜说完这些赶紧去上工了。琦琦定神开始慢慢地拿一瓶水喝着，并环顾四周，借上卫生间的机会四周看看，未来就要在这里工作生活了。

过了一会儿从一号台前走过来一位比琦琦大一点的工作人员，笑着夸琦琦长得好看，她对琦琦作了自我介绍："我就是这个店里的店长，叫我欧米就行。今晚你暂时就睡在员工休息间，明天我走之后，你就睡在2号房，罗娜就睡在1号房。棉被在柜子里面，你选择一套床上用品，都是干净的，以前员工用过的。"

琦琦礼貌地对跟她差不多大的店长说："谢谢店长，不是说带熟我后，你再回中国过春节吗？这么早就走？"

欧米沉思了一会回应说："等会没有客人的时候，我考考你手艺，就在我身上练习试工！听老板娘说你才学过一点基本手法？"

琦琦："我实话实说，我是很多年前在中国学习过基本步骤。在两个多月前，我才在朋友店里学了一周，可能有些生疏，最好是带带我上手的先后程序，如果你在做工的时候，我能在旁边看看，我会更容易上手。"

欧米看着有点紧张的琦琦说出实话，没有为难她，反而安慰她说："没有多难，熟能生巧，今天你休息，多观察学习，明天就排工安排你工作！"

琦琦运气算好，店长欧米急着要有新员工顶替自己，琦琦没有经过试工考察环节就被留了下来。琦琦为了感谢热心肠的欧米，把事先准备好的礼物拿出来送给她："谢谢欧米店长，谢谢！"说完把一条围巾送到欧米的手中，"初来乍到，谢谢关照，这是我的心意。"因为是冬天，来之前琦琦就问过老板娘目前有几个员工，长的身高以及是哪个城市的中国人。琦琦了解后，就给新同事们准备了一些新年礼物。过了一会罗娜下工了，琦琦从箱子拿出一双手套送给罗娜。

第三个见面的员工叫阿斯卡，琦琦对她说："你好阿斯卡！我叫琦琦。"

阿斯卡只是嗯了一声，说完像没看见琦琦的样子，直朝店长喊了一句话："欧米，我这个工做完后，今天我六点钟要出去办点事，好吗？"欧米："就你事多，又要出去呀？万一又有几个客人来了怎么办？"

阿斯卡："不是又来新人了吗？让她做呀。"欧米摆摆头："你要去就去，要你安排吗？"

阿斯卡："你同意了，谢谢你，回来我带点好吃的给你哈！"

琦琦正纳闷地想着这个阿斯卡，怎么对自己不冷不热那么傲气？本来准备好的一样礼物也要给她，看到这个情形，琦琦也就把准备给的礼物放进箱子里。琦琦可不是一位爱巴结拍马屁的人，她只想礼尚往来。琦琦有自己做人的原则：人敬我一尺，我敬他人一丈。既然你阿斯卡对我无礼，我也不需要尊敬你，出门打工讲究的是一种缘分。

这时罗娜走近琦琦跟前小声说："阿斯卡原来是英语老师，英语说得好，小费很高，在这里做了一年了。我只做了九个月，店长干了两年。"

琦琦："哦！难怪呀，英语好就少吃亏，能跟客户交流，哄客人开心！难怪这样傲慢无礼。"

罗娜："是啊，我英文最差。你的英语怎么样？"

琦琦："简单的生活用语能听得懂，也会说几句，但看英语文字还是不行。"

到了晚上 11 点才正式关门。琦琦看见罗娜交上白天做的工钱，随后又见店长欧米教罗娜怎么使用刷卡机，怎么样做账日结，怎么样算员工与老板娘的分成。

罗娜将接替欧米的管理工作，欧米完成交接手续后笑着小声说："我明天上午就去买点东西准备带回中国，下午我就离店去老公那里取旅行箱。我今晚上把衣柜里退出一半给琦琦用。今天的工作处理完了，大家早点洗澡睡觉吧。明天还是 9：30 开门营业，除星期天是上午 11 点营业。"

琦琦现在才明白老板娘茉莉说的那段话："琦琦你运气真好，要不是雪梅推荐你，要不是你在中国学习过足疗专业理论程序，要不是你在其他店练过手、上过工，我们是不会用新人的。最主要是过年了，店长欧米要回中国两个月。年底不好招人，你又是朋友推荐的，人品我们放心。手法多做就会提高，只要服务好客人，小费就好，你要在这里好好干哟！"

琦琦看着微信上老板娘茉莉的鼓励留言，马上回复："放心吧，我会珍惜这份工作，好好地边学习边做工。我会很勤快把店里的卫生做好，腾出时间争取早日正常上工。"

向老板娘茉莉道谢后，琦琦心里轻松了很多。琦琦心心念念的工作，终于有了着落。明天就是 2020 年新的一天了，对琦琦来说，这又是一个陌生而又崭新的开始。琦琦在心里祈祷着，愿新的一年一切顺利安康，如愿以偿！

第 6 章　没有想到元旦会是这样度过

琦琦这次出来工作正是在 2019 年的最后一天正式到位，第二天就是新年的第一天。这要是在中国早就放假了，也许和家人一起过节共进晚餐，也许和好友一起逛街看电影。

欧米店长在元旦第一天离开店之前，亲自安排好上工的排工单，在工单的相应位置写上琦琦的名字。服务行业有店规，员工轮流打头工排第一，琦琦是新来的员工自然排在末尾。店长欧米休了长假，店里总共也只有三个员工，第三天就会排到琦琦打头工。

琦琦很理解这样排工，跟着新店长罗娜干就行，被安排做卫生、洗毛巾、收拾整理、打扫卫生间，见事做事。可能是因为新环境，琦琦感觉时间过得很快，一晃 13 个小时过去了，琦琦第一天做了 5 个工，接待了 5 个客人。

在这个旅游大城市，店里上班时间是早上 9：30 一直干到晚上 11 点下班。大家都为了挣钱，多干多得，排到谁上工就该谁去服务客人，干起活来并没有感觉到累。待下班洗完澡躺下的时候，员工各自玩着手机与亲人或朋友们聊天。琦琦此时才打开手机，看到中国家人微信群里的信息，显示祝福元旦快乐的字句，才突然想起来，原来今天是元旦节。过完了一天，才意识到在美国怎么就没有过节日的氛围。

琦琦没有将出来在足疗店打工的事情对家人说，她不想让家人担心和着急，在微信上也只是报喜不报忧。琦琦也没有想过，她的 2020 年元旦跟以往新年截然不同，就这样匆匆地过去了。

　　琦琦住在地下室，没有窗户，看不到室外的景色。房间里只有一盏小壁灯，微微暖黄色的灯光照着琦琦房间里的一张小床，一张小沙发，带来的生活用品都装在床底下的箱子里。每个员工都是同样睡在家具简陋房间中。

　　这时琦琦感觉有点心酸，但一想自己靠劳动所得，新年的第一天能上工挣钱了也是好事。下班之前，看到自己第一天日结的收获，数着美金的票子，心里有一种踏实感。今后就可以去买自己喜欢的东西了，能够养活自己并不是难事。想着往后余生也能工作挣钱，反而庆幸自己因祸得福。要不是那场车祸，琦琦也没有明白自己在乔治的心里没有她想象的重要，她才看清乔治爱他自己胜过爱任何一个人。

　　凡事都有好坏两面性，这车祸发生了也好，乔治的冷漠促使琦琦独立自主的醒悟。还是靠自己靠谱！看着手中的美金，琦琦心里算了一个小账，除掉每天上交的公粮以外，每天还要交老板娘住宿费 $10 美金，一周生活费大致 $60—$70 美金，到了年底缴上纳税的钱，平日不会乱花钱，坚持工作下去，维持生活应该没有问题，还可以攒钱。

　　想到这里困意来了，琦琦已迷迷糊糊睁不开眼睛，想想今后打工熬夜的日子，　定会是常态。肯定会像今天一样，忙完了工作洗漱后都已是凌晨一点多钟了。难怪老板娘对琦琦说过："我就怕你挣到钱后，数着美金票子，你都舍不得休息了，哪里还想着过什么周末和节日啊？因为节假日前后，客人越多店里越忙，正是挣钱攒钱的机会。"

　　新年第一天，琦琦在睡梦中继续祈祷着：愿往后的打工之路学到更多的经验，工作顺利。尽快学会适应环境，调整好自己的心态，放下思想包袱，为实现经济独立为目标，豁出去了。只要每天能数着美金，心里啥委屈都不算事。

　　琦琦知道在美国只有自己靠劳动挣钱，才会得到人们的尊重，也才保住自己的尊严。琦琦很在乎自己在婚姻中的价值感，她想证明给乔治看，你不养我，我也要活出精彩。不靠他人的施舍，女人一样能堂堂正正、理直气壮、自信地活出尊严。美国男人乔治也一样在乎价值利益，婚姻中的关系，其实男女都一样态度，又是二婚谁都藏着小私心。

第 7 章　侥幸逃过惊险一劫

琦琦工作一段时间后，手艺越来越好，也慢慢习惯了足疗店的工作。这足疗店是茉莉跟茜茜合股经营的，两人都是老板。最近她们开了一家新店，让手艺不错的琦琦到新店带一下新员工。

新店主要由茜茜负责管理，她的处事方式比较凶狠，试营业期间，常常在微信上责备谩骂新员工，把两个新员工气跑了，不打招呼辞工了。新店没有员工只能暂时关门。为了避免引起火灾隐患，老板让琦琦第二天早上到新店把电闸关掉，然后回老店继续工作。茜茜老板说了："不能耽误老店上班时间。"

第二天清晨琦琦早早就得去新店，她从老店地下室，走到街道旁边的十字路口东张西望。时间还早，天色灰蒙蒙的，街道上经过的出租车不多。冷飕飕的风吹散琦琦的头发，她在寒风中焦急地等待着空出租车出现。琦琦莫名其妙地感到不安。

琦琦的英语不好，又在异国他乡的大清早，冷清清街道上没有一个行人。这时琦琦又冷又害怕，想到刚刚出来的时候店长欧米还叮嘱她："这么早出去不安全，还是等天亮再走吧。"

当时琦琦低头说："老板娘茜茜叫我早点去新店检查电闸关了没有。弄完就早点回来，这家店的工作也不能耽误。"

琦琦在路边上徘徊了将近二十多分钟，终于等到了一辆空的出租车，她慌忙招手。车子一个急刹车在她旁边停了下来。琦琦立马打开后门钻进车内，却忘了看车牌号或拍照下来发给老板娘，确保安全再上车。

琦琦把首先准备好的详细地址字条递给前排司机。司机是一个黑人，看到详细地址后也没有打开输进 GPS，琦琦要求司机确认了一下地址，并要司机按照 GPS 指示图走。

车子穿过一片黑洞通道驶去时，琦琦顿生疑惑，这是去哪里？昨天从新店返回老店路上，可没有经过这个地下隧道。当时是一对白人年轻夫妇帮琦琦叫的一辆优步车，两店之间很近，车程打表显示 11 美金。可这车显示金额已翻了六倍车费，车子还在继续开着。

琦琦感觉到不对劲，好像离市区越来越远。新店在热闹繁华的街边，怎么看到车窗外的景色却是荒郊野外的感觉，再仔细一看远处有铁轨，湖边路边还有搭棚子的流浪汉……

这下子琦琦惊慌失措，她的心里沉不住气了，情急之下拨打老店老板娘茉莉的电话。此时琦琦只信任同茜茜合作开店的老板茉莉。急促的铃声一直响着，琦琦焦急地等待茉莉接听电话。从反面镜子里看到司机的电话低声说着英语，琦琦一句也听不懂。

琦琦越来越紧绷起来，心都要跳到嗓子眼了。此时此刻若真发生什么不好的事，也没有人能救琦琦了。她越想越害怕，真后悔为什么上车时没有检查车子，顺便拍摄车牌号码。

琦琦强装镇定，趁司机不注意的时候连续偷偷对着司机拍照，迅速将照片发给茉莉微信上。此时悄悄地在手机上写着自己上车可能遇到危险，需要茉莉快点接电话。琦琦又开始观察司机的表情，通过后视镜看着司机眼神不怀好意，感觉此趟出行极为不利，自己害怕得手心都冒汗了。琦琦真后悔，不该早上出来这么早，这真是要见鬼了。

琦琦在心里想绝不能这样死掉，若有不测，也要将这司机的照片发给茉莉手机上，不能不明不白的放过这个可疑的坏人！

彼岸花开
Flowers Blooming on the Other Shore

老板娘茉莉终于接听电话了："这么早，有什么事？"

琦琦像是遇上了救命稻草，直接说："茉莉你先听我说急事，这司机把我带到一个很偏远的地方。昨天来新店的地址只要 11 美金的车费，到现在都有六十多美金了，车子还在开，越走越偏僻。这里是郊区，有铁路、有湖、有流浪汉，车道上没多少行人，也没有其他车辆，我可能遇到坏人的车了。我把他的相貌都已偷偷地拍照片发给你了，你一定要锁定这个人的相片，保持与我通话，电话不要挂断！我打开免提，你直接跟司机沟通，让他马上回新店的地址。"

接下来，琦琦跟黑人司机保持一定的安全距离，举着手机让茉莉跟他交流。谈了一会，琦琦看到司机极不情愿地停下来。一看周围环境，琦琦不免有些惊慌了，立即跟司机说："请调头，按照我老板说的地址驾驶，我要到那里帮我老板拿东西，然后还请你送我回原来的地方，让你多赚车费。"

当时琦琦心里都急得要哭了，如果停到这里，司机有同伙坏人，那真是喊天天不应，喊地地无门。琦琦强忍着恐惧，继续把免提打开让司机与茉莉对话，这个时候茉莉直接麻痹司机说："麻烦你把我的员工送到那个地址去，她要拿点东西。接着请你顺便把她送回早晨上车的地方！我让员工多付小费给你，谢谢你了！"

这个时候司机停顿了一会儿似乎在思索，也许是更多金钱让他动心了。只要坐他的车回去，他还有机会，难不成对付不了眼前这不知东南西北的亚洲女人？

车子终于调头了，琦琦紧张注视车经过的地方，沿途向车窗外看着，景色一点点地又向城市中心靠近，一栋栋高楼大厦出现在琦琦视线里，紧绷的状态才慢慢缓解了一点点。

琦琦一双手情不自禁地握紧拳头，她紧紧握住手机，随时保持跟老板娘茉莉的通话。司机开着车不时向镜中探视后座的琦琦。

　　路况变得熟悉起来，琦琦看到表灯数字在跳动，但这个时候不能考虑钱多钱少了，只想着能安全到达熟悉的地方，就会立即下车，赶快逃离这司机！当车子快要到达新店时，琦琦担心司机改变主意突然提前说："请停下来，到了！"

　　司机正有些不耐烦地停下车，琦琦趁机急忙打开车门，赶紧把手中的钱递给司机："不用找了，多余的都是给你的小费。"

　　司机勾着头向着关好车门的琦琦喊："我在这等你几分钟，你不是要坐车返回去吗？"

　　琦琦赶紧挥挥手说："不用等我了！谢谢。"

　　说完头也不回地走向相反方向，走进一家 24 小时营业的咖啡店。这时司机露出凶相，狠狠地瞪了一眼琦琦，很不甘心地等了一会儿。因路边不能停车过久，远处有一辆警车向这边驶来，司机不得已才愤怒地开车离去。

　　远处的琦琦确定司机驾车走远，连车子踪影都看不见之后，才马上从咖啡店出来向新店跑过去。进门就将店门反锁，这才惊魂未定地坐在门边椅子上！接着环视四周，将电源总开关关掉，一个人在店里静坐了一个多小时，天透亮了才敢走出足疗店门！

　　这一次经历让琦琦终生难忘。琦琦怪自己没有这方面警惕性，没有拍车牌号就上了黑车。这一次粗心大意犯了致命的错误，差点进了鬼门关丢了性命。

　　这次靠着自救算是幸运地逃过一劫！但是司机憎恨的眼神，琦琦想起来都心惊胆战！司机最后发怒的面容更加确定他是一个不怀好意之人！司机原以为琦琦还会坐他的车回去，那时再对一位英语不通的女人下手也不迟。

　　司机肯定后悔自己低估了这位亚洲女人，错过了下手的最后机会，眼睁睁地看着这女人走远，心有不甘，却又不得不离开。那副愤怒的表情，让琦琦还心有余悸。

今天发生了这件事，琦琦也不敢再坐车回去，打算走回老店。琦琦赶紧走向路对面的酒店，将写好的地址给酒店大堂经理看，酒店经理非常友好地给她画了一个简易地图，琦琦沿着路，走了 40 多分钟才到老店，刚好赶上了上工的时间。

琦琦向店长欧米说了早上发生的事情，搞不好会为了工作差点丢了性命。欧米听完后也替琦琦捏把汗，心疼地说："在外国打工真不容易，幸好你机灵，要换了我肯定不知道该怎么办。"

这一次的失误教训，导致琦琦心里有了阴影，对任何人任何事都不敢百分百信任。琦琦跟很多华人一样在美国打工经历生死触目惊心的场面，直到现在还没回过神来。回到店里的琦琦感觉很委屈，此时体会最深的还是怀念在中国的日子，在自己祖国土地上，才能感受到有安全保障。"有国才有家"这句话是琦琦此刻的心声。琦琦又起了回国生活的心思，这已经不是第一次动了这个心思，反反复复成了琦琦的心病，为此纠结患得患失。这西方月亮也不一定都是圆的，真不适合她待下去，总觉得祖国才是自己的根！

第 8 章　琦琦辞工回家

经历过一次坐上黑车遇险的事件，琦琦越想越害怕，对足疗店的工作产生了恐惧。接下来又经历了一次被冤枉的抢工事件，琦琦就更不想在那边工作下去。

那一次有客人指定要琦琦服务，当时排工应该是罗娜去做工，但客人等了 20 分钟罗娜都没有出现，琦琦只好去接待服务。结果罗娜打电话给老板茜茜，硬说成是琦琦抢工。琦琦最后白做了一单，老板抹掉了提成。

琦琦明白这是被老员工排挤，都是中国人还这样喜欢在锅里斗。她很不开心，一气之下第二天起床就收拾自己的箱子，很硬气地对罗娜说："今天你就别排我的工了，我出去逛逛这里的最大商场，今天会走，我不干了，你们可以多挣点钱。"

罗娜急了赶忙讨好地对琦琦说："别走，是我错了。我没有想到老板茜茜连提成也扣了，我赔你吧。"

琦琦："不用了，你们俩可以多做多赚钱。"

老板娘知道后也急了，现在正是用人之际，不好招聘员工。老板娘马上在微信上私聊："我们扣你的钱，不是针对你，是在保护你。我们很清楚她们俩在搞事，有客人宁愿等你做工，说明你技能提高了。以后她们抢你的工，你也可以告诉我们呀，不能为这点事情就要走。你刚刚学会能挣钱了，而且比她们挣得多，这时候就走，你傻呀！你好好想想，她们在嫉妒你，你还看不懂吗？我们这个店还不算严重，有的店里员工之间还为了抢工吵架打架。你去的店太少了，你不懂这个服务行业水很深呀！"

琦琦："谢谢老板娘理解我的处境，最主要是我真的想回国处理卖房子的事情。因为有客户看中了我要出售的房子。我不会为此事不工作的，以后有机会再次合作，我也谢谢老板娘让我学会了很多，从当初什么都不会到工作能独当一面，靠自己工作技能得到客人的认可。谢谢你！真心话！"

老板娘："那好吧，人各有所志，办完事后，安心过年，保持联系，后会有期。有机会我们再好好合作，我另外还有一个店，我想让你当店长，我们看好你。祝你一切顺利。"

琦琦心软，老板几句话就让琦琦似乎看到了希望，人也变得自信了。想想如果老外真的不爱她，她也能靠自己在美国或者像在中国一样都能生存下来，不就是要一个能挣钱的技能吗？在外生活就是要学会能屈能伸。

琦琦回家后，开门放进旅行箱，看到桌上放着一个盘子一个玻璃杯，知道是乔治吃完早餐还没有收拾。这个点是乔治上班的时间，琦琦看着熟悉的一切，自然地在厨房忙碌起来。乔治一个人住也能把家里收拾得干干净净，这也是琦琦喜欢乔治的优点，爱干净讲卫生，把家布置得很有情调。来家里玩的朋友们，都会夸乔治是一位很绅士、有品味的男人。

琦琦做了一锅排骨藕汤，炒了两道素菜，就开始整理箱子去了。将要洗的衣服全部放进洗衣机，自动键一按，就去准备奖励乔治的信封，放进600美金的红包。另外也给乔治买了一件上衣，等乔治回来吃饭，合适的时候再送给他。

快到七点了，汤的香味散发在厨房，一股暖暖的热气飘在大厅。门外乔治打开大门，高兴地向琦琦跑过来："哈哈哈，你回来了，我爱你，我想你，我闻到香味了，看看你做了什么好吃的？"

　　乔治穿着一件大红色毛衣外套、一条黑色围巾、一条黑色裤子，脱掉的风衣还搭在手上。那样子真帅呀，琦琦看着眼前帅气的男人，真的替自己感觉到有点不值。没有琦琦在身边的乔治，看起来过得很滋润，而琦琦却还在为能证明养活自己，住在地下室，边打工边挣钱攒点钱。那一瞬间的思绪，琦琦马上又收了回来。琦琦明白，这不能怪乔治，是自己坚持要走出去打工，没有理由怪乔治。乔治看到有他最喜欢吃的排骨汤，猛地紧紧抱着琦琦久久不放："我好开心呀！"

　　乔治并没有发现琦琦细微的情绪变化，那时的乔治真的开心。这餐晚饭吃得真香，吃了很长一段时间。乔治饭后主动洗完碗，让琦琦坐在沙发上，选择好一部电影，依偎在一起，好好看一部电影。琦琦突然感觉，还是要有人爱才是女人的幸福，女人有家真好。但是就不明白，明明乔治喜欢有琦琦的陪伴，生活才不会孤单。又不是生活过不下去，乔治养琦琦是绰绰有余，没有乔治想得那么紧张，平时也没有看见他生活节俭，照样大手大脚消费，没有一点紧张样子，但是总在琦琦面前谈穷。一句话，还是希望琦琦外出打工挣钱。乔治心里就好像自己没有那么大压力，他喜欢自己挣钱自己花，毕竟五十多岁的人了，快退休了，也想不影响自己生活质量。

　　年三十那天，琦琦和乔治一起参加了一次华人春节活动。那是一次华人中文学校的演出活动，琦琦表演了太极扇子舞，上了电视媒体平台转播。乔治一直为了与琦琦轻松沟通，也坚持学习中文两年多了，中文也有了很大进步。在活动中，乔治参加了华语中文诗朗诵，表演也很轻松搞笑。虽然朗诵的时候有些紧张，但是乔治毕竟是当过十几年兼职的大学授课老师，有临场发挥经验，一下调整过来，将表演顺利完成，获得了现场观众的热烈掌声，欢声笑语飞出了整个演艺大厅。

彼岸花开
Flowers Blooming on the Other Shore

这一个春节过得如此有意义，这是琦琦没有想到的情景！通过此次春节华人的才艺演出，乔治也看到了琦琦多才多艺的一面，台上的琦琦穿着大红色的武功服，轻盈熟练专业地舞蹈着。从乔治观看琦琦台上表演的神情看，似乎是由内而外地欣赏高兴，好像给他挣了面子。

舞台的中央帘幕上写着一排醒目的中文大字："华人春节联华晚会"。在场的华人虽然身在异国他乡，但对祖国五千年文化传统的春节都很看重。来这里的看表演及参加表演的华人，都有一个共同心愿，愿祖国繁荣昌盛。国家强大，华人在国外就能挺胸抬头，不卑不亢地做一个和平使者。

像琦琦这类外嫁老外的女性移民有很多，她们往往就是想把孩子带到美国来读书。聊起来的话题都是为了给孩子们一个好的教育环境，一切好像都是为了下一代。

唯独琦琦心里知道，她没有想那么多，就凭着爱走近了谈婚论嫁。她感觉自己只是想找一个伴侣，陪在身边度过一个清静的晚年，她想要简单的夫唱妇随的田园生活。

第 9 章　到新店工作

美国大年初一公司也没有放假，乔治在收到公司董事长提出今年要做好退休准备意图后，乔治更加勤奋准点上班，好像如果公司失去他，一定是公司的损失。他在最后还期望着董事长珍惜他是个人才，返聘他继续为公司做些顾问的工作。当然这些只是乔治内心不愿被外人察觉的小心思。

琦琦听取了女友雪梅的建议："女人工作才能有经济独立的机会。"趁乔治去上班，琦琦也没有闲着，把家里收拾干净后立刻出门。

自从学会了用手机叫车，琦琦可以去任何地方了。回家之后，熟悉的环境给了她安全感，对那一次坐黑车的恐惧感减少了。琦琦工作挣了一些零花钱，才舍得用自己挣到的钱买点家用精致碗盘及带有中国特色的饰品来布置家居。趁乔治上班后，她乘车去购买了家里需要的电饭锅、蒸锅及实用的餐具，也给自己买了一个小电饭煲，这是为了再次准备出去打工准备的简单厨具。办完这些事快到晚上，又忙给乔治做了一桌好吃的，还多做了乔治喜欢吃的卤鸡爪、卤牛肉、卤花生、凉拌黄瓜、油条等密封好放进冰箱。

乔治快八点才到家，从单位开车到家需要车程 1 个多小时。两个人晚上边吃边聊，琦琦聊到年初二就要去另外一个老板店里打工。这次打工的地方离家近一点，如果有急事需要回家要方便些。琦琦考虑到工作和家庭生活都要兼顾，才能走得更稳妥点。

乔治听说琦琦在附近小镇已找到工作了，这次没有一点迟疑就同意了。明天上午就去，乔治听到有老板车子接，不耽误自己上班，也就很高兴点点头。琦琦没有想到这次乔治这么平静，如果店里生意好能长期干下去，难得工作和家庭都可以兼顾。

新店的老板姓刘，刚好跟琦琦住在同一个小镇上。事先微信都说好了，发了微信地址定位给了刘老板。第二天刘老板九点准时开车到琦琦家门外，打着双闪灯，发给琦琦微信，告之已到门口路边。己做好准备的琦琦，赶紧上车，一到店里放下行旅箱，就马上投入工作。刘老板的店比琦琦在华盛顿工作的足疗店要大一些。因春节期间，刚走了两位员工，目前还剩一个员工留店工作。那员工是一个山东妹子，名叫李婉，之前琦琦跟她在英语学习班上认识，这次工作正是她介绍给琦琦。

琦琦看到店里洗衣机、烘干机都比华盛顿的店新，功能又多。听老板说，这里的工钱收得低一些，客人小费给的还行，也许小镇有钱的人少，偶尔也会遇上几个大方的客人，一个月下来也能挣上 $6000 左右。

刘老板说着，琦琦听着，没一会客厅又来客人了："琦琦你去上工吧，那山东妹子还没有下工。你按照你最好的技术露一手我看看，主要是要客人满意。"

琦琦在吧台前镇定自若地指着价格表让客人选择，这小镇客人一般选择做 $60 项目，但是这里分成比较实在，老板 5：5 分成。像这样一个工下来，老板 $30、琦琦 $30，加客人给的小费 $20，第一天第一个工就挣了共计 $50，有时候没有小费，有时 $5—$15 不等，不管怎样每天只要劳动就有收获。刘老板店也是日结，很人性化。如果员工一天没有做三个工，就不收住宿费 $10，所以琦琦很庆幸及时辞去华盛店的工作。琦琦比较满意目前刘老板的经营管理模式，刘老板对员工很体谅并为员工主动分忧。

这样的工作环境一周很快过去了。按照店规，这店里晚上九点半就关门了。琦琦感觉虽然这里小费少点以外，其他住的条件，还有刘老板待员工真的随和，还给店里员工准备米、面粉、食油等生活用品，比华盛顿老板娘好多了。店里的工作氛围好，琦琦工作起来没那么多的压力，而且工作程序比华盛顿店简单。

刘老板只需要员工在工单上写明上工时间，写出多少工钱。到当日下班做统计，把日清的上交款放进小信封里，写上日期交给老板就行，一天只做一次；不像在华盛顿店那样，上工拍一张工单，下工在微信工作群里发一朵花，手续繁杂，而且还占用服务客人的时间。

自从琦琦来到刘老板店工作后，不仅跟山东女孩学会了另外几样工作手法技巧，两人搭配很好，刘老板也很满意。店里的卫生分两部分，琦琦负责第二层楼整个卫生清洁工作，山东女孩负责整个一楼所有卫生清洁工作。清洗毛巾去油、烘干等事项每天轮流值日，排第一上工的员工负责，分工明确。就这样琦琦很快适应了这个店的工作，而且这个店下班时间早。

每天山东女孩下班后，还坚持开车去游泳会馆游泳两小时锻炼，琦琦就在店外附近的员工宿舍早早可以先洗澡，洗衣服躺在床上，刷刷手机微信，处理一些与家人朋友们的回复信息。

每天早上第一时间醒来，琦琦会关注是乔治微信内容，在晚上睡觉前给乔治微信留言语音。两人都有着每天打个招呼关心问候对方的习惯。无论多晚睡觉，琦琦都会在手机上回复家人信息。有时候上网课学习英语简单对话，把时间安排得满满的。

这样一晃就过了一个月，只要工作到晚上九点，不像在华盛顿店工作到晚上 11 点，下班后洗澡漱洗就到了下半夜。琦琦在那里几乎每天都熬夜，在那段时间里，琦琦感觉自己都快变成黄脸婆了，老的速度太快了。要知道琦琦更怕容颜逝去，搞服务工作这是很忌讳的事情。谁都希望长相甜美笑容柔和，如果工作不开心，生活环境安全没了保障，人能不老吗？琦琦认为工作不能光盯着钱看，还要找好工作跟生活的平衡点。

第 10 章　七夕情人节礼物

琦琦在新店做得挺开心，一晃几个月很快就过去了。

七夕情人节的前一周，乔治突然发微信给琦琦："亲爱的，我想在这个周末开车来看你好吗？想和你一起在情人节共进晚餐，你有时间吗？"琦琦感到很开心，便觉得乔治在店里露面不好。琦琦不想在工作场所还有客人的情况下，乔治来店找她。琦琦先与山东女孩商量过后打算向刘老板请一天假，回家与乔治团聚。这也是为了维持好夫妻关系，以后能出来长期工作。没有想到刘老板不光同意了琦琦的请假，还顺便开车送琦琦回家。

刘老板真的善解人意，琦琦点头感激地对刘老板说："谢谢老板。说实话，初二出来工作的时候，我还感觉委屈，往年春节期间，在中国都是忙着吃啊玩啊走亲访友，几乎都要到十五才算年过完了。自从能靠自己工作挣钱以后，特别是在刘老板你的店里工作，心情很愉悦，时间也过得快。以前从没有想过绿卡对我有多么重要，但是现在不同了，一想到要工作挣钱，拥有长期绿卡就显得很重要了。我会合理安排好生活，能进一步得到乔治的理解并支持。我出来工作也能减轻乔治的工作压力，两人才都没有担忧。"刘老板很理解琦琦的想法，作为老板也希望聘用有长期合法身份的员工。

刘老板二话没说就同意，这让琦琦更加乐意为刘老板工作。琦琦曾经看到一本名叫《思维改变命运》的书中说过：当你的心里有目标了，你的心态变得平静淡定，你的行动变得强大了，你会毫不畏惧去面对现实。

琦琦现在工作辛苦点，就是为了未来生活过得更舒适点，无论怎样，现在靠劳动所得，靠自食其力，靠经济独立。琦琦每次工作休假回家一趟都会添置购买东西，也会买一些自己喜欢的东西。买东西的钱没有伸手向乔治要，反而每月给乔治交 $500 美金。从那时开始就赢得了乔治的尊重，乔治的脾气也变得更温和了。打工之后，琦琦明白了只要改变自己才能掌握主动权。

琦琦希望乔治不是只在乎金钱，而是真的是替她着想，有意锻炼她学会在美国生存。也许乔治担心他比琦琦大 16 岁，万一那天先走一步离开了人世，琦琦还能一个人好好地生活下去。现在有了挣钱的工作，琦琦什么都不用担心了，只是有时去购物买菜还得让乔治开车接送，毕竟琦琦还是不敢自己开车，而且买了太多东西的话打车也不是很方便。

七夕情人节已是秋天，琦琦走出后院的大门，看着那片冒出地面绿色小草，松鼠从树上跳在地面找食吃，太阳从东方升起，蓝天白云真美。这要是属于自己的家该多好呀，做什么都方便多了。

琦琦伸伸懒腰，踢踢腿，活动筋骨，深深地呼吸清新空气。随后进厨房做两份早餐，两个煎饼、煎蛋，两杯牛奶，两个苹果。不一会工夫，琦琦就准备好了两份早点。同时还准备好六月补贴家用的 $500 美金，用信封装起放在餐桌上。琦琦想给乔治一份情人节礼物，想想还是给美金最实在。因为乔治总在不经意地流露出要节俭过生活。琦琦也想让乔治看到琦琦出来工作的好处，将来继续支持琦琦出来工作。乔治闻着餐桌盘子摆放好的食物，很开心地坐下来，看着琦琦："谢谢你准备的早餐，真高兴节日你能请假回来陪我！情人节快乐！"

琦琦："亲爱的，情人节快乐！"说完后，就把那个信封递给乔治的手上，调皮地微笑着，示意乔治打开它，乔治也兴奋地打开信封："哈哈，美金，给我的？"

琦琦开心地笑着回复："当然，奖励你的，以后我工作稳定了，每月给你 $600 作为家庭开支！"

乔治："好的，我放在存钱罐子里，用作我们的生活开支，谢谢亲爱的！"同时神秘地笑一笑说，"今天晚上，我们出去吃晚餐，我早在前天就定好了座位。"

这天下午，乔治兴奋地带琦琦在理发店去做了一个发型，他自己也染了头发，还修剪了发型，刮了胡子。平时都很注重外表的乔治，稍微打扮整理一下，更是很潇洒了，神采奕奕。这也是琦琦爱乔治的原因之一，爱乔治外表的帅气干净，看上去很有魅力。在美国剪洗吹一次就需要美金 120，含 20—30 元小费。所以只有重大节日或者纪念特别日子，才去理发店做做发型。

从理发店出来，乔治和琦琦双双上了车子。乔治看上去真的绅士，琦琦也是属于那种很耐看的女人，有乖巧温柔的女人韵味。车子里放着音乐，随着车子前行在路上的颠簸，琦琦的耳环一闪一闪地摆动着。"真的好看！"乔治看着坐在副驾驶的琦琦含情地赞美。

车子不一会儿就开到了乔治和琦琦结婚的餐厅，这是他们俩第三次来到这地方，这里有他们的美好浪漫的回忆。琦琦不知道乔治今晚又有什么新的节目，她猜不透乔治的内心，只知道乔治说过今晚要送给一个礼物，给琦琦一个惊喜。

入座后桌台上的灯光时闪时熄那种暖昧的感觉，增添了一份神秘感。也许是情人节吧，客人很多，三三两两的扎堆坐在桌边，吧台上全部都已坐满了人，有的还在排队拿号。

乔治："幸好我提前预订了，不然还得等。亲爱的你闭一下眼睛！"琦琦听话照做了，她心底里也很期待这种曾经很熟悉的感觉，乔治以前遇上节日会给到她的仪式感和小惊喜，她也希望两人能回到这样的恋爱状态。

琦琦在闭上眼睛那瞬间，感觉手上被乔治放进了一个大信封，像是明信片。睁开眼睛看到了是一张极精致的明信片，还有一个宝蓝色的首饰盒，当场打开一看，是一红宝石手链，真的很漂亮。

乔治亲热微笑低声说："亲爱的，打开它，你会很高兴，这是我送给你的最好的礼物。我想这一生中，可能只有这一次了！"

琦琦被乔治深情表白弄得有点不好意思，心想乔治就喜欢制造浪漫氛围，任何女人都会喜欢被人尊重宠爱的感觉。

明信片是这样写的：

亲爱的，情人节快乐！这是我今天送给你的礼物，两张在前不久一起拍的合影照片。

我为拥有了我们的新房感到很高兴。我很高兴成为你的丈夫！

爱你哟！

丈夫乔治

七夕情人节

看完这几行字琦琦很感动，这份礼物是她没有想到的厚重。她知道乔治曾经给过她承诺，还以为不可能兑现了。因为车祸事件早已让琦琦没有抱有任何幻想，她还以为乔治不爱她了。她不明白，乔治怎么会在这几个月期间变化这么大。琦琦的双眼盯在了那句话："我为拥有了我们的新房感到很高兴。"

　　琦琦的双手慢慢合上，从明信片上落笔时间，让琦琦懂得了乔治的良苦用心，让琦琦立刻想起了2015年七夕情人节的那张粉红色明信片。

　　那是乔治与琦琦第一次在网络上认识的纪念日，也是那年的七夕情人节，琦琦收到了乔治从美国邮寄给琦琦的明信片，也是附上两张琦琦的照片。

　　琦琦看着眼前的乔治："亲爱的，我们真的有家了吗？怎么感觉这一切来得这么突然？"琦琦疑惑又幸福。在乔治的目光中，那曾经快流失的爱情又回来了。琦琦彻底地感动了，原来乔治还是爱她的。

　　乔治知道琦琦虽然并不物质，但并不等于不需要那份真诚的给予。乔治很理解琦琦的心思，也知道她自尊心很强。乔治这次要让琦琦懂得他想照顾好她，选择特别的日子把房子买了下来，作为礼物送给琦琦。他们俩整整认识了四年多了，还有多少岁月再去考验真情？

　　买房还有一个最重要的原因，乔治也为了自己的面子。他从事房地产将近20年了，此次董事长已明确劝他退休，时间也不多了，他思虑再三，趁还来未办理退休手续之前，得计划好自己养老的住所。如果真退休了，房贷就办不了，毕竟乔治快60岁，如果没有了公司作为经济来源的支撑，买房银行是不会贷款。乔治现在居住在房地产公司租住的联排别墅，周围邻居都是他曾经的下属。乔治那么爱面子，于情于理都得赶紧运作把房子买下来。这也是顺便完成了当年结婚前的承诺。

　　乔治不想让琦琦过于依赖他，又不想让琦琦看透他私心的一面。乔治是想引导培养琦琦独立应变的能力，想教会琦琦更多的智慧，逼着琦琦学会适应环境，独立工作挣钱积累财富，因为那才是琦琦真正的安全感。这份情人节的礼物，乔治是想让琦琦踏实，他用最能打动琦琦心底的善良，表达了他的担心，当他不在人世的时候，琦琦能独立工作拥有经济来源本领。

　　琦琦此刻明白了乔治的心思，顿感以前错怪了乔治，差点还准备赌气分道扬镳。望着眼前的乔治处处为她着想，琦琦心里顿时有股温暖的力量，暗暗地想：今后会好好待他，要让乔治感觉到娶到她，是做了最对的一件事。她要让乔治不后悔娶了一位善良的中国妻子，她会让余生来证明"你敬我一尺我敬你一丈"的情义。

琦琦虽然已是 46 岁的人了，但是她似乎忘记了自己的年龄，给所有人的印象还是那般少女情怀，感性、善良、情感丰富、情绪化，喜怒哀乐都会显示在脸上。也许这就是乔治喜欢琦琦的原因，喜欢她的纯真简单。

而婚姻并不简单，要想经营好婚姻，不能靠这一点点的感动就能维持。琦琦与乔治也都在为过好现实中的婚姻生活而努力。他俩都意识到了，婚姻是需要两个人的努力经营，才能温馨和谐、美满幸福！

一辈子很长，也很短。琦琦多希望能永远过着平凡而有爱的日子，希望往后余生有爱人的陪伴呵护。她期待过着简单无压力，彼此信任，彼此自由，双方都很舒适的一种婚姻生活状态。假如其中一方离去了，也不会影响另一方的生活质量；如果双方同心同德，那将是锦上添花，这是再好不过的理想生活。这样的婚姻可遇不可求，这也是琦琦脑海里常常追寻的美好婚姻画面。

第 11 章　中西混搭，温馨浪漫

乔治对即将又要去工作的琦琦说："我希望这次你能和我一起搬进新家，我需要你的帮助！"

琦琦："我会的，我得上班后亲自对刘老板讲明原因，给刘老板招到新员工留一些时间，顶替我工作，我们工作是根据客人流动量招收员工。这个店客人少，只能养活两个员工，一个萝卜一个坑，如果我突然走了，没有员工服务，就会流失一些客人，你明白吗？"

乔治："理解，好的，那我等你回来后，再商量搬家的时间，这星期我会去做一年一次公司福利的健康身体体检。"

琦琦："你安心去吧，我得等刘老板一星期时间招新员工留点时间。

上班的那天，刘老板九点钟准时在琦琦家门口出现，乔治看到琦琦上刘老板的车离开，挥挥手，也赶紧去预约休检医院，检查身休。

琦琦坐在刘老板车上，并没有像上次那样聊天，琦琦在想她该怎么开口向刘老板请假。说实话，要不是买房搬家算是一件大事，琦琦是不会辞工的，再说刚刚休假了一天，马上又辞工，琦琦不好意思开口说，怕刘老板感觉到她的家事真多！这次坐在刘老板车子里，琦琦显得坐立不安，几次话到嘴边又咽了回去，无法开口！

刘老板："你回家还好吧？怎么这么安静？"琦琦："哦，还好，正想着乔治对我说的事。"

刘老板："什么事情？"

"

　　琦琦：“他说要去检查身体，还说如果搬家的时候，需要我回去帮他。你现在安心开车吧，到店后我再跟你说。”

　　刘老板是急性子的东北男人，等不及地问：“你有事说开了就没有事了，别闷在心里不说，女人啊就是磨磨叽叽。”

　　琦琦知道刘老板是东北人性格直爽，一个多小时的工夫就到了店，店里正好刚来客人了，琦琦放下手中的包，就忙碌起来，赶紧干活，在接待客人的过程中，把怎么开口辞工的事情忘了一干二净。

　　说实话琦琦很喜欢这份工作，要不是想到乔治这次为了她，兑现婚后两年买房承诺，说什么她都不好意思请假。在美国好不容易学会了一门独立工作技能，也得到了老板和客人的认可。一旦离开了工作，就意味着离开了衣食父母。只要乔治对她好一点，她心肠软就又只有选择陪伴在乔治身边了。在关键的时候，琦琦的重心还是以家庭生活为重。

　　琦琦当晚憋着想想还是用发微信的方式，将辞工原因一五一十地向刘老板全盘托出，希望刘老板尽早招到员工，琦琦说她可以等一周，给刘老板招到员工时间。信息发送后，琦琦的心里踏实多了，对刘老板有个思想准备，琦琦可以睡一个好觉了。

　　一周很快就要过去了，琦琦着急怎么刘老板还没有招到员工。一是真的希望刘老板能理解自己，另一方面又希望有一个员工来顶替自己。这样客人稳定又有新员工顶替她，就不会影响店里的生意。以后当店里生意好起来还需要员工，琦琦可以再回来做工。这是琦琦想给刘老板一个有头有尾的好印象。

　　终于到了星期天，刘老板对琦琦说：“你可以准备回家了，我找到的新员工在下星期二来，这两天我顶一下，没有问题！”

　　琦琦：“真的？谢谢你，没有生我的气吧？只要你找到了新员工，我再顶两天没问题，等你的员工到位，我就撤退。”

　　刘老板：“那样就太好了，我还担心你马上要搬家呢？”

彼岸花开
Flowers Blooming on the Other Shore

琦琦："是要搬，但不差这两天，我可以等你的员工交接。"

刘老板很高兴地向琦琦笑笑，自言自语地说："忙完后告诉我，有需要你就回店工作。"

琦琦："当然可以，我忙完就微信告诉刘老板！谢谢刘老板！谢谢！"琦琦不停地谢谢，就感觉是自己做错了什么事情一样，很谦虚连连点头。两天后新员工来了，琦琦腾出床，清理好自己的生活用品，领着后来的一位40多岁的员工交接工作。

那天琦琦是自己搭乘顺风网约车回到了家中，乔治看见琦琦突然回来，一脸惊讶。

乔治："回来了，我可以计划搬家了！"乔治给琦琦一个拥抱！琦琦看见家里还有其他三位客人坐在餐厅桌前，乔治边拉着琦琦的手介绍双方："这是我妻子琦琦，这是我们小镇规划中心办工作人员，我们开一个小会！"

乔治双方介绍后，琦琦给大家打了过招呼，就礼貌地退出客厅，上了二楼自己的主卧室，慢慢整理行李。

乔治没有想到琦琦会在这天下午回来，琦琦没有告诉乔治的原因，知道乔治比较忙，不想让乔治来回折腾开午三个小时接她。

两小时散会后，乔治就对琦琦说："我们下周可以搬家了，这几天你帮我打包易碎玻璃用品和装饰画框！家里的所有衣物分类装入纸盒子里。封闭后请一定记得写上一楼或二楼的东西，标记好摆放在哪个房间。这样搬家公司工人看到后，就直接放在那间房，我们就不用搬上搬下了，争取一步到位。"

琦琦看到乔治将这细节的交代和打印出来纸张提示，很欣慰听着乔治唠叨的交代。乔治做任何事情都有计划，琦琦只照做就行了。这也是为什么琦琦当初认识喜欢乔治的原因，她爱乔治条理清晰，做事有主见，心细体贴，爱干净，勤奋，爱学习。

　　从认识琦琦开始乔治就开始学习中文了，每周坚持上中文学习课一天，平日里会抽空复习四小时中文课内容，生活中也常常向琦琦学说中国语言。琦琦也趁机向乔学说英语口语，日常生活语言交流很大进步，没有问题。

　　琦琦曾经问过乔治："你学习中文是为什么呀？"

　　乔治："我喜欢中国文化，中国人讲的房子风水、中国美食。我再去中国的时候，可以用中国话跟你的家人和朋友们说啊！"听到这些回答，琦琦心里当然高兴，脑子里也时常在想回到亲人的身边幸福快乐的情景。

　　搬家前那几天，风和日丽，乔治整晚睡不好觉，半夜起来后，就跑到隔壁房间睡觉，第二天就笑着对琦琦说："你的鼾声像唱歌一样，我听着睡不着呀。"

　　看到琦琦不相信自己打鼾，怔在那里。乔治把手机打开，送给琦琦听："手机里的鼾声，像唱歌似的，时高时低，一会停一会儿又开始了，我只悄悄录了两分钟时间，你睡得真香啊！"

　　琦琦这才不好意思地笑了，她哪里会想到，乔治还会用手机去录音。要不是亲耳所听，她都不敢相信那是自己声音。乔治没有那样想，这是正常不过了，他对琦琦说："人累后，都会打鼾的，你别介意，我后半夜睡得很好。"

　　琦琦："人困了如果熬夜了，睡眠质量不好。"

　　也许这次搬家是乔治和琦琦是最后一次大的乔迁！乔治这次的买房计划是为了琦琦，也是为了自己面上过得去，都干房地产几十年了，别混到老了，自己却一套房子也没有，那不成了公司人的笑话！乔治想把晚年的生活安排得没有压力，特意选择了一个上交地税少的小镇，迁出了原租住在公司里的房子。远离原同事的环境，心里稍微轻松一些，在一个陌生的新环境，就可以放下面子了。

彼岸花开
Flowers Blooming on the Other Shore

　　这一年美国房子价格下跌，是购买房子的好时机，加上乔治的信用很好，还可以办理银行贷款，只付一成首付，这房子就可以买下来了。

　　算总账，每月还银行贷款，加地税款、水电费、垃圾费及其他杂费，比原来租房的费用还少一些，而且还拥有属于乔治和琦琦的一栋小别墅，这是两全其美的投资，投资了爱的分量还投资了家业！乔治想何乐不为呢？他知道这样做，琦琦会很高兴，他知道琦琦在意的是他对她的真心。

　　乔治很高兴这次购房决定，能在晚年的时候还置业。能使他做到这一步，还真的要感谢琦琦给了他动力！他实现了对琦琦的承诺，给了她一个有爱的家，也使自己有了一个不孤独的晚年。不管怎样，有了琦琦的陪伴，才算是有了一个完整的家。

　　搬家那天，乔治突然对琦琦说："这次搬家公司把时间推迟了两天，与我去医院要做关节腿上预约医生手术时间是同一天。我不能改变这次医生预约时间，在美国看病本来就很慢，我已等了很长时间了，腿上病痛不能拖延了。但是搬家公司这边也不能推掉，这件事对你我也很重要。我考虑到你也在中国搬过几次家，相信你能一个处理好这件事。而且我们准备工作都做好了，搬家的时候你就指挥照看布置就行，这事情只有这么决定了。"

　　琦琦听到乔治这个安排计划如此合理，她没有理由拒绝，只能被动地听从安排接受。她还能怎么样？她也做不出来不管吧。乔治因为看病这个理由就撂下搬家这么一个大摊子，可琦琦不能在关键时刻退却，只有顶住。

　　琦琦没话说了，对着乔治说："那你就安心手术治疗吧，这边我一个人负责。将搬家的东西慢慢整理归位就好。你就不用担心我了，我能做的事情都会尽量做完。"

　　搬家那天是十月中旬，太阳很暖和，没有风，没有雨。早上搬家公司的车就到了新家门口车道上，乔治跟搬家公司小经理和司机打了招呼解释了几句话，在搬家合同上又补签了几个字，转身就离开家去医院了。琦琦看见乔治上了朋友的车后，一脸心事重重的样子，从车窗向琦琦这边看了几眼，叫朋友把车开走了。琦琦一直目送着小车离开了小区，回过神来开始赶紧配合搬家公司人员忙碌起来，这天直到下午六点才将两辆卡车的家具全部摆放到位。

谁都知道搬家后的事情很多，整理起来需要慢慢调配。布置新家这事难不倒琦琦，她每天醒来之后就是简单吃点早餐，一个鸡蛋一个苹果一杯牛奶填饱肚子后就干活。每天整理一间房的东西，归类擦干净，摆放好。连续干了四天，四间房子整理得也差不多了。后面就得慢慢布局装饰品和小绿色植物的摆设了。

琦琦一个人待在新家的晚上，都保持着与乔治的微信联系，有时候能及时收到乔治的回复，例如乔治在手术后住院的病人服装半躺着的照片；而琦琦就把已整理过的房间摆设拍几张照片发给乔治看看，搬家后的整理进展状况，让爱操心的乔治放心。

五天后乔治出院了，是乔治与前妻生的儿子乔伊从医院里把乔治接回新家中。乔伊进门就对琦琦礼貌直呼其名叫一声："琦琦好，搬家辛苦了。爸爸的这次手术也很成功，只是有三个月不能走路干重活，还需要保养做护理运动。如果有需要我就来帮忙，我每周有两天时间过来帮你。"在西方国家教育，小辈对长辈喊名字是正常的习惯。

乔治回家后，活动区域基本在房间、客厅，看电视，或睡觉养神，偶尔会指导琦琦按照他的设想去重新摆放调整家具的位置，乔治也是一个有主见的男人。也许是在病中吧，乔治的情绪变化无常，搞得琦琦有些措手不及，真不知道怎么做才使乔治满意。

周末乔伊来帮忙时反而使房子里有了点生活的笑声，乔伊小声对琦

彼岸花开
Flowers Blooming on the Other Shore

琦说："我爸手术后还有病痛感，他不高兴不是对你，你不要计较他。我们做我们的事，不要管他就好。"

琦琦和乔治都对房子有经验，又有乔治的职业专业现场指挥，加上琦琦已有投资房子、搬迁房子、买房、装修房子的经历，所以琦琦很淡定，一切整理装饰小活不在话下。她也没有空去计较乔治的情绪变化，就当乔治也是一个孩子。

琦琦听女友说过："男人就是一个大孩子，你遇到不顺心的时候，就把男人当成孩子一样。想想哪有孩子不犯错的呀？你心里就能容下他的所有不好！糊涂一时，是聪明之举。"

果然琦琦碰到乔治不高兴的时候，琦琦尽量避开，装糊涂，只做事，给了乔治很多迁就台阶。乔治在琦琦精心调养下，每天都能喝到琦琦下厨煲汤，食用中国食补营养排骨汤。乔治的腿很快就能走动，还能尝试着开车代步了。

乔治会与琦琦主动地搭话了，两个人都会在新的环境中开车四周转转。看到适合自己新家的装饰品或窗帘，都会买回家进行搭配摆放。有时候会到二手市场去淘宝，淘到有趣味的饰品，会有画龙点睛的效果。

琦琦喜欢竹子，客厅窗台上摆放了一瓶瓶水养的绿色植物，这些具有生命的绿色植物也布满了后院。凡是有阳光照进室内的地方，琦琦总会选择几盒好看的鲜花和绿色搭配，如餐厅吧台上，操作台上都布置有蓬勃生长的植物！琦琦在洗碗洗菜的时候，都感觉到生机勃勃的绿色，在琦琦眼里，这就是春天的样子。

乔治也感觉到，他们的家越来越温暖浪漫，特别是在晚上，黄色的暖灯光照在琦琦在厨房忙碌的脸上，真像是一幅彩色的油画。琦琦边收拾台面边听着手机里播放的听书故事课程，那是一种投入，一种享受没有压力的学习方法。琦琦偶尔会用眼光扫到乔治还坐在餐桌前，看电脑学习中文课的神情。两人戴着耳机，可以互不打扰，但又都在彼此的视线里相互交流。

有时候乔治会朝着琦琦眨眨眼，调皮地丢个媚眼。那样子让正在做事的琦琦一下子忘记了劳累，这种家的开放式厨房设计氛围，正是他俩人想要的生活效果，简单朴实，互相陪伴，家就是要有灵魂的交流。心与心的靠拢，才像家的样子。琦琦懂了，有爱的家才算是婚姻的港湾。

俩人忙完一切，会去后院阳光房坐坐，喝杯红酒，吹吹秋天的风。有时放松地走出阳光房，站在后花园的木板台上，欣赏着后院那棵大树上茂盛的绿叶几乎覆盖了后院的一半角落，下小雨的时候，还可以遮盖一部分屋顶。这也许正是乔治刚刚学会看过中国风水宝地书中说的话"吉宅、文昌、富贵、平安"等字样，正是他想要选择的温馨家园。

受西方文化教育的乔治每天还是会对琦琦说那句话："我爱你！"换作琦琦会这样对乔治说："亲爱的，最好的爱情和婚姻，不是我爱你了，而是能永远的陪伴，才是最实惠的爱情和婚姻。"

乔治在美国也搬过很多次的家了，这是第一次体会到和琦琦共同布置，有着中西文化混搭的元素。墙面上的九龙图红色的画框，是乔治亲自选择的，一看就包含着中国红的喜气。还有大红绳盘成的福字喜结挂在房子大门上，都给新房子增添了暖暖的感觉，结合楼上楼下全方位的西式风格灯具，看上去有一种浪漫氛围迎面而来。

墙面上还挂有乔治父亲画的一幅美国费城桥下的风景画，还有纪念乔治年轻时萨克斯演出获奖的一份报纸裱在镜框里。总之这里还充满了中西方各有的文艺气息，有乔治亲人的过去，有显山露水的画来衬托宝宅，有显示乔治和琦琦才气的奖品和报纸，还有琦琦的梦想秘密。

乔治在这个年龄却还在大学讲课教学生，一周两天，另外还在寻找房地产有关的工作。乔治常这样对琦琦说："我很喜欢工作，也喜欢和你一起旅行，喜欢和你起回中国，探望你的亲人，我需要工作多挣钱！"

　　这些话激励琦琦有动力继续外出工作，毕竟生活改善变好是需要经济实力去实现，而这一切改变过程需要积极工作挣钱的实际行动。琦琦明白只有自己努力，才能过上有话语权自信的生活。

第 12 章　婚姻和工作能收放自如

辛苦了两个月的琦琦，难得坐下来休息一下，看着布置好的新家，被站在背后的乔治连连夸奖："真没有想到你眼光好还手巧，把家布置得有文化底蕴！"

琦琦欣喜回答："平时我很爱看《旧房改造》这个节目，喜欢收集一些房屋软装饰搭配书刊，闲时用心，需要时自然全记在脑子里了。十几年累积的灵感，全运用在这套房子上，合适的装饰让人舒服放松些，这才像一个家。"乔治不停地点头。

琦琦把这十几年学过的、看过的、想要的效果，在脑子里想象过无数遍，正好都用在精心设计的房间各个角落，家是布置好了。

这一天琦琦有点神不守舍，今天接到茉莉和茜茜的 41 条信息，全部是劝说琦琦回去工作，她们说店里客人增多了，有点忙不过来。看到店里经常流失的客人，老板娘心疼说："那是银子啊，你几时能来上工？"

老板娘茜茜的信息刚开始还用文字，后来几乎用语音留言，琦琦知道老板娘的性格比较急，肯定嫌打字太慢，不如语音说得痛快。听完几十条微信语音后，琦琦其实早就想答应老板娘了，恨不得第二天去复工挣钱。老板娘哪里知道琦琦心里的苦。琦琦迟迟没有回答老板娘去复工，不是没有想好，而是一直纠结虽然帮乔治搬家了，但乔治的腿时不时疼痛，恢复期几个月，必须有人陪护照顾。琦琦已被老板娘催着复工两次了，半个月前琦琦就拒绝过一次。可能又要拒绝这第三次邀请了。

琦琦本来就为人善良，她没有理由选择现在去工作，而忽略乔治需要她的陪伴。这个时候的关心胜过千言万语，琦琦明白这是婚姻相互依托的关系，才能走得更远。琦琦在婚姻中的价值，也只能从油米柴盐酱醋茶中体现，在平凡中生活的小事中让乔治有依赖感。她不相信爱情婚姻不变的观点，体验过这一段中西结合的婚姻，更让她明白了一个道理：婚姻不仅需要经营，还需要互补的利益关系，有互补价值的婚姻才会舒服。现在乔治健康出现了问题，需要手术后的调养和照顾，工作与乔治的健康相比，后者更重要。于是琦琦又放弃了复工的机会。

琦琦相信在美国只要有工作技能手艺，总会有工作找到她的。心里决定了，琦琦把该解释的话很诚恳写出来，认真地回复了老板娘后，心里踏实多了。琦琦决定再给乔治一段时间恢复，这次不对乔治说出工作的消息，也省去解释和避免误会。琦琦英语不好，不容易表达复杂的意思，很难讲清楚内心的情感。

琦琦自己承受这内心纠结产生压力已经够沉重了，几次都是因为在意乔治的顾虑，在乎与乔治婚姻关系，把出去工作的机会放弃了。若无其事默默继续陪伴在乔治的身边，这次更是需要她照顾乔治的时候了。

琦琦按照乔治喜欢吃的口味，把营养餐做好计划让乔治过目。琦琦想好了，她要好好地照顾乔治，尽早让已步于60岁之年的乔治，吃好休息好睡眠好，想使乔治珍惜她的好。让乔治感觉到老了能遇到娶到琦琦这个伴侣，是他的福气。

乔治出院的那天，琦琦特意炖了一罐排骨莲藕红枣滋补营养汤，那是乔治最爱的一道中国美食。喝汤的时候，乔治总是会记起，他在中国来看望琦琦的时候，琦琦为他特意做了这个汤，当时感觉这汤汁真润喉味道真好。他当时把满满的一罐全部喝完，还问琦琦："以后我还能喝到你为我做的这个汤吗？"

那时乔治向琦琦发生确定关系的信号，琦琦装着听不懂，结果小蓉高兴地翻译了一遍，并悄悄地附在琦琦的耳边说："乔治看中你了，你俩有戏了！"小蓉当了几年传递情书翻译的媒人，她是真的替琦琦高兴。想到这些他与琦琦第一次在中国见面的情景，喝着汤的乔治又情不自禁地笑了起来。

这些日子以来琦琦的厨艺提升了不少，琦琦在微信上学会了很多美食的做法，以前不会做早点、油条、花卷、馍馍，现在都会了，按照乔治吃过的早中晚餐，每天可以不重复花样，能吃上两周不同风味的美食！

琦琦为乔治做过的早餐食谱有：米酒黑芝麻汤圆，加热干面；鸡蛋西红柿米粉加葱油饼；绿豆汤加煎鸡蛋和煎饺；小米红枣薏米粥加花卷；童子骨萝卜汤下面条；咖啡面包加土司煎鸡蛋……

中餐花样：萝宋汤加红烧鱼、一盘清炒芦茎；冬瓜排骨汤、酸辣包菜、青椒肉丝；烧鸡爪、清炒菠菜、韭菜炒香干；蘑菇蛋汤、凉拌茄子、排骨山药汤；丝瓜蛋汤、炸蘑菇、凉拌黄瓜……

晚餐花样：红豆粥、红酒配冰激凌；白米粥配煎素菜三馅春卷；绿豆汤配土豆圆子；煎牛排、红酒配冰激凌；水煮毛豆、水煮花生、炖猪蹄加啤酒；红烧鸡翅、鸡腿加啤酒；酸辣藕丁、鸡丁萝卜丁、加米饭；红烧糖醋排骨、米饭；海带排骨汤、炒面……

这些一日三餐的饮食，让乔治在调养期间身体恢复得很好，脸色红润起来，体重也增长了，人稍微胖点反显得皮肤紧至年轻饱满，乔治拍着肚子说："我再不能这样吃了，吃多了会营养过剩，长胖！"

每次开饭前，乔治会先悄悄站在远处看着琦琦做菜，他说他也想学做中国美食，但是闻到厨房的香味后，乔治会慢慢走过来，用手尝试吃着做好每道菜，每次看着琦琦把一道道菜做好，尝过几次后，就问琦琦："还有几分钟我们可以吃？"

那种等着吃饭的滑稽可爱，像是没有吃过美食的嘴馋小孩一样。沾在手指上的味道，还用嘴去吸它，用舌头去舔它。乔治这么爱吃琦琦做的中国菜肴，让琦琦很有成就感。

乔治的同事和朋友都很喜欢琦琦的厨艺，每周都有不同的人要吃琦琦做的菜，乔治会让琦琦多做些分量，他会带给朋友们吃。有时候分批请朋友们来家里聚餐，琦琦成了主厨，乔治打下手。乔治为了热闹，还给琦琦找来不同行业的中国朋友聚餐，让他们与琦琦成为朋友。

三个月的精心照顾下，乔治每周都可以享受到琦琦亲自煲的汤，精心制作的营养饭菜，加上每周一次的护士理疗配合锻炼，乔治恢复得很快，能够开车代步，也能自由走动。

琦琦很高兴乔治恢复得快，如果这样再去寻找新工作，谁会看出乔治的实际年龄呢？乔治也很满意现在这种精神状况，看着镜子里的自己，分明就是只有50多点，比做手术前还显年轻了几岁！乔治的衣服比普通女人的衣服还多。他很讲究穿戴配搭，总是给人感觉干干净净，是位很帅气十足、冷俊气质型的男士，琦琦的女友们都说过："你的老外长得像电影明星！"每当这个时候，琦琦心里美滋滋的。

乔治身体恢复后，很自信地到处投递自己简历表，寻找其他房地产商公司应聘。有一次他很有把握地对琦琦说："有一个单位通知我准备面试，我的应聘资料，十几年工作经验，还有我的专业，这家公司都很感兴趣，这次很有希望聘用我。工资薪水也让我比较满意，这样我就又有了两份工作，我们俩的优质生活就能继续维持。我很高兴越老越值钱，你应该为我马上又有新工作而高兴。"

乔治在房地产公司已退休，另外还有一份在大学的兼职工作，一周代课两天。这份工作还算稳定，但薪资不多。乔治在八月下旬刚办完退休手续，原以为得到了那个新的工作机会，前几天聘用公司打电话告诉乔治，他们公司已确定录用一位具备能力的优秀年轻人。

乔治听到此消息很失落，高兴还没有几天。虽然乔治有能力，但公司的发展理念更是要全面考虑，择优录取，年轻机会多这是自然的。

乔治对琦琦说："我就是喜欢工作，你肯定没有遇到过像我这样这么爱工作的男人吧?"

琦琦当场表示回句："要面对现实，量体裁衣，也应该考虑计划退休后，适合的养老生活了。不能光有工作热情，过好生活也很重要。"

琦琦陪伴乔治购物时，乔治会不由自主地选择他喜欢吃的食物，若是琦琦选择了一些她自己喜欢吃的青菜水果食物，在买单的那一瞬间，乔治会不停地问琦琦："你确定需要这些食物吗?"若琦琦用眼神回复肯定答案，他会不爽地一起买单了。乔治那种神情令琦琦不舒服，可又无法说出的苦。打工挣钱想法又从琦琦心里冒了出来，还是要自己赚钱才能过得有底气。

琦琦有时也觉得自己虚荣，以前光是看到乔治的帅气，却看不到乔治的性格缺点。有时琦琦也安慰自己"人无完人"，乔治品性还不错，就是有点小自私，这也怪不了乔治，谁又没有点私心杂念呢? 只要不是原则上的事情，琦琦还是可以忍受。

琦琦知道乔治也是从小苦过来的人，能有今天这般生活品质，与他不停努力工作奋斗分不开，所以他很会计划，也把理财收入看得很重。他会把钱都花在他认为值得投入的项目中，如果他觉得不值，那么一分钱他都不会花在此处。这就是乔治的人生价值观。

琦琦心里一直希望乔治在乎她感受，她需要乔治能给予她安全感和幸福感。琦琦对物质生活并不那么渴望。婚姻中她睁一只眼闭一只眼，糊涂一点会带过；若是事事计较，这两个人的婚姻日子，早没法过了。若想在婚姻关系中舒适，只能降低对另一半的期望值，不抱希望失望就少，琦琦慢慢在调整自己对待婚姻观念。她改变不了乔治，只能改变自己的心态。

彼岸花开
Flowers Blooming on the Other Shore

琦琦心里期盼着老板店生意好起来，她想该是她出山了，女人还是要培养自己工作挣钱的技能，技多好生存。跟乔治的相处的日子里，她已经看通透了金钱在婚姻中的价值。琦琦也明白自己缺乏安全感的真正实质就是经济的天平，只有去挣钱和创造价值，才能有资格去平衡支配自己想要的生活。

琦琦一直认为最好的婚姻就是彼此欣赏，互不干涉；又能互相依靠成就对方，能达到一种微妙舒适的关系氛围。她就是想在这场婚姻里，自己能做到工作与婚姻生活收放自如。

第 13 章　天涯海角，归心依旧

入住新家已是美国的秋季，门前的树叶已渐变黄色。中秋佳节和中国的国庆节是同一天，琦琦一天都在刷抖音查看家人和朋友们的微信，做什么事情都是无精打采，就只想搜索微信，关注亲人们的消息。

在异国他乡，精神上的渴望只能指望这部手机了，这是琦琦生活的一个重要部分。在美国的中国华人都知道，宁愿错过其他的事情，也不能断掉手机中微信联系，这种方式既省钱又能方便与亲人们联系。

琦琦在手机上看到亲人团聚在母亲身边，替她孝敬母亲的情景，让琦琦更思念和内疚，真希望能吃中国家人美食。微信上视频，琦琦会重复看几遍。那里有亲人对琦琦的叮嘱关心，还有朋友们节日活动的欢乐场景。假如琦琦在中国居住，一定是最活跃的一员。

每逢佳节倍思亲，中秋佳节更让琦琦想念自己的亲人，琦琦能想象得到自己的家乡情景。白天大道上车水马龙，人来人往，商业街上各种商品是琅满目；夜晚长江大桥边上灯火通明，夜景烟花闪烁，整个城市景色一片繁荣。

琦琦居住的美国小镇上没有一点节日氛围，这让她更想念家人和朋友们。此刻琦琦静静地守在手机旁，关注着中国双节的新闻媒体，家人的聚餐，走亲戚串门的活动。

乔治看到琦琦有时候发呆，就主动递上一杯咖啡，附在琦琦耳边说："你在想家人是吗？你想我们一起喝酒庆祝一下吗？今天我们在外面吃，不在家做吃的了。我答应过你，亲爱的，你可以每年回国看望亲人，过些日子我会同你一起回中国探望家人。"

乔治的话让琦琦有了一些安慰，他是一位细心的男人，也许是这些时间琦琦对乔治无微不至的照顾让他心软了。琦琦思念亲人已挂在脸上，节日之前琦琦就用自己挣的钱买了一些东西，邮寄给中国家人秋冬衣物和品牌包及生活用品。

琦琦看到美国人很喜欢在二手商场淘宝，而且也看到有很多美国人喜欢买二手旧衣物穿，他们并不觉得买便宜的二手货物丢人，大家都大大方方地去寻找自己喜欢的东西，各有所需。

琦琦想起了以前在国内扶贫的经历。记得在来美国之前最后一次，琦琦带队下乡扶贫，将城里收集到的物资送给乡村的人。其中一位同行的朋友冷姐说："这次我们说是去扶贫捐献，看到村里家家盖新房，农民们朴实善良个个把自己田里种的农作物，都采摘给了我们，看看这大包小包，让我们带回城里吃的绿色食品，倒是感觉是村民给了我们更多。"

琦琦有同感，祖国建设迅速发展，现在中国的农村千家万户都脱贫了，如今的新农村村民，都不需要捐献的衣物。

外嫁澳大利亚的菲菲正好回国探亲，也加入了琦琦的扶贫活动。菲菲跟琦琦说："中国新农村的房子跟美国的乡村别墅差不多大小，只是建筑风格不一样。中国这么好，我真的不知道为什么跟风，糊里糊涂地嫁给了澳大利亚的老外。幸好我是嫁到了一个好人，买房买车买保险，还不需要我出去工作。为了让我有安全感，现在都立了遗嘱，让我后顾无忧。要不是老外对我这么好又负责任，我现在就回国养老。"

菲菲外嫁就是找到了一个陪伴，过着衣食无忧，慢节奏的简单生活。无论物质上怎么富有，但是菲菲内心很孤独，如果她的丈夫过世，她会拿着丈夫留给她的养老费用回国，落叶归根回到自己的家乡颐养天年。

　　菲菲那天讲出的实话，也一直是琦琦所纠结的问题，琦琦嫁给老外似乎也是一种虚荣心作怪，连琦琦自己也搞不懂自己到底需要在婚姻中得到什么。是追求一种虚幻的优越感，更好的生活环境，还是想坐享其成？

　　琦琦最初跟乔治在一起确实是对乔治帅气的外表动了心，她还想享受一份美好的爱情，体验完美的婚姻。可来到美国后，琦琦没有感受到想象中的幸福和快乐。有时候麻木地享受平静的生活，清醒的时候又觉得没意思，生活失去了方向感，人生失去了意义。难道自己的余生就是这样远离故乡亲人，过着孤独终老的生活吗？走外嫁这条路，就真的找到了最后的婚姻归属了吗？

　　乔治对她的好有时候让她喘不过气来，她承受着情债：她得知恩图报，乔治对她越好，她越压抑自己不能胡思乱想；可思念亲人的念头与她要陪伴乔治守候在他的身边相矛盾，她将因为陪伴乔治，失去对家人照顾，也是一种未尽孝道，有一种负罪感。

　　她现在才感觉到时间是多么宝贵，她若是拥有了爱情婚姻，她将无法抽身去孝敬自己年迈的母亲。她也需要亲情，而且国内的事业已经让她衣食无忧，其实不来美国她也可以过得很好。一想到这些，她就快乐不起来，她就想充实自己，出去工作挣钱，找到一种人生价值的平衡。

　　经历过这些之后，琦琦才知道自己不只是一个物质主义者，她也很需要精神财富。现在她更认识到自己是追求精神和物质平衡的完美主义者，但现实真不容易做到这些，于是烦恼、纠结、迷茫、何去何从的负面情绪一直缠绕着她的内心。

　　乔治身体恢复过来后，琦琦又开始准备外出工作。这一天她在微信朋友圈看到刘老板出售店面的信息。刘老板倾向于让有经验的店员接手，一旦员工买下的话，客人就不会流失。这样买下的店就可以继续经营，等于只是换了一个老板但维护了一个正常营业足疗店。

　　刘老板把这个消息告诉琦琦，琦琦冷静了好一阵子，她感觉创业的机会来了，她得好好把握。让琦琦感到困难的是她目前还没有投资创业的本钱，她必须再继续打工挣钱，积累资本需要一年的工作时间，如果能说服店里其他员工，再找到一位愿意一起投资店的朋友，这件事今年也可以做成。大伙一起搞股份投资，这店买下来等于大家给自己干。一想到这里，琦琦的心情有点亢奋！在美国没有钱就是空想，她深知这点，必须马上行动。

　　以前雪梅对琦琦说过："你先打工学习手艺，边学习开店管理的能力，等有机会想自己开店了，一定告诉我，我来入股。建议你只需找三个投资合伙人就行，算我一个，你一个，再只找一个人就可以开店了。"

　　琦琦将雪梅的话早就听进心里了，她一直等待这个创业机会来临。琦琦马上将微信发给了现在正在替刘老板打工的山东姑娘，琦琦和她搭档合作过，彼此之间也还放心了解。以前在一起共事的时候，也聊过共同盘下一个店的计划。

　　山东姑娘几乎是秒回琦琦的微信："我也在想，今年只有半年时间了，我还是想边打工边观察看半年，明年再考虑买店的事情，如果明年条件合适我们一起买。"机会是给那些有准备的人！这话说得一点没有错！"

　　琦琦与一直鼓励她开店的雪梅说到此事，雪梅建议："先不着急，打工半年，你也可积攒开店入股的本金，如果那时刘老板店还没有出售，可以直接买下；如果已卖掉了，再找一处适合的地方开店，再把你那两个想入股开店的朋友，加上我妹小红算一个股东，大家合伙开一个大点店。如果你只想开一个小店，成本投资少，不超出3万美金，你和小红再加一个合伙就行了。三个人合伙，一人一万美金入股开店很轻松。"

　　雪梅说得也有道理，到时候根据合作伙伴人数去制定开店计划，可大可小稳扎稳打把店做起来。琦琦心里有方向了。

家也安顿好，乔治的腿也康复了。琦琦打算开口与乔治商量着说要出去工作的事。

一个周末，琦琦做好早餐，俩人在阳光房边吃边聊。琦琦学会了用软的方法对乔治说话："我有几件事想对你说，听听你的建议。第一，我以前店里的老板娘需要我去工作；第二，刘老板的店准备转让卖掉，我想出去先打工挣钱，积攒开店本金，同好友一起合伙入股，到时候我们自己开店；第三，现在房子你也买了，你这个年龄都干两份工作，知道你也想让我出去工作挣钱了，我帮你一起分担还房贷压力，你认为怎样？"

果然乔治回应："合伙开足疗店你需要出多少？几个人？打工多久才能攒下入股开店钱？"

琦琦当即回答："一年应该没有问题，我们目前最适合边工作挣钱边学习管理，这样你就不会焦虑了。"

乔治说："好吧，看来你已经决定了，我支持你想做的任何事情。"

琦琦："谢谢你，放心吧，只要我们一起努力，往后的日子，会越来越好。我也想多挣点钱，美金的汇率毕竟是人民币的 6.7 倍，有了钱才能对我的老母亲尽孝，也能帮助我的家人。等过些日子，我们一起回中国好吗？"

乔治很明白琦琦虽然因缘分嫁给了他，因善良陪伴着他，但寻根的想法依旧藏在心里。他现在还这么拼就是想多工作多挣钱，可以早点还清房贷。一旦哪天他百年过世了，他可以多留一些财富给琦琦。让琦琦出去打工，也是为了培养锻炼她一个人的时候也能有独立生活能力。

前一段时间他看到琦琦已具备了独立生活的能力，他不再担心了。这次能出去工作，他会成全放飞琦琦。乔治也明白琦琦是为了陪伴他，远嫁给了他，他得对得起琦琦才是。他努力学习中文，是想给琦琦一个惊喜。如果哪一天条件允许，乔治会跟随琦琦回中国，成全琦琦的心愿，一同探望琦琦中国的家人。

乔治知道若想婚姻中获得幸福，他必须少提要求多努力。人生无常态，若不努力谈何幸福。他在尽力为琦琦促成一件有意义的事情，期待着同琦琦一起，奔向琦琦的中国家乡，回到她熟悉而又亲切的那片土地，那里有哺乳培养琦琦的老母亲和亲人。

琦琦从乔治的眼神中看到了喜悦，瞬间她感觉这是乔治想要给她的幸福。琦琦感恩自己在中年阶段可以遇到懂她、包容她、迁就她的爱人乔治，她希望就这样平凡地走下去。若是爱能长久，这不正是她梦寐以求的美好浪漫的爱情和婚姻生活吗?

第 14 章　乔治的变化

乔治的脾气有点古怪，喜怒无常，有时对琦琦很温柔，有时对琦琦的态度很恶劣，让琦琦无所适从。

自从乔治正式办理了退休手续后，情绪一直波动很大，看得出失去房产开发商副总经理的职位后，乔治很失落。做事没有像以前那样跟琦琦商量着办，而是自己决定后再通知一下琦琦。琦琦隐隐约约感觉到乔治有些不甘心，把原来在公司管人的心态，在家里体现出职权习惯，有意无意地用命令语气板着脸对琦琦说事，像是上下级的对话。

考虑到乔治处境，琦琦还是理解他，知道他需要一段时间来适应，于是很迁就乔治情绪化的表现。毕竟两人结婚几年了，为了绿卡身份不至于半途而废，得好好呵护着这段外嫁婚姻。

常言说得好，爱情和婚姻是两回事，在爱情中可以享受浪漫，但婚姻却是在平凡的油米柴盐中体会感受，要一起经营才能共同成长。很多人面对婚姻是很难经受得住平凡的磨合，琦琦也不例外。生活中接二连三发生的几件事，让琦琦体验到乔治对她的爱没有那么坚定不移了。

第一件让琦天不悦的事就是乔治让她自己一个人搬家，乔治的理由是看病时间跟搬家时间冲突了，他不能更改看病时间，还说医院条件好，他会照顾好自己，不需要她的护理。搬家那天才跟琦琦说这事，也完全不给琦琦拒绝的机会。然后乔治就去了医院，说是已与医生预约好了。

琦琦认为这是乔治有意这样的安排，也算是一种小心眼的报复。乔治曾经对琦琦说过："和你结婚那次，我一个人就做好了搬家工作，将

彼岸花开
Flowers Blooming on the Other Shore

所有东西搬到我公司新建联排别墅房子里。这次换你去做吧，我已联系好了搬家公司，你在家负责摆放整理好东西，你慢慢归类整理熟悉吧！"

琦琦也是很好强的一个女人，虽然心里不悦，但也难不倒她。她一个人指挥搬家公司做好了这件事，虽然英语沟通不是很畅快，但是关键时候用手机翻译器一样管用。经过几个月的折腾，总算把家打理得井井有条。

第二件让琦琦不悦的事是一次体检的经历。那一次乔治跟琦琦一起去护理牙齿，然后一起配眼镜。

车子开了一个多小时车程，来到了以前乔治定点联系的私人医院牙医诊所。琦琦和乔治顺利对上预约挂号，走进了牙医诊所办公室，各自一间诊室做牙齿护理。待洁牙完成后，乔治请护士叫琦琦来到他的那间洁牙操作室，琦琦告诉乔治："我已完成了洁牙，也拍片检查了口腔全部牙齿，你怎么样？"

乔治用手示意琦琦坐下来说："我可能要换三颗牙齿，医生对我说了，你的牙齿也有几颗有问题，如果不及时治疗，会有炎症影响周边几颗牙齿损坏，或许会更严重！想与你商量治疗牙齿费用问题！"

琦琦看着一脸正经表情的乔治，看看已退出室内的护士，于是很听话坐在乔治的对面，继续听着乔治说下去："医生说专治疗你的费用大致需要 5000 美金，我只能出我自己治疗牙齿费用，因为我单位只给我买了医保，我没有给你买医疗保险，所以你得考虑从中国那边的银行账户汇进这笔治疗费。"

琦琦听完这话很震惊，她完全没有想到乔治会分得这么清楚。琦琦瞬间有些怀疑自己听错了，但是眼前明明白白地看着乔治坚持的冷静态度，这不是自己听错了，是乔治已做好的决定！琦琦没有想就直接点头说："我明白了，我还是等回中国去治疗吧，我在中国买了医疗保险！"

乔治又继续说："你也看到了美国的医疗器械多先进，这里的医生医术你不信任吗？你不愿意在美国这里治疗吗？"

琦琦很严肃地对乔治说："谢谢你的建议和关心，我认为还是等回中国再治疗。在美国虽然医疗条件好，但是没有你出资，我也没有钱治疗。以后等出去工作挣钱再说吧！"

那时琦琦对乔治感到很不满，幸好琦琦没有得什么非治不可的急病，否则以乔治如此自私的心态，自己有可能客死异乡。在那个瞬间，琦琦又强烈地想要外出打工挣钱。

乔治拿出车钥匙，无奈地看着琦琦有些生气地走出医诊室。看着琦琦的背影走远，才起身对着护士说下月先安排他一个人的治疗方案，他妻子的以后再说。

检查完牙齿之后，两人按计划去眼镜商店配副眼镜，这也是一年一次医保计划的项目。

坐在车上，琦琦看着车窗外想着自己的心思，尽量避免与乔治的目光相遇。她不想过早判断乔治对她的感情在起变化，她不想因小事而误会乔治对她的爱在做减法。

不一会就到了眼镜店，车子停下后，乔治走在前面，琦琦跟随其后。熟悉的工作人员一眼认出了乔治和琦琦，立即安排他们坐下挑选镜框。乔治不停地挑选着男士佩戴的镜框款式，而琦琦也按照以前惯例挑选着女款镜框。乔治选择了他最满意的一款，价格还是最贵的那一款。工作人员立刻帮忙包上，准备结账。琦琦也把看中挑选好的女士镜框拿过来，乔治一看，跟他选择的价格差不多，皱着眉头说："不能买这一款，太贵了，再换一款吧，医保上没有那么多钱了！"

琦琦拿起镜框放回柜台架子上："我不要了，只买你的吧！"

工作人员希望多做成一笔生意，于是替俩人解围说："看看我帮漂亮女士选了这一款，又实惠又漂亮，款式大方简洁。"

乔治一看价格，只需补充60美金即可，也就笑笑说："好的，就这了，一起结账吧！"

琦琦心想只要眼镜片度数适用，外表镜框好不好看不重要了，她需要的是保护眼睛。

乔治的表现渐渐变得不可理喻，但是她尽量去理解他。或许乔治认为自己退休减少收入而担忧，所以才变得过分，克扣琦琦的费用开支。不然琦琦都不好找到乔治细微变化的原因。这件事琦琦没有放在心上，心想过一阵子也许乔治会好起来。

有一天去小镇附近的中国超市购买中国食物及配料，琦琦知道乔治爱吃她做的红烧鱼，给他买了中国淡水鱼。还买了鸡爪子，乔治喜欢琦琦给他卤煮着吃，是下啤酒的卤菜。琦琦也挑选了一些自己喜欢吃的素食，莲藕、韭菜、板栗、花生、芝麻汤圆、红薯面条等。

买完该买的东西，琦琦排队到了结账的柜台，还没有看见乔治出现。既然都到了该付款的时候，总不能不结账吧，于是琦琦只好自己付钱结账。琦琦自从出去工作了一段时间后，给家里买些日常生活需要的食物，基本上习惯了自己付款，只是感觉类似像这样付款的巧遇很多次了。之前大购买装修油漆和防水水泥，也是碰巧乔治竟然没有带信用卡，那些商品都是琦琦买单了。有一次琦琦和乔治到一家百年螃蟹老店吃饭，临结账的时候，乔治伸出沾满油的手，说去趟洗手间，又自然地由琦琦刷卡买单。

自从买房后，乔治总是对琦琦说起每月房贷、水电费、修草坪等人工费用，总是叫穷。琦琦只是自然地答复说："其实买房跟以前租房相比，并没有增加家庭费用，因为原租房每月2000美金，水电费平均也是我们两个人的开销，用多少扣多少。反而买房还银行贷款一个月才1700美金，比原租金还少300美金，房产权还属于我们自己拥有，每月比以前还节省了房子费用，你可以综合评估，算一算哪种方式居住更有利。"

乔治沉默一会儿说："那只是表面费用……这样吧，既然你也出去工作了，我从今年起就不能每月给你 400 美金的零花钱了，我需要供房还贷。我只能这样做了，请你理解。"

想到这些巧合和乔治近几个月的表现，琦琦不得不开始思考，乔治的变化一定是有原因，不会有这么多次巧合。琦琦不敢去往深处想，她很希望这些都是自己想多了。琦琦只要出去工作，就会自愿上交给乔治 500 美金作为补贴家用，这样里外增减，乔治手上无形资金自然多出了 900 美金的活动资金，怎么乔治还总是说家庭开支紧张呢？

突然有一天，琦琦无意发现乔治用手机在书房通话接近一个小时，里面传来的是女人的声音。乔治跟对方有说有笑。琦琦纳闷乔治跟那个女人能有这么多聊的话题，却偏偏跟琦琦没有话说。琦琦从乔治的表现已看出了原因，他不喜欢琦琦对英语的学习态度，琦琦没有把学习英语当重要事做。

乔治在琦琦面前就跟别的女人聊天，通完话后反而还对琦琦说："你根本没有想在美国生活的意思，最近不学英语，你怎么能在美国选择你想做的工作呢？以前我们说好了当你学好了英语，我退休后跟你一起开一个房屋中介公司，一起经营获得利润，挣的钱肯定比打工挣钱多。可现在你连跟我说话都要靠手机翻译软件，我一点都指望不上你了。刚才通话的是我多年前的工作伙伴，我让她帮我引荐找好的房地产公司，我要再找工作。"

乔治恨不得把一股脑的牢骚话一口气全部说出来。琦琦也是悄悄打开手机录音软件，再用软件翻译才搞清楚乔治心里的不满。

说实话琦琦真的不想深入学英语，被乔治嫌弃也不意外。她学不进英语，只打算掌握简单的日常用语。也许琦琦内心中一直认为自己不会长久待在美国生活。

彼岸花开
Flowers Blooming on the Other Shore

第15章　外出打工有千万个理由

乔治的身体已经恢复得差不多，经过那几次让琦琦不悦的事件后，琦琦再次外出打工的想法越来越强烈。多方联系之下，琦琦在外州找到了一份新的工作。

在琦琦提出要出去外州打工的前一夜，刚刚吃完晚饭乔治直接开口对琦琦说："关于你出去工作这件事，有几个问题我必须先说出来，你可以当建议听听。"琦琦谨慎地边收拾碗筷边点点头，默许乔治说出来听听。

乔治示意琦琦停下手中的活，能好好听他讲话的内容："第一，我很高兴你要出去工作挣钱，我支持。

第二，我想告诉你，你要跟你的老板谈购买工作期间的医疗保险及意外伤亡保险，要谈好雇用员工的福利保障合同条件。因为这方面我没有给你买外州的医疗保险，我也老了，一旦你生病或者受伤了，我不能前往你工作的城市看望，也没有钱给你付医疗费用。这点我必须跟你说明白，你听懂了吗？

第三，我希望你能理解，我还是爱你的，会想念你的。因为我退休后，经济收入少了一部分，我们买了房子，我的钱需要还贷款、房贷、车贷及居住产生的水电费和生活开支。虽然有婚前卖掉的房款，但是那我的养老钱，另外我每月还需支付我个人养老保险1200美金。这些之前对你说过关于钱的支配安排。

第四，退休后我没有400美金零花钱给你了，希望你不要误会我不爱你了，我也会继续寻找新的工作。你最好也能在家附近找到工作。你认为呢？"

琦琦耐着性子听完乔治像作报告似的谈话，看来是做了充足的谈话准备。琦琦很冷静回复说："关于保险问题，我只能工作挣钱后自己买。因为老板是看我女友推荐的情面上，才给了我工作机会，没有理由要求老板给我们员工买保险。另外关于家附近找工作，我已试过，但没有找到，所以只有在女友帮助下在外州去工作。

至于家庭开支费用问题，我们以前租房和现在买房没有多大区别。我算了费用，租房费用每月还比买房还货款多了 300 美金，其他水电及生活费用，还是我们两个人所用，几乎没有变化。若是我出去工作了，家庭费用只是你一个人的开支，只会减少生活成本。

另外，我理解你减去给我的零花钱 400 美金，同时若是我工作正常了，还争取每月交给你 500 美金，当补贴家用。你看行吗？"

琦琦话还没有说完，乔治打断说："我们换一个话题好吗？"乔治听着琦琦讲道理给他算账一点不含糊，他有点沉不住气。他没有想到琦琦是很有头脑想法的女人，也不是几句话就可以忽悠过去。怎么说，琦琦也得向乔治学习，当面也讲清楚，去外州工作也是不得已而为。琦琦何曾不想在家里做点家务，守着乔治过一种天伦之乐的晚年生活。她做梦也没有想过，步入婚姻，在快进入 50 岁之际，却还要为生活所迫，在异国他乡语言不通的情况下出来找工作，学做足疗技师来养活自己，不可怜可悲吗？

琦琦听完今晚和乔治谈话的内容，更是想铁了心走得远远的打工挣钱，解决自己生存问题。摆脱依赖乔治的心理，能够主宰自己的命运，不靠乔治也一定要活得好好的。

人们常说夫妻本是同林鸟，大难临头各自飞。此时琦琦深深地体会到这话的悲凉，夫妻为何不能同甘共苦呢？当初琦琦嫁给老外乔治可真没有想过会是这样结局，她不想婚姻是这样草草收尾了事，她想尽量去理解迁就乔治所说的困扰。那些只是生活中暂时的困难，夫妻若团结一心，这些问题都难不倒她和乔治。问题出在乔治心态变了，所以把所有的危机感放大，把困难压力都推在了琦琦身上，就好像琦琦成了他乔治的累赘。

乔治的一切言行都在向琦琦发出信号，我没有你在身边照顾我，我活得很滋润自在，我一个人已经习惯了，我会自己洗衣做饭，打理家里所有家务事。

临睡之前乔治又到琦琦的卧室说了一番刺激琦琦的话，琦琦有点生气，用冷静眼神对着乔治说："你现在可以回房休息了，你讲的话我都懂了。你意思是你习惯一个人生活，你希望我能早出去工作，不给你增添麻烦，生老病死都与你无关，只要不影响你的生活就行，是这样理解对吗？"

一脸冷漠虚伪的乔治连装也不装了："是的，希望你不要怪我，现在这样也不是我想要的生活。我去休息了，晚安，祝你做个好梦！"

这一晚上琦琦还能睡着吗？她也不明白乔治为何自从退休后的变化如此之大，她现在有苦难言。真想结束这场被冷漠对待的婚姻，可琦琦现在没有一下子放手的底气和实力。她多希望乔治还像以前爱她、体贴入微照顾她，在乎她，想着想着迷糊地睡着了。

琦琦也习惯了与乔治分房入睡，自从搬进新家后，俩人再也没有同居一室生活，各用各的卫生间，并且乔治每周有四天在外说是要与人谈事，或者做理疗，在外吃完饭再回家，或者是上网课学习中文在电脑上一整天。琦琦饭做好摆上桌子上，再叫乔治来餐厅共进晚餐。就是这样战战兢兢地看着乔治的脸色行事，心里充满了委屈。

有一个周末，琦琦看见冰箱里没有任何新鲜青菜了，乔治又不在家吃饭。于是将冰箱中的冻鱼拿出来解冻，做红烧鱼块吃。想到乔治不在家，琦琦可以做辣味菜，做一道可口中国美食。西方设置的厨房都是开放式的厨房，很容易满屋串味，琦琦还是很小心地做完晚饭后，将门窗打开前后通风，将味道散发出去，这才放心地拨通乔治电话："你今晚要回来吃饭吗？有你喜欢吃的红烧鱼，如果回家吃，我等你！"

乔治那边停顿片刻回复说："可以，我半小时回家，和你一起进餐。"晚上八点乔治终于回家了，当时外面风雨交加，乔治进门跺跺脚，边进屋边说："你还在等我吗？不好意思，突然起风下雨了路不好走，晚了晚了！"

看见乔治平安回来琦琦就放心了，和颜细语说："快洗手吃饭吧，我去添热饭，想喝点红酒吗？"

乔治看看桌上的菜，食欲来了，自己赶紧拿两个酒杯和两瓶不同款红酒，问琦琦："你是喝甜味红酒吧，我来一点白葡萄酒怎么样？"

琦琦高兴地点头说："谢谢你知道我喜欢喝甜味红葡萄酒。来干杯！"乔治非常喜欢吃琦琦烧的鱼，今天的鱼是用川菜味调料包做出来的红烧麻辣鱼，味道正宗。乔治还没吃到嘴里，就闻到香味了，于是拿筷子往嘴巴里夹鱼块。鱼刚吃进第一口，就感觉正是他曾经去中国重庆吃到美味。乔治高兴似乎有些兴奋，又吃下第二口、第三口。乔治很满足地品尝着红烧鱼，麻辣得过瘾，一边吃鱼，一边大声说着以前在中国旅游时的事情。

琦琦低头不语地吃着，因为她知道辣味虽好吃，但绝对不能在吃辣的食物时说话，中国有句话叫"食不言"。可乔治没有注意这些，琦琦也不好打断他说话的兴趣，结果乔治真的呛到了。因吃辣又说话呛到气管，那感觉是挺难受的。

乔治不停地咳嗽，咳到眼泪出来，咳嗽时不停地摔筷子，拍桌子，瞪着双眼对着琦琦发怒，不停用手指着琦琦说："你要辣死我呀！我说过再别做辣的食物吃了，你就是不听我说的话，我不吃你做的所谓美食！"

说这话时，乔治似乎忘记了晚餐之前自己那副馋样子。这乔治变脸比翻书还快，琦琦看见此刻的乔治，面目愤怒扭曲的样子有点吓人。赶紧避开乔治的目光，低头赶紧收拾桌面上碗筷，把剩下的鱼端到厨房台面上，用碗盖住放进冰箱里，默默洗碗和整理厨房。

乔治却不依不饶地走近琦琦身边，夺过琦琦手中的碗向水槽里丢下去，拿出冰箱里放好的那盘没有吃完的红烧鱼，端起来直接放在室外的透风阳光房小桌子上放着，不停地冲着琦琦说："你要吃辣的食物，就在外面吃，不准这种味道进屋，明白吗？"

乔治边说边推着琦琦走向室外阳光房，自己反身进了餐厅，将琦琦反关在四方透风的阳光房里。平日里若有阳光照射的时候，这是一处透气的阳光小屋；但是这一晚是风雨交加的冬季，乔治这样对待琦琦，让琦琦从心里感到悲哀。

琦琦心里有多委屈就有多后悔，那种悲凉使她麻木感觉不到室外的寒意，耳边吹起呼呼的风声都没有使她缓过神来。她真不明白为何乔治退休后变化这么大？她恨自己心软，总是在风平浪静后迁就原谅乔治，她应该记着这些不愉快的事情。她应该学会反抗，应该学会放弃，而不是沉默忍受。

琦琦心一横，就独自坐在室外桌前旁，冷冷地看着乔治还不解恨上蹿下跳来回在餐厅走动的身影。餐厅灯光在夜晚是那么刺眼，琦琦是坐在室外的黑暗中。透明的玻璃门隔离着餐厅，一里一外，一明一暗，一暖一冷，在夜里显得那么分明。

琦琦感觉周身冷到骨子里去了，但是她还是倔强地在室外呆呆地坐着。她在想冻病冻死了最好，一了百了，这个想法在琦琦脑子里挥之不去。也不知道是哪根筋绊住了，十几分钟后乔治突然像是想起什么，马上打开玻璃餐厅门，对着琦琦喊："进来吧，要是冻病了我可没钱治你的病！"

琦琦没有搭理乔治，她听到这句话心里就明白了，乔治不是心疼她冻着了，而是担心冻病后，给他增添治疗的麻烦。乔治最怕在琦琦身上花钱，他近期的所作所为，都已把琦琦当废人、当闲人、当累赘，根本没有当妻子。

乔治从断了每月给琦琦零花钱开始，就已铁了心对琦琦没有好脸色看，要么整天板着一副不搭理的脸，要么自己出门一天。就是日常生活购物也不带琦琦出门了，乔治买的食物都是他自己喜欢吃的东西，经常把自己在外没有吃完的食品打包带回家中，放进冰箱。

有一天冰箱里没有买新鲜蔬菜，乔治有意不在家吃饭，却指着冰箱打包剩下的食物说："你不用做什么菜了，冰箱里这么多吃的，你把它吃掉！"

琦琦看到乔治这么对待她，她开始彻底地心灰意冷，但是忍住了没有表现出来。她在生气，她在绝望。因为她必须忍气吞声，她还在等待朋友帮自己找到新的工作地点，琦琦心里早已有了对策。

琦琦在心里暗暗打气：对！是你乔治用冷暴力逼着我出去找工作，我在等待网上的学习结业证书。等收到能上岗的结业证书，我会走得越远越好！放心吧，没有几天了，我一定要忍住。

这几周琦琦能这么淡定从容的态度，多亏了三位好友宽慰及暗中相助。好友雪梅帮忙联系就业工作，又帮忙购买去外州工作的机票；好友琳娜帮琦琦出谋划策应对眼前的乔治。有了好友们全心帮助和精神方面的安慰，琦琦变得坚强并看淡了一切，不强求也不要委屈自己，淡定调整自己心态。以"不是你的求也求不来"的态度，去面对眼前乔治对她所做的一切。

琦琦听女友们劝告，结婚都快四年了，等待绿卡到手，是留是走要

彼岸花开
Flowers Blooming on the Other Shore

分要合再作决定也不会后悔。女友们为琦琦着想，怕她一时冲动做出前功尽弃的事情。不然，琦琦早就一门心思回国了。

琦琦想想，听人劝得一半，自己连最坏的打算都有了，还有什么不能忍的呢？迟早都要离开，还不如将计就计。

女友们微信上安慰出点子说："你留下来，不是离不开谁，而是我们不能跟挣钱过不去。就算要回国，也得先出去工作挣钱，攒钱回去啊。有了钱，自己做女皇。到时候当你有钱了，老外乔治一定会巴结你的。如今的社会很现实的，婚姻也是以经济价值等价交换，才能维持保鲜。爱情可有可无，你还不明白吗？乔治这男人更现实，你还没有看通透吗？"

琦琦感觉这几位先外嫁的女友们思想比她成熟多了。她现在也开窍了，只有金钱不会背叛她，如果还像当初图乔治外表帅气，只图乔治对她好，那简直是天大的笑话。

现在乔治变了，留着还有什么意义呢？只是不甘心这么多年的守候是一场空。所以琦琦接受女友们的好意，必须坚持守住与乔治的合法婚姻，熬过等待身份绿卡的日子！这种等待的情况下，不如先改变自己一穷二白的现状，先工作挣钱，去做一位经济独立的女人，再规划自己的未来！通过与乔治这几年婚姻的相处，从浪漫的爱情到近期的婚姻出现裂痕，从经济方面支配和主宰着家庭所有开支的话语权，都已经说明了一个明确的问题：经济地位决定婚姻的一切去向，琦琦忍气吞声的被动处境都是因为没有经济来源，无法当家做主。

琦琦在乔治对待自己的态度上，已看出乔治明显地表现出自私的原形。爱情淡化了，新鲜感没有了，再无浪漫可言，生活中的油米油盐已把生活折腾得一地鸡毛。琦琦与乔治的婚姻也面临像其他普通的家庭一样，两个人的婚姻观有着不同的分歧，两人都开始在动摇了，疑惑当初投入婚姻时的幸福，那相互爱慕的感情怎么就荡然无存。

　　虽说是自己要证明独立的能力，这还不是没有靠山和依赖，才走到这般无奈的地步？有哪个女人不愿做温柔的小女人呢？琦琦常听情感专家讲课，听到这么一句话："强势的女人是逼出来，温柔的女人是宠出来的。"

　　琦琦一想到专家的话，就感觉到正是说她似的，她现在不就是像没有人疼爱的女人吗？生活中的一切都要自己亲力亲为，连基本的生活保障都没有，还得外出奔波辛苦地打工挣钱。感觉这场外嫁的婚姻已经到头了，越想越委屈了自己，接下来的路该何去何从？琦琦真的心里没有一点谱，只能指望着自己走出去打工挣到钱后再另做打算。琦琦此时心里的苦涩只有她自己能体会，痛苦无奈，整颗心已透凉。

第 16 章　外嫁幸福感似乎遥遥无期

　　琦琦这次外出打工考虑再三，在朋友提供帮助下，选择了离家近一点城市打工，乘上火车也只需要两个多小时就到环境治安比较安全的小镇。

　　到了要出门打工的那天，乔治送琦琦去火车站，拉起大旅行箱走到购买火车票柜台，等着琦琦用自己的信用卡购买火车票。琦琦也习惯了用自己的钱消费，就当乔治是朋友来送她，不能把乔治当作为自己尽责的丈夫，不然在心里就会有失落感。自从琦琦工作以后，来来回回的路费、伙食费、生活费都是琦琦自掏腰包付款。

　　火车票买的是离开车时间最近的一趟。每次乔治送行，都会因停车位不能停车太久的理由，会匆匆地提前离开。琦琦也从来没有享受过乔治对她依依不舍的缠绵，都是乔治说走就走，没有多待一分钟。之前琦琦会有很多伤感情绪，这次已经习惯了。

　　她知道如果乔治心不在她身上，就是勉强把人留下来，他也是心不在焉，没有多大意义。琦琦后来也想通透了，也就不放在心上，学会包容迁就地替乔治着想。乔治也老了，能来送送她，能健康平安，就是少给她拖累。只要不影响琦琦打工挣钱，不耽误琦琦工作，这些不悦的细节，琦琦可以一带而过。在琦琦心里已经把这个家当一个临时的中转站，若是琦琦什么都可以独立了，又得不到乔治的爱和帮助，这婚姻还有持续的意义吗？

　　这份来之不易的工作，也是同琦琦以前一起工作过的店长推荐的。

能到店长亲戚家开的店工作，也是因为琦琦技术还行，人本分善良，做事踏实，让人放心。店长微信介绍过店里环境很好，但工作业务量不大，店长在微信上说过："这里就适合你来守店工作，钱不多，但不忙，能早点下班。老板娘比我还实在，也是本分人，你就安心工作吧。想休息都可以跟老板娘先商量，安全方面一定没有问题，是在富人小区。"

火车上琦琦翻翻手机微信，听听歌，似乎时间过得很快。琦琦每次一个人出行，都很享受这份孤独中的行程。她安慰自己，人生在世，走过的路越多，见识就越广。除了能体会到人生不同的境界外，她学会了很多也看开了很多，内心更强大，人也成熟了，不再像以前那么天真幼稚。

火车准点就到站了，琦琦提着箱子，背一个随身携带的双肩包就轻车熟路地下了火车，因为微信保持联系，又是初次到这个新的小镇打工，是老板娘亲自来火车站接琦琦，所以琦琦很放心地先看微信上发的车牌号，对上后再拨通电话。老板娘就在车上等着琦琦，四目对视后，琦琦觉得老板娘很年轻，看上去是 80 后的女孩。琦琦不得不服，老板娘不仅年轻，英文还特别好。

老板娘是河南人，名叫柯柯，本分朴实。琦琦上车看见老板柯柯面善温柔的样子，心放下来了。琦琦长长地舒了一口气，眼睛盯着窗外移动的小镇景色：路窄人少，但一栋栋联排别墅挨着，路过市中心的高楼大厦也是耸立在商务中心大道两侧，繁华的步行街在店附近，只需十几分钟就到了琦琦要工作的地方。门面不大，但是商住两用楼房，整栋一楼老板柯柯全部租用了下来，含地下室一层，二楼全部是房东及租户居住。这就是琦琦新的工作地点和打工的家了。

来这新店打工，琦琦也记住了从火车站到店这段距离路途上重要建筑物标志，万一工作有什么不顺心的事情，可以随时回到自己的家。这也是为什么这次选择离家近的工作原因。无论乔治怎么对待她冷漠，可

彼岸花开
Flowers Blooming on the Other Shore

她在异国他乡还没有一处可以去的地方。除了工作的店是她能挡风遮雨的地方，还有她和乔治共同的家，这是琦琦暂时的精神支柱。无伦乔治对她态度如何，她内心里始终还是有这个家，她的内心还是有这个中转站可当作回国之前的避风港。

琦琦有些时候觉得自己很可怜，回国不甘心，留下又委屈了自己！当乔治一对她好的时候，她就会感动不已；当看到乔治不在乎的她甚至露出冷漠脸色时，她又无比心灰意冷。她明白自己心太软，被乔治看准了致命的弱点。

就这样琦琦在新店安顿了下来，时间一晃又是半年过去。最近琦琦的牙齿出了问题，因为工作的压力以及睡眠不足熬夜引起了上火，牙龈发炎，喝凉水都疼痛难忍。在这难受的时候，琦琦和普通女人一样，多么希望乔治能带着她去医院诊所看病，希望乔治尽一个丈夫的责任好好照顾她。而乔治一连几天都没有及时回复琦琦的微信，一个电话都没有打给她。

琦琦把牙疼的经过及求助的意愿同时告诉了乔治及朋友们。朋友们都秒回，而乔治却只在几天后应付地回复了几句问候，顺便解释自己有多忙，如果需要他预约牙医诊所，要在十天后。而朋友雪梅却在第二天托朋友预约到了牙医诊所。

当时琦琦感受到友情的暖流涌入心头，她感觉到此时的友情给了她依赖和安全感。而她却丝毫没有感受到乔治的一点温情、体贴和关心。那刻心里的难过，有些丧失了维持婚姻的信心。琦琦看见乔治不冷不热的微信回复，已有打算了。难怪人们常说，坚强的女人是没有男人疼爱所逼出来的，而娇柔的女人是被男人宠出来的。

琦琦向店老板柯柯请了假，独自一人早早步行去了火车站，乘坐了最早的一趟火车，赶两个多小时车程去另外一个小镇看牙。这是朋友为琦琦预约的美国华人开的牙医小诊所，因为考虑到语言沟通方便，又考虑到琦琦没有买医疗保险，只能找方便琦琦与医生沟通的华人诊所就医。

在火车上琦琦看着匆匆而过的风景，几次的火车上感受不同，看着窗外的落叶，随风飘散在冷瑟的天空，感受呼啸而过的秋风，自己也情不自禁地缩紧双臂拥抱在胸前。

这次琦琦将打工挣的钱，除了每月给了乔治500美金外，余下的都装在随身携带的双肩包中。她明白指望不上乔治了，知道她牙疼需要看病，就好像生怕连累他。琦琦自己在急诊拔牙几天后，才在微信上收到乔治的回复，一些不疼不痒的关心。以前乔治若是这样对待她，琦琦肯定会很伤心很无助很气愤，但是这次琦琦却出奇的冷静。她没有再期待乔治会给予她嘘寒问暖，乔治也没有提看牙医治疗需要多少钱的事。

琦琦想起上一次她跟乔治去检查牙齿时，乔治跟她说过的话。当时乔治就说他不负责琦琦看牙的费用，让琦琦从中国的银行账户转钱过来治疗。而这一幕终于发生了，乔治也理所当然地不闻不问，他没有及时回复的意思也很明显，就是坚决不出钱。

经过这次牙疼事件，琦琦一下子成熟了起来。她没有了害怕的感觉，她已经体验到即便离开乔治身边，她也一样可以做到以前不敢去做的事情。以前总是依赖乔治，现在没有了乔治帮助也能好好生活。生病了，自己拿钱到一个陌生的城市就医看病，一切都靠自己解决问题。这种体会估计琦琦这辈子都不会忘记。这就是乔治逼出来的勇敢，若是以前发生这样的事情，琦琦只会躲在家里偷偷流泪忍受，不会去自救。

如今琦琦和乔治的婚姻关系很微妙，几乎就是西方人的AA制，各自挣钱各自花。现状琦琦也能接受，只不过后悔嫁到美国来。从感情角度去想，琦琦有一种悔掉肠子的那种失望。在婚姻情感中，她彻底失败了，这根本不是她想要的生活。她原本期待的爱情婚姻是有一位能把她疼在心尖上的爱人，放在嘴巴里怕化了放在手心里怕摔了。如今没有希望了，被现实生活磨砺后琦琦见到的残酷事实，这种期待落差，让她彻底感觉到原有的外嫁幸福感早已无影无踪。曾经企盼过的美好婚姻生活，对现在的琦琦来说，已遥遥无期了。

此时是 2021 年 11 月深秋，夜幕降临很早。琦琦拔掉两颗牙后，嘴里含着医生塞堵上的药棉，鼓起了半边脸。虽然当时打了麻药，手术过程没有什么疼痛感，心里却很苦。在诊所里看着墙面镜子中的自己，一脸疲惫和憔悴，脸色煞白得没有一点血色，看着就心疼。此时没有人疼爱，可一定要自己疼爱照顾好自己。

小护士是女友雪梅朋友的女儿，名叫艾米。艾米说："阿姨，这是医生开的消炎止痛止血的处方，你得上药店配药，最好今天晚上就用上。一共七天药量药方，你还赶得上回你城市的火车，现在动身还来得及。按照上面服药就行，一周后拍照片发给我，我看你消炎恢复后情况，便于预约下次植牙就诊时间！注意好好休息。"

琦琦听着艾米的交代，连连道谢回复地说："谢谢你艾米，替我向你妈妈问好。这次也多亏了你妈妈的朋友雪梅推荐，才有你的帮助，不然这牙疼死我了。我会好好按照医生说的注意事项去做，放心吧，谢谢你了！"

紧接着琦琦从双肩包里拿出早已准备好的礼物交给艾米。一副很精致款式简洁白金的手镯送给艾米，一套韩国美肤滋润霜、玫瑰香油送给艾米的妈妈使用。这是琦琦的一份心意，当看到艾米打开礼盒露出喜欢的眼神，琦琦很开心。她此时才感到欣慰，琦琦很想及时地感谢帮过她的人，这样心里舒服多了。贵人不能贱用，正因为琦琦是一位知恩图报的人，所以也有很多贵人帮着她，冥冥之中总是有好人有好报的运势在护着琦琦。

艾米帮琦琦叫了一辆的士，告诉司机送琦琦要去的火车站地址。琦琦赶上了回打工城市的最后一趟火车。火车一到，琦琦下了火车就赶着回足疗店，顺路在街边药店买到了医生处方上的药。看着手机上的时间，还有 5 分钟药店就要关门了，时间真悬。

如果琦琦没有及时坐火车赶回来，还得在外面酒店度过一夜，不仅多花钱，还会耽误明天打工挣钱的时间。她真的佩服自己坚强还果断，生活把琦琦打磨得不再矫情。琦琦虽然变瘦了，但是渐渐变美了。这变化应验了情感专家老师说过的那段励志话："女人最美的模样，是靠自己，经济独立，脸上挂满自信微笑，你能战胜一切困难的神情，自己就是靠山。"

走出药店，琦琦步行在回足疗店必经的街上，看着远处的灯光，迎面吹过秋风，凉而清爽，好像牙病除了，心病也除了。她这一夜成熟了许多，她知道没有在婚姻中得到乔治的爱，她也可以找到爱自己的方式，获得自救的能力。她明白还是靠自己才是最安全的港湾。

琦琦也可以把不在乎她的人放下，她也可以做到把不爱她的人放在可有可无的位置上，也可以去忽视轻视她的人。这样想心里会好受些，虽有点自我安慰，但这种自欺欺人，也好过没有指望的期盼。那种眼巴巴的失望神情，会让她伤心窒息。

琦琦慢慢抬头看着冷风秋色的夜晚，突然感觉自己第一次享受这孤独的宁静，脚踩着铺满地面上秋黄枯碎的叶子，发出的嚓嚓的响声也是这般凄凉。不能再这样自怨自艾了，要自己想通透，摆正自己心态。后期植一颗牙需要美金 3500，这笔钱就更别指望乔治了。乔治那些话早已使琦琦没作任何指望，现在有工作就会有钱，心中就有底气！

琦琦迈着坚毅的步子向店里的方向走去，她得赶在老板娘下班之前到达店里，让老板娘放心，她守信用赶回来了，明天不休息还需要继续工作。

第 17 章　变一种活法就通透了

　　琦琦体质还算好，经过一夜的休息睡眠，恢复了精气神。第二天的早晨，琦琦为自己做了一碗面条。医生说了，最好吃一星期易消化不用细嚼就可以咽下的食物。琦琦知道健康的身体才能更好地工作挣钱。她要好好吃，增强营养恢复体力。

　　琦琦工作的地方是属于商住两用的楼房，老板娘把员工安排在店里住宿，一是可以免去员工来去折腾，还可以充分利用时间做好店前准备工作。员工每人每月分摊住宿费 300 美金。当琦琦打开店门迎接清晨的阳光，感觉很满足，这就足以证明自己还活着。她想从今往后要活得好好的！

　　秋风并没有阻挡客人来店做足疗，反而天渐变冷客人还增多了。老板娘又招了以前在此店干过两年的名叫安娜的老员工，琦琦和安娜轮流着排头上工。员工比老板娘要多做工，就多挣一点提成。这也是员工愿意守着住店工作的原因。老板人还厚道，又尊重员工，对琦琦真的很好。琦琦想通了，只要继续有稳定的工作，比到处打工换地方耽误时间还是强很多。这回琦琦心静如水，就盼着每天有客人来，自己有做工就行。

　　琦琦很平淡地对待乔治，没有希望就不会有失望。反而是乔治这期间比以往要密切联系琦琦，隔三天两天发微信聊天，也像老夫老妻那样客套问话。琦琦没有像以前那样在乎乔治，自从把乔治就当是朋友对待，就没有怨气了。想想在美国有一位合法的丈夫，起码有一个身份保障。

毕竟乔治以前也对她还好，只是退休后才有些焦虑，暴露了自私自利的本性，这也是很正常的人性自然反应。

乔治渐变，琦琦还是总想着以前乔治的好。乔治就这样对待她，她还在替乔治着想，想着他曾经对自己的好。她也记得乔治对她亲口说的话："我选定和你结婚，这是我这辈子的决定，无论婚姻如何，我不会再离婚了。"

琦琦想着乔治这把年纪了，能有几年活着的时间呢？也不想计较什么。人除了生死，还有什么比这个更让人担心的呢？琦琦彻底地就把乔治当朋友，没有了因怨恨生疑，两人表面上比以前的关系强多了。人生观一变，什么都悟透了！琦琦明白与乔治维持婚姻关系还是有自己的一点私心杂念，如朋友们劝说的这样："不管乔治怎么待你，也得把绿卡拿到，到时再分也不迟。绿卡是今后来去自由的一张签证！总是多条路的选择。"琦琦本不在意这个身份，但又不甘心白白耗了这么多年光阴。其实回国发展是最好的去处。

花甲之年的乔治虽然自私，但人不坏，本性还是善良的，是个自理能力很强的男人。就冲这一点，琦琦也时刻提醒自己，无论乔治怎么负了她，她也不会去做对不起他的事。善良待人是她的本质，她总把人朝好的方面想，自己心里也就没有多大恨了。过的日子自然就简单，没有什么企盼，心静如水地等待。琦琦心想该来的总是会来，该走的总是会走，是你的命运怎么转都离不开你。

乔治这边没有听过琦琦提出任何要求。自从拔牙后，乔治也感觉到有些亏欠琦琦，两人虽是夫妻，但在琦琦生病最需要他的时候，却没有尽到丈夫的责任，没有在琦琦身边，经济上也没有资助，言语上也绕开钱的事，避而不谈。他没有想到琦琦不仅没有再找他提过此事，也没谈过看病需要用钱的事情。像是什么事也没有发生一样，也不冷不热很礼

彼岸花开
Flowers Blooming on the Other Shore

貌地回复他的微信，但从来不主动在微信上问候。琦琦把与乔治的关系处理成就像对待一位普通的朋友那样，不要求乔治为她做什么事了。

美国感恩节快到了，琦琦准备和雪梅碰面，琦琦想趁感恩节请假休息两天，去雪梅的城市会会，请雪梅一起吃饭好好感谢她。琦琦想和雪梅一起过一次不一样的洋节。临近感恩节还有一周的时间，琦琦没有等到好友雪梅节日安排的任何消息。雪梅公司年底工作很忙，说过放假的时间还不确定，叫琦琦静等她的消息。

没有想到的是乔治这次主动连续发了几条信息给琦琦，诚心诚意地要邀请琦琦跟他一起过节。乔治在微信上说："感恩节在美国就像中国的除夕，是与家人团聚的日子。既然亲爱的不能回家，那我决定去你工作的城市看望你，看望我的妻子。我们已经有几个月没有见面了，其实我一直都很想你。"

乔治的微信内容让琦琦看了后有些动容，琦琦心肠特别软，她最怕乔治对她讲这些温暖情话，乔治说话比做事要有人情味。琦琦明知这是乔治想改善两人关系的手腕，但也说得合情合理，若是琦琦拒绝，还显得理亏，因为万圣节的时候，已经拒绝过乔治一次。

店里老板娘听琦琦说到此事后，也劝琦琦还是跟乔治一起过感恩节："毕竟乔治是你的丈夫，这么长时间没在一起，也说不过去。"琦琦默默权衡了一下，听人劝得一半，雪梅那边又忙还没有回信，这边乔治不断地催着琦琦答应，并且已在网上预订了酒店，交代了前后四天来探望琦琦的计划。

琦琦想了想，这样回复了乔治："你可以按照四天计划来我这个城市，我向老板请四天假，就这样定了。"

不是琦琦不指望的那份关心，哪个女人不希望有人疼爱呢？谁又不希望有人把她放在心尖上呢？这不正是琦琦内心想要又害怕的吗？似乎又回来了，越不想，它还偏偏悄悄来到了身边，但是琦琦并没有往日的高兴，她只知道这是一次维持和平关系的相处。若不计较经济利益得失，若不计较夫妻关系要求责任和义务，琦琦把乔治当作一个朋友相处，反而很容易相互体谅和相处。不企求什么，就不会有太多的失望和难过。

乔治在感恩节前一天如期到达预定的酒店，开车六小时赶到琦琦的城市已是晚上九点钟，正好是琦琦下班的时间。琦琦看见手机微信上显示乔治的信息："亲爱的，我已办好入住手续，我在酒店大堂等你。"

琦琦跟老板娘柯柯一起收拾完店里的卫生后，被老板娘催着说："你快去吧，你安心休息几天，好好陪你家老外，让他开车带你去小镇到处逛逛。"

琦琦将白天准备好的生活双肩包装了洗漱用品，带一套外穿漂亮衣服，这是琦琦自己打工挣钱买的，平时工作没有法穿。这一身搭配打扮是琦琦特意留着跟乔治一起时穿的，平时工作就穿运动装。

酒店是一所美国的连锁店，环境好价格实惠。琦琦下班赶到这里只需五分钟步行，看见几个月没见的乔治正在大堂的沙发上坐着。乔治面向酒店大门的方向望去，与琦琦四目相视。乔治起身："亲爱的，你来了！"

琦琦有些兴奋又有些不自在，真不知道为何有些不好意思，这感觉挺复杂。琦琦暗示自己要大大方方客客气气地对乔治，情感上不必尽妻子的爱，应该学着丈夫一样，把情和钱也分开对待。没有什么应该不应该，学着西方人的处世哲学，嘴巴甜点。琦琦快步上前叫了一句："开车辛苦了，几号房间？我们上去早点休息吧。"

琦琦直接帮着乔治拎起旅行箱，一手牵着乔治向电梯口走去。乔治看见比几个月前消瘦的琦琦，也有些不自在，他不知道琦琦怎么瘦了这么多，看上去 100 磅都不到。虽然他不喜欢女人胖，但是没有想过琦琦会瘦下这么多。

乔治哪里知道，琦琦通过几件事情的发生，内心已有了抵抗能力，心理素质强大了，习惯了照顾好自己的生活。夫妻之间没有了谁的照顾，也一样活得好好的，生活变得简单，无需所求，也就不需要忍受和迁就。琦琦感觉这种境界倒也心态平和，没有了以往责备和埋怨。

进房之后，乔治向琦琦递过一张卡片："这是补送给你的节日礼物。"琦琦打开生日卡，见里面夹着一个红包，装着 500 美金现钞，还有一张保险卡。"

这次乔治为琦琦精心制作的礼物有三重意义：一表明他在意琦琦。第二用红包表示他经济上的支助。第三已申请买了琦琦最关心的医疗保险卡，为了让琦琦安心。乔治用实际行协表示妥协，开始为琦琦着想，为了缓和以前的不愉快做出了让步。

看了这份礼物，琦琦心里感到温暖，这算是她长期在外打工挣回来的关心？她转给乔治多少钱，乔治就还回多少钱，一点不多，一分也不少。被乔治拥抱的琦琦也在体会，似乎已经很久没有这样亲密相拥了。乔治顺示用嘴亲了一下琦琦额头："我爱你。"琦琦礼貌地回应了一句："我也爱你。"还沉浸在温柔之中的乔治有些疲惫地说："今晚早点洗澡睡觉，我累了，明天上午我教你如何使用医保卡。"

第二天早上乔治为了激活医保险卡，那些保险条款都是英文，琦琦用软件翻译的内容不准确，琦琦看不懂就问乔治。乔治操作着网页，一会显示中文，一会显示英文，一晃就过去了四个小时。乔治有点累，有些不耐烦指着琦琦半开玩笑地说："你这来这边几年了，没有学到真东西，到现在英文都还不懂。我现在教你使用医保卡都吃力，要是有什么紧急情况你需要打急救电话，你都说不清楚，你连家里的地址都不会说。我很担心你，如果我死了你怎么办？开车你不会，英文你也不学，而且你根本不学，就不知道你整天在忙些什么？"

琦琦突然觉得只要依赖乔治，他就表现出这些厌烦的眼神和语气。

跟他相处才两天就这样不耐烦了。琦琦感觉乔治真是在鸡蛋里挑骨头，不是真爱她。

乔治满脸的无奈和不耐烦，把琦琦当成累赘也不是没有原因。乔治对琦琦不学英语这事非常反感。琦琦不想学英语只能说明她不想在美国待下去。琦琦没有这个心思，乔治还去督促指责有用吗？乔治已经是这把年纪了，不知道还能照顾琦琦多久。

在美国不开车等于没有腿，以车代步是生活中不可缺少的一门技能。琦琦出了一次车祸就再也不敢开车了，乔治也从来不提开车的事情，也不带琦琦学开车。就这样恶性循环，乔治没有了包容心。如今两个人采取冷暴力，应对此时的婚姻生活。有时候理性起来又想到去弥补对方，但是如果在一起，又会有矛盾，老调重弹，都看不到对方的好。时间长了，眼里看见的都是缺点和失望。

琦琦没想到休假期间发生这样不愉快的事情，但是琦琦没有理由说乔治什么，毕竟这个事是自己的错。但是她也快到50岁了，这个年龄还要在美国打工，还要自己学英语，自己开车，真是难为自己了。自从出了车祸以后，她就有一种恐惧心理，根本不敢开车，怕出现生命危险，干脆不学。

乔治最关心琦琦的生存问题，看到的是琦琦根本没有想在美国待下去意思，所以本来自私的乔治就更不考虑琦琦的生活起居。想帮就帮，不想帮就装。其实在外面打工做任何事情生活，只要琦琦不找他伸手要钱，他就默认了这种婚姻关系。

琦琦心里却一直很失望，这种关系维持下去还有什么意思呢？像这样反反复复地相互责备的冷漠场景，不停地多次上演，琦琦已感觉到心力交瘁，她担心撑不住的那一天迟早会来的。

第 18 章　月明月暗月下忧

接下来相处四天，乔治驾驶着车前往美国的佛蒙特州的小镇，带着琦琦看秋天的满山遍野的枫叶，那种神奇景象，让琦琦忘记了所有的烦恼和牵挂。如果能常常这样置身于这画卷般的景色中，那该多好。眼前的大道空旷，无车鸣声，沿途两旁全是漫山遍野的枫叶丛林，由黄渐变成红色，像一道道花的海洋，原来生活也可以如此美好。

琦琦同乔治在共享感恩节的时光，仿佛忘记了已分居两地的惆怅，忘记了 2019 年的感恩节出车祸那天的惊险一幕。

看见眼前乔治兴高采烈的样子，琦琦就觉得她和乔治只有"同甘"——享受好生活，却不能"共苦"。如果婚姻中永远不需要提到钱，不把经济利益看作生活基础，他们的相处也可以很舒服。就像这几天出来游玩的方式，住酒店乔治出钱，吃饭琦琦主动买单，途中加油费用，琦琦主动分担。为了奖励乔治看望自己，琦琦还给乔治买了围巾、保暖衣，同时还按每月上缴的 500 美金交给乔治。琦琦这样做，就是把乔治当朋友对待了。乔治对她的主动窃喜，表情喜悦地照单全收，丝毫不感觉到不好意思，当然也没有察觉这是琦琦已放弃了对他的幻想，放弃了乔治在婚姻中能给予她幸福的希望。琦琦已习惯了照顾好自己，就是最好的靠山，学会了独自撑伞挡风遮雨。

琦琦想，赚到钱就是用来花的，如果能施舍一点钱，使这个没有了爱的婚姻，能这样各有所需地维持下去，互不打扰，互不纠缠，互相取悦对方，这日子也就过得去。想通透了就没有恨了，就把乔治当成一个普通朋友，没有那些企盼，就没有失望，要求不多就不会挑剔了。想想老在鸡蛋挑骨头，自己也不开心，伤了阳气还折寿自己。琦琦劝自己，改变不了现实中的乔治，还不如先改变自己心态，把那些不甘心的念头从心里去掉。

幸福和痛苦都是自己找的，如果早把工作挣钱放在第一位，她和乔治的关系就好处理了。能拿钱摆平朋友之间微妙的关系，为何就不拿来平衡婚姻关系呢？琦琦想到这里，觉得自己以前特傻，当然现在醒悟也不晚。

琦琦劝自己别钻牛角尖，追求什么真爱，爱能当饭吃吗？自己也体会了没有乔治的爱，她也活得挺好，潇洒自在，能养活自己，给自己买好衣服穿，给自己买珍贵的首饰。也可以大大方方给娘家人支助自己的爱心，想送什么就买什么，不用向乔治伸手讨好，显得那样可怜卑微，显示自己有多么无能和天真。琦琦想到身边外嫁的女友，婚姻都不咋的。这是什么原因呢？如果婚姻有爱和善意，鞭策和苛责，更能帮助人成长。可是乔治如今变了，乔治行动上永远给不了曾经嘴巴答应的婚姻状态，那种衣食无忧，海誓山盟的浪漫生活。

琦琦也在意旁人的说法，她不希望被说成是多么物质的女人。只是因为她对婚姻失望，她想证明作为没有一个婚姻情爱的女人，也可以勇敢走出婚姻形式的枷锁，把日子过得有尊严，一种自立自强的模样，可以找到快乐自信从容淡定的生活。不需要可怜巴巴地期盼着乔治的施舍，高兴之余给一点，不开心的时候给冷脸看，悲哀生活低到尘埃里。像作家张爱玲书中写到的那一种低到尘埃里的爱，琦琦真的不想要，只想平等相处就好。没有了天真痴情的追求，井水不犯河水的活法也安然无事。心态变了，眼前的什么事都顺心了。在生活中感受到幸福还是烦恼，还真是心态问题。

两天过得很快，琦琦想着早点回去工作。倒是乔治有些依依不舍。

彼岸花开
Flowers Blooming on the Other Shore

开车送琦琦到工作店的路上，乔治似乎还未尽兴，嘴角上微微一笑转头对副驾驶座的琦琦说："其实我真希望，咱们俩再努力三五年，就回我们的家，过上以前那样的日子，你说呢？"

琦琦扭过头望了一眼乔治，脑中像涌泉一样浮现出很多曾经幻想过的场景，幻想着跟乔治在一起白头偕老的温馨场面。琦琦从嫁给乔治的那刻，本就要好好地过相扶到老的简单生活，也没有想过，自己会在快步入中老年阶段还需要出来工作挣钱，今天听出的话外意思，就是这种打工挣钱的生活，还需要坚持三至五年。

琦琦想着按照乔治的家庭计划，如果到五十多岁还得有继续工作挣钱的压力，这不是她原先想要的生活状况。可是现在的这种分居两地生活，她似乎已经习惯了，自己过得不错，乔治看上去也很健康，还不需要她去照顾。似乎乔治还很享受这般生活，平时各忙各自的事情，微信上礼貌关心问候一下，知道彼此都还好就放心了。

偶尔像类似的重大节日，两个人相聚便好。琦琦每两个月休息一次，坐火车回家中看望乔治，在邻居们面前露露脸，有意在前后花园浇花洒水，保持着女主人休假往返的正常生活，使乔治免去解释太多的尴尬。

车子快要到琦琦工作的地方，琦琦才回过神地转向乔治说："我同意你的想法，只要身体健康，咱们俩还可以被工作单位聘用，能继续干多久都行，毕竟工作才能创造价值，在家待着还会闷出病来。你暂时没有找到工作，在家里就多辛苦做些前院后院的家务活。我干这项服务人的足疗工作，虽有些委屈自己，但能挣点钱我也愿意，这说明我还是健康的身体。你年纪也大了，若没有公司聘用你工作，也不要勉强，人总是要退休的那一天。再说你可以开始拿退休金养老了，为什么不想一个退休后的生活计划呢？这点我不懂，其实我们两个人生活的费用应该够用，为何还要那么拼那么辛苦呢？"

乔治没有认同琦琦的观点，还在强调因为还有 30 年房贷要还，还有万一他生病后的医疗保险费要续保，还有每年争取一次的旅行费用，还有他喜欢在夏季享受开船游玩的生活，船的维修保养也是一笔开销。乔治认为这是维持高品质生活的一种方式，他认为有一艘船就是中上阶层人高品质的生活表现。他不想放弃这种享受湖面宁静享受阳光和航行风光的生活，他感觉掌舵着船的方向盘就驾驭了一切，他在航行中找到自信和满足感。

琦琦再一次委婉地劝乔治卖掉船，结果乔治照样我行我素地说："如果我卖掉这艘船，还会努力买一艘更大的船。现在没有实力改善，但我必须维持现状。我可不想因为你不喜欢船，就让我放弃我喜欢的生活。你今后别再提这件事情了，我们可以转个话题吗？"

琦琦听着乔治有些不耐烦的语气，话到嘴边又咽了下去，看看路说："你就按照你喜欢的方式生活吧，照顾好你自己。我到了，我可要继续去工作了。你不用下车，路上慢点开车，下次再见！"

乔治知道琦琦因他的说话口气不悦，但是他也看得出来琦琦已很有抵抗能力了，有他没他琦琦都能活得很好。乔治心里明白得很，自己又没有替琦琦负责任何生活开支，每月还能拿到琦琦交给他的500美金，不用两年就可以把花在琦琦身上的钱，都陆续拿回来，还有收获更多的经济利益。

乔治心里盘算的这笔账，其实琦琦也这样算过，她就当是还账。此时两个人各有一本账，如果乔治感觉没有互相利用的价值，也许早就提出分手了。离婚对琦琦来说也不是什么坏事，更不会感觉天要塌下来，只是现在提出来分开，自己不甘心。

前后和乔治网恋到结婚生活快八年光阴，要是没有发生那场车祸，要不是乔治暴露出自私本性，琦琦会心甘情愿地守候着这段自己选择的黄昏之恋。她曾经幻想着有乔治永远珍惜他们的爱情，在有生之年能相

彼岸花开
Flowers Blooming on the Other Shore

依相伴。琦琦不图乔治的钱财，只图对她无微不至的体贴，这就足以让琦琦下定决心，放下亲人和朋友，从千里之外嫁到美国。

如果不是为了爱，琦琦是不会远赴异国当外嫁新娘，这段让人曾经羡慕的婚姻，却在维持四年间就出现了危机。琦琦想要的爱与温柔已被磨得斤斤计较了，彼此多花一分钱都会记在心间放着。琦琦体会到这后来发生的事情就像是一场场交易，价值索取，只是没有撕破脸。两个人修养都很好，乔治表现得很绅士，遇到尴尬难题立刻换一个话题。这已经是乔治的口头禅了，当琦琦听到这句话时，心里像明镜似的，清楚她与乔治商量的事情都会泡汤，不了了之。这时乔治特别精明，常常用转移话题这一招避免回复不妥引起琦琦的不满。

车停下了，乔治坐在车上望着琦琦下车，用手势摆了摆："你去吧，我们还坚持几年就会好了，我回家后还是会继续投工作简历表找工作。我也想早点过上在一起居住的正常生活，我也不想这样分居两地，你懂吗？"

琦琦当然懂乔治所想的生活，他想维持现有的生活品质，又想琦琦工作挣钱贴补家庭，还不需要他负担琦琦生活开支，还在家照顾他的生活起居。琦琦也想过这种老了有伴还要有钱的生活，可是内心总怀疑，这种金钱观大于爱的婚姻能维持多久？她的善良让自己不想与乔治计较，但她也不确认自己的心态不会变化。随着工作压力的增加，琦琦的想法也会发生变化，总拿中国与异国他乡比较，这么大的落差让琦琦改变主意是分分钟的事情。她也不甘坚持了几年的婚姻生活，因为自己的一时冲动而放弃本该顺理成章能拿到的绿卡。

这也是琦琦纠结的重点，其实在琦琦的心里绿卡身份已经不那么重要了，她就是想赌一把，她和乔治的婚姻应该没有那么糟糕。都这把年纪了，她也不会再有精力去证明人世间是否有真爱，爱情真的没有了，只能说永恒不变海枯石烂的感情不存在于她和乔治这段感情里。她还是不甘心地问自己，永不言弃的爱难道都是传说吗？

也许以后再没有这样的旅行，琦琦不确定还能和乔治能走多远。只要乔治不过分，琦琦还是会迁就他。谁让她这辈子遇见了这个缘分呢？琦琦一想起那么多外嫁婚姻中的姐妹，心里都藏着多么不容易的苦啊。她感觉自己的婚姻就像那些姐妹们一样，走进了盲婚的怪圈，进出两难。一种莫名的无奈涌入琦琦的心头，茫茫人海，真情难寻。

彼岸花开
Flowers Blooming on the Other Shore

第 19 章　一瞬烟花落

　　琦琦感觉自己就属于盲婚的女人，像水中漂流的浮萍。琦琦站在店门口望着乔治开车离去，转身踏进店内，马上就投入了上班的工作状态，一刻没有停留。耽误一天就少挣一天的工钱，在这里是多做多得。平日里琦琦从不休息，这次是因为乔治特意来这个小镇看她，老板娘就准假琦琦休假四天，全程陪同在湖边小镇附近小景点观光，享受老夫少妻的旅行生活。

　　同乔治短暂相处的几天里，琦琦从乔治的谈话中听出了许多她想找到的答案。这一晚琦琦满脑子牵挂中国的亲人，想着这种分居两地的异国婚姻，该怎么继续经营走下去。她不清楚自己到底想要什么样的婚姻生活，何去何从自己一点主意也没有了，真是愁死了琦琦！

　　为这个事情，琦琦自己跟几个外嫁的女友探讨过，答案都不一样。好友雪梅说："趁能够做得动，就干几年，多挣点钱，到老了咱们约着一起回国，在一个四季如春的城市，一起买房一起养老。"

　　好友露西说："等我小儿子读完大学了，我就回国，同你一起去珠海买房，那里离澳门、香港都很近，在海边养老。"

　　好友菲菲也在微信上留言说："当你回中国了，我也从澳大利亚飞到中国，我们好好商量，邀请几个好友看房买房，等老外走了后，我们好姐妹们一起养老。"

　　好友们的未来计划，可都有做回国的打算，掏心掏肺地表达中国是我们的根，回国才是华人最安全的港湾，只有生活在土生土长的中国，才没有那种漂泊在异国他乡的孤独感。

这一次跟乔治分开后，琦琦几个月没有再跟他见面。琦琦每天都是早起做些准备工作，到晚上下班后，独自一人把店门锁上，再回员工宿舍，小心翼翼、轻手轻脚地洗澡休息睡觉。平日每天都犯困，因为起得早，能一觉睡到自然醒是幸事；琦琦就怕辗转难眠，睡不好觉。她静下心来的时候，会想起很多往事，像放电影一样一幕幕地出现在梦境里，梦见多是白天所想的烦恼之事，考虑最多的是纠结几时才能回国？

这几个月里，琦琦的生活状态很不好，精神上有点麻木空虚。她不再感觉到快乐，连挣钱也没有当初的成就感了。最近跟乔治也没有多少沟通交流了，乔治也老得很快，正在积极张罗着进养老院事宜，根本没有考虑到妻子琦琦在外工作的辛苦。乔治自顾自办了一个人的养老院保险，只要他感觉需要进养老院的时候，办一个手续就可以入住。乔治早已把自己养老住处计划好了，推说是认识琦琦之前就规划好的方案。乔治咨询了保险公司，若是琦琦这个年纪投保办理养老保险，每年需要交很大一笔钱投保，不划算。乔治在微信上明确说过，他没有这个经济实力为琦琦购买医疗保险和养老保险。

琦琦知道这个信息后，知道迟早她得面对孤独的境地。她失望地收回自己的期待，从获悉乔治准备一个人入住养老院生活的打算后，与乔治来往更少了，几乎连节假日团聚的机会也没有。

这一年在美国圣诞节来临之际，琦琦终于收到等了很久的绿卡，可琦琦没有一点喜悦和兴奋，这张绿卡耗尽了她的整个身心，换来是疲惫不堪和沉甸甸的愁思。她在问自己，这场外嫁的婚姻生活值吗，这还是她当初为爱而嫁的婚姻吗？

在美国虽然名义上自己和乔治有一个家，可琦琦从来没有享受过安逸稳定的生活，在那个新家，她才刚刚度过了几个月，那段期间是需要

彼岸花开
Flowers Blooming on the Other Shore

她搬家、整理，安顿，她布置打扫卫生，整理前庭后院的劳作。她才把那里布置得像一个家，却被冷暴力逼着又要离家去工作。乔治在新家安逸后，又嫌她是一个累赘。眼看马上快要到平安夜——美国人特别重视要与家人团聚的日子，也没有听到有乔治的一句话。琦琦多希望乔治说："亲爱的，有我在，养得起你，回家吧！"

可是乔治那边没有一点动静，琦琦还是一个人度过这无眠的夜晚，望着窗外的天空，沉思良久。拿着绿卡又有何用？还不是过着两地分居的生活？

以前想着拿到绿卡后，可以自由在两国之间飞行，过上移居的自由生活，只要乔治还活着一天，她都会守候在身边陪伴。可现在她感觉是自己多情了，人家乔治压根儿就没有指望过她的陪伴，关键时刻这所谓丈夫还是辜负了琦琦的那份纯朴的善良。换句话说，乔治根本没有把琦琦去留当回事，还一直认为琦琦就是为了那张绿卡而留在美国生活，乔治不跟她离婚就是对她最大的恩惠，是在成全帮助她如愿合法留下来。

望着手中的这张绿卡，她似乎没有感觉到有多么幸福，并没有增强安全感。琦琦还是像以前一样要回去工作，为生存忙忙碌碌，一心只是想着赚钱，但感觉精神上空虚无聊。

琦琦虽然在美国已经能够独立生存下来了，但是并没有她原来期待的幸福感，跟她留在中国安静生活没有什么区别。在中国她还不用这么辛苦去谋生。琦琦真的该考虑自己回国定居的生活了，她想自己也会慢慢变老，不想这样两边飞来飞去。想着乔治对她已没有了爱，想着再也找不到陪伴乔治的理由，想着再怎么努力也融入不了美国的生活，早已失去往日的爱和快乐。琦琦为自己叹息感到悲哀，太不值了，半辈子快没了，这场追求异国风情的爱情婚姻就这样不了了之。想着想着她又是半夜无眠。

这些日子里她没有朋友，没有任何活动，只知道工作。每天的夜晚安静得可怕，屋外若有人走路的脚步声和说话声，都会使她紧张得屏住呼吸，竖起耳朵听听是不是有人敲门。她很害怕深夜那种令她窒息的安静。有时候下雨天，她总会听见雨水在屋顶上有节奏地滴答滴答响着，于是她数着数着，听着听着便睡着了。

琦琦嫁给乔治后，在美国打工的生活简单而乏味，乔治徒有丈夫之名，却再也没有带给她从前的依赖。琦琦早已变成了工作挣钱的机器，她不想这样迷茫地活着，她想好好地重新选择自己的人生。

这一夜很漫长，她一直熬到天亮，决定出门走走，她想改变自己现在的生活状况。琦琦出店后无精打采地沿着路边向小镇的湖边走去，她想好好静静。

琦琦想起了老板娘对她说过的话："我打算不久之后就回中国，到时候把这足疗店关了，你若是想接这个店，盘给你也行啊！"

琦琦当时直接回老板娘的话："我也想回国好好享受人生了。我接下来不打算在美国开店创业，你可别想让我来当这店老板。"想起这段对话，就好像发生在昨天。

公路两旁的大树几乎掉光了叶子，看上去剩下的是光秃秃树干，落叶铺盖了整片地面。琦琦无神地漫步在街头，神情茫然，情绪低落，心里空荡荡的。脚踩着路面的枯叶，发出吱啦吱啦的响声。琦琦紧贴着脖子上那条鲜红的围巾，随寒风飞舞飘着。那还是母亲送给她的，用来保暖挡风。她猛然听见有飞机的声音，脚步停了下来，抬头仰望天空，看见一架飞机从她头顶上空飞过。

此时她更加想念中国的亲人，她已有几年没有见到亲人了，这种惆怅没有人懂得。爱已经没有了，她和乔治的婚姻仅仅是爱过彼此，但是婚姻并不完美如意。不幸福快乐的婚姻，离婚是一种结束，但也是一种开始。这还是琦琦想要的婚姻吗？她现在该咋办？回国又怕丢人现眼，混得这么惨兮兮的，总会怕有些人笑话她……

彼岸花开
Flowers Blooming on the Other Shore

直到看不见飞机踪影，琦琦才收回目光，低头沉思了一会儿，再默默地挪动着步伐，似乎作出了什么决定。步子越走越快，接着她快步向湖边跑了过去。琦琦眼睛里含着泪珠，露出做好准备的神情，这次好像没有一丁点纠结徘徊，已铁了心，做出了一个大胆而重大的决定。

琦琦快速地冲向平静的湖边，一个急刹，停住脚步。旁边晨练的人群还担心她想不开跳湖自杀呢？此时她明白了自己想要什么样的生活，她的最后一次果断地做出决定。琦琦向着寒冷的湖面解开围巾，向天空挥动着，并将心里憋屈大喊出来："是你乔治心里没有我，是你一次一次不需要我了，这一瞬烟花落的爱，已花开花落，若爱已逝，是该飞回我的祖国了，还有我亏欠的亲人在等着我……"

这时清晨的阳光正好慢慢从东方升起，琦琦抹掉脸上的泪水，远远地站在那里平静地吸收着清新的空气，释放着一切压抑的情绪，放下心中一直纠结包袱。她要跟这几年来的人生轨迹彻底告别，让一切都过去，她要活好当下！那些虚伪的面具和虚荣心，让它们都上西天见鬼去吧！

当琦琦心里有了回国的计划目标，她的内心顿时涌出无穷的力量。她相信只有回到祖国怀抱，她才不会畏惧，那种幸福才是最大安全保障。有亲人的关心，才是她想要的幸福港湾！在祖国大地上才有踏实感，有国才有家。那种由内向外，从骨子里喷出的自信眼神，再次清清楚楚告诉她，自己才是靠山。

此时琦琦脑海里浮现出一朵洁白的蒲公英，当清风吹过，无数朵"小伞"随风而飞，各散天涯。琦琦觉得远赴他乡的外嫁姐妹们都像蒲公英的"小伞"，有的漂洋过海扎根在大洋彼岸；有的飘飘荡荡，始终落不到地上；而琦琦这朵"小伞"正准备乘着东风，回到阔别多年的祖国，在那片温暖明亮的土地上扎根生长。琦琦慢慢地向着太阳升起的方向遥望，她深信在不久的将来，她就会飞向家乡的天空！回到日思夜想的一草一木，奔向母亲的怀抱。

第 20 章　她将会怎样选择呢？

　　琦琦暗下决定，干到 12 月 22 号，就跟老板娘辞工，因为她已答应了乔治陪他过圣诞节。琦琦也想好了，等过完节之后再对乔治说回国的想法，一直不好直说，她得找到合适的机会谈谈，她不想伤害乔治，即使知道了两人早已没有了爱情的婚姻生活，可以说自从琦琦工作后，乔治从没有给过她零花钱了，反而每月琦琦还倒给乔治 500 美金，只要两人休息偶尔买生活用品，都是琦琦买些自己喜欢的中国食物，乔治就在车上等，不进超市，毫无疑问，琦琦早已习惯了靠自己买单，买了一些自己喜欢吃的食物，感觉这种想吃什么就买什么经济自由独立的感觉真的很爽，她反而喜欢这种一个人购物的感觉。

　　突然想到樊登读书说过的精句：

　　"无论命运把你抛在了哪一个地方，你就地展开搜索，做自己力所能及最好的事，这就是人生最好的方向。"

　　"只有弱者才会追求公平，只有弱者才会追求面子，只有弱者才会追求报复，因为他缺乏独立完整的自尊体系，他觉得你这样看我就冒犯我了，这种人是强大还是懦弱？是弱的。而有的人，你的尊严感来自于你的内心，你评价自己，你知道自己是个好人，你知道自己几斤几两，你知道自己该做什么？所以就算他瞧不起我怎么样？没有影响到什么？所以我就不容易被激怒。"

　　"要想成为全能女人，你不可能做到一切，所以一定要能够学会平和地工作，学会给自己放下，把自己放在第 1 位，学会爱自己，学会去

彼岸花开
Flowers Blooming on the Other Shore

感受生活当中的美好，过好自己的生活，我们的生活会从容很多，你如果喜欢女性文学，喜欢力量，喜欢爱，有套《发光的女性》书中有最大的感人之处，就是女性坚忍的成长经历，可以给每个女性启发，蕴含着众多的人生智慧和哲理，这是典型的女性疗愈小说。"

这些话，已经让琦琦读进心中，记在脑海里了。

琦琦庆幸自己喜欢读书，在美国除了每天工作十几个小时以外的时间，睡觉几小时，其他的早晚时间，就是在手机上网课，学习的内容广泛，手机拍视频剪影、配文案，报名学习插花、厨艺、吹萨克斯、学说普通话……一些美国的华人朋友问她："在美国学中文普通话，不学英语，真不知道你是怎么想的。"

每当这个时候琦琦总是淡淡地一笑，算是给了答案。

心里想着，没有那么多的为什么？能在美国待下来，全凭着对读书、对中国文学的热爱撑过来的。若是休息一天，琦琦总会在当地的图书馆一待就是六个小时，不停地翻阅中文小说、散文等名著书刊。那个时候的琦琦几乎忘记了自己是身在国外，完完全全地沉浸在书中知识的海洋里，吸收精句，摘录在随身携带的小本子里，她如此渴望着书中人生哲理，那些能震撼人心的人物故事。

也许是琦琦已经放下了，活通透了，在国外一个人，已经孤独习惯了，一个人又怎么样？害怕过后，日子还不是一天天地熬过来了。一想到就要回国了，在超市买菜的心情都很愉悦，此刻根本没有想过去责备乔治的不陪伴，反而还买了一些乔治爱吃的中国食物，鱼和鸡爪子。她就把乔治当一位老人，一位曾经爱过她的男人，一个爱清洁、有教养、绅士的男人，不管怎么说，乔治追求她，并帮她办理签证，她是明媒正娶嫁到美国来的妻子，一想到这里，她柔软善良的心，似乎又忘记了乔治对她的吝啬刻薄及小气。

她深知道还是要自己工作挣钱，有能养活自己的能力才是重要的。

出了超市的琦琦，走在乔治的车前，看见乔治已睡着了，乔治常常会在车上休息一会儿，乔治很会照顾好自己，这也是优点，要知道乔治也从来没有麻烦过琦琦。

这样一想，还有必要在婚姻中去争输赢比高低吗？突然觉得自己好可笑啊！

要是以前也像这样放下，自己的心态变好了，好像日子也过得挺快，也不那么难熬了。琦琦很喜欢享受购物的过程，不知疲倦。

车外的敲门声惊醒了乔治，乔治忙下车帮忙将推车上的购物袋子，一袋袋装上气车的后备箱，嘴巴上小心地问了琦琦："你今天买鱼了，是准备红烧给我吃吗？还有鸡爪子？也是给我买的？"看见琦琦点头，乔治此刻心里五味杂陈：歉意、高兴……没有想到琦琦如此淡然自若，一副轻松的样子。乔治这会儿还拧不过来神情，这事要是放在以前，琦琦定会犯公主病，自叹还会生气，给乔治脸色，冷战。没有想到，今天琦琦不仅没有倔强发脾气，还这样淡然处之，搞得乔治像自己做错了事似的。

一连问了几句："你好吗？"

琦琦笑着说："我很好，你睡好了，就好，现在可以开车回家了，晚上我们好好谈谈！"

乔治心想：琦琦要跟他谈谈，会有什么事情呢？还这么认真，不像是开玩笑哟？

这天的晚餐不仅丰富，还都是两个人都爱吃的美味佳肴，两个人边吃边还喝着红酒，也不知道是酒足饭饱过量的原因，乔治猛然说道："琦琦啊，我好喜欢跟你一起这样共进晚餐，这才是我们以前享受的生活啊，有很久没有这样了。"

琦琦见已经说到这个话题了，就趁乔治高兴，提到过完圣诞节后，家人需要她回国过春节的事情，机票也托女友杰西买好了，为此行，已盼望了一年了，前天还特意为还杰西人情，为杰西挑选了一个美国牌子的白金手镯，一个脚链。

杰西很开心，杰西是琦琦同乔治一起在美国上中文学校里认识的共同朋友，也是在美国走得最近亲密的朋友，因为杰西英文好，又乐意帮助琦琦，一来二去，乔治知道只要琦琦跟杰西在一起，一定是逛街购物开心的时候！

乔治一直察言观色地等待琦琦说完这次要回国的突然计划，没有准备，甚至觉得太仓促，这么突然要回去呢？还是有些不悦，但当听说机票的钱琦琦已付给杰西了，闷了好一阵子后，只得迎合说："回去后，几时返回啊？因为我想帮你预约申请办理退休金。"

琦琦早料到乔治会拿有重要事情要做，想试探一下能否改变计划，例如这些理由：必须当事人琦琦配合签名。

她本不想让乔治知道回国的时间多长，待多久？

但是问到这话题了，琦琦只好回复了："要看回国办事情况而定，大概 5 个多月。"乔治沉默了一下，接着说："那好吧，等你回来后再申请办理，那么久？我会想念你的！"

此刻琦琦的心里也明白，这次回国也没有想好是几时返回，但是机票是买往返的时间，绿卡身份的人必须在 6 个月之内返回！

琦琦给自己定时到最长的计划。

乔治也明白，若不是政策有限制，琦琦也许会在中国待更久，也许不会回来，不定因素太多，乔治不敢想，琦琦也还没想清楚这个问题。

当看见乔治一对她说出几句温情浪漫的话语时，那种久别的温情和爱的意思，又好像回到了从前美好的时光。

地球在飞快地运行，而人心也随之变得深不可测，琦琦也纠结着，为什么拥有了长期绿卡，却没有一点幸福感？何处何从？

像琦琦这样为爱情嫁给洋人丈夫的女人，还真没有一个真实的答案，生活的磨合早已把鲜活的情感，在蹉跎岁月中磨练得不像初心，在美国硬是将琦琦本不爱金钱的女人，结果变成宁愿委屈自己，去拼命工作挣钱，拼命地忘我，像一台挣钱的机器运转，才会有安全感，手上一旦没有钱，脑海里就会冒出很多恐惧画面，乔治的冷漠，轻视的眼神，琦琦自己内心的不自信，外表装着坚强的防备，使自己患得患失，真的不知如何是好。一看见乔治对她一点好，她又心软了，融化了当时冷落的恨意，琦琦的善良就又泛滥了，见乔治对她好，对她说几句好听的话，就能原谅乔治曾经对她的一切不愉快，这样的场景已经反反复复很多次了，琦琦总是期待着人世间应该还是有真爱，琦琦不相信女友们都认为她是恋爱脑，在当今的社会中，还有相信爱情的女人，琦琦还真的相信，她宁愿相信乔治是真心。

就这样琦琦带着无尽的纠结准备着回国。脑海里想起了，以往每次乔治不同时期送她到美国纽约机场表现：

场景 1，琦琦第一次送机场的路上，沿途乔治对琦琦的体贴入微，亲自驾驶车子，车上放着经典田纳西华尔兹舞曲，因为这首歌曲是美国乡村歌手出生地，也正是乔治姐姐居住的美国乡村小镇——美国的田纳西州。这个优美的音乐勾起了琦琦想起那次和乔治探望他姐姐海伦一行，那是乔治第一次开车护送琦琦到达飞机场，亲力亲为地全程陪伴着琦琦办理托运，直到琦琦通过安检，转过弯，琦琦的背影都不见了，乔治才依依不舍离开……

场景 2，第二次乔治匆忙像赶集似的，开车护送琦琦前往纽约肯迪尼机场。沿途两个人无声地听着英文音乐歌曲，看着车道两边的风景，一排排树林，平层高低不同连排别墅，乔治会兴奋地介绍一下哪里的人文地名及故事，其实乔治很善谈，因为他一直还有一个令人尊敬的职业，在费城某大学兼职做老师，所以乔治不语的时候，是有很重的心思，当他想表达自己的想法对琦琦说的话，就会以讲故事的形式，讲出他年轻时候的事情，此次送琦琦，乔治就聊到了很多他的爱情婚姻观点，琦琦那个时候就感觉他真不简单，乔治的原生家庭，父亲是位画家，妈妈就是一位在普通上班族员工，长相很美。乔治从读大学二年级时，就靠自己边打工边完成学业，乔治在那次就说出了，因经济拮据，每天只有吃一餐饭饿着肚子上课的穷困、难熬的经历，自己在上课的时候，肚子饿得发出咕噜咕噜的声音，被安静的课堂上同学听到的难堪和尴尬。他一辈子都忘不记的那种难熬的日子，也使他立志坚持着完成大学学业。在大学期间边打工边开了一家披萨小店，直到大学毕业。这也是他很热爱珍惜工作的原因。缺乏安全感和很在意经济掌控的因素。那次慌忙送到机场，乔治就急忙开车调头离开机场的情景，因为有了在车子内两个人的沟通，琦琦很善解人意同情、理解乔治的苦衷和不容易……

场景3，那时乔治并不想送琦琦去机场，已经聊到了让琦琦自己打车去机场，这个时期的琦琦已经开始在兼职打工了。琦琦在女友的建议下，跟乔治好好地面谈，表示愿意主动承担所有的回国机票费用，包括，如果是乔治送她去机场汽车加油、入住酒店，顺便两人在纽约度过圣诞节费用，琦琦说出了自已愿意分担，那是因为有疫情尾声，全球都在要求在指定地方部门做核酸检测，需要检测报告。琦琦回国探望家人心切，英语不太好沟通，上飞机前有很多环节，比如检测点、开车驾驶线路、交通状况等等，若有乔治帮助，肯定会安全、顺利得多，这个时期，即使是夫妻，在中西结合的婚姻中，在经济方面 AA 制体现出来，对乔治来说，太正常不过了，此刻琦琦虽有不悦及与中国文化婚姻观念相比，也只有选择让经济去解决问题，直言心平气和谈到，此行高价飞机票已买，回国计划不能变，要乔治送到机场，还需等办理完一切托运手续，实则是为了有安全感，和心灵有个转换观念适应过程，及面对现实两个人的关系维系因素，琦琦清楚地知道，拿出钱就能解决的问题就不是问题。琦琦大方智慧包容真心谈出了自己的处理方法，由乔治自愿选择：一，同意自己亲自送琦琦；二，琦琦自己雇佣中国华人包车，包所有的护送检测点，及机场所有服务费用。思来想后，乔治看见琦琦决心已定的样子，显示出不强迫，尊重自愿的原则，而且无可逃避责任的建议，而且给的一切费用先支付 1000 美金。乔治于情于理，就很舍不得这笔旅途费用落在外人身上，于私他若送，也在情理之中还有得到这笔费用。

场景 4，也就是此次回国的情况，琦琦自己都没有想到，憋在心里计划回国的事，在圣诞节过后与乔治谈出来，却是那么爽快，乔治主动答应了，琦琦，很欣慰这次乔治没有让她为难多费口舌，她想这次休假几天，在出发前一周好好陪伴乔治，把家务事做干净了，并每餐做些乔治喜欢吃的美食，就这样临前前两个人不约而同地互交给对方一个红包，乔治给了琦琦探望家人的礼金，琦琦则包好了一切路途所需用的费用，礼金红包 660 美金，图个六六大顺，吉祥如意。

这一路上，乔治不停地对琦琦说："我真的爱你。"

琦琦自己也只有腼腆地笑着不语，虽然在美国生活了几年，但是她还不好意思张口说出"我爱你"这三个字，她把这三个字看得很重很认真，她不习惯嘴上的甜言蜜语，因为它不足以使她心动，那出口成为习惯的"我爱你"那感觉是口语而已，她听习惯了，但还是不如行动来让她有真实感。

想着机场经过开车三小时的路程，这天美国的天气真的很糟糕，小雨加小雪，一路车开得很慢，而且很小心驾驶，乔治很体贴让琦琦半躺下副驾驶，闭上眼睛眯一会。直到达到纽约肯迪尼 8 航站楼路边，被乔治声音喊醒："琦琦到了，快拿旅行箱下车。"

琦琦赶紧打开车门，顾不上外面下着小雨雪花冷风刺骨的寒气，硬着头皮使出全身力气搬下三个箱子、一个双肩挂包。

这个时候琦琦不是公主了，是很能干的女人，没有工夫矫情，只有见事做事应急配合的女人，时间不等人，琦琦害怕乔治放下她和旅行箱在机场大楼门外凉凉守着，当即下车对乔治说："请你停好车后返回来，等我办好托运手续后再走。"

乔治犹豫了一下点头："那好吧！"

说完开车就离开了，琦琦自己无奈，一个人将一个一个的旅行箱转进门内，等待着乔治的返回，她不敢随便移动地方，就向乔治能一进门的地方站着，她好看见乔治进来的身影。

半小时过去了，乔治终于返回了8航站楼，琦琦兴奋地向乔治挥动着围巾，其实乔治进门抬头就看见了琦琦，两人相人已见走到一起。乔治询问了办理此航班的柜台地方，同琦琦一起把箱子都移到最前面地方等候，离办理时间还有四个小时，乔治有些焦虑，来回看了几次琦琦，终于憋不住了，直接对琦琦说："我该走了，我不想太晚回去，你已经没有需要我帮助的了，就在这排队休息等候，你能行的，别着急，慢慢来，好吗？"

说完笑着装着轻松地对琦琦，伸开双手给一个大大的拥抱，拍拍琦琦的双肩又一次地说："我走了，回家后发微信给你，再见！"

琦琦不悦地一声没有回应，就看着乔治迅速调头向门外走去，没有往日送别的依依不舍，还真是果断，没有客气的客套安慰，这次送行是琦琦没有意料的，她一直以为乔治有的是时间，第二天还是假期休息，这难得相聚的时光，他毫不在意琦琦一个人孤单的感受，琦琦此刻自己都不清楚了，她还在幻想中的爱情，事实婚姻就是这样，怎么选择都是自己选的，不是吗？如果呈现在琦琦眼前的乔治，好的及不如意的个人表现，就这样，琦琦还能怎么样？如其不能左右别人，也只能改变自己的心态，什么爱不爱的呢？琦琦善良的想着，对待乔治就当是一位老人、朋友、去善待，她不想让外人误会，拿到了长期绿卡就离开乔治的女人，因为社会上已有类似中西结合的婚姻，有多种不同的选择，全部在于婚姻中不同当事人，他们各自不同的需求？

也许人在失去了的时候，才能感觉到那个人在心中位置，是真是假有那么重要吗？重要的不就是一生一世在你身边的陪伴吗？那不就是真爱吗？形影不离。若是离开了这段婚姻？你又能确定遇到下一个是适合你想要的爱人？婚姻吗？琦琦明白人生没有爱情的婚姻多得是，难道不活了吗？余生还有更有意义的生活，这就是对自己好点，多做些能使自己快乐的事情，包容他人和自己，小事糊涂大事智慧点，做好平凡的自己，毕竟我们都不是圣人。此刻广播声打断了琦琦的思路，抬头向大厅望去，乔治向机场外厅走远，消失在茫茫的人群中。

琦琦也坚强地走向将要出发前行的方向，她在鼓励自己，这只是人生的又一次旅行，她也许想清楚了，下一个十字路口，她将会走向那里？她将会怎样选择了……

机场的天空，涌动飘浮的朵朵白云，一架飞往东方的航班，正冲进云霄，上升上升，在逐渐飞向更高的维度！琦琦已经坐在飞机的座位上，闭目养神，但脑海里浮想联篇，像是做梦又像是真的！这次她终于又回来了，至于是去是留，按照琦琦的做事风格，也许还是会等待着乔治的真心呼唤，也许会来来往往，爱不爱并不是那么重要了，最重要的是，琦琦心里已经找到了人生幸福的方向，她何处何从？其实心里像明镜似的，活得很通透了，命运已掌控在自己手中，只需由自己的内心去选择……

彼岸花开
Flowers Blooming on the Other Shore

后　记

　　我萌发写外嫁女性《彼岸花开》以外嫁女性为题材的想法，已有很多年了。在生活中我接触过不少外嫁到不同国家的女人，从她们的倾诉中了解到很多外嫁路上的真实故事，知道很多外嫁女人不幸被骗，婚恋中介公司为获取行业暴利，故意夸大鼓吹外国月亮比国内圆的论调，坑蒙了无数位女人入会员费。我起初是以《漂浮姻缘》为题在《海华都市报》发表连载完这部长篇小说，共计 27 万字。后又经两年的精修打磨，删除了 10 万字，改编为精修版本，将以《彼岸花开》为名，以中英双语的形式出版。这部长篇小说最终选择与汇文书联签约，因为我已关注了汇文书联三年了，汇文书联为作者之所想，在保存作者原创内容的基础上，使文学作品精彩增辉，加之优质服务平台和推荐宣传实力。作为作者，我很关注汇文书联公众号每期文章及企业宣传事实信息，对汇文书联颇为信任，于是决定将前后写了五年的这部《彼岸花开》文学作品，在汇文书联编辑老师们的认可推荐下，于 2023 年 12 月 6 日正式签约。

　　这是一部值得女性朋友们阅读的书。此书中旨在告诫广大女性朋友，在择偶外嫁时一定要慎重，以免犯下类似的错误，而毁了自己一生的幸福。

　　这部作品经历五年往返实地取材，艰辛写作成书。承蒙几大纸媒体、音频平台、掌阅平台，及汇文书联编辑牵线，大力支持和鼓励协助，使这部长篇小说在原创基础上改编成精致版《彼岸花开》，终于得以后期以双语出版发行，与广大读者见面，在此提前深表感谢。

　　在此作为作品的作者，向为此书关心、奔波、出策献计的编辑老师们、文学老师前辈们，表示深深的感谢！感谢大家一直以来的信任和鼓励，作为一名文学作者，就一个纯朴的心愿，在文学道路上，写出更多更好的文学作品，流芳百世，让更多的读书人受益广传！

赵舒娴

2023 年 12 月 6 日

Flowers Blooming on the Other Shore

Foreword

This work shows the various life states of a Chinese woman after she marries a foreigner, why it happens, what kind of way it happens, and what kind of experience the person will have.

The work selects several typical examples. Some women go across the sea for love, and overcome the difficulties of life and lead a beautiful life; Some women fail to meet the right partner and leave sadly. Some cheat their fellow men by any means necessary to make money. Some families, because of the cultural and ideological differences between the two countries, are eventually affected by money issues and live a long-term separated marriage life.

This work opens our eyes to the various aspects of life and the good and evil of human nature in the field of foreign marriage. It made me realize that marrying or emigrating abroad is just a choice of life, and living abroad is not necessarily related to happiness. If a person can have an open-minded and peaceful mind, neither force happiness nor resist suffering, and experience the impermanence of life with a normal heart, I think people with this trait are more likely to obtain peace of mind and happiness.

Recommended preface: Yiming Nov 2021

Part 1

Who can walk with you for

the rest of your life

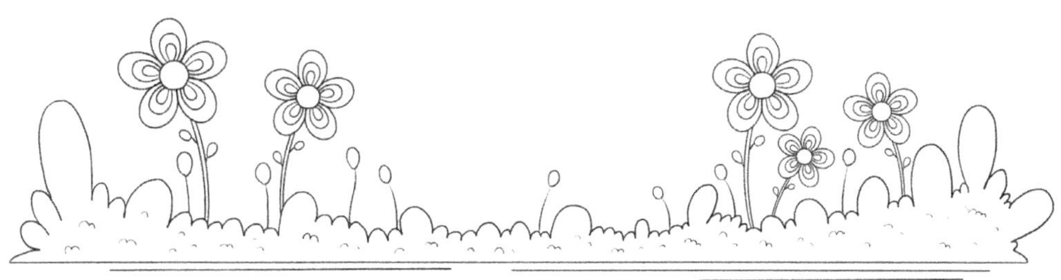

Chapter 1: She is the man's fifth wife

2013 New Year's Day in the United States, arrived in the United States of Alabama on that day, it is already night, Yun 'er along Kenny's footsteps, followed into the house once seen on the Internet, all this Kenny said was prepared for Yun 'er, anyway, in the United States to have such a home, finally let Yun 'erfamily rest assured, at least is a real person, a real marriage, All this seems to make Yun 'er feel that a trip to the United States is still very easy, because it is very smooth for Yun 'er, not as mysterious as those single sisters say.

Yun 'er's international marriage was introduced by the boss of a translation agency, Ke Zong, who matched Yun 'er and Kenny's online correspondence. Yun 'er was born in 1986, is a tiger, Kenny American man was born in 1958, is a dog, it is said that the Internet shows that the age of the two people match, Yun 'er superstition, this zodiac sign is also matched, although the difference of 28 years, but the online seems to be good, so Yun 'er in the intermediary Co., accompanied by the service translator, agreed to first letter exchange, and willing Kenny to come to China to see Yun 'er.

Kenny decided to marry Yun 'er a week after flying to China from the US to visit her. Kenny met Yun 'er and sincerely wanted to get married with Yun 'er in the United States as soon as possible. It took him half a year to apply for a fiancee visa. Finally, Yun 'er married Kenny smoothly and legally. Yun 'er sometimes felt whether he was too hasty, so half a year later Yun 'er set foot on the plane to the United States, confused really married himself, from the Internet to know only a few months. Yun 'er has no bottom in his heart and no spectrum, just know that being able to marry a foreigner smoothly under the service of Ke head office, there are a lot of unmarried single female members envy, said Yun 'er is very lucky, an Internet is rich and good conditions of foreigners. Yun 'er was also very proud at that time, vanity also forgot to be afraid and calm. To tell the truth, Yun 'er himself can not feel, what in the end they need, whether it is really the life she wants to marry? These problems, when Yun 'erer arrived in the United States, just from the heart to consider, the rest of her life will be with the American man Kenny in front of her life, this is the real beginning.

Kenny took Yun 'er's hand and walked into the hall. At first glance, he saw an open kitchen with a large sink in the center, living room and dining room connected together, and a guest room and a bathroom on the right hand side of the first floor. The master bedroom is on the left, with two sinks, a shower and a soaking tub. There's a partition wall in the middle, a toilet, three doors in the master bedroom, a door into the master bedroom, a door to the bathroom, a door to the backyard, but all three doors are glass doors. At the same time, right next to the back yard of the master bedroom, there is a set of five-step cabinets with a front rectangular mirror on top, facing the bed of the master bedroom. Throughout the master bedroom, it feels like it is surrounded by bright mirrors and an open backyard. A bathroom on the second floor, a gym, and a spare sofa bed in one of the guest rooms for watching movies Kenny went through all the functions and uses of the room.

In silence, Yun 'er followed Kenny as he watched and became familiar with it. Yun 'er was most impressed by the fact that a woman's hair had been left in the sink on the countertop of the master bedroom bathroom.

The house as a whole looks brand new, but carefully see scratches on the table. Yun 'er opened the faucet and found that the drainage was very slow, and with a touch, there were many female hair strands. Yun 'er understood at that moment, but said nothing.

Despite the bumpy journey of two days, Yun 'er felt no sleep at the moment.

Kenny said to Yun 'er: "Today can have an early rest, I drove ten hours, a little tired." Yun 'er: "OK, you go to bed first, I still need to pack my suitcase."

Busy finishing the two boxes, it is two o 'clock in the night, before going to bed, Yun 'er curious to look around the door closed? There is no light in the room, you can see the moonlight from the backyard doors and Windows into the house, always feel a lot of light indoors, because all are transparent glass doors, there is no window curtain to block.

Yun 'er approached the master bedroom and lay down on the bed. Looking out, she could see everything in the backyard, including the lawn, a few small trees, and the pool reflected by the moonlight. As the breeze blows the surface of the swimming pool, the faint light can see the water ripples slowly flowing. Yun 'er felt as if she were lying outside. A mirror on the left side of the five-ladder cabinet is facing the child sleeping in bed, although the child is very tired, but how can not sleep, a pair of eyes staring at the direction of the door, a little privacy space, the child suddenly thought that if someone steals into the backyard, the master bedroom and the whole room dynamics will be in the eye of the thief.

Yun 'er think about it is not safe, can not sleep at all, according to the Chinese residential feng shui is the most disadvantageous to the owner, a master bedroom three doors, the master bedroom only by the bedside of this wall, which is the most taboo feng shui, the three-way open is the interior design, perhaps Westerners do not pay attention to what wind water.

Look at Kenny sleeping, Yun 'er listen to Kenny snoring louder and louder. That night, Yun 'er did not know how long it would take to fall asleep, it was really sleepy, tired, Yun 'er did not dare to move a posture, and stayed up until dawn.

Yun 'er saw the day finally slowly light up, then gently out of the house, she a person in the yard to look around, some quietly in a daze.

It was Yun 'er's first day in Alabama and her first morning as Kenny's fifth wife. Yun 'er is in the fiancee visa, just know Kenny has had four divorce history, at that time had a bit of unhappiness, and even want to give up temporarily, but can not stand the intermediary Ke total words shaken: "Foreigners can truthfully fill in the application form of these divorced marriage situation, that he is honest, and that is his past things, nothing to do with you now."

Kenny woke up at this time and saw Yun 'er's absence beside him. He shouted to Yun 'er outside the house, "Where are you and what were

彼岸花开
Flowers Blooming on the Other Shore

you doing out this morning?" Yun 'er acquiesced to all this and prayed that Kenny would be kind to her.

Yun 'er: "Oh, you woke up, I looked around in the yard, couldn't sleep all night, probably because of jet lag."

By the way ran into the room, stomp, ha a hot, on a pair of cold hands ha up, the end of December weather is a little cold, Yun 'er into the living room, in the kitchen took a cup of hot water, warm hands. Kenny: "Honey, didn't you sleep well last night?"

Yun 'er heard dear this sentence, but also really a little unaccustomed to love hanging in the mouth. Although Kenny and Yun 'er are already legal husband and wife, Yun 'er is a little happy but feel a little strange, to Kenny very polite back: "Good morning!"

Yun 'er does not seem to consider herself the mistress of the house.

Yun 'er: "You can get up now, I want to make you some breakfast, then you show me outside, OK?"

Kenny: OK, no problem, but you have to give me a kiss, a hug.

Yun 'erchild slowly approached Kenny side, Kenny very hard to hold Yun 'erchild, mouth on the lips of Yun 'erchild, Yun 'erchild with his right hand holding the hot water cup, indicating that the boiling water is hot, then naturally away, only let Kenny kiss her cheek. Kenny looked a little upset when he only kissed Yun 'eron the cheek.

In fact, Yun 'er, really don't like to kiss when not brushing your teeth and washing your face, instinct has a kind of resistance, very disgusted with that kind of bad breath. Over the years of single life, there is a protective habit has been developed, single for a long time, for a while is really not used to Westerners this kind of enthusiasm expression.

Besides, she really wasn't used to deep kissing, wasn't used to it before, and still isn't used to receiving such breathy kisses. Yun 'er is actually a slow hot woman, like to have a sense of security, will enjoy the care of love. If she really met a man who made her fall in love, she would give the same tender love in return, but the Kenny in front of her came too fast, she has not found the kind of good man who makes her feel passionate and very assured, and Kenny seems rude and anxious. These awkwardness let Yun 'er quickly turn away, this subtle feeling must not let Kenny detect.

After the first contact and understanding, I have felt that Kenny is a little impatient, easy to anger, and impatient. Yun 'erwent straight to the kitchen, turned on the gas stove, made two fried eggs, poured two cups of milk, and put one cup in the microwave to warm up. Yun 'er is still a Chinese eating habit, like to drink hot, and it is also winter. She added cereal to a cold glass of milk for Kenny, because Americans like to drink cold.

Kenny came out of the bedroom bathroom to see the Western-style breakfast that had been set up on the dining room table. With a smile on his face, he slouched over to the dining table wearing the royal blue canary pajamas that Yun 'erbrought from China and gave Yun 'era hug.

Kenny: "Thank you, honey."

When Yun 'er sat down, the morning sun just shone on the table. Although the western meal was not as rich as the Chinese breakfast, it still looked very romantic. This was the breakfast that Yun 'er simply made for Kenny.

Everything is a challenge, everything is unknown, Yun 'er feels a little panic, because she does not know if she can adapt. For children with no English foundation, it seems that speech is a headache, and they must start learning and observing like babies, starting from scratch. In the United States, Yun 'er did not have the confidence in China, and did not have their own advantages, think about even life skills, the most basic expression language did not master, Yun 'er dare to marry an American man Kenny, it is really a brave woman. Now Yun 'er think up began to have fear, how to do? Here we are, only to live while grievance to accommodate Kenny, should have no problem.

Yun 'er found a good reason to comfort themselves, thought all patience, what if she does not care about, should be past. He is the mistress of the house, is Kenny officially legally married into the home of the fifth wife, although it sounds a little painful, awkward, but this is the reality!

彼岸花开
Flowers Blooming on the Other Shore

Chapter 2: Discord

Yun 'er waited for Kenny to go to work, leaving her alone at home, which felt relaxed, so lying in bed to catch up on sleep, Yun 'er thought of the scene when he came to the United States and walked out of the airport.

That day, on the left side of the departure hall, I heard Kenny's voice: "Hi, honey, I'm here!"

In the direction of the sound, Yun 'er saw Kenny wearing beige shorts, wearing cross slippers, but wearing a jacket on the upper body, knowing that it was the winter in December, holding a white lily in his hand, Yun 'er didn't understand the American men's way of wearing, how to wear this body.

Yun 'er walked over to Kenny and said worried, "Aren't you cold? Why are you dressed like that?" Kenny: "I washed my car before I picked you up. I didn't have enough time to change my clothes."

Kenny immediately took over the two suitcases pushed by Yun 'er, Yun 'er carried a small carry-on bag on his shoulder, carrying a small suitcase 20 inches small in his hand, and Kenny walked out of the airport with his other hand around Yun 'er's waist.

The sky is already more than 9 o 'clock in the evening in Houston, a black feeling, Yun 'er saw the Houston airport in the United States, and she did not live in the city of the airport so big, not 10 minutes, has walked through the airport, across several intersections, waiting for passengers on the sidewalk, as if waiting for a bus.

Yun 'er looked back and looked at the Houston airport before getting on the car, the external building is very general, Yun 'er suddenly thought of just through the airport hall and take the luggage there, almost no one to take care of the suitcase, there is no staff to check the ticket to take the ticket check, the airport environment really does not have the bright, atmospheric Chinese airport.

These seem to make Yun 'er son some do not think, not all things are good in the United States, did not come before, she just heard about it, really did not expect the first stop let her surprise.

In the car, Kenny has prepared a mobile phone with translation software installed for Yun 'er, and they talk in this way. Kenny talked to Yun 'er about their plans to get married at the farm where Kenny's parents live. In the conversation, Yun 'er mentioned that she had prepared the wedding dress, but forgot to bring her wedding shoes to the United States and buy another pair of shoes. Hearing this, Kenny seemed a little unhappy, and the details of this facial expression were still seen by the careful Yun 'er son.

Is the cultural difference between the East and the West, and buy a pair of shoes still care? In front of the soon-to-be-family fiancee between two people, still so haggling? Yun 'er is thinking, is not just a pair of high heels need to buy it, and it is not so bad money?

Kenny and Yun 'er spent the night in a hotel, and the next day Kenny drove to the town where his parents lived.

Meet Kenny for the first time and not imagine so beautiful, Yun 'er son advised himself not to care too much. However, the scene of giving rings to each other during the wedding made Yun 'er feel unhappy again.

The day before the wedding, Kenny thought of buying the wedding ring, which let Yun 'er son never expected, Kenny bought the wedding ring only 56 dollars, the shape is simple, like leek leaves, the value equivalent to Chinese Yuan 300 yuan, which let Yun 'er son do not understand Kenny is thinking? Is it so stingy and stingy, that is, it is simple again, and should not be marriage as a joke, like playing house, a little too casual. Although Yun 'er does not mind this, but the wedding ring positioning can see Kenny's marriage attitude, Yun 'er does not want to think much, also do not want to think much, anyway, she is not a very material woman, marriage is just a form, just hope that the man can be good to her, Yun 'er can also not care about these insignificant surface forms.

Two days after the wedding, Kenny had to go back to his work town in Alabama, where he had a small factory. This is the home Yun 'er wants to see soon, the place where they will spend the rest of their lives together. Yun 'er thought, as long as there is a place of love, is their home, she is looking forward to.

Yun 'er son suddenly woke up in a dream, originally dreamed again, this is the second day to Kenny's home, Yun 'er son jet lag, plus in the menstrual period, always want to sleep, always dream of talking with Kenny scene, but can not remember Kenny speech content.

I don't know how many hours I slept? Yun 'er looked in the backyard and then around the front door, but still no one was there. Yun 'er son knew that the first day to avoid Kenny's kiss, but the next morning, Kenny love that thing.

Yun 'er wants Kenny to understand that love is a need to have feelings, to have an atmosphere of love, you have feelings and I have that concept on purpose, instead of coming up like a rough man, and can't wait to do those things, Yun 'er actually knows what Kenny wants.

If it is considerate people, this time should not think of these things, Yun 'er son from Kenny unhappy look, a little unhappy feeling in the heart, how do not understand people?

What kind of woman forces sex on her period? If there is a little hygiene common sense, who will understand and understand these basic common sense, but Kenny just at this moment does not pay any attention to Yun 'er's pushing explanation, and suddenly holds Yun 'er in his arms, presses his hands to the bed, and puts his face to the chest of Yun 'er, burying his head almost in the entire upper body of Yun 'er, while putting down one hand to unpack Yun 'er's underwear. Yun 'er was struggling for a moment when she suddenly saw Kenny a little bald. At this glance, Yun 'er son felt very sick, close his eyes, use his body strength to break free of one hand, catch Kenny's hand to unbuckle his pants, immediately get up and run straight to the bathroom, while running to Kenny: "I want to change the sanitary napkin, can't do that, endure it."

Kenny Yun 'er son ran away, flushed, atmospheric straight out, angrily into the kitchen, open the refrigerator take out a bottle of iced coke, plump plump and drink up.

Yun 'er son listened to Kenny's voice in the bathroom, and knew that it was very fast and angry. Yun 'er Son heard it clearly in the bathroom, and did not dare to go out of the bathroom door for a while. Yun 'er Son hid inside and stayed there, sitting on the toilet.

One is really a little afraid of Kenny this temper, the second is also do not want to have a direct conflict, after all, is a husband and wife, to live in the future, when there is no sound, Yun 'er son came out to see Kenny has gone to the backyard to walk the dog, Yun 'er son quickly dressed in the kitchen to do breakfast, fried eggs, milk, tableware, to avoid embarrassment.

Looking out the door into the backyard, Kenny went into the dining room and ate his breakfast in a short time. Directly into the bedroom, take his clothes to the bathroom shower, Kenny has a habit, the habit of taking a shower in the morning, not taking a bath at night, while Kenny takes a bath, Yun 'erer quickly go to eat a little breakfast, wash the dishes, clean up the table, also quickly into the backyard, open the faucet, water the flowers and plants, find something to do, intentionally avoid the unpleasant with Kenny just now, These two are dodging like cats.

Began the two sides of the cold War, both feel that they are rational, but this feeling between husband and wife is really not a reasonable place, reasonable is not clear, Yun 'er son also think naive, think not more explanation, only do the woman's duty, do housework, Kenny will slowly get better.

Who doesn't want to be loved by each other, but to see the right time, when is it, is it not comfortable when you have to obey, Kenny wants to do things, that is not love is possession, Yun 'er Son thinking about these.

Yun 'er son once did not accommodate, he ended up with a Kenny cold face, ignore, the days after this, then how to get along? Yun 'er really feel afraid in the heart, and it is not good to argue about what, there are words Yun 'er and can not understand, after all, the English level has not reached the level of deep discussion, thought! I'm a living person, not a tool for sex. And Kenny likes this one, so what's this gonna do? This day is just the beginning, so depressed, Yun 'er son dare not to think, think about trying to get along with two people, and then look at it.

彼岸花开
Flowers Blooming on the Other Shore

Chapter 3: Community Guilin woman

The first person I met in Alabama was Meng Yun 'er, a woman from Guilin, China. This is Yun 'er first met in 2014 New Year's Day party, in Kenny's friend's house party, met the same community of Chinese woman Meng Yun 'er.

This is Yun 'er's first holiday in the United States, in fact, it is very simple, that is, friends get together, put food plates together in the form of buffet, everyone with their own cooked food, you can also bring wine, you can also bring flowers, bring some gifts, so that we eat together, talk together, talk about dinner. Yun 'er and Kenny's friends party, they seem a little redundant, a little boring. Fortunately, there are three couples of Kenny's friends, one is a young couple in the Philippines, the woman is a hospital nurse, that is, the hostess of today's dinner Sophia.

Another Filipino woman is Rona, an older woman who works as a nurse in a hospital.

There are also a couple of neighbors that Kenny has just met, the only one living in the same neighborhood: Meng Yun 'er, a Chinese woman from Guilin, and her American husband Brian.

Naturally, Yun 'er will talk with Meng Yun 'er more about some topics, and it is rare to speak fluent Chinese language in a foreign country. Gradually Yun 'er and Meng Yun 'er became familiar with each other.

Meng Yun 'er introduced herself and said, "I am applying for a marriage visa and have been married to the United States for four years. I met Brian when I was visiting my daughter in the United States. I attended the party of my son-in-law's company and met Brian at the party.

Meng Yun 'er and Brian on the Internet, after a month of chatting, invited by Brian, Meng Yun 'er came to a small town in Alabama, and lived with Brian for three months, because the tourist visa to visit family time has been nearly six months, Meng Yun 'er must leave the United States.

When Meng Yun 'er was about to leave the United States, she waited until Brian promised to give Meng Yun 'er a plan to visit relatives in China, ready to register and marry Meng Yun 'er in China, and so their marriage was settled.

The following day Brian went to China to meet Meng Yun 'er's family in Guilin, got a marriage certificate, and held a small and simple wedding ceremony.

Meng Yun 'er is engaged in tour guide work in Guilin, China, Meng Yun 'er is catching up with himself will say 99 words of English, due to the reason of tour guide work, must be simple English to take tourists on a foreign tour group, only the tour group to make up the bonus will be high.

With the need of work, Meng Yun 'er has made some progress in English and had the opportunity to know foreigners. But also because Meng Yun 'er subjective hope that one day they can legally stay in the United States mind.

Meng Yun 'er's daughter Nini was also affected by it, when she was studying at university in the United States, she met her American husband Jeff on the eve of graduation. Jeff became Meng Yun 'er's son-in-law. Also because the son-in-law of the company annual dinner can bring family members, only this chance, contributed to the meeting of Meng Yun 'er and Brian, formed this exotic marriage, and finally let Meng Yun 'er wish to immigrate to the United States.

Meng Yun 'er is very excited and has been talking enthusiastically and proudly, trying to express that she can get the marriage, she is so confident and kind.

Yun 'er is thinking that Meng Yun 'er may also be depressed, and it is difficult to find an audience who can understand Chinese like Yun 'er, making Meng Yun 'er eager to talk about her inner story.

When every expression of Meng Yun 'er's speech was very exaggerated, Yun 'er Er noticed that Meng Yun 'er had dark skin, big eyes, a pair of double eyelids, but the eyes were dull, the mouth was also big, the lips were dark red, and the lips were a little turned over, and the figure was particularly petite and symmetrical, looking like a Vietnamese woman, not quite like a Chinese woman.

On the night of the party, head nurse Sophia's American husband walked up to Yun 'er and said to her with a smile, "Congratulations on winning the lottery. I hope you are Kenny's last woman."

Yun 'er did not understand the meaning of this sentence, just a very polite friendly smile, which is a polite response. But feel said something else meaning and strange, Yun 'erer's English is not very good, also can not timely say that feeling, a guest identity, do not need to care so much.

Just this sentence was heard in the side of Meng Yun 'er, immediately attached to the ear side of Yun 'er son gently and quietly explained: "He is saying that he hopes you are Kenny's last woman, you know Kenny has four wives before?" Did Kenny tell you how many times he was divorced?"

Yun 'er Son: "Well, when applying for a fiancee visa, a lawyer filled out the visa application form and read the information, but Kenny never said it himself."

That night, there are more than ten people present, Yun 'er Er feels like an alien, everyone wants to clink glasses with her, drink, smile, of course, smile is very far-fetched, unnatural, Yun 'er er to find reasons for herself, perhaps not familiar, maybe friends do not know that she and Kenny have been legal husband and wife relationship.

Yun 'er is a little bit not like this place, this dinner seems to have a lot of food, but no Yun 'er likes to eat food, but have to pretend to like the appearance, want to try not to embarrass Kenny, to give Kenny enough face, because Yun 'er saw Kenny like to eat. Also keep taking her to new friends, introduce one by one, tell him and Yun 'er son's acquaintance and small episodes, small stories. Photos and videos taken on the mobile phone include photos taken during trips to Shenzhen, Xi 'an and Beijing in China, and photos taken with Kenny's family in the United States.

Seeing Kenny disorderly head, dancing, Yun 'er thought in his heart, Kenny is very serious to add some details of life, narrated to his friends, indicating that he is a person who has seen the big world, friends listened to Kenny's description, very surprised to admire his courage.

Kenny, who was praised and admired by his friends and never drank alcohol, drank a bottle of beer that night. Yun 'er Er did not drink less, because the American dinner party, the dishes are very few, almost all drink some red wine, wine and juice, and soda mixed and adjusted wine, because can not communicate fluently in English, only drink some alcohol, and try to drink some mixed wine, eat some fruit, drink some western mushroom soup, the face was red, and Yun 'er er put on a red cheongsam, that night, Yun 'er and Meng Yun 'er look very eye-catching in the crowd of women.

Meng Yun 'er is petite, a low-cut sexy rose red blouse tightly wrapped with a very good figure, seemingly some rich and enchanting, such a collocation is very sexy, but it can not hide a beautiful face.

Yun 'er is a modest, intellectual, gentle Chinese woman's charm, Yun 'er's stature is slightly higher than Meng Yun 'er half a head, belongs to the kind of plump, very sweet face, just show the beauty of the Oriental woman.

It's not a stretch. This is the first time Kenny's friends get together, and everyone gets to know him, and he's the new best friend of Kenny's Circle.

It is often said that eating is the best way to find each person's personality and quality, as well as preferences. On this night, Yun 'er learned and knew what American friends like, and had an initial understanding, which was just the beginning of friends' dinner.

This is the beginning of Yun 'er and Meng Yun 'er getting to know each other, and there is still a lot of time to be together in the future, because Kenny told Yun 'er that Meng Yun 'er can speak English and let her teach Yun 'er to learn English. The original plan was to let Yun 'er go to English school to learn English after coming to the United States.

Meng Yun 'er also took the initiative to say to Yun 'er: "I can teach you to speak English in the future, it doesn't matter, you can come to my house for an hour every day, you can also come to play, you can speak Chinese here, there is nothing to do, I water the flowers every day, walk the dog, turn around the community two times, and then do some housework, do some meals for Brian to eat, I did not go out to work, Brian gives me 600 dollars a month pocket money, There are very few people walking around here, and maybe once every two weeks, friends have a dinner party, and having a reunion at their respective homes is the only way to increase the emotional connection between friends."

After the party, Kenny kept asking Yun 'er on the way home, "Would

彼岸花开
Flowers Blooming on the Other Shore

you like to make friends with them?" Learning English? Do you like their cooking?

Yun 'er: "Do you like eating?"

Kenny nodded excitedly and said, "Yeah!" It can be seen that Kenny hopes that Yun 'er will learn to do the food he likes to eat, give him to eat, Yun 'er promised, these difficult to not be Yun 'er, one of us will, just learn to do a few grilled steak and pork chops, a few cold dishes, a soup, will let Kenny like, her specialty dishes than Meng Yun 'er do much better, but not yet exposed, the opportunity is coming soon, think of these, Yun 'er laughed, what is this? It's a piece of cake for Yun 'er.

"Why are you laughing?" Kenny asked Yun 'er, Yun 'er said: "I laugh, if you eat my cooking, you will raise fat, then don't blame me!" They said they were going to lose weight."

Kenny took Yun 'er hand in hand to go to his home, the pace accelerated, wish to return to his home as soon as possible, good and Yun 'er make out, because he knew Yun 'er never like Meng Yun 'er, in front of the crowd intimate hug, are all Chinese women, how is it different? What Kenny wants, Yun 'er Son is very clear about his needs, but each mind, all understand, but the mouth did not express it. Walking in the community under the night, it is still a little cold, which also makes Yun 'er and Kenny's hands tighter, Yun 'er has a warm feeling, this warmth is very natural, if Kenny is always so good to her, she will make the man who loves her happy.

Because she doesn't lack for anything, she needs a good man who loves her with all his heart.

Kenny hands are very thick and strong, hair is a little bald, belly slightly fat, grow very strong, nose slightly red, ears are very thick, Kenny big Yun 'er son 28 years old, because of the zodiac said that their eight words are very close, at first look some tiger head feeling, if not a serious face, sometimes a little impatient very fierce appearance, Kenny is still a man, before deciding to marry Kenny, Yun 'er also made a point of drawing a signature at the temple fair.

Yun 'er can't make up his mind, he will comfort himself with a casual attitude. Yun 'er son, after all, is Kenny's fifth wife, can she not think and be cautious? The two men clung to each other as they walked towards Kenny's own house...

Chapter 4: Begins the Cold War

Yun 'er has been in the United States for almost three months, and as usual, every day, Yun 'er will get up early to make breakfast, and prepare lunch and a big dinner.

Yun 'er made an appointment with Meng Yun 'er of the community. When the husbands went to work, Meng Yun 'er would walk to Yun 'er's house. Today, teach your child to use the oven to make roast steak, roast pork chops or meat such as chicken wings and chicken legs, but also learn to make dessert, because Americans almost every meal has a meat as the main course, and eat a dessert after the meal, which counts as the whole meal procedure.

In fact, the child is simple and very good to keep, usually only eat vegetarian dishes, salad greens, mushrooms and tomato and egg soup, weekly package some vegetarian dumplings, stored in the refrigerator. When she wants to eat a simple meal instead of cooking, Yun 'er will cook dumplings or fried dumplings for two people. But every day, every meal, I try to make Kenny a treat.

In China, Yun 'er Er rarely goes to the kitchen to cook, making no more than two meals a week. The rest of the time, he sometimes eats at his son's house, sometimes at his mother's house, and sometimes eats outside because of social activities.

In the United States, Yun 'er has no ID card can not test a driver's license, want to go to the business circle to buy things, shopping malls are to drive far away, live in a place like the countryside, the entire community residents are only about 30, walking on the road very few people, in addition to occasionally see sports running exercise people.

So Meng Yun 'er said to Yun 'er Er that she understood her very well, and suggested that she, like her, be a full-time wife at home, take care of the lawn and trees of the garden before and after every day, water the vegetable fields, etc., do the dishes for each meal, do the laundry and household chores, clean up, walk the dog around the community three times, practice belly dancing for an hour in the afternoon, and so on, her husband comes back to eat together in the evening, sit in the backyard and drink something. While foreigners prefer cold drinks and ice cream, Yun 'er only drinks water or makes a cup of hot tea.

This kind of life sounds very busy and full, but for a long time feel very boring, without any spiritual pursuit and sustenance.

The whole day is centered on the man at home, the man said that this is delicious, like to eat, Meng Yun 'er will find a way to do it for Brian to eat, every weekend will take Meng Yun 'er to participate in friends' activities, eat outside. Sometimes I go to the movies on weekends, and during American holidays, I also travel to nearby places.

Meng Yun 'er talked to Yun 'erer while teaching to make Western food in the United States, and talked about many ideas to come to the United States. Yun 'er: "You have not thought about it, to go to work to earn some money, their own work outside than the husband to give more pocket money!"

Meng Yun 'er: "Brian he does not let me work, I do housework at home is also work, he gives $600 pocket money every month, the expenses of the family are his money, birthday, wedding anniversary have a big gift to me, my pocket money can save, he is the company's deputy general manager, the salary is very high, can afford to support me, in two years will be retired, So I'm tired of going out to work, which is good. I don't like working outside anymore. I've been a tour guide in China for more than 20 years and I've been to pretty much everything I need to see."

Meng Yun 'er continues to chat with Yun 'er, Meng Yun 'er is very good to talk: "Play is also very tired, and after Brian retires, we will enjoy life together."

Yun 'er: "Yes, I want to work, but my English is not good, I can't speak clearly, how can I work outside?" I agreed with Kenny on wechat email that I would first go to a free community school to learn English. But after coming to the United States, Kenny did not mention a word, and did not mention the driver's license plan, I was cooking at home every day, I feel that I came to the United States to eat only two meals, but gained six pounds, sleep at night, sleep at noon, still in the jet lag, I see you eat a lot of meat, why did not gain weight?"

Meng Yun 'er: "Eat a little less for dinner, but I am not picky about food, and I eat all kinds of meat." Ouch! Your Kenney only gives you $300 a month in pocket money, and you can buy what you like."

Yun 'er: "I bought some small decorations in the home, did not see the things I like, but also bought some household sanitary soap box small supplies." Kenny gave me a credit for the $75 I didn't use last month, only giving me $225 out of my allowance for the month. I really fell for him. The more I saved him money, the less he gave back."

Meng Yun 'er: "Then you spend the money, buy your favorite bags, shoes, clothes, then bring back to China for your family and friends!" Yun 'er sounds reasonable, but he can't talk to Kenny. Meng Yun 'er: "Oh dear! You silly ah, foreigners are like this, give you how much, you spend how much, you don't give him money, he does not take you this love, they are not Chinese thinking. Generally, what is given to you is given to you, and if you use it up later, don't give it back to him, keep it for you, and don't say anything about the rest of the money."

Yun 'er Er: "Oh, I want to learn English to communicate, or go to find a job nearby, want to review the driver's license as soon as possible, do you have learning materials?"

Yun 'er feels that there is a female companion to be a friend very practical, Yun 'er appreciates Meng Yun 'er from the heart of the daily life skills taught, for a long time, see Meng Yun 'er everything said to himself, in the heart also put her as a confidant.

After finishing some kitchen, the two of them came to the backyard to see the weeds in the lawn, Yun 'er Son squatted on the ground to pick out the weeds, Meng Yun 'er also followed Yun 'er son, squatting to pull out the weeds and talk a lot.

Yun 'er Son: "The day before yesterday, I had dinner with Kenny's two girlfriends, and then we sat at home for about two hours. Kenny asked me to give all the materials for my green card application to his girlfriend Holly."

彼岸花开
Flowers Blooming on the Other Shore

Meng Yun 'er: "Girlfriend Holly? What does he look like? Are there any pictures?"

Yun 'er: "Tall person is a little fat, face is a little simple and thick, more easygoing, a short person is also good-looking, oh!" I have a picture of the two of them together. I took a few at the dinner and I chose one to keep."

Yun 'er finished his speech, put down the weeds in his hands, and immediately ran into the house to take the mobile phone, and turned out the group photo in front of Meng Yun 'er, Meng Yun 'er looked at the silence for a while, or sighed and said: "Kenny didn't tell you what the relationship between these two women and him is?"

Yun 'er Er: "Said a part-time accountant in the factory, one is an accountant's roommate, oh, and said that when Kenny went to visit me in China, the house was cleaned by my roommate."

Meng Yun 'er: "Oh, I heard Brian say that the accountant in Kenny's factory is his fourth wife, that is to say, your predecessor, Kenny did not explain to you?"

Yun 'er: "Kenny only introduced me to the name Holly, just blame me careless, did not care about the name of the ex-wife, now think of it, no wonder I always let Kenny sit next to Holly, Kenny is standing not sitting together, I also just wanted to facilitate them to sit down to look at the application materials, and me and Kenny's engagement album, I didn't even think about their relationship, especially when Kenny's temper makes him a partner with his ex, so why divorce? I don't understand, why didn't you make it clear to me?"

Meng Yun 'er: "Oops! Holly is Kenny's fourth ex-wife and they were married for nine years." Yun 'er: "The name and marriage and divorce time, I have seen the lawyer fill out the form, at that time must just not on the number, also did not think about that." It's easy to explain, when you think about it, why Holly goes straight to the bathroom in the master bedroom when she walks into the house, knows every inch of the room better than I do, why I look weird on my engagement photos with Kenny, and how I feel like I'm gonna show Holly my wedding photos at some point in time, which is unintentionally irritating, and, you know, I think Holly is so generous, I couldn't bear it."

Meng Yun 'er: "Don't say that the Holly I told you is his ex-wife, so I Brian will know and blame me for having too much to say."

Yun 'er: "Rest assured, this thing I will only like nothing to know, because I still think Holly is still very good, not difficult for me, but also help me apply for a green card, it is really not easy, if we Chinese women and the former must be like enemies." I don't know how Western marriage can be so peaceful."

Yun 'er naively said his feelings.

Meng Yun 'er: "I have to go home to cook lunch, Brian will come home for lunch, don't say this to Kenny!"

Yun 'er: "It's not a good thing, Kenny doesn't say, I definitely won't say." I'll wait for him to explain."

Yun 'er Son is very grateful to Meng Yun 'er intentionally or unintentionally tell her these facts about Kenny, at least in mind. Kind-hearted Yun 'er through these relationships around people involved, feel to treat the network to know people to leave a heart.

I used to be bold, think about these things, have to let Yun 'er son a little afraid. In the future, we must be long and learn to protect ourselves.

Because, Yun 'er son does not know Kenny and the fourth relationship is so good, why divorce? For the common good? For something else? Yun 'er thought of a headache, because she now knew that Kenny was talking with his fourth wife about the bankruptcy of the factory. Kenny trusts the fourth on such a big deal, but at least they're on the same side.

The week before, Kenny had asked Yun 'er if he wanted to buy American life insurance. And one day while cleaning out his clothes, Kenny took out a handgun hidden in the house and showed it to Yun 'er and said to himself, "I have a license to carry a gun. I am a legal gun owner. I can use it for self-defense and protection."

Yun 'er son's brain quickly like lightning, a previously unclear thing, now think back a little clear, to the bad side, really some dare not imagine.

I hope everything is more than Yun 'er Er think, I hope Kenny is not such a bad man, but Kenny's temper character, Yun 'er Er after coming to the United States and Kenny life together, Kenny slowly exposed the side of

彼岸花开
Flowers Blooming on the Other Shore

Yun 'er Er least want to see, temperamental personality, temper frequency let Yun 'er er from insecurity, often wake up in a dream.

Kenny often has a bad habit of not taking a shower and going to bed smelling of machine paint, and if he doesn't make out with his baby, it's okay. But Kenny is in love with that thing between husband and wife, and what woman can stand to be intimate with someone who smells like motor oil?

At first, Yun 'er son is enduring, Kenny is very opinionated that he will take a shower in the morning, the problem is that he will sleep like this at night, Yun 'er Son will refuse to make out, Yun 'er Son faint feeling Kenny is very selfish, does not respect her, just possess her desire, the feeling after being finished before is like rape, for Yun 'er Son no happiness, sleep every day scared, it is just like the beginning of disaster.

Because do not accommodate, also have to endure Kenny's bad temper outburst, from time to time to Yun 'er son play face, cold violence, and even a few days can ignore.

Yun 'er son began to avoid, did not expect to be in this life between husband and wife details, serious disharmony. Yun 'er began to sleep in separate beds because of the inconvenience of her menstrual period, and slept in a room on the right side of the door on the first floor.

Yun 'er , Kenny, just come to the United States half a year of life, Yun 'er and Kenny began the cold War...

Chapter 5: Like a thorn in her heart

Since knowing Kenny and the fourth wife on the number, Yun 'er heart is no longer calm, she is not very stingy, nor unreasonable, just feel why to hide from her, treat her as a fool, Yun 'er know but also look at them in each other, in order to keep a secret for Meng Yun 'er gaffes, he can only pretend not to know.

It was a Friday weekend, and so Kenny went to work, not for a while, Meng Yun 'er took the dog to Yun 'er's home and knocked on the door, Yun 'er's home also has a small pet dog, so he took the dog, and followed Meng Yun 'er in the community began to talk while walking the dog.

Walking, see the community before turning on the roadside, there is a short woman, pulling weeds in front of the door, wearing a halter vest, shorts, wearing slippers with a cross on his feet, wearing a hat on his head, wearing gloves on his hands, there is a basket and a small iron shovel, is buried in the weeds, looked up to see Meng Yun 'er and Yun 'er Son went to the roadside, immediately changed the direction of the head, Turn your back to Meng Yun 'er and Yun 'er and continue to pull weeds as if no one were watching.

The details were clearly seen by Meng Yun 'er, because Yun 'er did not know and did not care too much about the woman. When Meng Yun 'er and Yun 'er passed the woman's house on another roadside, Meng Yun 'er said to Yun 'er, "Don't look back, you just looked at the woman from the side, did you see that?"

Yun 'er: "Yes, she happens to be looking at us, you know each other?" Why don't you say something? Why didn't she say hello to you?"

Meng Yun 'er: "Oh, I didn't want to tell you, but I saw it again today, and it seems that I am not comfortable to say it, but I still want to tell you, first you have to promise me that you won't tell Kenny."

Yun 'er son a listen, this and Kenny have a relationship, the heart click again nervous, curiosity came, can not help but slow down the pace, want to look back at the woman, what does it look like?

Yun 'er: "Tell me, I can only talk to you when I speak Chinese, who else can I talk to?" Meng Yun 'er has a lot to say about the Korean woman named Xi Xi's life with Kenny:

"This woman, Sissy, is a Korean woman, and she lived with Kenny for three months, in the same house that you and Kenny lived in, while her house was not yet built and Kenny's house was finished." Brian and I have dinner with the two of them all the time, and that girl is crazy! One birthday, she carried a cool bag, showed me, said that Kenny sent her more than 2,000 dollars to buy a bag, usually wear clothes particularly exposed bold, wear a sexy dress with a strap, sometimes even do not wear a bra, during the three months of cohabiting, the two of them always quarrel, the woman is lazy. Kenny can't stand her not cooking, not cleaning, one day quarrel, Kenny temper came to throw her out of the house, in the middle of the night is hard to throw Cissy's luggage out.

At that time, the woman's house was not yet built, and there was no place to live, and finally knocked on our door and said very pitifully. We had no choice. Kenny's girlfriend used to be Kenny, so we took Cissy in. This Xi Xi is very clever, agreed to live only three or four days, find a house to move, the result in my home for a month. For the first few days, because I thought she was only going to be here for a few days, I was very polite to her, and when we got up in the morning, I made her breakfast, morning, middle and evening, and it turned out that after four days, she was very comfortable, and she didn't want to leave, and she was hanging around the house in her pajamas, and we had a little bit of wine in the evening, and Brian made her drink, too, This woman never says no. She treats herself like a hostess. All the food in the refrigerator did not pay a penny to buy, eat freely, and did not say that we take the initiative to share, give some money. In the United States, between friends are AA, and I am free to let her only live for a few days, how know this live do not mention the matter, but also eat for free, I am of course uncomfortable ah, Brian embarrassed to talk to her.

This woman, she is sleeping, eating, chatting and not doing anything, I do housework, she does not help.

One day I just can't stand it, and as soon as Brian leaves for work, I'm gonna talk to this woman straight out, and you're not gonna be able to stay in our house anymore, which we promised you for a few days, and you've been here for ten days.

The woman answered me, the house is about to be built, there are 20 days, even if we rent this room in our home, said to give me food costs, according to the day, only a few dozen days the house is about to be done, do not want to move around.

Sisi did not think of Kenny so unfeeling, one day not to leave her, to break up with her, to drive her out, this is to make Sisi completely desperate, in any case, Sisi and Kenny were once male and female friends, cohabitation is also living a husband and wife's life, there is a skin kiss, male and female love things do not do less! But when Kenny got angry, he didn't show any mercy. How cruel! When the woman said this, my heart softened, and I did not know what to say. I thought, well, the room is still empty."

After this, Xi Xi word word, to Meng Yun 'er rent, buy their own food, fruit, in Meng Yun 'er refrigerator for their own use, but also eat Meng Yun 'er bought food in the refrigerator before, Meng Yun 'er can not say what, even if the default.

During this period Meng Yun 'er also asked Kenny whether there is a change of heart, Kenny directly ignore Meng Yun 'er, like blame Meng Yun 'er with Sisi become friends, Kenny showed that Sisi has nothing to do with him.

After the house was built, Xi Xi moved away and never spoke to Meng Yun 'er again.

Meng Yun 'er said: "Xi Xi is really ungrateful woman, I don't want to talk to her, because she made Kenny still hate me and Brian."

Later we learned that Kenny and you had been writing letters online for six months."

Yun 'er son sadly continue to listen to Meng Yun 'er said: "This thing, it can be seen that men are really idle, there is a little gap they all want to talk about women, because Kenny sometimes to find Brian chat in my home, so

彼岸花开
Flowers Blooming on the Other Shore

I just know you and Kenny on the network to write to communicate things, alas!" This man is not a good thing! When Sissy was staying at our house, I found that she was always seducing my Brian, always intentionally or unintentionally rubbing Brian's side to get a cup, not even wearing a bra, and swinging around to make me embarrassed, I hated this Sissy, so cheap."

Meng Yun 'er has been saying, Yun 'er son has been buried head, listen to the heart blocked panic, the more listen to the more not the taste, the more listen to hate these cheating and playing with women's feelings of men scum women, how so messy, the heart suddenly feel too disappointed in this marriage life.

Meng Yun 'er: "Are you listening? I'm the one who said it. Did you hear what I said? During that time, I often sulked with Brian about Sissy, because I saw that men don't say no to women, and as long as a woman posted it, I didn't say no to Brian. So, you have been married, take good care of your man, outwardly put a little good, listen to him, anyway he goes wherever he goes, participate in any activities, the most important thing is that I don't want to work outside, so I am alone at home all day, Brian only takes me out to eat some dinner, watch a movie and go shopping on weekends."

Yun 'er Son: "Gee, if I knew Kenny's life here is like this, I really shouldn't have got married. Only six days, Kenny rushed to register a marriage with me in his hometown, saying that his parents and three daughters are all in the same town, and the family is busy."

Yun 'er son heard these things, really feel that this marriage is too reckless and impulsive, childish and ill-considered, do not know what is the purpose? The thought of staying with Kenny's fourth wife at night, as Kenny's fifth companion, helping his fourth wife carry things together, really felt very funny, life for Yun 'er son played a big joke. She has never tested her own psychological quality, the heart of the generous will tolerate Kenny all these experiences? Sometimes it's hard to remember how many women Kenny has slept with.

Winter morning is still a little cool, originally said Yun 'er and Meng Yun 'er learn English for an hour every day, but every day two people together to talk about gossip these household things, there are endless words, which time to learn English! Yun 'er hinted that he would wait for a period of time to tell Kenny in person to go to school to learn English lessons.

Otherwise, the whole day goes on like this, nothing has been learned and nothing has been accomplished, which will make Yun 'er particularly regretful and crazy.

If in China, Yun 'er has a career, family and friends, convenient transportation, convenient life, life in the United States is not as good as imagined, at this moment in the heart of Yun 'er comparison, from any aspect is not as good as China.

Eating is not as convenient as China, entertainment is not as convenient as China, to know that Yun 'er son put down everything, to the United States is to change an environmental life, to find a partner who can take care of each other, to live well, this request is not too much, but did not think that Kenny is so complex, temper is not good.

Yun 'er is so envious of that kind of love and marriage. Unfortunately, it seems that there is no hope at present, and this only idea and wish may fail! She has not thought about what kind of life she needs in the end, vanity is the reason, confused married does not understand the Western American man Kenny, what kind of person is she Kenny? An ordinary woman, think about the five women who Kenny legally slept around, plus three women who fall in love and live together, Kenny's mind is clean, Yun 'er Son currently knows Kenny has slept with eight women, Yun 'er son dare not to think deeply, she really did not think that the man Kenny married to the United States is so bad, and the relationship with women is so messy, The women I slept with were American, Chinese, Korean women.

彼岸花开
Flowers Blooming on the Other Shore

Chapter 6: The First New Year's Eve in America

Since knowing Kenny's chaotic love history, Yun 'er has become less talkative and a little too rational and calm, which is fake. She wanted to break this embarrassing and annoying situation, comfort herself must work hard to change the current situation, she worried that in the long run will get depression.

Kenny also felt the change in Yun 'er, he thought Yun 'er was not used to the new environment in the United States. In order not to let her lonely, prepare to let her go to the Chinese church to meet more new Chinese friends.

One weekend, Kenny invited Brian and Meng Yun 'er to his home for dinner. As soon as the dinner was over, the time was exactly half past six. Yun 'er and Meng Yun 'er got into Ken's car, because they were driving at night, and arrived in front of the church at exactly seven o 'clock. When Yun 'erer gets off the bus, Kenny points to the church door and signals Yun 'erer and Meng Yun 'er to go inside, they will see the Chinese. After seeing the two people enter the gate, Kenny drives away and rushes back to watch a movie with Brian at home.

Yun 'er walked quickly into the gate of the Chinese church, and just met a Chinese man who was standing at the gate to greet each of them. He took the initiative to introduce himself to Yun 'er and Meng Yun 'er: "I am the head of this church, everyone calls me Mr. Wu, you look like new people, right?" What shall I call you?" Yun 'er Er carefully looked at Mr. Wu, who was standing in front of her and shaking hands with her, wearing a pair of glasses, 175 height, not fat or thin, polite, generous and warm reception of Yun 'er Er and Meng Yun 'er.

Yun 'er: "Yes, I am from the Yangtze River City in Hubei, China, and this is my first time to come to a Chinese church."

Meng Yun 'er: "I am from Guilin, China. I visited the church three years ago. This time, I accompanied the new American boy to see how Chinese people celebrate their New Year's Eve."

Wu immediately took a form, made a simple registration, and told Yun 'er and Meng Yun 'er his mobile phone number and wechat account.

Mr. Wu: "If you need help with anything, please add me on wechat or call me." Yun 'er immediately picked up the phone directly face to face and added wechat to Mr. Wu said: "This is good, I will rest assured later, what I don't understand?" May I ask Mr. Wu?"

Mr. Wu: "No problem, you can consult anything? I will try my best to help you, all Chinese."

Yun 'er: "I really have one thing to ask Mr. Wu to tell me, where can I go to a free English school in this town?" Can you tell me your address and school contact information?"

Mr. Wu: "OK, I'll ask around. You can come back to the church next week or we can keep in touch on wechat. I'll send you the specific information and school address later."

Yun 'er: "Thank you Mr. Wu, today I come to church really did not come in vain, thank you very much." Mr. Wu: "You know what? Because you said that you are the city of the Yangtze River in Hubei Province, I feel very friendly, my hometown is also on the Yangtze River, my parents and sister are still in that city."

Yun 'er: "Oh, the world is so big, in fact, it is very small, can meet in a foreign country, authentic Hubei hometown people, really feel very lucky to know Mr. Wu."

Mr. Wu: "I have been in the United States for 20 years. I graduated from graduate school and worked in the United States. I got married in the United States. My wife and two sons are in the United States."

Yun 'er: "Mr. Wu is so good, he must speak good English, must be used to it in the United States for so long?" My English is not good. Some of me can't get used to the food here. I always think of hot and dry noodles and Chinese food from my hometown."

彼岸花开

Flowers Blooming on the Other Shore

Mr. Wu: "English lessons slowly, plus daily learning, a long time will be able to learn." You can buy food at the Chinese supermarket and cook it at home, and you will get used to it."

Yun 'er: "I have only been in the United States for more than two months. There are many things I don't understand, which may cause trouble to Mr. Wu."

Mr. Wu: "You come with me and I'll show you some Chinese people in other churches."

Yun 'er followed Mr. Wu and approached a group of Chinese people who were making dumplings around the table. They came from various cities, including Shanghai, Beijing, Chongqing, Fuzhou, Guilin, Hunan, and Northeast China. Oh, my God! At this moment, Yun 'er is just like in China, there are so many Chinese to the United States, but also living in the same small town in the United States, suddenly feel that the Chinese are really strong, there are Chinese shadows everywhere.

According to Mr. Wu, some are visiting the parents of their children studying in the United States, some have immigrated to live for more than ten or twenty years, and some have just come to visit friends and relatives like Yun 'er Er to prepare for the beginning of a new life.

After two hours passed in such a hurry, Yun 'er wondered why the Chinese church dinner tonight was so lively every day?

At this time, Mr. Wu walked into the center of the hall and was giving a speech to the Chinese friends in the church: "Dear friends, good evening, today is New Year's Eve, New Year's Eve, we celebrate our Chinese New Year's Eve together, and eat a meal together." Here, I wish you all good health, peace and happiness in the New Year, every year, and all your wishes come true."

Mr. Wu's words, suddenly opened the doubts of Yun 'er son, originally today is New Year's Eve, in the United States have forgotten so worthy of celebration of the festival, this if in China, early and parents and sisters in the family together, the family watching TV around the table, tasting a variety of rich snacks, spent a happy New Year's Eve.

During the day, Yun 'er could not see the atmosphere of Chinese New

Year's Eve. If she had not come to the Chinese church at night, she would have realized the cultural atmosphere of this festival.

This New Year's Eve was very special, just with the reunion of Chinese friends from all over the world, so that Yun 'er's memory, every Chinese face seen here is so ordinary, no strangeness. Yun 'er admires the Chinese people from the inside, the Chinese people are hardworking, simple and capable, strong adaptability, and feel the wisdom of the Chinese people everywhere.

Two hours had already arrived. Meng Yun 'er reminded Yun 'er Er to go out of the church door first. Yun 'er Er hurried to Mr. Wu, said a polite hello, said good night and thank you, and then hurriedly left. Mr. Wu: "It is convenient to come to the church every Sunday during the day when there is time. You are welcome to participate in activities." Yun 'er: "OK, I'll come if it's convenient, keep in touch, thank you."

When they came out, Yun 'er asked Meng Yun 'er, "You don't seem to like coming to Chinese church, why?" I feel very good, Chinese people speak and ask anything, they tell us quickly, how convenient."

Meng Yun 'er: "Brian never brought me to church, and he didn't come tonight." The last time was also a Chinese friend brought me here once, a few years, in the United States to make friends, it is best to have less contact with Chinese people, come to the Chinese church although voluntary, but also to donate some money and goods to the church, we are not Christians, Brian does not want to participate in, I have no choice."

Hearing Meng Yun 'er's understated reply, Yun 'er understood, did not hear that basically 80% of people in the United States believe in Christianity? The three people around Yun 'er are not Christian people? So go deep into life and touch the heart, to understand the real prototype.

Meng Yun 'er and Yun 'er slowly approached, as early as five minutes ago Kenny stopped and waited, went out directly to the car, Meng Yun 'er and Yun 'er did not speak, just said hello to Kenny.

Along the way, Kenny drove the car, sometimes glancing at Yun 'er in the passenger seat, and looking at Meng Yun 'er in the rear seat from the front mirror. Kenny doesn't know what's going on in the church, so why aren't the two women talking? Are you thinking too much? Kenny can't read a woman's mind.

Yun 'er Son seems to be tired, also do not want to talk, leaning on the seat slowly close his eyes to rest, the brain is still showing the lively picture of the church, out of the church only to realize that this is in the United States.

Meng Yun 'er just felt that dealing with Chinese people, her heart was tired, she told Yun 'er many times, she would rather deal with foreigners, in this small town she did not make a Chinese friend.

Yun 'er wondered why Meng Yun 'er had these strange ideas. Which day is convenient, have a good talk with Meng Yun 'er.

This night was actually so spent, the first New Year's Eve of Yun 'er to the United States, fortunately here, tonight Yun 'er lucky to know the city fellow Mr. Wu, at this time in the heart seems to have a sense of security, in this small town in the United States, if you really encounter any difficulties, Yun 'er identified Mr. Wu is worthy of her trust, feel like a brother.

Before coming, I heard many people say that people who believe in Christians are generally kind and kind, and Mr. Wu is also the head of the church, which makes Yun 'er rest assured. Yun 'er can't help but hold the mobile phone in his hand, for fear of falling down. In the United States, mobile phones are the link to family and friends and the window to the world. Yun 'er's spiritual pillar, all can help her, can let her trust, love her family information are in the mobile phone, rather than the pillow person who can see in real life, because Kenny temperament is changeable, to Yun 'er feel like always floating, just came more than two months, found so many let her suspicious heart things, how the future is really hard to say, everything is unknown. Yun 'er son is a little depressed, almost dare not imagine the days of getting along with Kenny in the future, she is not good at acting, to the false set, so play down her heart how tired ah, really did not think of love but backfired.

Chapter 7: When He was broke

Kenny's bad temper, bad management, he fired all but one of the employees in the factory. Kenny only bankrupt, in these difficult days, Yun 'er son only put down the heart of emotional doubts, silently help Kenny move.

Just after the Spring Festival, on the second day, Yun 'er went to the factory with Kenny to move some office supplies and raw materials that the bank does not need mortgage loans, desks, computers, televisions, small old machines, etc., to clean up and pack before the transfer.

Although it is the second day of the Chinese New Year in the United States, there is no sign of the New Year here. Kenny asked Brian to bring a trailer with him to the factory. On the morning of the second day of the New Year, the weather is still very cold, Yun 'er obviously felt that Kenny's factory is really going to collapse, he recently more bad temper, sulking and sighing more, she can understand, and even can say Yun 'er kind to accommodate this man. In addition to doing things carefully and saying little, Yun 'er Son is willing to work together to get through this difficult day, and may Kenny learn a lesson and be better in the future.

Into the factory, after entering the start to pack up some things, listen to Kenny command, can move things, Yun 'er son himself moved to the car, big objects together to help Kenny move, although Yun 'er son is a small woman, with gloves like a man to work, do it together. Kenny did not ask a porter, will be able to move home, Kenny see Brian help, will be one of the factory's TV gave him, a move to a small factory with Korean friends, I can see Kenny some reluctant to part. However, Kenny did not have any order processing business at this time, it has been several months, the staff hired before have long seen no hope, all left, the only part-time accountant Holly stayed, Kenny's business often relies on Holly to order, he expects Holly to convince related accounts to get orders, which can not only help Kenny, And Holly can keep Kenny's factory salary. Kenny did not ask Holly to help him while doing these physical tasks, possibly because he was concerned about having Yun 'er by his side. In order to avoid embarrassment, Kenny did not give any explanation to Yun 'er.

Now Yun 'er son does not need to pursue Kenny Holly relationship explanation, just want to spend the most difficult period, hope not to work in a chicken feathers, messy things in life, the days are plain, as long as Kenny does not lose his temper, do not give Yun 'er son shake face look, something to discuss, Yun 'er son can be inclusive.

In fact, a woman's happiness is very easy to meet, no money when even a smiling face, a comforting word, and a harmonious meal together, can meet a woman's heart.

These are enough to make a woman willing to accompany, there are people who love her side, Yun 'er son did not want more things, she is so that men can temporarily have no money, but can not have no mind and responsibility. One day can endure, for several months are bleak face, Yun 'er son endure to come over, thinking of the man's low time silently share the mental pressure.

After bankruptcy, some of the relocation chores in the factory were basically properly arranged, and the small factory that was re-rented slowly had some small work orders for production. With the bottom in sight, Kenny regained the smile he hadn't seen in months. Kenny has a long-term plan to persuade his eldest daughter to apply for a business license to set up a factory and apply for a bank loan to set up a factory, because Kenny has a year of unpaid bank loans, and his credibility has been affected. The machinery in the factory could not be mortgaged, so I thought of my eldest daughter.

Kenny has the ambition to plan again, life has the perfect child to take care of, daughter Kelly also agreed to Kenny's invitation to Alabama to apply for registration related matters.

Yun 'er Son in nearly a month after the birthday, Kenny relocation factory things have been done, usually Kenny just a small order processing some work, so things are not a lot, after declaring bankruptcy, one after another also received the processing fee to finish the work before, there is more than 2.5 US dollars, which in the United States ordinary family, is very little money. One afternoon, Kenny asked Yun 'er son to go shopping for a new car with him. He had just declared bankruptcy. How could he afford to buy a car? It turned out that Kenny did not deposit the money in the bank in time, but he sold the truck he had been driving for six months, added a little more money, and bought a new five-seat silver gray car, and the payment method was also installment. Kenny had it all worked out according to his plan, and he felt smug that he had handled a series of post-bankruptcy troubles intelligently while preserving some liquidity.

Kenny is a businessman's brain, the money is so accurate, in order to avoid paying bank loans, willing to lose personal bank credit, in order to reduce their pressure to repay the loan, Kenny's calculation is really fine. In fact, this move has a huge impact on Kenny's credit, which is a stupid thing to do as a businessman. Yun 'er son does not understand is, no matter how to do things, the first thing should be said is credibility, without personal bank credibility, the future want to apply for loans to the bank is difficult, let alone Kenny is a private small business.

Yun 'er really does not know what Kenny thinks, according to Yun 'er's idea, she will never deal with this matter in this way, but Yun 'er knows that she is new here, a lot of things are she can not control, she obviously slowly feel that there are problems with her and Kenny's three views, there are many aspects exposed obvious differences.

To see Kenny happy, it seems that he is already familiar with this practice. When Kenny was happy, Yun 'er proposed to go to school to learn English lessons, Kenny immediately replied: "I don't know where there is such a free welfare school, wait for me to ask!"

Yun 'er, knowing that Kenny would be so perfunctory, carefully turned over the note that had already written the address of the school from the middle of the bag.

Yun 'er: "Mr. Wu, my Chinese friend from the church, found this address for me. The school starts in July, so there is still time to register."

After finishing, Yun 'er took out the paper with the address written in his carry-on bag and gave it to Kenny. Kenny saw that the school was not far from his newly rented factory, and could drop Yun 'er off at the school, and

彼岸花开
Flowers Blooming on the Other Shore

had no reason to disagree, so he said, "OK, let's go to the school sometime next week and check out the registration procedures."

Yun 'er saw Kenny finally promised her to go to school to learn English, a hanging heart finally landed, a few months of cold War, finally some results. These days when I came to the United States, I was almost a stay-at-home wife and nanny, except for cooking a little better, I didn't learn anything, and I heard some angry things.

If you want to survive in the United States, at least learn English communication, this time finally determined, Yun 'er wants to say to Kenny, as long as you treat me sincerely, I must treat you well, but I can't open my mouth, Yun 'er also hated himself, why take it seriously? Say a lie and a lump of meat on the body, if it is really so hypocritical, his heart will be very uncomfortable, so Yun 'er's facial expression is not a little false, can not say the lie, that is just don't want to say...

Chapter 8: Lulu had seen Him before

Yun 'er is looking forward to the start of school in July. The school day in the United States is at the end of July. Yun 'er has long wanted to go to the school system to learn English, to speak pure English, to communicate fluently in English, and to learn language skills.

Yun 'er is glad to know Mr. Wu of the church, this fellow friend is very good, if it is not for Mr. Wu's help, it is certainly impossible to go to this community to teach English to immigrants for free school, Yun 'er remembers Mr. Wu this fellow fellow gentleman's timely help.

On the first day of school, Yun 'er got up early to put everything away and did all the things that should be done in advance, for fear that there would be any mistakes and be blamed by Kenny. Quietly get up and make breakfast, all Kenny likes to eat breakfast, a cup of coffee, a fried egg, a toast, a cut apple, and a glass of milk, Kenny has nothing to say.

Kenny: "You should be happy today, you are going to school for English class." But I can only go and have lunch with the workers at noon and then come and take you home."

Yun 'er Er: "No problem, the class is at 12:45, there is no class in the afternoon, it is OK to take me home later, I will wait for you in the school lounge." Yun 'er son knows that only according to Kenny's schedule, let him eat first, so as not to think that he is in trouble, try not to disrupt Kenny's normal time, all by Kenny convenience and consideration, Yun 'er son himself hungry for a few hours also doesn't matter, can only blame himself temporarily can not test a driver's license to drive, hope Kenny can insist on sending her to school.

In the United States do not drive, equal to no legs no feet, very inconvenient, not to mention like living in the suburbs of the countryside, there is no bus stop near the community, so in order to go to school can only be wronged to see Kenny's face, thinking that as long as you can go to school to learn English, it is worthwhile to be wronged.

Yun 'er knows that if everything goes along with Kenny, Yun 'er's life will be better, such as Kenny's work is not satisfactory and not happy, Yun 'er has become Kenny's punching bag. In any case, finally can go to English school, Yun 'er secretly breathed a sigh of relief, give yourself a pep talk, must cherish this hard-won opportunity to learn English. First from the most basic class to learn, from listening to the two classes, Yun 'er children have signed up, usually also carry a small notebook, often say words and life simple sentences, also in English and Chinese bilingual down, combined with the teacher's English reading class, follow the teacher's sentence by sentence reading, listening to reading practice, repeatedly listen to.

Moreover, every time the teacher will ask the students to follow the teacher to read again according to the class content chapters, the American teacher is very good at this, try to point to each student to read a paragraph of the article, correct the mistakes on the spot, and let the students read again and again. Yun 'er began to learn English slowly, probably because he found the right way, Yun 'er has a little interest in learning English.

One day in the recess hall, Yun 'er saw a face that looked like a Chinese woman, with a good figure, and his eyes moved in the direction of the beautiful woman's body, without thinking that she walked into the classroom where Yun 'er usually had classes, Yun 'er quickly followed the classroom, wanting to listen to her talk, to see if it was Chinese, Japanese or Korean.

On several occasions, Yun 'er said hello to Asian-looking faces in public, but he made a mistake twice, mistaking Koreans and Japanese for Chinese.

So this time Yun 'er is embarrassed to say hello easily, want to observe a little more and other people speak to know which country is. Class time, the teacher as usual, as long as there are new students to class, there is a form of self-introduction, before class to do self-introduction, so that students know each other, but also in order to exercise students to introduce themselves in English, practice language in practical activities.

When the beauty introduced herself, Yun 'er was very happy to hear the beauty say, "My name is Lulu, I come from Chongqing, China, I have come to the United States for ten years, I have two sons, and now I come to school to learn English, because I can only speak and listen, but can not write, I am very happy to meet you all, the end of introduction."

The students welcomed each new student with warm applause, because Lulu really spoke English very well and introduced herself in English very smoothly. Come to ten years, but also to learn English, Yun 'er to school to learn insist is right.

When Yun 'er introduced herself, they made eye contact with Lulu and saw each other's happy smiles. The teacher immediately added, "There are two Chinese students in our class." In this way, Yun 'er and Lulu met in the school English class. After class, Yun 'er immediately went to Lulu's desk, chatted with each other kindly, and asked each other many questions.

Lulu: "After we are classmates, there are more opportunities to meet, there are still many Chinese people in this town, I will bring you to my house to play."

Yun 'er: "Thank you Lulu, now I have no identity, the temporary green card has not come down, can not drive too inconvenient, can only follow my foreigner's car, come to school and meet you."

Lulu: "It doesn't matter, today we add a wechat, if there is a chance to stop by, tell me your home address, I can take you home."

Yun 'er: "Really thank you, I have any need of your help, must be trouble you, happy to meet you!"

Two people face to face with wechat, Yun 'er Er seems to feel not afraid, in the United States and another enthusiastic Chinese friend like Mr. Wu.

Yun 'er carefully wrote Lulu's mobile phone number in the small book with him, and there was a bosom Chinese friend on the book. Yun 'er wrote Lulu's name under Mr. Wu, and felt more secure at the moment.

"This town is not very big, and the school is almost far from where we live. If you have anything, you can wechat or call me first. I have only two sons at home and no one else, so we can often go shopping and attend holiday parties together in the future," Lulu comforted Yun 'er.

Yun 'er: "Yes, yes, I will tell you where I want to go in the future."

Lulu: "Really welcome, what inconvenient things, tell me, I have helped a few Chinese girlfriends before, like buying air tickets, ah, one of the Zhengzhou girlfriend is only 42 years old after she has a conflict with his foreigner, indeed can not pass, get a green card also must go back to China, I help to send to the airport, the girlfriend went back, the mental state is much better." In the United States, introverted personality has signs of depression, really poor, see her uncomfortable, when she decided to return to China, after a series of things are I helped her, now we have been in touch. We'll tell you all about it after school. It's almost time for class."

Yun 'er Er: "Well, OK, I also want to hear your advice."

There are three English classes in the morning, one is to listen to the whole, one is to read listening to reading, one class is to play the role of the textbook dialogue between students to learn spoken English, in the school time really fast. It is much better than learning with Meng Yun 'er at home, and it can be systematically studied and trained under the professional guidance of teachers in school, and the teachers' pronunciation is accurate.

Meng Yun 'er English accent always with Guilin accent, the word pronunciation is vague, the most important is once Yun 'er son and Meng Yun 'er together to buy earrings, Meng Yun 'er very seriously to the counter salesperson said several times "earrings" words, but foreigners did not understand a word, anxious Meng Yun 'er had to use the hand to compare painting, directly to the earring counter, foreigners to understand the meaning of Meng Yun 'er.

This makes Yun 'er no confidence to learn English with Meng Yun 'er, afraid to start to lay the foundation to learn wrong pronunciation, want to correct and change in the future are difficult. Therefore, Yun 'er actively wants to go to school to learn from the teacher's systematic guidance and this is one of the reasons why Yun 'er is very happy. After class, Lulu immediately took Yun 'er son to the school's student lounge, which has coffee, sell snacks, fast food, and some school supplies and hats, gloves, T-shirts, these small goods for students to choose and buy.

If Lulu hadn't brought Yun 'er here, Yun 'er never knew there was such a good place to rest, chat and eat. After class, Yun 'er will wait for Kenny at school after lunch, and can talk with Lulu in this good environment.

Lulu took out her two bags of snacks, and Yun 'er brought an apple and a bag of potato chips. The two of them took out their respective water glasses and chose a sofa by the window to sit down.

Lulu: "You just started to come, not very familiar, later it will be convenient, this place is really good, I sometimes sit here to read, go back there is nothing, only urgent class to go home in time, here to relax." Today I want to talk with you and wait for the foreigner in your home to see what he looks like. Perhaps we have met before?"

Yun 'er: "Come later, you will see, oh by the way, I have his picture on my phone, you have a look."

Lulu saw the photo on Yun 'er's mobile phone, saw Kenny and Yun 'er taking photos, as if they looked familiar, Lulu thought and said, only heard Lulu's voice: "Oh, come to think of it, last New Year's Day, I know the hospital's Filipino woman's head nurse held a family dinner, invited me to go, I saw Kenny with a Hong Kong woman, and the Hong Kong woman's daughter, remember the head nurse said this is Kenny's Hong Kong girlfriend Yingzi." What's the coincidence? But I only met once and never spoke again. Oh, Kenny broke up with that Hong Kong woman? When did you meet? I didn't care much at that time, to tell the truth, I felt that Kenny was like an upstart, a little bald, a big belly, a big man, and the woman was also general, saying that he had known each other on the Internet for half a year, and came to the United States to live for a few months to adapt, you wouldn't have met on the Internet, right?"

Yun 'er: "Well, we met online, too. It's been a year. No wonder I saw women's T-shirts with Hong Kong patterns at home."

So, at the same time, Kenny was dating women in Hong Kong and writing letters to Yun 'er online.

Lulu said to Yun 'er: "These men ah, love changes so fast, if not for my own eyes, I certainly do not believe that the world is so small, there are such men." By the way, Yun 'er, when you foreigners pick you up later, you go first and I will come out."

Yun 'er heard these, not as excited as before to hear Meng Yun 'er said Kenny things, as if have been numb, calmly reply to Lulu: "Nothing, you

彼岸花开
Flowers Blooming on the Other Shore

think how to do you comfortable, how you come, I do not mention you in front of Kenny, I have things to ask you to confirm."

Lulu said while sorting out the clothes, pull the corners of the clothes smoothly smooth the fit and slim figure of the cheongsam, will tie the hair tail again quickly tie a knot, is really natural and neat. Lulu sat down and told Yun 'er her own story.

Lulu from Chongqing, when she married Mr. Zhan, an American soldier, she was just divorced, with a son less than two years old Jason, Mr. Zhan was very good to her son, like his own treatment, came to the United States less than two years, applied for the legal identity of Lulu and son, and got a long-term green card. After marriage Lulu and Mr. Zhan very love, and gave birth to a son called Jack, married life of two people have a taste, Lulu will do food, especially hot pot, authentic Chongqing recipes, did not expect the United States Mr. Zhan also particularly like this taste, he felt that this is his life has not eaten delicious food.

They say a loving couple never ends, and for Lulu, this was a sudden, fatal blow without any sign. When her youngest son Jack was just three years old, Mr. Zhan was found to have lung cancer during an annual physical examination of the army, and at first thought that rapid and timely treatment and chemotherapy could be cured. Lulu gave up almost everything to take care of Mr. Zhan's diet and daily living, but she was still too busy. She had no choice but to apply for her Chinese mother to come to the United States to take care of her two minor sons, and ask her neighbors to help take care of her son's school and school transportation.

Lulu devoted herself to taking care of her husband, Mr. Zhan, in the hospital, traveling to and from the hospital almost every two days during that period. Fortunately, her mother took care of the child, which made her rest assured.

During the hospital, Mr. Zhan saw Lulu's gaunt face rushing back and forth, and comforted Lulu with love: "People always have to go one day, I must arrange you and our two sons before I go, please rest assured, I can't take care of you in my lifetime, but I will ask a lawyer to write the will well, so that you can live with your son carefree in the second half of your life." I put all my property and house savings and future US benefits (half of my husband's salary) in my will so that I can continue to take care of you and our sons in heaven. Dear Lulu, thank you for marrying me, thank you for taking care of me in the end, our love even God is jealous and jealous. So darling, without me, you must raise our son to be a talent. I'll look at you in a different way..."

Lulu talked here, it was speechless, she choked up and said: "So I can't talk about my American husband, when I talk about him, I feel very uncomfortable and miss him." This is why my children are 8 years old, I have not been in the mood to remarry, some good friends advised me that so young, quickly find a good man willing to help you, help the children. But I always feel that there is no one in the world who loves me as much as my Mr. Zhan. When I think of the time when he wrote the will for me before he died, the cancer cell spread, and his hand with the pen was trembling with pain. But he still insisted on writing it and patiently asked the lawyer to sign it. Have the lawyer arrange all the assets and what's available to me. I know in my heart how sad it is that I want him to live, that nothing is more important than him to live."

As Lulu said, tears have flowed down her cheeks, Yun 'er listened and silently buried his head, sad and sad for her, eyes at this time dared not look at Lulu's eyes, the nose was sour and blocked, Yun 'er quickly got up and went to the bathroom to clean his face, walked into the rest hall again, and saw Lulu had two red eyes and got up and walked into the bathroom. The bathroom is an emotional buffer.

This situation sometimes feels silent more than sound, Yun 'er very understand Lulu's mood, from her narrative, can feel the love and loss of loved ones, in order to comfort Lulu, Yun 'er still can't help but to Lulu said: "Lulu, I listened to you and Mr. Zhan's marriage life these things, so moved oh, let me envy you, Lulu in fact, a loving marriage is short, but let you remember Mr. Zhan's love is a lifetime." But I have not encountered such a deep and unforgettable love, in fact, you are happier than me, don't be sad, this life is enough."

Yun 'er used these words to comfort Lulu, but he was sad, and asked himself in his heart, did I marry love? No, it's not! Lulu was so comforted by Yun 'er that she controlled her emotions. Maybe know that the deceased has

彼岸花开
Flowers Blooming on the Other Shore

passed away, the living must live well, sad things let it go, we have to look at the future, look forward.

Lulu and Yun 'er returned to their respective seats from the bathroom, silently looking out the window at the green leaves on the trees. The July sun was shining brightly, and staring at them would hurt your eyes. Yun 'er Yun 'er evaded the blinding light meaninglessly, squinting his eyes, bowing his head, and supporting his hand on the back of the sofa to look at Lulu.

Yun 'er gently said to Lulu: "If my foreigner Kenny can love me half as much as you Mr. Zhan, I will treat him well and make him happy, but unfortunately, I always don't feel that it is love." I was always hiding from something, and it didn't feel good. I didn't feel safe at all."

Lulu: "Don't think about it, time is coming, you go out first, I will go later, today I won't see your foreigner Kenny."

Yun 'er: "Well, if you go out late, Kenny will be angry if he waits for me first." Even when there are a lot of people, his face will be very ugly, and I have to tolerate it. I didn't expect Kenny's attitude in the United States to be different from China's attitude when visiting me, Kenny seems to have changed, I didn't know he had so much confidence."

Sure enough, Kenny was already in the school parking lot with James, the only young worker he had ever seen in the factory. As Yun 'er sat in the passenger seat, Kenny looked at her and asked, "How are you doing today?"

Yun 'er replied: "Very good, the teacher speaks very well, thank you for sending me to school to learn English." Let me know what you want to eat tonight, and I'll make it for you when you get home from work."

Kenny: "Just eat now, haven't thought about what to eat, come back in the evening, you cook what I eat."

Yun 'er listened to Kenny's voice, his stomach was hungry, to know that it is 1:30 p.m., Yun 'er thought of going to school in the future to go home at this time, home at about two, and then do an hour to eat, hungry until 3 p.m. to eat lunch every day. Yun 'er son think, only do simple noodles is the fastest speed, in order to deal with hunger, there is no way, in order to go to school to learn English, only wronged his stomach, take Kenny's free ride, but not easy ah, this learning opportunity or the church of Mr. Wu to help, if you expect Meng Yun 'er there to learn English, do not know where to learn. Yun 'er is prepared to endure hardship, so will wait for Kenny to send her home late, just didn't say it.

Kenny had no idea that Yun 'er was waiting for him hungry, had no idea at all, and did not care about Yun 'er as he had in the past. To the door, after Yun 'er son got off, Kenny rushed to work, perhaps in a hurry, Kenny car only stopped at the door for two minutes, turned the front, suddenly throttle out of the community disappeared.

Yun 'er opened the door of the villa and was about to open the door when Meng Yun 'er, walking his dog far in sight of Yun 'er, waved to Yun 'er and called out her name. Yun 'er son into is not retreat is not, standing at the door, waiting for it, his stomach has been calling, Gu Gu ring, into the house, and worry about Meng Yun 'er misunderstanding. A few days school went to class, Meng Yun 'er no audience, in the community also only Yun 'er understood what she said. But those are the truth, but for Yun 'er, even afraid of Meng Yun 'er spit out the truth, every time after talking to Meng Yun 'er gossip, Yun 'er heart always swallow hard, stuck on the tip of the heart, uncomfortable. The more I hear from Meng Yun 'er's mouth, the more it is a mockery for Yun 'er, just like a slight, because it will only cause Yun 'er to be more and more dissatisfied with Kenny, but it is powerless to compromise Kenny. Meng Yun 'er does not seem to understand these, these words and Kenny's past stories, in essence, Yun 'er is also a cold and violent injury.

Yun 'er thought of here, along with their own emotions or into the door of their own home, first fill the belly, Meng Yun 'er himself will come, also do not know Meng Yun 'er and bring what bad news to Yun 'er? Yun 'er can do not communicate, but can not guarantee long-term depression, will not stand it? A thousand melancholia, too not worth...

彼岸花开
Flowers Blooming on the Other Shore

Chapter 9: It is true that men are divided

Since Yun 'er went to school to learn English, she only saw Meng Yun 'er on weekends every week. Although she was in a community, she only met Meng Yun 'er on weekends because she had classes four days a week to Thursday and went to school in the morning and returned in the afternoon. The families ate together occasionally, this week at Brian's, the next week at Kenny's. Sometimes the two families watch movies together and don't interact as closely as they used to.

On the first weekend after school, Yun 'er invited Meng Yun 'er and Brian to have dinner together at home. Yun 'er incidentally mentioned that he had learned English at school, and they would meet less later, which was actually an indirect explanation for not going to Meng Yun 'er's house. Yun 'er took out a good wine to treat Meng Yun 'er and his wife. In order to thank Meng Yun 'er for taking her to the mall to buy some daily necessities for women, and thank Meng Yun 'er for accompanying her a while ago, she brought a rose-red national pattern belt from China to Meng Yun 'er. Yun 'er is reluctant to wear this belt. She knows Meng Yun 'er will like it. Meng Yun 'er was very happy to accept Yun 'er's mind, and quietly said: "Women as long as you pretend to be deaf, see you now live more comfortable than before, I will rest assured." In addition, I need your help. My daughter has just had a baby. I will go there next week to take care of her for a month. Please water my lawn while I'm gone."

Yun 'er: "No problem, you don't lock the door in the back yard, I will go in from the back yard, water your front yard and backyard flowers and lawn, anyway, I don't need to go into your house, no problem."

Meng Yun 'er: "Remember to wait for Brian to go to work before you come over - as long as you see the car in front of my house is not there, you can come to water." I'll greet him and tell him not to lock the back gate."

Yun 'er: "Rest assured, this little thing must be done well, you are safe to take care of your daughter for a month and come back, not not back, rest assured." Meng Yun 'er heard Yun 'er son readily agreed, as if there was anything to account for, but hesitated not to say.

Yun 'er Er: "Oh, you rest assured, I can't do this little thing, it is a waste of life, you rest assured to go, I promise that every day after Brian goes to work, I as long as there is no class, I will go to water." If there is a class, I will water your yard after class and eat, okay? I don't know, I'm not old enough to talk like this, don't worry." A week later, Meng flew to Houston to take care of her daughter.

For such a long time, Kenny did not take Yun 'er son shopping several times, each time is to buy his own things before entering the mall, if it is to see women's clothing, cosmetics, Kenny is very impatient, and even wait for Yun 'er son outside the mall, Yun 'er son buy things can only be like a rush, just pick some practical payment out, for fear of Kenny waiting for a long time impatient.

With a few of those unpleasant things happening, Yun 'er did not like to go to the mall with Kenny to buy things, especially to choose what he liked, but also did not want to follow Kenny together. Because Kenny won't pay for the things that Yun 'er buys, Kenny thinks that when he gives $300 pocket money every month, he will use that pocket money to buy the things he likes, and won't pay a penny more. These feelings of haggling, accumulated over time, make Yun 'er's heart very unhappy. Think about when you had a job in China and were financially independent and could buy whatever you wanted. Married to the United States Kenny but the quality of life has deteriorated, they feel that they are begging, really can not be compared with the past.

If you count, as a couple can be so clear? Every day, Yun 'er does laundry and cooking for the family, and takes care of the housework in the front and back yards, and also pays time and labor. When Yun 'er was away from the US, Kenny used to pay a cleaner $100 a month for four hours.

Once, Kenny and Yun 'er son were going away for a few days, and the family had a dog that was not taken care of, and Kenny was seen giving $100

彼岸花开
Flowers Blooming on the Other Shore

to a friend. $100 for four days. Can't Yun 'er be a cleaner for four hours? It is really better to go out and find a job, and the job will certainly make more than 300 dollars a month pocket money. Kenny did not think so, but thought that the child was idle, thinking that he was raising.

Lulu once said such words to Yun 'er: "Don't envy women who don't work, there are many Chinese women who marry over, who have a job and live very well, very confident, women who don't work, for a long time, the freshness of love has faded, those women are always a poor look, really can't do anything, buy something but also see the husband's face, if you meet a man who loves his wife, it is at most a foil, I hope you are not willing to do that kind of idle person, after a long time, you will really become a nuisance."

Think of here, suddenly think of Lulu said to her last time, the next door neighbor has a couple of foreigners need to ask for housekeeping hours, twice a week, just in the afternoon without class time, asked Yun 'er son want to go? Yun 'er at this moment the thought of service outsiders, can also earn pocket money, do not need any technical content, he is still young, can not be like Meng Yun 'er out of society, no economic sources. This time, quietly start from doing a domestic hour worker, and be sure to go out and work on your own. Think here afraid of forgetting, immediately call Lulu to explain the reason, and ask her to contact to arrange a trial.

One day after class, Yun 'er had dinner, tied up Kenny's favorite dog as usual, and went to water Brian's lawn. When Brian came home early after pouring the water, Yun 'er shook his hand and said, "Goodbye!" Yun 'er took the dog home for a walk and saw that it was not yet time for Kenny to leave work. I went into the backyard and began watering the peppers, eggplants, tomatoes and coriander that grew in my garden. Yun 'er looked at the seedling is growing day by day, blossoming and bearing fruit, is very gratified. Then pour water on the apple trees, pear trees and orange trees in the yard, as well as the lawn and flowers. The work of domestic work picked up more, and then this watering can only do less.

Meng Yun 'er's mobile phone wechat came over, Meng Yun 'er video saw Yun 'er in his own yard, smiling at each other for a while, Yun 'er hurriedly reported that she had just finished her home.

Meng Yun 'er: "Yes, just now Brian called me and said that he saw you and that he had worked hard for you in the past two weeks. Brian asked me to tell you that I would not go to my house to water again and would invite you to dinner when I come back."

Yun 'er: "Don't be too polite about this little thing."

A few days soon passed, Kenny gave Yun 'erer pocket money every month, to buy these spices staple rice, mung beans, millet, can only buy three times a month, the US dollar will be gone.

Brian to the weekend was Kenny called to the home for dinner, after a full meal, a kua Yun 'er son than Meng Yun 'er do also delicious. Kenny saw that Brian was happy, so he said to Yun 'er, "We will go to the second floor to watch a movie together, and you can come together when you are finished."

Yun 'er: "You two go first, I'm busy first." The two men went upstairs, Kenny with a few small bags of dessert snacks, upstairs to watch a movie and talk about the gossip. Yun 'er prepared some Chinese tea leaves to make a pot of tea to send upstairs, Yun 'er just finished her busy, she saw her mobile phone flash, and opened Meng Yun 'er's wechat. In the video, Meng Yun 'er saw only Yun 'er alone in the living room on the first floor and asked: "Where are the two of them?"

Yun 'er: "Just went to the second floor to watch a movie, I was washing dishes downstairs, your wechat came."

In the video, Meng Yun 'er points the camera at her daughter's room to show her daughter's baby, and tells Yun 'er Yun 'er, "Maybe I will extend my stay for half a month. I know Brian will come to your house for dinner this weekend, and Kenny will definitely ask him to come to your house."

Yun 'er Son: "Yes, Kenny has told us that every Saturday and Sunday night, he will come to our house for dinner, during the day Brian is free, he said to fix the car and other things."

Meng Yun 'er: "You help me keep an eye on Brian, where he usually goes, you tell me that Brian is with Kenny, I am a little worried, Kenny is very familiar with the female owner of the massage shop." If it wasn't for my daughter's confinement, I wouldn't trust Brian at all. Without me by his side, I don't know if he would go back to the American woman he lived with for

彼岸花开
Flowers Blooming on the Other Shore

two years, and chat with that Vietnamese woman on the computer. I put up with it and pretended I didn't know anything."

Yun 'er: "My God, you have so much worry, but you can still stay at your daughter's place, you know him so well, you shouldn't go for so long, you should come back early, don't stay for another half a month, to save trouble, do you want me to take the phone up?" You video him."

Meng Yun 'er: "I am relieved that he is still watching the movie. Don't talk, you go busy, goodbye."

After Kenny and Brian had finished watching a fight movie, it was 10 p.m., and when Yun 'er brought a pot of tea upstairs, Brian got up from the couch and said, "It's getting late. I have to get home and go to bed."

Kenny: "Well, remember to come over for dinner at six tomorrow night."

On Sunday morning, Yun 'er woke up at 9 o 'clock. In the morning, she had to open the computer to read the driving test, all of which were in English. I hadn't watched long before the computer suddenly froze! Kenny was about to go to Brian's house to return the tools, and after a while, Brian came with Kenny wearing a sports shorts vest, Kenny briefly told Brian a few words, and went directly to the backyard to mow the lawn. In the living room, Brian looked at the computer on the kitchen counter. Within half an hour, the computer was back to normal and the exam questions appeared.

Brian asked Yun 'er to come and operate the computer mouse. While talking, Brian let Yun 'er click on the computer. Brian slowly held Yun 'er's hand holding the mouse with his right hand, clicked on the computer, and slid on the computer. Yun 'er did not dare to start pointing, and his heart was tight, while listening to the sound of Brian's breathing close to him, he was thinking of withdrawing, moving his body backward, and wanting to stand up. Leaving the chair moment, Yun 'er son inadvertently looked down the bar, and quickly withdrew his eyes. Just now, Yun 'er's panic in the corner of his eyes saw Brian using his left hand to keep playing with a man's life outside the sports shorts. With nothing to show for it, Yun 'er went to the fridge, grabbed a drink and handed it to Brian, asking him to free his left hand to drink it and put a stop to Brian's disgusting behavior.

For Kenny's friendship with Brian, who shouldn't have done such a nasty thing, think about who these people are? This thing Yun 'er son can not mention to anyone, say all can not tell, say not good will make yourself a disaster. Yun 'er just wants to stay away from this person in the future.

Now Yun 'er suddenly realized why Meng Yun 'er had stopped talking several times. Meng Yun 'er's sixth feeling is really accurate, so Meng Yun 'er always video chat with Yun 'er son one after another, which is essentially not assured that Brian is close to any woman. The appearance of the age of Brian in the company as a senior vice president of the position, the salary is relatively stable, there are 7,000 dollars a month, wearing a pair of canary side glasses, seemingly very gentle, wearing sports clothes, summer shorts, autumn and winter pants, look young and energetic dress, always than Kenny appears to have the boss. Two men stand together, one looks like a senior person with status, the other looks like a nouveau riche.

Brian pulled out his left hand to take the drink from Yun 'er, and looked a little flustered, probably knowing that Yun 'er had just seen a dirty scene. Yun 'er, of course, pretended to see nothing and walked directly to the backyard with two bottles of water, calling Kenny's name and saying, "Want to go out and buy some vegetables for lunch?"

Brian took a glass of orange juice and drank it. He also went out into the backyard to greet Kenny. "The computer is ready." Brian easily left Kenny's house as if nothing had happened.

Kenny enthusiastically added, "Thanks, Brian, remember to come to dinner tonight."

Yun 'er wanted to interrupt Kenny's Shouting, but she couldn't explain why she didn't want Brian to come over for dinner. Yun 'er doesn't know how to deal with a snake like Brian. She hides too deep. And also can not be the matter to Kenny and Meng Yun 'er said, can only rot in the belly.

彼岸花开
Flowers Blooming on the Other Shore

Chapter 10: The storm left her completely disheartened

Since Brian's character was discovered by Yun 'er, Yun 'er tried to stay close to Meng Yun 'er as little as possible, because Yun 'er did not want to get into trouble, and she did not have the right to speak, even if she said the true thing to Meng Yun 'er, no one might believe her, so Yun 'er chose to keep silent and would not mention it to anyone, and it was really not a thing that could be said clearly.

On the contrary, Meng Yun 'er sends her wechat to Yun 'er from time to time. Yun 'er sometimes replies, sometimes does not reply at all, because she really does not know what questions Meng Yun 'er will ask. One night, just after finishing the dishes, I received a wechat message from Meng Yun 'er, asking Yun 'er son, did not Brian come to Yun 'er Son's home, and sending some marriage stories about three types of articles to Yun 'er Son, Yun 'er Son caught fire.

Yun 'er: "I myself can not finish a lot of things, where there is leisure to see other people's men, if you do not trust, you come back to look at their own man!" Yun 'er's heart is stifled with anger, blurted out a disgusted tone.

Meng Yun 'er: "I thought he was having dinner at your house, he didn't answer the phone, he didn't answer wechat, why are you so angry?" I didn't trust Brian, not you."

Yun 'er: "Brian hasn't been here since he had dinner at our house last weekend. Because I have been in school during the day, I come back every day to simply cook a little food with Kenny. Kenny said that Brian was very busy recently and did not come to our house, Meng Yun 'er, you should come back early. I understand what you think in your heart, we are all Chinese women, please put 100 hearts, the man in your home is no matter how good, not my favorite type. Besides, even if there were no men in the world, I wouldn't touch a married man, and you're the only Chinese woman I know in this neighborhood."

Yun 'er was so excited that he said all these words in one breath and sent them to wechat. Fortunately, it was a text way. If Meng Yun 'er spoke out with voice, he would know what Yun 'er must know, or what happened.

Meng Yun 'er does not understand Yun 'er, which makes Yun 'er resent her guessing. On the other hand, Yun 'er son hate Meng Yun 'er, his man is so slag, still so concerned, concerned about the man who cheated and played with women's feelings, for Meng Yun 'er worry but can not say so, there is a fire in the heart.

Meng Yun 'er in the daughter's side of the heart is a little uneasy, in fact, she is very clear about Brian's virtue, she also knows that ask Yun 'er son will certainly make people disgusted. Wechat one after another, Meng Yun 'er in the heart at ease, a few weeks down the kind of speculation worry torture she did not rest and sleep well. She saw Yun 'er reply to the text message attitude is blunt, she already know Yun 'er is not that kind of womanly, but her husband Brian is not a thing. Meng Yun 'er scolded her husband Brian in the heart, because Meng Yun 'er knew what kind of person her husband was!

She also knows that Yun 'er here can not ask any information about Brian, Meng Yun 'er also clearly know that the friendship with Yun 'er will slowly with the hidden feelings between men test suspicion, will never return to the past.

Yes, as Meng Yun 'er thought, Yun 'er son thought of no contact from now on is the best policy, even if it is to know the big thing that Brian derailed, will not tell Meng Yun 'er a word of truth, it is also to see through this emotional hypocrisy. Blay's kind of moral depravity, insidious people, if they play dirty tricks against simple Meng Yun 'er, too frightening.

Let Yun 'er son for Meng Yun 'er into the emotion and marriage life feel regretful, but also completely lost the confidence of marriage. Yun 'er Son also began to doubt whether the marriage with Kenny can really go on? Yun 'er son dare not think much, Kenny and Brian are so good, not stained with some evil, it is difficult to believe. Where to find true love? As the saying goes, birds of a feather flock together, and you learn to be what you

彼岸花开
Flowers Blooming on the Other Shore

are when you come into contact with people. Everyone knows this truth, the only thing Yun 'er can do is to stay away from them completely, and she is not willing to make friends with these people.

Fortunately, there is Lulu from Chongqing, China, whom I know from English school. Yun 'er son want to be good, even after Meng Yun 'er back to the community here, the activities of the two families in the future, eating between each other she also try to find reasons to avoid, do not participate, to avoid with Brian and Meng Yun 'er they mixed together, stay away.

Of course, Yun 'er son knows the cost of doing so, she will lose Meng Yun 'er in the future and Kenny misunderstandings and disputes between husband and wife, Meng Yun 'er in English communication for her to say good words in front of Kenny, and may add salt and vinegar to hurt her. This is inevitable, because she learned Meng Yun 'er mouth powerful, she is a person of right and wrong, this Yun 'er son completely want to break off contact with Meng Yun 'er, Kenny is a soft ear root man, he would rather listen to Brian's nonsense, will not listen to Yun 'er son's truth.

Yun 'er thought can only bury all the things in the heart, also do not have to explain, if you say it to who, will only be more and more black. Yun 'er prepared for the worst, but the heart was a lot easier. No need to intentionally please anyone, just be yourself, let nature take its course, resigned to fate, is that I can not run, not my request can not come, Yun 'er son is so think but fearless.

Alabama is generally prone to a storm in the summer, with the occasional heavy rain, lightning and thunder of a tropical Marine climate.

It was the Friday after the Mid-Autumn Festival, and Kenny went to work as usual. Yun 'er had no English classes that day, so he worked four hours of part-time work at a nearby family introduced by Lulu, earning $160. When I left the house, it was still a clear sky, and suddenly there was a storm and thunder in the sky.

At that time, the town sounded the typhoon alarm, Yun 'er finished his work and went to the small supermarket near the door, and was blown back by the big wind and rain, blocked in the supermarket, many customers were blocked in the inside and there was no way to go out.

Yun 'er only used her mobile phone to send wechat to tell Kenny that she was near the supermarket at home, did not tell Kenny that she was doing part-time housekeeping jobs, and created a location to Kenny to pick her up.

Look at the thunderstorms and lightning. They don't always stop. Seeing Kenny's timely reply, Yun 'er Son was glad that he went out with his mobile phone. Wait for more than two hours, and finally the rain is a little light, but the wind is still a big, in the impression of the child, the thunder of the lightning is enough to frighten the dead.

Kenny finally came at more than six o 'clock, Yun 'er Son saw after the immediate walk Kenny said: "Thank you for coming to pick me up, when it was not raining..."

Yun 'er son explained the side of Kenny's car, the wind and rain is still very big, the wiper on the car keeps swinging from both sides, the road only to see a car, flying away from the side, the road is not a pedestrian.

Kenny: "Yes, every year a typhoon hits our town in Alabama. The weather is forecast. Maybe we don't pay attention."

"Well, if I had known the weather forecast, I wouldn't have gone shopping."

Yun 'er Son explained, while looking at Kenny's face, he seemed to have a concern, not very happy. Yun 'er: "How was your work today? Is there something upsetting you?"

Kenny: "Brian asked us to have dinner at his house today, and Meng Yun 'er came back." Yun 'er son stopped for a moment, did not reply to Kenny in time, want to directly answer "no" to this matter, but can not find the right reason to Kenny straight.

The car in the wind and rain slowly towards the door to stop, Kenny opened the door alone rushed into the door, open the door, Yun 'er son carrying the dish, quickly got off, ran into the door, put down the dish in his hand, immediately shut the door, the wind blowing the door, Yun 'er son used a great effort to close the foot and hands on the top of the door, the door is ready to start busy in the kitchen restaurant to do dinner.

Yun 'er didn't want to go to Brian and Meng Yun 'er's house for dinner, and intentionally didn't mention it.

Kenny opened the kitchen backyard door at this time, saw the backyard burning oven was blown down, the swimming pool umbrella, chairs, tables

彼岸花开
Flowers Blooming on the Other Shore

were all overturned by the wind, Shouting with his voice: "Yun 'er son, you come out to see, have fallen like this, also not fast to help me help up together."

Yun 'er: "Now the wind is still very strong outside, and there is thunder and lightning, wait for the wind to stop, and then put things blown down can't you?" I was no more at home when the storm came than you were." Yun 'er said on the mouth, but people still rushed out to the backyard and quickly picked up the blown over things.

At this time, Kenny, blushing like a pig's liver, kicked the oven that had fallen to the floor while losing his temper, and those tables and chairs were lying on the ground, the sun umbrella was blown down, the yard was full of swimming rings and leaves. Yun 'er son see this scene feel wronged, Kenny to help up these things in such a big wind and rain, must do these things with half the effort in the rain? It feels like a waste of effort, the front foot up, the back foot is going to be blown down, but it can't twist Kenny's temper that can't turn. Yun 'er thought Kenny was like a stupid pig, and thought, Can one fight with a pig?

Yun 'er thinks at this time should not be angry at all, this is the wind to blow down, is not man-made, this time to send Yun 'er's temper, useful? It is really a little hard to understand, and thunder, and lightning, and wind and rain, but did not love Yun 'er, but also Yun 'er in such a big storm, help him to do these things. Yun 'er is completely discouraged! Usually hear the thunder will hide in the corner, want to get into bed, Yun 'er son, now by Kenny without considerate behavior whole.

Yun 'er had to stand in the rain, numb to pick up a chair, no fear in the heart, and even heard the sound of lightning lightning, said to himself in the heart, at this moment are killed by lightning, are deserved to die in vain. This idea flashed in her mind, and suddenly thought of Kenny once told her that Kenny's grandfather was on the way home from farm work, when he encountered sudden thunder and rain hiding under a tree, and was killed by lightning. Kenny's 101-year-old grandmother is still alive.

Yun 'er thought that Kenny had not learned his lesson, and still had to fight against the nature during the storm and lightning, doing these dangerous things outdoors. Did he have no common sense, or did he deliberately disrespect life, or did he not love Yun 'er at all?

No matter which one in Yun 'er's eyes, completely to Kenny dead heart. Yun 'er Son hard scalp to put all the yard things silently, after finishing these, all wet clothes, not a place is dry. See that temper, with a bulging belly, bald head of a few loose hair Kenny, at this time feel so stupid man, so stubborn man, how can he become a family with him? How did you end up with him? At this time Yun 'er son regret to die, this marriage really should not be married! At this moment, my heart is really sad, and my life is not up to these broken tables and broken chairs.

Yun 'er has seen so weak now, who the fuck believes Kenny is true love Yun 'er? Kenny can't love himself, can he love someone else? Yun 'er Son quietly dragging wet feet, into the shower room, the bathroom door locked. Open the warm water, while undressing, side to head to toe to wash the faucet, then the bathtub faucet also play open full, looking at the water slowly flowing, Yun 'er son slowly stepped into the bathtub, soak a hot bath.

Yun 'er thought, Kenny this man does not love me, but I must love myself. Must not let oneself catch a cold, sick, Yun 'er son side close eyes to enjoy, the tears in the corner of the eye can not help but keep flowing in the face, but cry silent. At this time, no tears or bath water, are permeated and mixed soaking in the bathtub, the just cold skin is slowly warmed up around the hot blister, and the salty taste of tears stays in the baby's mouth...

At this time, Yun 'er's heart is really bitter, nowhere to tell, can not say it, but their own heart again resist, can not on such grievances for a lifetime, Yun 'er is full of mind is: "I can not, I absolutely not willing to go on like this......" Yun 'er seems to have made up his mind, seems not afraid of anything, "We'll see!"

There is a mist of rising water in the bathroom. Besides, I don't think about anything at this moment. Close my eyes and relax. Maybe this is the best time to release...

Chapter 11: Disappointed, She escapes the plan

On the night of the thunderstorm, Yun 'er turned down the invitation to go to Brian and Meng Yun 'er's house for dinner. Kenny went on his own anyway, slamming the door shut before he left. "Bang" a sound, let Yun 'er heart cool through!

Kenny came back very late, Yun 'er son a person at home did not worry about Kenny as before, when to go home, will not listen to Brian, Meng Yun 'er said something, it does not matter. Now Yun 'er's heart does not care about these people, the important thing is how she plans for the rest of her life, where will she go in the future?

From that day on, she refused to attend any activities involving Brian and Meng Yun 'er, without explaining anything, and kept distancing herself from them. She can only do so, she really worried that one day if really with them together, she was afraid that she could not control herself to the numb Meng Yun 'er tell the truth.

During this period, Meng Yun 'er and Yun 'er only deal with a few polite words on wechat, Yun 'er rarely take the initiative to Meng Yun 'er wechat, not say a word. Yun 'er is afraid of weekends. She only hopes that she can stay at school from Monday to Thursday to learn English. Lulu introduces her to some housekeeping jobs from time to time. Yun 'er thought that after the end of this semester's English class, then do some odd jobs to earn money and prepare to return home.

After having this idea, Yun 'er has been hiding in the heart, and so on to find the right opportunity to say it to Lulu. In any case, she wanted to find an opportunity to talk to Lulu openly about her real thoughts and listen to Lulu's advice.

A week before Halloween in October, Yun 'er and Lulu talked for an hour after class in the school recess hall, where they sat at the same table by the window, each with a cup of tea and some fruit and snacks.

Lulu: "These days, I see you are always a little unhappy, but you study very seriously and do domestic work hard?" You seem to have something on your mind?"

Yun 'er: "Yes, I am really anxious and very annoyed, I have been wanting to tell you and afraid of giving you trouble, but I still want to tell you, otherwise I will suffocate."

Lulu: "Say, if there is any difficulty you need my help, as long as I can do I will help you."

Yun 'er Er: "I know, thank you Lulu, with your words, I feel more secure, look, I want you to help me buy a plane ticket back to China, the time is set before the Spring Festival."

Lulu: "Aren't you going to buy a ticket back to the United States? Because the price of a one-way ticket is not much different from a round-trip ticket?"

Yun 'er Er: "Just buy a one-way ticket back to China. I don't plan to go back to the States, but it has to be a secret. Kenny can't know."

Lulu stared in bewilderment, looking at Yun 'er's serious and firm eyes.

Lulu: "Can you explain your idea to me a little more clearly? Are you sure? Tell me what's going on."

Yun 'er Er: "We first determine the time and date of the ticket, and then transfer my pocket money to you, it is estimated that it is not enough, I have Chinese cash for you, you use today's exchange rate into US dollars, can not let you cushion the money to buy me a ticket, you promise me first, I will tell you the truth."

Lulu didn't say anything, but made eye contact with Yun 'er, nodded, and quickly opened the computer to help Yun 'er check the website for buying tickets online. The two people began to search for the most suitable date and time, and checked the time of three sets of tickets, because they had to choose the time Kenny went to work, but also to determine the period when Yun 'er was not in class, but also the time after Lulu sent her youngest son to school, the time between the entire trip and the transfer had to be considered, and a series of problems had to be considered how to take out the suitcase.

Lulu and Yun 'er deliberated repeatedly, with Lulu helping to view on the computer, Yun 'er drawing on the paper with a pencil, and marking the written draft. Time passed so fast that before the exact time was decided, it was time for Kenny to pick Yun 'er up from school in the afternoon.

Lulu: "Well, there is no hurry today, we will come to class early tomorrow, we will think about the plan this evening, and I will compare the time before and after, and then determine tomorrow." I'll bring the computer, and then I'll buy it, okay? As long as you're sure, don't worry."

Yun 'er Er: "OK, I will think about it tonight, and then I will take the Chinese RMB and US dollar pocket money and give it to you tomorrow."

The two people said well, breathed a sigh of relief, looked at each other's expressions, and felt that they had made an important decision. Lulu soothed and patted Yun 'er on the shoulder, Yun 'er also naturally held Lulu's hand and said: "This can only be a success, not a failure."

Lulu: "Rest assured, I have sent many people to the airport to return home in recent years, all of which are cold violence of various kinds with foreigners, and you are already the seventh." Last year also sent away a Shanghai girlfriend, her ten years of green card have got 4 years, the result with the foreigner relationship is still not good, but also nothing, iron heart to return to China, now living in Shanghai is very good, also bought a villa in Suzhou, often send me some photos on wechat.

The other is Zhengzhou girlfriend, or after 70, in the United States got a slight depression, if not back then, people lost. Nervous all day, we all met in the school class, they also chose me to help, is that I am Chinese, and can speak English, and understand her difficulties, and for her secret. Because I don't have a husband, I take my two sons to live in the United States, and there are no idle people at home, she can rest assured. Before she left, she put her important things to take back to China at my house first, and then shipped them together on the day she took her to the airport."

Yun 'er felt more at ease after hearing Lulu's words. When approaching the school gate, Yun 'er signaled to Lulu that he would leave the school first, and Lulu understood Yun 'er's meaning.

Lulu looked out from the interior window, Yun 'er slowly approached Kenny's silver-gray car parked on the side of the road outside the school, thinking in my heart, such a good Chinese woman, how these foreigners do not know to cherish. Although I feel that I have done a good thing to help my Chinese girlfriends return home, I am afraid to publicize it. It was America, after all, and the foreigners in America would hate her if they knew she had done all this to hasten the dissolution of their marriage. Lulu thought of this, had to be cautious and low-key, even if the good deeds, will not tell everywhere.

Lulu has been in the United States for 8 years, and her friends are slowly increasing. When she returns to China every year to visit her mother, she will get together with these girlfriends who have sent them back to China. She has a place in different cities in China. She deeply understood the value of good deeds in this sentence, really not wrong. This may be the reason and motivation for Lulu's willingness to help those returning girlfriends.

There is also the kindness and compassion in Lulu's bones, and she has given great secret help to those needy girlfriends in China. In a foreign country and an unaccompanied environment, Yun 'er is lucky to meet such a warm-hearted noble person as Lulu. At this moment, she relies on Lulu's help from her heart. She dare not think that without Lulu quietly doing these things for her, Yun 'er would have collapsed spiritually.

Yun 'er Son sat on Kenny's car at the moment, did not speak as before, concerned about Kenny's work, concerned about what he wanted to eat at night, but very calm, feel nothing can not be put down.

"You Kenny don't treat me right. You trust your so-called pig-pals. Even Brian is up to your wife, and you're a stupid pig who considers him a friend." Yun 'er's heart with hate, thinking of these once stirred her restless heart. Now I finally decided to let it go, and it was a trip to the United States to learn the lesson of hasty mate selection on the Internet. Onlookers clearly, as a husband of Kenny, if the Yun 'er son is sincere cherish, if you can let the Yun 'er son have a sense of security, and a trace of husband to wife affection, the Yun 'er son will not leave Kenny.

Now Yun 'er even inner grievances, anxiety, entanglement, fear, despair all come from this man, in front of their own selfish man, Yun 'er even half

彼岸花开
Flowers Blooming on the Other Shore

a word of the heart will not say to him. Looking at the eyes of the fat Kenny driving the car, while talking about Halloween to prepare with Brian, Meng Yun 'er plan together. Yun 'er son want to like ordinary couples, will resist the reason to communicate with them completely, tell him that this person can not be handed over. If the husband and wife love to trust each other, if Yun 'er tells Brian those behavior details of the truth, the husband and wife will analyze and discuss the treatment, calmly deal with the so-called friend husband and wife relationship, but Yun 'er even open to Kenny to say it out of courage.

Yun 'er son does not have the right to speak as a wife, and Kenny may not believe her. If Yun 'er and Kenny had a solid foundation of trust in their marriage, Yun 'er would have shown Kenny how to recognize people, how to see what is human and what is ghost. Now Kenny is so to Yun 'er, Yun 'er has no need to tell Kenny before leaving, it is impossible to tell Meng Yun 'er, let Kenny to eat their losses.

In Kenny's home for most of the year, Yun 'er saw these dirty things with his own eyes, but also completely let Yun 'er lost the patience of Kenny hope, and made a question mark on Kenny's character. I used to think Kenny didn't smoke or drink, which was the only good thing about him. Now it has been offset by the cold face that loves to lose his temper, see what is not pleasing to the eye, that is, again please can not make up for the cooling heart. This only confirmed Yun 'er's belief that Kenny would never change his smelly, hard temper. This problem, like a dog can't change its own shit! And Kenny doesn't even think he's wrong. Think about the four women before him, if Kenny was good, would those women have left Kenny? Yun 'er used to dream that if he was nice to Kenny, he would slowly change, but it seemed too naive. Suddenly, Yun 'er remembered what the husband of Kenny's head nurse friend (an American man) had said to Yun 'er: "Congratulations on winning the first prize. I hope you will be Kenny's last woman."

It is funny to think that in less than a year, these words that sounded like nonsense at first have been fulfilled one by one. Kenny is such a person, a person who has been labeled by many people, this person is rude and impatient, the choice of him as a life partner, Yun 'er son must have made a biggest mistake.

There must be a lot of people who want to see this result, and there must be a lot of people who have seen the future of Kenny and Yun 'er, and Yun 'er thinks the same, if you still go on with Kenny, Yun 'er must have no future.

Think of here, Yun 'er has made a decision to return to China with Lulu today more iron heart. Yun 'er is thinking at this moment, I'm sorry Kenny, but all this decision is forced by you Kenny! Don't blame me for disrespecting you, don't blame me for leaving without saying goodbye, and don't accuse me of giving up on you, because you made me!

These words have been said many times in Yun 'er's heart, Yun 'er kept reassuring himself, it is not my fault, all this is not my fault! I can't. I should be able to hide. Far, far away. Yun 'er never wants to see those people who made her sad again. She wanted to spend the rest of her life in peace and freedom. At this time, she missed her relatives in China and regretted that she had been too hasty.

Chapter 12: The Heart of the Child Hangs in midair

Yun 'er's heart has been hanging in the air, this night she did not sleep well at all, from time to time to look at the information on the phone, afraid of missing Lulu sent to the information about the ticket needs her to confirm. This is a big deal for Yun 'er, but also for her own safety, she knew that doing so not only have to take out their own money to buy a ticket home, but also a certain risk.

Yun 'er son also want to talk openly with Kenny about his plan to return home, and worry that once honest, Kenny does not agree, he can not go. Kenny that temper, she is very worried about whether things can develop according to their own will, she is not sure, also do not trust Kenny people and character, afraid of Kenny impulse control of their emotions, the thought of Kenny side with a pistol, the more I want to be more afraid. Yun 'er son dare not imagine the worst consequences, since the mind has made up, or silently according to their own will to rest assured to prepare more practical. Decide is iron heart to go back, think or do not say good, with their own money to buy a ticket in the economy suffered some losses, this time the most important peace.

In the dead of night, Lulu's two sons fell asleep, she quietly opened the computer and continued to help Yun 'er son search for a ticket to return to China before the Spring Festival, this period of flight tickets, ticket prices are beating every day. Finally saw a very suitable time, immediately to Yun 'er mobile phone send a message, and attach to consult the ticket time itinerary information.

Lulu: "Please make sure after reading so I can place an order." Because of what was previously discussed with Yun 'er, Lulu here simply explained that she understood Yun 'er was waiting for the next instruction. Fortunately,

Kenny has not come back in Brian's home this evening, Yun 'er son's current mood, I hope Kenny will come back late from playing outside, so that Yun 'er son can discuss with Lulu in wechat to determine the time itinerary of the plane ticket, it is day to help Yun 'er son! Yun 'er carefully checked the flight information sent by Lulu with his eyes wide open. After confirming that it was correct, he immediately took a photo of the passport information and sent it to Lulu.

Yun 'er: "Yes, please check your passport information and place your order!" I'll see you at school tomorrow with the money. Thank you."

Lulu: "OK, immediately place an order to buy a plane ticket, rest early and see you tomorrow, if it is not convenient, don't return the message, if a person at home, you can talk for two words."

Lulu knew that Yun 'er had talked to his girlfriend about something in wechat, and was found to be furious by Kenny, so she didn't talk to Yun 'er for a week, so she was more understanding of Yun 'er's situation. Yun 'er quickly opened wechat to catch up with Lulu. The two asked about some important things on wechat and gave each other the most appropriate way to deal with them. Lulu persuade, let Yun 'er son calm down, since decided what also don't think much.

Yun 'er son also think so, since the decision but practical, to avoid the night long dream. While the two were talking, Yun 'er suddenly heard the sound of the door opening. Yun 'er knew that Kenny was coming back. Yun 'er did what Lulu had said in advance: "As soon as Kenny gets home, you can turn off wechat anytime."

Yun 'er is very grateful to Lulu for understanding her difficulties, understanding her and advising not to have a direct conflict with Kenny, it is not worth making the relationship tense, patience for a period of time will pass. As he was saying that, Yun 'er heard the door open and immediately wrote on wechat in a low voice: "Kenny is back, we will talk tomorrow, good night." Just send Lulu one last message.

Lulu: "Got it. Good night."

The night is so long, but also make the child excited, heart racing. It seemed like a century that the boy stayed awake that night. One night did not sleep well, Yun 'er's eyes have some puffiness, Kenny up to see Yun 'er breakfast is done, although he did not take the initiative to say anything, but breakfast and all the housework according to do, breakfast is placed on the table. Kenny also seems to feel that this treatment of Yun 'er son, attitude is a little too cold, a few days down seems to be angry also disappeared, two people will eat breakfast together, Kenny seems to want to ease the cold war atmosphere with Yun 'er son.

So Kenny said: "On the way to send you to school, we will go to a supermarket to buy some fruits you like to eat, and then see what is still missing at home, write down the need to buy together, it seems that there is no food and food at home."

Yun 'er son is also too lazy to say, what at home to do what to eat, if there is no food, Kenny will naturally go to buy. Sure enough, Kenny also saw the empty refrigerator in the morning, and it was difficult for his wife to make a meal without rice.

If this had happened before, Yun 'er would have reminded Kenny what the family needed to add and discussed the plan with Kenny. But now it is different, after Yun 'er has made preparations to go, these things seem to have nothing to do with Yun 'er, have to do and eat, not hungry themselves, there are some chilies, pumpkins, coriander, eggplant that Yun 'er plants in his spare time in the garden.

Since Yun 'er came to the United States, basically all eat vegetarian dishes, no meat, meat beef, pork are basically done for Kenny to eat. Yun 'er is really not difficult in food, Yun 'er often joked: "Who marries me, who will earn over, I am easy to raise."

Yun 'er thought, Kenny with this way to deal with Yun 'er, can not punish Yun 'er, but to punish Kenny himself, because Kenny can not live without beef, pork chops these meat. On the way to school, Kenny drove to a large supermarket parking lot, never get off to shop with Kenny, into the Chinese supermarket opened in the United States, pushing the supermarket car also with the child to choose the food he likes to eat, Yun 'er or first for Kenny to buy meat he likes to eat, pick and then buy vegetarian food fruit.

Yun 'er saw Kenny's warm behavior and performance, and suddenly felt a sour nose. This was the normal life that Yun 'er had hoped for, but now she seemed to feel that it had come too late. Why did Kenny remember to care about her feelings when he was determined to leave?

Anyway, Yun 'er hopes that before leaving, she also wants to get along with Kenny peacefully and try not to conflict. Who doesn't want to live a good life? If it had been like this before, and the family had business and quantity, it would not have forced the child to sprout the idea of leaving. And last night had decisively bought the plane ticket, just to avoid his heart softened.

I actually thought about that when I decided to buy the plane ticket, what if Kenny gets better in the meantime? However, it seems that Kenny's unreliable, unstable and sometimes bad personality has let Yun 'er down many times. Yun 'er has been telling herself not to trust Kenny anymore. His temper tantrums have been engraved in Yun 'er's mind! Yun 'er has been reminding himself that Kenny's bad temper must not be changed, which has the ability to change others! Yun 'er son sigh, or change their own adjustment of mentality on the spectrum.

After the shopping, Kenny put all the food in the trunk and drove Yun 'er to school. As he got off the car, Kenny said to Yun 'er, "I may be two hours late to pick you up today because I want to catch up on some work and take you to the pumpkin Festival party."

Then he took out a bag of potato chips and two apples and handed them to Yun 'er. Yun 'er knows, this is her Chinese food. Kenny can do this step, let Yun 'er feel that if there is no past injury, cold violence, such a warm scene will be a common thing that every woman is desirable, but also let her content. She wished Kenny's behavior would continue like this forever, maybe there would be another turn, maybe...

Yun 'er has imagined many times what Kenny will look like when he gets better. She watched Kenny's car drive away, then turned and walked into the school gate, holding two apples in her hand and showing a look of distress and entanglement on her face. Walked to the hall of the students' lounge, see Lulu there early, or sitting in the original position, Yun 'er son hurriedly walked towards Lulu, immediately put down the things in his hands, take out the purse from the bag, the ticket money to Lulu, Lulu booked the information itinerary has been printed also told the Yun 'er son

彼岸花开
Flowers Blooming on the Other Shore

collection, Yun 'er son holding the ticket information that piece of paper, Carefully folded into the wallet, a very small voice asked Lulu: "If this ticket time needs to be changed, can I change it later?"

Lulu: "What's wrong? No idea? It's best not to change, if you change it, it won't be the discount price, and if you want to change it, you will have to spend more than $100 each time you change the flight time."

Yun 'er: "No, I'm just asking."

In fact, Yun 'er's heart because Kenny has just changed to warm up a small move tangled, fantasizing if Kenny is good to her again? So just casually asked Lulu a sentence, is instinctively asked a sentence, Yun 'er son's heart is hoping Kenny can get better.

Yun 'er: "I might have to stay at school for an extra two hours today. Kenny said he'd be home late."

Lulu: "OK, no problem, it seems that the English class only has one lesson today, so the class is dismissed early."

Yun 'er: "Then we have more than three hours, where shall we go?"

Lulu: "There's a new store opening, my friend works as a salesperson there, so I can go and buy some cheap things, I brought my discount card!" Besides, didn't you say you were gonna buy a box? It's the opening and everything is on sale. You can buy a set of boxes to take back to China. They are all brands."

Yun 'er: "OK, then let's hurry to class, after class I will go with you, just buy a set of boxes, the first suitable for their own things put in your home."

Lulu: "Yes, that's what I mean, buy the box for you, some day when I drive to your home, you pack the clothes you like, and then put the clothes you should bring out first in my home, your previous box can not move, do not move your original things before you go, so that your foreigner will not notice that you want to leave him."

Yun 'er: "OK, I listen to you.

Lulu: You don't know, I always feel nervous when I drop off my girlfriend, but I always do it like this, and I feel relieved that I get home safely. There is a Guizhou girlfriend said, I see her crying sad, first determined to go, the tickets are bought, the result she did not listen, about two days before departure with his foreigner husband said, she wants to try his foreigner can stay her, or give her a little money. Did not expect, the foreigner thought she was angry, as a result, she took out the ticket information itinerary. At this time, the foreigner knew that she could not do this thing, must be someone to help his wife, and she told me out. Her husband came to my house to make trouble, and after she was forced to stay by her husband, the man did not change at all, and treated her worse than before. Six months later the girlfriend said she really can't live, and asked me for help, I refused, I don't want to hesitate like that, hurt her and hurt me. The United States is very about family privacy, her husband blamed me for meddling in his family's private affairs, and also sued me. I am also an orphan and widowed mother with two sons, I don't want to make trouble here, so I will help people in the future also to watch people, don't make trouble if you don't think well."

Yun 'er listened to these words, she understood Lulu, and Lulu directly said: "Rest assured, I will not, I have thought about it, definitely want to go!" They went to the classroom while talking.

This class is very serious, may know that the class time is limited, this learning opportunity is also very rare, come to the United States, other harvest is not, this learning English or really gained, English also improved a lot. When I think of these, I think of her countryman Mr. Wu, fortunately, I know Mr. Wu, otherwise there is no harvest in the United States this trip.

After class, Lulu drove the car, they followed to the nearby new shopping mall, two people under the guidance of Lulu's friend salespeople, directly to the luggage counter nervously selected, and finally locked a discount is the largest and very good three-piece set. Doing this, as if doing the right thing, I really hope that my return to China is smooth, in order to escape from this situation of being wronged, looking at the face, and living a poor life.

After buying the bags, Lulu suggested putting all the boxes on the car, directly by Lulu drove back to her own home first, and so that day to facilitate Kenny to go to work not at home, and then send the box to Yun 'er son's home loaded clothes directly dragged away. Yun 'er thought that Lulu's arrangement made sense, nodded and said, "It's really lucky to have

彼岸花开
Flowers Blooming on the Other Shore

you, thank you, Lulu, if you weren't here, I don't know how to go back to my own home, as long as he doesn't know that you took me out."

Lulu: "Don't worry, there is still more than an hour to walk around, I promise to get you back to school by four o 'clock."

Yun 'er son see Lulu still want to wander around, accompany her saleswoman girlfriend to talk, think about it is still too late, he said: "My things have been busy, also rest assured, you take a look."

This afternoon was the most relaxing and reassuring day for both Yun 'er and Lulu, as everything went according to Lulu's plan.

"Since my husband died of cancer, I have prayed in church every Sunday," Lulu said with sincerity. "I love the quiet atmosphere in church. I don't want anything but to pray.

They walked around and talked, looking at 40 minutes, Lulu suggested that it was time to drive to school, take a break at school, sit down and talk about some things to pay attention to details.

What Lulu did for Yun 'er took up almost a day. In addition to going home to cook and buy food for her two sons and wash clothes, Lulu even wanted to send Yun 'er to the airport with Mr. Wu, who was in the same city as Yun 'er. He is their most important mutual friend, and is also the head of the Chinese church in the United States. He is an upright and willing to help others. He is a Chinese with a good sense of justice.

Yun 'er son and Lulu are women after all, but also need a man to have some opinions around, there is a sense of security, if there is Mr. Wu around to help, more let Lulu rest assured, Yun 'er son also practical. With this idea, Lulu immediately contacted Mr. Wu by phone, two people will say the situation to Mr. Wu, Mr. Wu immediately promised, said before leaving to tell him in advance, he will put down anything to help Yun 'er son, and let Lulu rest assured, this favor will help in the end.

Yun 'er son heard two people in Lulu side of the call, eyes red, really about to cry, at this time the mood is very touched, in the most difficult time in the United States, there are so sincere friends to help her. She understood, but she could not utter words of gratitude. She will never forget this kind of friendship, can not use any words to express the mood at this time. All she wanted was to return safely to her motherland, so that her friends would be at peace.

During this time, the thing of Yun 'er has affected Lulu's heart, as long as Yun 'er does not leave the United States for a day, Lulu's heart has been hanging. Yun 'er son is also careful every day, really afraid of Kenny aware, always in a trance. She hoped the day would be over and she was looking forward to getting on a plane and going home. Look at the calendar almost every day, the good time in mind. That day is getting closer and closer, Yun 'er's heart is getting more and more nervous, always thumping, the hand will be tight involuntarily held in the chest, let himself slowly calm down, silently preparing everything, praying for everything to go smoothly.

彼岸花开
Flowers Blooming on the Other Shore

Chapter 13: She Chose to be Dignified at last

Halloween is coming, it is a very busy time in the United States, adults play ghosts, children go to each family to ask for candy. Strange pumpkins, in all shapes and shapes, are displayed at every door or inside, and farmers hold pumpkin treats and sales events at their farms!

Not knowing whether the sun was rising in the west or the reason for Halloween, Kenny was more humble to Yun 'er this weekend than ever before, which made Yun 'er feel uneasy. She thought to herself, Kenny must have something that needs Yun 'er Son to show up. Sure enough, on Saturday morning, Kenny told Yun 'er directly: "Today we will go to Brian and Meng Yun 'er's house and try to see the pumpkin party at the Halloween farm together."

Yun 'er has not been close to Meng Yun 'er for some time, because he has a secret that he can't tell, and he doesn't want to be embarrassed. However, Kenny doesn't know that his so-called friend Brian, during the time when Meng Yun 'er is not at home, has made hints of his attentions to Yun 'er, which has caused Yun 'er to pretend to turn a blind eye.

Brian may be to see Yun 'er can not be known, will not speak to anyone's weakness, just take unbridled implied harassment, Brian know Yun 'er's English level is not good, even if want to express also say can not win him, everyone can not believe Yun 'er by the translator to say the truth. If we do, God knows what will happen. Yun 'er son knows that silence is the truth of gold, she knows that now the most able to protect their own safety, is calm nothing to say, to static braking observation, Yun 'er son can not believe any one of the people, his husband Kenny is not trustworthy. Kenny's sometimes bad and violent behavior towards Yun 'er has made Yun 'er feel afraid and insecure. In a foreign country, there is nothing else to be desired in the present situation, except that I can leave quietly and safely.

Kind instinct let Yun 'er just choose silence, one is to save Kenny's face, and the other is to give Meng Yun 'er who once helped Yun 'er a little self-esteem. Meng Yun 'er, such a vain person, would lose face once she knew that her husband had emotionally betrayed her and had evil thoughts for Yun 'er. Once exposed, Meng Yun 'er will not choose divorce, but will cling to Brian to live together. So this to Meng Yun 'er to hide, so that she confused that he is a happy state of life, perhaps it is a good thing! Each person's three views are different, the pursuit is not the same, and the handling of things is not the same, perhaps Meng Yun 'er has a very good understanding of her husband Brian is what virtue, but out of sight is net.

In this case, there is no need for Yun 'er to stimulate Meng Yun 'er, all women have to give people self-esteem. Even if the current will temporarily misunderstand Yun 'er's indifference to Meng Yun 'er, even if Yun 'er himself suffered some grievances, but also have to hide for Meng Yun 'er Brian's behavior, can maintain this kind of normal life maybe everyone can be peaceful.

In today's real society, there are too many marriages like Meng Yun 'er's, because there is no economic independence, there is no right to speak, and it is difficult to go to the step of divorce. This is Yun 'er's kindness, both put Brian a horse, but also save Meng Yun 'er tangled sad, give Brian a little affection! Considering such a stupid and stupid situation that has offended everyone and is not beneficial to oneself, why bother to disclose it all?

Yun 'er son considered again and again, had to agree to Kenny's invitation to go to Brian, Meng Yun 'er's home. Kenny smiled when he saw Yun 'er's willingness to go to Brian's house for a get-together. Arriving at Brian and Meng Yun 'er's home, the door is open, and Brian is sitting on the sofa in the living room looking at the car parts in his hands. Brian likes to buy used cars, fix them up, and then sell them on the Internet to make extra money.

Once Brian bought a silver gray used car, the appearance is relatively new, Meng Yun 'er took out his mobile phone, immediately stood in front of the car, let Yun 'er Er help take a picture, and then sent to the circle of

彼岸花开
Flowers Blooming on the Other Shore

friends, with a sentence: "Today my husband gave me a new car!" Meng Yun 'er is so vain, Yun 'er son feel Meng Yun 'er live really tired. Kenny into the hall and Brian directly talked about the repair of the car, Yun 'er son just nodded a head, is a hello with Brian.

Yun 'er saw Meng Yun 'er watering the garden in the back, and went to greet Meng Yun 'er. This time, Meng Yun 'er was not as enthusiastic as before, and seemed to deliberately avoid the opportunity to spend time alone with Meng Yun 'er. Yun 'er's arrival seems to have been expected, the eyes just looked at the flower, did not take the initiative to say anything. The peripheral light of the eyes always drifts to the living room direction of Brian, Yun 'er felt Meng Yun 'er some afraid of Brian. In Brian's sight, it seems that he does not dare to get too close to Yun 'er. Yun 'er's peripheral vision can also feel Brian does not want to talk with Meng Yun 'erdo's eyes, Yun 'er knows what Brian is worried about. But Meng Yun 'er will never know why Brian deliberately prevents Meng Yun 'er and Yun 'er from having a deep relationship! Meng Yun 'er has been brainwashed by Brian.

In fact, Brian's concerns are heavy, is not very understanding of Yun 'er, he thought that all Chinese women are like Meng Yun 'er. Yun 'er married Kenny was not for the green card, so it does not care about what identity, just hope Kenny can be good to her, cherish her. Now that all this has failed, Yun 'er can give up everything in front of him, what a mansion with a swimming pool, a car, it has nothing to do with Yun 'er. She knows what she needs, if there is no love in marriage life, or has never loved, or the fresh and curious heart has been tired, is purely a misleading marriage, or do not want to.

With that in mind, Kenny also approached the backyard and said to Yun 'er, "Let's go, they don't have time to go, let's go to the farm and buy some pumpkins and have lunch there!"

Yun 'er nodded a "HMM" and turned to Meng Yun 'er and said, "Then we will go and bring you two pumpkins!"

Meng Yun 'er could not help but whisper: "You should pay attention to Kenny's mobile phone and computer information, careful that he wants to dump you, and find a younger woman." Yun 'er suddenly realized that Brian had said something to Meng Yun 'er, otherwise how could he know Kenny's dynamics better than Yun 'er once he got home? These things even Yun 'erer himself is not clear, only know Kenny abnormal, in the middle of the night more often in the bathroom toilet to play mobile phone, a sit is more than two hours. Yun 'er accidentally found twice, just don't want to think bad, also don't want to add to their own jam!

Yun 'er also quietly replied to Meng Yun 'er: "Thank you, then I go!"

Along the way, Kenny drove the car straight to the direction of the farm, Yun 'er looked at the trees along the way, a large expanse of empty pumpkin fields, placed along the roadside, but in my heart thinking about Meng Yun 'er said content. Although I want to give up the idea has been decided, but in the heart really uncomfortable ah, how so unlucky, met a man who divorced a few times, thought he would cherish the marriage now, but did not think, the idea of divorce has long made Kenny accustomed to. I feel so stupid, expecting Kenny to change, expecting Kenny to see her as the last woman because of the many divorces! Yun 'er no longer has any interest in the Halloween activities, but she still has to play along!

To the farm there, has seen a lot of people, we sit with the table in groups, some in the farm pumpkin field picking, and some in the pumpkin placed in the scenic spot on the photo. At this time, Kenny asked Yun 'er to select a few pumpkins in the purchase basket, Kenny snapped a few photos, from the back of the photo looks Yun 'er really beautiful, afternoon farm, sunshine, blue sky, white clouds, and people come and go leisurely picture, let Yun 'er's face exposed a long smile. Kenny holding the mobile phone to Yun 'er son's eyes bright, meaning you look at how beautiful I took you, how natural!

Kenny: "I forwarded the photo to you on wechat, let's take some more photos!" Yun 'er saw the photo of himself, casually sent a group of friends circle! It doesn't mean anything. It's just a recording of Halloween weekend. This may be the last Halloween for Yun 'er.

Really did not expect to be the online circle of friends married girlfriend Cui Lisec reply: "Yo, look at you very happy!" Don't want to go back to China again? You and Kenny made up?"

Yun 'er Er: "Private talk, you think too much, I just look at the picture

彼岸花开
Flowers Blooming on the Other Shore

to take a good picture, maybe this is the last Halloween in the United States, by the way, send in the circle of friends, how you will have so many ideas?"

Yun 'er's married girlfriends have a habit of checking wechat and pay close attention to women who marry abroad, especially Cui Li, who likes to inquire about such information. There are chats on weekdays, but also care and ideas! This Cui Li is always concerned about a Yun 'er son, is considered a bosom friend. When Yun 'er is in low mood, Cui Li can't help teaching her how to deal with Kenny's tantrums. Listening to Cui Li teach a set of experience to deal with foreigners, the result of more teaching more Yun 'erer and Kenny's marriage exposed more discomfort, frequent cold War, contradictions appear more trouble.

What Cui Li taught Yun 'er was not a good idea, it was just a momentary rage. Cui urged Yun 'er and Kenny to do contrary advice, Yun 'er did not do, after all Cui Li is not a party, the distress here only Yun 'er himself knows. In the absence of help, Yun 'er will use static braking, not good thinking, is not a verbal conflict with Kenny. A few times just cold war with Kenny, is stimulated by Cui Li. Cui Li sarcastically said: "You are too timid, did not knock down the pier, you see me, my foreigner dare to me, I immediately let him have no good life." You have no status at home, see you spoil your foreigners. Don't you know? Men are cheap, you have to be more ruthless than him, in order to restrain him!"

Yun 'er character is not like her Cui Li, can be a foreigner's home. It has been nearly 11 months since I came to the United States, but my heart just can't settle down and I always want to return home. A paragraph of Meng Yun 'er today, let Yun 'er more iron heart, or while Kenny did not drive her away, while Kenny is still looking for the next home, has not abandoned her, choose to leave some self-respect and self-love, leave some last dignity for yourself!

Yun 'er feel must return home in advance, but also to change the ticket time, go ahead! Can not wait to accompany Kenny Christmas before returning to China, Kenny if as Meng Yun 'er said, her son still stay in the United States is necessary? She didn't want to wait until Kenny abandoned, thinking that she was still waiting for that kind of hurt to come, it was better to get away as soon as possible, away from the man who made her feel sad and insecure.

Yun 'er was affected by Cui Li's information, and seemed to see that he did not return home and was ridiculed and satirized by Cui Li. In fact, Yun 'er very understand Cui Li's mood, the previous chat confirmed today's response, let the dull Yun 'er see a lot of things. Women in the marriage circle like to compare their foreigners with other people's foreigners, and other people's foreigners have good conditions, which will cause a lot of controversy. When a woman marries badly, sarcastic, vitriolic gossip flies. In fact, few people really want others to be happy, do not have another mind, waiting to see jokes, see others have a worse life.

Yun 'er has eaten countless losses, and now understand that Cui Li's fierce method, at this time, Yun 'er doesn't work, Yun 'er just doesn't want to hurt the harmony, after all, Cui Li used to get along with friends, Yun 'er doesn't want to offend this kind of right and wrong and sinister villain in a foreign country. Stay away, slowly cut off the relationship. Yun 'er's idea has been decided, in this big society, began to do elimination subtraction, she does not want to be around these people, do back to themselves.

Cui Li looking for a foreign husband, in fact, was given up by other female members, was the intermediary Ke total transferred to Cui Li. As long as Cui Li is a foreigner, no matter what bird people just want to marry out first, because Cui Li has divorced three times in China, at this moment as long as you can marry as far as happy! Cui Li originally grew white skin, can not see the actual age, when the online city girlfriend gave up, Ke always immediately make up the recommendation to want to green card Cui Li, foreigners also immediately agreed to interact with. Three months later and Cui Li married, so quickly married foreign! Cui Li's foreign conditions are not good, the home is a rented house, the occupation is a construction contractor, working outside for a long time, Cui Li after marriage with her husband to live in the site to do odd jobs to clean. Just like Cui Li often said to Yun 'er: "I only have one purpose is to earn dollars, where is true love?"

Yun 'er son in the outside girlfriend, find the condition is good! So Yun 'er has vaguely seen Cui Li in the use of her, jealous and waiting to see the joke mentality, revealing the bad eyes between women schadenfreude.

彼岸花开
Flowers Blooming on the Other Shore

In the past, Yun 'er had always taken Cui Li as a confidant on wechat, because Cui Li often told Yun 'er about her private life: "I have never had sex with my foreigner, I am just waiting to get a green card and work to earn money, and I suspect that this foreigner wants to harm me, one day I drank the milk he gave me, I felt sick and wanted to sleep, and my limbs were weak." Once I was alone at home, I did not know when the gas smell filled the room, I was very careful, so do not trust foreigners, to prevent harm to you..."

When she heard these words, Yun 'er felt that Cui Li regarded her as a friend. Although Yun 'er never spoke, just listened, but there was still a feeling in my heart, which was Yun 'er's sympathy for Cui Li before. How also did not think, Yun 'er to leave the United States, Cui Li is more happy than her, but Cui Li once said that she encountered difficulties so difficult, how never thought of her own leave the United States? Yun 'er is trapped in the clouds and fog, not knowing what Cui Li really thinks.

Now Yun 'er son calm smile, why bother? We women themselves are suffering themselves, others foreigners bully our compatriots sisters, Cui Li is still in the name of such a heart unwilling to look. Yun 'er son is clear that the day is their own, happiness is not the most clear, she will not care about Cui Li in general, he quietly walked, there is no need to Cui Li heart-out said. When experienced to know who is true and who is false, there is no need for foreigners to surface real estate greed to stay. For Yun 'er, would rather carry the curse of abandoning marriage, when a fool, but also to maintain their dignity!

Cui Li's goal is a green card, while Yun 'er Son is looking for a loving marriage, if not the marriage you want, what's the use of staying and getting a green card? I don't even want people. I want that thing. It's just a card! Yun 'er sometimes feels sorry for those women who only stay in the United States for a green card, and does not understand Cui Li's real purpose of marrying a foreigner. She only knows that the life she and Cui Li pursue is not the same, the three views, the way is different, friends have done this, there is a need to pretend to cope with it? Others may pretend to go on, as far as Yun 'er's character is concerned, I am afraid she has already had the result in her heart, and the so-called friendship between Yun 'er and Cui Li is at an end.

Chapter 14: She Really Is Gone

From the window of the school lounge, Lulu saw Yun 'er in a hurry and immediately stood up and waved to her. Yun 'er did not sit down, but said to Lulu quickly, "I can't wait to go back before the Spring Festival, I have to change the ticket time in advance!"

Yun 'er's tone seems to be a little choked, eyes red, a look to know that a night did not sleep well. Yun 'er noticed that Lulu's eldest son had followed. Lulu's eldest son, 17-year-old Jason, who works in a Chinese restaurant, has been living in the United States since he was a child, and he knows the law very well. Sometimes when adults talk about life things, he listens silently and suddenly gives a little advice, which really works.

Jason said to Yun 'er, "Aunt, you should go to the police station before you leave, and tell the police the reason why you want to leave the foreigner and your fears." The United States pay attention to laws and regulations, you secretly walked away, you did not take a foreigner anything, but you have to let you go, frame you to say that you took his things, or destroy yourself at home, and then say that you made the destruction, framed you so that you can not go for a while. Even if you get to the airport, he can chase you back from the plane. At that time, it will be more troublesome to say that you can't go, and the money has been spent, in order to avoid these, it is better to take the initiative to explain these situations to the police, and it is best to go with a witness to get your daily necessities before leaving."

I didn't expect the young Jason to be so rational, giving advice that adults look at. This is Yun 'er and Lulu did not think, originally just want to go quietly on the line! Yun 'er agreed to Lulu's eldest son's suggestion. Yun 'er told Kenny a few days ago that she was going on a three-day vacation with her Chinese friends from school, and Kenny didn't suspect

彼岸花开
Flowers Blooming on the Other Shore

anything. That night, Yun 'er stayed at Lulu's house, sat in front of the computer and booked the ticket time, 8:20 p.m. on November 16, 2014. When everything was ready, thinking of the topic Jason had mentioned, I went to the police station the first two days before going to the airport, and then the police staff made an appointment to accompany Yun 'er to Kenny's house, which was still Yun 'er's home at that time.

On the day of reporting at the police station, the whole English explanation, the questions and answers, were all carried out by Jason's fluent English. After the matter was handled, the police signed in the service column to go to Kenny's home the next day, witnessing Yun 'er son just to take his daily necessities and clothes. This thing is too beautiful, at least let Yun 'er son walk without trouble behind, walk clean.

On that day, Yun 'er son also quietly and deliberately did a thing, she knew that she could not wait for divorce procedures with Kenny, intentionally put the original marriage certificate on the top of the drawer, only take away the original social security card number and a copy of the marriage certificate, the purpose is to let Kenny see this paper, he can also unilaterally divorce procedures. Yun 'er does not want to solve this problem face to face with Kenny, she just wants to go, can do nothing, just want to leave Kenny early and safely, leave the United States, return to her family, return to her homeland.

With the police about the next day, Mr. Wu took Lulu's car to Yun 'er's home near, Lulu parked the car not far from Kenny's home. In the roadside car, you can see Kenny out after the driving away figure, Yun 'er son do not want to communicate with Kenny, far from Kenny go, before coming down from the car, approaching the car has stopped near the intersection of the police, politely to the police staff said: "You can come with me, Mr. Police!"

Came to Kenny's home, Yun 'er son will cloakroom their clothes in their own box, Lu Lu in help Yun 'er son kept packing, Mr. Wu looked at the home arranged in good order, can not help but a little sad to say: "such a good home, why can not keep a woman?"

This sentence made Yun 'er look back at Kenny's two dirty clothes on the bed in the master bedroom, which may be used to it, Yun 'er naturally inspected the room, put all the sheets and clothes in the washing machine, press the switch to open the washing program, and then went to busy dress their own clothes.

Lulu: "Why are you still washing his clothes and quilts?" He has done this to you, why, are you mad and foolish?"

Yun 'er said nothing, just thought in my heart, since I do not love, or leave Kenny a thought, less hate her a little, no matter how Yun 'er left without saying goodbye, even did not say hello, men are very face-less, I really do not know Kenny home, see the letter on the kitchen table, how do you feel? Yun 'er did not dare to think, so he chose to leave quietly! She's just not used to Kenny's temper.

Lulu soothingly said to Yun 'er, "God closes a door for you, and always opens a window for you. Your best day will come, believe me, don't regret leaving today!"

Before and after marrying to the United States less than a year, let Yun 'er see the on-off marriage of men and women in the world, too many women are disappointed to marry a foreign country marriage, once the heart is not together, the kind of people from the bone all feel the cold tea...

Yun 'er took the 8:20 p.m. flight and left Lulu's house at 4 p.m. Lulu cleaned up the car to make room for two large suitcases and carried a backpack with her, which she bought with her on her way to school. After taking out the two boxes originally brought from China from Kenny's home, Yun 'er had no intention of bringing them back to China this time. With Lulu said good, Lulu later return home to visit relatives back to China, are Yun 'er son's daily necessities. Lulu's two sons really understood, and placed Yun 'er's suitcase on the car one by one, and then gave her a hug.

Jason: "Auntie, safe trip."

Yun 'er Er: "Thank you Jason, thank you baby for doing so much for me." Jason leaned against the door, did not go in, outside the rain, the sky is rainy, the gray sky is not the clear sky of the past, it is particularly quiet, Lulu home living area can hardly see a person out.

Lulu: "Jason, you go inside and take your brother home to read. I'll be back after I take my aunt to the airport."

Jason waved to his mother and Yun 'er son and reluctantly entered the house, but still looked out through the glass door. Seeing her son enter the

彼岸花开
Flowers Blooming on the Other Shore

house, Lulu got on the car and said to Yun 'er, "My two sons are a little reluctant to give up on you. This son is very affectionate, like me."

Yun 'er also dare not look again, the two baby sons are still in the door of the glass to look at Yun 'er on the car, the eyes clearly know that aunt will not come to this town again, and it may be to meet in China, Yun 'er's hometown, or in Lulu's hometown, or in the opposite Pearl city Sea in Macau. Yun 'er's heart has long flown, China's relatives are still worried about her safety, China's relatives are still looking forward to her early return.

Think of here, Yun 'er son on the car only dare to see the road, the hurried roadside scenery, through the glass through the rain point ticking sound outside the window, looks hazy a rainy day. Yun 'er son thought, rain is good, rainy day, the man who used to be husband Kenny will not come out, ask her what day is to leave. Perhaps did not think, did not ask, may have found the next woman on the website, the future sixth wife to take over the child class. Kenny character will not look for the best at this juncture, Kenny's indomitable temper is too well understood, Kenny absolutely no patience.

It can be said that at least in these five failed marriages, he did not have patience with his wives, even the first gave him three daughters, or left Kenny, not to mention the Yun 'er son did not give him a son and a half daughter. From the unfeeling after breaking up, indifferent, immediately change the wechat pattern, you know is an impulsive emotional animal, not much patience. When one woman leaves, the second, the third, the fourth, the fifth, is it all the woman's fault? It's kind of a routine around Kenny. Yun 'er son think of here, she is nothing in this man's heart, before and after two years, wasted years, but also with the hurt to leave, even an explanation, do not want to give the man said, do not want to see the cold face again.

Yun 'er's thoughts are low, but her heart is also afraid of Kenny really appearing at the airport. The journey to the airport takes more than 20 minutes, but in Yun 'er's mind, it feels so long, Yun 'er prayed, peace is good, it is best to get home safely, it is best not to have this person appear unexpectedly.

Lulu looked at Yun 'er from the perspective mirror, knew Yun 'er was thinking about something, understood Yun 'er, so from the car to see Yun 'er's eyes low, did not disturb her. Lulu's driving skills were so good that although it was rainy, she made it to the airport parking lot within the planned time. Just parked in area A, saw Mr. Wu has been waiting in area A, Mr. Wu took Lulu's suitcase off the car, and then Lulu helped Yun 'er son carry a small bag and some snacks to eat fruit, the three people walked into the airport hall while talking, under the guidance of Mr. Wu, directly went to the boarding pass counter to handle the check-in formalities.

Mr. Wu and Lulu very relieved, because to enter the security check, Lulu failed to go in, Mr. Wu for the entry security check hall waiting to send people formalities, so Mr. Wu let Lulu rest assured to go back first, there are two sons at home, Yun 'er son also let Lulu go home early. Lulu turned her back to Mr. Wu and cried, turning to Yun 'er for a tight hug, so Yun 'er did not see the expression of Lulu has cried, Lu Lu hugged while wiping tears on her face with her hands behind Yun 'er, dare not let Yun 'er see her sad appearance, she was afraid of this emotion affecting Yun 'er.

Returning home should be a happy thing, but I don't know how it will always be sad in the heart, really sad.

Yun 'er felt the priceless value of friendship when Lulu hugged her, and she tapped Lulu on the shoulder and said, "We will definitely see each other again in my hometown."

Lulu: "OK, I must go to your home in China, then I will go back first."

Lulu turned back and shouted to Mr. Wu: "Mr. Wu, Yun 'er please, safely to the gate, in addition to the transfer flight information is also explained, tell Yun 'er how to handle, consult the same flight Chinese passengers."

Mr. Wu: "Don't worry, I will write a note on the paper information, teach the child to transfer."

It is also really difficult for Yun 'er, the first time in a foreign country in the United States airport to take a connecting flight, because the time is very short, Yun 'er English is not very good, a nervous fear of going to the wrong terminal, it can be bad, so must choose the right direction, then hurry up. If the direction is wrong, busy rush to go, will only go further and further away from the goal.

This is what Yun 'er is worried about, life has gone wrong, this time back to see the goal of ten million, so careful to let Yun 'er a little too nervous, because Yun 'er does not want to miss the flight, she only 20 dollars, RMB 1600. Back on Chinese soil, you don't have to worry about having no money anymore, even if you don't have a penny, as long as you are on Chinese soil. Because she can speak, listen, have mobile phones, wechat, Alipay, and everything she is familiar with...

After Lulu said goodbye, Mr. Wu led Yun 'er to the gate of the correct flight, just when the Chinese attendant received him to change the boarding card, so Mr. Wu gave Yun 'er the ticket in time to guide him off the plane and transfer to which terminal and which area of the plane, marked on the paper. All this was finished, Mr. Wu and Yun 'er were relieved. 30 minutes before the boarding time, Mr. Wu will pull out a set of brand perfume from his pocket, which is a luxury that Yun 'er Er is usually unwilling to buy for himself, and when he lives with Kenny, he has never bought her this similar expensive brand perfume, remember Kenny did not even buy cosmetics for Yun 'er er.

Took Mr. Wu's heart, Yun 'er son only dare to bow down and shed tears: "Thank you, I accept is friendship, I will take good care of myself, rest assured!" When I get on the Air China plane, I'll text you and Lulu that my family will pick me up."

Mr. Wu: "Don't worry, we will arrive safely, we will see you next time in China."

After saying that, Mr. Wu gave Yun 'er an American courtesy, a big hug, stopped for two minutes, 120 seconds, but let Yun 'er silently bless from the depths of his heart: wish Mr. Wu's family happiness, a good man's life peace.

Taking off on time from the airport in a small town in Alabama, flying to Houston Airport to transfer to the flight of China Airlines, Yun 'er Son found the terminal waiting gate smoothly along the instructions written on the paper by Mr. Wu, and then the hanging heart dropped down, Yun 'er Son inspected the surrounding lobby, saw that the time was just right, went to the bathroom to sort out his clothes, changed into a comfortable sports casual clothes, Pick yourself up and look at yourself in the mirror and say, "This will all pass. From now on, everything will be fine."

The idea is a very important spiritual power, at this moment, only to give yourself encouragement, everything will go smoothly. Yun 'er stood in line at the gate and took a photo of herself and sent it to Lulu and Wu as well as their family members, reassuring their friends and relatives who cared about Yun 'er. There are a lot of Chinese people in the airport hall, almost half of them are Chinese friends, Yun 'er is thinking, why are there Chinese people everywhere in the world? Chinese people are really good, really smart, really hardworking. As the crowd moved around, Yun 'er found the seat D16 by the window, which was also the number Yun 'er liked. Seeing the plane rising slowly, Yun 'er smiled with understanding, for several months, Yun 'er had forgotten to smile. The original peace of mind is to return to the embrace of the motherland to have a sense of security. Yun 'er sat by the window, looking up at the sky, silently thinking: I now understand why all say, only the Chinese who have been abroad, only really understand how good the motherland is, only really realize that the traveler in a foreign land has a kind of unforgettable patriotic plot from the bottom of his heart.

Yun 'er called from the heart: "Great China, I love you! Our strong China, I am proud of you!" I am very excited at this moment.

Yun 'er kept asking herself over and over again, "Am I really on a plane to China?" Is all this real? So smooth?" Yun 'er Er twisted his ear, and really did not dream, all this is true! Woah! I really was on a China Airlines plane, this life is lucky! As long as you can return to this life without regret! May everything be safe and smooth!

Yun 'er closed her eyes and prayed, silently listening to the voice of the flight attendant on the radio: "Dear passengers, please fasten your seat belts, the flight to Beijing, China, is about to take off..."

Chapter 15: Return to meet the intermediary Ke Zong

After returning to her hometown from the United States, Yun 'er said nothing to anyone, and only Cui Li, who had the closest contact with wechat, knew about her return. Cui Li is also a matrimonial female member of the company.

From the beginning of the Halloween circle of friends, Yun 'er only vaguely feel, Cui Li than he also hope Yun 'er and Kenny have a break early, can return home early. In the past, Yun 'er would have been grateful that Cui Li was good for her, but the sour dialogue in the circle of friends made Yun 'er realize that he was too naive, he was wrong, she was just a thorn in Cui Li's side, jealousy can destroy a person's conscience, and he likes to see others in pain.

Yun 'er did not expect to return home only three days, Ke always take the initiative to call Yun 'er said: "Free to meet, get together." Ke seemed very sure that Yun 'er had returned to China, leaving Yun 'er confused. Yun 'er understood, only Cui Li said out. She wanted to prove her judgment, and the Yun 'er son of the phone asked Ke Zong by the way: "You are so well informed!" Who told you that? I thought I would tell you why I came back when I got over my jet lag. I didn't expect you to know so soon."

Mr. Ke: "Who else can tell me?" One day you come to my home, just in my home to eat potluck, there is a female member who wants to marry, want to understand the situation abroad, we meet and talk first, the female member cook for us to eat together, what do you think?"

Yun 'er: "Don't eat it, I invite you pedicure massage, just the two of us to talk about things."

General Manager Ke: "OK, but you still come to my home first, I have some details to ask you?" Did you really break up with foreigner Kenny? I want to know about it."

Yun 'er: "Oh, you already know that? Who decides for me when I don't even think about it? Still so detailed? Can you tell me who gave you that half-true, half-false information? My client did not say anything, you believe what others say?"

General Manager Ke: "Cui Li said it, I don't believe all of what she said, since you are back, you come to my home tomorrow, I will wait for you!"

Yun 'er agreed first, and wanted to see what kind of person Cui Li really was. Although the feeling of being betrayed by his girlfriend is not pleasant, but still want to know, Cui Li is how to pass on this matter.

This happens to be a Sunday, Yun 'er and Ke Zong home is in the same community. Yun 'er in the eyes of Ke Total, different from other married members, it can be said that it should be a friend, at least not afraid to say some truth, including the operation of the entire translation company, the operation of the source member will be open to Yun 'er. Yun 'er also introduced all the surrounding single sisters to the intermediary Ke Zong very atmospheric, never talked about what benefits to say. From the beginning of their acquaintance, Ke Zong attaches great importance to Yun 'er's interpersonal relationship, and the company also benefits from a lot of Yun 'er's interpersonal resources and develops many female members.

Yun 'er stepped into Ke's apartment building while walking. In the elevator, she was still thinking about the fate of knowing Ke. If it wasn't for the fact that Ke Yun 'er lived in the same neighborhood, how could Yun 'er think of marrying a foreigner?

Fate to Yun 'er son played a joke, from abroad to slip a circle and back experience, all feel that this time the marriage life is not the life they want. Come back, anyway, I want to tell Ke Zong the truth in person, and do not wronged the friendship they once had with friends, think about it, Ke Zong will certainly understand. Instead of hearing distorted information from someone else's mouth, it is better for Yun 'er to tell the cause and effect himself.

Outside the door, Yun 'er Er rang the doorbell, and it was Yun 'er who opened the door and handed her a pair of slippers, smiling and saying, "Still pretty and young, nothing has changed."

Yun 'er: "I am stupid, fat and dull in America, don't you think?"

Mr. Ke: "I don't think anything has changed? Come, come, let me introduce you to a new member Fang Fang." Fang Fang: "Hello, have long heard Ke praises your net edge is good, the person is good, said you will help me, give some good advice."

Yun 'er: "Where can you do, as long as you hear Ke's words, it seems to see the love in the distance." Mr. Ke: "Ha ha ha, Yun 'er can say the most poetic words, I love to hear you praise me like this."

Fang Fang: "Yes, after I met Mr. Ke, I felt that sooner or later I would marry abroad, as if Mr. Ke would help me choose foreigners according to my requirements."

Yun 'er: "Yes, Ke can always hang your heart up, like want to swing romantic, feel can catch hope."

Yun 'er and Ke total talk into the study, Fang Fang went into the kitchen to do what she said with pickled cabbage fish. Yun 'er in the study said directly: "Ke, what do you want to ask today, I tell the truth, but the whole cause and effect of you don't simply say I'm wrong, wait for me to finish!"

Ke General manager: "Maybe, you are not an impulsive person, you have always been a person who does not panic, I believe you."

Yun 'er: "Long story short, I have found out that Kenny has already met someone else, and also online, that is one thing; Second, I found Kenny very bad temper, I was at the end of my patience, gave him 11 months to adjust, still can not change. In addition, I think I do not want him any wealth, so it is easy to give him up, because he thinks that is very important things, I do not care about, three different views. It is a good thing, and besides, he has been divorced four times, as well as his fifth."

Mr. Ke: "Have you already gone through the divorce procedures? Or..."

Yun 'er: "I found the marriage certificate and put it in Kenny's locker. If he wants to marry another woman, he will definitely get a divorce first." So my quiet departure is the best kind of liberation, if anything, it is also to give Kenny a step down, when he remarries, it is also to say to his sixth wife, Kenny did not want the ex, it is he divorced me."

Yun 'er is right, Kenny is very face-saving, if all his friends around him know that his fifth wife has left, not even say hello, how much face! Man, Yun 'er think about it, this way of divorce is less than face, for Kenny, at least, it is his Kenny don't Yun 'er, he sued for divorce, and the fact is Kenny a person. So the future sixth heart is comfortable.

Ke General manager: "This statement sounds very reasonable. You abandoned your marriage, don't want foreigners, and still save some face for foreigners."

Yun 'er: "Yes, marriage is suitable for, not suitable for points, so instead of freedom, but what I just said is just for foreigners to think, guess Kenny will do this, but I don't know anything about him, and I don't want to know any more, which counts?"

Mr. Ke: "What are your future plans? Still looking? Can I help you choose another foreigner?" Yun 'er: "No, no, no, now I really don't like to find foreigners, living for almost a year, I still feel good in China." Honestly, don't waste your time thinking about me, you can help those female members who want to marry abroad, I really won't look."

Speaking time, Fang Fang made three lai, and are all love to eat, pickled cabbage fish, pork ribs lotus root soup, green pepper mustard shreds. Look at the delicious local dishes, the perfect taste. At the dinner table, Fang Fang enthusiastically took care of Yun 'er son dinner, she said this is Ke total request to do these several menus, said you love to eat.

Yun 'er felt Ke Zong's care from Fang Fang's few words, really admired Ke Zong's high EQ, originally Yun 'er wanted to complain to Ke Zong, blame Ke Zong, find a foreigner for her?

As a result of talking, it is not painful, all said is polite, without a word of blame, this is able to do all things, can do the company Ke general. Yun 'er son is full, real home-cooked food, she knows Ke's hospitality is with the heart, she can understand, do a company, it must be successful and make money.

Yun 'er today after talking with Ke Zong, more confirmed that Cui Li is a person, really used to be a good sister, how can so love tattling?

Through this outer marriage, really let Yun 'er son want to stay away from this outer marriage circle as soon as possible.

彼岸花开
Flowers Blooming on the Other Shore

Today's long talk with Ke, Yun 'er has understood the next step of Ke's meaning, will definitely recommend the company's other female members to Kenny. This is the translation company has always been the practice, in front of the interests to say very high-sounding, she will let you understand his company's difficulties, will say that you do not want to the man, transferred to the female members who are not picky. Both parties can succeed better, the company will strive to promote the satisfaction of both parties, voluntary marriage. At this time, Ke will only consider the interests of his company, rather than the feelings of female members, including Yun 'er.

This meal is not for nothing, Yun 'er son also understand that this is playing the friendship card, let Yun 'er son how not to say the company is bad, what can be said to Ke total, but do not speak to the outside, the meaning of sealing.

In fact, Yun 'er does not want to talk about this trip to get married, if Cui Li forks out, Yun 'er will not mention it to anyone after returning home. This marriage is a detour for Yun 'er, Yun 'er also can't afford to lose this face, she really don't want to let the circle of people know too much privacy, really hope that the years dilute the past of this failed marriage, fade out of people's sight early. Today, Mr. Ke's Hongmen banquet must come, otherwise how will Yun 'er understand the true intention of Mr. Ke today? Yun 'er son only hope Ke total deal with Kenny and other female members after the success of marriage to inform a voice. Then each of their own good, not owe each other, Yun 'er son has thought well, she will not put the future of happiness hope, placed on the total Ke for profit. She must get rid of this circle and jump out of the sight of Ke Zong and Cui Li.

Chapter 16: The Truth about the Sixth Term

Since Yun 'er returned to China, she almost forgot this short marriage with Kenny, she thought that this life and Kenny no longer contact, did not expect because of the relationship to do the United States travel visa, Yun 'er had to contact Kenny.

When applying for the visa, the staff needed to fill in the exact marital status of Yun 'er. At that time, Yun 'er herself was a little confused, she did not know whether their marriage would still exist after leaving Kenny. After all, at that time, she and Kenny did not reach an agreement to divorce, but she unilaterally decided to abandon the marriage. Yun 'er does not know how her relationship with Kenny is currently legally recognized in the United States. At the suggestion of the staff, Yun 'er had to go hard and contact Kenny again to ask him about the result of the treatment there.

After sending three messages, Kenny finally added Yun 'er's new wechat number, which Yun 'er verified immediately. Kenny on the other end of wechat said, "What can I do for you?"

Yun 'er: "First of all, I left without saying goodbye for a reason, but I also made mistakes. I'm sorry. I want to apologize. How are you doing now, or has anything changed? Sometimes I often think of the days we spent together and the lack of trusting communication. It's probably too late for that, but I just hope you're doing well. Are you alone now?"

Kenny: "I was so angry after you left, I felt abandoned. We said at our wedding that we must always be together, no matter what happens to us. Your leaving hurt me a lot. My hair turned white after a month. I was really sad. It's working hours in the factory now, I'm going to work, can I get back to you tomorrow?"

Yun 'er: "OK, you are busy first, I will wait for your wechat tomorrow."

Kenny still hasn't told Yun 'er about the status of his marriage. He is avoiding Yun 'er's positive questions and hasn't decided how to answer them yet. He did not know what purpose Yun 'er suddenly came to him at this time.

This night Yun 'er repeatedly thought about how to continue to communicate with Kenny, worried that Kenny would not tell the truth. The night seemed so long that Yun 'er could not sleep.

The next morning, another mobile phone that Yun 'er contacted Kenny appeared a wechat ring warning, Yun 'er connected immediately, and another woman's voice appeared on wechat: "Excuse me, are you Yun 'er? Kenny told me about your conversation when he came home last night. I have the phone. Kenny and I are married now."

Yun 'er first covered, she did not think so fast, do not know whether to continue to ask this question. It's funny to think that yesterday Kenny told Yun 'er the wedding vows without telling her the truth. I guess Kenny's too embarrassed to say he's married.

Yun 'er replied: "Hello, how to call you?"

The reply: "My name is Jiang Gu, I am from the northeast."

Yun 'er: "I always thought I was still a party to the marriage, I really didn't know Kenny and you have remarried." Can you tell me how you and Kenny got married?"

Jiang Gu: "When I was working in Shenzhen, I met the general manager of the intermediary company. LAN LAN, the translator from her company, taught me to visit my cousin in San Francisco in the United States by way of a travel visa. I lived in America for three months. You left in mid-November 2014, right? In late November, Mr. Ko introduced me to Kenny. You lived in the community where there is a Chinese woman Meng Yun 'er, to help Kenny translate, on the phone asked me to come to see first, after seeing the two people also feel suitable, so stay and live with Kenny. We moved in together and got married a few months later."

Yun 'er: "Can I see the divorce certificate? I want to make sure Kenny is divorced before I marry you so you can be legally married."

Jiang Gu: "You and Kenny were officially divorced on February 11,

2015, and I was married on March 8, 2015, and we got married after the divorce procedures took effect." I'll get the divorce papers and show you."

After a while, Jiang Gu sent another message: "I only found the copy of the divorce decree in the drawer, the original is not in the drawer." I'm sending you a picture of it now."

Yun 'er saw a copy of the divorce certificate issued by Jiang Gu, and finally got the results they expected. She thought it would be better to have the original, so she said to Jiang Gu again, "Can you try to find a chance to mail me the original divorce decree?" I'll send you the Chinese address. I wish you all the best and I sincerely wish you all happiness."

Aunt Jiang: "OK, I will inform you after mailing."

Jiang Gu's words confirmed the original idea of Yun 'er, after learning that Yun 'er and Kenny separated, Ke always immediately introduced Kenny to other female members. For the friendship between Ke and Yun 'er, Ke is not a little friend, and treats Yun 'er's ex-husband as a tool to make money. Ke always said: "We only translate the love letters of male and female members, help matchmaking, 20,000 yuan membership fee." Happiness is not guaranteed, even if you marry a Chinese man. It's everyone's luck." The company thinks it is doing good deeds, but it is actually earning members' money.

Yun 'er will not go and Ke total dispute, she has the control of digestion of unpleasant emotions, she believes that with these things over, they will be better and better.

When Yun 'er left the United States, Kenny was at Meng Yun 'er and Brian's house to discuss how to deal with Yun 'er's departure. In the living room of Meng Yun 'er's home, Brian sat on the three-person sofa, Meng Yun 'er relied on Brian's side, and Kenny sat opposite Brian, looking trance.

Meng Yun 'er: "I contacted Yun 'er's wechat, and she replied that she didn't need Kenny to pay for the ticket. Now that you've decided to give up, is it fun coming back? She added that she hoped Kenny would stop looking for her and that everything she had to say was written in a letter and left on the kitchen counter."

Brian: "This time Yun 'er is for real and definitely not coming back, Kenny, what did you say to the police department?"

彼岸花开
Flowers Blooming on the Other Shore

Kenny: "The police said that Yun 'er and four people came to report the day before, she said that she was very disappointed in this marriage, said that I had a bad temper, and there was a gun at home, worried that I could not control my temper, would lose control of anger and shoot people." She decided to walk away from a marriage that only existed because she was afraid. She didn't want anything, she didn't want anything, she just wanted to take her belongings with the police's proof. The police said that when the report was reported by a 17-year-old Chinese boy, the English interpreter, explained the whole story. The police said it was a legitimate application for personal protection and did not say anything else.

Brian: "There must have been some advice behind Yun 'er, and she thought of reporting it to the police first; Kenny, if you call the police first, your son will never leave. Now the police don't believe you at all. They have proof that they accompanied Yun 'er to pick up her daily necessities."

What the police saw that day was that Yun 'er had only taken her own clothes. Before leaving, Yun 'er helped Kenny change the bed sheets and put the dirty clothes on the chair in the washing machine. Before you leave, leave your house keys and a letter on the kitchen counter.

Kenny: "Yes, the police also told me, your wife is not noisy, and before leaving to help you put dirty clothes in the automatic washing machine, this Chinese woman is very nice." I don't know what kind of woman you want. If you treat your wife well, will she leave you?"

Meng Yun 'er: "It's no use saying these things now. I don't think Yun 'er will come back. The problem is that Yun 'er and your marriage didn't go through the divorce process, which will definitely affect your remarriage."

Kenny: "It doesn't matter. I saw the marriage certificate at home. Maybe Yun 'er left it on purpose. I can unilaterally Sue for divorce."

Brian: "Then just get a divorce as soon as possible and ask Meng Yun 'er to help you introduce another Chinese woman, so that Yun 'er will regret it too much and have no chance to regret it."

Kenny: "Thanks Brian, you're on the same page. Fortunately, I met a woman named Jiang Gu on the website a few months ago. She is also traveling in the US and staying with relatives in Los Angeles. She is 1 year younger than Yun 'er and has the shape of his face."

Brian: "If you want to find a good looking one, make an appointment to come to your house as soon as possible." If you have seen your home, you will surely agree."

Meng Yun 'er: "You can call her and I'll translate for you. I can convince that woman to come to your house and have a look first."

Meng Yun 'er suddenly completely forgot that he is also a Chinese woman, but so along with the meaning of foreign husband Brian, sing and help Kenny advise. She tried to distance herself from Yun 'er, as if they had never been friends, as if she had forgotten the days when they used to have happy parties, eat meals and travel together, and she had forgotten that she was the first Chinese neighbor Yun 'er knew when he came to America.

Meng Yun 'er to Kenny's joy, with Brian's idea. She didn't know Brian was trying to take advantage of him. Meng Yun 'er now do not know why Brian so strongly want to borrow this matter to let Yun 'er leave. This is the sad place that Meng Yun 'er has no mind, and this is why Yun 'er did not want to say a word from her heart to Meng Yun 'er before she left.

Yun 'er knew that after Meng Yun 'er knew what kind of person Brian was, she would still rely on Brian not to go. Meng Yun 'er is inseparable from this kind of superficial harmony and beauty, and does not work and needs someone to support her marriage. Even if Brian is cheating, as long as she does not catch adultery in bed, Meng Yun 'er is still willing to pretend to be deaf and sell silly. She is reluctant to give up this green card and foreign marriage, people really have their own needs.

In early December 2014, the second month after Yun 'er left the United States, Kenny and Meng Yun 'er called Jiang Gu's phone. Meng Yun 'er is very enthusiastic when the translator, invited Jiang Gu to meet, from time to time add salt and vinegar, say good words to let Jiang Gu trust her Meng Yun 'er, also mentioned Kenny villa to cause Jiang Gu interest, prompting Jiang Gu to fly over as soon as possible.

After hearing Kenny promise to buy a ticket, Jiang Gu on the phone was relieved and agreed without much thought. Aunt Jiang also in the name of their own calculations, she came to the United States is to listen to the company translation arrangements of the procedure steps, is to travel visa to the United States to find foreigners to marry. It's been three months, and I haven't met any foreigners who really like her. Translators have been on the network to help Jiang Gu look for foreigners, just found Kenny.

Those days Kenny was secretly in the bathroom in the middle of the night to contact Jiang Gu. At that time, Kenny just flirted, and did not tell Jiang Gu that he had been married. After Kenny married Yun 'er, he did not pull down his personal information from the network platform, and the translation company thought Kenny was single, so the translator at the Shenzhen headquarters of Ke has been helping Jiang Gu and Kenny contact, which also accelerated Kenny's change of heart.

This incident also strengthened Kenny's contempt for Chinese women, Yun 'er left, there are again. For a green card, Aunt Jiang knows Kenny has not divorced and cohabited with him.

With Christmas 2014 just around the corner, Kenny remembered the Christmas of 2013, when he went to the airport to pick up his child to his parents' in-laws for their wedding. At that time, Kenny did not think that he applied for Yun 'er son to the United States through the legal fiancee visa in the first half of 2013, but the marriage was still lost by his bad temper.

Yun 'er despaired of his loss of trust, and Kenny did not examine his own problems and introspection. His vanity, he can immediately hook up with the Chinese woman Jiang Gu success, can immediately replace his Kenny heart of abandonment. He wanted revenge for the shame Yun 'er left him and the unspeakable pain of being abandoned by Yun 'er. Kenny was posing as a winner.

Looking at Kenny's profile from the Angle, the middle-aged man with the high belly looks older. Her hair had fallen out, and the few hairs on the sides were all white. Kenny couldn't keep the fifth woman, and the five failed marriages were all five wives' fault? So far, Kenny has not learned a lesson in their own body to find reasons, but quick and quick marriage with aunt Jiang. In this way, Kenny and the sixth woman Jiang Gu hurriedly began marriage life.

Kenny is no stranger to living together, which is also a fact that Yun 'er son can not accept. The most ridiculous is from Meng Yun 'er mouth told Kenny and a number of women cohabitation story, a lot of people became Kenny's friends, no wonder Kenny life is always a mess. Kenny lived with other women during the period of love with Yun 'er, according to Meng Yun 'er there were two women, a Hong Kong woman and a Korean woman in the same community. Kenny didn't feel anything was wrong, he was used to being abandoned by women, and used to the life of abandoning women. "I hope you're Kenny's last woman," Kenny's friend said when they first met Yun 'er. "You hit the jackpot." This is a great irony.

Meng Yun 'er made a great contribution this time, help Kenny and matchmaking Jiang Gu introduced home. Meng Yun 'er began to help Jiang Gu just as she had helped Yun 'er, as if she were Jiang Gu's benefactor. Meng Yun 'er in order to help Kenny say good words, has been saying that Kenny treat marriage is serious, is Yun 'er son to leave. Blaming all the reasons for the failure of marriage life on Yun 'er Er who has left, he found some reasonable excuses for Kenny to replace Yun 'er Er.

彼岸花开
Flowers Blooming on the Other Shore

Chapter 17: Who can live without

One evening in early March in a small town in Alabama, three cars were parked in front of Brian's house. Guests came to visit in the evening. Brian waited at the door and welcomed him with a smile. Home is very busy, Meng Yun 'er is busy in the kitchen, to meet Kenny's sixth wife Jiang Gu's first official visit. Meng made several Chinese dishes and the steak and green salad that foreigners like to eat in the United States. Kenny can marry to Jiang Gu smoothly, Meng Yun 'er can be regarded as a big help, made a great contribution, Meng Yun 'er urged Kenny and Jiang Gu quickly married.

Meng Yun 'er is used to being busy with Brian's friends. The Philippine female nurse's husband approached Meng Yun 'er with a glass, he was curious about Kenny's remarriage, and asked Meng Yun 'er a series of times: "The sixth wife is your phone invitation to come over and see Kenny's house?" Did you know this woman before? How old is she? I heard that Kenny is two years younger than Yun 'er Son. He is really good. He changes his wife one by one." The American man once said to Yun 'er, "Yun 'er, you hit the jackpot. I hope you're Kenny's last woman." And now a year has passed, and Kenny has a new woman. How fast! The Filipina female head nurse came over and said, "It's not unusual for Kenny to have six brides, even if this guy will have a seventh wife."

Meng Yun 'er said: "That aunt Jiang is not stupid, her travel visa in the United States only two months, if not decided to marry, she must go back to China." Jiang Gu worried about the identity of things, I truthfully explained to Kenny, Jiang Gu promised to live together is for legal identity. When Kenny thought Yun 'er left him without saying goodbye, he immediately agreed that as long as Jiang Gu stayed with him, he would immediately file for divorce with Jiang Gu and get the divorce decree to marry Jiang Gu, Qi Qi Yun 'er.

Head nurse: "I heard that February 11, 2015 is the time for their divorce to take effect, this is only March Kenny and this Jiang Gu got a marriage certificate, today is officially in your home and friends show their face!" That was a quick decision! Kenny likes to get married in a fashion flash to keep things fresh."

The head nurse's husband quickly interjected: "Kenny is also good to women and go quickly, heart is much more ruthless than me, isn't it?" My dear."

The head nurse made a face and replied to her husband: "What is there to envy?" Impulsive? You think it's better to leave one and move on? Kenny is playing with marriage, and I don't think this marriage is going to be comfortable. See, even the wedding has been saved, and the woman is so frivolous."

Meng Yun 'er: "However, this Jiang Gu is younger than Yun 'er and very powerful, and Kenny still listens to her!" It is a person's life. Yun 'er Er planted the tree first, planted the vegetable field in the yard, and opened the flowers in front of the door. Unfortunately, it was his new wife who came to enjoy it. Aunt Jiang is the master. She can coax Kenny."

At this time, Brian walked to Meng Yun 'er's side: "Can you say a few words less, and later Kenny and Jiang Gu will arrive."

Speaking of the devil, as soon as Kenny and Jiang Gu entered the door, the sound in the house ceased. Fortunately, Brian was quick to say, "Sit down, sit down, you want something to drink?" Beer or wine?"

Kenny: "I'll have a beer and a margarilla for Aunt Jiang."

Jiang Gu first and everyone said hello, borrow the bathroom to make up makeup and quietly out of the bathroom, hear Meng Yun 'er said Yun 'er son things. At the moment Jiang Gu heart really dont like Meng Yun 'er this big mouth, not so much this is a family friends party, but rather this party is to Kenny's friends to see her Jiang Gu joke: see Kenny's sixth wife and the fifth wife to a comparison, see Kenny and find a is what kind of woman, really boring!

Jiang aunt regret promised Kenny to Meng Yun 'er home of the party.

彼岸花开
Flowers Blooming on the Other Shore

And think, will never go too close to Meng Yun 'er, Meng Yun 'er is not a fuel-saving lamp. When this woman helped Kenny, she blamed all the mistakes on Yun 'er son's dissatisfaction, ruined Kenny's fifth marriage, and said that the dead were alive. Now the story of Yun 'er calling the police for protection before she left has spread to her friends. Isn't it true that Kenny's bad temper drove Yun 'er away to everyone? Think about the marriage, when a woman resolutely left the man, how many grievances in the heart, otherwise how so desperate to leave?

Jiang Gu is also a smart woman, she must have a good talk with Kenny about this is in front of the vivid Meng Yun 'er, this has to prevent Meng Yun 'er one day will also say her Jiang Gu, she can not imagine Yun 'er son, suffer a loss also go.

Jiang Gu knew exactly what she wanted. There is always a voice in her heart that Ke always told her: "You must be calm in trouble, and you must marry Kenny in order to get the green card of the United States." You need to be clear about what you want in life and why you came to the United States. You and Yun 'er want different lives, and each has its own needs."

It seems that every foreigner marries for a different purpose. Jiang Gu silently thinking, listening, was suddenly turned back Kenny found, Kenny panicked to Meng Yun 'er made a look. Meng Yun 'er head did not lift, mouth toot to continue to say, at this time Kenny helpless, directly in the crowd to Jiang Gu shouted up: "Jiang Gu come quickly, meet some new friends."

Meng Yun 'er hurriedly greet friends to enjoy dinner, friends are very interesting to the table to go. Jiang Gu also walk in Kenny's side, although the heart is uncomfortable, but the things on the field, Jiang Gu will do. Jiang Gu thought: Since the marriage is married, this marriage can not be in vain, in order to green card I Jiang Gu also have to endure, see how I deal with Meng Yun 'er you this big mouth......

Aunt Jiang's mind is deep! This northeast chick is known for being tough, better than Yun 'er, and she knows what she wants. And Yun 'er? Want to love marriage life, too naive, according to the current words, too not grounded, too not cannibalistic fireworks, so can only be with Kenny parted ways, each go their own way, Yun 'er son and Kenny's idea is not a channel.

Jiang Gu is very materialistic, and the first goal she wants has been achieved. Applying for a green card is her second goal. This dinner, in Meng Yun 'er's home, the lights shone on the visitors' faces, and everyone knew it. There are many to see the lively, and some want to see Kenny jokes, men admire Kenny this free and easy, suddenly changed a daughter-in-law, really have peach luck.

In the space of only three months, he was able to settle a divorce and remarry, although there was no big scene, and I have to admit that Kenny has a way of finding women. Kenny is very proud: today is the informal scene, I Kenny also let friends see, you can not bear to go away, this is not cheap me? I Kenny still have a woman around, still have a woman willing to be my wife, no big deal, face how much money a catty ah? I, Kenny, will be honest! Your baby will never know that I found a woman younger than your baby!

Kenny took all of the resentment of Yun 'er son without saying goodbye, all printed in the face of being carried away, Brian in Meng Yun 'er ear blowing bad ideas, all by Meng Yun 'er stirred up the wind, to achieve the purpose of Brian want. This Jiang Gu is not Kenny can control, Meng Yun 'er behind the days of Jiang gu is also difficult to deal with, Jiang Gu can not be so kind, not a good woman to deal with easily

In today's world, as long as you want to survive on the earth, who leaves who, the day has to live. Life is a cycle, the east is not bright west bright. The disintegration of Kenny's marriage and the quiet abandonment of Yun 'er's son have left Jiang Gu the opportunity to remarry and stay in the United States. Every man has his love, every need, and there is no right or wrong for any man, except to say that Kenny and his son are done. Kenny's day has to continue, Jiang Gu's day also has to continue, Yun 'er son's day may be better off because of separation, who knows? Let posterity continue to see.

彼岸花开
Flowers Blooming on the Other Shore

Chapter 18: Formidable Northeast Jiang Gu

Jiang Gu stayed in Kenny's home, cohabiting with Kenny, in fact, has lived a life between small husband and wife. With Meng Yun 'er there, Kenny has a lot less to do and saves explaining his predecessor Yun 'er's departure. What should be said by Meng Yun 'er all for Kenny to Jiang Gu explained. Aunt Jiang thought, Kenny is so good, then why should Yun 'er quietly leave Kenny? By then Jiang Gu had already suspected that Meng Yun 'er was not telling the truth. And Meng Yun 'er really in order to please Kenny and slander Yun 'er, just to Yun 'er left her without saying goodbye, thinking that Yun 'er has not put Meng Yun 'er in the eyes, why should she Meng Yun 'er help Yun 'er say good words?

Or Yun 'er son keen, when with Kenny, guess Meng Yun 'er will be on which side, but also understand that she is a wind blowing on both sides of the woman. Meng Yun 'er seems to have forgotten that he is also a Chinese woman, in order to help American man Kenny can be together with Jiang Gu as soon as possible, and the Chinese sisters of the same root fight in the pot, bullying their brothers and sisters.

Jiang Gu understood very well that Meng Yun 'er such a smooth woman, the intention is not to be good to her Jiang Gu, but to steer the people. Jiang Gu more means, will take advantage of the relationship, the first smooth to get the identity again, later things to see Kenny's performance. Jiang Gu came to see Kenny's house is still very big, and there are swimming pools, there are two ready-made cars, according to the conditions are very good, do not want to agree to live with Kenny. Of course, Meng Yun 'er has not yet said that Kenny has no factory, this current factory is a partnership with the South Korean boss to rent the factory, temporary processing, the original Kenny factory has been sealed by the bank. Meng Yun 'er hid a bad economic situation for Kenny.

Jiang Gu has been living in Kenny's house, waiting for Kenny and Yun 'er son of the divorce judgment, Jiang Gu finally is not white. Kenny also needs to complete this divorce and remarriage two things as soon as possible, otherwise, also afraid of long dreams. Because Yun 'er son left without saying goodbye, Kenny caused a great blow, because this thing is he did not think of, so a few months down, Kenny hair is almost anxious white, but also stung his vanity. It is often said that the more face-saving a person is, the more hypocritical he is.

He wanted to marry Jiang Gu as soon as possible, so that he could take revenge on Yun 'er and win back face for himself at the same time. Anyway, Jiang Gu is younger than Yun 'er son, he saves a man's self-esteem in Jiang Gu; And Aunt Jiang just Tukenny after marriage, can get legal American identity, each plan needs, two good in one good, this marriage is really timely! Kenny and Jiang Gu also need this marriage, at present also can not care so much, as long as you can get married, Kenny would like to listen to Jiang Gu, Jiang Gu said what words, Kenny will accommodate promised down, this is really a thing.

When Jiang Gu heard Kenny's friends talk about Yun 'er, she also knew that Yun 'er was not what Meng Yun 'er said. What laziness? Meng Yun 'er lied for Kenny. Yun 'er seems to be very popular among his friends. Jiang Gu can feel, Meng Yun 'er is her later have to be careful to deal with the woman, must keep a distance beware of villains, Jiang Gu can only stabilize Kenny now.

Jiang Gu also know that the end of Yun 'er son for a long time is the end of her Jiang Gu, when she did not get a green card, Jiang Gu must tightly grasp Kenny's people and body. Isn't that what Kenny loves about couples? Just give him what he wants. Can not go Yun 'er's old road, listen to Cui Li set and Kenny against the cold War and other stupid methods, and have a greater misunderstanding and disagreement. Ke always privately with Jiang Gu said relevant precautions, dealing with Kenny have to pay attention to strategy. Jiang Gu does not want to be Meng Yun 'er and Brian around and exploit the hole, will not be as naive as Yun 'er.

彼岸花开
Flowers Blooming on the Other Shore

On the day of their wedding, Jiang Gu and Kenny were intoxicated together, sitting in their backyard. Aunt Jiang put the woman's tenderness and the decisive character of northeast women, all displayed in Kenny's satisfaction. Looking up at the stars in the sky, she said to herself, "From today on, this is my true home." Aunt Jiang breathed a sigh of relief.

Kenny smiled and said to Jiang Gu, "Didn't you say you had something to say to me tonight?" Jiang Gu: "Yes, what I want to say is that I want the stars and you to testify that no matter what conflicts and misunderstandings we have from now on, we must be honest with each other, there are contradictions, and when there are misunderstandings, we are only allowed to believe ourselves, not to believe friends." We can solve the problems in our own family. We should trust each other, okay? Can you do that?"

Kenny: "Yes, I can."

Jiang Gu: "For example, when I have different opinions with you, or when there is a misunderstanding between us, you can listen to my explanation, instead of listening to the transmission of Brian and Meng Yun 'er's husband and wife to analyze." I know they're your friends, but I'm your lawfully wedded wife, you understand? I hope that when we are misunderstood, please trust me and trust your wife first. I don't want to go the way of my ex, who lacked trust and listened to what my friends said. Don't you think the relationship between you and Yun 'er and your privacy are all spread out by Meng Yun 'er's broken mouth? Meng Yun 'er is a wrong person, we should have less contact with them and their husband and wife."

Kenny looked at the expectation of Jiang Gu's face, and after silence for a while, he seemed to realize the truth, so he sighed quietly and said: "Yes, this has come all the way, I also see that I will listen to you in the future, if you are not happy, you will have less contact with her, I will never force."

Aunt Jiang: "Today is the first day of our marriage license, I really want to live with you." I can't hurt our feelings because you listened to your friend, and I don't want to be picked out by Meng Yun 'er and affect us both, okay? You must say something!"

Kenny think of himself have lived most of his life, married six women to be a wife, read countless women, only from the Internet to meet the woman is not, cohabited two women, officially married six, no longer live to understand, say this sixth Jiang Gu ran again, what should he do? Thinking immediately out of a cold sweat, his face showed some frustration and worry, slowly turned to Jiang Gu said: "You rest assured, please always be good to me in the future!" I'll listen to you."

Kenny this time with the mood promised Jiang Gu, also called Jiang Gu for him has been good, Kenny's heart always consider whether it is beneficial to themselves.

People's wishes and hearts can never be satisfied, nor can they see clearly, everything in the world is changing, let alone hearts?

彼岸花开
Flowers Blooming on the Other Shore

Chapter 19: The Child of Single Freedom

Later, Yun 'er Son inadvertently saw on Ke's website that they published the story of Jiang Gu's successful choice of Kenny's beautiful marriage sequel, and the article's plot was vague and twisted, deliberately exaggerating Kenny and Jiang Gu's happiness. Yun 'er knows that Ke is just trying to attract single female members to join the club and make money.

Yun 'er is clear about the whole context of these things, and sees everyone with an eye to review, including, of course, how Ke always operates the company. In her heart, she thanked Ke Zong instead, indirectly helping her solve problems, quickly clearing mines, and clearing obstacles on the road to life. To tell the truth, Yun 'er was a little uncomfortable before because of Ke's behavior in the heart, and now the heart does not hate it, and even think of Ke's writing and making it clear to Yun 'er's life. She wanted to call Ke said he really don't mind, the result thought a night or did not call, picked up the phone and put down the hand, think about some things or do not need to understand Ke, or hang up the phone.

Yun 'er decided not to worry about this in the future, she decided to stay away from the circle of wrong people, more time to do what they want to do.

In the past few years, Yun 'er has realized his dream. In these years, he has not only harvested wealth.

Yun 'er has a group of girlfriends who love him. They often get together and invite him to karaoke, shopping, and delicious food. Tired, Yun 'er will take good care of themselves, often go to the beauty salon to rest, do body beauty skin care and other projects, once or twice a week, Yun 'er is a very open woman in this respect. Only by loving herself can she be able to love others, and she enjoys being in her own free state of life.

After the girlfriends confirm that Yun 'er is single, they will hang

Yun 'er's information on overseas dating websites, and some foreigners will
see Yun 'er again. Yun 'er sincerely told her translator Rong Rong: "I will
not leave China anymore, nor will I consider foreigners as partners, and give
the opportunity to single women who want to go abroad to marry."

Rong Rong said: there are several people are very sincere like you,
other conditions also meet your requirements, can find similar interests, three
views are in line with really few, not no, but the probability of encounter is
very low yo.

Yun 'er said to Rong Rong in a serious tone, "You'd better recommend
these foreign men to other women. I don't fit in a foreign country. Thank you
for your kindness and concern."

Yun 'er wants to do a good job in front of her, and refuses these
foreigners who like her. She just wants to develop in China, where Yun 'er's
roots are.

Long time no contact Lulu, Lulu and Yun 'er son chat, laughter from the
mobile phone. Lulu told Yun 'er that she had ordered a new house near the
school for her youngest son to go to a good school and a good high school.
It was a planned house and she should be able to move in at the end of this
year.

Later, she posted some photos of the house under construction, which is
dozens of square meters smaller than the house she lived in before, and sold
the house her husband left to her and her son, and replaced it with a school
district house close to the school, so that her youngest son can go to school
more conveniently.

Lulu also told Yun 'er that she had been in love several times before,
but it was too upsetting, and no one was better than her dead husband, who
still wanted to take advantage of her and live in the house her husband left
behind. Lulu said: As soon as I returned to the house, I felt that my husband
was still alive, and now I really think that I am more than forty years old, and
I do not want to marry again, and I believe that the man I meet in the future
will not give me and my son 4,000 dollars a month for welfare life. These
benefits are also Heaven's husband, who takes care of me and my sons.
Yun 'er is happy for Lulu.

After Lulu began to talk, some information came out: "My Jason saw

彼岸花开
Flowers Blooming on the Other Shore

Kenny and a Chinese woman very intimate shopping, do not know whether it is a new girlfriend or a woman who is married again?" The woman named Jiang Gu is no longer in our state, the house has been sealed by the bank, and the two people have also separated. Do you remember the Filipino female nurse, she also knows you, she said Jiang Gu was found to have a serious gynecological disease in the hospital, which was transmitted to Jiang Gu by Kenny? I saw a message posted from Jiang Gu's girlfriend circle, saying that Jiang Gu returned from a trip to Florida. He went to the hospital and found that he had advanced cancer and died soon after. Think about it, before often saw Jiang Gu in the circle of friends show love, alas! Just a few years after you got your green card, you're gone? What's with the green card? This man really must accept his fate!"

For this result, Yun 'er heard this news, with a lot of fear and surprise. Lamenting the fate of such a fool, personally witnessed the real sad side of marriage. At this time Yun 'er son for Jiang Gu's pay, feel a thousand not worth the sad. Because Jiang Gu is a few years younger than Yun 'er, she suddenly died in a foreign country? Yun 'er really dare not think about it any more. Yun 'er stood at the window listening to the mobile phone wechat voice call, her face that has lost blood and pale, look dull for a long time, as if thinking. It further proves what Lulu said to Yun 'er before: "Kenny this man has a bad temper, no matter how he lives with that woman, he cannot be happy!" I put the words here! In fact, for marriage, anyone who is not suitable for their marriage, choosing to leave is the right and best way."

For this result, Yun 'er is not surprised at all, Yun 'er wechat video said: Lulu, we will not mention them in the future, each of you live your own life. When you move into the new house, take more pictures for me to see yo, it will be nice to live in a new environment. You know, I also like houses very much. If I buy a house in the future, I will share it with you!

Lulu said happily: "Sure, we must all be better, don't hurt yourself!" As for me, I will take good care of my son and raise him well, and every year I will go back to China to visit my relatives. By the way, we will go to the most beautiful city in China to look for a good city for retirement, and we will live a pastoral life together."

Yun 'er Er: "OK, it's too late now, go to bed early, the beauty of a woman is sleeping out, good night!" We will get better and better when you come back to China."

Yun 'er is now living a good life in China, which is just the beautiful state of Yun 'er's imagination, the years are quiet and everything is healthy. She did not want to tell Lulu too soon that she had bought properties in three different cities as an investment that had initially paid off. Yun 'er is financially independent, with a school district room, a sea view room, a small villa with a hospital, and also takes care of his family. My life is also rich and colorful, participate in a variety of interest learning classes, more and more wisdom, everything goes smoothly.

Yun 'er Son is very content with the way she is now, she is the queen, and it is very good at present. Look at the sky is blue sky, white clouds, wind and sunshine. The American storm a few years ago, it was worth it to cleanse her mind of childish fantasies about Kenny. I made a mistake in the first half of my life, but fortunately, I stopped my losses in time. He is still young, there is a strong motherland as a backing, can live in such a peaceful social environment, is the most fortunate choice.

Yun 'er looked out the window at the starry sky, and saw the quiet night lights of the community and the light emitted from each window, everywhere peaceful. She held the pillow on the window sill tatami, very comfortable and comfortable to enjoy the picture of the warm lights of thousands of homes, lingering, endless aftertaste. She is enjoying this hard-won life at this time, her resolute eyes reveal the woman's most intelligent and soft, which is a kind of confidence light from the heart, only from the deep feeling of happiness and security in the bones of the woman, will burst out of this indifferent and free expression. Yun 'er thought, back, my real home, good.

彼岸花开
Flowers Blooming on the Other Shore

Part 2

The Twists and turns

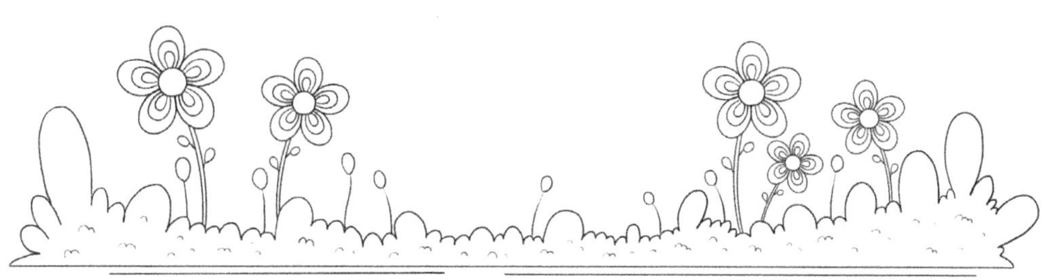

Chapter 1: The Dilemma

Born in Yingkou, a coastal city in northeast China, Juan divorced her first marriage at the age of 33 because her husband was prone to violence and she was often beaten. Juan after divorce with her husband is often entangled, in order to completely get rid of the influence of her ex-husband, Juan through Ke always in the northeast matchmaking branch recommendation to know Steven. This year Juan is only 36 years old, looks like the actor Song Jia, is a great beauty, can not see is a woman who gave birth to a son. Steven took a fancy to Juan at a glance on the website and decided to come to China to visit her.

Juan confused to sell the house money to Ke total intermediary fees, for fiancee visa to the United States and Steven married. Only after arriving in the United States did I know that I was trapped by false information. The agent, Ke, compiled Steven's personal information as having a house and a fleet of cars, a high income, a good man who never married, and a rich man. In reality, Steven has no house, no steady job, and is just a delivery driver driving a truck. The only real information is that Steven is a good person and is genuinely honest.

When Juan walked into Steven's rented home in the United States, she cried on the first day, she cried how her life was so bitter. I saw Steven's humble living place -- the kind of home where no woman would tidy up, and there was not even a single piece of decent furniture, only one room, one living room, one bathroom and one kitchen.

Steven did not dare to look at Juan, he knew it was his fault, did not dare to say that the intermediary issued false information. After meeting with Juan, he felt that Juan was the good woman he expected, finally met in reality. He is afraid of losing Juan to hide the fact, he is also ready to go to the United States will be honest to Juan facts.

The man of 1.8 meters stood in front of Juan at a loss, really fast out of breath. He pulled Juan to his chest and held her tightly, refusing to let go for fear that Juan would leave him. If Juan leaves him, his life will have no meaning.

After crying, Juan had a long sleep unconsciously. On the one hand, it is the reason of jet lag for more than ten hours by plane, and on the other hand, it is the fatigue of despondency. Thought the latter half of life to find a rely on, but only to be hit by the intermediary dizzy turn. Even if she wanted to go back to China to get the translation company to argue, there was no money for the plane ticket. Juan gave the translation agency a fee of more than 30,000 yuan before she came, plus when Steven went to China to visit her, she took the initiative to bear the relevant costs, and the result was that her money had been spent - at that time Steven lived in Juan's home, considering that she was Steven's fiancee, it was not so clear.

Steven also fell in love with Juan from that time, and secretly panicked. He has been thinking that after the two married, he must not let Juan suffer, and must let Juan who treats him well live a good life. But Steven didn't dare to tell the truth at that time. He was so afraid of losing Juan!

While Juan was asleep, Steven began to think about cooking some delicious food, some of which were Chinese dishes he had learned in China from memory. These are Juan's favorite foods, and there are a few American dishes that he thinks Juan would like to eat.

Juan sleep to wake up naturally, see Steven elaborate dishes and soup, rice, dishes filled the kitchen table, Juan tears flow out again. Juan wanted to control himself not to cry, but still could not help tears.

Steven see Juan wronged cry into tears, and panic. He loved Juan very much, but his personality was dull and he did not know how to comfort her. Steven remembered that Juan likes to blister his feet with hot water, and quickly took the wooden bucket with blistered feet and put it in front of Juan and said: "After all listen to you."

Juan listen to Steven's explanation, see add good millet jujube porridge, and then see the table full of food she likes to eat, stopped to cry. Probably really hungry, she wiped the tears from her face, went to the bathroom, took a thorough shower, then sat down at her desk and began to eat. It was as if she had never eaten before, and the meal was so delicious and to her taste. At this time Juan in the mind, has been so, blame who is useless, are their own fate is not good.

Juan looked at the husband in front of her, is a man who can live an ordinary and simple life. Poor now does not mean poor in the future, as long as Steven is willing to work hard, to her good dedication, hard work, better days should come in the future. Juan in the heart also know that Steven is want to focus on her good, she comfort themselves with the place, all over again.

Steven was very happy to see Juan eating so well. He is like a child who did something wrong, standing next to watch Juanzi eat, watching Juan eat immediately add soup and add food to Juan. At this time, Juan no longer felt so sad, and said: "When we get married, I want to work, we make money together, and we must buy a house that belongs to both of us." It doesn't have to be big enough for both of us. Do you listen to me?"

Steven: "It's all up to you. If you don't mind, I'm going to hold a simple wedding in the church in a week, so that I can register my marriage with you as soon as possible." I can help you get your green card, get your legal paperwork together. Do you see?"

Juan heard Steven's arrangement, with a little bit of comfort, this warmth let her understand that Steven has her in his heart. He is trying to relieve her mental burden with practical actions, she understands that this man is just a little worse off financially, and is really good for her. Thinking of this, Juan nodded to Steven and looked at the man in front of her with trust - a week later, she would be her husband. This man promised to accommodate her everywhere, will not let her suffer, such a man what can not forgive?

On the day she married Steven, Juan wore a red embroidered cheongsam brought from China and took several beautiful wedding photos. Steven developed the photo and hung it on his bedroom wall. It looked like Song Jia, the Chinese actor who played Soong Ching Ling. Steven knew this was the woman he needed to take care of for the rest of his life, and he loved Juan.

彼岸花开
Flowers Blooming on the Other Shore

All the Christian friends in the church gave their blessings to them. Steven was very excited to embrace Juan in his arms and read out the prayer sentence by sentence in the church following the pastor's prayer: "No matter in life, sickness or death, I will be willing to accompany you all my life and love you forever..."

The wedding vows let Juan Ling be shocked by Western culture, at the same time she also felt that Steven's love eyes have not left her, has been watching her! When Juan and Steven came out of the church, the sky was clear, the sun was shining, and even the wind felt gentle.

This is Juan's wedding held in the United States, Steven's family and church friends in the church to bless them. She felt the kindness, warmth and generosity of her church friends. They also brought fruit, desserts and American salads to decorate the reception. Juan prayed in her heart that everything would be all right.

Chapter 2: Hard Work Experience

United States Minnesota Juan's home, Juan husband to go outside again delivery, Monday to the weekend before returning. For the first two days, Juan stayed at home to tidy up some clothes, and after finishing all the housework, she quickly locked the door and consulted about the work according to the address of a nail salon given to her by a Chinese friend at the church.

American husband Steven is good, but with some of his delivery wages, he can only pay some rent, cook at home and eat living expenses, and there is not much left, let alone save money to help Juan Chinese families. The maintenance of the family must need money, only money can solve some practical problems, but Steven can not take out, Juan can only think of their own way, and she is used to independence. In addition, Juan also saw the difference between Eastern and Western cultures, Steven did not have any meaning of subsidies for Juan's family. He thinks it is not easy to take care of Juan's daily life. This is a more important reason for Juan to come out to work.

On Juan's second weekend in America, she went shopping with Steven to buy moisturizer in the mall. When the payment was made, it showed $127. Juan used a joint account with Steven. She saw Steven some displeasure, she knew that every penny moved on the card, Steven will know, although the mouth did not blame Juan, but still worried that the money on the card will be less and less. Steven's job is not very stable, he used to live alone; Now is different, there is a job to say, two people have no problem with food and clothing, want to expect to buy a car in the future, is really afraid to say, also dare not think of going down. Steven's reaction is a kind of instinctive worry, after being seen by Juan feel hopeless sad.

Juan understood that if she relied on Steven to support herself in the future, her marriage to the United States was not the state she had wanted. Juan has not eaten this kind of suffering in China, at least in China there are their own relatives, their own home. In Steven's home in the United States, the house is a rented apartment, the car is the company's truck, if you live like this, Juan can not see hope. Juan to marry to the United States to spend all her money, she has no face to go back, also unwilling to go back! So, while Steven is not at home, Juan deliberately according to the previous plan to find this nail shop.

Nail shop owner called LAN sister, Juan said to LAN sister is introduced by a friend of the church. Sister LAN immediately replied: "I know, sister Ma said to me, my conditions here are simple, but the customer is still stable, you start to do the hygiene of the store while learning!" Let me show you first!"

Juan with LAN sister visited the decoration of three rooms and a hall nail shop. The hall seats eight clients, with bright lighting and a table top reserved for clients. The waiting room seat is a soft sleeper sofa, which is a place for customers to choose the nail color while waiting. On the wall is a wall of cabinets filled with colorful nail polish for customers to choose from. There is a room dedicated to washing towels used by customers and a washing machine and dryer. There is a room for employees to rest, eat and change their work clothes, and another room is three feet washing basins and three sets of foot washing sofa! Inside the display of warm yellow light, people walk in if lying on the sofa, immediately can not help but relax.

I can see that the owner's wife LAN sister spent a lot of money and thought in the decoration, the whole to Juan first impression is very good, generous simple, elegant.

Juan thought of the boss must be a very capable person, can open a shop in the United States. The boss doesn't come much during the week. Management depends on the monitor. Employees receive money from customers to fill out work orders, take photos, and send them to the wechat work group. The boss's wife will record the workload of each employee in the work group, how many customers have done and how much money is clear. The employee's salary commission can be calculated on the same day, and the owner's share will be accepted by the store manager and kept temporarily for the owner's wife for a week or half a month, or deposited into the owner's bank account every week.

To say that the owner's mother of this set of capital private management method is really convenient, the staff are very conscious according to the store rules scheduling, in order to work, take turns to work for customer service, more work more get. If you have a good command of English, you can communicate with customers and tip well. Work here is more work, so the people who have come to work are not lazy, everyone wants to do more guests and make more money, there is no need for the owner's wife to manage the employees, everyone is very hard to earn more dollars. When there are no customers, employees sit in the rest room playing with their phones, watching wechat TV dramas and so on. Everyone brings their own lunch box and eats it after they are hungry. The relationship between people at work may seem simple on the surface, but it can also be competitive.

LAN Jie: "Juan, don't be too polite in the future, what do you want to say about working hours, tell me, I can arrange it first!"

Juan: "Sister LAN, if there is a practical problem, I will say it directly. I have to get home before my husband gets home every day, because I didn't let him know this time out to work, I'm afraid he won't agree. I want to work privately, and I want to study while trying out. When you approve that you can work for a long time, I will follow the working hours stipulated by the store, 9:30 am to 9:30 PM. Is that OK?"

LAN Jie: "As long as you learn the basic procedure within a week, it is still OK, as long as you carefully watch and practice!"

Juan: "Thank you LAN sister for accepting me, I will try to learn this week, to successfully pass the probation period, as soon as possible to work normally!"

LAN Jie: "No problem, you will do a good job." Although it is physical work, it is more necessary to have a bright eye and a steady hand. In fact, the work is not very tired, is to keep, to learn more English communication, because most of our guests are foreigners. During the study period, you can only pick up odd jobs, that is, during the work of the old staff, and the guests come, and you can have the opportunity to serve the guests when no one

彼岸花开
Flowers Blooming on the Other Shore

serves. The customer is satisfied with your work, so you can count the hours and revenue share. We are divided into 40 and 60, the boss is six, and the employees are 40. Do you have any opinion?"

Juan: "OK, I have no problem, thank sister LAN, thank the boss."

Sister LAN: "OK, if you can formally study today, I will teach you where to start, how to do hygiene, how to use nail tools." I'll give you a brief introduction today, and you'll learn from the old staff. When they do their work, you watch. When you don't have clients, you practice on their hands and feet. Work clothes are a uniform style of black bib, keep them well. A manicure kit will be deducted from your salary. We get paid every day, the tips that customers give you, your own income, we don't have a base salary, understand?"

Juan: "I understand, thank you, sister LAN, I can start studying while officially going to work today!"

After listening to Juan's answer, LAN Jie immediately called the name of a female employee: "Zhen Zhen, you come to take the new Juan this morning, go to help her get a set of nail tools, boxes, work bibs!" You take Juan and clean up the shop until the clients get here, okay? Shop hygiene must be clean, clean and bright store is the image of the store, make comfortable. The bathroom should also be cleaned, disinfected, some scented oil!"

Zhenzhen: "OK, got it!" Zhen Zhen is a very cheerful girl, estimated to be ten years younger than Juan, Juan is 36 years old at this time, did not think of coming to the United States to work is never thought of the industry. Juan with curiosity, and then look at the store one after another to the employees, are all women, a total of seven people, which also have a smaller than Juan employees, this time Juan just put down the heart. Later I learned that the oldest employee is called Susu, originally from Guilin travel visa to the United States down, six years later to get a green card. These simple situations are Zhenzhen teaching Juan work revealed.

Juan is very happy to have a new beginning through her own efforts. After the first day, Juan rushed the ducks to the shelves and made two guests. At the beginning, Juan's hands are a little shaky, because they have never learned, all with the impression that they used to go to the manicure shop consumption, think of a little step, and then squint to the side of the old staff on-site learning. Zhen Zhen intentionally guide Juan, after the guests finish, Juan's hands are nervous to sweat. That day passed so quickly, in addition to the owner's commission, Juan himself also earned 120 dollars, 10 dollars in tips!

Juan is very happy, on the way home, Juan small running to walk back home, she wants to catch up before her husband Steven home.

She thought to herself, I like this job, I must learn nail skills well, to do this job. When you earn some money, buy a used bike and ride to work at the nail salon - walking is too slow at the moment, it takes 40 minutes, so it must be easier and faster. After the formal work, as long as Steven delivers the car, he lives in the store, eliminating the time to return. In fact, the owner's wife wants employees to live in the store to work, so that they can earn more turnover and do not close the store too early.

After finding a job, Juan explained the situation with Steven, Steven agreed to let Juan go to work. Juan can finally go to work honestly. By the end of the first month, Juan had earned $3,200 and was so excited that she counted and hid the big bills. She folded small $5, $10, and $20 bills, transferred $500 to Steven, paid for the manicure kit provided by the owner's wife, and rewarded herself with two pairs of clothes from a better brand - because she was very image-focused at work. She also bought some cosmetics, the other staff in the store are dressed up very beautiful, Juan can not fall in the appearance level!

In this way, Juan finally broke through himself. The income of those months, she not only gave Steven a peace of mind, but also for her husband not to drag her down. In order to survive Juan does not care so much, earned money will be handed to Steven on time by month, but will not tell him how much money earned each month. Steven never asks Juan about her income. Since then, when Juan saw something she liked, or daily necessities needed at home, Juan would also pay for it herself, never caring about the money. In this way Juan made it through the most difficult days.

彼岸花开
Flowers Blooming on the Other Shore

Chapter 3: To Be Your Own Boss One Day

At the beginning of her work, Juan left home more than 40 minutes early every day and arrived at the store earlier than other employees. After arriving at the store, she first cleaned the toilet, cleaned the trash can, cleaned the toilet, and wiped the table with disinfectant and water. Then organize your toolbox, take out the washed towels in the washing machine, put them in a bucket of water and softening agent to soak for half an hour, and then wring out the towels that have been soaked and scented into the steam box.

One day Juan finished all the things arranged for her to do, and saw that Susu in the hotel had not gotten up to clean the floor, so she took the initiative to help mop the floor and remove the residue. When cleaning up to the living room, the Zhenzhen who came in saw: "Juan, are you doing living room hygiene today?" Didn't I tell you to clean the bathroom and wash the towels yesterday'?"

At this time, unkempt Su Su rushed over to Juan in her pajamas and shouted: "Who wants you to do my thing?" We follow the division of labor. Today it's your turn to clean the bathroom."

Juan: "I have cleaned the bathroom, and the towels have been washed, and they are in the microwave greenhouse." I saw that the door was about to open, and the living room hygiene had not yet been done, so I would do it by the way, so that you could rest for a while, so how could I tell the difference?"

Su Su: "Who asked you to do it? I'll be sure to do my thing before I open, so don't mess with the store rules!"

Zhen Zhen: "Juan, in the future, you will do things in accordance with the order of the schedule, and you will do what you do." Don't mess it up, you've only been here a few days and don't know it, pay attention later!"

Juan dont understand, their kindness to help Su Su, the result she still ungrateful, also so shouted at themselves. Leaving the store is only half an hour away, if you do not do a good job of cleaning the store, guests come to see the dirty ground will have what idea? Zhen Zhen must also know is the Susu work is not in place, but she not only did not say the old staff Susu, but also to blame Juan. Juan held back anger and grievances, and did not contradict. Think about it or forget it, maybe they bully themselves are new, exclusion is normal.

The owner's wife saw the unfriendly behavior of other employees to Juan, she especially observed Juan's facial expression, and really pinched a sweat for Juan. See Juan although showing a hint of displeasure, and immediately adjust themselves, like nothing happened, this treatment let the boss mother LAN sister hanging heart down. In order to appease Juan, the owner's wife LAN Jie sent a big smiling face, a like, a hug picture to Juan's private wechat, and a few words: "This time you really have been wronged." I just want to tell you that wherever you work, there will be unfair people and things, there will always be a few employees will have such bad habits and small hearts. The two you met today were fine. There must be store rules in the store, you just do your thing, no one can drive you away, because the decision to stay and go is me! Not them! Got it? Can digest the grievances themselves, only to do their own future! Believe in yourself! I see you!"

Juan put the boss mother LAN sister listen to it, no matter what difficulties encountered, do not think about it, but to learn to work skills as soon as possible, good service to customers, first do their job.

There are monitors all over the store, and each employee must complete each closing order at the cash register. The wages received by employees after serving customers will be collected by each person, and written on the work order at that time, and the photo will be sent to the work wechat group. The boss is in the work group, can see the performance of each employee that day, the turnover of the day down and the gross profit of each employee's commission at a glance! In this management mode, the owner's mother is very easy to worry, every employee will not be lazy, because more do more commission, everyone hopes to make more money to customers.

Because it is still learning while picking up, this day down Juan picked up two workers, store manager Zhenzhen did six, old staff Susu did seven customers. Before work that day, Juan got a share of the work of the US dollar commission, but also got a 25 US dollar tip, which is Juan did not expect the income.

Zhen Zhen: "Juan, your luck is still very good! In the past few days, I have met several customers to come in and do nail art together, and I can have the opportunity to pick up workers. And you are very smart, although there is no formal study, but you will refer to my practice when serving customers, make customers satisfied, and give you tips. You know what? That client is the most difficult person to deal with, and he gave you a tip. We don't like this guest, do we, Susu?"

Su Su: "Yes, the last time I made it for this fat woman, I changed a few colors, and I didn't get a dollar tip."

Juan listen to what they say, but feel that they do not want to do the work, Juan did not feel wronged, but also looking forward to more guests, it is best to come to a few guests, so that it will turn to Juan have customers practice learning, but also earn the money to pick up work.

On the way home, Juan kept thinking about the first day of work and was excited to earn $85. Juan will also practice every procedure and technique on her own body after going home. Only if you master the technology, can you serve customers well, can you have a good tip income, if you can do 5 customers a day, the future life will be better, two years later you can plan to buy a house.

So a week is almost gone. On the morning of the sixth day, the sky began to rain heavily. When Juan saw thunder and lightning, her heart was really sad. That day husband Steven out delivery did not come back, can not send her to work. Juan does not know if there will be guests in the rainy day, if it is sure that there are no guests, this day or leave at home. Juan sent a wechat message to LAN Jie: "It's raining so hard on Saturday today, will the guests do their nails?"

The message was sent out, the owner's wife Lanjie second back: "Today Saturday, usually more customers." Although it rains, in the US customers come by car and the rainy weather has no effect on business."

Juan had to go to work in the rain, in the process of traveling in the rain,

Juan could not help but be a little sad. Juan decided to work in the future to earn money, must take time to learn to drive a driver's license, after the first to buy a used car.

Because of walking in the heavy rain, Juan arrived at the store 10 minutes later than Ping time, but fortunately she was not late. The owner's wife is right. There are so many guests on this day. Juan picked up three jobs in one day. Juan just finished the third guest under the work, is ready to eat some leek zygote, but Susu just work for a black guest only do ten minutes, quietly walked to Juan next to say: "Juan you do this guest, I have a stomach ache, want to go to the bathroom!"

Juan took over Susu's guests, referring to the coloring board to black customers friendly said: "Please choose the type you like?"

The black client pointed his hand and said, "This is it!" Juan smile picked out the black customer choice of color and style, at first a little panic to do, do, do not know what is going on, the process slowly not so nervous, perhaps put into it.

Juan only thinks about how to make manicure fingers beautiful, how to make customers satisfied, how to do their best service and patience, and seize the opportunity to let the Su Su do it for her.

Not long after Juan took over the black customer, a beautiful yellow hair white customer walked into the store, saw Su Su excited to welcome up, directly led the customer to the cashier, paid a large package of $180, manicure patch and hand protection! It was as if Susu had known in advance that such a visitor would come.

At the end of the day, Zhen Zhen said to Su Su: "Su Su, how lucky you are today, you met this old customer, she tips well!" Last time she gave me $80! I'll tip you just as much this time!"

Juan listened to just know that the original Susu knew that the old customer who tipped more was about to come, so he gave the black customer to himself to do. But Susu never expected that the black customer also paid $80 to Juan! Juan kept quiet.

I didn't expect Su Su to be such a scheming woman. Juan sighed in the heart, for their own simple feel ridiculous. She breathed a long sigh of relief and congratulated herself for being less strict. No matter black or white, she

彼岸花开
Flowers Blooming on the Other Shore

will serve well, treat every customer as her own food and clothing, and tips are not good today?

Juan also want to understand, good service customers, guests are really not fools, customers know you do things for her attitude seriously. This time, Susu let the worker give Juan, fulfilling another words that the owner's wife had said to Juan: "Do things well, use your energy to serve customers well, your tips will naturally be good!"

Really true, this let work event Juan picked up a big bargain. Juan has not said to anyone, and then once with LAN sister chat understated it. At that time, LAN Jie said to Juan: "You can make a lot of money in a dull voice, and one day the number of money is sour!"

Juan: "Really? The owner's wife LAN sister Jiyan! But really, I am very happy to listen to your LAN sister, every time I feel as long as I chat with you, my mood will be very good, how to listen to your words are encouraged and happy!"

Sister LAN: "I told you, in the United States as long as you work hard, you will become rich, you can afford to buy a house."

Juan: "Our industry can be decades old? Is there an age limit? I'm over 36 years old!"

LAN Jie: "In this line of work, as long as you are healthy, you will not have a problem until you are old!" I am afraid you will fall into the money pit, reluctant to rest, Chinese sisters love to make money."

Lanjie Chiang voice laughter really infected Juan, Juan heart special comfortable, always feel as long as their efforts, God are helping themselves. Juan agrees with such a sentence: "Losing is a blessing!" What comes will come."

That night Juan had a dream, dream LAN Jie said to Juan: "From next week, you can arrange work, do not need to pick up the work, are you ready?"

Juan: "Ready, I have no way out, I just want to follow Sister LAN, imagine you are so capable, in the future to sister LAN manage a shop, it is OK, if you can be like Sister LAN to be a boss, it is more asleep and laughing!"

Sister LAN: "I believe you, work hard, learn more skills, management, you will be your own boss in the future!"

Juan suddenly woke up from her sleep, she did not immediately get out of bed, but quietly sat on the edge of the bed to our dreams. This dream gives Juan confidence, she believes that she can be a boss in the future.

Chapter 4: What Does Juan Understand about enduring humiliation

With the work time gradually familiar, Juan's work skills are improving day by day, it can be said that there is soaring progress every day, her performance is more than other old employees, which can be seen from the daily pay figure. LAN sister know that Juan is a talent that can be made, so LAN sister want to help Juan early to take an employee job qualification certificate, a inquire about the need for more than 6000 dollars.

The money is a big number for Juan, but LAN sister optimistic about Juan, she thought of paying mat money to let Juan first go to California to take this qualification certificate, and better help her take care of the store part-time management work in the future. Learned that Lanjie intention, Juan very happy, she did not think of Lanjie to her so good, help her first advance pay for the exam, but also personally accompanied her to study for the exam. Juan suddenly felt that life had a rush, with a warm heart, thought that in the future work in the store must work more, more work more money, early on LAN sister cushion funds, must be worthy of LAN sister.

Juan walking on the way home, the moon is round that night, Juan from outside the door to see the light in the house, think that it must be the husband has done dinner, at the moment of opening the door, a smell of fried chicken with the door open gap floating into Juan nose.

Juan: "Hello dear, I smell incense, what did you cook?"

Steven: "You're just in time. I made your favorite fried chicken, borscht, green salad, and spaghetti! Wash your hands quickly, and dinner can start right away. Would you like some beer?" Juan approached Steven's side, first looked at the pot was about to fry the chicken, then stood on tiptoe with his face against Steven's face, smiled and said: "OK, right away!"

Juan put down the hand backpack, will bring back the empty lunch box on the kitchen counter, and then ran into the bathroom, wash the face, wash hands, and ran in the chef's room to change into home clothes, walk directly from the bedroom at the table, see full of food. Steven had filled the small bowls of soup, plates, and plates for her table, and poured two full glasses of beer.

Steven: "I want to surprise you today. The boss has sent another week of long-distance work. When this shipment arrives, the shipping cost will double, dear."

Juan is also very happy to hear that Steven also has a new life, is also looking for a chance to say today's boss LAN sister to her care.

Juan: "Dear, we are two good things today, I mentioned to you before the boss LAN sister today told me that I can work in her store for a long time." In order to legalize and not work secretly, LAN sister also let me go to the qualification certificate, and is willing to pay for me to study for the exam! When I get rich from my job, I will return it to Sister LAN."

Steven: "Really, Sister Lang is so good to you, do all the other employees have qualifications? Or do we have to? How much is it?"

Juan: "If I have the qualification certificate, I can open a shop in the future!" She thought Steven would support her! Unexpectedly, Steven is not as happy as Juan thought.

Steven: "I thought I could take you out of the car this time and go with you, because I want you to go through Florida!" You came to the United States without taking you on a trip, you were rushing to deliver goods, and this is also an opportunity."

Juan: "Thank you dear, this study is a rare opportunity, I must cherish and seize the opportunity, after this village, there will be no this shop."

Steven knows that he has no better material conditions to take care of Juan, Juan has suffered, he is already more than forty years old, is because of poor, no house no economic strength, no American woman to see him, he did not talk about love. He can marry Juan in this life, is his hope and blessing in the second half of life. So Steven has only one wish in his heart, try his best to meet Juan's desire, as long as Juan looks for things, he will unconditionally support her, fulfill her, make the woman he loves happy, as long as Juan is happy he is happy. Steven is thinking that he can marry such a

彼岸花开
Flowers Blooming on the Other Shore

good Chinese woman, he never expected in his life. In the heart have thought well, other can not give Juan, but Juan wants to do what, he will always stand behind Juan, go all out to support her.

This night Juan and Steven two people drink beer chat, Juan pressure in the heart of the worry is gone. Juan thought as long as people are together, Mount Tai can be moved, she was a little glad that she had not given up Steven because of poverty. Such a good man, in the future, they work together, they will be able to achieve the most basic life hardware of buying a car.

On Monday, Juan and LAN flew to California together, spent all the credits in the professional training school, and successfully passed the qualification certificate. LAN sister shop more than a long-term staff to work for her, she values the goodness of Juan.

When Juan has a qualification certificate, she is more confident and does not worry about government personnel raiding undocumented workers. Juan also understands why some immigrants want to come to the United States to work, even if it is to put down a very decent job in China, in the United States to accompany the children, but also started a service industry position, wronged himself is also want to help their families more. At first, people who feel wronged see the daily settlement of dollars, and they have a practical feeling in their hearts, and the life without money is scary. Juan understood that in the United States, as long as you are willing to put down your body and do a lot of work that Americans are not willing to do,

Wash dishes, deliver food, teach Chinese as a tutor, wash cars, wash feet, and earn a living. Chinese people are diligent and it is common for them to work extra hard to accumulate wealth.

Juan now works, like a workaholic, except for two days off in January, basically works in the store. When there are no customers, Juan looks at the driver's license test paper. Two months down, Juan think can go to take the written test, the results for the first time nervous, there are two questions wrong, did not pass the written test, only a week later again. In this way, I passed the written English test of my driver's license three times, and finally passed the practice of driving.

Juan after work or rest for two days, Steven sat on the passenger hand to teach Juan to drive, this practice is three months. Finally made an appointment for the road test, and because the first time is Steven to the road test, the result did not pass. Later, under the advice of the traffic coach, he used a car to take the road test, and finally passed the test for the fourth time.

Juan never touched a steering wheel when she was in China, and these life skills were forced out in the United States. Juan lives in a small town, there is no bus, the only means of transportation are private cars. If you want to live in the United States, you must master a variety of life skills, learning to drive is a must learn skills. Juan is also aware of this, the original storm walking to work, has let Juan under the deep memory. If you do not eat the pain of learning, you will taste more of the pain of life. I did not expect Juan to slowly survive like this.

Juan forced themselves to improve, but also forced themselves to learn English, English level has a leap. Even the employees working together, Zhenzhen, Susu are afraid to underestimate her, especially Susu can only do bad to Juan in the dark.

One day clearly Juan to work, Su Su said that the customer is her appointment of the old guest, so Juan only let Su Su work, continue to wait. The original customer tip is good, Su Su made up a reason to pick up a cheap.

One day, one hour before the end of work, Juan was serving a guest, doing half of the work. Suddenly came to Juan before the service of the guests, when should arrange the precious work, but the guest pointed to Juan to give her a full manicure.

Juan smiled and said to the guest: "I still have 20 minutes to finish, Zhenzhen is a good worker in our store, let her serve you, the same."

The guest said, "I'll wait for you!" Juan smiled and said nothing more, and continued to serve the original guests. But Juan really did not think that the new guests have been waiting for Juan. This thing has no intention to hurt Zhenzhen self-esteem, Zhenzhen merciless call to Lanjie complain! Zhen Zhen said Juan is not, what do not understand the rules, rob her work and other dissatisfaction, said Juan too do not talk about store rules, but also pressure Lanjie said: "She has no me, if this goes on, not she is I go, how do you not understand the rules?" It really annoys people!"

Oh my! This is a big thing ah, this is clearly the customer named Juan to do the service, but also willing to wait 20 minutes to Juan to work, how can it be said to rob the job? LAN sister think this is Juan good service, technology improved, gained customer appreciation.

Juan thought of the last time she was assigned to her work to Susu, Juan did not say anything at that time, it is so serious? Juan has this calm state of mind, silently finish nail art, the whole process did not go to argue with Zhenzhen theory, just quietly think about how to say to Lanjie.

After serving two guests, Juan opened the mobile phone wechat work group, and saw the boss's message in the group: "Any employee will be arranged according to the store regulations, and today Juan robbed all the commissions of the work, so as to warn every employee that it must not be repeated!" Juan know LAN sister difficulties, in order to manage just out of this strategy. This is also to protect Juan, in the future similar to the layout, who should go to work.

Juan is ready to reply to wechat, and the result of LAN sister's private wechat content: "Juan, the treatment of you today is forced, I understand that you are wronged, because you are new, and now the service is well recognized by the customer, I see clearly in the video surveillance." But Zhen Zhen was in line for her work, she sued you, apparently the store rules order you violated. This is a good thing, you can't beat them, and I've seen them take your job before. Because you're new, you didn't realize, so you didn't tell me. Now Zhenzhen has filed a complaint against you. Next time, you can tell me the same, and she will be punished too."

Juan: "I have no opinion, if I was the boss would also deal with it like you, I understand you, no opinion." In addition, please tell them that I did not get a tip today, let them have fun! Because the guest heard Zhenzhen call to complain like in a quarrel, the guest was very upset, when he left in a hurry, forgot to pay the tip."

Juan reply Lanjie private information after finally relieved, this time is to buy a lesson, is not in vain to do a job? It's not a big deal.

LAN Jie: "You have to learn to digest the negative energy of unhappiness, a person who can do great things will be a person with great ambitions!" I am not wrong, you treat this matter so calmly today, I believe that other employees know in their hearts that you are not a calculating person, I believe that they will respect you in the future."

This night, Juan gently put the work tools are sorted and placed, the towels to be used the next day into the washing machine automatic cleaning operation, and then simply rushed a shower, and then returned to their small rest room to lie down. Recalling the events of today, thinking about what problems to pay attention to in the future, should try to avoid misunderstandings between employees, while conciliating others, but also learn to protect their own interests, can not blindly accommodate obedience, submission may not be right.

There is another reason why Juan can't sleep, tomorrow is his birthday, she does not want to work in this atmosphere with the smell of gunpowder. But she didn't want to tell her colleagues that tomorrow was her birthday, and she wanted to find a suitable reason to say to others tomorrow: "I quit!"

With so many unpleasant experiences, you have to find an outlet for your emotions, fight back against the employees who played smart to her and excluded her, and give them a little color. Juan know work in the store to stay, not the employees say, have to see the boss LAN sister. The idea of the idea, the heart is at ease, anyway, tomorrow's own birthday, to be good to yourself, to find a reason for yourself, you can sleep to wake up naturally.

At nine o 'clock in the morning, Juan intentionally got up later than usual, after packing up her makeup, intentionally dragged out her big box to clean up her clothes, and casually said to Zhen Zhen, the temporary agent store manager: "Don't line up my work today, I am ready to go to the mall in the morning to buy a big box, eliminate and replace this old box, I quit, you do a lot of work!"

Zhen Zhen and Su Su two people dumbstruck, two people stopped their hands in the work, one by one to stand there in the bar. Zhen Zhen know that he is only a temporary store manager, last night the so-called rob said, she knows not Juan's fault, is her petty squeeze bully Juan. She just want to call Lanjie to vent, but really didnt think, Lanjie will even Juan work mentioned Chengdu made no.

Zhenzhen still have a little worry, in case Juan really go, Lanjie to find a bad new employee partner, that is not more worth it? This is harm not selfish thing, or hurry to admit the mistake to retain Juan! Zhen Zhen looked at Su Su at a glance, indicating that he quickly opened to leave Juan, and quickly came forward to Juan and said: "Juan, I'm sorry, I made a mistake last night. I asked Sister LAN this morning not to deduct your wages, or Su Su and I will deduct your part of the money from Sister LAN. I'm sorry. Can I make an apology? Don't go!"

Juan: "The boss deducted the money, you don't need to lose, but I must go out today." Store manager you don't arrange my work, you two at ease to do more work, how good!"

Su Su immediately said, "Yes, I will give you the money together with Zhen Zhen, and you can go shopping and buy boxes." Bring your cell phone. If you get a call, why don't you go back to work? You can go now, go early and look around a lot, okay?"

Juan in fact, the heart is to think about scaring them, he gambled, they must be able to accommodate so easy to talk to her. Juan wants is this result, can go shopping with their favorite way to spend a happy birthday alone!

So Juan unhurriedly stop finishing the box, Zhenzhen took the box to the corner of the room. Juan took the expensive bag she had prepared and carried with her, and walked to the door and said, "Then I'll go, and you two will work more."

Out of the gate is the street leading to the big shopping mall, Juan looked at the outdoor blue sky and white clouds, slightly blowing over the ear of the wind with the fragrance of green plants. If I had not really let go of my heart, I have been working in this city for a long time, and I have never been so happy and enjoyed the morning of freedom like today. Today is also the weekend, on the way to the mall will pass the park where people exercise in the morning, a high-rise building, and people running on the road to exercise from time to time pass by.

Juan suddenly felt that people should be like this rhythm of life, work, rest, relax, shopping, also sitting on the roadside of the small coffee shop to taste food, enjoy through the bright glass window, watching the sun rise in the morning.

Chapter 5: Be a Woman with The Times

Juan to nail shop work, LAN sister has been helping Juan. LAN Jie once said to her husband: "I am optimistic about Juan's kindness and can bear hardships and be trustworthy." In the first few months of earning money, except for the living expenses, all the remaining money is saved bit by bit and returned to me. I saw Juan's stubborn strength, work seriously, look for things will do well. I'm not an idiot. I'll help the people I work for."

LAN sister husband name big steel, in order to accompany the children to read, the couple came to the United States together. In order to make a living, Dagang worked in the Chinese boss's restaurant, doing some kitchen chores. Because of his good character and studious, Dagang finally became a chef, and is now the right-hand man of Chinese restaurant owners for more than ten years.

Dagang and Sister LAN both immigrated to the United States, and also have green cards, a friend asked Sister LAN and Sister LAN and Sister LAN: "Your children graduated from college in the United States, and found a good job, why don't you enter the United States?" LAN sister knew that big steel and her, always can not put down the old house in the Chinese countryside. Although a little poorer, it was her and Dagang's hometown, their roots in China. Living there for decades, he was reluctant to give up the simple Chinese folks, often in his dreams think of the beautiful wheat fields, sunrise and sunset pastoral life.

Come to the United States is to create better living conditions for the children who study abroad, LAN sister and Big steel like other Chinese, poor world parents heart, would rather suffer, but also willing to willingly pay for the children. Big steel from doing chores to cook, and finally through their

彼岸花开
Flowers Blooming on the Other Shore

own work to accumulate wealth, and when their own Chinese restaurant owner, it is natural to stay in the United States.

LAN Jie also found her first job in the United States, working in a Chinese-owned nail salon, from doing chores to doing hygiene to guarding the shop. Usually during the day, more or less peek at the steps of colleagues' work, and in free time, I also asked some staff sisters about specific practices, and slowly practiced on my own hands as the days grew longer. Did not expect a few months later, suddenly one day there is an employee in the store home emergency asked for a long holiday back, the store's customers are relatively stable and some busy, LAN sister's owner's wife see worry, will not invite employees for a while. On the second morning of the boss's anxiety, LAN sister showed her hands of manicure done in the store at night to the boss, "Boss, how about this manicure?" Is it nice?"

After seeing the boss said: "Good looking, who did this for you?" LAN sister see the boss and happy and appreciate the look, the heart want to change to do nail art play, so the heart is full of hope to the boss said: "I want to work for you to share the worry, these hands are my last night in the store when the vigil to complete." I have been secretly paying attention to the way other employees do work, and I have been practicing at night, boss, you won't blame me?"

The boss said pleasantly surprised, "No wonder, you did not delay your work, but also use your spare time to learn these, is really kind, I like you smart ah, how did I not find you this skillful hands?" I've wasted you doing more chores. From today on, you'll be doing manicures."

LAN Jie excited and grateful to the boss said: "Thank you boss, thank the boss does not blame me but also help me, I will do a good job!"

From nothing to do manicure work this road, for LAN sister finally come to an end. She is glad that she met a good boss, and also glad that she is hardworking and brave, and can change careers to do a clean and decent job. Therefore, Lanjie know the hardships of opening a shop, very understand Juan's hard and studious.

From Juan's body saw the year of their own, this is also the reason why Lanjie like Juan. Why LAN sister always secretly encourage Juan, cushion money to let Juan exam qualification certificate, is also from LAN sister once the boss of her help, LAN sister in gratitude. This is LAN sister's habit for many years, as long as she sees a kind Chinese woman, she will try to help others. Until now Juan finally understand LAN sister is not easy, so in the work they have a tacit understanding, LAN sister think of what, Juan will share with LAN sister.

Recently there is a thing let LAN sister very vexing, the landlord every year to raise the rent, see the business in the store is good, LAN sister endure for 5 years. Sister LAN regretted that she had not signed a 10-year contract, so that if she insisted on opening the store, Sister LAN would pay almost one third of her income to the landlord, one third to the employees, and the other third was her own. After some fees and taxes, there is not much money left. Now it is really difficult to ride the tiger, it is not good to open, it is not good to not open, this matter has been like a stone in my heart.

Juan see the eyes, also anxious in the heart, also understand LAN sister indecisive, dilemma situation. One day LAN sister called Juan to the staff rest room and quietly said: "I can't do this shop, I calculate a sum of accounts, if I insist on doing it, I will draw every month, if the customer is less, I will lose money." It's impossible for me to exploit your workforce, but I also have to consider the balance of costs and benefits. Let me tell you first, I have been in contact with my girlfriend in Florida for the past two days, and she has suggested that I open a shop there and sell the store. If the landlord insists on raising the rent, I will not continue to sign the contract, since it has expired anyway. If so, you don't have to worry about losing your job, I recommend you to work at another nail salon in this town. If it's okay with you, you can take half the day off to check out the store. I'll show you. I will be relieved when I have arranged for you."

This shop may not negotiate with the landlord, we must be prepared in two ways. If the store moves, it won't be able to take what's left.

Sister LAN: "Let's see if we can temporarily put it in your rented home, so that I can transfer it to the new store when there is time later, or leave it for you to open a store later."

Juan: "OK, you can not put the things are put in my place, I help you keep, later you can move to the new store." Don't buy what you can use, and

彼岸花开
Flowers Blooming on the Other Shore

don't get angry, I will find time tomorrow to arrange things in the store, and go with you to see what you recommend."

Lanjie thoughtfully decided not to renew the landlord's house, and in a week before leaving, she recommended Juan to other friends who opened nail shops. These days, there are scattered guests at work, Juan and staff continue to serve scattered guests; When there were no customers, I packed up the store and shipped it to Florida. There were a few beds left in the shop, but they didn't take up much space. From the beginning to the end, other employees did not offer to help LAN Sister store the store's things - some of the store needs but difficult to move glass mirrors, tables, decorations, wall murals and fragile objects.

"These things can be put in your respective homes. If one day I open the store again, and we can still work together, these things will come in handy. You can take whatever you need at home. I don't want to ship it to Florida. Again, please make yourself at home." After LAN sister said this, then whispered to Juan, "we can go, take you to a friend's shop to see."

Juan: "Is it so scattered inside the shop?"

LAN Jie: "It doesn't matter, not bad business these days!"

Along the way, LAN sister drove the car and said something to Juan: "If everyone did not want something in the store these days, you must not persuade them." Why don't you just take it all, put it in your basement, and you'll need it if you ever open a shop. Although it is old, but these are still worth a few dollars, old things can save a part of it, it is not easy to start a business, I hope you protect it and cover it up, as I give you a gift. When I get back from showing you the store, we'll see how everyone feels. I was gonna use the stuff from the store and give it to them directly, as personal as they want. But you can't say that directly, because you're afraid people will fight, you understand?"

Juan: "Sister LAN, you are really fine, this way is to let everyone have no embarrassment of dividing things." You respect everyone and if they don't, it's their own problem missing out on your kindness."

LAN Jie: "You really understand, so be it!"

About 40 minutes drive to a nail shop, the appointment of the boss's girlfriend Huihui was waiting for them in the staff room. Huihui cut to the chase and let them see every place in the store, this store is not smaller than Lanjie store, basically double the customer. Environment is not bad up and down, Huihui after listening to Juan self-introduction, immediately got up to give a thick envelope to LAN sister. Juan was attracted by the new boss, ": LAN sister said that you are the most trusted employee for her." I just need a store manager, and you can work any day."

Juan: "I will come after Lanjie leaves, this week I will accompany Lanjie to deal with the matter of moving the store." Sure enough, back in the store, all the employees didn't want anything from the store. The staff thought LAN sister wanted them to buy old things to offset the money, so LAN sister saw the truth and said: "All the employees have dinner together today, which is a goodbye, and all the people can go home tomorrow." Juan will stay and take care of all this moving stuff, and I'll leave town in a week. Originally wanted to give these things to you, if you have a heart in the future can also come together to open a shop, there are many things can still be used. Now it seems that no one is in the mood, so I will give Juan carte Blanche to keep it. Again, whoever opens a shop in the future will give it to whoever!" LAN sister saw from the employees' eyes that they had regretted it, but they were embarrassed to say what they wanted again.

A week later, on a sunny morning, Sister LAN got up early. Her husband had left for their new home in Florida the week before. LAN sister this time is to deal with all the things in the shop, and then to meet with her husband Dagang. Today really want to go is really reluctant to give up, to the store door early waiting for LAN sister Juan, eyes are red. Juan also afraid of LAN sister sad, but first sad up, nose sour, a feeling of regret!

LAN Jie said: "All good things come to an end, don't be sad, we will meet again." I'm waiting for the good news about the store. You can have everything in the store. You must have your own business."

Juan kept nodding, and even thought about working for a period of time, to try to buy the bungalow and backyard that she and Steven had seen countless times before the end of the year, there were two rooms, one bathroom, one kitchen, and a basement, and a large area in the backyard could be used to plant seasonal dishes in the future, which was what Juan wanted to do. This house has been looked at for half a year, the original owner is a 70 old woman, now old, the son wants to send his mother to a nursing home, he thought of using the money from the sale of the house to pay the admission fee of the nursing home. Juan and Steven have been waiting for the old woman's reply, the deposit has been paid, the intermediary said waiting for the transfer.

LAN Jie: "This is a good thing, you can live and work happily." Buy the house first. I'm in favor of making money later. You can save up enough money to open a business, in fact, less than tens of thousands of dollars, or find a partner to open. I'll help you then. Make up your own mind. It's right to buy the house first."

"Thank you, Sister LAN!" Juan wanted to buy a house after the success of the tell LAN sister, but considering LAN sister will soon leave the town, the plan and plan to tell LAN sister in advance, also want to let LAN sister rest assured.

Juan to buy a house, is to live and work to lay a good foundation, after the time is ripe to learn to open a shop when the boss Lanjie.

LAN Jie: "You open a shop must be a very quick thing, when you settle down the house, later in the shop I recommend, learn more experience, and then open a shop will be a lot easier!" Juan listen to LAN sister told too benefit, as if this day will come!

Juan nodded silently: "I am going to your friend that work, and so on after the house is set, still need a lot of money."

LAN sister and Juan have to say endless words, if not LAN sister's time, do not know when to say.

Sister LAN: "I'm leaving, you take care, don't be too tired yourself."

Juan looked at LAN sister's back, gradually can not see so far, still standing there in a daze. In this world, there are always things that open and close stores, but when Juan saw the ups and downs of prosperous business opportunities, maybe this is people running for survival. If you don't run ahead of The Times, you will be eliminated by The Times. Juan also want to Lanjie like, do a woman with The Times.

Three years after their marriage, Steven had a major operation because of a work-related injury to his back. Fortunately, with Juan's careful care, Steven only picked up half his life and recovered well. When the $100,000 claimed by the insurance company and the unit was transferred to Steven, he handed the remaining $30,000 to Juan after paying the medical expenses. At that moment, this move let Juan moved, she was glad that she was not wrong to see people, glad that she did not give up Steven, deeply feel that he suffered for so many years worth of suffering, Steven's true love, more than anything.

The man in front of him, knowing that he is suffering from a major disease, no longer has a job and income in the future, only the government subsidies for disabled people of 1200 US dollars of welfare living expenses, but his only and last point of all income to Juan to keep. This let Juan moved and some sour, she did not love money?

But she can not take this money, she wants to let Steven rest assured, although he is disabled, but she will never leave him, she will accompany him forever, as said in the marriage vows: "no matter life and death, old and weak, sick and sick, will always be accompanied, grow old together."

Juan then said to Steven with tears in her eyes, "Dear, all this money will buy you a life insurance, which will protect you for life!"

At this time, Steven held Juan and handed back three dollars, eyes gushed out a line of tears, tears wet the man who never cried, he agreed with Juan's approach, this kind of funding arrangement is a best guarantee for Steven's second half life. Steven felt more that the weak woman in front of him suddenly made him decide to use another way to care for her later life.

One morning a week later, Steven and Juan drove to the insurance company to go through the procedures. When the policyholder signed, Steven signed the name of the beneficiary: Chen Juan. The benefit amount agreed in the contract is 1 million US dollars, which means that if Steven dies, the benefit amount of this policy is all given to the beneficiary Chen Juan!

Juan did not think that Steven considered more perfect than her, she felt that this policy, will make her and Steven's marriage more solid, their love will be more sweet. This is what people often say, good will be rewarded. True love a person, he will from the heart everywhere for the sake of love, Steven Juan's old life, through the form of life insurance to Juan protection!

Steven is worthy of Juan entrust lifelong infatuated man, have responsibility, have a sense of responsibility. Love needs sincere, heart-to-

彼岸花开
Flowers Blooming on the Other Shore

heart honest treatment, false sweet confession, really just get a moment of happiness, those ordinary life is true love.

Juan did nail salon manicure worker for a few years, saved some money, and then she opened her own nail salon when the boss, a net monthly income of more than 7,000 dollars, from working to their own boss process, not only got Steven's respect, but also get Steven's deep love. The most beautiful appearance of a woman is that she works to earn money, and the beauty of self-confidence is the most beautiful appearance.

Five years later, Juan and Steven bought a big house with a big yard, Steven in a taxi company as a dispatcher, half a day shift, because can not bend, only suitable for looking for clerical management jobs. Steven did this because he wanted to relieve Juan's stress and share some of the family's expenses.

And Juan after a year of groping flat period, do the industry advertising, plus technical service is good, recommended by guests, the second year Juan opened nail salon business has been on the right track. When business is busy, it is necessary to ask for help. So Juan and distant single cousin, apply to take care of business management. Three to five years, Juan's shop reputation is very good, customer source is very stable. Juan will start to buy two first car for a more practical seven-seat minivan instead of walking to work. With the development of business in the store, we have done some new projects, manicure, hand guard and pedicure are also popular with customers, bringing more profits. In addition to taxes, rent, staff salaries, utilities, management fees must be paid, when the boss is time free, their own decisions.

At this time Juan deeply realized that no matter when and where, do a woman's sense of security is their own, shop management for a few years, the fact that he is a backer, no one to replace this solid backer, that is themselves!

Chapter 6: Capable '80s Jesse

Jesse was born in 1982 to an intellectual mother, an obstetrician, and a father, a middle-school English teacher.

When Jesse was a child, the trend of learning English just started. Jesse's mother wanted to use the child's psychological characteristics to guide Jesse to learn English voluntarily. His mother gave Jesse the choice of helping his mother wash dishes and clean the floor every day or watching English programs with his father in the living room. Jesse chose the latter in order to avoid doing housework. When Jesse watched English cartoons, he wanted to understand what the characters said in English, which stimulated his interest in learning English.

Every night after dinner, Jesse began to watch English programs and movies. With his father's help, Jesse slowly understood a lot of English words and phrases. Jesse loves English and likes to show her English ability in more and more situations.

Once in the school English class, the English teacher wrote a paragraph of English and asked the students to raise their hands to read it. Jesse raised his hand without thinking. No other student in the class was as confident as Jesse. The teacher let Jesse read that English on stage, Jesse's performance let the whole class envy, the teacher was very happy to let Jesse when the English class representative.

Since then, Jesse has become more and more enthusiastic about learning English, and has found the right way to learn English. Jesse's proficiency in English is no less than that of his native Mandarin. While many college students are still looking for jobs after graduation, Jesse, who is still in his senior year, has already found a job as a translation assistant in a foreign company. Jesse is so strong that he doesn't have much competition for a job.

Jesse has been working for foreign companies in China, as an assistant translator for hotel bosses, because of his strong English skills, and later changed jobs easily. Jesse prefers the atmosphere of foreign culture, the workplace with strength and skills, without interpersonal relationships and cliques, backdoor this set.

Jessie later settled in the United States because of online dating, she fell in love with a Taiwanese American man 19 years her senior Jimmy. The two agreed to meet in Florida. Jesse takes a month off and flies to the United States on a tourist visa to meet Jimmy.

Did not expect to accompany in the United States for fifteen days, Jesse took a look at Jimmy's reality and sincerity, so he ended the vacation in advance of travel, resolutely returned to China to resign, handle all the formalities required for marriage, and said to his parents to marry Jimmy and develop in the United States.

Jessie's English skills are outstanding, so she has a natural advantage in finding a job in the United States. In order to adapt to the living environment in the United States as soon as possible, the first thing Jesse did after getting married in the United States was to find a job. Jessie knows what she wants in life and her goals are realistic. She has to be financially independent and earn money to support herself. Although her husband Jimmy takes good care of her, she is still not satisfied with her life without her own house and needs to rent. She firmly believes that women can not rely on the face, rely on men, rely on anyone, only rely on themselves!

Jessie's husband, Jimmy, was 19 years her senior and had two children with him when they married. After their marriage, Jesse and Jimmy had another son. When Jesse's child was one year old, Jimmy's fish farm was badly managed, causing serious losses, and finally had to sell the fish pond. The family lost their source of income, and Jesse was worried dead. Three children to support, facing the next monthly rent, living expenses do not know where to fall.

Jimmy looked for a day job into the afternoon, and Jesse looked for an afternoon job into the evening, working as a waiter in a restaurant, taking on all kinds of chores. Two people take over the care of a younger son who is less than two years old, and in the United States, you can't afford to have a child. After working like this for a few years, with a little savings in hand, Jimmy thought he was a good cook and could open a Chinese restaurant, because Americans really love Chinese food. After making up his mind, he discussed it with Jesse. Jesse also wanted to open his own Chinese restaurant, considering that the children could also be brought along, without much thought, agreed. So I picked up a Chinese restaurant that was being transferred, and finally opened after a month of simple decoration.

The restaurant is doing well for the first time. Nearby is an American enterprise, some employees will go to their restaurant for fast food at noon, and can also order simple take-out meals to take back to their families. Two people hired two assistants, are Chinese students, pay is not much, but unstable. Small work time is short, every summer vacation and winter vacation will go a batch of people, just the church is familiar with some of the kitchen work, the result is gone.

After a while, the next to open a restaurant, Fuzhou people opened a family team, hands are from the family to do, business is very good, very prosperous, management is good, Fuzhou people will do the most food. Jimmy's restaurant was affected and had to close down in two months.

To add insult to injury, Jesse was caught in a car accident while trying to make a delivery after work.

Jesse was in a hurry to make a delivery at night, thinking about the closure of the restaurant so many things to deal with, and thinking about taking care of the children, and was very confused. Her attention is not concentrated, the eyes are not good, that day driving very fast, accidentally was hit by the car behind, the car was scrapped. That's the second time I've been rear-ended by someone else.

Luckily, Jesse was fine, just a minor injury. After the accident, he received car compensation, and also paid some mental and nutritional treatment costs, a total of 50,000 US dollars. At this time, Jesse calmly thought about their future life direction and directly said to Jimmy: "We can't start our own business now, or go to find suitable jobs." You've been given two chances before, and you've failed. I must be in charge of my work and life."

Jimmy stopped talking when he saw that Jesse had a point. From then on, Jessie was in charge of the family, and with the financial power, she

彼岸花开
Flowers Blooming on the Other Shore

began to budget carefully, working in a restaurant and part-time as a Chinese teacher at school. While working two jobs, I'm still looking for a job that suits me.

Fortunately, Jimmy's eldest son has gradually grown up and is very sensible. During his college years, he applied for loans to complete his studies. In his junior and senior years, he used summer and winter vacations and holidays to do part-time jobs, manage all his study expenses and repay bank loans. That makes Jesse's load a little easier.

Hard work pays off. Because Jessie's English and Mandarin skills are good, she found a middle management position in a clothing processing plant in Taiwan, which pays more than $5,000 a month. After the lesson of his last car accident, Jesse decided to buy a house near work and settle down without having to drive. After being hired, Jesse has a stable job and will immediately place an order for a house. The price of buying a house in the United States is relatively stable, Westerners prefer to rent, only the Chinese like to live and work happily. Jesse also has this love of the house plot, there is a feeling of home, you must have a house.

Jesse and her husband Jimmy agreed to buy their first home in the United States with a down payment of only 10%. Jesse made a budget plan, with a down payment of more than 20,000 dollars, he could buy a house with a total price of 200,000 dollars, borrow for 30 years, and get out of the current situation of renting. So finally there is a family of four belonging to Jesse and Jimmy, this is Jesse's first house in the United States investment, the monthly mortgage of 1600 dollars, which is a very easy thing for Jesse. Jesse and Jimmy had been paying $1,800 a month in rent. This plan of financial management, not only have their own fixed property house, but also the peace of mind to save money.

With this change of thinking, Jesse realized that he could use his wits to live a middle-class life in the United States.

After trying the sweetness of investing in real estate, Jesse, in addition to doing his own management work, focused all his energy on investing in real estate. He searched for his favorite areas on the Internet with all his heart, paid attention to, inspected and planned whenever he was free, and always made some positive preparations silently in his heart.

Chapter 7: Jessie Can Just stand it

In order to get out of poverty, live a middle-class life, and buy a few more homes to invest in, Jesse has to keep working two jobs. As a Chinese and English teacher for two days every weekend, I usually work in a Taiwan-funded enterprise, and I have a full schedule for seven days a week.

In the office of the Taiwanese company, Jessie has two computers and two landline phones on her desk. She usually uses three mobile phones, one for herself and two for work. Jesse keeps production and sales planning separate and methodical. Even if she works hard and hard, it is inevitable that there will be conflicts and competition with her boss and colleagues at work. Jessie has a lot of bitterness and grievances, and she has to bear them all, after all, this salary is particularly important to her.

Just entered the factory that day, the boss and Jesse set a three-month probation period, passed the probation period to stay for a long time. In the meantime, Jesse encountered a very difficult situation.

A client ordered a kind of signage, and when the project was almost completed, the planning department found that the color of the product was different from the customer's order. If the customer does not agree to receive the goods because of this problem, he has to rework and redo, which will cause great losses for the enterprise. The immediate need is for someone to talk to the client's boss and find a solution acceptable to everyone.

The staff and person in charge of the planning department who made the mistake dare not raise this matter with the boss. Jessie is the assistant who connects the boss with the production and planning departments, so she must come forward to raise this problem with the boss and discuss countermeasures.

Jess is worried that if this isn't handled properly, she won't pass her

彼岸花开
Flowers Blooming on the Other Shore

probation. If she can solve this problem smoothly, she has a good chance to work for a long time and be reused. Jessie's house has been purchased, and the monthly house payment must be paid to the bank loan on time. She has no choice and no way out. Her child has to go to school, and she must get this job.

The boss is not in the factory for a long time, are remote telephone, computer, mobile phone, mailbox command, this enterprise management mode is very common in the United States, otherwise the boss will lose the significance of senior assistant post.

That morning, Jesse came to the office early and wrote a report to his boss about the coping strategies he had racked his brain with in recent days. The report gave a brief account of the incident and detailed her solution. She suggests first being honest with the client about the color difference and then persuading them to try the new color scheme. As the party at fault, the Taiwanese enterprises should give preferential prices and provide necessary help to customers in the sale of this batch of products.

When a complete report was finally written, Jessie checked it carefully for errors. After making sure it was correct, she took a deep breath and emailed it to her boss. For the rest of the day, Jesse waited in agony for a reply from his boss. She waited for the boss's anger, waiting for the boss to yell at her, waiting for the boss to calm down after the reprimand, waiting for the boss's instructions...

Jessie knew she would have to endure these trials in silence. If we can fix this, the boss will keep her. Jesse secretly encouraged himself: "This juncture depends on you, Jesse hold on, as long as the effort to actively solve the problem, nothing is a matter!"

At noon, Jesse had just returned to his office from lunch when he heard the phone ring on his desk. Jesse grabbed the phone and heard the boss's angry voice: "Jesse, I just finished reading your report, and now you tell me the problem!" If this matter is not handled well, if the customer does not accept your ideas and communication, the loss suffered by the enterprise, you will be fully responsible! That's all I can say about it. You're my assistant. You have to look at this from my point of view. Think to yourself, if we lose this customer because of this problem, how much loss will we have? You must get this customer, I don't care about the process, I just want you to deal with this matter as soon as possible, otherwise you know the consequences!"

The angry tone of the phone call made Jesse feel harsh, Jesse understood the boss's anger, and knew that there was nothing else to provoke him at this time. Jesse gently placed the microphone on the desk and responded to the boss's rebuke with a simple, "Uh, ah, oh, okay."

The boss's reprimand behind is also more and more strong, that attitude is unreasonable. Jessie wanted to slam the phone down and say something back, but then she had to hold it back -- she couldn't lose the job. Jess sighed silently, let the microphone rest on the desk, and quietly exited the office and walked around the factory floor. Such as the boss scold enough, scold tired, she went back to the office slowly calmly digest these negative bad emotions. Back to the office, the desk microphone has no sound, the boss finally hung up the phone.

Jesse calmed down and planned to meet the client to talk about the problem in person as planned. The big account boss is a white American, named Mike, his personality is very strong, and Jesse boss cooperation for many years. For years, only Boss Jesse could handle him. Jesse wasn't absolutely sure, but he tried to be honest and talk to him about the problems with the product.

Jesse spruced up and dressed himself, choosing a coffee shop near the client's work to meet the client. The environment of this coffee shop is suitable for talking about business, warm light and soft, but also plays soft music, exuding a relaxed atmosphere.

At three o 'clock in the afternoon, Mike arrived at the coffee shop on time. Maybe Mike liked the environment, too. Jesse saw a light, happy look on his face. Mike approached Jesse and said, "What brings you so beautiful here, and you buy me coffee?" It's near my work. I'll treat you. I like this cafe very much and I often come here when I am alone."

Jesse: "I'm looking for you today, so make sure I treat you." I also like the environment here, and I'm very happy to meet you here."

Jessie then got down to business and told Mike about the color difference and her solution. Jessie kept talking and talking excitedly, and she

彼岸花开
Flowers Blooming on the Other Shore

took out a piece of paper and drew a pattern on it to help explain. Jesse is good at body language and smiles at Mike from time to time.

Jessie spoke honestly about the pros and cons of the situation, and her words made Mike look surprised to puzzled to accepting. Mike is a very reasonable person, in fact, he also wanted to expand his sales channel network, Jesse's proposal to give him another sales platform, but also maintain a friendly partnership for many years. He accepted Jesse's proposal, but also admired Jesse's courage and wisdom. If Jesse's boss had talked about this in person, it might not have had such a win-win effect.

Jesse and Mike sat in the coffee shop for three hours. After this experience of drinking coffee for three hours straight, Jesse was terrified at the sight of coffee. That night, Jesse drank too much coffee and couldn't sleep all night. But that day, with the help of the refreshing effect of coffee, Jesse successfully won back this big customer.

As Mike finally left the coffee shop, he said something interesting to Jesse: "Your friend, I'm done! Let's work together for a longer time. I know Chinese women do not hug us men casually, I accept your advice and commitment, your honesty, in order to show my respect, let's hug!"

Jesse: "Thank you Mike for your magnanimity, I admire your wisdom, you do not get rich even difficult, we will cooperate better!" Take care and hope to see you again at the factory!"

Mike and Jesse seem to have met each other, and there is a feeling that they have never met before. Mike admired the smiling Jesse in front of his heart, and he felt that he could cooperate with Jesse to handle these businesses in the later stage, and he was very relieved - he had an inexplicable trust in Jesse. Mike is impressed by Jesse's sense of responsibility, and he believes that he will have more prospects with Jesse.

Jessie told the boss the result of the sale, she took out the phone did not immediately say the result, but calmly said to the boss: "Boss, I have just finished talking with the big customer Mike, is now reporting to you?" Or will I text it to you tomorrow?"

The boss said to Jesse, "You tell me now, the result is to accept your advice or not?" You tell me the truth. What I have said will be honored, if you handle this successfully, you will increase your salary, promote you to be my senior assistant, and you can handle the business of the factory on my behalf in the future! If it goes the other way, you won't have to come to work tomorrow!"

Jesse: "Boss, I want to know, how much are you going to reward? How much is the monthly salary increase? I can work towards my goal!" The boss thought that Jesse had not yet secured clients and needed his help and recommendations, so he said: "The monthly salary is more than five figures." The boss really did not think that Jesse had already finished the customer at this moment.

Jesse sent a confident and happy smile to the boss's wechat, and the boss understood at a glance: Jesse did not live up to his expectations!

Boss: "You rest assured of your work, I will inform the personnel department tomorrow to honor the promise and give you a raise!" We have to dare to be responsible employees."

Jesse: "Thank you, boss, I did all this is my responsibility." Rest assured, this big customer not only does not return the order, but also signed an order contract for the next season, ready for long-term cooperation!"

The next day, Jesse received a promotion letter from the personnel department, and Jesse was directly appointed as a senior assistant to the chairman of the board with a monthly salary of $7,000. Jesse was very pleased that this period of hard work was not in vain, and finally passed the probation period in advance through his sincere efforts. Jesse believes that his road will be wider and wider, and good days will come!

Later, Jesse still worked hard to accumulate investment costs and live a middle-class life. Jesse has bought and invested in eight apartments for rent, and can pay off the mortgage every month, and still have a net income. Truly to rent a house, you can also accumulate the balance as profit, interest, wealth reinvestment, to maximize the benefits. Jesse is a duck to water with his finances.

Chapter 8: Jesse fought his way to wealth and freedom

Jimmy knows Chinese, Cantonese and Hokkien, and later he also found a job as a translator with his linguistic advantages. The work was not as hard as before, and it was very stable. In his spare time, Jimmy also took some house maintenance, decoration and other private work, and became a little famous in the decoration Chinese circle. The decoration cost quoted by Jimmy is real, the people are good and practical, so that the Chinese immigrants to the United States can rest assured, and the language communication is also convenient. Over time, more and more people are looking for Jimmy to decorate, and the income is naturally a lot better. Jimmy did not expect that his side of the business would be better than the professional translation job.

Jesse and Jimmy both understand that to come to the United States to live well, they must let go of that superficial face and vanity. In order to survive, only hard work, not picky industry. What a blessing to be doing what you love! Jesse used his working experience and time to find what he is best at, which is investing in real estate.

Jesse is a restless person. On weekends, he drives around looking at houses, compiling information about cheap houses for sale and buying them when the time is right. Over the years, she bought eight cheap properties in different areas, and Jimmy did the renovations to keep costs to a minimum. There are many jobs that Jimmy does himself, transforming and repairing old furniture discarded by other people's homes. The refurbished furniture looks fashionable and durable. After investing in real estate, Jesse's wealth snowballed.

One of Jesse's most memorable investments was buying a villa for more than $100,000. On one occasion, Jesse saw an auction record of a property at a very low price on the agency's website. The intuitive Jesse immediately drove to the real estate agency to find out what was going on.

It is a detached villa, although it is an old house, but it has a large area, built on three levels, eight parking Spaces, a swimming pool and a work room in the backyard. There are hundreds of square meters of open space in the backyard, and there is room to build more houses. The front of the gate faces the road, and the transportation is convenient. The whole look is very atmospheric, the red brick walls are hung with the number of the house, writing a kind of signpost code of the digital wall. It looks like a big family house.

The normal price of such a house is far more than $100,000, which may be too cheap, so people mistakenly think that it is a mistake to send the wrong message. When Jessie arrived at the real estate office, there was not much competition for her, only a middle-aged white woman asking about the house. That's when the agent came to talk about the owner of the villa.

The staff said: "The original owner just divorced, with a daughter. She did not want to continue to live in this environment, and wanted to escape the house that made her sad, so she sold it at a low price. She asked for a cash deal in one lump sum, no loans. The house is clean, no bad things and accidents happen. It was just that the mistress did not want to stay in the sad place and wanted to go to another town to live in a smaller house." When Jesse found out about the situation, he immediately spoke to the agency manager.

Both Jesse and the middle-aged white woman present wanted to buy the villa, and the hostess again offered to sign a contract with anyone who could make a lump sum payment within three days. Jessie, who had just over $100,000 in her bank account at the time, immediately offered to meet her mistress's terms; White women are used to using credit cards to advance consumption, if she wants to buy this villa needs to go through the bank loan process, which takes up to half a month. The hostess wanted to sell the house as soon as possible and didn't want to wait another day. In this way, Jesse successfully bought this villa with a market value of more than 200,000 yuan at a low price of 100,000 dollars. This echoes an old Chinese saying: good luck is reserved for those who are prepared. Jessie is also glad that she saved $100,000 during the day, otherwise she would be sad to miss this opportunity.

The house was finally signed in February 2020, and the transfer procedures between the buyer and the seller were all completed. Later, Jesse and her husband decorated the house briefly, cleaned it, trimmed the weeds and branches in front of the door, and then announced the rental information. Until early June of that year, the lease was successfully rented, and the tenant signed a two-year contract, the monthly rent of $2,250, and the rent was increased by 10% when it was renewed after two years. Jesse was relieved not to have to worry about the income on the house for two years.

Jesse and his wife are getting older, and they have gained a lot of gray hair. They're staying in the house they bought, even though they could afford to buy something better. Jesse once told a friend, "This house is the perfect place for me to get rich. It's the perfect place for me and Jimmy's kids."

Their family has an atmosphere of discussion, and the children have been subtly inspired from an early age and have cultivated a good sense of investment. Jimmy's eldest son has been working for two years, has saved up money to buy a house for himself, and has set up a family on his own. My daughter, who graduated from college, has found a stable job and paid off the bank loans she took out for college, just like her brother.

After working for a year, her daughter, under the guidance of Jesse's stepmother, bought a second-hand house worth 190,000 US dollars with a down payment of more than 10,000 US dollars. The size of the house is practical and suitable for a family of four. Jesse led his daughter to pay off the bank loan with rent. The house was briefly decorated by Jimmy for rent. The daughter easily became the owner of the house, so that she had her own fixed assets before marriage. Her daughter's boyfriend admires her very much, thinking that she has good financial means at a young age, and she must be able to manage her marriage and family well, so that he can live a rich life together.

The daughter admired Jesse from the heart, she once said to Jesse's friend: "Jesse is closer than my own mother, I would like to talk to Jesse's mother about anything, not to dad!"

Jesse lived a good life with wisdom, and Jimmy admired his family from the bottom of his bones, saying, "I listen to my wife, and since I listen to Jesse, our life is smooth."

When Jimmy's oldest son came home for dinner on weekends, he often brought gifts for Jessie's mother and shared ideas about work and investing with her. Jessie was gratified by the trust and closeness of her family. She is the owner of all eight properties Jesse has invested in, and it is Jimmy's way of showing his love and appreciation for Jesse. Now Jessie has gained love, affection and wealth, and she lives into the beautiful and realistic look she once expected. All of this is created by her efforts and kindness with the understanding and support of her family.

After the success of Jesse is still so simple, life and work are very low-key. She also worked as an assistant to her boss, working from 9 to 5 every week. In recent years, the social environment is not good, there are many small and medium-sized enterprises closed, in this case, the boss's business can still develop steadily. The company can achieve such results can not be separated from Jesse's hard work. With Jesse's help, the boss's business did well and developed more processing orders.

When others asked about Jessie's success, Jessie shared this: "Women must have their own opinions, to have the ability to earn money, to achieve economic independence, but also have a always kind heart, a positive and optimistic attitude to love life."

彼岸花开
Flowers Blooming on the Other Shore

Chapter 9: There are also money-hungry wives

Qianqian was born in 1968, a monkey, engaged in the direct sales industry, opened a KTV, because of infidelity and divorce. At a gathering of single female friends, Qian Qian accidentally met Xiao Rong, the translator of Ke General intermediary company, and listened to the story of several single members and foreigners falling in love and getting married.

Qian Qian suddenly came up with the idea of making money abroad. Qian Qian to find a foreigner to love and marry on the ground, in a short period of time, very warmly cheated the trust of the intermediary translation of small Rong, let small Rong will be Qian Qian himself art photos on the single marriage online, looking for the intention to communicate with her foreigners. Under the careful service of Xiao Rong, she found an American foreigner James who was interesting to Qianqian in a month.

Ke general company provides tree service for members for three months, and members have to pay a membership fee to continue to service after finding an object. Xiao Rong's free service for Qianqian for three months is about to arrive, just at this time, James returned a long letter online, willing to buy a good ticket to invite Qianqian to the United States to see his home, there is an intention to propose.

The message of this letter was a good opportunity for Qianqian, but Qianqian did not want to pay the membership fee. Also do not know how to communicate with small Rong Qian Qian, persuaded small rong allowed himself to go to the United States to see James, if and foreigners will immediately pay the entrance fee. In this way, Qianqian used the personal relationship with Xiao Rong, made an exception for her to do the translation of the service, and finally in less than three months, successfully came to the

United States, saw the online love James, and naturally in the James home for free to eat and live for three months.

James was born in 1950 and grew very tall. His income was ordinary, he was a baker, working night shifts for years, making bread in the evening, and the bread company delivered the freshly made bread to the various bakery shops the next morning. In the United States, it is difficult for single men without money and poverty to find satisfactory American women. Some Chinese women have become popular just for their green card status. American men are eager to accept foreign women who are willing to stay and marry them. These women come from many countries, such as the Philippines, Vietnam, India, Korea, Japan, and Chinese women like Qianqian.

James and Qianqian are together, they just want to have sex with each other. Qian Qian in married life concept, that men and women in love on the grounds of body, it is normal. She feels that male and female life is the cheapest capital, as long as she does not pay can touch the man's cheap, she feels that she has the ability to have beauty.

In the months with James, Qianqian had been planning how to deal with Xiao Rong, finding a suitable reason to forgo the membership fee. Qianqian never married James because he didn't have much money and always worked night shifts. While James is not at home on the night shift, Qianqian concentrates on using her mobile phone to find people nearby, and finds the foreigner Mike and adds him as a wechat friend. Mike's condition is good, Qianqian regards him as the new target. Mike soon got familiar with Qianqian and asked to meet her. Qianqian decided to meet him at a nearby church, want to get this man as soon as possible, so that they can get their green card as soon as possible.

Qianqian and James live in a remote house, you have to drive to go out, and the best place to meet Mike nearby is the church. It was closer to his home, and James wouldn't suspect that he was coming to church to believe in God. Qianqian is not a Christian, in order to have a reason to often go to the church to meet Mike, she chose a weekend to enter the church baptism time, Christian baptism ceremony.

Qianqian will make breakfast every day and wait for James to have

彼岸花开
Flowers Blooming on the Other Shore

breakfast together when he comes home. Then Qianqian would take the initiative to lovingly touch James, James liked the tease of her kiss the most, the two of them hugged and kissed, while walking to the bed enthusiastically rolling. Qianqian likes the way James becomes crazy after being flirted with by herself, press her down, and strip Qianqian's pajamas, underwear, and suspenders! James just wants to possess her pleasure, and she loves it when James pushes back! It didn't last long, but we both had a good time. James is really out of shape, that's all. Qianqian didn't mind, she knew James would listen to her when he was done, and at that time she could make bold demands.

Qianqian: "Honey, I'm out of makeup. I want to buy some shoes, a sexy bra, and a backpack."

James: "Okay, honey, we'll shower together and have breakfast, and then we'll go with you and get you some!"

Qian Qian will please and charm: "Thank you, dear, you help me buy these, you put me on the side of the church, I go to pray God bless us!" You're tired from work, sleep at home, and I'll eat free food at church for lunch! Don't worry about me, you can sleep in peace! I'll come back and cook dinner for you!"

So James every time to meet the material needs of Qianqian, although the salary is not high, but there is no burden, in order to have Qianqian accompany him is better than no woman. James also understood that Qianqian did not want something from him. James gave Qianqian after buying things, according to Qianqian's meaning to do so, Qianqian sent to the church to stop the car and said: "Dear, I wish you have a good time, I am very sleepy, need to go home to sleep!"

Qian Qian, James does not get off, not in the church.

Because Mike and James are in the same town, but fortunately not in the same neighborhood, one is on the east end of Houston, the other is on the west end of Houston. The church is right in the middle, not far from a commercial shopping center. So this church is the most logical and convenient reason. James would never have thought that the woman with whom he had just had sex would go into the arms of another man!

Qianqian is so seamless docking. She's got to be on both sides. She's got to be on both sides. She still hasn't got Mike's promise to marry her, and she still needs this spare James! She wondered how she could get Mike to marry her sooner rather than later. Qianqian has been in the United States for four months, and if she doesn't get married, her travel visa will expire and she will be forced to return to China.

After many appointments, Qianqian smoothly followed Mike's car and entered Mike's home. I was having fun with James, and now I'm having fun in Mike's bed. Qianqian wechat video only said to her friend Feifei: "That Mike is really good at making love, he is much better than James!" The main reason I like him is that he can play with me during the day. He worked as a government official before he retired, and his pension is stable, so it is no problem to support me.

Feifei: "You've got a lot of skill and a lot of nerve, aren't you afraid if they meet?"

Qian Qian confidently said: "No, I have a way not to let two people meet." If James picks me up, I'll meet him somewhere near the mall. If I had stayed with Mike, I would have asked Mike to drop me off near James' house later!"

Qian Qian confidently easily replied to Feifei, that look clearly in saying, no I qian Qian can not get a man!

When Qianqian thinks her relationship with Mike is heating up, she plays a fake scene to force Mike to marry her. She tells Mike that she has a cousin who lives with her boyfriend James, and that Qianqian is staying with them at this time. Recently James suddenly began to pursue Qianqian, to marry her. But she Qian Qian only love Mike, if Mike loves her to marry her, she will move out of the cousin's home, live to Mike's home to start a new life, so that you can be together with Mike every day lingering, Qian Qian provocatively test Mike's sincerity.

Mike really think Qianqian has a cousin, cousin Qianqian living in cousin boyfriend James's house is also very normal, there is no doubt. Even Qian Qian also directed his own unwilling to hurt the happiness of his cousin, want to jump out of this triangle, she is a very kind and single-minded woman. Mike believed the story and promised to marry Qianqian.

Qianqian's plan has been half successful, next, it is time to arrange a "cousin" to appear.

Lingling is six years younger and more beautiful than Qianqian. Qianqian and Ling Ling met on a wechat group for singles, where Qianqian persuaded Ling Ling to come to the US on a tourist visa to earn money. Lingling lives not far from Qianqian in the United States, in a neighboring town. Qianqian helped Lingling find a job washing feet and massaging them in a Chinese shop. Lingling also wants to rely on Qianqian to help her find foreigners, in order to marry foreigners to legally stay and settle in the United States.

Qian Qian just will despise James recommended to Lingling, from the intermediary fee to get Lingling thirty thousand yuan, but also make up a story himself is the victim, won intermediary translation of small rong sympathy, ignorant of conscience to translation of small rong said James transference dont love another woman, she did not marry James. As a matter of course, refuse to pay the intermediary translation fee. Qianqian secretly inside and outside the operation, stealthy earned tens of thousands of yuan, but also saved the payment of membership fee of 20,000 yuan, success fee of 10,000 yuan.

Qianqian made full use of the convenience of wechat communication, with a mouth, said the dead in a grand way, hid the truth, easily cheated the intermediary fee, cheated Lingling's trust, and really made money as Lingling's matchmaker. At this time, Lingling regards Qianqian as a benefactor and a good sister, and Qianqian herself has found a better springboard. The operation of riding a horse to find a horse, so that Qianqian easily fulfilled his wish.

In order to convince Lingling that Qianqian and James share different beds in the same room, Qianqian tells Lingling that James works night shifts and they don't have time to develop such a relationship. Qianqian eloquence is really good, Lingling actually believe her. Qian Qian said to James, he came to the United States owed cousin how much favors and money, said cousin Lingling recently to take time to see her at James's house, Qian Qian began to create for James to introduce Lingling to find a reasonable opportunity to meet, so that she would have the chance to get out, James to see Lingling, will also be pleased to step away, because Lingling is younger and fuller than she...

Until this day, Mike promised to marry Qianqian, Qianqian hurriedly left the day before the James home, hurriedly recruited Lingling to the James home, said to James that this is a single cousin, begged James to stay her down to live, Qian Qian himself to fly to another city to deal with something urgent.

Qianqian said to Lingling, "You just keep James, take the initiative to be good to him, and prepare for marriage is not a problem." After I left, I told James on wechat that I had other commitments and could not accompany him. I would say my cousin is younger than me and very nice. I advised him to treat you sincerely, and after a long time, if you treat James well, he will certainly marry you!"

Do not know for what reason, James saw Lingling is also beautiful, or too naive, but also really bought a ticket for Qianqian, and sent Qianqian to the airport. According to the plan of Qian Qian and Mike, after the departure of James, Qian Qian sat Mike's car directly to Mike's home. Qianqian wanted to just play a turn at the airport, wait for James to leave the airport, quickly return the ticket, but also can earn a few hundred dollars. Which know James persistent waiting for Qianqian into the security check before leaving, Lingling also had to silently accompany the side. Finally Qianqian had no way, had to get on the plane.

Qian Qian quickly send wechat Mike, discuss how to do. Mike sent a message back to Qianqian: "You can fly there directly, you can also take videos or photos to send to your cousin Lingling and James when you get there!" Try to reassure your cousin Lingling. Send me your passport, I'll buy your ticket back, I'll wait for you at the airport!"

Qian Qian a listen also makes sense, already so, refund tickets can only half the money, or acting on the real point. In this way Qianqian had to set foot on her self-directed and self-performed flight. She felt that it was still very laborious and tiring but worth it, Mike finally agreed to marry her, and will go to the registration and fill out the form next week, and then hold the wedding in the church, so as to avoid long dreams, only until that day, perhaps can temporarily settle down for a while, who knows what will happen later? Qian Qian brooding fluke thought, can only take a step to see a step.

Qianqian walked around Mike's old house and the old furniture. Although the house is broken, the marital bed slept in another Beijing woman six months ago, and Mike's ex-wife is a Beijing woman who has just divorced. But she Qianqian married Mike after all. With legal marriage status, she can proceed to the next step of applying for a green card.

Qianqian thought: No matter whether Mike has given her wedding dress and dollars now, but he promised to apply for a green card for me Qianqian, will buy a new house for me, and when I have an identity, I will go to see the house. Qian Qian happily enjoy the honeymoon days of marriage, the heart is very proud, think that he is the life and brain will earn money.

After Qianqian left, Lingling became James's girlfriend as Qianqian wished, and the two were married successfully before long. Of course, James also communicated with Qianqian, Qianqian appeared very big, said he did not mind, but also expressed his blessing to their marriage. Qianqian knows that "cousin" is younger than she is beautiful, blocking the surface of the foreigner's refusal mouth - as long as there is a woman willing to marry him, but also younger than Qianqian, why not? In the foreigner James also thought in my heart, you Qian Qian sleep with me for three months in vain, just eat and drink white live for a few months, and I sleep and make love with the relationship not a word, if the cousin Lingling is willing, haha, of course I am casual! Qian Qian and James have their own plans.

When James is horny, he can't wait to make love to Lingling, but James's little brother is not the same thing, coming with a fierce force, and soon soft, and embarrassed to make excuses to Lingling: "I may be too tired and sleepy."

Lingling has been used to the foreigner James self-justification, she understands that he picked up James is his own money to change identity, where is for love? Although she really want to get identity through marriage, want to settle down and find an old companion, but Qian Qian took her intermediary fee, no longer pay attention to her, Qian Qian just ignore her Lingling satisfaction.

Lingling has not yet waited for Qianqian to take her to the United States agency to meet a staff, even the office address did not tell Lingling. Lingling think afterwards, is his childish is used by Qianqian! The money is also in Qianqian a person's pocket! Who's to blame? How could you believe Qianqian's mouth at first? But if you do not endure this marriage, the money to Qianqian will be wasted!

Shortly after Lingling and James got married, Qianqian received a wechat call from Lingling one day: "I have something to ask you, foreigner James, on his mobile phone, I saw you standing in the snow in winter, wearing only a short red plaid skirt and high boots." He complimented you, said you were wearing so little just to make him happy. Are you sure you didn't have sex? I don't believe it! Are you dumping the foreigner you slept with on me?"

Qianqian: "Where does that go? Gee, does that help? You came to America for a chance at status, and I gave it to you. When you get your identity, if he's good to you, you live, if not, you leave! My sister, think a little, look a little light, you came to the United States is to make money, not to find love. I am not with the current foreigner only know three months on the lightning marriage, can find a willing to marry you can, such as the identity stability to get a green card. We're both in our 40s. Be content. If you don't marry him at that time, can you stay in the United States? You would have been sent home already."

Lingling a face speechless, wanted to be guilty, but Qianqian's words, like Lingling got good and sold. Lingling: "It doesn't matter, it's not like that with James! I'm torn, I don't want this green card, I may go back to China! I'm not you! Not like you! Hang up!"

Lingling put down the phone, the more I think, the more angry: people came to the United States to make money, I fuckin 'came to the United States to lose money, and gave Qianqian a substitute.

Qianqian used the spare foreigner Jaime for the green card status. With such experience of making money with three faces and easy money, Qianqian later cheated several siblings of money. Easy access to profiteering again and again, so that Qianqian in deviating from the moral conscience, shameless road, go further and further.

彼岸花开
Flowers Blooming on the Other Shore

Chapter 10: Qianqian gold was exposed by friends

Qian Qian after marriage is not happy, people are staying, although through 10 months, there is a temporary green card, due to vanity, love the habit of greedy money, a long time, Mike looked down on Qian Qian. Qianqian doesn't care if he doesn't respect her. Qianqian herself often told others that she loved money most, and married a foreigner only for a green card, so that she could stay in the United States and continue to make money.

Having cheated Lingling experience, Qianqian plans to use the wechat circle of contacts to continue to cheat money. In order to come and go freely between China and the United States, Qianqian has just got a temporary green card for two months, cajoling Mike, who has been married to her for less than a year, on the pretext of going back to China alone to deal with some things.

Before going abroad, Qianqian met a female friend, Qin Qin, who has a lot of contacts. In the single wechat member group, Qin Qin was the first group of members introduced by Ke General, witnessing pairs of female members married abroad, of course, she did not know whether she was happy or not after marrying, because the intermediary Ke general will only report good news and not bad news. Qin Qin works in the beauty industry in China, and it is easy to meet these single women who love to dress up. Beauty salons seem to be the most relaxing place for single women.

Qin Qin own condition is good, the general foreigners she can not see. Over the years, although Qinqin was always invited to participate in Ke's activities, she never wanted to get married. She always felt that she had a good life in China, with her career, her family and so many friends. General Ke often needs to use the platform connections of Qinqin to do some publicity and recommendation, and Qinqin has a lot of contacts with the members of Qinqin, and many of them have become customers and friends of Qinqin.

Qianqian called Qinqin immediately after returning to China, "Qinqin, you know a lot of single female friends, can you introduce me to some people who are interested in going abroad?" As long as you are single, or want to work abroad to earn money, you can tell me, because I have intermediary friends in this area! Help these people out!"

Qin Qin: "Well, just these two days, I have several single girlfriends to come to the tea house that just opened near my home to get together, I don't know what you mean, or you should come and get together." Get to know each other, and then you can speak for yourself, and I won't take part in the delivery!"

Qianqian: "OK, I will pay part of the entertainment expenses myself."

It is this dinner, Qianqian in Qin Qin called a single woman party to add Xiao Lin's wechat. Qian Qian hidden Qin Qin, privately directly persuaded Xiao Lin to go to the United States to work to earn money. Xiao Lin, considering that Qianqian is Qinqin's friend, should not lie to himself, and did not think much about transferring money to Qianqian's private account to pay the introduction fee of 26,000 yuan to work in the United States.

In the days waiting for Qianqian to take her to the United States to work, Qianqian also promised Xiao Lin, after staying in the United States for six months to work, try to help Xiao Lin find a good foreigner to marry. In this way, we can exploit the loopholes of American policies and regulations, and like Qianqian, we can stay in the United States for a long time.

A few days before departure, Xiao Lin told Qin Qin to go to the United States to work with Qian Qian. When Qianqian asked Qinqin about it, she said to Qinqin, "I was just about to tell you, that day I can meet Xiaolin and thank you for hosting. I spent 800 yuan that day, I give you a wechat red envelope of 400 yuan for tea, please accept it. I told you I'd pay for half the tea."

Qian Qian took Xiao Lin to the United States, Xiao Lin began to return Qin Qin peace, to Qin Qin sent wechat, and then did not contact. Qin Qin think may be Xiao Lin work busy, also rest assured. During this period of time it is Qian Qian to send wechat to Qin Qin, report Xiao Lin in the United

彼岸花开
Flowers Blooming on the Other Shore

States how good, only to a week Qian Qian help Xiao Lin find a Chinese foot massage shop, Xiao Lin is learning massage techniques. From time to time, Qianqian asks Qinqin to continue to help her introduce single women who want to come to the United States.

At that dinner, Qianqian added several women's wechat, there is a single woman named FengYun 'er. Qian qian has been lobbying her to come to the United States, feng non-success can not listen to Qian Qian words. Feng Yun 'er looked at qian qian has been urging her to pay the agency fee, feng Yun 'er some annoyance. Although Qian Qian is a friend of Qin Qin, but after all, we are only one side, Feng non-success is not familiar with her, also do not understand her. All of a sudden take out 26000 yuan, phoenix non-success is still not willing to rest assured. Qian qian urged the tighter, phoenix non-success will not want to go to the United States in this way.

Qian Qian again urge FengYun 'er, FengYun 'er said to Qian Qian: "Since you say it so well, then you help me get a good visa to the United States to work, and so on to earn money directly deduct the intermediary fee can be it, I now have no money to pay you."

Cunning stingy Qian Qian directly to phoenix non-success said: "Which have such a thing? The agency must receive the money before they can contact you."

FengYun 'er indifferent look said: "Did not see the intermediary to money? Then forget it! Why don't you help me get there first, and then I'll pay you back when I go to America and earn some money."

Qian qian heard FengYun 'er words gas dizzy, heart think still have than Xiaolin difficult to fool the woman. Later qian qian in qin qin there to learn that FengYun 'er is a very smart woman, qian qian know FengYun 'er is not good, also on FengYun 'er completely give up. Qian Qian will not go to do the loss of the wife and break the army these stupid!

Under the repeated lobbying of Qianqian, Qinqin summoned eight single girlfriends who were willing to go abroad to marry for dinner. The bill was paid by Qin Qin himself, spending more than 680 yuan. Qianqian used wechat to send a direct voice message in the United States, and asked Qin Qin to recommend several girlfriends who were willing to come to the

United States to her wechat, without mentioning the payment in advance, and pretending that there was no treat.

Qinqin then realized that Qianqian said AA is a lie, Qianqian want to make more use of Qinqin wechat network resources is true. The last party Qinqin paid 800 yuan, Qianqian only paid 400 yuan! Chin Chin never had the guts to ask for 400 yuan.

Qin Qin also did not care, after all, these single women are her friends, who please are please, do some connections to Qian Qian is also easy. Qin Qin thought warmly, why so serious care? Qian Qian said thank words, Qin Qin also did not put much in mind.

Man is not as good as god, Xiao Lin in the United States working in the fifth month suddenly had an accident. The United States is cracking down on illegal massage parlors and illegal use of illegal workers. Several of Xiao Lin's colleagues were caught working illegally and sent out of the United States, and the boss also fined them, and if they did not obey the fine, they would be transferred to the United States illegal immigration lawsuit. Massage shop owners themselves, quietly advised Xiao Lin to return home early, can not stay in the United States, otherwise everyone will be implicated.

Xiao Lin has given Qianqian all the agency fees before coming, because of the illegal work, her salary is already low, but also pay the store 10 dollars a day accommodation fee. Remove the food and lodging expenses and the referral fee to Qianqian, almost lose money, but also face danger. At this time Xiaolin find Qianqian contact, Qianqian not say not in this state, that is to go to another town, is not see Xiaolin, sometimes say a few words on the shutdown.

Xiaolin this time just know he is on qian qian when. Give the money is not to come back, but the heart is not willing, at present can only eat a dumb loss, intend to go back to find a way to let Qian Qian intermediary fee 26000 yuan.

Xiao Lin idea has been decided, a return will tell the truth to the girlfriends. That day is the sixth day of the New Year, in the gathering of single girlfriends, Xiao Lin said Qian Qian cheated money, everyone

彼岸花开
Flowers Blooming on the Other Shore

for Xiao Lin, all support and encourage Xiao Lin to safeguard their own interests, directly will Qian Qian behavior debunked.

Qin Qin was also present at that time, Qin Qin quietly listen to Xiao Lin Qian Qian cheat her before and after. Qin Qin very regret, think will recommend his girlfriend to Qianqian is a good thing, did not expect to fall into Qianqian scam, causing everyone to suffer economic losses.

Qin Qin has a girlfriend called Sasha, this girlfriend is very righteous, directly call Qianqian's wechat phone, for Xiao Lin severely scolded Qianqian: "If you do not return the money, will never let you have peace!" This money is not so easy to cheat, you really shameless, so love money, you directly take off your pants to come fast!"

Qian Qian quibbled on wechat: "I did not take the money, the money is given to the intermediary friend."

Loud Sasha angrily replied: "You less to lie, quickly spit out the money, or my mother will find you hiding in the United States to Sue you." Isn't America a very legalistic country? You hand over your agent friend, or you'll get your money back, or we'll have you punished."

Qianqian pleaded in a low voice: "You also know this person, I can't say, I still have evidence that she received money."

At this time Qian Qian panic, she never thought Xiao Lin has such a powerful friend! She Qianqian is really no match for Sasha. Qian Qian at this time, only the Qin qin out of the back.

Blame Qin Qin is Qian Qian already thought of a good fallback, because she knew Qin qin is also a friend of Sasha, Qian Qian thought the Qin qin to hand over, sasha will see in the friend points, let the matter in the past, she Qian Qian can not return the money.

Sasha ruthlessly said: "I have never seen such a shameless bitch, even friends cheat money, do you have a little conscience?" ! You hand them over, or you get your money back!"

Qianqian threatened the so-called evidence of receiving money, is that wechat transfer red envelope 400 yuan to cope with the tea fee wechat screenshot. The meaning is obvious, Qianqian said intermediary friend is Qin Qin.

Qin Qin a look on the fire, she really did not expect Qianqian even threw dirty water on his body. If I hadn't happened to be there, I'd have suffered a lot. Qin Qin hurriedly show wechat chat records to everyone, everyone at a glance to understand that this is the inferior means of Qian qian blame. Qin Qin really regret to know such a shameless woman. If not friends expose the face of Qianqian, do not know how many people cheated by Qianqian?

In the later days, Qian Qian lived very carefully, she had to avoid a lot of people: deceived Xiaolin, deceived Lingling, not deceived into FengYun 'er, want to frame the Qin Qin, and be used as the intermediary translation of small Rong and so on. These girlfriends in the same circle all know Qianqian's selfish and despicable behavior. They have blocked Qianqian's wechat, and never want to meet this kind of woman again, which has damaged the reputation of Chinese women and lost the dignity of Chinese women.

Qin Qin said to his girlfriends with emotion: "I really want to persuade those single women, what is the good of marrying this road, married is not necessarily a happy marriage, I see the moon in the United States can not round to where." If Xiao Lin had married, he might have been even worse off."

Or eat Qian Qian Xiao Lin said a few words out of the heart of the truth: "Go to marry marriage, in accordance with the policies and regulations of countries to marry in the past." Otherwise, it is easy to be fooled by people like Qianqian, so many single girlfriends are deceived. I didn't think there was a woman like Qianqian around, it was so irritating!"

As the saying goes, bad news travels fast. Qian Qian later returned home to visit relatives did not dare to show up, only quietly stayed for a month and hurried back to the United States. Qian Qian no longer dare to go back to China casually, afraid of friends to find her. At that time, the United States was also cracking down on people who got married on a tourist visa to obtain a green card. Qianqian lived a long and frightened day, worried about losing her green card and losing her identity.

Qianqian can only live an invisible life at present, dare not send wechat circle of friends. Such a vain man, but dare not truly post a photo. She also did not dare to invite the sisters who married in the past to sit at home, afraid that the people who knew her well would reveal her whereabouts, and would be deceived to collect debts collectively. This day is very nervous, nervous and restless, as if there are many mines buried around.

彼岸花开
Flowers Blooming on the Other Shore

Chapter 11: Heaven is Better than Man

Not long after Qianqian's marriage, after just getting a temporary green card for a year, she began to be restless again, and used her "mobile phone to shake" to know nearby heterosexual foreigners. Seeing a handsome photo and superior personal conditions - a house and a car is a must have hardware, Qianqian wants to repeat the same trick. Qianqian used this old method more than two years ago, and her current husband was shaken out in this way. This time, she used her mobile phone wechat to shake out a nearby white American named Tom, who met her ideal object.

Qian Qian chat with Tom on the Internet for two weeks, Qian Qian see 38 women's day is coming, want to find a reason to see the Tom. On the one hand, to find an opportunity to test her face to face, let Tom give her a present; The second is to look at the real person, secretly compared with his husband, if Tom's online information is true, then she can be prepared to leave no trace of the current husband.

Qian Qian a little clever, is a famous corner, this time in this way out of the mountain. There is another reason for her to come out of the mountain, the product projects of the direct selling companies she invested in in China are all with a bonus system of commission, similar to pyramid marketing companies, and the state is fully cracking down on them. The two direct selling companies invested by Qianqian are also pyramid selling companies that hang sheep's head and sell dog meat, both of which are in the list of industries targeted by the state. Qianqian lost all the money she had invested.

Qian Qian learned the news, thinking about how to make up for the loss, so he thought of a good way to fish: a wide range of friends on the network, fall in love to try luck, may be able to meet a rich handsome man. She is not willing to live so mediocre, say in conscience, she thinks that only others in the world suffer losses, if let her suffer losses, she will try to make up for this loss.

This opportunity has come. As usual, Qianqian let her husband go to work on Friday and the car was sent to the place where the foot massage shop worked. Qianqian husband saw her back in the direction of the store, rest assured to drive away.

Qianqian waited for her husband Mike to drive the car away, immediately turned to the cafe not far away, sat by the window, quickly took out a mobile phone to send a message: "Tom, I have been to the cafe, will now send you the location, I am wearing a red shirt!" Wait for you by the window."

The original Qianqian marriage in order to free space, to her husband Mike said he wanted to do a job, one is to make money, the other is to cover for his friends. Today this is not Qianqian on duty, but she lied to her husband Mike, still out to eat, drink and play around. It's not the first time she's gone out on a date like this. The sweet Qianqian liked the feeling and even hugged and kissed her date. She enjoyed the dream-like feeling that she did not feel that she had violated morals and laws. She always congratulated herself on how clever she was. She thought she could arrange everything.

She ordered a hot cup of coffee and began to drink, and within ten minutes Tom appeared at the door of the cafe. The moment Tom walked in, Qianqian could not help but raise her hand to Tom waving "here".

Tom does look a bit older in real life, but he's wearing all the designer clothes, including a tie and man's bag and the pair of gold-rimmed glasses, and his hair seems to have been groomed. Tom sat down close to Qianqian, a faint fragrance came. Qian Qian was Tom this natural body action shallow eat tofu, she is very happy, she likes this ambiguous atmosphere, she was originally to cheat.

Tom sat down and put his arm around Qianqian's shoulder and said, "Dear Qian, you are more beautiful than your photo, this is a greeting gift for you." Open it, do you like it?"

Qianqian has been unable to keep his joy and pretend to prevarice said: "Not in a hurry, let's order two sets, eat some first."

Qian Qian used to eat must eat, drink must also drink. She wanted to make an appointment, and used the whole day to deal with it, as long as she returned to the neighborhood before her husband got off work and waited, hiding from her husband Mike.

Tom seems not to worry, very gentleman obedient ordered two sets, smiling at Qianqian open the gift box. The gift was a brand-name wallet that Qianqian would never buy out of her own pocket. Qianqian couldn't help but say excitedly: "Thank you Tom, I like it very much."

Tom's hand on Qianqian's shoulder naturally slipped to his waist, rubbed it lightly and then heavily, his mouth gasped, attached to Qianqian's ear and said: "Dear, I really love you." Let's get something to eat, move to another place, and relax. I'll take you somewhere else to choose something better."

Qianqian at this time in the heart a little glad that they can meet really rich and generous man, sweetly looked at Tom nodded, Tom's hand deeply into Qianqian waist: "Good, you are slim, not fat."

Qianqian tried to pinch Tom with her hand: "Eat quickly, we still have time later."

Tom held out his hand just as the waiter brought two steaks to the table. The two people each thought to eat up, Tom smiled, Qianqian secretly felt that he was still a little beautiful, but also heard that he looked like the *Legend of Zhen Huan* TV series of Imperial Concubine An. Qian Qian where to know that she not only looks like people, character is also like this snob, heart and eye vicious Anguifei.

As Tom drove, he thought of where he would go later, and secretly enjoyed himself. And Qianqian thought, even if you take advantage of me, I have a lump of meat. Today, look at Tom's performance, as long as Tom is really generous to her, she will hook him well. In the coming days, if Tom's condition is really better than her husband Mike, she will find a way to unhook.

The steak meal was gone in an hour, and Tom finished the check and said, "You wait outside while I go to the bathroom."

Qianqian twisted her bag and sat on the iron chair outside the door waiting for Tom to come out. Fifteen minutes passed before Tom came out of the bathroom and tapped Qianqian's shoulder with his hand, indicating that he should follow him to the opposite parking lot. After getting on the car Qian Qian curiously asked: "Dear take me there to play?" Tom touched Qianqian's hair with his hand and said, "I want you to make a lot of money."

Turn on the music, start the car to drive to the driveway, ten minutes to a small town in the miscellaneous warehouse store, Qianqian seems to have never been here. After Tom stopped the car, he directly took Qianqian from the back door of the store to enter, and first walked into the store hall to let Qianqian see a dazzling array of goods, there are various brands of women's backpacks.

Tom did not take Qian Qian stroll, holding Qian Qian hand to the house inside. When you enter, it looks like a warehouse in a shopping mall, where a series of goods are arranged. The only manager in the warehouse got up and left when he saw Tom coming. Qianqian's English is not good, and her speech expressions in life are translated into Chinese by mobile phone software, and she can understand Tom's meaning: "Do you see these brand-name bags?" Now I want to pay the purchase price and then hoard these bags, sell them at the retail price, and the difference will make you rich. You pick it up from me, you sell it at a discount, you keep all the money. All you have to do is give me the capital, and I'll restock and recycle. So, interested?"

Qianqian was a little excited: "Really? I can take the goods and sell them for free and then pay for them. Is that the understanding?"

Tom saw that there was no one else in the room, closed the door, hugged Qianqian and said, "Yes, all the goods here today are selected by you, and you can take as many as you can sell?" Think about the friends and relatives around you who want to, you can take photos to send them to see the goods, approved can take the goods. Of course you don't tell them to pick it up here, or you won't make the difference, okay? Baby."

Qianqian excitedly began to put various favorite bags on a display table, and Tom also cooperated with her to teach her how to adjust the Angle and lighting to make the photos look better. After Tom taught Qianqian how to take pictures, Qianqian sent the pictures to her pedicure technician colleagues after two hours of busy work. Colleagues then shared photos and prices with family and friends, who should have thought of them anyway. Qianqian put the use of direct sales products that strength all make out, just wait for

彼岸花开
Flowers Blooming on the Other Shore

the message to reply, waiting to receive money. Qian Qian worked hard to promote the recommendation, first with handwritten information, and then simply direct voice message, anyway, foreigner Tom can not understand.

After all the temptation words should be said, just thirsty, Tom put on a cup of milk tea passed over, Qian Qian didnt want to drink all, really quench thirst. She smiled and said thank Tom, but not for three minutes, Qianqian felt sleepy, weak, but became hot and excited, looking at Tom next to want him to hug her.

But at the moment Tom is not in a hurry to come forward, he is enjoying the abnormal appearance of Qianqian, with interest to tease. I don't know when Tom holds a feather fan in his hand and sweeps to Qianqian's body. Qian Qian heat heart to pull up their clothes, one by one off, holding their own hair and chest, and with his consciousness to cover their lower body. She behaved like a slut, and her mouth groaned and her eyes begged Tom to invade her: Come on, it's too much.

Qianqian wriggled her body, her face rose red, she gasped, and muttered: "Come on, I listen to you..." At this time Tom with a mobile phone to take Qian Qian every ugly action, Tom let Qian Qian how to pose her obediently obey, as if for a person. At this time Qianqian has no shame, no self-esteem, is Tom's doll.

This Mongolian medicine Tom administered, can make people feel happy and crazy, the effect can last for six hours. Tom used an hour of teasing, an hour of shooting, and two hours of hands-on combat to obtain sexual pleasure in every aspect of Qianqian's body. Until tired into a pig, do not stop to upgrade the torture of Qianqian pattern.

Tom used the electric sex, almost let Qianqian excited yell can not stop. Tom put a tennis ball into Qianqian's mouth and blocked it, so that she could not make a sound. That's how Tom got his hands dirty. During the drug attack, Qianqian willingly be Tom fiddle, halfway in order not to stop, Tom to Qianqian mouth to mouth pour beer. Qian Qian surrounded by a variety of sex, on the spot to take photos to Qian Qian see, but also Qian Qian himself nodded, but also... This went on for six hours.

During the drug attack, Tom instructed Qianqian to give him all the money in the bag, and let Qianqian turn on her mobile phone and transfer more than \$30,000 of her bank card account into a shopping center account set up by Tom. Qian Qian is very obedient according to do, and even some confused, keep leaning on Tom's body, can not stand up.

Tom saw that things were done, immediately got up and put on clothes, and urged Qianqian to hurry up, even drag and mop the Qianqian clothes, picked up a wet towel to wipe Qianqian's cheeks, straighten her hair, and said with a smile: "Dear, I am good to you, you will think of me, give you so much love." Unfortunately, I have work to do, it is time to send you back to the old place!"

Tom checked the finished Qianqian carefully until there was no mess. Only Qian Qian face haggard, like a serious illness, very tired look. Tom quickly put Qianqian half arm, half drag into the car, the car quickly drove to the morning appointment cafe.

Qian Qian car is still a little confused state: "Where are we going?" Why do I feel like sleeping, my dear?"

Tom said covetously: "Little darling, today is enough for you to enjoy!" Listen, have a cup of coffee, you'll be sober. Where you want to go, you will go yourself, but you can't remember me." Tom's dirty smile is still on his lips.

Around 5 p.m., in the corner of the cafe, Qianqian had half a cup of cold coffee on her table. Half asleep and half awake, Qianqian rubbed her eyes as if she were thinking about something, but she couldn't remember why she was still sitting in the cafe. What time is it now? She panicked to find out the mobile phone in the bag to see the time, a look at how fast, to more than five o 'clock in the afternoon, there is half an hour for her husband to get off work, will pick her up at the foot massage shop where she works. Why are you still at the cafe today? It's like a lot of things happened, but I can't remember. There was no time to think, Qian Qian quickly carrying the bag staggered to the foot massage shop.

All she remembers is lying to her husband, Mike, and she didn't work today. She couldn't let her husband Mike suspect she was lying. Qian Qian did not know that he had been cheated by Tom cheated money but also cheated color, the whole person is ruined, but also thought that a man and woman happy wet dream.

彼岸花开
Flowers Blooming on the Other Shore

In fact, Tom had a plan to send Qian qian back to the cafe while the guests did not notice, Qian Qian into the corner of the cafe. After arranging to sit down, I bought a cup of coffee to Qianqian's mouth and poured half a cup into it, and then put half a cup of coffee in Qianqian's hand, softly attached to my ear and said: "I go to the bathroom, obediently wait for me here."

Tom in the warehouse will be his pictures and wechat transfer records all deleted in Qianqian mobile phone, and the operation of all wechat content, without leaving a trace. In fact, Tom this name is only a net name, Qianqian does not know what his real name is.

When Qianqian found that the money in her account was gone, it was the next day, and the $2,000 in her bag was gone. Only then did I know that the wet dream had really happened, but it was too late. He did an ugly thing against being cheated by a man who plays with women's feelings, she also dare not report, but also dare not speak to her husband Mike, can only eat a dumb loss. This may be the biggest loss of her life, the most painful lesson. Qian Qian this bold friends on the trouble, also should karma.

Since then Qianqian a little nervous, face sallow, eyes no light, the whites of the eyes are chaotic, a pair of no wake up loose old look, even with her husband Mike, a hoarse voice, Mike's face showed disgust eyes, Qian Qian is getting worse and worse. If an acquaintance asks about Qianqian's situation, Mike is very indifferent to teasing and hypocritical to them: "Qianqian has mental illness, check, no way, it is not light, I have made a habit of it, the trouble also have to take care of, otherwise how poor ah."

In fact, neighbors outsiders know that Mike not only did not take Qianqian to the hospital, but also intended to show affection in front of outsiders, take Qianqian out for a walk, sunshine, and forcibly wash Qianqian hair and bathe every day, for him to enjoy when the beast is big, only allowed to eat one meal a day, Mike looked at Qianqian after taking a bath, weak and sick, very like, Both eyes immediately unleashed their wild instincts, wanting only to pervert her, to possess her, to claim her. Poor Qianqian face, as early as not in the past so active to enjoy teasing Mike coquettishness, the skin on the body without a good piece of flesh, chest bite marks, old and new alternately, Qianqian often pain, can only shout, shout, fortunately sound wall do very well. Mike likes to sting Qianqian like this, he is very excited to see Qianqian escape, hiding cat like curled up together, only this time, Mike only feel that he is a real man, powerful conquest desire to be satisfied, at this time only feel that this is his real purpose of keeping Qianqian captive, when he Mike's sex slave for a lifetime, otherwise keep her in waste, Mike does not want to do a losing business, At the beginning of the flash marriage married Qian Qian, is not mutual satisfaction? Qianqian for green card, Mike for animal sex.

Later, Mike rarely took Qianqian out, because he had tamed Qianqian at home, Qianqian has been numb and even some of the dementia, no soul, no thought, alive became a walking corpse prostitute, became a sex slave for Mike's recreation, possession of the body.

Part 3

You are the prop

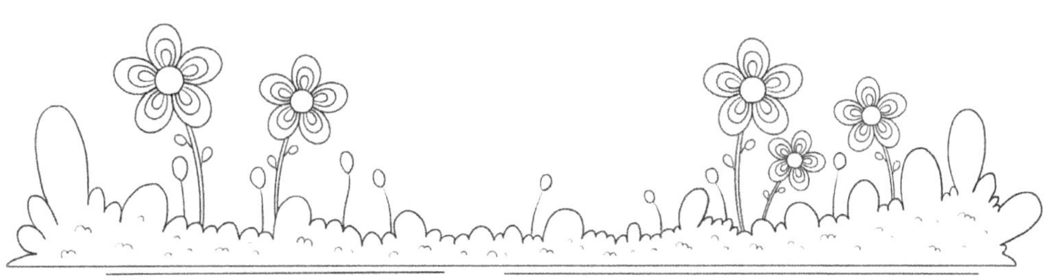

Chapter 1: Cookie and George
have a great time together

Translator Xiao Rong was originally an employee of Ke General Company, and later she left from Ke General company, and several professional colleagues engaged in translation together with another stove, set up an intermediary translation company. In order to start the business, the initial service is free for members for three months.

One of the very good condition of the male member named George, 56 years old American, very handsome, looks gentle gentleman very cultured, occupation is the real estate developer deputy general manager, has two houses and a boat.

George saw three female members on the website of Xiaorong Company. One of the female members named Jiao Jiao, Xiao Rong talked about George's letter to Jiao Jiao, was rebuffed by Jiao Jiao: "I don't want older men."

Another female member is Xing Hua, 30, who lives with her 11-year-old son. She has a strong purpose to communicate with George, and wants to help her son immigrant study by marrying George, and cultivate children together. The utilitarian heart of this female member made George very disgusted, after exchanging a few letters, George gave up the choice of young beautiful apricot flower.

The third female member named Qi Qi, Qi Qi is one of the female members favored by foreigners, born in 1974, elegant and charming, long shawl hair, gentle smile is very moving. Cookie is the member that George finally decided to get serious with.

Qiqi was also investing in the real estate industry in China at the time, running a decoration company, and business was very busy. All the letters with George are communicated by the translator Xiao Rong information

彼岸花开
Flowers Blooming on the Other Shore

content, and according to the intention of Qi Qi reply. Cookie didn't think much of it at the time, just seeing George as her boyfriend.

After talking with Cookie online for some time, George plans to come to China to meet Cookie. The two people quickly warmed up through this meeting, so they decided to apply for a visa and visit George's specific life and work in the United States.

On Christmas Day in December 2016, Shuai Lao went to China to meet Qiqi. At the Beijing Airport lobby on December 20, Qi Qi, her friend Jiajia and her translator Xiaorong went to the exit early.

At 6:05 a.m., George came out of the airport exit. Cookie and George have never met, but they already know each other from recent photos and videos of their lives. George smiled at Cookie as he walked out of the airport exit with two large travel suitcases and a shoulder bag slung over his back. Qi Qi greeted George with the pork ribs and lotus root soup he had mentioned on wechat. This is a home-cooked, Chinese version of the soup, which Qi made at home and brought in an insulated lunch box. There are no flowers on hand but this actual hot soup.

When Cookie and George look into each other's eyes, translators Xiao Rong and Jia Jia magically pull out a bunch of flowers from a large paper bag and push them into Cookie's hands. They tell her to hurry up and hug George, and Cookie is confused by her friend's sudden move. Cookie's face turned red. She had never hugged a foreign man in front of so many people before. After all, it is a woman who has lived in traditional Chinese culture and customs for many years, and she feels very uncomfortable and does not know where to put her hands. George thought it was normal and waited for Cookie's hug like a handshake.

George didn't expect Cookie to be so embarrassed. She was shy and cute. Cookie was at a loss as she wanted to hand over the warm soup box and give George the flowers in her arms. Jiajia and the translator Xiao Rong is quick to respond, quickly took over George's travel box, let George free his hands to hug Cookie.

Cookie, holding a bouquet in her left hand and a soup box in her right hand, is hugged by George, everyone and everything. The scene stopped for two minutes, allowing Cookie to feel George's breath and the smell of men's perfume. Cookie can tell from George's outfit that he's a stylish, handsome, sophisticated white foreign man. If it hadn't been for watching so many wechat videos, Cookie would never have felt like George was a 56-year-old man 16 years older than her. Zero distance contact, so close to each other, there is really no age difference, feel very fit to stand together. George looked fresh, clean and handsome. He really looked like a teenager, with no indication of his age.

When Qi Qi was thinking about this, she was interrupted by Xiao Rong greeting George in English: "George, welcome to China, you must be tired." Cookie got so stupid when she saw you, she forgot to offer you flowers and soup. Ha ha ha!"

Cookie handed it to George. "Soup. This is the soup you asked for in your letter." It was then that Cookie realized that George needed to sit down to the soup while it was hot, so the four of them went to the nearest row of chairs in the airport lobby and sat down. Cookie opened the insulated box, took out the lid and used it as a soup bowl. She took out a spoon and poured the soup out of the lid and gave it to George for him to taste, telling him, "Drink slowly and be careful with the heat."

George looked really hungry when he ate the soup. Maybe it tasted really good. George finished off the soup in a box of LIDS in a few minutes, saying to Cookie in English, "Very good. Both Xiao Rong and Jiajia said: "This is the soup that Qi Qi made for you."

George: "Thank you, I'm very happy to eat your own Chinese food." I like your soup."

It had been very cold on December 20, but George felt warm all over after he had finished his soup. He took the flowers in one hand, the other hand held Qiqi's hand tightly, and walked to the airport exit with Jiajia and interpreter Xiaorong one after another. Cookie felt as if she were dreaming now, and if Jiajia hadn't called to her as they got into the car, Cookie would still be looking down at George. George led Cookie all the way to Jiajia's car, like George met Cookie, and everyone laughed at Cookie!

The car was driving on the avenue, George looked out of the window in the car, along the way passed by the high-rise buildings, spacious six-lane road and green rows of trees along the beautiful scenery, let George could

彼岸花开
Flowers Blooming on the Other Shore

not help but say: "China's construction is really strong and developed, and the United States has been declining status quo." "Of course, the United States has a history of more than 200 years, while China has a history of 5,000 years," said Xiao Rong.

George said excitedly from time to time: "China is really great, I must go to Beijing to climb the Great Wall, see the Oriental Pearl in Shanghai, go to Xi 'an to see the Terracotta warriors, also go to Chongqing to see the mountain city, go to Yichang to see the Three Gorges Dam."

Qi Qi: "Yes, Xiao Rong has sent me the tour schedule you reported, I have printed it out, don't worry." In China you listen to me, in the United States, I will listen to you!" After Qiqi finished, Xiao Rong and Jiajia said to George with one voice: "I won't throw you away, haha!"

During the 16 days Cookie and George spent together, they traveled to 5 cities in China. The journey is the best way to experience whether the other half is suitable as a partner. This beautiful, short trip made George want to marry Cookie. Originally, George just wanted to meet Cookie, see if everyone could get along. This trip only strengthened George's determination to marry Cookie.

George first called his sister Helen in the United States that day to tell her of his decision. Helen told George not to make a stupid decision on the spur of the moment, but George said: "Helen, I know you care about me, but this time can't be wrong. One, Cookie didn't talk about money; Second, she did not talk about marriage status, she did not get married for a green card; The third is to see that Qiqi's life in China is better than our imagined environment, and better than my family in the United States; Four is, she is sunny, optimistic, generous, and very good to me, Cookie's girlfriends are very quality and elegant. Helen, you know what? I had introduced my family and colleagues to Cookie on wechat before, and this time on my first day in China, Cookie prepared gifts for all of them. I am surprised that Cookie is so thoughtful, if she doesn't really care about me and love me, if she is a selfish woman, if she doesn't have the financial power, there is no way she can be so nice to me. I just feel down-to-earth and sincere, and she is not looking for me, a foreigner who is approaching 60, for a green card. She is also good at cooking. I like to eat her Chinese food. And I have met her relatives, not at all strange, just like relatives!"

Sister Helen: "You're an adult and you said so, so take Cookie back to America as soon as possible." Can we live in America for a while before we get married?"

Helen's words made George jump for joy in the hotel living room. Cookie had been listening quietly in the bathroom so as not to interrupt George's call with Helen. George spoke English dialogue, she could not understand, probably understood George's attitude and meaning. Cookie is also thinking about every detail of George's 16 days together, and already feels very fond of George. Cookie initially had a crush on George because of his good looks, but never thought he was so patient and loving with children.

I remember on the first day, Cookie invited George to have a fish dinner at a Chinese food stall. There were a lot of people at dinner that day. Qiqi invited her friends Jiajia and Xiao Rong to join her. George did not look as if he were an outsider, and ate spicy food from beginning to end, melting himself into the family members. He is adept at eating any dish on the table with chopsticks and takes care of Cookie's family constantly, casually and kindly.

Locals say this is the most affordable and delicious place to eat fish, is a local private three-story building of an old house, there is no decoration, only from the door to the stairwell hung with red lanterns. The boss hung some wooden clothes hooks and bag hooks on the original cement wall, which are practical and chic! This made George also feel that this may be the authentic Chinese catering culture, and kept taking out his mobile phone and taking photos with Qiqi, shooting videos and saving them, saying that he would sort out some videos every day in the future to do his documentary film to China. George said he would save it on his computer and let his family, colleagues and friends see China's legendary prosperity.

What also touched Cookie was that George brought gifts for Cookie and her family, which was a surprise that Cookie had not expected. George gave Qiqi a combination of Chinese and Western improved cheongsam, QiQi put on let Xiao Rong and Jiajia are silly, the people in the room called up: "Too fit it!" It was tailor-made." "Do you like it, Cookie?" asked George. I think it looks the most beautiful on you!"

Cookie couldn't help but smile, "It fits so well, how can you be so sure I'm wearing this medium size!" Then George pulled out the gifts he had brought for Cookie's family, too. George will lipstick, cosmetics were given to Xiao Rong, Jiajia. George is so similar to Cookie in the way he looks out for everyone. The people at the scene were full of joy and excitement.

None of them said anything bad about George, they said Cookie was lucky, met the right person, met the rest of her life, and this is a man she can trust. Cookie thought about it and smiled, telling herself that she wasn't bad, just let it go.

Cookie's sweet memory was interrupted by George Shouting outside the bathroom door. The moment he opened the door, George said happily, "Helen told me to take you back to America as soon as possible!"

Cookie thought for a moment, then said seriously but mischievously, "You go home this time, I have to take care of business." I will visit you on a tourist visa for one month before your birthday. How about we get together for two years and then talk about getting married?" George's elation was gone, and George didn't realize that Cookie didn't want to marry him as much as he had expected. Cookie's calm demeanor also gave George, an American man who was originally very confident and arrogant, a little unexpected excitement. George thought to himself, Am I not good enough? George is not in a hurry to get married, but just wants to confirm the formal relationship between the two through this visit. George is a man who has seen the world, and he said with a gentle smile, "I listen to you. Welcome to my home in the United States. Thank you for celebrating my birthday with me in the United States."

Chapter 2: Chi-Chi marries America

On April 1, 2017, Cookie came to the United States to visit George on a tourist visa, and less than a month later, the two celebrated George's birthday together. Qiqi spent a pleasant holiday with George in the United States and returned to China smoothly.

After returning home, Cookie and George continued to communicate online, sometimes via video, telling each other about their lives and work. In 2018, Cookie flew to the United States on a fiancee's visa, ready to officially register her marriage to George.

When Cookie arrives in the United States, she sees the form she and George filled out on March 9, which is the first step toward marriage with George, and she must face the fact that she will give herself to George for the rest of her life. At this moment, Cookie is hesitant, still afraid of getting married, and can't help but ask herself why?

The laws of survival in America were not clear to Cookie, and she was not quite ready for them. In China, she has always wanted a simple marriage life, which is actually to find a partner for the rest of her life in a different environment. Cookie wants nothing more from George than to meet true love, and that's the bare minimum.

The sun and the moon fly, and in a flash, more than two years have passed. In 2019, when Qi Qi returned to China to visit her family for the first time after marriage, she saw such a sentence from her friend Qin Qin in the circle of friends: "Life must be subtracted, there must not be too much desire and greed, or you will lose yourself." Those who compare vanity will eventually hurt themselves. Not their own, grab will also lose, in the end or toss, back and forth to nothing."

Cookie knows this very well. During the past two years in the United

States, she has visited many girlfriends who have married in the United States and found that most of them are unhappy. Out of the ten women who marry, one can marry love, marry the right person and live comfortably, it is good. Almost every married sister Cookie knows in her line of work tells her she feels lonely. They are often in a daze, have no interest in learning English, and usually work in shops owned by Chinese. Most people only learn a few simple words of daily life, ten hours a day to work hard, no rest and no holidays. As long as they can earn money, they live a monotonous life and work hard day after day. The money earned, reluctant to spend, save to transfer to their families, to honor their parents and to invest in the education of the children. This is the situation of the vast majority of married women.

It is not that they do not enjoy life, they have no time, and they are reluctant to rest. Some married women are desperate to make money for the sake of a better life for their children; Some in order to buy a home in the future, they are willing to lay down their lives and do service work that Americans do not want to do. In the United States, labor costs are high, so some married women in order to make more money, almost no weekends, no holidays, that time is their most profitable time. Some live in the shop every day, work during the day and guard the shop at night. How hard it is to be a man and do things in America!

Qi posted what she saw and heard in the United States to her wechat group without reservation, reminding her sisters to think about their destination with her own experience. Is it difficult to marry abroad, really happy? It's not that simple.

Qin Qin also sent a paragraph with: "These two days, I have a beautiful friend Xiao Hong married to me, she has been accompanying foreigners to look at the house!" Xiao Hong married to the American husband for three years, has been renting a house to live, before marriage, the foreigner promised to buy a house after two years, but has been dragging not to buy, think about the foreigner married is also for her good, also did not care, just want to get old to find a cold and hot wife, spend the rest of his life on it. But just at this time the boss mother asked her to go to work, she considered to discuss with foreigners, the boss mother blamed Xiao Hong: 'You are still the traditional thinking, in the United States is to rely on their own strength to make money! People who count on foreigners are miserable... '"

These friends told the story of marrying little Red, also stimulated Qi Qi, she thought that she also had the same confusion, and did not know what to do?

Red's situation is exactly what Cookie is facing, and Cookie knows that she needs a job more than anything else, and she has to go out and work. Considering George's current situation, she had just finished a retirement meeting and had to go through the formalities at the end of the month. There were two more houses yesterday that he and she had basically taken a fancy to, and he was going to look at them again. There are too many uncertainties about buying a house. In just over four months, Cookie will have to apply for a permanent green card, and if she does buy a house, she will have to move in the meantime. Cookie was kind enough to consider George's concerns, so she had to lose another chance to work and earn money! Cookie is kind and responsible, but she has a hard time doing things, and she has a lot of concerns, and sometimes she can't help it.

In the United States, there are not so many jobs waiting for people, losing a job is equal to losing the opportunity to earn money, there are too many practical lessons. There are also three women around Cookie who are married to vanity and face. They think that if they can marry abroad, they will feel superior and more attractive. Later really confused married abroad, after living for a period of time did not feel how good, how happy, but do not know what kind of life they need. Nor do I feel that the moon in foreign countries is brighter than that in China, as it waxes and wanes. Even foreign transport is extremely inconvenient, but it is really not enough to catch up with China's high-speed rail, airport, bus and bus traffic a flourishing scene.

Shortly after returning to the United States, Cookie was involved in a car accident. Thankfully, she wasn't hurt, but the incident caused a rift in her marriage to George, and Cookie was forced to work. Qiqi uses a good friend to find herself a job at a pedicure shop owned by her Chinese girlfriend in a small town in Pennsylvania, USA. When Qi Qi worked in the United States, she really realized that it is not easy to marry a foreign woman, and she also understood why so many Chinese people work like workaholics every day.

Only because there is no stable job, they are afraid that after the vacation, the boss will ask other employees to fill in the position, so that they have no job. Think about the feeling of no money, no job, no place to live, there is no sense of security, which can rest ah! There are plenty of women like Cookie in their 40s who are still working hard in America, if they can.

Cookie had thought about it a lot in recent years: If she wanted her marriage to be strong, she had to work. To be an economically independent woman is the most reliable sense of security.

But think about it, Cookie has lived half her life, didn't she marry a foreigner in the first place to find love? She wants to find a man who can love her and care for her, and wants to have a loving marriage, and the two people will grow old together. The irony is that she came to America to be happy, and when she came to America she was unhappy!

In the country, she also operates a decoration company, when the boss of his own rules, leisure also often go to do health care pedicure to relax the body, that is to enjoy life, enjoy others to their good service.

To the United States did not think that they have to start from scratch to work for others, which is a huge psychological gap. And with the cultural differences between the West and the East, Cookie and George don't always get along. In short, the life now is far from the life she imagined at the beginning. If she could have seen the life now, Cookie would not have married in the United States.

So why does Cookie have to work? The reason is simple: if she doesn't work as a housewife, George only gives her an allowance of $400 a month. They don't have a house or a car, they rent their house - the foreigner had two homes and a boat, but sold it before they got married and chose to rent, which was also approved by Qi. Cookie feels like she doesn't have a home.

At night, after work, Qiqi leaned back against the window, repeatedly scrolling through the contents of her wechat, looking up out of the window, thinking back to three years ago, was her decision too impulsive?

It happened during my first trip to America to visit George. Cookie stays in the United States for a month, and George wants to confirm his love relationship with Cookie and become his marriage partner through this month's contact and observation.

The night before Cookie went home, George said to Cookie, "Let's get married, but you need to sign a pre-marital property notarization before we get married. My existing property has nothing to do with you. It's all my personal house before we got married."

Cookie was not pleased, but said, "OK, I'll sign it, but I suggest you sell the old house to avoid the notarization fee." Cookie replied with ease, feeling as if the man's possessions were none of her business. "If you don't bother, just sell the whole house, change the environment, and start over."

George: "I would consider selling the house, we rent and get married, and in two years, depending on the situation, we would consider buying a house together."

Looking back on the scene later, Cookie felt that George had been holding these words for a long time until Cookie was about to leave and had to say them.

Cookie didn't really care about George's money at the time - she had several properties in the country worth several times his existing wealth - she didn't reveal her financial means to George, but she valued their relationship and liked the impression he made on her: George is handsome in appearance and loves to live a clean life. He always cleans himself up in a dashing, personable manner, and does his favorite real estate work.

Cookie is glad that he did not let George know his wealth strength, think about signing George's wealth notarial certificate before marriage, which is equivalent to indirectly protecting his wealth, and he also saved the notary fee. While George notarizes his own assets, it also indirectly indicates that Cookie's pre-marital assets have nothing to do with George.

In the end, George did not notarize the property, but sold all the two sets of real estate under his name, and the notarial certificate of marriage was also removed from the process, and it may be better to think about it or to clear the property. At that time, Qi Qi first learned that Westerners have such a clear distinction between marriage and money.

Cookie is always telling her married sisters to take it easy, but she's also telling herself to take it easy. This life is not long, walk into heaven that day, no one can take away these material wealth, so learn to put down, is the most wise!

彼岸花开
Flowers Blooming on the Other Shore

Chapter 3: The Showdown After a car accident

On Thanksgiving Day in the United States in 2019, Cookie, who had just gotten her driver's license for a month, slowly drove on the road under George's training. George was going to lunch at a relative's house on Thanksgiving morning, and he had brought some gifts for Cookie to drive to.

Cookie is a coward. After the car leaves the neighborhood, she sees cars passing by quickly on the main road. Cookie is a little nervous and doesn't want to drive anymore. Cookie pulls the car slowly to the right side of the road, unkeys the car and hands it to George, the passenger next to her, who is about to get out of the left driver's seat when George screams, "Go, go, don't stop!" George's impatient expression made Cookie feel uncomfortable, even scared. Cookie's going to be fumbling when she's driving in a funk like that, and she's getting a bad feeling.

Cookie reluctantly turned the car into the main road again, holding the steering wheel nervously along the way, sitting stiffly and straight, with the look of a novice; Too bad George was sitting in the passenger seat, looking so serious, he couldn't find the intimacy he used to have with Cookie. Cookie sensed at once that George was the examiner, a stranger with an expression that did not look like a husband.

At the moment of turning left at an intersection, the green light going straight left turns yellow after a few seconds, and George gives the order to turn left anyway. As soon as their car turned left, the rear of the car was hit by a big truck going straight ahead. The accident happened! Luckily Cookie and George were not hurt, and the rampage of the truck across the intersection was the only one to blame. Cookie's only fault was that she hesitated for a few seconds at the intersection. If George hadn't let out a yell, she might have driven a little easier and turned a few seconds faster and avoided the accident! During the week of waiting to deal with the accident, George lived cautiously, going to work early and coming home late. When he got home, he told Cookie politely, "I'm tired. I took a shower and went to bed." Cookie could tell from the way George walked that he was tired. Cookie nodded and motioned for him to take a shower and rest. George has been home late for days, he hasn't had dinner at home for days, and he's been so busy that he hasn't even said a word to Cookie!

Early in the morning on the second weekend of Thanksgiving, Cookie cooked breakfast as usual. After George and Cookie had finished breakfast together, George took a pen and paper from the table, wrote a few lines of English words and numbers, and showed them to Cookie: "Honey, I love you, but I am not going to give my pension to pay for everything you paid for your car accident fine. I really don't want to hurt you! But I don't want too much pressure, and I don't want to spend any more money for you. From next month, I will no longer give you pocket money until these car accidents are covered, and our marriage is facing a test!"

After hesitating to say this to Cookie, George flustered away from her direct gaze and pushed the piece of paper in front of Cookie. George seemed relieved when he said that, and his look told Cookie that this was it, that there was nothing I could do. The crumpled piece of paper read: "Attorney fees $650, fines $400, court fees $89, other fees..."

Cookie never imagined that her husband, who always said he loved her, had given her a payment list for the car accident. Cookie will never forget that accident on Thanksgiving for the rest of her life. After the accident, George was silent for a week, and finally showed her the real idea, which was just to say hello to her, and she would figure out how to do it. As long as George doesn't pay for it, the marriage can still work. George's attitude at this point was clearly directed at Cookie: You can't slow me down, and I don't expect you to take care of me anymore.

Cookie now realized how George had behaved recently since the accident. George had begun to criticize her for snoring at night and sleeping in the next room. He also began to say that he had no appetite and would not eat her cooking. For several days she had thought that George had never experienced anything like this before, and he looked flustered, depressed and

彼岸花开
Flowers Blooming on the Other Shore

agitated. She had always been like a child who had done something wrong, caring for George in a low voice, but she had never thought that George would deal with the problems left by the accident in such a way. There is a saying in China: husband and wife are birds in the same forest, but when disaster comes, they fly separately. This statement has raised a red flag in her marriage.

No wonder George said that day: "The accident has put our marriage through a test, love is love, money is money, the two must be separated, because I don't want to have too much responsibility pressure." A car accident to see George's real idea, how she never thought of her husband's love for her is so vulnerable, so that she was not prepared. She grew up under the influence of Eastern culture, how can not accept the Western culture in the marriage of money and feelings so clear. But now it's the truth! In front of her, she stifled, but still could not control her rich expression looking at the paper.

A mixture of surprise, sadness, sadness, disappointment, and cold feelings suddenly choked her throat, and her eyes shook these cruel words! This is real, not a dream. She looked at the back of George's departure, she really had nothing to say, and did not think of how to reply, only to tell herself to calm down. Helplessly smiling through her tears, she slowly picked up the list and put it in her bag! Isn't it just money? Now she understood that money really makes the world go round and plays a decisive role in marriage.

She was glad that she and George were not injured in the car accident, glad that she was not the fault party, and fortunately, she knew George's inner true bottom line and attitude to deal with the accident so early. Now she knows what she needs to do? She was forced by George to figure out how to continue the marriage that she thought was so important.

Marriage wavering depends on the economic base, the economic base determines the superstructure, did not think in real life so fast to cash, she had thought that George's love for himself and his loyalty to the marriage, will be unbreakable, but did not expect a car accident, a list completely changed her idea.

A few days later, Cookie plans to ask her girlfriends to help her get ready to pay off all the expenses from the car accident and ask them to help her find a job. I'll do any job I can, as long as I can make money, with my labor, to pay off these car accident bills. From now on, you can get rid of the bondage of marriage without money and voice!

Friends also advised her: "You should take the first step, can not be a full-time wife, a woman must be financially independent, must have a job, rely on their own more than anyone is reliable." She kept nodding her head with deep understanding, and she knew that in the husband and wife relationship on the way, her husband did not love her as much as she imagined. Now she was glad she had been in a car accident and that any problem that could be solved with money was not a problem. Before wanted to come out to work, to be an independent economic woman, has been embarrassed to open, now is just an opportunity, is George gave her this opportunity to come out of independence, she is grateful to George in the heart, without the car accident list, she may always be a flower in the greenhouse narcissist!

A friend recommended two jobs, a Japanese sushi restaurant work, only on Friday and Saturday two days a week, from 11 a.m. to 10 p.m., can not be simultaneously. Qi Qi was only willing to choose a Japanese sushi restaurant kitchen as a handmaid, after trying to do a weekend trial work, calculate down a month's salary is too little. I had no choice but to take another job in a pedicure shop.

Cookie really has a kind of inexplicable helplessness at this time, a kind of tingling sadness from the bones, to know that in the country, Cookie is enjoying foot massage service high-end member customers, how did not think of themselves to come to the United States, but also to survive to do this service to others work, identity has changed the role, really ridiculous and sad ah! At this time, Qi Qi does not have the confidence to fight against the status quo situation, this feeling of grievance under the roof of others, Qi Qi's stubborn character is not tolerated, she is willing to be wronged not to admit defeat, but also choose to earn more pedicure work.

Cookie needs this full-time job to relieve the stress in her life and in her mind. From 9:30 a.m. to 11 p.m.! Everything was quickly settled with the help and recommendation of a friend. Determined to come out to work, she can only find self-help in work. Cookie and George are ready to have a showdown right now.

After a few days of deliberation, she finally made up her mind to talk openly with George about the reasons for leaving work. After the accident was dealt with, George used the money from the insurance company to buy a new Toyota. George was in a good mood when he was choosing his new car. Cookie thinks when George's happy, it's time to lay it on the line about going out of state to make money. The day we picked up the car, it was raining, and Cookie was like a wooden man. George called, "Get in the car!" She gets in the car. George asked, "Do you like the car?"

Cookie calmly said, "Whatever you like." She responded naturally, thinking to herself that the car had nothing to do with her and that she would never drive George's car again. The first bucket of gold earned from work in the future must buy yourself a car that belongs to you. George, perhaps in a better mood after spending money on his own car, suggested to Cookie in the car, "Instead of cooking at home today, how about going to the hotel where we got married and having some wine and some good food?"

Cookie answered somewhat mechanically, "Sure, it would be nice to go there and see the place where we used to be happy!" She echoed and said a little sour taste! Just find an opportunity to talk about going out to work at dinner.

It's a big, fancy American restaurant where they had their wedding not long ago. The romantic lighting is warm, the dining room is playing soft music, and the twinkling lights seem to create an early Christmas atmosphere. George ordered her usual favorite drink, the Magarella, for himself and for Cookie.

In the middle of the drink, Cookie thought this would be a good time to talk. "Honey, in order to relieve your financial stress and pay off your car accident bill, I'm going to start working next week. I may not have Sundays off. I want you to take me to work. I may stay in a hotel, because the two jobs, it takes more than an hour to drive every day, I don't want you to get too tired. I don't have a car at the moment, and you can't drive me to and from work every day, which is very hard for you. The boss can provide accommodation for the staff, I hope we both get over it! What do you think?"

In fact, Cookie had already made up her mind that if George answered not to send her to and from work, she had also thought about calling a car and going to work by herself. Her approach to George is also according to George's routine, there is no change, how George comes, she will deal with how, this is forced!

George looked puzzled at first, then asked, "Who got you the job? Where is the work place? Why not look for a job closer to home?"

Cookie quickly handed George the address note she had written. George took a sip of wine and looked at the work address on the paper. It would take two hours to drive, or four or five hours to get there and back. I'll take you! Then you'll have to stay in a hotel, and I won't pick you up and down every day."

Cookie guessed that George would step down the ladder: "Yes, in the long run, it's easier to work in a store." Thank you, George, for your understanding and support! This way you will be relaxed and take care of yourself at home!" She was relieved, too, and took the initiative to lift the glass and George touched it: "Cheers!"

This is the most embarrassing and innocent dinner George and Cookie have ever had! Fortunately, George still paid for the meal, and did not really have to go Dutch like some American couples.

When it came out, the wind was blowing hard, and the rain was falling harder and harder, and the rain washed the ground again, and the sound of the rain was coming from the window of the new car. At this time, Cookie's mind is also trying to accept the Western American culture, since she has married an American man George, she has to try to adapt to accept. You can't change others, you have to change yourself. Where there is work, there is a new beginning, there is hope.

She thought, and the confidence crept back into Cookie's smiling face. The road is just under her feet, Cookie gives herself a cheer, nothing great, as long as you take the first step in front of you, learn the skills to work and earn money, will you worry about insecurity? Are you still afraid of that car accident payment sheet? Who cares about the husband who secretly worries about asking you out when the big time comes?

For the moment Cookie tells herself that she's still alone, that she's still

彼岸花开
Flowers Blooming on the Other Shore

her old self. For a woman to have a say in marriage, she needs to have a job and be financially independent to be truly respected. Anyway, today Cookie decided, and put aside any concerns, next Monday can go out to work, no matter what difficulties, but also to fight through this, in a foreign country in the United States, also have to rely on their own to get the real security.

Chapter 4: Want to prove you can survive anywhere on your own

George wasn't that poor, but he loved working, and he was terrified that he would soon retire. The previously mild-mannered George has become a grumpy, somewhat self-inflicted man. These could be pre-retirement anxieties, and Cookie understands that men are a little upset and emotional at the moment. George sometimes intentionally keeps his schedule full, leaving early for work and returning late. After the Thanksgiving car accident, George was even more anxious.

George said to Cookie, "I'm worried, how are you going to live in America when I leave first?" You don't have a job. I can pay your rent while I'm here; What would you do if I was gone? For your own good, you must learn a lot so that you can continue to live in America even when I am not here."

When Cookie heard George say this, she thought: If you can take care of your current life, follow the previous life plan, and take one step at a time, won't you solve the immediate worry? What's the use of trying not to do it?

George had promised Cookie that he would buy her a house the same size as the one she was living in. Looking at the time passed day by day, George is also about to retire, do not buy a house George will not have the opportunity to have a bank loan financing to buy a house. So George was impatient and a little anxious about gains and losses, always thinking about his old age and having to work for it. George also worked as a college teacher, as if if he retired and lost his job, the world would end. He magnified the difficulty for himself, and when he was afraid of losing his job, he would move the stored cheese.

George had saved the money from the sale of his house in a wealth management fund at the bank. He didn't want to touch it. In George's mind,

彼岸花开
Flowers Blooming on the Other Shore

it was his retirement money, and he didn't want to use it to buy a house. George didn't want to touch the house down payment even if he could use only a third of it.

Money is George's pre-marital property, Cookie has never thought of moving George's bones to buy a house, even thinking about whether to buy a house is not so important, if so in the endless trouble without happiness in the state of life, it will be lost the desire to live together. It's better for George not to buy anything than to stress, cry poor, and lose his temper. And let's not do all this for Cookie, just to keep our promise! It's like Cookie's a sinner, making George suffer.

So Cookie said to George, "It's normal to retire at your age, and the rest of your life is not as scary as you think, living in the present and being healthy is better than anything." Don't think about something that hasn't happened yet. Life isn't as bad as you think. You have a pension. How are we gonna eat? $1,000 a month is enough. If we buy a house, the monthly payment is lower than the rent for renting, and the property rights are still our own. You have worked in real estate for 17 years, and you have more experience in looking at and investing in housing than I do.

Cookie said these words, which had been boring for a long time, to let George know her attitude, that she was not in a hurry, and that buying a house was not important to her. Even without Cookie, George needs housing considerations, and you can't rush things, and you just have to deal with them as they come. George didn't expect Cookie to be so calm that she didn't scold him for not buying a house.

George seemed to be looking too far ahead, thinking too much about what had not happened, and worrying too much. He even transferred all the stress of these concerns to Cookie, thinking that Cookie was like his biggest burden.

Cookie was doing her chores one day when she heard *"Poor Dad, Rich Dad"* playing on her phone. The book says that thinking can change your life. George overheard and asked Cookie, "What are you listening to?" Because it was Chinese, George couldn't understand all of it.

Cookie wrote the title of the book to George, and George suddenly began to tell him excitedly that he had read it for more than twenty years.

Cookie immediately comforted George and Yan: "Yes, a thing comes, two dads have different ways to deal with, rich dad always with a positive attitude to face, while poor dad always with an attitude to avoid delay to wait and deal with, the result is different." When rich dad died, he left his family and sons a luxurious villa to live in and billions of dollars in assets. The poor father works as hard and thinks negatively to deal with the problem. As a result, after his death, he still has to pay the mortgage to his sons every month for the villa he lives in, leaving his family with multiple debts and leaving his relatives in poverty." George is more familiar with the book than Cookie, so I'm just going to mention some classic examples from the book. She didn't want to say anything else, she wanted to leave enough pride and manly face for George.

You don't need a hammer, and if George doesn't want to buy a house, Cookie knows she's not happy about having to. Cookie doesn't want to force each other to do things they don't want to do because of marriage, and George must account for himself, and she needs to let go of her guard and be honest with each other.

These days of communication, it is obvious that George began to think and work hard for the good side. Maybe George knew Cookie was out working to reassure him. If Cookie gets a stable job and can support herself and pay the mortgage together with George, then maybe the pressure is off for George, and it's time for him to put aside his concerns and think about buying a house. Cookie has no intention of covet George's real estate, never thought of it that way. Cookie was married to George's handsome, untouchably considerate, and professional real estate that they both love. Would George look down on Cookie and protect her if he knew she was investing in a bunch of other properties in the country? Cookie is keeping a low profile in terms of financial strength and not cheating on George, because she is looking for a partner who is interested in true love, not just her wealth, and she doesn't want to make a high profile to attract some cheating, womanizing man with questionable character.

Cookie is willing to take a hard time and act like she's starting from scratch. "I'll make money from my job and I'll give you $500 a month to save," she pointedly tells George. George had actually taken it to heart the

彼岸花开
Flowers Blooming on the Other Shore

whole time, and it was a relief to George, who knew Cookie's character meant what she said.

Cookie wants to earn George's respect through her work and forget the way he used to look down on her. She didn't want that look to ruin their marriage. Maybe George was testing her, but wasn't Cookie testing George, too? The two still lack complete trust and confidence in their future marriage.

Cookie's been feeling a lot better since she convinced George to let her work in another state. She quietly took lessons from Xuemei, her girlfriend who works in the United States, and learned some English phrases that should be paid attention to in the service industry. Ask the owner's wife, who agreed to take her to work, if there are any other requirements. Cookie is not at peace with the prospect of living on her own.

Two days before the departure, Cookie packed all the clothes she needed to bring into the suitcase. She didn't bring any jewelry, but only brought a pendant necklace with a jade hand, which reminded her of her family. When Cookie packed her suitcase for the trip, she was afraid that George would misunderstand her, and she deliberately put her valuable diamond ring, bracelet, beautiful dress, designer bag, and high heels at home to show that she was out to earn money.

On December 31, 2019, George put Cookie's suitcase and some food for Cookie in the trunk of his car and drove Cookie to the train station.

On the way to the train station, George and Cookie barely spoke, each thinking his or her own thoughts. For the first time in her married life, Cookie left the house for work, leaving George's side, not knowing how long it would take her to get home.

It's sad to think that tomorrow is New Year's Day, New Year's Day in America, and Cookie has to go to work in a foreign country. But as she thought about her life ahead, Cookie quickly pushed the negativity down. At first, I married for love, I did not think that love also needs oil, rice, firewood, salt, sauce, vinegar, tea and bread to supplement life, to adjust life, to maintain life, which is an eternal relationship. It turns out that love also needs the economic strength of each other to balance. Think about the world may have no constant love and marriage, love can come at any time, instant can also disappear. And every marriage needs work.

In order to survive in the United States, can maintain their own dignity, even the marriage between husband and wife, but also must be an exchange of equal value in order to maintain long-term, love alone can not make the marriage go on for a long time. Cookie sees the essence of marriage, without financial support, any lack of money will cause the marriage relationship to become strained, complicated, cold, and lose the temperature of the past. Should be that sentence: poor husband and wife Pepsi sorrow.

Cookie figured out how to get to this point! She knows that love without bread is not enough, unless you meet a man who loves you very much. Cookie knew she was naive and thought she could just get away with it, but she didn't realize George was not what she thought. The sense of value in a marriage is not balanced, it will tilt, it will be high and low. The worthless one gives love without confidence, which is where Cookie is right now.

As he drove, George stared ahead, occasionally watching Cookie's face out of the corner of his eye. He cared about everything Cookie was feeling, and he was finding his balance. He wants Cookie to go out to work because he's afraid she's too dependent on him; But then George wants Cookie to stay with him and take care of him, and he can enjoy Cookie's food. George figured that since he couldn't do both, he had to let Cookie go to work, which was the last resort. At the moment, it's like if Cookie gets out to work, he's grounded, he's relieved of his mental stress.

George's left hand was on the steering wheel, and his right hand couldn't help but rest on Cookie's and hold it tight, keeping his eyes on the road ahead. The soft music from the car drifted slowly past Cookie's ears, and Cookie felt George's mixed feelings. Isn't she a little lost? Did George really love her when he had to go out to work at the end of the New Year? This western man is cruel and indifferent, and is willing to let her go out to work at this time, and does not worry about what she will encounter in a strange city and an unaccompanied environment.

Their marriage, like many families, faced the need for financial support. Now Cookie has finally taken the first step toward earning money outside the home. Sitting in the car, Qi Qi's thoughts were myriad, she remembered Xuemei's words to her: "As long as you take the step of working, when you work to earn money, you can open your eyes every day to count money, with

彼岸花开
Flowers Blooming on the Other Shore

money you will have a sense of security, and all the grievances of working will be swept away."

Cookie often thinks of her friends' encouragement when she is helpless. When Cookie is pushed forward by her friends, what is there to be afraid of? Have to go for it!

Girlfriends put it more bluntly: "In America, you can master the skills to support yourself, you rely on your husband is better than on your own."

Cookie thought that as long as she followed the guidance of her girlfriends, she would stick to the road of working, and sooner or later she would become a financially independent and confident woman in the United States. She believed that she would do it!

Chapter 5: A Different New Year

George sends Cookie to the train station ticket counter window, George signals Cookie to take out a driver's license instead of identity to buy a train ticket, the United States also needs to show personal basic information. Cookie tried to buy a train ticket for the first time with her newly acquired bank credit card.

Cookie watched as George wheeled her big travel case toward the platform entrance. The train was about to pull into the station in a dozen minutes, and George gave Cookie a hug. "I have to go. Text me when you get to work!"

Cookie had mixed feelings watching George's back leave, her nose sour and her eyes welling up with tears. She quickly wiped the tears from her face and stood in the entrance looking at George. Now George looked back at Cookie around the corner, stopped, waved his hand at Cookie, and looked as if he was telling Cookie to hurry into the station, the train was coming in. Cookie waved goodbye to George.

On the train to Washington, USA, Cookie put her big suitcase, small rice cooker and some food bags in the luggage rack and finally sat down to rest after a busy round. She put her carry-on backpack under the seat, and her heart was nervous and nervous. This is her first time to go out to work alone, tomorrow is the first day of the New Year, what will encounter on the road ahead, do not know whether it is smooth, do not know what the new environment is like.

The Chinese female boss still looked at Qiqi's friend Xuemei, and agreed to let Qiqi out for a trial, generally no one is willing to accept the novice. Fortunately, Cookie used to be a frequent visitor to pedicure clubs when she was in China. Cookie is familiar with the whole pedicure procedure and it is not difficult to learn. Cookie often has the habit of soaking her feet at home, and I believe it is no stranger to doing it. It is just a role change, at first the heart is particularly uncomfortable, but when I think of the current situation, I always have to put down face vanity to work.

Seeing the scenery out of the window of the train, she did not appreciate it, only felt that she was pushed and hurried forward on the road of life, but there was no direction, I did not know where to go.

The tour will end in Washington, D.C. The train wasn't full. It was probably just after Christmas in America, and there were only a dozen people in Cookie's car. American trains are not as spacious as those in China, nor are they as fast. After a leisurely two hour drive, we finally reached our final stop in Washington. Cookie had been to Washington before, only on a bus tour, not by train.

When she got off the train, Cookie walked straight through the station hall and saw several commercial shops open for business, as well as light food Windows with fruits and drinks for passengers. Qi Qi could not feel hungry because of her nervousness, but she was curious to survey the station lobby.

As she exited the station, Cookie turned on her phone, nervously tapped the Uber app, entered the address to go to, paid with her credit card and checked the pick-up number. Three minutes after calling the driver, someone finally picked up the order. Usually three minutes fly by, but today Cookie feels like a long time. She has a lot of worries, worried that after getting in the car, the driver is the bad guy? Worried about the language, the driver did not deliver to the specific address how to do?

Cookie looked around, staring at the license plates, "White 27..." Quietly read the license plate number in the mouth, eyes looking forward to search, and my heart was still thinking about what my friend Xuemei said: "Please send me the license plate number and the driver's order information before getting on the car, you don't have to worry about it." I can see what it is, so just relax and get in. Don't be nervous. Everyone has a first time, not so scary, how good to go out and work this time, walk back and forth a few times, you will be independent, you will not be afraid."

Xuemei's encouraging words calmed Cookie down. Think about it, too. Take it as it comes and look on the bright side.

Just then a black female driver's license plate catches Cookie's eye. Cookie runs over, picks up her phone and shows the smiling black female driver her message. "Yes." Soon the two have confirmed the taxi order, which is the driver Cookie called. Cookie was relieved to see that it was a woman driver, and thought it was nice.

The black driver enthusiastically gets out of the car and helps Cookie load the suitcase into the trunk. Cookie gets into the passenger seat and relaxes a lot when she sees that the drive time is only 20 minutes. Cookie put on the headphones prepared in advance and immediately dialed Xuemei: "Xuemei, I have got on the car, is a female driver, and she is very nice." I'll text you the location in 20 minutes when I get there! Thank you Xuemei, I had a smooth journey."

Xuemei said happily on the phone: "Yes, not so horrible, I hope you make more money!"

At the moment, the female driver is playing music, a bit like Spanish dance music, the atmosphere is cheerful, and the sense of rhythm is strong. The female driver beats to the music, infecting Cookie's mood, everything is so new. Qi Qi then spirits up, along the way in English to praise the female driver's good service, said the female driver happy repeatedly said "thank you".

After what felt like a few moments, the car stopped at a building on the edge of an intersection and the black female driver signaled that Cookie had reached her destination. Cookie first got out of the car and looked up at the zip code and the house number. It was really the shop where she was going to work. Finally arrived safely, Cookie heart is very happy, quickly took the female driver hands big box and backpack, repeatedly thank. Always see the female driver driving the car ran away, the store took photos to Xuemei and George, but also sent mobile phone positioning.

Cookie called the owner's wife and said, "I'm at the front door of the pedicure shop, can you ask the staff to come out and pick me up?" I have a lot of luggage."

The owner's wife: "OK, you got here quickly, you arrived at noon."

彼岸花开
Flowers Blooming on the Other Shore

I'll arrange for someone to help you right away, and you can just go into the store, as long as you don't make any noise, because the other employees are working."

Within two minutes, a pretty young girl, a little younger than Cookie, came up to Cookie with a smile and whispered, "Come in with me!"

Cookie dragged her suitcase down half a flight of stairs and followed the employee beauty into an elegant, brightly lit living room. Then she turned into the employee break room and put away her suitcase. The little beauty said, "Take a rest first. My name is Lorna, I'll talk to you when I get back to work, the water is there, the bathroom is there."

With that, Lorna hurried off to work. Cookie slowly began to drink a bottle of water, and looked around, using the bathroom opportunity to look around, where the future will be working and living.

After a while, an older staff member came over from table 1, smiled and complimted Cookie on her good looks. She introduced herself to Cookie and said, "I am the manager of this store, call me Ommie. You'll sleep in the staff lounge for the night, and when I leave tomorrow, you'll sleep in room 2, and Lorna will sleep in room 1. The quilts are inside the cabinet, and you choose a set of bedding that is clean and has been used by employees before."

Qi Qi politely said to the store manager who was about her age, "Thank you. Didn't you say that you would come back to China for the Spring Festival after you got to know me well?" Leaving so early?"

Omi thought for a while and replied, "When there are no customers, I will test your craft and practice on me!" Heard the owner's wife said you only learned a little basic skills?"

Cookie: "I'll be honest, I learned the basic steps in China many years ago. More than two months ago, I just learned a week in a friend's shop, may be a little rusty, it is best to take me to the first procedures, if you are working, I can look next to, I will be easier to get started."

Naomi looked at a little nervous Cookie to tell the truth, but did not embarrass her, but comforted her, saying: "It is not difficult, practice makes perfect, today you rest, more observation and learning, tomorrow arrange your work!"

Luckily for Cookie, Omi, the manager of the store, is desperate for a new employee to replace her, and Cookie is retained without going through the audition process. Cookie thanked her for her kindness by giving her the gift she had prepared in advance. "Thank you, Store Manager, thank you!" Then he sent a scarf to Omi's hands, "New here, thank you for your attention, this is my heart." Since it is winter, before coming, Qi Qi had asked the owner's wife how many employees there are, how tall they are and what city they are from. When Cookie found out, she prepared some New Year gifts for her new colleagues. After a while, when Lorna got to work, Cookie took a pair of gloves out of the box and gave them to Lorna.

The third employee to meet is called Aska, and Cookie says to her, "Hello Aska! My name is Cookie."

Aska just said something, and as if she hadn't seen Cookie, she called out to the store manager, "Ommie, after I finish this job, I'm going to run some errands at six today, okay?" Omi: "You have so much to do, and you want to go out again?" What if some more guests come?"

Askar: "Aren't there new people? Let her do it." Omi wagged his head: "If you want to go, do you want to arrange?"

Askar: "You agreed, thank you, come back I will bring you some delicious food!"

Cookie was wondering why this Aska was so proud of himself for being lukewarm. She was going to have to give her the same gift she had prepared, and when she saw that, Cookie put the gift in the box. Cookie is not a brown-noser. She just wants to reciprocate. Qi Qi has her own principle of being a man: respect me, I respect others. Since you are rude to me, I do not need to respect you, go out to work is a kind of fate.

Then Lorna approached Cookie and whispered, "Aska used to be an English teacher, speaks good English, gets good tips, and has been working here for a year. I only did it for nine months, the store manager for two years."

Cookie: "Oh! No wonder, good English will suffer less, can communicate with customers, coax guests happy! No wonder it is so insolent."

Lorna: "Yeah, my English is the worst. How's your English?"

Cookie: "I can understand and speak a few words in simple life language, but I can't read written English."

It doesn't officially close until 11 p.m. Cookie saw Lorna hand in the day to do the wages, and then saw the store manager Ommi taught Lorna how to use the card machine, how to do the account, how to calculate the staff and the owner's share.

Lorna will take over the management of Omi, Omi completed the handover procedures and whispered with a smile: "I will buy something tomorrow morning to take back to China, and I will leave the store to pick up my suitcase from my husband in the afternoon." I'm gonna give Cookie half the closet tonight. Today's work is done, everyone take a shower and go to bed early. We'll open at 9:30 tomorrow, except Sunday when we open at 11 a.m."

Qi Qi now understood the words of the owner's wife Molly: "Qi Qi, you are so lucky, if Xuemei had not recommended you, if you had not learned the professional theory and procedure of foot massage in China, if you had not practiced in other shops and worked, we would not have used new people." The most important thing is that the New Year is coming, and the store manager Omi will go back to China for two months. The end of the year is not good to recruit people, you are recommended by friends, we rest assured. Do more will improve, as long as the service of the guests, tips are good, you have to do a good job here!"

Qi Qi looked at the encouraging message from the owner's wife Jasmine on wechat and immediately replied: "Rest assured, I will cherish this job and work well while studying." I will work hard to keep the shop clean and free up time to get back to work as soon as possible."

After thanking Molly, the owner's wife, Cookie felt a lot lighter. Cookie's heart of work has finally landed. Tomorrow is a new day in 2020, and it's a strange and new beginning for Cookie. Qi Qi prayed in her heart that everything would be smooth and healthy in the New Year.

Chapter 6: I didn't expect New Year's Day to be like this

Cookie came out to work on the last day of 2019, and the next day was the first day of the New Year. This would have been a holiday in China, maybe to have dinner with family, maybe to go shopping and watch a movie with friends.

Before leaving the store on the first day of the New Year's Day, the store manager personally arranged the work schedule and wrote Cookie's name in the appropriate place on the work sheet. In the service industry, there's a store policy, where you take turns and you start first, and Cookie is new and you're last. Omi, the store manager, is on vacation, and there are only three employees in the store, and Cookie will be the first one on the third day.

Cookie very understand this arrangement, with the new store manager Rona dry on the line, was arranged to do hygiene, wash towels, tidy up, clean the bathroom, see things to do things. Perhaps because of the new environment, Cookie feels like time is passing quickly, and after 13 hours, Cookie has done 5 jobs and hosted 5 guests on her first day.

In this big tourist city, the shop is open from 9:30 a.m. to 11 p.m. Everyone is in order to make money, do more work, who should go to serve the guests, do the work and do not feel tired. After taking a shower and lying down after work, employees play on their mobile phones to chat with relatives or friends. Only then did Qiqi turn on her mobile phone and see the messages in the wechat group of her Chinese family, showing words wishing a happy New Year, and suddenly remembered that today is New Year's Day. At the end of the day, I realized why there is no holiday atmosphere in America.

Qi Qi did not come out to work in the foot massage shop to say to her family, she did not want to let her family worry and worry, and only reported good news on wechat. Cookie had no idea that her New Year's Day 2020 would be so different from other New Years that it would fly by.

Cookie lives in the basement with no Windows and no view of the outside. There was only a small wall lamp in the room, a warm yellow light shining on a small bed in Cookie's room, a small sofa, and all the necessities were packed in boxes under the bed. Every employee sleeps in the same poorly furnished room.

Cookie felt a little sad at the time, but it was good to be able to work and earn money on the first day of the New Year, considering how much she earned. Before leaving work, I saw the harvest of the first day of daily settlement and counted the dollar bills, and I had a sense of practicality in my heart. In the future, you can buy what you like, and it is not difficult to support yourself. Thinking that I can work and earn money for the rest of my life, I am glad that it is a blessing in disguise. It wasn't for the accident that Cookie didn't realize that she wasn't as important to George as she thought she was, and she realized that George loved himself more than anyone else.

There are two sides to every story, and the accident happened, and George's indifference prompted Cookie to wake up on her own. Or rely on their own reliable! Looking at the dollars in his hands, Qi Qi calculated a small account in his heart, in addition to the daily public grain, but also pay the owner's wife accommodation fee of $10 per day, a week of living expenses of about $60-70 dollars, at the end of the year to pay taxes, weekdays will not spend money, insist on working, maintain life should have no problems, but also save money.

Thinking of this sleepy, Cookie has been too sleepy to open her eyes, thinking about the days of working late, will be the norm. I'm sure it's gonna be like today, when you're done with work and washing up and it's past 1:00 in the morning. No wonder the owner's wife said to Cookie, "I am afraid that after you earn money, counting the dollar bills, you are reluctant to rest, where are you thinking about weekends and festivals?" Around the holidays, the store is busier with more customers, and it is a chance to earn money."

On the first day of the New Year, Cookie continued to pray in her sleep that she would like to learn more experience and work smoothly in the future.

Learn to adapt to the environment as soon as possible, adjust their mentality, put down the ideological burden, in order to achieve economic independence as the goal, go out. As long as you can count dollars every day, no grievances in your heart matter.

Cookie knows that in America, the only way to earn money is to earn respect and keep her dignity. Cookie cares about her sense of value in her marriage, and she wants to prove to George that I need to make a living without you supporting me. Without charity from others, a woman can live out her dignity with dignity, integrity and confidence. American man George also cares about the value of the interests, the relationship in marriage, in fact, men and women are the same attitude, but also the second marriage who are hiding a small selfish.

Chapter 7: A Close Call

After working for a while, Cookie got better and better at her craft and gradually got used to working in the pedicure shop. It's a joint venture between Molly and Cece. They both own it. Recently, they opened a new store and asked Cookie, who is a good cook, to bring the new staff to the new store.

The new store is mainly managed by Sisi, her way of doing things is more fierce, during the trial operation, often scold the new employees on wechat, the two new employees ran away, did not say hello to quit. The new store had to close temporarily without staff. In order to avoid causing a fire hazard, the boss tells Cookie to turn off the electricity at the new store the next morning and return to work at the old store. Sissy boss said: "can not delay the old shop working time."

Cookie had to go to the new store early the next morning, and she went from the basement of the old store to the intersection on the side of the street and looked around. It was early, the sky was gray, and there were not many taxis passing through the streets. The cold wind blew Cookie's hair loose and she waited anxiously in the cold wind for the empty taxi to appear. Cookie was unaccountably upset.

Cookie's English was poor, and it was early in the morning in a foreign country, and there were no pedestrians on the streets. Cookie was cold and scared, thinking that when she first came out, Omi, the store manager, had told her, "It's not safe to go out so early. You'd better wait until dawn."

At that time, Cookie looked down and said, "The owner's wife, Cissy, asked me to go to the new store early to check that the power is off." Come back as soon as you're done, and work on this store can't be delayed."

Cookie lingered on the side of the road for nearly twenty minutes, finally waiting for an empty taxi, she hurriedly waved. The car came to a screeching halt beside her. Cookie immediately opened the back door and got into the car, but forgot to look at the license plate number or take a picture of the car and send it to the owner to make sure it was safe before getting in.

Cookie hands the front driver the address note she prepared first. The driver, who is black, doesn't turn on the GPS when she sees the address details. Cookie asks the driver to confirm the address and follow the GPS directions.

As the car drove through a black hole, Cookie wondered, where are we going? On my way back from the new store yesterday, I didn't go through this underground tunnel. It was a young white couple who ordered an Uber for Cookie, and it was a short distance from each other, and the ride was metered at $11. But this car says it's six times the fare, and it keeps going.

Cookie sensed something was wrong, like she was getting further away from the city. The new store is in the bustling street, how to see the scenery outside the window is the feeling of wilderness, and then look carefully at the distance there are railway tracks, the roadside of the lake and the homeless who build a shed......

Now Cookie panic, her heart can not calm down, in a hurry to call the old shop owner's mother Molly's phone. At this point, Cookie only trusts Molly, the owner of the shop who cooperates with Cece. The hurried bell kept ringing, and Cookie waited anxiously for Molly to answer. The driver's phone was whispered in English in the back mirror, and Cookie didn't understand a word of it.

Cookie grew tenser and tenser, her heart in her mouth. If something bad were to happen right now, no one would be able to save Cookie. The more she thought about it, the more frightened she became, and she regretted not checking the car and photographing the license plate number when she got on.

Qi Qi strongly pretend to be calm, while the driver does not pay attention to the driver consecutively take photos, and quickly send the photos to Jasmine wechat. At this time, he quietly wrote on the phone that he might encounter danger on the car, and needed Jasmine to answer the phone quickly. Cookie began to watch the driver's face again, looking in the

彼岸花开
Flowers Blooming on the Other Shore

rearview mirror at the driver's hostile eyes, feeling that the ride was going so badly that her palms were sweating with fear. Cookie regrets coming out so early in the morning, which is a damn thing.

Cookie thought in her heart that she must not die like this, and if anything happens, she should also send the driver's photo to Molly's mobile phone, and not let go of the suspicious bad guy without explanation!

Molly, the owner's wife, finally answered the phone: "So early, what's up?"

Cookie said, "Molly, listen to my emergency. The driver took me to a very remote place. Yesterday to the address of the new store only 11 dollars for the bus, now it is more than 60 dollars, the car is still driving, more and more remote. This is the suburbs, there are railroads, lakes, homeless people, there are not many people in the driveway, there are no other cars, I may have met the wrong car. I have secretly taken photos of his appearance to send you, you must lock this person's photo, keep talking to me, the phone do not hang up! I'll put you on speakerphone and you can talk to the driver directly and ask him to return to the address of the new store immediately."

Next, Cookie keeps a safe distance from the black driver and holds up her phone for Molly to communicate with him. After talking for a while, Cookie saw the driver reluctantly stop. Cookie was alarmed at her surroundings and immediately told the driver, "Please turn around and drive to the address my boss gave me. I need to pick up my things there for my boss, and then please take me back to where I came from so you can earn extra fare."

Cookie was about to cry, and if we stop here, and the driver has a bad partner, that's a big no-no. Cookie fights back her fear and continues to put the driver on speakerphone for Molly to talk to, at which point Molly directly paralyzes the driver and says, "Please take my employee to that address, she needs to pick something up." Then please take her back to where she picked up this morning! I'll ask the staff to tip you extra, thank you!"

The driver paused for a moment as if to think that perhaps more money had tempted him. As long as we get back in his car, he still has a chance, but what if he can't deal with this Asian woman?

When the car finally turned around, Cookie nervously looked at the place where the car passed, looking out the window along the way, and the scenery was getting closer to the city center, a tall building appeared in Cookie's sight, and the tension slowly eased a little bit.

Cookie's hands clenched in her fists, and she clutched her cell phone to keep talking to Molly, the owner. The driver was driving around looking in the mirror at Cookie in the back seat.

As the road becomes familiar, Cookie sees the number of the meter light jumping, but at this time, she can't think about money, just want to safely reach the familiar place, and will immediately get out of the car and run away from the driver! As the car nears the new store, Cookie is worried that the driver has changed his mind and suddenly says, "Please stop, here we are!"

As the driver stopped impatiently, Cookie opened the door and handed him the money. "Keep the change," she said. "The extra is for you."

The driver cocked his head at Cookie as she closed the door and shouted, "I'll wait for you here for a few minutes, don't you want to take the bus back?"

Cookie quickly waved and said, "Don't wait for me! Thank you."

Without looking back, he walked in the opposite direction and into a 24-hour coffee shop. Then the driver gave Cookie a fierce look and waited impatiently for a moment. Because the roadside can not stop for too long, there is a police car in the distance to this side, the driver had to drive away angrily.

Cookie made sure the driver had gone so far that she couldn't see the car. She ran from the coffee shop to the new store. After entering the door, he locked the door behind him and sat on a chair by the door in shock! Then look around, turn off the main power switch, a person sat in the store for more than an hour, the day was bright before he dared to walk out of the pedicure shop!

It was an experience Cookie would never forget. Cookie blames herself for not being vigilant, for not taking a license plate and getting into a dirty car. This time careless made a fatal mistake, almost into the jaws of death lost his life.

I was lucky to escape this time by saving myself! But the look of hate in the driver's eyes, it scares Cookie to even think about it! The driver's angry face at last confirmed that he was a man of no good intentions! The driver thought Cookie would be back in his car, and then it would be too late to take another shot at a woman who didn't speak English.

The driver must have regretted that he had underestimated the Asian woman, missed the last chance to kill her, watched the woman walk away, and had to leave. Cookie's still scared of that angry look.

After what happened today, Cookie was afraid to take the bus back, and decided to walk back to the old store. Cookie quickly walked to the hotel across the road and showed the written address to the lobby manager, who was kind enough to draw her a simple map. Cookie walked along the road for more than 40 minutes to the old store, just in time for work.

Cookie told Omi, the store manager, what happened this morning, and she might have lost her life trying to do her job. After listening, Omi also pinched the sweat for Qiqi, and said with love: "It is not easy to work in a foreign country, fortunately you are clever, I would not know what to do if I changed."

The lesson of this mistake has led to a shadow in Cookie's heart, and she can't trust anyone or anything 100%. Like many Chinese working in the United States, Qiqi experienced the shocking scenes of life and death, and she still hasn't gotten over it. Back to the store, Qi Qi felt very aggrieved, at this time, the deepest feeling is to miss the days in China, in their own land, to feel the security. "Where there is country, there is home" is what Cookie is saying right now. Cookie again returned to the mind of life, this is not the first time to move this mind, over and over again became a heart of Cookie, for this tangled suffering from gain and loss. The western moon is not necessarily round, it is not suitable for her to stay, always feel that the motherland is their roots!

Chapter 8: Cookie Goes Home from Work

After an incident in which she was in a black car, Cookie became more and more afraid of working in a pedicure shop. And then, after another unjustly robbed job, Cookie doesn't want to work there anymore.

On that occasion, Cookie was asked to serve by a guest, and Rona was supposed to do the work at the time, but the guest waited for 20 minutes and Rona didn't show up, so Cookie had to serve. Then Lorna called Cece, made it look like Cookie stole the job. Cookie ended up making a deal for nothing, and the boss erased the cut.

Cookie understands that it's being pushed out by the old staff, being Chinese and being so into the pot. She was very unhappy, angry and got up the next day to pack up their boxes, very hard to Lorna said: "Today you don't line up my work, I go out to visit the biggest shopping mall here, today will leave, I quit, you can make more money."

Rhona quickly and ingratiating to Cookie, "Don't go, I'm wrong." I didn't think that the boss Sissy even deducted the commission, I will pay for you."

Cookie: "No, you two can do more work and make more money."

After the boss mother know also anxious, now is the time to employ, not good recruitment staff. The owner's wife immediately chatted privately on wechat: "We deduct your money, not against you, but to protect you." We know they're up to something, and the fact that a customer would rather wait for you to work means you've improved your skills. If they steal your work, you can also tell us that you can't leave for such a thing. You have just learned to earn money, and earn more than they, and now leave, you are stupid! Think about it. They're jealous of you. Don't you get it? Our shop is not serious, some of the store employees in order to fight with each other.

You go to too few stores, you don't understand this service industry is very deep!"

Cookie: "Thank you for understanding my situation, the most important thing is that I really want to go back to China to deal with the sale of the house." Because I have a client interested in the house I'm selling. I will not work for this matter, have the opportunity to cooperate again in the future, I also thank the owner's wife let me learn a lot, from the original nothing to work alone, relying on their own work skills to get the recognition of the guests. Thank you very much! True words!"

The owner's wife: "Well, people have their own aspirations, after the completion of the New Year, peace of mind, keep in touch, meet again." I have another store, I want you to be the store manager, we look after you. I wish you all the best."

Cookie has a soft heart, and a few words from the boss make Cookie seem to see hope and become confident. Think about if foreigners really don't love her, she can survive on her own in the United States or like in China, isn't it a skill that can make money? Life on the outside is about learning to bend and stretch.

When Cookie got home, she opened the door and put it in her suitcase. There was a plate and a glass on the table, and she knew that George hadn't cleaned up after breakfast. It was time for George to go to work, and Cookie, looking at everything familiar, naturally got busy in the kitchen. George can keep the house clean by himself, which is one of the things that Cookie likes about George: he's clean, he's hygienic, he makes the house look good. Friends who came to the house would say that George was a gentleman and a man of taste.

Qi Qi made a pot of pork ribs and lotus root soup, stir-fried two vegetarian dishes, and began to pack the boxes. The laundry goes into the washing machine, and the automatic button is pressed to prepare the envelope for George's reward, and put in the $600 red envelope. In addition, I also bought a coat for George, and I will give it to him when George comes back for dinner.

It was nearly seven o 'clock, and the smell of soup wafted through the kitchen, and a warm stream of heat wafted through the hall. George opened the door and ran over to Cookie happily. "Ha ha ha, you're back. I love you. I missed you. I smell the smell.

George was wearing a bright red sweater coat, a black scarf, and black pants, with his trench coat still draped over his hands. Oh, that's a pretty look, Cookie, looking at a handsome man in front of you, and really feeling a little worthless for yourself. George seems to be doing great without Cookie, while Cookie is still trying to prove she can support herself, living in the basement, working on the side and saving some money. It was a fleeting thought, and Cookie took it right back. Cookie understands that it is not George's fault, it is their insistence on going out to work, there is no reason to blame George. When George saw his favorite rib soup, he hugged Cookie tightly for a long time. "I'm so happy!"

George didn't notice Cookie's subtle mood changes, and George was really happy. This dinner was delicious. It took a long time. George offered to finish the dishes after dinner, and asked Cookie to sit on the couch, choose a movie, snuggle together, and enjoy a movie. Cookie suddenly realized that a woman's happiness is only when she is loved, and it's great for a woman to have a family. But what I don't understand is that George loves Cookie's company so it's not lonely. It's not that life can't go on, George is more than enough to raise Cookie, not as nervous as George thinks, and usually did not see him live frugally, still lavish consumption, not a little nervous, but always talk about poverty in front of Cookie. In short, I still want Cookie to go out and earn money. George's heart as if he is not so much pressure, he likes to earn their own money to spend, after all, people in their fifties, soon to retire, also want to do not affect their quality of life.

On New Year's Eve, Cookie and George attend a Chinese New Year activity together. It was a Chinese school performance, Qi Qi performed a Tai chi fan dance, broadcast on the TV media platform. George has been learning Chinese for more than two years in order to communicate easily with Cookie, and his Chinese has made great progress. At the event, George participated in the Chinese poetry reading, the performance is also very relaxed and funny. Although the recitation was a little nervous, but George, after all, is a part-time university teacher for more than ten years, has the experience of improvising, a little adjustment, the performance was successfully completed, received warm applause from the audience, and flew out of the entire performance hall with laughter.

This Spring Festival has been so meaningful, it is a scene that Cookie did not expect! Through the Spring Festival Chinese talent show, George also saw the versatile side of Qiqi, QiQi on the stage wearing a bright red martial arts suit, light and skilled professional dance. From the look on George's face as he watched Cookie perform on stage, he seemed to enjoy it from the inside out, as if it had earned him face.

On the central curtain of the stage was written a row of bold Chinese characters: "Chinese Spring Festival Gala". Although the Chinese present are in a foreign country, they attach great importance to the Spring Festival of the 5,000 year cultural tradition of the motherland. The Chinese who come here to watch the performance and participate in the performance have a common wish, wish the motherland prosperity. When the country is strong, the Chinese can stand tall and raise their heads abroad and be a messenger of peace without being humble or arrogant.

There are many immigrant women like Qi who marry foreigners, often with the intention of bringing their children to the United States to study. The topic of conversation is to give the children a good education environment, everything seems to be for the next generation.

Only Cookie knew in her heart that she did not think so much, and came closer to talking about marriage by love. She felt that she just wanted to find a partner to spend a quiet old age with, and she wanted a simple pastoral life with husband and wife.

Chapter 9: Going to Work at the New Store

The first day of the New Year in the United States, the company did not have a holiday, George received the company chairman proposed to prepare for retirement this year after the intention, George more diligent to work on time, as if if the company lost him, it must be a loss for the company. In the end, he also hoped that the chairman would cherish him as a talent and rehire him to continue to do some consulting work for the company. Of course, these are just the small thoughts in George's heart that he does not want to be detected by outsiders.

Cookie takes advice from her girlfriend Xuemei: "Only when a woman works can she have a chance to be financially independent." While George is at work and Cookie is busy, clean up the house and head out.

Ever since she learned to call a car on her phone, Cookie can go anywhere. After returning home, the familiar environment gave her a sense of security, and the fear of taking a black car was reduced. Qiqi earned some pocket money from her job, so she was willing to use the money she earned to buy exquisite dishes and ornaments with Chinese characteristics to decorate her home. After George went to work, she took the car to buy the rice cooker, steamer and practical tableware needed at home, and also bought a small rice cooker for herself, which is a simple kitchenware for going out to work again. After doing these things in the evening, and busy for George to do a table of delicious, but also George likes to eat marinated chicken feet, marinated beef, marinated peanuts, cold cucumber, fried sticks and so on sealed into the refrigerator.

George got home just before eight o 'clock. It took him more than an hour to drive home from work. The two of them talked over dinner that night, and Cookie was talking about going to work in another owner's store until the second day of the year. This time, the work place is closer to home, so if you need to go home in an emergency, it will be easier. Cookie thinks about juggling work and family life, and it's a safe bet.

When George heard that Cookie had got a job in a nearby town, he agreed without a moment's hesitation. Tomorrow morning to go, George heard that the boss car pick up, not to delay his work, also very happy to nod. Cookie didn't expect George to be so calm this time, and if the business is good enough to last for a long time, it's rare that both work and family can be balanced.

The owner of the new shop, surnamed Liu, happens to live in the same town as Qiqi. In advance, wechat all said well, sent a wechat address positioning to the boss Liu. The next day, boss Liu drove to the door of Qiqi's house at 9 o 'clock on time, with double flashing lights, and sent Qiqi wechat to tell him that he had arrived at the door. Cookie, ready, gets in the car, drops off her suitcase and gets to work. Mr. Liu's shop is a little bigger than the pedicure shop where Cookie works in Washington. During the Spring Festival, two employees have just left, and there is still one employee left to work in the store. The employee was Li Wan, a Shandong girl whom Qi had met in an English study class, and she introduced her to the job.

Cookie saw that the washers and dryers were newer and more functional than the ones in Washington. Listen to the boss said that the wages here are lower, the guest tips are OK, maybe the town has less money, occasionally will meet a few generous guests, a month down can also earn about $6000.

Boss Liu said, and Qi Qi listened, and no time later another guest came to the living room: "Qi Qi, you go to work, the Shandong girl hasn't finished her work yet." You show me what you can do according to your best technique, and the main thing is to satisfy the guest."

Cookie calmly pointed to the price list in front of the bar and let the guests choose. In this small town, guests usually choose to do $60 items, but here the division is more realistic, the boss is divided by 5:5. For a job like this, the boss $30, Cookie $30, plus the customer's tip of $20, the first day of the first worker earned a total of $50, sometimes no tips, sometimes $5 - $15 range, in any case, as long as the work every day to harvest. Liu boss shop is also daily settlement, very humane. If an employee doesn't do three jobs a day, there's no $10 room fee, so Cookie is glad she quit her job at the Washington store just in time. Qi Qi is more satisfied with the current management mode of boss Liu, boss Liu is very understanding of employees and take the initiative to share their worries.

A week of such working conditions went by quickly. According to store policy, the store closes at 9:30 p.m. Qi Qi feels that although the tips are less here, other living conditions, and Boss Liu is really easygoing to the staff, and he also prepares rice, flour, cooking oil and other daily necessities for the staff of the store, which is much better than the owner's mother in Washington. The atmosphere is good, Cookie doesn't have as much pressure to work, and the procedures are simpler than in Washington.

Liu boss only needs the employees to write the working time on the work order and write how much they are paid. To the day after work to do statistics, put the day clear payment into a small envelope, write the date to the boss on the line, only do once a day; Unlike in the Washington store, the upper worker takes a work order and the lower worker sends a flower in the wechat work group, which is complicated and occupies the time of serving customers.

Since Qiqi came to Liu boss shop to work, not only with the Shandong girl learned a few other work techniques and skills, two people match very well, Liu boss is also very satisfied. The hygiene of the store is divided into two parts, Qiqi is responsible for the whole cleaning work on the second floor, and Shandong girl is responsible for the whole cleaning work on the first floor. Washing towels, oiling, drying and other matters take turns on duty every day, and the first employee is responsible for the division of labor. That's how Cookie got used to working at the store, which closes early.

Every day after work, the Shandong girl insists on driving to the swimming club for two hours to exercise. Qiqi can take a shower, wash clothes and lie on the bed in the staff dormitory near the store, and check her mobile phone wechat to deal with some reply messages with family and friends.

When she wakes up first thing in the morning, Cookie pays attention to George's wechat content and leaves him a voice message before going to bed at night. They both have the habit of saying hello to each other every day. No matter how late she goes to bed, Cookie responds to family messages on her phone. Sometimes online classes to learn simple English conversation, the time is full.

This quickly passed a month, as long as the work until 9 p.m., unlike in the Washington store until 11 p.m., after work to shower and wash until midnight. Cookie stayed up almost every night there, and during that time, Cookie felt like she was getting old too fast. You know, Cookie's more afraid of losing her face, and it's a taboo thing to do service work. Everyone wants to look sweet and smile soft, if the work is not happy, the safety of the living environment is not guaranteed, can people not old? Cookie believes that it's not just about money, it's about finding a good work-life balance.

Chapter 10: Valentine's Day Gifts

Cookie was happy at the new store, and the months flew by.

A week before the Chinese Valentine's Day, George suddenly sent a wechat message to Cookie: "Dear, I want to drive to see you this weekend? Would like to have dinner with you on Valentine's Day, do you have time?" Cookie was very happy and thought it was a bad idea for George to show up in the store. Cookie doesn't want to be in the workplace

George came to the shop looking for her when there were no customers left. Qi Qi and Shandong girl first after discussing plans to Liu boss ask for a day off, go home and George reunion. This is also to maintain a good relationship between husband and wife, and can work for a long time in the future. I didn't expect that Boss Liu not only agreed to Qi Qi's leave, but also drove Qi Qi home.

Boss Liu is really understanding, Qiqi nodded gratefully to Boss Liu and said, "Thank you boss." To tell the truth, when I came out to work on the second day, I still felt wronged. During the Spring Festival in previous years, I was busy eating, playing and visiting relatives and friends in China, and almost all of them did not count as the end of the year until the 15th. Since I have been able to earn money by working on my own, especially working in your shop with Boss Liu, I feel very happy and time passes quickly. I never thought about how important a green card was to me before, but now it is different, when I think about working and earning money, having a long-term green card is very important. I will arrange my life reasonably and get George's understanding and support further. It also takes some of the pressure off George and it doesn't worry either of us." Boss Liu understands Qiqi's idea, and as a boss, he also wants to hire employees with long-term legal status.

Boss Liu agrees without a word, which makes Qi Qi more willing to work for Boss Liu. Cookie once read a book called *"Thinking Changes Destiny"* that said: when your mind has a purpose, your mind becomes calm, your actions become powerful, and you are not afraid to face the reality.

Cookie is working harder now so she can have a more comfortable life in the future, no matter what, now by labor, by self-reliance, by financial independence. Every time Cookie comes home on a break from work, she buys something and she buys something she likes. Instead of asking George for the money, he gave George $500 a month. From then on, he won George's respect, and George's temper became more gentle. After the job, Cookie learned that she had to change to take control.

Cookie hopes that George doesn't just care about money, but that he really cares about her and intends to train her to survive in America. Maybe George was worried that he was 16 years older than Cookie, and if he died that day, Cookie would still be able to live on her own. Now that she has a paid job, Cookie doesn't have to worry about anything, except that she sometimes has to be driven by George when she goes shopping. After all, Cookie is still afraid to drive herself, and it's not easy to take a cab when she buys too many things.

Qiqi stepped out of the backyard gate, looking at the green grass on the ground, squirrels jumping from the tree on the ground to find food, the sun rising from the east, the blue sky and white clouds are really beautiful. If only it were my own home, everything would be so much easier.

Cookie stretched, kicked her legs, stretched her muscles, breathed deep in the fresh air. Then go into the kitchen and make two breakfasts, two pancakes, fried eggs, two glasses of milk, and two apples. In a few minutes, Cookie had two breakfasts ready. At the same time, prepare $500 for the family allowance in June, put it in an envelope and put it on the dining table. Cookie wanted to get George a Valentine's Day gift, and I thought it would be more realistic to give him dollars. Because George is always casually showing that he wants to live frugally. Cookie also wants George to see the benefits of Cookie coming out to work and continue to support Cookie in the future. George smelled the food on the table, sat down happily, and looked at

Cookie. "Thank you for the breakfast. I'm so glad you could come home for the holidays! Happy Valentine's Day!"

Cookie: "Happy Valentine's Day, honey!" After saying that, he handed the envelope to George's hand, smiled mischievously and motioned for George to open it. George also opened the envelope excitedly: "Ha ha, dollars, for me?"

Cookie replied with a happy smile: "Of course, reward you, after my job is stable, I will give you $600 a month for family expenses!"

George: "OK, I'll put it in the piggy bank for our living expenses, thank you dear!" At the same time, with a mysterious smile, he said, "This evening, we are going out to dinner. I made a reservation the day before yesterday."

That afternoon, George excitedly took Cookie to the barber's for a haircut, dyed his own hair, trimmed it, and shaved it. Usually pay attention to the appearance of George, a little dress up, is very chic, lively. That's one of the reasons Cookie loves George. He's so clean and handsome and he looks so charming. In the United States, a haircut costs $120, including 20-30 yuan tip. So only go to the barber shop to have your hair done on major festivals or special days.

Coming out of the barber shop, George and Cookie get into the car. George seems like a real gentleman, and Cookie is one of those women who is easy on the eyes, with a sweet, gentle feminine charm. There was music playing in the car, and Cookie's earrings flickered and swayed as the car bumped along the road. "It's really nice!" George looked at Cookie in the passenger seat and gave her an affectionate compliment.

After a while, the car drove to the restaurant where George and Cookie got married. This was the third time they had been to this place, and they had some wonderful romantic memories. Cookie doesn't know what George is doing tonight. She can't figure out what's in George's heart. She only knows that George said he would surprise Cookie with a gift tonight.

The ambiguous feeling of the lights flickering and fading on the table after you sit adds a sense of mystery. Maybe it is Valentine's Day, there are a lot of guests, sitting at the table in twos and threes, all the people on the bar have been filled, and some are still waiting in line to take the number.

George: "Good thing I booked in advance, otherwise I would have had

彼岸花开
Flowers Blooming on the Other Shore

to wait. Close your eyes, my dear!" Cookie did as she was told, and she was looking forward to that once-familiar feeling, the ritual and little surprise that George used to give her during the holidays, and she wanted them to return to that.

The moment Cookie closed her eyes, she felt George put her hand into a large envelope, like a postcard. Opened my eyes to see is a very delicate postcard, there is a royal blue jewelry box, opened on the spot, is a ruby bracelet, really beautiful.

George smiled affectionately and whispered, "Dear, open it, you'll be happy, it's the best present I've ever given you." I think this may be the only time in my life!"

Cookie is a little embarrassed by George's emotional confession, thinking that George likes to create a romantic atmosphere, and any woman would love to feel respected and loved.

This is what the postcard said:

Dear, happy Valentine's Day! This is my gift to you today, two group photos taken together not long ago.

I am very happy to have our new house. I'm so happy to be your husband!

Love you!

Husband George
Chinese Valentine's Day

After reading these lines, Cookie was touched. The gift was heavier than she had expected. She knew George had made her a promise and thought it was impossible to keep it. Because the accident had left Cookie with no illusions, she still thought that George did not love her. She could not understand how George had changed so much in the intervening months. Cookie's eyes were fixed on the words: "I am so happy to have our new house."

Cookie's hands slowly closed, from the postcard time, let Cookie understand George's good intentions, let Cookie immediately reminded of the 2015 Chinese Valentine's Day pink postcard.

It was the anniversary of the first time George and Cookie met online, and it was also the Chinese Valentine's Day of that year, Cookie received a postcard from George from the United States, also accompanied by two photos of Cookie.

Cookie looked at George in front of her. "Honey, do we really have a home? Why does it feel so sudden?" Cookie was confused and happy. In George's eyes, the love that had been nearly lost came back. Cookie was completely touched that George loved her after all.

George knew that just because Cookie wasn't materialistic didn't mean she didn't need that sincere giving. George understood Cookie and knew she had a lot of self-esteem. George wants Cookie to know that he wants to take care of her by buying the house on a special day as a present. They have known each other for more than four years, how many more years to test the truth?

The most important reason for buying a house is that George also wants to save face. He has been engaged in real estate for nearly 20 years, the chairman of the board has clearly advised him to retire, and time is running out, he has thought about it again and again, and he has to plan his retirement residence before he goes through the retirement procedures. If you really retire, the mortgage will not be able to do, after all, George is nearly 60 years old, if there is no support for the company as an economic source, the house bank will not lend. George now lives in a townhouse rented by a real estate company, surrounded by neighbors who once worked for him. George was so proud that he had to hurry up and buy the house. This is also the way to fulfill the promise before the marriage that year.

George doesn't want Cookie to get too attached to him, and he doesn't want Cookie to see through his selfish side. George is trying to guide Cookie's ability to be independent, to teach Cookie more wisdom, to force Cookie to learn to adapt to the environment, to work independently to earn money and accumulate wealth, because that is Cookie's true security. With this Valentine's Day gift, George is trying to keep Cookie grounded, and with the kindness that most touches Cookie's heart, he expresses his fear that Cookie will be able to work independently and financially when he's gone.

Cookie now understand George's mind, don't feel wrong before

彼岸花开
Flowers Blooming on the Other Shore

George, almost ready to split up in anger. Looking at George in front of her everywhere for her, Cookie suddenly felt a warm power in her heart, and secretly thought that she would treat him well in the future, and let George feel that he had done the right thing by marrying her. She wants George not to regret marrying a kind Chinese wife, and she will spend the rest of her life to prove the love of "you respect me one foot and I respect you one foot".

Although Cookie is 46 years old, she seems to forget her age, giving everyone the impression that she is still a girl, emotional, kind, emotional, emotional, happy and sad will be displayed on her face. Maybe that's why George likes Cookie, her innocence and simplicity.

Marriage is not simple, in order to manage a good marriage, can not rely on this little touch can be maintained. Cookie and George are both trying to make a real marriage work. Both of them realized that marriage requires the efforts of two people to manage, in order to be warm and harmonious, happy and happy!

Life is long, but also very short. Cookie wished that she could live a normal and loving life forever, and that she could spend the rest of her life with her lover. She looks forward to living a simple, stress-free, trusting, free and comfortable marriage. If one partner leaves, it doesn't affect the other's quality of life; If both sides agree, that will be the icing on the cake, this is the best ideal life. Such a marriage can happen but not happen, and this is the picture of a beautiful marriage that Cookie always pursues in her mind.

Chapter 11: Mixed Chinese and Western, warm and romantic

George says to Cookie, who is about to go to work again, "I want you to move into the new house with me this time, I need your help!"

Qi Qi: "I will, I have to personally explain the reason to Boss Liu when I get to work, and give him some time to recruit new employees to replace me. Our job is to recruit employees based on customer flow." This shop has few customers and can only support two employees, a turnip and a pit, and if I suddenly leave without staff service, I will lose some customers, do you understand?"

George: "I understand. Okay, I'll talk about moving when you get back. This week, I'll get my annual physical for company benefits."

Cookie: "Go ahead, I have to wait a week for Boss Liu to hire new employees."

On the day of work, Boss Liu appeared at Cookie's door at 9 o 'clock on time, George saw Cookie on Boss Liu's car to leave, waved his hand, and hurried to make an appointment for a medical examination hospital to check his body.

Cookie sat in Boss Liu's car, and did not chat like last time, Cookie was wondering how she should ask Boss Liu for leave. To tell the truth, if it were not for the house moving is a big deal, Cookie would not quit her job, and just had a day off, and immediately quit, Cookie is too embarrassed to say, afraid Boss Liu feel her family is so much! Sitting in Boss Liu's car this time, Qi Qi seemed restless, several times the words to the mouth and swallow back, unable to open!

Boss Liu: "Did you go home OK? Why is it so quiet?" Cookie: "Oh, yeah, just thinking about what George said to me."

Boss Liu: "What is it?"

彼岸花开
Flowers Blooming on the Other Shore

Cookie: "He said he was going to get checked out and that he needed me to come back and help him if he moved." You can drive now and I'll talk to you when we get to the store."

Liu boss is a impatient northeast man, can't wait to ask: "You have something to say, there is no matter, don't stifle in the heart, women ah is grinding."

Qi Qi knows that Liu boss is a straight personality of the northeast, more than an hour to the store, the store just came to the guests, Qi Qi put down the bag in his hands, busy, hurry to work, in the process of receiving guests, how to open the job forgot all.

Truth be told, Cookie loves her job, and she'd be embarrassed to take time off if it wasn't for the fact that George is making good on his two-year commitment to buy a house for her. In the United States, I learned an independent work skill and was recognized by the boss and customers. Once you leave your job, it means you leave your parents. As long as George is kind to her, she will have no choice but to stay with George. When the chips are down, Cookie's focus is on family life.

Qi Qi that night hold to think or use the way of wechat, will quit the reason to Liu boss all, hope Liu boss recruit staff as soon as possible, Qi Qi said she can wait for a week, to Liu boss recruit staff time. After the message was sent, Qi Qi felt much more at ease and prepared for Boss Liu. Qi Qi could have a good night's sleep.

The week was almost over, and Cookie was wondering why Boss Liu hadn't hired any employees yet. One is really hope that Liu boss can understand themselves, on the other hand, and hope to have an employee to replace themselves. That way, with stable customers and new employees replacing her, it won't affect business. Cookie can come back later when the store needs more staff when business picks up. This is Cookie trying to make a lasting impression on Boss Liu.

Finally on Sunday, Boss Liu said to Qi Qi, "You can get ready to go home now. The new employee I found will come next Tuesday. I will cover the two days, no problem!"

Cookie: "Really? Thank you. You're not mad at me, are you? As soon as you find new staff, I'll be fine for two more days, and when you have staff in place, I'll withdraw."

Boss Liu: "That would be great, I was worried that you will move soon?"

Cookie: "Yes, but in two days, I can wait for your staff to hand over."

Boss Liu smiled happily to Qiqi and said to himself, "Let me know when you are finished. If you need anything, you can go back to work in the store."

Qi Qi: "Sure, I'll tell Boss Liu on wechat when I'm done!" Thank you, Boss Liu! Thank you!" Cookie kept thanking her and nodding modestly like she felt like she'd done something wrong. When the new employee arrived two days later, Cookie cleared out her bed, cleaned out her belongings, and led the next 40-something employee to the handover.

That day Cookie is their own ride back home, George saw Cookie suddenly back, a face of surprise.

George: "I'm back and I can plan my move!" George, give Cookie a hug! Cookie sees three other family guests sitting at the dining room table. George takes Cookie's hand and introduces them. "This is my wife, Cookie, and this is from our town planning office.

After George's introductions, Cookie greeted everyone, politely exited the living room, went up to her master bedroom on the second floor, and slowly unpacked.

George didn't expect Cookie to come back that afternoon. Cookie didn't tell George because she knew George was busy and didn't want him to have to drive three hours to pick her up.

Two hours after the meeting broke up, George said to Cookie, "We can move next week, and for a few days you can help me pack the fragile glass supplies and decorate the picture frame!" All the clothes in the house are sorted into cardboard boxes. Be sure to write down what is on the first or second floor after sealing, and mark which room it is placed in. In this way, when the moving company workers see it, they put it directly in that room, and we don't have to move up and down, and strive for it in one step."

Cookie saw George explaining the details and printing out the paper tips, and was pleased to listen to George's nagging explanations. George does everything with a plan, Cookie just does it. That's why Cookie liked George when she first met him. She loved that he was organized, independent, thoughtful, clean, hardworking, and a learner.

George has been learning Chinese since he met Qiqi. He takes Chinese lessons one day a week and reviews four hours of Chinese lessons in weekdays. He often learns Chinese language from Qiqi in his daily life. Cookie also took the opportunity to learn spoken English from Joe, and the daily life language communication made great progress, no problem.

Cookie once asked George, "Why are you learning Chinese?"

George: "I love Chinese culture, the feng shui of the house, the food. When I go to China again, I can speak Chinese to your family and friends!" Of course Cookie's heart was glad to hear these answers, and her mind often thought of the happiness of returning to her loved ones.

A few days before the move, the weather was fine, and George couldn't sleep all night. When he got up in the middle of the night, he ran to the next room and went to sleep. The next day, he laughed and said to Cookie, "I can't sleep because you're snoring like singing."

When Cookie couldn't believe her snoring, she froze there. George turned on the phone and gave it to Cookie to listen to: "The snoring in the phone, like singing, high and low, now and then stop and start again, I only secretly recorded two minutes of time, you slept so soundly!"

Cookie smiled sheepishly. She didn't know George would be recording on his phone. If she hadn't heard it, she wouldn't have believed it was her own voice. George didn't think of it that way, which was perfectly normal. He said to Cookie, "People snore when they're tired, but if you don't mind, I slept pretty well the rest of the night."

Cookie: "If you're sleepy and you stay up late, you don't sleep well."

Maybe this move will be George and Cookie's last big housewarming! George's plan to buy a house this time is for Qi Qi, but also for his face to get by, have been doing real estate for decades, don't mix to the old, but he has no house, it is not a joke of the company! George wanted to make the evening life stress-free, deliberately chose a small town with low land taxes, and moved out of the house he rented in the company. Away from the environment of the original colleagues, the heart is slightly more relaxed, in a strange new environment, you can put down face.

This year, the house price in the United States fell, it was a good time to buy a house, plus George's credit is very good, can also apply for bank loans, only pay 10% down payment, the house can be bought.

Add up, pay the bank every month, add up the taxes, utilities, garbage and other incidentals, less than the original rent, and own George and Cookie's small villa, it is the best of both sides of the investment, the weight of the investment in love and investment in the family! Why wouldn't George want to? He knew it would make Cookie happy, and he knew what Cookie cared about was his feelings for her.

George was delighted with his decision to buy a home well into his old age. It's really thanks to Cookie that he got this far! He fulfilled his promise to Cookie, gave her a loving home, and set himself up for a non-lonely old age. No matter what, with Cookie, you have a whole family.

On the day of the move, George suddenly said to Cookie, "This moving company has pushed it back two days, the same day that I go to the hospital for a joint and leg appointment with a doctor." I can't change the time of the doctor's appointment. Seeing a doctor in America is very slow. I've been waiting for a long time. But the moving company here can not be pushed away, this matter is also very important to you and me. Considering that you have also moved several times in China, I am sure you can handle this on your own. And we've made all the preparations. You'll be in charge of the arrangements when we move. That's the only way to decide."

Cookie heard that George's arrangement made so much sense that she had no reason to reject it and had to passively accept it. What else can she do? She can't do anything about it. George's move was a big deal because of his medical treatment, but Cookie couldn't back down at the critical moment, only hold on.

Cookie was at a loss for words and said to George, "Then you can have the surgery, I'll take care of it alone." Move things slowly put back in place. You don't have to worry about me. I'll try to do everything I can."

Moving day was the middle of October, the sun was warm, there was no wind, there was no rain. In the morning, the moving company's car arrived

彼岸花开
Flowers Blooming on the Other Shore

on the driveway of the new home, and George greeted the moving company's small manager and driver, explained a few words, and signed a few words on the moving contract, and turned to leave home to go to the hospital. When Cookie saw George get into his friend's car, she looked at him from the window with a preoccupied look on her face and told her friend to move the car. Cookie has been watching the car left the community, and began to hurry to cooperate with the moving company personnel busy, until six o 'clock in the afternoon that day will be two trucks of furniture all placed in place.

Everyone knows that there are a lot of things after moving, and it needs to be slowly deployed. It's no problem for Cookie. She wakes up every day with a simple breakfast, an egg, an apple, a glass of milk, and then goes to work. Organize the things in one room every day, categorize, wipe, and put them away. After four days of work, the four houses are almost finished. Then it's time to lay out the decorations and the little greenery.

Cookie keeps in touch with George on wechat every night she stays alone in her new home, and sometimes receives timely responses from George, such as the photos of the patients hospitalized after surgery, who are half clothed; And Cookie took a few photos of the room furnishings that had been organized and sent them to George to see the progress of the finishing after the move, so that George who loved to worry about it could rest assured.

George was released from the hospital five days later, and Joey, George's son from a previous marriage, took him from the hospital to his new home. As soon as Joey enters, he politely calls Cookie by her name, "Hi Cookie, it's been a hard move." Dad's surgery was also very successful, but for three months can not walk to do heavy work, but also need maintenance and nursing exercise. I'm here to help if you need me, two days a week." In western education, it is a normal habit for the younger generation to call their elders names.

After George comes home, the activity area is basically in the room, the living room, watching TV, or sleeping, and occasionally instructing Cookie to rearrange and adjust the position of furniture according to his ideas. George is also a man of his own mind. Perhaps it was in his illness, but

George's mood was so volatile that Cookie was caught off guard and didn't know what to do to please him.

Over the weekend, when Joey came to help, there was a little laughter of life in the house, and Joey whispered to Cookie, "My dad is still sick after the surgery, he's not upset with you, you don't care about him." We'll just do our thing and leave him alone."

Cookie and George both have experience with houses, and with George's career as a professional field director, Cookie has already invested in houses, moved houses, bought houses, and renovated houses, so Cookie is very calm and can do all the little things. She did not have time to worry about George's mood changes, just as George was a child.

Cookie had heard her girlfriend say, "A man is just a big kid, and when you're not going your way, you treat him like a kid." What kid doesn't make mistakes? You can hold all the bad in him! It is wise to be foolish for a moment."

Sure enough, when Cookie met George unhappy, Cookie tried to avoid, pretending to be confused, only doing things, giving George a lot of accommodation. George in Qiqi carefully nursed, every day can drink Qiqi cook soup, eat Chinese nourishing pork rib soup. George was soon able to move his legs and attempt to drive.

George and Cookie will start talking, and they'll both be driving around in their new surroundings. See suitable for their new home decorations or curtains, will buy home to match the display. Sometimes I will go to the second-hand market to Taobao, and find interesting jewelry, which will have the finishing effect.

Qiqi loves bamboo, and bottles of water-grown green plants are placed on the windowsill of the living room, and these living green plants also fill the backyard. Wherever the sun shines indoors, Cookie always chooses a few boxes of beautiful flowers to match with green, such as the restaurant bar, the counter is decorated with thriving plants! When Cookie washed the dishes, she felt the vibrant green, and in Cookie's eyes, this is what spring looks like.

George also felt that their home was getting warmer and more romantic, especially at night, when the warm yellow light on Cookie's busy face in the kitchen was like a colorful oil painting. Cookie cleaned the table while listening to a book story lesson on her phone. It was a kind of engagement, a way to enjoy learning without stress. Cookie would occasionally catch George sitting at the dinner table, watching the computer study his Chinese lesson. The two wore headphones and could not disturb each other, but both communicated with each other in sight.

Sometimes George would wink at Cookie and give her a mischievous wink. That way, Qi Qi who is doing things suddenly forgot the fatigue, the open kitchen design atmosphere of this home is exactly the life effect they want, simple and simple, accompany each other, and home is to have the exchange of souls. Heart and heart close, just like home. Cookie has learned that a home with love is a haven for marriage.

After they finish everything, they will go to the backyard sun room to sit, drink a glass of wine, and blow the autumn wind. Sometimes I relax out of the sunroom and stand on the wooden deck in the back garden, admiring the lush green leaves of the big tree in the back yard that covers almost half of the back yard and can cover part of the roof when it rains lightly. This may be George just learned to read the Chinese feng Shui treasure book said "auspicious house, Wenchang, wealth, peace" and other words, it is he wants to choose a warm home.

Western-educated George still says to Cookie every day, "I love you!" Cookie would say to George, "Honey, the best love and marriage is not that I love you, but that you can be with me forever, that is the most affordable love and marriage."

George has also moved many times in the United States, and this is the first time that he has experienced the elements of mixing Chinese and Western cultures with Cookie. The red frame of the Kowloon Map on the wall, chosen by George himself, contains a happy Chinese red at a glance. There are red rope coil into the good luck knot hanging on the door of the house, have added a warm feeling to the new house, combined with the full range of Western-style lamps upstairs and downstairs, it looks like there is a romantic atmosphere.

There is also a picture of the Philadelphia bridge painted by George's father on the wall, and a framed newspaper commemorating George's winning saxophone performance as a young man. In short, it is also full of

Chinese and Western cultural atmosphere, there are George's family past, there are prominent paintings to highlight the treasure house, there are George and Cookie's talent prizes and newspapers, and Cookie's dream secrets.

At this age, George is still teaching college students two days a week and looking for a job in real estate. George used to say to Cookie, "I love working, I love traveling with you, I love going back to China with you, visiting your family, I need to work for more money!"

These words motivate Cookie to continue to work outside the home. After all, it takes financial strength to make life better, and this process of change requires the actual action of working actively to earn money. Cookie understands that only by working hard can she live a life of voice and confidence.

Chapter 12: Marriage and Work are at Ease

After two months of hard work, Cookie rarely sat down to rest and looked at the decorated new home, and was repeatedly praised by George standing behind her: "I really did not expect that you have good eyes and skillful hands to decorate the home with cultural heritage!"

Qi answered happily: "Usually I love to watch the program" Old House Transformation ", like to collect some house soft decoration with books and periodicals, spare time by heart, when needed, naturally all in mind." Ten years of accumulated inspiration, all used in this house, the appropriate decoration makes people comfortable and relaxed, it is like a home." George kept nodding his head.

The home was set up, as Cookie had used the effects she had learned, seen, and wanted in her mind a thousand times over the past decade and applied them to every corner of the carefully designed room.

Cookie was a little distracted that day. Today, she received 41 messages from Molly and Cissy, all of which were to persuade Cookie to go back to work. They said that the number of customers in the store had increased, and they were a little busy. Seeing the frequent loss of customers in the store, the owner's wife said distressed: "That is silver, when can you come to work?"

The owner's wife Cissy's message began with text, and then almost with voice messages, Cookie knew that the owner's wife's personality was more urgent, and it must be too slow to type, not as good as voice to say it. After listening to dozens of wechat voice messages, Qiqi actually wanted to promise the owner's wife for a long time, and wanted to return to work the next day to earn money. The owner doesn't know what Cookie's going through. Cookie delayed to answer the owner's wife to return to work, not without thinking, but has been entangled although George moved, but

George's legs from time to time pain, recovery period of several months, must be accompanied by care. Cookie's been pushed to go back to work twice by the owner's wife, and Cookie turned it down once a week ago. May have to turn down the third offer.

Cookie was already a kind person, and there was no reason for her to choose to go to work now and ignore George's need for her company. Care at this time is worth a thousand words, and Cookie understands that this is a mutually dependent relationship of marriage, to go further. The value of Cookie in the marriage can only be reflected in the oil rice firewood salt sauce vinegar tea, and George has a sense of dependence in the small things of ordinary life. She does not believe that love marriage unchanged point of view, experienced this combination of Chinese and Western marriage, let her understand a truth: marriage not only need to operate, but also need complementary interests, complementary value of marriage will be comfortable. Now George has health problems and needs post-surgery recuperation and care, and the latter is more important than George's health. So Cookie gave up on getting her job back.

Cookie believes that if there is a job in America, there will always be a job for her. Heart decided, Cookie to explain the words are very sincere to write, seriously replied to the owner's mother, the heart at ease. Cookie decides to give George another period of recovery, this time without telling him about the job, and without explaining and avoiding misunderstandings. Qi Qi's poor English makes it difficult for her to express complex meanings and make her emotions clear.

Cookie was already stressed enough by her own internal struggles, several times passing up the opportunity to go out to work because she cared about George's concerns and her relationship with George. As if nothing had happened, she continued to accompany George's side, and this time it was time for her to take care of George.

Cookie plans a nutritious meal for George to see according to his favorite tastes. Cookie has decided that she will take good care of George as soon as possible, George is now 60 years old, eat well, sleep well, want to make George cherish her. Make George feel like he's lucky to have met Cookie and married her in his old age.

The day George was discharged from the hospital, Cookie made a pot of nourishing soup with spare ribs, lotus root and red dates, George's favorite Chinese dish. When George eats soup, he always remembers how Cookie made it for him when he visited her in China, and how delicious it was. He finished the whole jar and asked Cookie, "Can I still eat this soup you made for me?"

At that time, George to Cookie to confirm the relationship signal, Cookie pretended not to understand, the result of Xiao Rong happily translated again, and quietly attached to Cookie's ear said: "George fancy you, you two have a game!" Xiao Rong has been a matchmaker translating love letters for several years, and she is really happy for Qiqi. George couldn't help but smile again as he drank his soup, thinking about his first meeting with Cookie in China.

These days, Cookie's cooking has improved a lot, Cookie learned a lot of food on wechat, before can not make breakfast, churros, rolls, momos, now can, according to George's breakfast, lunch and dinner, can not repeat the pattern every day, can eat two weeks of different flavors of food!

The breakfast recipes Cookie has made for George are: rice wine and black sesame rice balls, heated dry noodles; Egg and tomato rice flour with scallion cake; Mung bean soup with fried eggs and fried dumplings; Millet jujube barley porridge with flower rolls; Tong Zi bone radish soup below strip; Coffee bread and eggs on toast...

Chinese dishes: braised fish in Rosong soup, a plate of fried reed 茎; Pork rib soup with winter melon, hot and sour cabbage, shredded pork with green pepper; Roasted chicken feet, stir-fried spinach, leek stir-fried dried herbs; Mushroom and egg soup, eggplant salad, pork ribs and yam soup; Loofah egg soup, fried mushrooms, cucumber salad...

Dinner pattern: red bean porridge, red wine with ice cream; White rice porridge with pan-fried vegetable three-stuffed spring rolls; Mung bean soup with potato balls; Fried steak, red wine with ice cream; Boiled edamame, boiled peanuts, stewed pig feet and beer; Braised chicken wings and legs with beer; Sour and spicy diced lotus root, diced chicken radish, add rice; Braised sweet and sour spare ribs, rice; Kelp rib soup, chow mein...

These three meals a day diet, so that George in the recuperation period of the body recovery is very good, red face, weight also increased, a little fat on the contrary, the skin is tight to young full, George patted his stomach and said: "I can not eat like this, eat too much will be overnutrition, fat!"

Before each meal, George would quietly stand in the distance and watch Cookie cook. He said that he would like to learn how to cook Chinese food, but when he smelled the smell of the kitchen, George would slowly come over and try to cook each dish with his hands. Each time he watched Cookie cook a dish, and after tasting it a few times, he would ask Cookie, "How many minutes do we have left?"

The funny, cute thing about waiting to eat, like a gluttony kid who hasn't eaten. The smell on your fingers, sucking it up with your mouth, licking it with your tongue. Cookie felt a sense of accomplishment that George loved her Chinese food so much.

George's colleagues and friends love Cookie's cooking. Every week, a different person wants to eat Cookie's cooking. George will ask Cookie to make more portions, and he will bring them to his friends. Sometimes we have groups of friends over for dinner, Cookie as chef and George as helper. In order to be lively, George also found Chinese friends of different industries to have dinner with Cookie, so that they become friends with Cookie.

After three months of intensive care, with weekly soups cooked by Cookie, well-prepared nutritious meals, and weekly physical therapy sessions with the nurse and exercise, George recovered quickly, and was able to drive and walk freely.

Cookie is happy that George is recovering quickly, and if she is looking for a new job like this, who will know George's real age? George is also very satisfied with this mental state, looking at himself in the mirror, it is clear that he is only more than 50 points, several years younger than before the operation! George has more clothes than the average woman. He dresses well, always looks clean, and is a very handsome, cool guy. Cookie's girlfriends have said, "Your old man looks like a movie star!" It's always a good time for Cookie.

After his recovery, George confidently sent his resume everywhere, looking for other real estate companies to apply. At one point he confidently told Cookie, "I've been told to prepare for an interview by a company that's interested in my application, my ten years of experience, and my major. They have a good chance of hiring me. The salary is also satisfactory, so I have two more jobs, and the good life for both of us can continue. I am glad to be worth more with age, and you should be glad that I will soon have a new job."

George is retired from his real estate business and has a part-time job at a university, teaching two days a week. The job is stable, but it doesn't pay much. George retired in late August and thought he had a new job offer. The other day, the hiring agency called George to tell him that they had confirmed an offer for a talented young man.

George was very upset at the news and happy for a few days. Although George is capable, the company's development philosophy is more holistic, merit-based, and there are many young opportunities, which is natural.

George said to Cookie, "I just love to work. You've never met a man who loves to work as much as I do?"

Cookie said on the spot: "To face the reality, tailor, should also consider planning retirement, suitable for the old age life." It is important to have a good life, not just a passion for work.

When Cookie goes shopping with George, he can't help but choose the food he likes. If Cookie chooses some of her favorite fruits and vegetables, George will constantly ask Cookie, "Are you sure you want this food?" If Cookie gives a "yes" with her eyes, he's not gonna like it. Cookie was uncomfortable with George's look, but she couldn't tell how bitter it was. The idea of working for money came out of Cookie's mind again, and she still had to make her own money in order to live with confidence.

Cookie sometimes thinks she's vain, too. She used to see George's good looks, but not his character flaws. Sometimes Cookie tells herself that "no one is perfect." George is a good person, but he's a little selfish, and it's not George's fault. Who doesn't have selfish thoughts? As long as it's not a matter of principle, Cookie can live with it.

Cookie knows that George has been through a lot since he was a kid, and the quality of life he has today has nothing to do with his constant hard work, so he is good at planning, and he values his financial income very much. He would spend all his money on something he thought was worth it, and if he didn't think it was worth it, he wouldn't spend any of it. These are George's values in life.

Cookie always wanted George to care about her feelings, she needed George to give her a sense of security and happiness. Cookie's not that hungry for material things. In marriage, she turned a blind eye, confused a little will take over; If everything is over, the marriage of these two people will not be able to live. If you want to be comfortable in a relationship, you have to lower your expectations of your partner, and if you don't have hopes, you have less disappointment. She couldn't change George, only her own mindset.

Cookie heart looking forward to the boss shop business better, she thought it was her out of the mountain, women or to cultivate their own work to earn money skills, more good survival. In her time with George, she had come to see the value of money in a marriage. Cookie also understands that the real essence of her insecurity is the economic balance. Only by making money and creating value can she qualify for the balance and control of the life she wants.

Cookie has always believed that the best marriage is one of mutual appreciation and non-interference; And can rely on each other to achieve each other, can achieve a subtle and comfortable relationship atmosphere. She just wants to be able to work and marry freely in this marriage.

彼岸花开
Flowers Blooming on the Other Shore

Chapter 13: The End of the Earth

It is autumn in the United States, and the leaves in front of the door have gradually changed to yellow. The Mid-Autumn Festival falls on the same day as China's National Day. Qi Qi spends the whole day checking the wechat accounts of her family and friends on Douyin. She is listless about everything except searching wechat and following the news of her relatives.

In a foreign land, spiritual longing can only count on this phone, which is a big part of Cookie's life. Chinese in the United States know that they would rather miss other things than disconnect from their mobile phones on wechat, which saves money and makes it easier to stay in touch with loved ones.

Qi Qi on the mobile phone to see the family reunion around her mother, for her mother to honor the scene, so that Qi Qi miss and guilt, really hope to eat Chinese family food. On wechat, Cookie watches the video a few times. There are the reminders of Cookie's loved ones and the happy scenes of her friends' holiday activities. If Qiqi lives in China, she must be one of the most active.

Every festival times miss their loved ones, the Mid-Autumn Festival even more let QiQi miss their loved ones, QiQi can imagine their hometown scene. During the day, traffic on the avenue, people come and go, all kinds of commodities on the commercial street are dazzling; At night, the lights on the Yangtze River Bridge and fireworks flicker in the night scene, and the whole city scene is prosperous.

The lack of holiday spirit in Cookie's American town makes her miss her family and friends even more. At the moment, Qiqi quietly stays by her phone, following the Chinese double Festival news media, family dinners, and activities of visiting relatives.

When George saw that Cookie was sometimes in a daze, he offered her a cup of coffee and whispered in Cookie's ear, "You're thinking about your family, aren't you? Do you want us to celebrate with a drink? Today we eat out instead of cooking at home. I have promised you, my dear, that you can return to China every year to visit your family, and I will go back to China with you some day to visit your family."

Cookie was comforted by George's words. He was a careful man, and perhaps Cookie had softened his heart with all the time she had spent taking care of him. Qiqi missed her loved ones on her face. Before the festival, Qiqi bought some things with the money she earned and mailed autumn and winter clothes, branded bags and daily necessities to her family in China.

Cookie saw that Americans like to shop in second-hand stores. She also saw that many Americans like to buy used clothes and wear them. They are not ashamed to buy cheap second-hand goods.

Cookie remembered her previous experience in poverty alleviation at home. I remember the last time before coming to the United States, Cookie led a team to the countryside to help the poor, and sent the materials collected in the city to the people in the countryside. One of the friends, cold sister, said: "This time we said to donate to the poverty alleviation, to see the village families build new houses, farmers are simple and kind to their own fields of crops, picked to us, look at the bags, let us take back to the city to eat green food, it feels like the villagers gave us more."

Qiqi feels the same way. With the rapid development of the motherland, thousands of rural families in China have been lifted out of poverty. Nowadays, the villagers in the new rural areas do not need donated clothes.

Fifi, who is married to an Australian, comes back to visit her family and joins Qiqi's poverty alleviation activities. Feifei tells Cookie: "The houses in China's new countryside are about the same size as country houses in America, just different in style. China is so good, I really don't know why I followed the trend and married a foreigner in Australia in a confused way. Fortunately, I married a good man, bought a house, bought a car, bought insurance, and didn't require me to work. In order to make me feel safe, I have a will now, so that I can worry about it. If foreigners were not so kind and responsible to me, I would return to China now."

彼岸花开
Flowers Blooming on the Other Shore

Fifi married is to find a companion, living a simple, slow pace of life. No matter how rich in material, but Feifei's heart is very lonely, if her husband dies, she will take the pension expenses left by her husband to return home, fall back to the roots to return to their hometown.

The truth Fifi told that day has always been a problem for Cookie, and Cookie's marriage to a foreigner seems to be an act of vanity, even Cookie herself can't figure out what she needs in marriage. Do you want an illusory sense of superiority, a better living environment, or do you want to sit back and enjoy the benefits?

When Cookie first got together with George, she was really attracted to George's good looks, and she wanted to enjoy a good love and experience the perfect marriage. However, after coming to the United States, Cookie did not feel the happiness and joy that she had imagined. Sometimes numb to enjoy a peaceful life, sober and feel meaningless, life has lost its sense of direction, life has lost meaning. Is the rest of his life so far away from his hometown relatives, living a lonely life? Take the road to marry, really found the final marriage belong to?

George's kindness to her sometimes left her breathless, and she was burdened with a debt of love: she had to reciprocate, and the kinder George was to her, the more she suppressed her thoughts; But the idea of missing loved ones and her to accompany George waiting by his side contradict, she will accompany George, lose the care of the family, is also a lack of filial piety, there is a sense of guilt.

She now realized how precious time was, and that if she had had love and marriage, she would not have been able to spare herself to honor her old mother. She also needs family affection, and her domestic career has made her food and clothing worry, in fact, she can live very well without coming to the United States. At the thought of this, she could not be happy, she wanted to enrich herself, go out to work and earn money, and find a balance of life values.

Through this experience, Cookie learns that she is not just a materialist, she also needs spiritual wealth. Now she realizes that she is a perfectionist who pursues spiritual and material balance, but the reality is not easy to do these, so the negative emotions of annoyance, entanglement, confusion, and where to go have been wrapped around her heart.

When George recovers, Cookie gets ready to go out to work again. On this day, she saw the information of Liu boss selling stores in the wechat circle of friends. Liu boss prefers to let experienced shop assistants take over, once the staff buy, customers will not be lost. In this way, the shop bought can continue to operate, which is equivalent to just changing a boss but maintaining a normal operation of the foot massage shop.

Boss Liu told Cookie the news, Cookie calm for a long time, she felt the opportunity to start a business, she had to grasp. What makes it difficult for Cookie is that she doesn't have the money to invest in the business yet. She has to keep working to earn money. It will take a year of work to build up the capital. We all invest in stocks together, and buying this shop means we all do it for ourselves. Cookie's mood is a little high at the thought! She knew that not having money in America was a dream, and she had to act now.

Xuemei said to Qiqi in the past: "You first work to learn the craft, while learning the ability to open a shop management, and so have the opportunity to want to open a shop yourself, be sure to tell me, I will become a shareholder." It is recommended that you only find three investment partners, count me one, you one, and only find one person to open a shop."

Qiqi will Xuemei's words have long been heard in her heart, she has been waiting for this entrepreneurial opportunity to come. Qi Qi immediately sent wechat to the Shandong girl who is now working for the boss of Liu, Qi Qi and her partner have worked together, and they are also assured to understand each other. When we worked together before, we also talked about the plan of the next store together.

Shandong girl almost seconds back to Qiqi's wechat: "I am also thinking, this year only half a year, I still want to work while watching for half a year, next year to consider buying the shop, if the conditions are right next year we buy together." Opportunities are for those who are prepared! There is nothing wrong with that!"

Qiqi and Xuemei, who has been encouraging her to open a shop, said of the matter, Xuemei suggested: "Don't worry, work for half a year, you can also accumulate the principal of opening a stake, if the boss Liu shop has

彼岸花开
Flowers Blooming on the Other Shore

not been sold at that time, you can buy it directly; If you have sold, and then find a suitable place to open a shop, and then your two friends who want to buy into the shop, plus my sister Xiaohong counts as a shareholder, we will partner to open a big shop. If you only want to open a small shop, the cost of investment is small, not more than 30,000 dollars, you and Xiao Hong add another partnership on the line. It's easy to start a business with three partners and $10,000 each."

Xuemei also makes sense, when the time comes according to the number of partners to develop a store plan, can be small and steady to do the store. Cookie's got a direction in her head.

The home was settled and George's leg healed. Cookie is going to talk to George about going out to work.

One weekend, Cookie made breakfast and the two of them ate and talked in the sunroom. Cookie learned the soft way to talk to George: "I have a few things I want to say to you, get your advice. First, the lady who owned my old shop needed me to work. Second, the owner of Liu's shop is ready to be transferred and sold, I want to go out to work first to earn money, save up the principle of opening a shop, and partner with friends to buy shares, when we open our own shop; Third, now that you have bought a house, you are working two jobs at this age, I know that you also want me to go out to work and earn money, I help you share the pressure of paying the mortgage, what do you think?"

Sure enough, George responded, "How much do you have to pay for a pedicure joint venture?" How many people? How long can I work to save money for opening a store?"

Cookie immediately replied, "A year shouldn't be a problem. The best thing for us right now is to learn management while working and earning money, so you don't have to worry."

George said, "Well, it looks like you've decided. I support whatever you want to do."

Cookie: "Thank you and rest assured, as long as we work together, the days ahead will be better and better." I also want to earn more money. After all, the exchange rate of the US dollar is 6.7 times that of the RMB. Only with money can I show filial piety to my old mother and help my family. Can we go back to China together after some time?"

George understood that although Cookie married him by fate and accompanied him by kindness, the idea of finding roots was still hidden in his heart. He's still working so hard to make more money so he can pay off his mortgage. And when he dies one day, he can leave more of his fortune to Cookie. The idea of getting Cookie to work is to train her to be able to live independently when she's on her own.

Some time ago he had seen that Cookie was capable of living on her own, and he was no longer worried. If he gets to work this time, he's gonna give Cookie the freedom. George also understands that Cookie married him to keep him company, and he has to be worthy of Cookie. He tried to learn Chinese because he wanted to surprise Qiqi. If conditions permit one day, George will follow Qiqi back to China, fulfill Qiqi's wish, and visit Qiqi's family in China.

George knew that if he wanted to be happy in his marriage, he had to ask for less and work harder. There is no normal life, if you do not work hard to talk about happiness. He is trying his best to make something meaningful happen for Qiqi, and he is looking forward to traveling with Qiqi to her hometown in China, returning to her familiar and kind land, where Qiqi's old mother and relatives are nursing and nurturing.

Cookie saw the joy in George's eyes, and instantly felt that this was the happiness that George wanted to give her. Cookie is grateful that she can meet her lover George who understands her, tolerates her and accommodates her in middle age, and she hopes to go on like this. If love can last, isn't it just the beautiful romantic love and marriage that she dreams of?

Chapter 14: The Change of George

George is a bit cranky and temperamental, sometimes being gentle with Cookie and sometimes being nasty to Cookie, leaving Cookie at a loss.

Since George officially retired, his mood has been very volatile, and you can see that George is very upset after losing his position as deputy general manager of the real estate developer. Instead of talking things over with Cookie like before, I made my own decisions and then told Cookie. Cookie vaguely feel George some unreconciled, the original state of mind in the company to manage people, reflected in the habit of authority at home, intentionally or unintentionally with a command tone straight face to Cookie say things, like the dialogue between superiors and subordinates.

Given George's situation, Cookie understands that it will take some time for him to adjust, so she accommodates George's emotional behavior. After all, two people married for a few years, in order to green card status will not give up halfway, have to take good care of this marriage.

As the saying goes, love and marriage are two different things, you can enjoy romance in love, but marriage is in the ordinary oil rice firewood salt experience, to operate together to grow together. A lot of people have a hard time withstanding the mundane run-in to marriage, and Cookie is no exception. A series of events in her life make Cookie experience that George's love for her is not as firm as it should be.

The first thing that makes Qi day unhappy is that George let her move alone, George's reason is that the time to see a doctor conflicts with the time to move, he can not change the time to see a doctor, also said that the hospital conditions are good, he will take care of himself, do not need her care. I didn't tell Cookie about it until the day of the move, and I didn't give

Cookie a chance to say no. Then George went to the hospital and said he had an appointment with the doctor.

Cookie thinks this is George's plan, and it's kind of petty revenge. George once said to Cookie, "When I married you, I did the moving on my own and moved everything into my new company townhouse. This time for you to do it, I have contacted the moving company, you are responsible for placing good things at home, you slowly sort out familiar!"

Cookie is also a very competitive woman, although she is not happy, but it is not difficult for her. She a person to direct the moving company to do this, although the English communication is not very smooth, but the key time to use a mobile phone translator as useful. After months of tossing and turning, I finally got my house in order.

The second thing that upset Cookie was a checkup. That time George and Cookie went to get their teeth fixed and then they got their glasses fitted together.

The car drove more than an hour to the dentist's office, a private hospital that George had previously contacted. Cookie and George make an appointment and walk into the dentist's office, where they each have their own room for dental care. After the teeth were cleaned, George asked the nurse to call Cookie to his dental surgery room. Cookie told George, "I finished the teeth cleaning and took a photo to check all the teeth in my mouth. How are you?"

George motioned Cookie to sit down with his hand and said, "I may have to replace three teeth. The doctor told me that you have some problems with your teeth, too. If left untreated, there will be inflammation affecting the surrounding teeth, and it may be worse!" I want to discuss the cost of dental treatment with you!"

Cookie looked at George with a serious expression on his face, looked at the nurse who had retired from the room, and sat down across from George obediibly, listening to George continue to say: "The doctor said that the cost of treating you is about $5,000, I can only pay for my own dental treatment, because my work unit only buys medical insurance for me, I don't buy medical insurance for you, so you have to consider remitting the treatment fee from the bank account in China."

彼岸花开
Flowers Blooming on the Other Shore

Cookie was shocked to hear this. She had no idea that George would be so clear. Cookie momentarily suspected that she had heard something wrong, but looking at George's calm attitude in front of her clearly, it was not her hearing wrong, it was George's decision! Without thinking, Qi just nodded and said, "I see, I'd better wait until I go back to China for treatment, I bought medical insurance in China!"

George continued, "You have seen how advanced the medical equipment in the United States is, don't you trust the doctors here?" Wouldn't you rather be treated here in the United States?"

Cookie said to George very seriously, "Thank you for your advice and concern, I think it is better to wait until I return to China for treatment." Although the medical conditions in the United States are good, I have no money for treatment without your contribution. Wait until you go out to work and earn money!"

Cookie was very upset with George at the time, but luckily Cookie didn't have a serious medical condition that had to be treated, or in George's selfish mind, he might have died in a foreign country. At that moment, Cookie felt a strong desire to go out and earn money.

George took out his car keys and watched Cookie angrily walk out of the doctor's room. Watching Cookie's back go away, he stood up and told the nurse that he would arrange treatment for himself next month, and his wife would talk about it later.

After the dental check-up, the two were scheduled to go to the eyewear store to get a pair of glasses, which is also part of the annual health insurance plan.

Sitting in the car, Cookie looked out the window and thought about herself, trying to avoid meeting George's eyes. She did not want to judge George's feelings for her too early, and she did not want to misunderstand George's love for her because of small things.

Soon we reached the optician's, and when the car stopped, George went ahead and Cookie followed. The familiar staff immediately recognized George and Cookie, and immediately arranged for them to sit down and choose frames. George is constantly looking for frames for men, and Cookie is always looking for frames for women. George chose the one he was most satisfied with, and the one that cost the most. Staff immediately help to wrap, ready to pay. Cookie also picked out the women's frames, George looked at the price of his choice, frowning and said, "Can't buy this one, it's too expensive, change it, the health insurance doesn't have that money!"

Cookie picked up the frames and put them back on the counter shelf. "I don't want them, just yours!"

The staff wanted to make more business, so they rescued the two people and said: "Look at me to help the beautiful lady choose this one, affordable and beautiful, generous and simple style."

George looked at the price. He only had to add $60. He smiled and said, "OK, that's it. Let's check it out!"

Cookie figured that as long as the lenses worked, it didn't matter how good the frames looked, she needed protection.

George's behavior was becoming unreasonable, but she tried to understand him. Maybe George was worried about his reduced income from retirement, and that's why he went overboard, skimping on Cookie's expenses. Cookie won't even be able to find the reason for George's subtle changes. Cookie thought nothing of it, thinking that after a while maybe George would get better.

One day, when she went to a Chinese supermarket near town to buy Chinese food and ingredients, Cookie, knowing that George loved her braised fish, bought him Chinese freshwater fish. And he got chicken feet, which George loves when Cookie cooks them for him, which is a beer marinade. Qi Qi also picked out some of her favorite vegetarian foods, such as lotus root, chives, chestnuts, peanuts, sesame rice balls, sweet potato noodles and so on.

After getting her groceries, Cookie gets in line at the checkout counter and doesn't see George. When it's time to pay, you can't afford not to, so Cookie has to pay for it herself. Cookie had been out working for a while, buying food for the family, and had basically gotten used to paying for it herself, but it just felt like a lot of payments had happened. I was shopping for paint and waterproof cement, and it just so happened that George didn't have his credit card, and Cookie paid for all those things. Cookie and George once went to a century-old crab restaurant for dinner. When it came time

彼岸花开
Flowers Blooming on the Other Shore

to check out, George held out his greasy hand, said he had to go to the bathroom, and Cookie naturally swiped the bill.

Ever since he bought the house, George has always talked to Cookie about the monthly mortgage, utilities, lawn and other labor costs, and always called it poor. Cookie just naturally replied, "Actually, buying a house doesn't increase the cost of our family compared to renting before, because the original rent is $2,000 a month, and the average utility bill is also for the two of us, and how much we use is deducted." On the contrary, the bank loan for the house is only 1,700 dollars a month, which is 300 dollars less than the original rent. The property rights of the house are still owned by us, and the monthly cost of the house is saved than before. You can make a comprehensive assessment and calculate which way to live is more advantageous."

George was silent for a moment and said, "That's just a surface expense... You know what? Now that you're out working, I can't give you $400 a month starting this year, and I need to pay the mortgage. I can only do so, please understand."

Thinking about these coincidences and how George has behaved in recent months, Cookie has to start thinking that there must be a reason for George's change, and there can't be so many coincidences. Cookie didn't dare to think deep, and she wished she was overthinking it. When Cookie goes out to work, she will voluntarily hand over $500 to George as a family subsidy, so that the invisible money in George's hand naturally has an extra $900 in activity funds, why George still says that the family is tight?

Then one day, Cookie came across George talking on his cell phone in the study for nearly an hour, and it was a woman's voice coming from the room. George was talking and laughing with each other. Cookie wondered how George could have so many things to talk about with that woman, but nothing to talk about with Cookie. Cookie can see why from George's behavior. He doesn't like Cookie's attitude toward English. Cookie doesn't make learning English a priority.

George talks to other women in front of Cookie and then says to Cookie, "You have no intention of living in America. How can you choose the job you want in America if you don't learn English these days?" In the past, we agreed that when you learn English well, I will open a housing agency with you after I retire, and we will make profits together, earning more money than working. But now that you can't even talk to me without a mobile translation app, I can't count on you. That was my partner from many years ago. I asked her to introduce me to a good real estate company. I want to look for another job."

George could not wait to get all his complaints off his chest. Cookie is also quietly open the phone recording software, and then use the software translation to figure out George's dissatisfaction.

To be honest, Cookie really doesn't want to study English, so it's not surprising that George hates her. Unable to learn English, she intended only to master simple everyday language. Maybe there was a part of Cookie that didn't think she was going to stay in America for long.

彼岸花开
Flowers Blooming on the Other Shore

Chapter 15: There Are a Million Reasons to Work Outside the Home

George's health has almost recovered, and Cookie's desire to go out to work again has grown stronger and stronger after the unpleasant events. Through many contacts, Cookie found a new job out of state.

The night before Cookie asked to work out of state, George spoke directly to Cookie after dinner and said, "There are a few things I need to say about you going out to work that you can take as a suggestion." Cookie cautiously put away the dishes and nodded, allowing George to speak out and listen.

George motioned for Cookie to stop what she was doing and listen to what he was saying. "First of all, I'm glad you're going out to work and make money.

Second, I want to tell you that you should talk to your boss about purchasing medical insurance and accident and casualty insurance during the work period, and negotiate the contract conditions of employee benefits. Because I don't have out-of-state health insurance for you in this regard, I'm also old, and if you get sick or injured, I can't visit the city where you work, and I don't have the money to pay your medical bills. I need to make that clear to you. Do you understand me?

Third, I hope you can understand that I still love you and will miss you. After I retired, my financial income was less, we bought a house, and I needed the money to pay off the mortgage, mortgage, car loan, utilities and living expenses. Although I have the money from the house I sold before marriage, it is my pension money. In addition, I need to pay my personal pension insurance of 1200 dollars every month. These are the money arrangements I told you about before.

Fourth, I don't have $400 pocket money for you after retirement. I hope you don't misunderstand that I don't love you anymore. I will continue to look for a new job. You'd better be able to find work close to home, too. What do you think?"

Cookie sat through George's talk as if he were giving a lecture. She seemed to have done enough to talk. Cookie calmly replied, "As for insurance, I can only buy it after I earn money." Because the boss gave me a job on the recommendation of my girlfriend, there is no reason to ask the boss to buy insurance for our employees. In addition, I have tried to find a job near my home, but I did not find one, so I had to work out of state with the help of my girlfriend.

As for family expenses, there is not much difference between renting and buying now. I calculated the cost and found that the monthly rent was 300 US dollars more than the monthly payment for the house. Other water, electricity and living expenses were still used by the two of us, with almost no change. If I go out to work, the household expenses are only your own expenses, which will only reduce the cost of living.

In addition, I understand that you subtract 400 dollars from my pocket money, and if I work normally, I will try to pay 500 dollars to you every month as a household subsidy. Is that all right with you?"

Cookie wasn't finished talking when George interrupted and said, "Can we change the subject?" George was listening to Cookie talk sense into him, and he was a little upset. It hadn't occurred to him that Cookie was a woman with a lot of ideas, and that she couldn't be talked through with a few words. Anyway, Cookie needs to take a page out of George's book, and make it clear to his face that moving out of state was a necessity. Cookie didn't want to do some housework at home and live a happy old life with George. She never dreamed that entering into marriage, at the age of almost 50, but also forced by life, in a foreign country in the language of the situation to find a job, learn to do a pedicure technician to support themselves, is not pathetic?

Cookie, after listening to the conversation with George tonight, is more determined to go far away to earn money and solve her own survival problems. Get rid of the psychology of relying on George, be able to dominate their own fate, do not rely on George must also live well.

People often say that husband and wife are birds in the same forest, and they fly separately when disaster strikes. At this time, Qi Qi deeply realized the sadness of these words, why can't husband and wife share the joys and sorrows? When Cookie married a foreigner George, she really didn't think it would end like this. She didn't want the marriage to end in such a hasty way. She wanted to try to understand and accommodate George's troubles. These were only temporary difficulties in life, and if the couple worked together, they could overcome her and George. The problem is that George's mentality has changed, so he amplifies all the crisis, and puts the pressure of hardship on Cookie, as if Cookie has become a liability to his George.

Everything George says and does signals to Cookie that I'm comfortable without you around to take care of me, that I'm comfortable being on my own, that I'm doing my own laundry, cooking, and doing all the housework.

Before going to bed, George went to Cookie's bedroom and said something to stimulate Cookie. Cookie was a little angry and said to George with calm eyes, "You can go to your room and rest now, I understand everything you said." You mean that you are used to living alone, you hope that I can go out to work early, do not cause you trouble, birth, old age, illness and death have nothing to do with you, as long as it does not affect your life, is that correct?"

George, who looked cold and hypocritical, did not even pretend: "Yes, I hope you don't blame me, this is not the life I want." I'm going to rest. Good night and sweet dreams!"

Is Cookie gonna be able to sleep through the night? She also could not understand why George had changed so much since his retirement, and she was struggling to speak now. I want to end this cold marriage, but Cookie doesn't have the strength to let go right now. She wished that George loved her, cared for her, cared for her, and fell asleep at the thought.

Cookie is also used to sleeping in a separate room from George. Since moving into their new home, the two have not shared a room any more. They use their own bathroom, and George goes out four days a week to talk to someone, to go to physical therapy, to eat out and come home, or to study Chinese online classes and spend the whole day on the computer. Cookie puts the food on the table and asks George to come to the dining room for dinner. This is how I looked at George's face with trepidation, and my heart was full of grievances.

One weekend, Cookie saw that there weren't any fresh vegetables in the fridge, and George wasn't home for dinner. So take out the frozen fish in the refrigerator to thaw it and cook braised fish pieces to eat. With George out of the house, Cookie can cook spicy dishes and make a delicious Chinese meal. The kitchen in the Western setting is an open kitchen, which is easy to smell all over the room. Cookie is still very careful to finish dinner, open the doors and Windows to air out the smell, which is relieved to call George: "Are you coming back for dinner tonight?" You like to eat braised fish, if you go home to eat, I will wait for you!"

George's side paused for a moment and replied, "Yes, I'll be home in half an hour and have dinner with you." When George finally came home at eight o 'clock in the evening, it was stormy outside. George went through the door, stamped his feet, and said, "Are you still waiting for me? I'm sorry, it's raining all of a sudden, it's hard to walk, it's late, it's late!"

Cookie was relieved to see George safely back, and whispered to Yan, "Wash your hands and eat. I'll get some hot food. Would you like some wine?"

George looked at the food on the table and had an appetite. He quickly grabbed two glasses and two bottles of different red wines and asked Cookie, "You're a sweet red wine, how about I have a little white wine?"

Cookie nodded happily and said, "Thank you for knowing that I like sweet red wine. Let's drink!" George likes to eat Qiqi's fish very much. Today's fish is made with Sichuan flavor seasoning

Braised spicy fish, authentic taste. Before George could get to his mouth, he smelled the aroma, so he took his chopsticks and put the fish in his mouth. As soon as the fish was eaten, it felt like he had gone to Chongqing, China to eat delicious food. George was happy and seemed a little excited, and ate a second bite, and then a third. George contentedly tasted the braised fish, which was so hot and spicy that he talked aloud about his travels in China.

Qi Qi bowed her head and ate in silence, because she knew that although the spicy food was delicious, she should never talk while eating

彼岸花开
Flowers Blooming on the Other Shore

spicy food. There is a Chinese saying that "food does not speak". But George wasn't paying attention, and Cookie couldn't interrupt his interest in talking, and George was choking. It is very unpleasant to eat spicy food and choke the trachea by talking.

George coughed and coughed until he cried, and as he coughed, he slammed his chopsticks and slapped the table, and stared angrily at Cookie, pointing his finger at Cookie and saying, "You're going to kill me! I said no more spicy food, you just don't listen to me, I don't eat your so-called food!"

As he said this, George seemed to forget that he had looked greedy before dinner. George's face changed faster than the pages of a book, and the angry contorted look on George's face was a little scary to Cookie. Quickly avoiding George's eyes, he ducked down to clear away the dishes on the table, carried the rest of the fish to the kitchen counter, covered it with a bowl and put it in the refrigerator, silently washing dishes and tidying up the kitchen.

George, however, walked up to Cookie, grabbed the bowl from Cookie's hand and threw it down the sink. He took out the unfinished braised fish from the refrigerator and put it on the small table in the outdoor sunny room. He kept telling Cookie, "You want spicy food, you eat it outside, you don't want it in the house, okay?"

As George said this, he wheeled Cookie toward the outdoor sunroom and turned back into the dining room, locking Cookie in the drafty sunroom. When the sun shines on weekdays, this is a breathable sunshine cabin; But it was a stormy winter night, and the way George treated Cookie made Cookie feel sad from the bottom of her heart.

Cookie was as sorry as she could be, so sad that she could not feel the cold outside, and the wind blowing in her ears did not calm her. She couldn't understand why George had changed so much since he retired. She hated herself for being soft and forgiving George when things had calmed down. She should have remembered these unpleasant things. She should learn to resist, should learn to give up, instead of suffering in silence.

Cookie was so upset that she sat alone at the outdoor table, coldly watching George jumping up and down in the dining room. The restaurant lights were so harsh at night, and Cookie was sitting outside in the dark.

Transparent glass doors isolate the dining room, one mile away, one light, one dark, one warm and one cold, in the night appears so distinct.

Cookie felt cold to the bone, but she still stubbornly sat outside. She was thinking it would be best if she froze to death and was done with it, and Cookie couldn't get it out of her head. I don't know what it was, but after ten minutes George suddenly thought of something. He opened the glass dining-room door and shouted to Cookie, "Come on in, I can't afford to treat you if you get sick from the cold!"

Cookie did not answer to George, and when she heard this, she understood that George was not distressed that she was cold, but worried that after the cold illness, he would add trouble to his treatment. George is most afraid of spending money on Cookie, and his recent actions have treated Cookie as useless, as idle, as a liability, not as a wife.

Ever since he stopped giving Cookie his monthly allowance, George has made up his mind that he doesn't like Cookie. He either keeps a straight face all day or goes out on his own for the day. Even when he does his daily shopping, he doesn't take Cookie out with him. George buys food that he likes to eat. He often packs up the food that he hasn't finished eating and puts it in the refrigerator at home.

One day there were no fresh vegetables in the refrigerator, George deliberately did not eat at home, but pointed to the refrigerator to pack the remaining food and said: "You don't need to cook anything, there is so much food in the refrigerator, you eat it!"

Cookie saw how George treated her, and she began to feel completely disheartened, but she held back from showing it. She's angry. She's desperate. Because she had to swallow her pride, and she was still waiting for her friends to help her find a new place to work, Cookie already had a plan in mind.

Cookie secretly cheered: Yes! You, George, are the one who forced me to go out and get a job with cold force, and I'm waiting for my certificate of completion online. I will go as far as possible when I receive a certificate of completion to be able to work! Don't worry, there are not many days left. I must hold back.

Cookie has been so calm and collected these past few weeks thanks to the comfort and quiet help of her three best friends. Friend Xuemei help contact employment work, and help buy tickets to work out of state; Cookie's best friend Lina gives her advice on how to deal with George. With the wholehearted help and spiritual comfort of her friends, Qi Qi became strong and looked down on everything, did not insist on nor wronged herself, calm and adjusted her mentality. Face what George did to her with the attitude of "you can't ask for it."

Cookie listened to the advice of her girlfriends, married for almost four years, waiting for her green card, whether to stay or go to split, and then make a decision without regret. Girlfriends are looking out for Cookie, and they're afraid she'll do something on the spur of the moment that doesn't work. Otherwise, Cookie would have been all set on getting home.

Cookie, think about it. If you're half advised, and you're prepared for the worst, what's the big deal? Sooner or later, it's better to leave.

Girlfriends comfort the idea on wechat said: "You stay, not without who, but we can not make money." Even if you want to go back to China, you have to go out and earn money and save money to go back. With money, you can be your own queen. When you get rich, George the foreigner will suck up to you. Today's society is very realistic, marriage is also an exchange of economic value, in order to maintain freshness. Love is optional, don't you understand? George is a more realistic man, haven't you seen it all?"

Cookie feels like these ex-wives are much more mature than she is. She is now also enlightened, only money will not betray her, if still like the original figure George looks handsome, only figure George is good to her, that is simply a big joke.

What's the point in keeping George now that he's changed? Just not willing to wait for so many years is an empty. So Cookie accepts the kindness of her girlfriends and must insist on holding on to her legal marriage to George and survive the days of waiting for a green card! In this case of waiting, it is better to change the status quo of their own poverty, first work to earn money, to be an economically independent woman, and then plan their future! Through the years of marriage with George, from romantic love to the recent marriage cracks, from the economic aspect of dominating and dominating all the family expenses of the discourse, has shown a clear problem: economic status determines everything in the marriage, Cookie's passive situation is because there is no financial resources, can not be in charge.

Cookie sees a clear selfishness in George's treatment of her. Love has faded, there is no freshness, there is no romance at all, and the oil and salt in life has tossed life into a chicken hair. Cookie and George's marriage also faces like any other ordinary family, the two people have different views of marriage, and they are beginning to shake, wondering how the happiness that was invested in the marriage, the mutual love of the feelings are gone.

Although it is their own ability to prove independence, this is not no backer and dependence, to come to such a helpless point? What woman wouldn't want to be a gentle little woman? Cookie often listens to relationship experts and hears this saying: "Strong women are forced out, gentle women are spoiled."

When Cookie thought about what the expert had said, she felt like she was talking about her, didn't she look like an unloved woman now? Everything in life has to be done by oneself, even the basic life security is not there, but also have to go out to work hard to earn money. I feel that this marriage has come to an end, and the more I think about it, the more wronged I am. Where should I go next? Cookie really doesn't have any plan in mind, and can only hope to go out and earn money and then make other plans. The bitterness in Cookie's heart at this time only she can understand, the pain is helpless, the whole heart has been cold.

Chapter 16: Happiness Seems a long way off

Qi thought twice about going out to work this time. With the help of her friends, she chose to work in a city closer to her home. It only takes more than two hours by train to get to a small town where the environment is relatively safe.

When the day came to work, George dropped Cookie off at the train station, pulled up his big suitcase, walked to the ticket counter, and waited for Cookie to buy her train ticket with his credit card. Cookie is also used to spending her own money, as George is a friend to see her off. She can't treat George as her devoted husband, or she will feel lost in her heart. Since she started working, Cookie has paid for her travel, food, and living expenses out of her own pocket.

The train ticket is for the nearest departure time. Every time George saw him off, he would leave in a hurry because the parking space could not be parked for too long. Cookie has never enjoyed George's attachment to her, and he always leaves without staying a minute longer. Cookie used to get a lot of emotional, but she's used to it.

She knew that if George did not care about her, even if he was reluctant to keep people, he would be absent-minded, and it would not make much sense. Cookie later thought through it, and she didn't care about it, and she learned to be tolerant and accommodating for George. George is also old, to see her off, to be healthy and safe, is to be less of a drag on her. As long as it doesn't affect Cookie's job, it doesn't delay Cookie's work, these unpleasant details, Cookie can walk away. In Cookie's mind, this house is already a temporary way station. If Cookie can be independent of everything, and can't get George's love and help, will this marriage have any meaning?

The hard-won job was recommended by the store manager with

whom Cookie had worked before. Can go to the store manager's relatives to open the shop to work, but also because Qiqi technology is OK, people are good, work practical, reassuring. Store manager wechat introduced the store environment is very good, but the work volume is not large, the store manager said on wechat: "Here is suitable for you to keep the store work, not much money, but not busy, can get off work early." The owner's wife is more realistic than I am, and she is also responsible, so you can work with ease. If you want to rest, you can discuss with the owner's wife first, there must be no problem in terms of security, it is in the rich community."

On the train, time seemed to fly by as she flipped through her wechat and listened to music. Cookie enjoys the solitude whenever she travels alone. She comforted herself that the more roads she traveled in life, the wider her knowledge became. In addition to being able to experience different realms of life, she has learned a lot and opened up a lot, her heart is stronger, and people are mature, no longer so naive as before.

The train arrived at the station on time, and Cookie got off the train with a suitcase and a carry-on backpack. Because she kept in touch with wechat and was working in this new town for the first time, it was the owner's wife who came to meet Cookie at the train station, so Cookie felt at ease to read the license plate number issued on wechat and then dialed the phone. The owner's wife is waiting for Cookie in the car. After looking at each other, Cookie thinks the owner's wife is very young. She looks like a girl born in the 1980s. Qi Qi has to agree, the owner's wife is not only young, but also very good English.

The owner's wife is from Henan, named Ke Ke, the duty is simple. When Cookie gets on the car and sees her boss Ke Ke's kind and gentle face, her heart is relieved. Cookie breathed a long sigh of relief, staring out the window at the moving scene of the town: the road was narrow and few people, but the townhouses were next to each other, the high-rise buildings passing through the city center were also standing on both sides of the business Center Avenue, and the bustling pedestrian street was near the store, and it only took ten minutes to get to the place where Cookie had to work. The facade is not large, but the commercial and residential dual-use building, the whole first floor boss Ke Ke all rented down, including the basement

彼岸花开
Flowers Blooming on the Other Shore

floor, the second floor is all the landlord and tenants live. This is Cookie's new place of work and home.

To work in the new store, Cookie also memorized the important building signs on the way from the train station to the store, in case something goes wrong at work, she can always go back to her home. That's why I chose to work closer to home. No matter how cold George treated her, she had no place to go in a foreign country. Aside from the fact that the store she works at is her shelter from the rain, and the home she shares with George, it's a temporary anchor for Cookie. No matter how the attitude of George to her, she still has this home in her heart, and she still has this transit station in her heart that can be used as a haven before returning home.

Qi Qi sometimes feel very poor, not willing to return home, stay and wronged himself! When George was nice to her, she was impressed; When she saw that George did not care about her even cold face, she was very disappointed. She knew that her heart was too soft, and George had identified her fatal weakness.

And so Cookie settled into her new shop, and six months passed. Cookie's been having trouble with her teeth lately, burning up late nights from stress at work and lack of sleep, inflamed gums, and having trouble drinking cold water. Cookie, like any other woman, wished that George would take her to the hospital clinic and take care of her as a husband would. George, on the other hand, did not respond to Cookie's wechat messages in time for several days. He did not even call her.

Cookie told George and her friends about the toothache and her desire for help. Friends responded in seconds, but George only managed to reply a few days later with a few greetings and an explanation of how busy he was, and that if he needed to make a dentist appointment, it would be in ten days. But the friend Xuemei made an appointment with the dentist the next day.

Cookie felt the warmth of the friendship in her heart, and she felt that it gave her dependency and security. But she did not feel the slightest warmth, thoughtfulness, or concern from George. At that moment in my heart sad, some lost the confidence to maintain marriage. When Cookie saw George's lukewarm wechat reply, she had a plan. No wonder people often say that a strong woman is forced out by no man's love, and a delicate woman is spoiled by a man.

Cookie asked for leave from the store owner, Ke Ke, and walked to the train station early on her own. She took the first train and traveled more than two hours to a dentist appointment in another town. This is a small dentist clinic opened by a Chinese American for Cookie's appointment by a friend. Because of the convenience of language communication and the fact that Cookie doesn't have medical insurance, she can only find a Chinese clinic that is convenient for Cookie to communicate with the doctor.

On the train, Qi Qi looked at the scenery passing by in a hurry, and felt different on the train several times. Looking at the leaves outside the window, the wind scattered in the cold sky, and felt the whistling autumn wind, she could not help but squeeze her arms and hug her chest.

This time, Cookie carried all the money she earned in a backpack, except for the $500 a month she gave George. She knew that she could not count on George, and that she needed to see a doctor for her toothache, as if she were afraid of insinuating him. It was only days after her own emergency tooth extraction that Cookie received a reply from George on wechat, some mild concern. Cookie would have been sad and helpless and angry if George had treated her like that before, but Cookie was surprisingly calm this time. She didn't expect any more inquiries from George, and he didn't mention how much the dentist would cost.

Cookie remembered what George had told her the last time she and George went to have their teeth checked. At the time, George said he was not responsible for Cookie's dental bills and asked Cookie to transfer money from her bank account in China for treatment. When this finally happened, George duly ignored it, and it was obvious that he did not reply in time, that he was determined not to pay.

Cookie has grown up all of a sudden after this toothache. She no longer felt afraid, she had experienced that she could do things without George that she had been afraid to do before. I used to rely on George, but now I can live without him. When you get sick, you take your own money to a strange city to see a doctor, and everything depends on yourself to solve the problem. It's an experience Cookie will never forget for the rest of her life. This is the

彼岸花开
Flowers Blooming on the Other Shore

bravery that George forced out, if something like this had happened before, Cookie would just hide at home and secretly cry and endure, not to save herself.

Today, Cookie and George have a very delicate relationship, almost like going Dutch in the West, where each earns and spends separately. Cookie is fine with the status quo, only she regrets marrying America. From an emotional point of view, Cookie has a kind of regretful disappointment. In the marriage emotion, she completely failed, this is not the life she wanted at all. She was looking forward to love marriage is a lover who can put her pain on the tip of the heart, put in the mouth afraid of melting in the heart of the hand afraid of falling. Now there is no hope, after being sharpened by real life, Cookie saw the cruel truth, this kind of expectation gap, let her thoroughly feel the original happiness of marriage has already disappeared. The marriage that Cookie once hoped for is now a long way off.

It was late autumn, November 2021, and night had fallen early. Cookie puffed out half of her face with the doctor's pad in her mouth after her two teeth had been removed. Although anesthesia was taken at that time, there was no pain during the operation, but my heart was very bitter. Looking at himself in the wall mirror in the clinic, his face was tired and haggard, his face was so white that he had no blood color. No one loves you at this time, but you must love and take care of yourself.

Little nurse is girlfriend Xuemei friend's daughter, named Amy. Amy said: "Aunt, this is the doctor's prescription to reduce inflammation, pain and bleeding, you have to go to the pharmacy to fill the medicine, the best tonight to use." There are seven days to fill the prescription, and you will still be able to catch the train back to your city. Take the medicine according to the above, take photos and send them to me a week later, I will see your situation after the recovery of anti-inflammatory, so as to make an appointment for the next dental appointment! Take care to get some rest."

Cookie listened to Amy's explanation and replied, "Thanks Amy, and say hi to your mom for me." Thanks to the recommendation of your mother's friend Xuemei, I have your help, otherwise this toothache is killing me. I will follow the doctor's instructions, rest assured, thank you!"

Cookie then takes a present from her backpack and gives it to Amy. A pair of very delicate style simple platinum bracelet for Amy, a set of Korean beauty moisturizer, rose oil for Amy's mother to use. It was a gesture from Cookie, and she was happy when Amy opened the box and gave her a look of love. It was then that she felt better, and Cookie wanted to thank those who had helped her in time, which made her feel better. Noble people can not be cheap, just because Cookie is a grateful person, so there are many noble people to help her, there are always good people with good luck in protecting Cookie.

Amy called a taxi for Cookie and told the driver the address of the train station to take Cookie to. Cookie caught the last train back to the city where she works. As soon as the train arrives, Cookie gets off the train and rushes back to the pedicure shop, where she picks up the medicine prescribed by the doctor at the drugstore down the street. Looking at the time on the phone, there are five minutes before the pharmacy closes, and the clock is really ticking.

If Cookie doesn't get back on the train in time, and she has to spend the night in a hotel, it's gonna cost her more money, and it's gonna cost her the next day at work. She really admires herself for being strong and decisive, and how life has honed Cookie into something she's not. Cookie has lost weight, but she's getting better. This change fulfilled the emotional expert teacher said that inspirational words: "The most beautiful appearance of a woman is to rely on their own, economic independence, a confident smile on their face, you can overcome all difficulties, you are the backer."

Walking out of the pharmacy, Cookie walked back to the foot massage shop through the street, looking at the distant light, the face blowing through the autumn wind, cool and refreshing, as if the tooth disease in addition to the heart. She had matured a lot that night, and she knew that without George's love in her marriage, she could find a way to love herself and gain the ability to save herself. She knows she's the safest place to be on her own.

Cookie can let go of the people who don't care about her, she can put the people who don't love her in the dispensable position, and she can ignore the people who despise her. It makes me feel better to think like this, although it is a little self-comforting, but this kind of self-deception is better

彼岸花开
Flowers Blooming on the Other Shore

than hopeless expectations. That look of disappointment in her eyes would make her sad and suffocate.

Cookie slowly looked up at the cold autumn night, and suddenly felt herself enjoying the lonely silence for the first time. The scrape of her feet among the withered autumn leaves on the ground was just as desolate. We can't feel sorry for ourselves anymore. We should think through ourselves and straighten out our mentality. A late-stage tooth implant costs $3,500, not to mention George. What George had said had given Cookie no hope. Now that she had a job, she would have money, she would have confidence!

Cookie walked toward the store with resolute steps. She had to get there before the owner's mother left work to reassure her that she had come back as she had promised, and that she would need to continue working tomorrow without rest.

Chapter 17: A New Way of life is clear

Cookie is in good shape, and after a night's rest and sleep, she has regained her energy. The next morning, Cookie made herself a bowl of noodles. The doctor said it's best to eat for a week something that's easy to digest without chewing. Cookie knows a healthy body helps her work and make money. She needs to eat, nourish and restore her strength.

Qi Qi works in a commercial and residential building, and the owner arranges employees to live in the store, which can save employees from coming and going and make full use of time to prepare for the store. Each employee shares $300 per month in accommodation expenses. When Cookie opens the door to the morning light and feels satisfied, that's proof enough that she's still alive. She wants to live well from now on!

The autumn wind did not stop the guests from coming to the shop for pedicure, but the day gradually became cold and the guests also increased. The owner hired an old employee named Anna who had worked in the store for two years before, and Cookie and Anna took turns working at the head of the line. Employees work more than the owner's wife, so they earn a little more commission. This is why employees are willing to work in the hotel. The boss is kind, respectful, and really nice to Cookie. Cookie figured out that as long as she had a steady job, it was better than moving from place to place and losing time. This time Cookie was calm, looking forward to having guests every day, as long as she did her work.

Cookie treats George very smoothly, and there's no disappointment without hope. On the contrary, George kept closer contact with Cookie during this period than ever before, chatting on wechat every three or two days, and asking questions like an old husband and wife. Cookie doesn't care about George as much as she used to, and since she treats him like a friend,

彼岸花开
Flowers Blooming on the Other Shore

there's no bitterness. Think about having a legal husband in the United States, at least with an identity guarantee. After all, George had been kind to her before, only after retirement he was a little anxious, revealing his selfish nature, which is also a normal natural reaction of human nature.

George's changing. Cookie's still thinking about the old George. George had done this to her, and she was still thinking of George, of the good he had done to her. She also remembers George's words to her: "I have chosen to marry you, this is my life's decision, no matter what marriage, I will not divorce again."

Cookie thought, at George's age, how long does he have to live? I don't care about anything. What could be more worrying than life and death? Cookie sees George as a friend once and for all, free of resentment and suspicion, and the two are on the surface much stronger than before. When the outlook on life changes, everything is understood! Cookie understands that staying married to George still has its own selfish concerns, as her friends persuade her: "No matter how George treats you, you have to get your green card, and then it's not too late." Green card is a visa to come and go freely in the future! It's always a choice of multiple paths." Cookie didn't care about it, but she didn't want to waste all those years. In fact, returning to China for development is the best place to go.

Although George in his 60s is selfish, but people are not bad, nature is still good, and he is a man with strong self-care ability. Just for that, Cookie reminded herself that no matter what George did to her, she would never do anything to him. Kindness is her essence, and she always thinks of people in a good way, so there is not much hatred in her heart. Life is naturally simple, there is nothing to look forward to, calmly waiting for water. Cookie thinks that what comes will come, and what goes will go, and that your fate can't turn without you.

George's side hasn't heard anything from Cookie. Since the tooth extraction, George also felt some debt to Cookie, although the two are husband and wife, but when Cookie is sick and needs him most, he did not do his duty as a husband, not by Cookie's side, no financial support, and words to avoid money, avoid talking about. He didn't realize that Cookie had not only never brought it up with him again, but she hadn't talked about the need for money. As if nothing had happened, he politely replied to his wechat, but never took the initiative to greet him on wechat. Cookie treats her relationship with George like a normal friend and doesn't ask him to do anything for her anymore.

The American Thanksgiving Day is coming, Cookie is going to meet with Xuemei. Cookie wants to take two days off for Thanksgiving and go to Xuemei's city to have a meeting. Qiqi wants to have a different foreign festival with Xuemei. With a week to go until Thanksgiving, Cookie hasn't waited for any news about her friend Xuemei's holiday plans. Xuemei company is very busy at the end of the year, said the holiday time is not sure, asked QiQi to wait for her news.

What I didn't expect was that George took the initiative to send Cookie several messages in a row, sincerely asking Cookie to spend the holiday with him. "Thanksgiving in the United States is like New Year's Eve in China, a time to get together with family," George said on wechat. Since my dear cannot come home, I have decided to visit you and my wife in the city where you work. We haven't seen each other for a few months and I miss you all the time."

George's wechat content let Cookie read a little moved, Cookie is very soft, she is most afraid of George to say these warm words to her, George talks more than work more human. Cookie knows that this is George's way of trying to improve their relationship, but it makes sense, and if Cookie says no, it makes sense, because she already said no to George once on Halloween.

The owner of the store tells Cookie about this and advises Cookie to spend Thanksgiving with George: "After all, George is your husband, and it doesn't make sense not to be together for such a long time." Cookie silently weighed it, listen to half of the advice, snow Mei there and busy has not answered, here George constantly urged Cookie promised, and has booked the hotel online, told before and after four days to visit Cookie plan.

Cookie thought about it and wrote back to George, "You can come to my city on the four-day plan. I'll ask my boss for four days off, and that's it."

Not the kind of care Cookie doesn't expect, and what woman doesn't want to be loved? Who wouldn't want someone to take her to heart? Isn't that what Cookie wants and fears? It seemed to be back, the more I didn't want it, it just crept up on me, but Cookie wasn't as happy as she used to be, she only

彼岸花开
Flowers Blooming on the Other Shore

knew it was a peaceful relationship. Regardless of the financial gains and losses, regardless of the responsibilities and obligations that the relationship requires, Cookie treats George as a friend, but it is easy to understand and get along with each other. Don't ask for anything, there will not be too much disappointment and sadness.

George arrived at the hotel on schedule the day before Thanksgiving, and the six-hour drive to Cookie's city was nine o 'clock in the evening, just as Cookie was leaving work. Cookie sees a message from George on her wechat: "Honey, I've checked in and I'm waiting for you in the hotel lobby."

After finishing cleaning up the shop with the owner's wife Ke Ke, Qi Qi was urged by the owner's wife to say: "You go quickly, you rest at ease for a few days, and have a good time with your foreigner, let him drive you around the town."

Cookie will be prepared during the day life shoulder packaging toiletries, with a set of beautiful clothes, this is their own work to earn money to buy, usually work no way to wear. Cookie saved this outfit for when she was with George, and she usually wears sports clothes for work.

The hotel is an American chain store with good environment and affordable prices. Cookie arrived from work a five-minute walk and found George, whom she hadn't seen in months, sitting on the couch in the lobby. George looked in the direction of the hotel door and locked eyes with Cookie. George got up. "Darling, there you are!"

Cookie's a little excited and a little uncomfortable, and I don't know why she's a little embarrassed, but it's kind of mixed. Cookie suggests that she should treat George with great courtesy, that she doesn't have to love him emotionally as a wife, and that she should follow her husband's example of separating love from money. Nothing should or should not, learn western philosophy, mouth dessert. Cookie hurried forward and shouted, "Hard drive, what's room number?" Let's go up and get an early rest."

Cookie helped George pick up the suitcase and led George hand in hand to the elevator. George was also a little uncomfortable seeing Cookie thinner than he had been a few months before. He wondered how Cookie had lost so much weight and looked less than 100 pounds. Although he doesn't like fat women, he never thought Cookie would lose so much weight.

George did not know, Cookie through a few things happened, the inner resistance has been strong psychological quality, accustomed to taking care of their own life. There is no care between husband and wife, also live well, life becomes simple, no need to ask, it does not need to endure and accommodate. Qi Qi felt that this state of mind was also peaceful, without the usual blame and complaints.

When he got in, George handed Cookie a card. "Here's a holiday gift for you." Cookie opened the card and found a red envelope containing $500 in cash and an insurance card.

George's elaborate gift for Cookie was threefold: It showed that he cared. The second is a red envelope to show his financial support. Third has applied to buy the health insurance card that Cookie cares about most, in order to give Cookie peace of mind. George uses practical agreement to show compromise, begins to think of Cookie, in order to ease the previous unpleasant concessions.

Seeing this gift, Cookie felt warm in her heart, this is her long-term work earned back care? George gave back as much money as she gave him, no more, no less. Cookie, who was being hugged by George, was feeling it too, as if it had been a long time since they had held each other so intimately. George gave Cookie a kiss on the forehead and said, "I love you." Cookie politely responded with "I love you too." Still immersed in tenderness, George said wearily, "Take a shower and go to bed early tonight, I'm tired, and I'll teach you how to use the health insurance card tomorrow morning."

The next morning, in order to activate George's medical insurance card, the insurance clauses are in English, and Cookie's software translation is inaccurate, and Cookie asks George if she can't understand it. Four hours passed quickly as George manipulated the web page, now in Chinese and now in English. George, a little tired and impatient, pointed at Cookie and said half-jokingly, "You've been here for years, you haven't learned anything real, and you still don't understand English. I can barely teach you how to use your Medicare card, and if there's an emergency and you need to call 911, you can't tell me, you can't even tell me your home address. I was worried about you. What would you do if I died? You can't drive, you don't learn English, and if you don't learn at all, you don't know what you're doing all day."

Cookie suddenly felt that whenever she relied on George, he was showing these bored eyes and tones. I've only been with him two days and I'm already impatient. Cookie feels like George is picking on her and not really loving her.

George looked frustrated and impatient, and it wasn't for nothing that he saw Cookie as a liability. George is really upset about Cookie not learning English. Just because Cookie doesn't want to learn English means she doesn't want to stay in America. Cookie's not in the mood, so what's George doing to push and criticize? I don't know how much longer George can take care of Cookie at his age.

In the United States, not driving is equal to no legs, and walking by car is an indispensable skill in life. Cookie got into a car accident and never drove again, and George never talked about driving or took Cookie to drive. In a vicious cycle, George lost his tolerance. Now the two people adopt cold violence to deal with the marriage life at this time. Sometimes rational and want to make up for each other, but if together, there will be contradictions, the same old, can not see each other's good. After a long time, all I see are shortcomings and disappointments.

Cookie didn't expect such an unpleasant thing to happen during her vacation, but Cookie had no reason to say anything about George, after all, it was her fault. But she is almost 50 years old, at this age, she has to work in the United States, learn English by herself, and drive by herself, which is really hard for herself. Since the accident, she has a kind of fear, do not dare to drive, afraid of life danger, simply do not learn.

George is most concerned about Cookie's survival, seeing that Cookie has no intention of staying in the United States, so the selfish George is even less concerned about Cookie's life. Help if you want, pretend if you don't. In fact, working outside to do anything to live, as long as Cookie doesn't reach out to him for money, he acquiesces in this marriage.

Cookie's always disappointed, but what's the point of this relationship? Cookie was exhausted by repeated scenes of apathetic recriminations, and she feared the day would come when she could not hold on.

Chapter 18: The Moon is bright and the moon is dark

For the next four days, George drove to a small town in Vermont, USA, and took Cookie to see the autumn maple leaves all over the mountains, which was a magical scene that made Cookie forget all the worries and concerns. It would be nice to be in this picture of the landscape often. The road in front of us is empty, no car chirping, along the way is full of maple leaf jungle, from yellow to red, like a sea of flowers, the original life can be so beautiful.

When Cookie and George shared Thanksgiving, they seemed to forget the melancholy of being separated from each other and the thrilling scene of the car accident on Thanksgiving Day in 2019.

When she saw George in front of her, Cookie felt that she and George had to "share the joy" - enjoy the good life, but not "share the pain." If money never needs to be mentioned in the marriage and financial interests are not regarded as the basis of life, they can get along very comfortably. Just like the way we go out these days, George pays for the hotel, Cookie pays for the dinner, and Cookie shares the cost of gas on the way. As a reward for his visit, Cookie bought him a scarf, thermals, and gave him her $500 monthly contribution. When Cookie does this, she treats George like a friend. George was pleased at her initiative and accepted it with a gleeful expression, not feeling ashamed at all, certainly not aware that Cookie had given up her illusions about him, her hope that George could give her happiness in marriage. Cookie is used to taking care of herself, being the best support, and has learned to hold an umbrella alone to protect herself from the rain and wind.

Cookie thought that money was made to be spent, and that if a little money could be given so that this loveless marriage could go on so that each could have its own needs, without bothering, without entangling, and pleasing each other, it would be enough to get by. Think through, there will be no hatred, just treat George as an ordinary friend, without those expectations, there will be no disappointment, not much demand will not be picky. Think about the old eggs picking bones, they are not happy, hurt the Yang also longevity themselves. Cookie advised herself that she could not change the reality of George, so it was better to change her mentality and remove those unwilling thoughts from her heart.

Happiness and pain are found by themselves, if she had put the work and money in the first place, her relationship with George would have been easier to handle. If you can use money to balance the delicate relationship between friends, why not use it to balance the marriage relationship? When Cookie thought about it, she thought she'd been a fool, but it wasn't too late.

Cookie tells herself to stop chasing after true love, can love be food? She had also experienced that without George's love, she was living very well, free and easy, able to support herself, buy herself good clothes, buy herself precious jewelry. You can also support your love for your mother's family, buy what you want, without reaching out to George, appearing so pitiful and humble, showing how incompetent and naive you are. Cookie thinks about all the girlfriends around her, and they're not good marriages. What is the reason for this? If the marriage has love and kindness, spur and harsh, more can help people grow. But George has changed now, George's action can never give the marriage state once promised by the mouth, that kind of worry-free, sworn romantic life.

Cookie also cares about what people say. She doesn't want to be known as a materialistic woman. Just because she is disappointed in marriage, she wants to prove that as a woman without a marriage love, she can bravely walk out of the shackles of marriage form, lead a dignified life, a self-reliant appearance, and find a happy, confident and calm life. Do not need to look forward to George's poor charity, happy to give a little, unhappy when the cold face to see, sad life low to the dust. Like the kind of love that is low to the dust in the book written by the writer Eileen Chang, Qi Qi really does not want, just want to get along as equals. Without the naive pursuit of love, the way of living without violating the river is safe. The mentality has changed, everything in front of me is satisfactory. Whether you feel happiness or trouble in your life is really a matter of mentality.

Two days passed quickly, and Cookie wanted to get back to work early. George was a little reluctant to part. As we drove Cookie to work, George didn't seem to be enjoying himself. He turned to Cookie in the passenger seat with a smile on his lips and said, "I really hope that after three or five more years of hard work, we can go back home and have the same life as before, don't you think?"

Cookie looked over her shoulder at George, and her mind bubbled over with visions of what it would be like to grow old with him. From the moment she married George, Cookie wanted to live a simple life of supporting each other to grow old, and she never thought that she would need to work and earn money when she was about to enter the middle and old age. What she heard today was that this kind of life of working and earning money still needed to persist for three to five years.

Cookie thought that under George's family plan, if there was pressure to keep working and earning money well into her fifties, that wasn't the life situation she wanted. But she seemed to be getting used to living apart. She was doing well, and George seemed healthy. He didn't need her to take care of him. It seems that George is still enjoying this kind of life, usually busy with their own things, wechat polite care and greetings, know that each other are OK with rest assured.

Once in a while, on a big holiday like that, it's nice for the two of you to get together. Cookie takes a break every two months to visit George on the train home, to show up in front of the neighbors, to intentionally water the front and back gardens, to maintain the normal life of her mistress on vacation and back, and to spare George the embarrassment of explaining too much.

As the car approached Cookie's place of work, she turned to George and said, "I agree with you. As long as you're healthy, you and I can still get hired for as long as we can. After all, it's work that creates value, and you get sick at home." You have not found a job for a while, and you are working hard at home to do more front and back yard chores. I do this service people's foot massage work, although a little wronged themselves, but I can earn some money I am willing to, which shows that I am still healthy body. You are older, if there is no company to hire you to work, do not force, people always have to retire one day. Besides, why not have a retirement plan when you can start drawing on your pension? I don't understand this, in fact, the cost of our two lives should be enough, why do we have to work so hard?"

George doesn't agree with Cookie. He's still emphasizing that with a 30-year mortgage to pay, health insurance to renew in case he gets sick, the cost of a trip he's trying to make once a year, and the fact that he enjoys sailing in the summer, boat maintenance is an expense. George saw it as a way to maintain a high quality of life, and he saw having a boat as an expression of that high quality of life for upper-middle class people. He did not want to give up this life of enjoying the tranquility of the lake, enjoying the sunshine and sailing scenery. He felt that the steering wheel of the boat controlled everything, and he found confidence and satisfaction in sailing.

Once again, Cookie gently urged George to sell the boat, and George said, "If I sell this boat, I'll try to buy a bigger boat." There is no strength to improve now, but I must maintain the status quo. I'm not gonna make me give up the life I love just because you don't like boats. Don't you ever mention it again, and can we change the subject?"

Cookie listened to George's somewhat impatient tone of voice, then swallowed back to her lips, looked at Lou and said, "You live your life the way you like and take care of yourself." I'm here. I got to get back to work. You don't need to get out of the car, drive slowly on the road, and see you next time!"

George knew that Cookie was upset with his tone, but he could see that Cookie had put up a lot of resistance and would be fine with him or without him. George knew that he was not responsible for any of Cookie's living expenses, that he still got the $500 a month that Cookie gave him, and that in two years, he would be able to get all the money he spent on Cookie back, and reap even more financial benefits.

That's what George did in his head, that's what Cookie did in her head, and she's just paying it off. At this point, the two people each have a book, if George felt that there was no value in using each other, perhaps long ago to break up. Divorce is not a bad thing for Cookie, and it does not feel like the sky is falling, but it is not willing to separate now.

Before and after and George online love to married life for almost eight years, if there had not been that car accident, if George had not exposed his selfish nature, Cookie would have been willing to wait for this evening love of their own choice. She had dreamed that George would cherish their love forever, that they would be together for the rest of their lives. Cookie doesn't care about George's money, just her thoughtfulness, which is enough for Cookie to make up her mind to leave her family and friends and marry thousands of miles away in the United States.

If it wasn't for love, Cookie wouldn't have gone to a foreign country to be a bride, but within four years the once-enviable marriage was in trouble. The love and gentleness that Cookie wanted were worn down to the bone, and every extra penny spent on each other would be kept in mind. Cookie realized that what happened after that was like a transaction, value demanded, just not a fight. Both men were well behaved, and George acted like a gentleman, changing the subject of an awkward question at once. It was already George's mantra, and when Cookie heard it, she knew like a mirror that everything she and George had discussed was going to go down the pan. George is particularly savvy at this point, often using the tactic of changing the subject to avoid irritating Cookie with an inappropriate response.

When the car stopped, George sat in the car and watched Cookie get out of the car. He gestured, "You go ahead, we'll be fine in a few years, and I'll keep sending out resumes when I get home." I want to live a normal life together, and I don't want to live apart like this, you know?"

Cookie, of course, understands how George wants to live. He wants to maintain the quality of life he has, but he wants Cookie to work to support the family, and he doesn't need him to pay for Cookie's living expenses and take care of his life at home. Cookie also wants to live this kind of life with a partner and money when she is old, but she always wonders how long a marriage where money is more important than love can last. Her kindness made her not want to quarrel with George, but she was not sure that her mentality would not change. With the increase of work pressure, Cookie's mind will also change, always comparing China with a foreign country, such a big gap makes Cookie change her mind in a matter of minutes. She is also unwilling to insist on several years of married life, because of their impulse to give up the green card that should have been natural to get.

This is also the point of Cookie's struggle, in fact, in Cookie's mind, the green card status is not so important, she just wants to gamble that her marriage with George should not be so bad. At this age, she will no longer have the energy to prove whether there is true love in the world, love is really gone, can only say that the eternal feelings do not exist in her and George's feelings. She still can't reconciled to ask herself, never give up love are all legends?

There might never be another trip like this again, and Cookie wasn't sure how far she could go with George. Cookie will indulge George as long as he doesn't overdo it. Who let her meet this fate in her life? When Cookie thought of so many sisters in foreign marriages, she had a hard time hiding in her heart. She feels that her marriage is like those sisters, into the circle of blind marriage, in and out of the dilemma. An inexplicable helplessness poured into Qiqi's heart, the vast sea of people, the truth is hard to find.

Chapter 19: The fireworks fell in a flash

Cookie feels like she belongs to a blind marriage, like duckweed floating in the water. Cookie stood in front of the store and watched George drive away. She turned and went into the store. She didn't stop. Every day you delay, you lose a day's pay, and here you get more work. Usually, Cookie never takes a break. This time, because George came to visit her in this town, the owner's wife allowed Cookie to take a four-day vacation, and accompanied her to the small scenic spots near the lake town to enjoy the travel life of an old husband and young wife.

In the few days she spent with George, Cookie heard many of the answers she was looking for in his conversations. That night, Qi Qi was full of thoughts about her relatives in China, thinking about how to continue to operate and go on in such a foreign marriage separated by two places. She doesn't know exactly what kind of marriage she wants, where she wants to go, and she has no idea, and she's so sad, Cookie!

Cookie herself has talked to several of her girlfriends about this, and the answer is different. Friend Xuemei said: "While you can do it, do it for a few years, earn more money, to the old we are about to return home together, in a city of four seasons like spring, buy a house together for the elderly."

My friend Lucy said, "When my youngest son finishes college, I will come back to China and buy a house with you in Zhuhai, which is very close to Macao and Hong Kong, and we will retire by the sea."

Friend Feifei also left a message on wechat saying: "When you go back to China, I also fly to China from Australia, we have a good discussion, invite a few friends to look at the house to buy a house, and wait for the foreigners to leave, our good sisters together for the elderly."

Friends of the future plans, but have to do the plan to return to China, the heart to express that China is our roots, return to China is the safest harbor for Chinese, only living in the native China, there is no sense of loneliness drifting in a foreign land.

After she split up with George this time, Cookie didn't see him again for months. Every day, Cookie gets up early to do some preparatory work, and at night after work, she locks the door of the store alone, and then goes back to the staff dormitory, and carefully and gently showers and sleeps. I feel sleepy every day, because I get up early, and it is lucky to wake up naturally. Cookie's afraid of tossing and turning and having trouble sleeping. When she calmed down, she would think of a lot of past events, appearing in the dream scene after scene like a movie, dreaming of the troubles that she thought about during the day, and the most important thing she considered was when she could return home?

These past few months, Cookie's life has been very difficult, mentally numb and empty. She no longer felt happy, and she did not even have the sense of achievement that she had at first. I don't talk much to George these days, and George is aging fast and actively pursuing a retirement home without considering how hard his wife Cookie is working outside the home. George took care of his own nursing home insurance, allowing him to check in whenever he felt the need to go into a nursing home. George had already planned his retirement home, a plan he had planned before he met Cookie. George consulted the insurance company, and if you want to take out a pension insurance at Cookie's age, you will have to pay a lot of money every year to insure it. George made it clear on wechat that he did not have the financial resources to buy health insurance and pension insurance for Cookie.

When Cookie got the message, she knew sooner or later she'd have to face loneliness. She was disappointed to withdraw her expectations, from learning that George prepared to live alone in a nursing home after the plan, and George less contact, almost even the opportunity to reunite on holidays.

This year in the United States Christmas approaching, Cookie finally received the long-awaited green card, but Cookie did not feel any joy and excitement, the green card consumed her whole body and mind, in return for exhaustion and heavy worry. She was asking herself, is this married life worth it, is this still the marriage she married for love?

Although she and George nominally had a home in the United States, Cookie had never enjoyed a comfortable and stable life, and she had only spent a few months in her new home, during which time she had to move, organize, settle in, arrange the cleaning, and organize the front and back yard. She had made it like a home, only to be forced by cold violence to leave home again for work. After George was comfortable in his new home, he thought she was a liability. With Christmas Eve approaching, a time when Americans especially value family reunions, not a word from George was heard. Cookie wished George would say, "Honey, I can afford you, come home!"

But nothing happened from George, and Cookie spent the sleepless night alone, looking out of the window at the sky and thinking for a long time. What's the point of having a green card? Are you still living a separate life?

Before thinking of getting a green card, can freely fly between the two countries, live a free life of migration, as long as George is still alive one day, she will be waiting by her side. But now she felt that she was in love, that George had never expected her company at all, and that the so-called husband had failed Cookie's simple kindness at the crucial moment. In other words, George did not take Cookie's departure seriously, and always thought that Cookie was staying in the United States just for the green card, and that George would be doing her the greatest favor by not divorcing her and helping her legally stay as she wished.

Looking at the green card in her hand, she did not seem to feel how happy she was and did not enhance her sense of security. Cookie went back to work as before, busy for survival, preoccupied only with making money, but feeling spiritually empty and bored.

Although Qiqi has been able to survive independently in the United States, she does not have the happiness she had expected, which is no different from her quiet life in China. She doesn't have to work so hard to make a living in China. It's time for Cookie to think about settling down in her own country. She thinks she'll get old too. She doesn't want to fly back and forth like this. Thinking that George had no love for her, thinking that he could no longer find a reason to accompany George, thinking that no matter

彼岸花开
Flowers Blooming on the Other Shore

how hard he could not integrate into the life of the United States, he had lost the love and happiness of the past. Cookie sighed sadly for herself, it was not worth it, half a lifetime is almost gone, this pursuit of exotic love and marriage so ended. She's been up all night again.

These days she has no friends, no activities, only work. Every night was eerily quiet, and the sound of footsteps and voices outside made her hold her breath and prick her ears to hear if someone was knocking. She was afraid of the stifling silence of the late night. Sometimes when it rained, she would hear the rain ticking rhythmically on the roof, and she would count and listen and fall asleep.

When Cookie married George, her working life in the United States was simple and boring, and George became a husband, but he never gave her the dependence she once had. Cookie has become a machine to work and earn money, she does not want to live so confused, she wants to have a good choice of her life.

It was a long night, she stayed up until dawn, decided to go out for a walk, she wanted to change her current life situation. Cookie walked listlessly along the side of the road to the lake in town. She wanted to be quiet.

Cookie remembered what the owner's wife had said to her: "I plan to go back to China soon, and then I will close this massage shop. If you want to take this shop, I can give you the plate!"

Cookie then directly back to the owner's mother: "I also want to go back to enjoy life." I'm not going to open a business in America, and you can't expect me to run it." I remember this conversation as if it happened yesterday.

The trees on both sides of the road had lost almost all their leaves, and what seemed to be left was bare trunks, and fallen leaves covered the whole ground. Cookie wandered aimlessly down the street, dazed, depressed, empty in her heart. The feet on the pavement of the dead leaves, squeak squeak sound. Cookie was flying with the cold wind, clinging to the bright red scarf around her neck. Her mother had given it to her to keep her warm. Suddenly she heard the sound of an airplane. She stopped. Looking up, she saw an airplane flying over her head.

At this time, she missed her relatives in China even more. She had not seen them for several years, and no one understood this melancholy. The love was gone, and her marriage to George had only been one of love, but it had not been perfect. In an unhappy marriage, divorce is an end, but it is also a beginning. Is this still the marriage Cookie wants? What should she do now? Back home and afraid of embarrassing, mixed so miserable, always afraid that some people laugh at her...

Until the plane was out of sight, Cookie withdrew her eyes, looked down for a moment in thought, and then moved silently, as if she had made a decision. The pace went faster and faster, and then she ran quickly toward the lake. With tears in her eyes, Cookie looked ready, as if she had made a bold and momentous decision without any hesitation this time.

Cookie sped toward the calm lake, came to a screeching halt. The crowd next to the morning exercise is also worried that she wants to commit suicide by jumping into the lake? At this point she understood what she wanted to do with her life, and she made a decisive decision one last time. Cookie unwrapped her scarf toward the cold lake, waved it toward the sky, and cried out with anguish in her heart: "It is you, George, who do not have me in your heart, it is you who do not need me again and again, this moment of love, has blossomed and fallen, if love is gone, it is time to fly back to my motherland, and my owed relatives are waiting for me..."

As the morning sun slowly rose from the east, Cookie wiped the tears from her face and stood there at a distance calmly absorbing the fresh air, releasing all the repressed emotions and letting go of the tangled burden in her heart. She wants to say goodbye to the life trajectory of these years, let everything go, she wants to live in the present! Those false masks and vanity, let them all go to hell!

When Cookie has a plan in mind to return home, her heart suddenly gushes boundless strength. She believes that only by returning to the embrace of the motherland, she will not be afraid, and that happiness is the greatest security. The care of relatives is the happy harbor she wants! Only in the land of the motherland can there be a sense of stability, and only in the country can there be a home. The kind of confident eyes that burst out from the inside out, from the bone, once again clearly told her that he was the backer.

At this time, Qi Qi's mind emerged a white dandelion, when the breeze

彼岸花开
Flowers Blooming on the Other Shore

blew, countless "small umbrellas" flew with the wind, scattered the end of the world. Qi Qi thinks that the sisters who have gone to other places are like dandelion's "little umbrella". Some of them cross the sea and take root on the other side of the ocean. Some float, always fall to the ground; And Qiqi this "little umbrella" is preparing to ride the east wind, return to the motherland after many years, and take root and grow in that warm and bright land. Cookie slowly looked in the direction of the rising sun, convinced that in the near future, she would be flying into the sky of her hometown! Back to the day and night of the grass and trees, ran to the mother's arms.

Chapter 20: What Will She Choose?

Cookie secretly decided that she would leave her job on December 22, because she had promised George to spend Christmas with him. Cookie also want to, after the festival and then to George said the idea of returning home, has not been good to say, she has to find the right opportunity to talk, she does not want to hurt George, even know that the two have no love marriage life, it can be said that since Cookie work, George never gave her pocket money, but Cookie also gave George 500 dollars a month, As long as the two of them take a break and occasionally buy daily necessities, Cookie buys some Chinese food that she likes, and George waits in the car instead of going into the supermarket. There is no doubt that Cookie has already gotten used to paying for herself and bought some food that she likes, feeling that she can buy whatever she wants financially and independently is really cool, and she likes this feeling of shopping alone.

Suddenly thought of Fan Deng reading said the fine sentence:

"No matter where fate has thrown you, you search there and you do the best you can, and that's the best direction for life."

"Only the weak will pursue fairness, only the weak will pursue face, only the weak will pursue revenge, because he lacks an independent and complete self-esteem system, he thinks you look at me like this and offend me, this kind of person is strong or weak?" Is weak. And some people, your sense of dignity comes from your heart, you evaluate yourself, you know that you are a good person, you know how much you weigh, you know what you should do? So what if he despises me? It didn't affect what? So I'm not easily provoked."

"If you want to be an all-powerful woman, you can't do everything, so you must be able to learn to work peacefully, learn to put yourself down,

彼岸花开
Flowers Blooming on the Other Shore

put yourself in the first place, learn to love yourself, learn to feel the beauty of life, live your life well, our life will be a lot easier, if you like female literature, like power, like love, There is a set of *"Luminous women"* book has the biggest moving place, is the female Stoic growth experience, can give every woman inspiration, contains a lot of life wisdom and philosophy, this is a typical female healing novel."

These words, they've been read into Cookie's mind, stuck in her head.

Chi Qi is glad that she likes reading. In the United States, in addition to working for more than ten hours a day and sleeping for a few hours, the rest of the morning and evening are online courses on mobile phones, where she learns a wide range of content, such as taking video silhouettes on mobile phones, composing text plans, signing up for flower arrangement, cooking, saxophone playing, and learning Mandarin... Some Chinese friends in the United States asked her, "I don't know how you feel about learning Mandarin Chinese in the United States and not learning English."

Whenever this time, Cookie always gives the answer with a faint smile.

Thinking, not so much why? I was able to stay in the United States with my love for reading and Chinese literature. If she has a day off, she spends six hours at the local library, flipping through Chinese novels, essays and other classics. At that time, Cookie almost forgot that she was abroad, completely immersed in the ocean of knowledge in the book, absorbing quotes, excerpts in the small book she carried, she was so hungry for the book's life philosophy, those who would shock the people's stories.

Maybe Cookie has moved on, lived a transparent life, alone in a foreign country, has been lonely habit, a person what? After the fear, the days did not go by day by day. At the thought of going back to China, I was very happy to buy food in the supermarket. At this moment, I did not want to blame George for not accompanying me. Instead, I bought some of George's favorite Chinese food, fish and chicken feet. She took George as an old man, a man who had loved her, a man who loved cleanliness, education, and gentleman, anyway, George pursued her, and helped her get a visa, she was married to the United States of America's wife, at the thought of this, her soft and kind heart, seems to forget George's mean and stingy to her.

She knows that she still has to work and earn money by herself, and the ability to support herself is important. Cookie from the supermarket walks in front of George's car and sees that George is already asleep. George often takes a break in the car. George takes good care of himself, which is another advantage, because George never bothers Cookie.

Think of it this way, there is still a need to fight in marriage to win or lose compared to high and low? Suddenly feel how ridiculous ah!

If you have put down like this before, your mentality has become better, it seems that the day has passed very fast, and it is not so difficult. Cookie loves to enjoy shopping and never gets tired.

The knock on the door woke George up. George got off to help put the shopping bags on the cart and loaded them into the trunk of the car. He asked Cookie carefully in his mouth: "You bought fish today, are you going to cook it for me?" And chicken feet? Bought it for me, too?" When Cookie nodded, George felt a mixture of regret, joy... I didn't expect Cookie to be so cool, so relaxed. George can't get over it now, and if this had happened in the past, Cookie would have had princess disease, and she would have been angry, and she would have given George a cold face. I didn't know that today, instead of being stubborn and angry, Cookie took it so calmly that George acted like he had done something wrong.

"How are you?" he asked.

Cookie smiled and said, "I'm fine, you slept well, that's all, now you can drive home, we can talk tonight!"

George thought, Cookie wants to talk to him. What's going on? Too serious for a joke, huh?

As they ate and drank wine, George suddenly said, "Cookie, I love having dinner with you like this. It's the kind of life we used to enjoy. It's been a long time."

Cookie see has said to this topic, while George is happy, mentioned after Christmas, the family needs her to return to China for the Spring Festival, plane tickets to his girlfriend Jesse bought well, for this trip, has been looking forward to a year, the day before yesterday also specially for Jesse also selected an American brand of platinum bracelet, an anklet.

Jesse is a mutual friend that Cookie and George met when they went to Chinese school in the United States. Jesse is also the closest friend in the

United States. Because Jesse is good at English and is willing to help Cookie, George knows that as long as Cookie and Jesse are together, it will be a good time to go shopping!

George has been waiting for Cookie to finish this sudden plan to return home, not prepared, even feel too hasty, so suddenly want to go back? Still some displeasure, but when I heard that the money for the plane ticket had been paid to Jesse, after a long time of boredom, I had to cater to him and said, "When will you return?" Because I want to make an appointment for you to apply for your pension."

Cookie expected George to have something important to do and wanted to test the possibility of changing the plan, such as these reasons: Cookie must cooperate with the client to sign.

She didn't want George to know how long she was going to be back home.

But when asked about it, Cookie replied, "It depends on what happens back home. About 5 more months." George was silent for a moment, then said, "Well, you can apply for it when you get back, so long? I'll miss you!"

At this moment, Cookie's heart also understood that the return did not think about when to return, but the ticket is to buy a round trip time, green card status must be returned within 6 months!

Cookie schedules herself to the longest schedule.

George also knew that if it weren't for the policy restrictions, Cookie might have stayed in China longer, maybe she wouldn't have come back, there were too many variables for George to think about, and Cookie hadn't figured it out yet.

When I saw George say a few warm and romantic words to her, the long-lost warmth and love seemed to return to the good old days.

The earth is moving fast, and the human heart is becoming unfathomable, and Cookie is also struggling with why she has a long-term green card, but there is no happiness. Where and from?

For a woman like Qi Qi who marries a foreign husband for love, there is really no real answer. The running in life has already honed her fresh emotions in wasted time, unlike her original intention. In the United States, Qi Qi, a woman who does not love money, turns into a woman who would rather hurt herself, work hard to earn money, forget herself desperately, and run like a money-making machine, so that she can feel safe. When there is no money in hand, there will be many images of fear in my mind, George's cold, dismissive eyes, Cookie's own inner self-confidence, and the appearance of a strong guard, so that she is afraid of loss and gain, and really don't know what to do. As soon as she saw that George was nice to her, she relented and melted away her hatred for being cold at the time, and Cookie's kindness was overflowed again. Seeing that George was nice to her, saying a few nice words to her, she could forgive George for all the bad things he had done to her. This scene had been repeated many times, and Cookie always hoped that there should still be true love in the world. Cookie doesn't believe that all her girlfriends think she's a love brain, and in today's world, there are women who believe in love, and Cookie really does, and she'd rather believe that George is sincere.

And so Cookie gets ready to go home with a lot of tension. In my mind, every time George sent her to the New York airport in the United States at different times: Scene 1, Cookie's first drive to the airport, along the way, George is considerate of Cookie, personally driving the car, playing the classic Tennessee waltz, because the American country singer was born, is also George's sister lives in the American country town - Tennessee, USA. This beautiful music reminds Cookie of the time and George to visit his sister Helen line, that is the first time George escorted Cookie to the airport, personally accompanied Cookie to check in, until Cookie passed the security check, turned the corner, Cookie's back is gone, George reluctantly left...

Scene 2, the second time George escorts Cookie to New York's Kendini Airport in a hurry like a market. Along the way, the two people silently listen to English music songs, looking at the scenery on both sides of the driveway, rows of woods, flat and high and low townhouses, George will excitedly introduce the cultural place names and stories where, in fact, George is very good at talking, because he has always had a respectable career, a part-time teacher in a university in Philadelphia, so George is very serious when he is not talking. When he wants to express his ideas to Cookie, he will tell things in the form of stories about his youth, this time to Cookie, George talked about a lot of his love and marriage views, Cookie felt at that time that he is

　彼岸花开
Flowers Blooming on the Other Shore

really not simple, George's native family, his father is a painter, his mother is an ordinary office worker, beautiful. George from the second year of college, rely on their own side work to complete their studies, George said at that time, because of financial constraints, only eat one meal a day hungry belly class poverty, difficult experience, when he was in class, hungry grunting sound, quiet class classmates heard embarrassment and embarrassment. The difficult time he could not remember all his life also made him determined to persevere in finishing college. While working in college, I opened a pizza shop until I graduated from college. That's why he loves his job so much. Lack of security and concern about financial control factors. The scene when George hurriedly drove to the airport and left the airport, because with the communication between the two people in the car, Cookie was very understanding and sympathetic, understanding George's difficulties and difficulties...

Scene 3, when George doesn't want to drive Cookie to the airport, has talked about asking Cookie to take a cab to the airport by herself, and Cookie is already working part-time. Cookie, at the suggestion of her girlfriend, talks with George and says she is willing to take the initiative to bear all the costs of returning home airfare, including, if George takes her to the airport to refuel the car, check into the hotel, and the two spend Christmas in New York, Cookie says she is willing to share the costs, because at the end of the epidemic, the world is requiring nucleic acid testing in designated local departments. Test report is required. Cookie is eager to return home to visit her family, and English is not very good to communicate. There are many links before boarding the plane, such as detection points, driving routes, traffic conditions, etc., if George helps, it will certainly be safer and smoother. During this period, even couples, in the marriage of Chinese and Western combination, go Dutch in terms of economy is reflected, which is too normal for George. At this moment, although Qi Qi is unhappy and compared with the Chinese cultural marriage concept, only choose to let the economy to solve the problem, frankly and calmly talked about that the high price of the air ticket has been bought, the return plan can not change, to George to the airport, but also need to complete all the check-in procedures, in fact, in order to have a sense of security, and the soul has a conversion concept adaptation process. And when faced with the reality of what keeps two people together, Cookie knows that a problem isn't a problem if money can solve it. Cookie generous wisdom inclusive really talk out their own handling methods, by George voluntary choice: first, agree to personally send Cookie; Second, Qiqi hired Chinese chartered cars to cover all escort inspection points and all airport service costs. After thinking about it, George saw that Cookie was determined, showing no compulsion, respect for voluntary principles, and no suggestion of evading responsibility, and paying $1,000 for everything. George in love and reason, it is very reluctant to give up the cost of the journey on outsiders, in private if he sent, it is also reasonable to get the cost.

Scene 4, which is the situation of the return, Cookie herself did not think, hold in the heart to plan the return of things, after Christmas to talk with George, but it is so refreshing, George voluntarily agreed, Cookie, I am glad that George did not make her difficult and laborious, she wanted to take a few days off, a week before departure to accompany George, do the housework clean, And each meal to do some George likes to eat food, so before the first two people give each other a red envelope, George gave Cookie to visit the family gift, Cookie wrapped all the costs of the road, gift red envelope 660 dollars, a picture of 66 good luck, good luck.

Along the way, George kept telling Cookie, "I really love you."

Although she has lived in the United States for several years, she is still embarrassed to say "I love you" these three words, she takes these three words very seriously, she is not used to mouth sweet words, because it is not enough to make her move, the export becomes a habit of "I love you" that feeling is spoken, she is used to listening to it. But it's not as good as acting to make her feel real.

Thinking about the three-hour drive to the airport, the weather in the United States was really bad that day, with light rain and snow, driving slowly and carefully, George was kind enough to ask Cookie to half lie down in the passenger seat and close her eyes for a minute. Until you reach the curb of Terminal 8 in Kendall, New York, you are woken up by George's voice: "Cookie is here, get your suitcase and get off the bus."

Cookie quickly opened the car door, ignoring the drizzle, snow and chilly wind outside, and carried down three boxes and a backpack with all her strength.

At this time, Cookie is not a princess, is a very capable woman, there is no time for emotion, only a woman who can cooperate with the emergency, time is waiting for no one, Cookie is afraid that George put down her and the suitcase outside the airport building, cool guard, immediately get out of the car and say to George: "Please park and come back, wait for me to finish the check-in formalities before you go."

George nodded hesitantly. "All right then!"

After driving away, Cookie himself helpless, a person will a suitcase into the door, waiting for George to return, she dare not move to the place where George can enter the door, she can see George to come in.

Half an hour later, when George finally returns to Terminal 8, Cookie excitedly waves her scarf at him, but when George walks in, he looks up and sees Cookie. George asked where the counter for the flight was and together with Cookie moved the boxes to the front to wait. It was four hours before the check-in time. George was a little anxious. He looked back and forth at Cookie a few times and finally couldn't hold it any longer. "I should go, I don't want to go back too late, you have no need of my help, just wait in line here to rest, you can do it, don't worry, take your time, okay?"

With a smile on her face, she reached out her hands for a big hug, patted her shoulders and said again, "I'm leaving. I'll send you a wechat message when I get home. Bye!"

Cookie did not respond with a displeasure, and watched George quickly turn around and walk to the door, without the old farewell, it was really decisive, no polite polite comfort, this departure is not expected by Cookie, she always thought that George has plenty of time, the next day or vacation rest, this rare time together, he does not care about Cookie alone feeling alone, Cookie doesn't even know what she's doing right now, but she's still fantasizing about love, and that's what marriage is, and it's what she chooses, isn't it? If Cookie sees George in front of her, both good and bad, that's it. What's Cookie gonna do? If it can not influence others, but also can only change their own mentality, what love does not love it? Cookie kind thinking, treat George as an old man, friend, to be kind, she does not want outsiders to misunderstand, got a long-term green card to leave George's woman, because the society has a similar marriage, there are a variety of different choices, all in the marriage of different parties, their different needs?

Maybe when people lose, they can feel the position of that person in the heart, is it really so important? Isn't all that important is being with you for the rest of your life? Isn't that true love? Inseparable. If you leave the marriage? Can you be sure that the next person you meet will be the right one for you? A marriage? Cookie knows there's a lot of marriages in life without love, isn't there? There is a more meaningful life for the rest of your life, which is to be good to yourself, do more things that can make you happy, tolerate others and yourself, silly little things big wisdom, do ordinary themselves, after all, we are not saints. Cookie was now interrupted by the radio and looked up into the hall. George walked away into the outer hall and disappeared into the crowd.

Cookie is also strong in the direction that she is going to go, she is encouraging herself, this is just another journey in life, she may have figured out, the next intersection, where she will go? How will she choose...

The sky of the airport, surging white clouds, a flight to the east, is rushing into the clouds, rising, gradually flying to higher dimensions! Cookie was already sitting in her seat on the plane, her eyes closed, but she was thinking about the series, like it was a dream and it was real! This time she finally came back, as to whether to stay or go, according to Cookie's style of doing things, maybe still waiting for George's sincere call, maybe will come and go, love is not so important, the most important thing is that Cookie has found the direction of happiness in life, she from where? In fact, the heart is like a mirror, living very transparent, the fate has been controlled in their own hands, only by their own heart to choose...

彼岸花开
Flowers Blooming on the Other Shore

postscript

It has been many years since I conceived the idea of writing *"Flowers Blooming on the Other Shore"* about married women. In my life, I have come into contact with many women married to different countries, from their talk to learn a lot of real stories of foreign marriage road, know that many foreign married women are unfortunately cheated, in order to obtain industry profits, the marriage agency deliberately exaggerates the argument that the foreign moon is round than the domestic, and cheated countless women to enter the membership fee. I started with *"Floating marriage"* as the title in Haihua City Daily published a series of this novel, a total of 270,000 words. After two years of refinement and polishing, 100,000 words were deleted and adapted into a refined version, which will be published in both Chinese and English under the title of *"Flowers on the Other Side"*. This novel finally chose to sign a contract with Huiwenshulian, because I have paid attention to Huiwenshulian for three years, Huiwenshulian is the author's idea, on the basis of preserving the author's original content, make the literary works wonderful and enhance, coupled with quality service platform and recommendation and publicity strength. As the author, I pay much attention to the articles and corporate publicity information of the public account of Huiwenshulian, and trust Huiwenshulian quite a lot, so I decided to write this literary work "Flowers on the Other Shore" for five years before and after the recognition and recommendation of Huiwenshulian editors and teachers, and officially signed on December 6, 2023.

This is a book worth reading for women. The purpose of this book is to warn the majority of female friends that they must be careful when choosing a spouse to marry, so as not to make similar mistakes and destroy the happiness of their life.

This work took five years to pick up materials on the ground and write it into a book. Thanks to several major paper media, audio platforms, palm reading platforms, and Huiwen book Association editors, strong support and encouragement and assistance, so that this novel on the basis of the original adaptation into a refined version of *"Flowers on the Other Side"*, finally published in bilingual later, to meet the majority of readers, I would like to express my deep thanks in advance.

Here, as the author of the work, I would like to express my deep gratitude to the editors, teachers and predecessors of literature teachers who care, rush and offer suggestions for this book! Thank you for your trust and encouragement all the time. As a literary author, I have a simple wish to write more and better literary works on the road of literature, so that more readers can benefit from it.

Zhao Shuxian

December 6, 2023